DREW KARPYSHYN

Die dunkle Flamme

Buch

Vor langer Zeit vertrauten die Götter dem großen Krieger Daemron drei Talismane an, um die Welt der Sterblichen gegen die Mächte des Chaos zu schützen. Doch als Daemron sich auf die Seite des Bösen schlug, wurden ihm die Talismane entrissen. Um sie zurückzubekommen, schuf er vier Kinder: die Brut des Feuers. Mit ihrer Hilfe will er die von den Göttern geschaffene Barriere zwischen der Niederwelt und dem Reich der Menschen einreißen und die Macht übernehmen. Doch die vier Geschwister widersetzen sich seinem Willen und flüchten sich in die Ostlande. Dort finden sie Zuflucht, doch ein mächtiger Clanführer verfolgt seine eigenen Pläne und will sich die Brut des Feuers zunutze machen. Scythe, Vaaler, Keegan und Cassandra läuft die Zeit davon. Sie müssen Daemrons Schwert finden, bevor das Reich der Menschen völlig vom Krieg zerstört wird …

Autor

Drew Karpyshyn ist der New-York-Times-Bestsellerautor des Star-Wars-Universums und fraglos auch der erfolgreichste. Vor allem durch seine Darth-Bane-Romane schuf er sich eine große Fangemeinde. Er arbeitet zudem als Videospiel-Entwickler. Nachdem er den Großteil seines Lebens in Kanada verbracht hat, hatte er irgendwann genug von den langen kalten Wintern dort und zog nach Süden. Drew Karpyshyn lebt heute mit seiner Frau in Texas.

Außerdem von Drew Karpyshyn bei Blanvalet lieferbar:

Star Wars™ Darth Bane 1. Schöpfer der Dunkelheit (24453)
Star Wars™ Darth Bane 2. Die Regel der Zwei (26596)
Star Wars™ Darth Bane 3. Dynastie des Bösen (37559)
Die Brut des Feuers (26976)

Drew Karpyshyn

Die dunkle Flamme

Roman

Aus dem Amerikanischen
von Wolfgang Thon

blanvalet

Die amerikanische Originalausgabe erschien 2014 unter dem Titel
»The Scorched Earth« bei Del Rey / Random House, Inc., New York.

FSC www.fsc.org
MIX
Papier aus verantwortungsvollen Quellen
FSC® C014496

Verlagsgruppe Random House FSC® N001967

1. Auflage
Deutsche Erstveröffentlichung April 2016 bei Blanvalet,
einem Unternehmen der Verlagsgruppe Random House GmbH,
Neumarkter Str. 8, 81673 München

Umschlaggestaltung und -illustration: © Melanie Miklitza, Inkcraft
JB · Herstellung: sam
Satz: Vornehm Mediengestaltung GmbH, München
Druck und Einband: GGP Media GmbH, Pößneck
Printed in Germany
ISBN 978-3-7341-6023-3
www.blanvalet.de

Für meine Mutter Vivian.
Stärke manifestiert sich in vielen Formen,
und dein Mut ist eine Inspiration.

Prolog

Er blickt von den Zinnen seiner Burg auf die kleinen gedrungenen Gebäude der Stadt hinab. Die verlassenen Straßen sind eng und gewunden, gesäumt von einstöckigen Hütten aus braunem Lehm und grauem Stein. Winzig im Vergleich zu der prachtvollen Burg, schmiegen sie sich an deren hohe Mauern, kümmerlich und hässlich. Bis hin zum öden Horizont gibt es keine anderen Bauwerke.

Nach siebenhundert Jahren des Exils hat sich die Zahl seiner Anhänger verzehnfacht, die Stadt jedoch ist nicht in gleichem Maße gewachsen. Das Land ihrer Verbannung ist eine Niederwelt, die leere Hülle einer Welt. Die meisten seiner Untertanen leben jetzt in den unterirdischen Höhlen und Labyrinthen, die die Landschaft wie Pockennarben überziehen.

Keine Tierherden ziehen über die grauen Steppen, keine Vogelschwärme sieht man am Himmel. Seine Anhänger ernähren sich von einem kaum genießbaren Schlamm, der sich um einige wenige unterirdische Becken mit stinkendem, abgestandenem Wasser konzentriert. Bei den häufigen Stürmen wird der graue Himmel unvermittelt schwarz, und ein sintflutartiger Wolkenbruch setzt ein. Aber der Regen ist ebenso tödlich und verseucht wie alles andere in diesem gottverlassenen Land.

Keiner seiner Untertanen erinnert sich an die glorreichen Wunder der Welt, die sie verlassen haben. Im Unterschied zu ihrem Gottkönig trennen sie zahllose Generationen von den Sterblichen, die ihm ursprünglich gefolgt sind. Sie sind die Nachfahren vieler Geschlechter von Nachfahren. Aber Geschichten wurden weitergegeben, Erzählungen von Flüssen und Ozeanen, von Hügeln, Feldern und Wäldern, in denen es von Leben nur so wimmelte. Aber für seine Untertanen sind diese Geschichten kaum mehr als Mythen und Legenden; die Schönheit dessen, was sie verloren haben, ist verblasst in all den Jahrhunderten im Exil.

Ebenso wie Daemrons eigene Macht. Nachdem er jahrhundertelang in dieser selbst geschaffenen Unterwelt gefangen war, ist der göttliche Funke des Chaos, der ihn nährte, allmählich erloschen. Nur noch ein schwaches Flackern seines einstigen Glanzes ist ihm geblieben.

Selbst ein Unsterblicher kann sterben.

Aber noch ist er nicht tot. Und sobald das *Vermächtnis* zerfällt und er seine Artefakte wieder in Händen hält – falls er sie zurückerobern kann –, wird er neugeboren sein. Die Macht der Alten Götter lodert immer noch stark in diesen Artefakten. Er kann sie spüren in dem fernen Land, das er einst beherrscht hat. Zuerst wurde die Krone wiederentdeckt, ein Leuchtfeuer, das ihn über die Brennende See hinweg rief und so den Zauber leitete, der Orath und seine anderen Knechte in die Welt der Sterblichen schickte.

Der Ring wurde ebenfalls gefunden. Erst vor wenigen Tagen spürte er, wie seine Wut entfesselt wurde, ein Sturm aus schrecklicher Magie, der dunkle Wolken über Daemrons Königreich schickte und einen ätzenden Regen auf das Land herniedergehen ließ.

Seine Untertanen fühlten es ebenfalls. Sie wissen jetzt, dass die Zeit ihrer möglichen Rückkehr näher kommt. Und er weiß auch, dass einige von ihnen sich fragen, ob ihr Gottkönig noch lange genug leben wird, um daran teilhaben zu können.

Möglicherweise irrten sie sich nicht einmal. Irgendwann wird die Zeit knapp werden, und noch sind viele Fragen unbeantwortet. Warum und wie wurde der Ring erweckt? Geschah es durch eines der Kinder des Feuers? Haben die Samen des Rituals, das er vor so vielen Jahren vollzog, endlich Früchte getragen? Oder war es das Werk von Orath und seinen Knechten?

Er hat von ihnen nichts mehr gehört, seit er sie in die Welt der Sterblichen geschickt hat. Die Mühe dieses Rituals hat fast den gesamten Rest seiner Macht verzehrt. Allein der Versuch, über die Brennende See hinweg noch einmal mit Orath zu kommunizieren, könnte ihn jetzt überfordern. Er muss geduldig sein, sich Zeit lassen, seine Kräfte schonen.

Langsam dreht er sich von den Zinnen weg, und sein schlangenartiger Schwanz zischt leise durch die Luft, als er seine gewaltigen, fledermausartigen Schwingen spreizt und die Schultern rollt. Was aus ihm geworden ist, frustriert ihn.

Einst war er furchtlos. Beherrscher der Welt der Sterblichen. Kühn. Mutig. Sogar tollkühn. Er wagte es, die Alten Götter selbst herauszufordern … Nur um dann ins Exil verbannt zu werden, als er wie ein Feigling vor der letzten Schlacht flüchtete.

Er hat überlebt, sie dagegen nicht. Und jetzt ist er der Letzte seiner Art, der einzig wirkliche Unsterbliche, der noch übrig ist. Sein Leben ist zu kostbar, um es für ein närrisches Unterfangen aufs Spiel zu setzen.

Langsam geht er zu der schweren hölzernen Tür, die in das Innere seiner Burg führt. Seine gespaltenen Hufe kratzen über die blanken Steine. Er streckt eine klauenförmige Hand aus, hält jedoch inne, bevor er die Pforte öffnet.

Jemand lauert auf der anderen Seite.

Er wittert den schwachen Funken des Chaos, der in allem Lebenden glimmt. Wie die Artefakte, spricht auch dieser Funke zu ihm. Daemron konzentriert sich, fokussiert seine Aufmerksamkeit auf den Raum hinter der geschlossenen Tür. Es sind drei seiner Untertanen, aber er erkennt keinen von ihnen.

Eindringlinge. Meuchelmörder.

Wut flammt in ihm hoch, als er von der Tür zurücktritt und seine Hände zum Himmel hebt. Dann legt er seinen gehörnten Schädel in den Nacken und flüstert Worte der Dunklen Macht. Eine Sekunde später reißt er die Arme herunter und setzt den Bann frei. Die Tür explodiert nach innen.

Die Wucht schickt einen tödlichen Schauer scharfer Holzsplitter in das Treppenhaus hinter der Tür. Sie zerfetzen und durchbohren den Meuchelmörder, der am dichtesten an der Tür steht. Sein Leben endet, noch bevor er auch nur einen Schrei ausstoßen kann.

Die beiden anderen zögern nur eine Sekunde, bis sie mit gezückten Waffen angreifen. Sie sind mit Kurzschwertern bewaffnet, in die uralte Symbole eingeätzt sind. Relikte, die einst in der Welt der Sterblichen geschmiedet und im Exil von Generation an Generation weitergegeben wurden. Die Magie dieser Waffen besitzt genug Macht, um ihn zu verwunden oder sogar zu töten. Die beiden, die sie schwingen, sind jedoch längst nicht so gefährlich für ihn.

Sie ähneln mehr Hunden als Menschen: Wölfe mit fingerartigen Klauen, die ihre Waffen umklammert halten. Bruder und Schwester, vereint in dem Verlangen, den Despoten zu töten, der sie beherrscht. Tapfer genug, um sich gegen einen Gott aufzulehnen. Kühn genug, um zu sterben.

Knurrend und zähnefletschend greifen sie mit rücksichtsloser Verzweiflung an: wilde Schemen aus Fell, Reißzähnen und magischen Kurzschwertern. Aber er ist ihr Gott, und sie sind ein Nichts vor ihm.

Er stellt sich ihrem Angriff. Mit einer Klaue schlägt er die Klingen der Schwester beiseite und packt mit der anderen ihre Kehle. Der Bruder wird von der mit scharfen Dornen besetzten Spitze von Daemrons Schweif aufgespießt. Sie durchbohrt sein Herz.

Er stürzt zu Boden, während das Blut aus der klaffenden Wunde in seiner Brust sprudelt. Die Schwester windet sich in Daemrons Griff und schlägt schwach mit ihrer Waffe auf seinen Arm ein, während er seine Finger langsam um ihre Kehle schließt.

Er ignoriert die Schnitte und Wunden an seinem Arm und trägt sie zum Rand der Zinnen. Ihr Gewicht hält er mühelos mit einer Hand. Am Rand der Bastion schlägt er ein paarmal mit seinen Schwingen, und aufgrund der zusätzlichen Last seiner Möchtegern-Mörderin gelingt es ihm nur, sich ein kleines Stück in die Luft zu erheben. Aber das genügt.

Mit einer kurzen Handbewegung schleudert er die Schwester in die Tiefe hinab. Ihr Schrei klingt wie ein Heulen, als sie hinabstürzt, bis sie schließlich mit einem schwachen Klatschen auf dem Boden aufschlägt.

Daemrons Arm blutet aus etlichen tiefen Wunden, aber keine davon ist so ernst, dass sie ihm Sorge bereiten würde. So kehrt er zu ihrem Bruder zurück, der immer noch atmet, und blickt einen Moment schweigend in die Augen des Sterbenden. Dort sieht er blankes Entsetzen, als die Kreatur endlich vollkommen begreift, was sie getan hat.

Die Rebellen haben es gewagt, ihn anzugreifen. Sie haben versucht, einen Gott zu töten, und sind gescheitert. Und damit haben sie nicht nur ihr eigenes Leben verwirkt. Ihre Verbündeten, ihre Freunde, ihre Familien – sie alle werden für das leiden, was hier soeben geschah.

Als Daemron schließlich davon überzeugt ist, dass der Meuchelmörder die schreckliche Vergeltung begreift, die all jene treffen wird, die ihm lieb sind, hebt er seinen massiven Huf und zerschmettert seinen Schädel.

I

Ferlhame lag in Trümmern. Hunderte, vielleicht Tausende Danaan waren tot; vom Feuer verbrannt oder von den herabfallenden Trümmern der gewaltigen hölzernen Wohntürme zerschmettert, die einst die Straßen gesäumt hatten. Aber es gab nur ein einziges Todesopfer, das Orath interessierte.

Er war allein nach Ferlhame gegangen und hatte Gort und Draco befohlen, in den Wäldern vor der Stadt zu warten. In der Dunkelheit konnte Orath als Danaan durchgehen, und außerdem waren die Frauen und Männer, die voller Panik durch die Straßen rannten, viel zu schockiert, um die fledermausartigen Gesichtszüge im Schatten seiner Kapuze wahrzunehmen. Seine Gefährten dagegen waren alles andere als unauffällig.

Der Körper des Drachen war durch die Gewalt des Rings förmlich in winzige Fetzen gerissen worden. Blutige Fleischbrocken lagen zwischen den Leichen der Danaan und den Trümmern; im Umkreis von hundert Metern rings um die Stelle, wo der Drache auf den Boden geprallt war, war alles von einer warmen schwarzen Säure überzogen.

Die Überreste dieser Kreatur der ChaosBrut zitterten immer noch vor Magie. Orath spürte es, als er durch die dunklen Straßen schritt. Die Magie war noch da, ebenso die beißenden Rauchwolken, die die Luft verpesteten.

Obwohl der Drache tot und zerfetzt war, konnte Orath ermessen, wie herrlich er einmal gewesen sein musste.

Doch was sagte das über den Sterblichen, der ihn besiegt hatte? Orath hatte angenommen, dass er die Artefakte einfach gewaltsam an sich bringen könnte, sobald er und seine Knechte ihren Aufenthaltsort aufgespürt hätten. Aber jetzt, nach der blutigen Auseinandersetzung um Ferlhame, war er gezwungen, seinen Plan zu ändern.

Ihr Sieg über den Pontiff und die anderen Inquisitoren im Monasterium hatte ihm ein trügerisches Gefühl von Überlegenheit vermittelt. Doch zu diesem Zeitpunkt war noch reichlich Chaos in ihrem Blut gewesen und hatte ihnen Stärke verliehen. In den Wochen, die auf dieses Gemetzel folgten, hatte Orath gespürt, wie seine Macht schwand.

Hier, auf der anderen Seite des *Vermächtnisses,* war es viel schwieriger, das Chaos freizusetzen. Die Barriere, die seinen Herrn im Exil festhielt, vereitelte auch seine Bemühungen, Kraft aus den magischen Feuern der Brennenden See zu ziehen. Je länger er und die anderen Knechte hierblieben, desto schwächer würden sie werden.

Kein Wunder, dass der Pontiff und seine Anhänger so schwach und hilflos waren, angesichts der vielen Jahrhunderte fernab von der Macht des Chaos.

Doch nicht alle Sterblichen waren schwach und hilflos, rief er sich ins Gedächtnis. Eine Handvoll war vom Bann Daemrons gezeichnet: die Brut des Feuers. Berührt vom Chaos, konnten sie die wahre Macht der Artefakte freisetzen. Eine Macht, die groß genug war, um selbst einen Drachen zu vernichten. Oder einen Knecht.

Hat Raven diese Lektion mit ihrem Leben bezahlt? Ist sie deshalb nicht mit der Krone zurückgekehrt? Ist unsere Zahl noch mehr geschrumpft?

Wäre er noch im Vollbesitz seiner Kräfte gewesen, hätte er einen Bann wirken können, um mit ihr Kontakt aufzunehmen, selbst über die gesamte Spanne der Welt der Sterblichen hinweg. Und es war auch jetzt vielleicht noch möglich. Nur war Orath nicht bereit, den Versuch zu wagen. Jede Anrufung, jeder Bann, den er wirkte, nahm ihm etwas von seiner Kraft. Er musste seine Energie bewahren; er musste die letzten Reste des Chaos in seinem Blut so lange wie möglich hüten.

Ist den anderen das klar? Haben sie das allmähliche Versiegen ihrer Kräfte gespürt?

Doch selbst wenn nicht, bestand keine Notwendigkeit, sie zu warnen. Noch nicht. Nicht, solange sie noch nützlich sein konnten.

Nach Ravens Verschwinden hatte er die kriechenden Zwillinge der Krone hinterhergeschickt. Einzeln konnten sie zwar mit Ravens Macht nicht mithalten, aber zu zweit waren sie ihr überlegen. Und was ihnen an Intelligenz mangelte, glichen sie mit ihren wilden Instinkten und ihrer unerschütterlichen Loyalität aus.

Doch wenn Raven nun von dem Sterblichen vernichtet worden war, der die Krone bei sich hatte? Würde es in dem Fall den kriechenden Zwillingen besser ergehen? Und, wichtiger noch, würde er selbst bestehen können?

Er mochte noch stark genug sein, den Ring mit Gewalt zu erbeuten, aber Daemron hatte ihn nicht nur wegen seiner Stärke zum Anführer jener Knechte bestimmt, die er in die Welt der Sterblichen geschickt hatte. Orath war bedachtsam und listig. Obwohl er wahrnahm, dass der Ring ständig nach Osten zog, hatte er nicht die Absicht, ihm überstürzt zu folgen und ein ähnliches Schicksal zu erleiden wie dieser Drache.

Er bog in eine Gasse ein und sah einen Mann in Uniform, der einem halben Dutzend anderer Soldaten Befehle zubrüllte, während sie durch das Gemetzel irrten.

Diese Sterblichen sind durchaus nützlich, dachte er und hüllte sich mit einem Funken Chaos in eine Aura von Macht und Autorität.

»Du da!«, rief er. »Ich muss mit deinem Herrscher sprechen!«

»Ich bitte Euch, Eure Entscheidung zu überdenken, meine Königin.« Andars Stimme war nur ein leises Flüstern, als fürchtete er, die Kreatur, die in ihrem privaten Ratszimmer wartete, könnte sie irgendwie belauschen.

»Wenn Ihr nicht wollt, dass ich mich mit diesem Orath treffe, warum habt Ihr mir dann von seinem Ersuchen berichtet?« Rianna sah ihren Hohen Zauberer nicht an, als sie neben ihm zielstrebig durch die Hallen des Palastes schritt. »Und warum habt Ihr ihn überhaupt hereingelassen?«

»Ich hatte Angst, ihn unbeaufsichtigt durch die Straßen streifen zu lassen«, gab der Hohe Zauberer zu. »Und außerdem habt Ihr das Recht zu erfahren, was in Eurem Königreich vorgeht«, ergänzte er.

»Vor allem habe ich auch das Recht zu entscheiden, was für mein Königreich das Beste ist«, konterte sie. »Wir befinden uns in einer Krise. Unsere Hauptstadt ist zerstört, und unser Volk trauert. Wir benötigen dringend Verbündete. Mächtige Verbündete.«

»Orath ist eine Missgeburt«, warnte Andar sie. »Eine Kreatur, die vom Chaos pervertiert wurde.«

»Der Orden behauptet das Gleiche von uns«, rief ihm die Königin ins Gedächtnis.

Als sie um die letzte Ecke bogen, blieb Rianna wie angewurzelt stehen. Die schwere Eichentür der Ratskammer war geschlossen, und an den Wänden zu beiden Seiten stand ein halbes Dutzend Soldaten der königlichen Wache mit grimmigen Gesichtern und gezückten Schwertern.

»Ist Orath ein Gast oder ein Gefangener?«, erkundigte sie sich.

»Er ist gefährlich, meine Königin«, erklärte Andar. »Trotz der Anwesenheit der königlichen Wache könnte ich nicht für Eure Sicherheit garantieren.«

»Dann wird die Leibgarde vor der Kammer warten«, entschied Rianna und hob die Hand, um Andars obligatorischen Einspruch abzuwehren.

»Öffne die Tür!«, befahl sie.

Der Soldat direkt neben der Tür gehorchte ihrem Befehl, aber mit einem winzigen Zögern, währenddessen er Andar einen Blick zuwarf.

Bin ich bereits so tief gefallen?, dachte Rianna. Dennoch konnte sie die Reaktion des Mannes verstehen. Es war ihr nicht gelungen, ihr Volk vor dem Drachen und dem Zerstörer der Welten zu beschützen. Tausende ihrer Untertanen lagen tot auf den Straßen, und ihr eigener Sohn hatte sein Volk verraten.

Ich war Vaaler gegenüber schwach. Ich sah die Gefahr in

meinen Träumen, aber statt seine Hinrichtung anzuordnen, habe ich ihn nur verbannt. Ich habe wie eine Mutter gehandelt, nicht wie eine Königin. Ich habe das Leben meines Sohnes über das meines Volkes gestellt.

Diesen Fehler würde sie nicht noch einmal begehen. Ihr Herz war verhärtet, ihre Entschlossenheit eisern.

Trotzdem stockte sie, als sie sah, was jenseits der Tür auf sie wartete. Andar hatte sie vorgewarnt und ihr gesagt, dass Orath weder ein Danaan noch ein Mensch wäre. Nach eigenem Bekunden war er ein *Knecht*. Aber auch diese Bezeichnung hatte sie nicht auf seine beklemmende Erscheinung vorbereiten können.

Er war groß und hager, fast so klapperdürr wie ein Skelett, und trug einen langen schwarzen Umhang. Beides bildete einen auffallenden Kontrast zu seiner alabasterfarbenen Haut. Er hatte ein langes schmales Gesicht und keine Haare auf dem Kopf. Seine Gesichtszüge erinnerten entfernt an die einer Fledermaus. Die spitzen Ohren waren viel zu klein und eng an seinen Schädel gepresst, seine Nase war eingefallen; die Nasenlöcher bildeten nur zwei diagonale Schlitze mitten in seinem Gesicht. Die Pupillen seiner gelben Augen waren klein und dunkel, und in seinem lippenlosen Mund schimmerten viel zu viele scharfe, spitze Zähne.

Doch noch beunruhigender als sein missgestaltetes Gesicht war die Aura von Magie, die er ausstrahlte. Das Chaos umhüllte ihn wie ein Kokon. Es war dieselbe Macht, die ihre Stadt zerstört hatte.

Was nützt die Gabe der Prophezeiung, wenn mir die Überzeugung fehlt, mich danach zu richten?

Mit einem tiefen Atemzug betrat Rianna den Raum. Eine Sekunde später folgte ihr Andar. Die Königin machte eine kurze Handbewegung, ohne sich umzusehen, und im nächsten Moment schloss einer der Wachposten die Tür hinter ihr und sperrte die drei in dem kleinen Ratszimmer ein.

»Ich bin Rianna Avareen, Königin der Danaan!«, erklärte die Frau.

Ihre Stimme war kräftig und selbstbewusst, aber Orath spürte ihren Widerwillen, so wie er ihn auch in dem Hohen Zauberer gewittert hatte, als er sich diesem vorgestellt hatte. Er hätte einen Bann wirken können, um sein Äußeres zu verändern, und mithilfe einer einfachen Illusion wie ein Danaan aussehen können. Aber das hätte seine Macht unnötig beansprucht. Außerdem sollten die Sterblichen wissen, dass er keiner von ihnen war. Sie sollten begreifen, dass er ihnen Dinge anbieten konnte, die kein anderer vermochte.

»Ich bin Orath«, erwiderte er auf die Worte der Königin. »Ich bin gekommen, um einen Pakt vorzuschlagen.«

»Gekommen? Woher?«, wollte der Hohe Zauberer wissen.

Er hatte Angst und war argwöhnisch, genauso wie die Königin. Aber in Letzterer witterte Orath noch etwas anderes. Eine Gier, die er zu befriedigen wusste. Mit einem lautlosen Machtwort verstärkte er die Aura um sich herum. Ein kleines Opfer seiner Macht, um ein Abbild noch größerer Autorität zu erzeugen, eine subtile Ausstrahlung, die dabei helfen konnte, die Sterblichen mit seinen Argumenten auf seine Seite zu ziehen.

»Ich komme aus den Tiefen der Nördlichen Waldungen«, behauptete er.

»Unsere Patrouillen kennen jeden Fingerbreit des Nordforsts«, erwiderte die Königin. »Wir haben noch nie Berichte über eine Kreatur wie dich erhalten.«

Orath lachte leise. »Eine Kreatur wie ich«, murmelte er. »Einst war ich wie Ihr. Bin ich jetzt so grauenvoll geworden?«

»Du bist ein Danaan?« Andar klang vollkommen ungläubig.

»Kein Danaan. Ich bin vor langer Zeit durch diese Wälder geschritten, als Menschen und Danaan noch ein Volk waren. In der Zeit vor dem Kataklysmus.«

»Damit müsstest du weit über siebenhundert Jahre alt sein«, spottete Andar.

»Ich habe nicht sieben Jahrhunderte wirklich erlebt«, gab Orath zu. »Den größten Teil dieser Zeit habe ich … geschlafen. Ich wurde vom *Vermächtnis* in ewige Starre versetzt.«

»Du hast mit Daemron gegen die Alten Götter gekämpft!« Rianna setzte rasch die kleinen Stückchen von Oraths Lüge zu einem Bild zusammen, wie er es gehofft hatte.

»Nicht alle Anhänger des *Schlächters* wurden bei seinem Sturz mit ihm verbannt«, erklärte Orath. »Nach dem Kataklysmus haben etliche von uns dem Gemetzel des Krieges den Rücken gekehrt. Doch wir waren ebenfalls vom Chaos berührt worden. Als die alten Götter das

Vermächtnis schufen, sind wir wie die ChaosBrut in einen ewigen Winterschlaf gefallen.«

»Aus welchem der Ring dich geweckt hat«, flüsterte die Königin. »Wie er auch den Drachen erweckte.«

Orath nickte, sagte jedoch nichts. Ihm war klar, dass es besser war, möglichst wenig zu reden. Seine Lügen würden erheblich mehr Gewicht haben, wenn die Königin glaubte, sie wäre selbst hinter die Wahrheit gekommen.

»Du hast von einem Pakt gesprochen«, drängte sie ihn fortzufahren.

»Ich kann Euch helfen zurückzuerlangen, was rechtmäßig Euch gehört. Ich kann Euch helfen, den Ring zurückzubekommen.«

»Warum willst du uns helfen?«, wollte Andar wissen. »Welchen Vorteil ziehst du aus diesem Pakt?«

Der da traut mir nicht, dachte Orath. Die Aura wirkte bei einigen besser als bei anderen. Aber es war auch nicht nötig, ihn auf seine Seite zu ziehen. Die Loyalität des Hohen Zauberers seiner Monarchin gegenüber würde ihn zwingen, trotz seiner persönlichen Zweifel ihren Anordnungen Folge zu leisten.

»Über Jahrhunderte habt Ihr und Euer Geschlecht den Ring gehütet.« Orath sprach zur Königin und ignorierte Andar. »Ihr habt seine Macht unter Kontrolle gehalten. Jetzt befindet er sich in den Händen einer Person, die es nicht versteht, das Chaos zu beherrschen. Was in Eurer Stadt geschah, war nur der Anfang«, spann er seinen Faden weiter. »Wird der Ring noch einmal benutzt, wird er ganze Armeen von schlafender ChaosBrut erwecken. Sie werden Tod und Vernichtung über die Welt bringen, und zwar in einem Ausmaß, das Ihr Euch nicht im Entferntesten vorstellen könnt.

Ich habe einen Kataklysmus miterlebt. Ich weiß, dass ein weiterer die Welt zerstören wird und mich mit ihr.«

»Woher wissen wir, dass du den Ring nicht für dich selbst haben willst?« Andar war noch nicht zufriedengestellt.

»Er würde mich zerstören, wenn ich ihn benutzen würde.« Das entsprach nur zur Hälfte der Wahrheit. Daemrons Artefakte zu benutzen war gefährlich und unberechenbar. Ihre Macht war dafür gedacht, gemeinsam eingesetzt zu werden, wobei jedes einzelne Artefakt die Macht der beiden anderen in der Balance hielt. Er würde es nur wagen, ihre Macht freizusetzen, wenn er den Ring, das Schwert und die Krone vereint in seinem Besitz hatte.

»Wenn ich den Ring selbst zurückholen könnte, würde ich das tun«, gab der Knecht zu. »Um ihn sicher zu behüten«, setzte er dann noch rasch hinzu. »Aber ich bin nicht stark genug, um gegen jemanden bestehen zu können, der die Macht des Rings gegen mich richtet. Ebenso wenig wie Euer Königreich das vermag.«

Er spürte ihre Unsicherheit, ihre Verwirrung und ihre Furcht. Sein Zauber war zwar nicht stark genug, um eine Person zu zwingen, ihm zu gehorchen, aber er konnte diese Person in eine Richtung drängen, in die sie ohnehin bereits tendierte; sie fühlte sich verloren und suchte verzweifelt nach jemandem, der ihr sagte, was sie tun sollte.

»Glaubst du, dass wir ihn zurückbekommen, wenn wir zusammenarbeiten?«, erkundigte sich die Königin.

»Das kommt auf Euch an, meine Königin.« Orath verbeugte sich tief. »Wie weit seid Ihr bereit zu gehen, um Euer Volk zu beschützen? Was seid Ihr bereit zu tun, um den Ring wiederzuerlangen?«

»Alles!«, stieß Rianna hervor. »Alles«, wiederholte sie.

2

Keegan konnte sich nicht bewegen. Er lag wie betäubt auf dem Schlachtfeld, das einst ein Strand gewesen war, umringt von Leichen. Nicht alle Toten waren Menschen. Über ihm stand eine titanische Gestalt, umhüllt vom Feuer des Chaos. Die blauen Flammen loderten so intensiv, dass sie in Keegans Augen brannten. Ein ohrenbetäubendes Dröhnen übertönte alle anderen Geräusche – das Vermächtnis *zerfiel.*

Verängstigt und hilflos vermochte der junge ChaosWirker nicht, den Blick abzuwenden. Er war unfreiwilliger Zeuge der ungeheuren Zerstörung, die die freigesetzte Macht des Artefakts bewirkte.

Er schrak aus dem Schlaf hoch. Sein Herz hämmerte, und Schweißtropfen liefen ihm über die Stirn. Der Stumpf seines linken Arms pochte heiß vor Schmerz, und er spürte, wie die Phantomfinger seiner abgehackten Hand sich unwillkürlich krampfhaft zur Faust ballten.

In dem schwachen Licht der Glut des Lagerfeuers konnte er undeutlich Vaalers Gestalt erkennen. Der junge Mann kniete neben ihm.

»Was ist los?«, fragte Vaaler. »Geht es dir nicht gut?«

Keegan atmete mehrmals durch, um sich zu beruhigen. »Es ist nichts«, erwiderte er dann. »Nur ein schlechter Traum.«

»Deine Träume sind erheblich mehr als nichts«, erinnerte ihn der verbannte Kronprinz der Danaan.

»Ich bin müde«, protestierte Keegan, schob seinen Stumpf unter seinen anderen Arm und rollte sich auf die Seite, um Vaaler den Rücken zuzukehren. »Ich muss schlafen.«

Vaaler stand auf und ging zur anderen Seite des Lagers, ließ ihn in Ruhe. Der Schlaf übermannte Keegan rasch, und glücklicherweise kam der Traum nicht zurück.

Scythe warf sich unruhig von einer Seite auf die andere, während ihr Verstand unaufhörlich arbeitete. Als sie hörte, wie Keegan sich herumwälzte und im Schlaf stöhnte, wäre sie fast aufgestanden, um nach ihm zu sehen. Aber Vaaler kam ihr zuvor, also blieb sie lieber, wo sie war.

Dass Norr neben ihr fest schlief, machte alles nur noch schlimmer. Normalerweise half ihr sein tiefes, rhythmisches Schnaufen, sich zu entspannen, aber in dieser Nacht hatten seine lauten Atemzüge den gegenteiligen Effekt.

Das ist nicht seine Schuld, ermahnte sie sich. *Schuld ist diese ganze verfluchte Situation.*

Anders als ihr barbarischer Liebhaber, der selbst den Kataklysmus verschlafen hätte, verbrachte sie ihre Nächte in rastloser Sorge, seit sie mit ihren vier Gefährten nach der Vernichtung von Ferlhame geflüchtet waren.

Sie hatten zwei Tage gebraucht, um den Rand des Forsts von Danaan zu erreichen, und dann einen weiten Bogen nach Nordosten geschlagen, um den FreiStädten auszuweichen. Die Bäume waren nicht allmählich lichter geworden, wie man hätte erwarten können; stattdessen wirkte die Grenze des Waldes scharf gezogen und unnatürlich. Mit nur wenigen Schritten traten sie aus einem dichten Wald, dessen Blätterdach den größten Teil der Sonne fernhielt, und standen dann auf den weiten Ebenen des eisigen Ostens.

Hier war es deutlich kälter als in dem feuchten, stickigen Wald, und während der ganzen Reise hing eine Nebeldecke über dem Land. Die Tundra erstreckte sich bis zum Horizont, flach und konturlos; nur ein paar Gruppen von Büschen und einige Hügel waren in der Ferne gerade eben zu erkennen. Keegan wurde immer kräftiger, und Jerrod hatte versucht, ihr Tempo zu steigern, seit sie den Wald verlassen hatten. Aber die Pferde hatten Mühe, auf dem Permafrost Halt zu finden. Ihre Hufe sanken bei jedem Schritt in den halb gefrorenen Schlamm. Dazu behinderte ein eisiger Gegenwind ihr Fortkommen, der seit drei Tagen kein bisschen nachgelassen hatte. Um die verlorene Zeit aufzuholen, ritten sie jeden Tag von Tagesanbruch bis lange nach Sonnenuntergang.

Dieser endlose Ritt forderte allmählich seinen Tribut. Doch obwohl ihr Körper jeden Tag vollkommen ausgelaugt war, wenn sie vom Pferd stieg, fand Scythe trotzdem keine Ruhe, wenn sie sich hinlegte. Sie konnte einfach nicht aufhören darüber nachzudenken, in was Norr und sie da hineingeraten waren. Jerrod hatte die anderen davon überzeugt, dass Keegan der Retter der Welt war, aber bei ihr hatten die Worte des wahnsinnigen Mönchs nicht dieselbe Wirkung gehabt.

Der junge ChaosWirker hatte einen Drachen vernichtet und die Hauptstadt der Danaan zerstört, aber als er den Ring benutzte, den Vaaler der Königin der Danaan gestohlen hatte, hätte ihn das fast das Leben gekostet. Scythe war der festen Überzeugung, dass Keegan praktisch Selbstmord begehen würde, sollte er versuchen, den Ring noch einmal einzusetzen.

Vielleicht gehört das ja zu seinem Schicksal, von dem Jerrod ständig redet, dachte sie. *Vielleicht muss Keegan auch zum Märtyrer werden, wenn er der Retter sein will. Es würde mich nicht überraschen, wenn Jerrod ihm das verschwiegen hätte.*

Sie traute dem Mönch nicht. Er benutzte Keegan. Aber keiner der anderen sah das so, nicht einmal Norr. Also war sie diejenige, die ihn im Auge behalten musste.

Aber vielleicht stehst du doch nicht ganz alleine da.

Vaaler war ihr vorhin zuvorgekommen, als sie nach Keegan hatte sehen wollen. Er hatte alles aufgegeben, sein Volk, seine Familie und sein Königreich, um sich ihrer Unternehmung anzuschließen. Wenn sie es schaffte, ihn dazu zu bringen, Jerrod mit ihren Augen zu sehen, konnten sie beide zusammen vielleicht Keegan daran hindern, irgendetwas Dummes zu tun.

Es war kalt. Der Herbst stand vor der Tür, und es würde nicht mehr lange dauern, bis der erste Schnee fiel. Scythe wappnete sich gegen die Kälte, rollte sich aus ihren Decken und ging zu Vaaler, der am Lagerfeuer saß und die Glut anfachte.

Als sie in der ersten Nacht, nachdem sie den Forst verlassen hatten, ein Lager aufschlugen, hatte Norr ihnen gezeigt, wie man ein Loch in das Eis grub, um an den schwarzen, lehmigen Torf darunter zu gelangen. Dieser Torf brannte nur langsam, entwickelte zu viel Rauch, stank sonderbar und spendete nicht genug Wärme, aber hier in der Tundra gab es nichts anderes, das sie hätten verbrennen können.

Der Danaan blickte hoch, als sie näher kam. Seine Augen wirkten in den spärlichen Flammen eingefallen und blickten gehetzt.

Vielleicht ist Keegan ja nicht der Einzige, der jemanden braucht, der auf ihn aufpasst.

»Habe gehört, wie du aufgestanden bist«, erklärte sie, als sie zu ihm trat und sich neben ihn ans Feuer hockte, um das bisschen Wärme aufzunehmen, das aus der Grube drang. »Geht es Keegan gut?«

»Er hat Albträume«, gab Vaaler leise zurück. »Aber er will nicht darüber reden.«

»Kann man ihm das verdenken? Nach allem, was er durchgemacht hat, will er wahrscheinlich einfach nur eine Weile vergessen.«

Vaaler schüttelte den Kopf. »Ich glaube nicht, dass es einfache Erinnerungen sind. Keegan hat die Gabe der *Sicht.* Er ist nicht nur ein Zauberer, er ist auch ein Prophet. Ich glaube, er hatte eine Vision. Und die hat ihm Angst gemacht.«

»Vielleicht überwältigt ihn einfach nur dieses ganze Gerede davon, dass er der Retter der Welt wäre.«

»Er *ist* der Erretter der Welt«, gab Vaaler zurück.

»Du klingst wie Jerrod.« Scythe blickte hastig über ihre Schulter, um sich davon zu überzeugen, dass der Mönch nicht in der Nähe war. Sie konnte ihn nicht sehen. In den meisten Nächten bezog er etwas abseits vom Lager Position und benutzte seine magische Sicht, um in der Dunkelheit Wache zu halten.

Also konnten Vaaler und sie ungestört miteinander reden. »Ist dir jemals der Gedanke gekommen«, fragte sie leise, »dass Jerrod sich vielleicht auch irren könnte?«

»Ich habe gesehen, wozu Keegan in der Lage ist«, erinnerte Vaaler sie. »Wir haben zusammen bei Rexol studiert, dem mächtigsten ChaosMagus in den gesamten Südlanden.«

»Warum hilft *er* uns dann nicht bei dieser Unternehmung?«

»Weil er tot ist«, erklärte Vaaler. »Er hat versucht, eines der Artefakte zu benutzen, und das hat ihn das Leben gekostet. Jerrod hat es mir erzählt.«

»Und du fürchtest nicht, dass Keegan das Gleiche widerfahren könnte?«

Vaaler blickte wortlos in das Feuer.

»Ich zweifle nicht an deinem Freund«, versicherte ihm Scythe. »Ich denke einfach nur, dass Jerrod möglicherweise etwas zurückhalten könnte. Er ist der Sache ergeben, nicht Keegan.«

»Woher kommt dieses plötzliche Interesse an Keegans Wohlergehen?« Vaaler hob den Blick und sah ihr in die Augen. »Nach allem, was ich gehört habe, hast du vor Kurzem selbst versucht, ihn umzubringen.«

»Die Lage hat sich geändert«, erwiderte sie. Aber ihr war klar, dass dies nicht genügen würde, wenn sie ernsthaft Vaaler auf ihre Seite ziehen wollte.

»Ich bin ziemlich gut darin, Leute einzuschätzen«, fuhr sie nach einer kurzen Pause fort. »Ich weiß, dass er in seinem Herzen im Grunde ein guter Junge ist.«

Vaaler lachte. »Ein Junge? Er ist genauso alt wie du und ich.«

»Aber er wirkt irgendwie jünger. Naiver. Als wäre er vor der wirklichen Welt beschützt worden.«

»In dem Punkt kann ich dir nicht widersprechen«, räumte Vaaler ein.

»Ich habe mitbekommen, wie sehr du auf ihn achtgibst«, spann sie ihren Faden weiter. »Als wäre er dein kleiner Bruder. Du willst ihn beschützen. Und ob du es glaubst oder nicht, dasselbe will ich auch.«

Der Prinz dachte ein paar Sekunden über ihre Worte nach. »Und du glaubst nicht«, fragte er dann, »dass Jerrod auch so empfindet?«

»Ich glaube, dass Jerrod alles versucht, um seinen sogenannten Erretter zu finden, und dass er vor nichts zurückschreckt, um das zu erreichen.«

»Du hast recht«, sagte Jerrod, der kaum einen Schritt hinter ihm stand.

Scythe und Vaaler sprangen auf und wirbelten zu ihm herum. Keiner von ihnen hatte ihn kommen hören.

Einige Sekunden lang herrschte Schweigen, ein peinliches, beklemmendes Schweigen. Scythe spürte, dass ihre Wangen vor Verlegenheit und Gewissensbissen brannten, und sie versuchte hastig, sich eine Entschuldigung und eine Erklärung auszudenken. Dann drehte sich Jerrod weg.

»Weckt die anderen!«, befahl er, als er davonging. »Wir müssen aufbrechen. Wir werden verfolgt.«

3

Jerrod spürte, wie sich ihre Verfolger näherten, aber er konnte nichts daran ändern. Es war stockfinster, der Mond nur eine dünne silberne Sichel, die den dichten Nebel kaum durchdringen konnte, der ihnen seit dem Forst gefolgt war. Es war für die Pferde zu gefährlich, auf diesem unebenen Gelände schneller als in einem langsamen Trott zu laufen. Da die fünf nur vier Pferde bei sich hatten, saßen Scythe und Keegan auf einem Pferd. Denn selbst zusammen waren sie nicht so schwer wie Norr. Jerrod hatte darauf geachtet, dass die Reiter ständig die Pferde tauschten, damit kein Tier überstrapaziert wurde. Aber ohne Futter, um wieder zu Kräften zu kommen, standen sie auf verlorenem Posten.

Der Mönch fokussierte seine mentalen Energien und versuchte, mit seiner Zweiten Sicht ein Bild von den Jägern zu bekommen. Aber es war schwierig, ein klares Bild zu erzeugen. Die Aura der Alten Magie, die sich noch im Nordforst von Danaan hielt, hatte dort seine Vision getrübt. Hier war sie ebenfalls begrenzt, aber auf eine ganz andere Art und Weise.

Der Orden versuchte zwar, es geheim zu halten, aber die Mönche zogen ihre Kraft ebenso aus dem Chaos wie jede Hexe oder jeder ChaosWirker. Statt sie jedoch auf die Welt loszulassen, nutzten sie es, um ihre Wahrnehmung der Umgebung zu schärfen. Sie setzten es ein, um unglaubliche Schnelligkeit, Stärke und Ausdauer zu erhalten, und verwendeten es im Kampf, um die Bewegungen und Angriffe eines Widersachers zu antizipieren und zu kontern, bevor sie überhaupt stattfanden.

Doch das Chaos auf den Ebenen des Eisigen Ostens war schwach und dünn, wie die Luft auf einem hohen Berggipfel, wo man nur mühsam Luft in die Lunge pumpen kann. Jerrod hatte viele Theorien gehört, warum das Chaos hier so schwach war, aber keine davon hatte viel Sinn ergeben. Allerdings spielte der Grund für ihn auch keine große Rolle; ihn interessierte nur, auf welche Weise es ihn beeinflusste.

Alles war schwieriger, als es hätte sein sollen. Sein Körper wurde langsamer und viel zu schnell müde. Er konnte seine Körpertemperatur nicht richtig regulieren, was bedeutete, dass er in der kalten Nacht ständig zitterte. Seine allumfassende *Sicht* war auf einen Radius von einigen Hundert Metern beschränkt, und statt instinktiv die Umgebung wahrzunehmen, musste er sich konzentrieren, damit sich die Welt um ihn herum nicht in ein graues Nichts auflöste.

Deshalb hatte er die Jäger auch nicht früher bemerkt. Er hatte sie erst registriert, als er in tiefe Meditation gefallen war, nachdem sie ihr Lager aufgeschlagen hatten. Es handelte sich um ein halbes Dutzend Inquisitoren, die zu Fuß unterwegs waren und der Fährte durch die Tundra folgten, die ihre Pferde in dem weichen Boden hinterließen.

Wie Jerrod waren auch sie von der schwachen Kraft des Chaos eingeschränkt. Aber auch geschwächte Inquisitoren waren ihm und seinen Gefährten bei Weitem überlegen … vor allem, da Keegan immer noch unter den Folgen seines Kampfes mit dem Drachen litt.

Er stieß dem Pferd die Absätze in die Flanken und trieb es voran. Langsam trabte er von ganz hinten an Keegan und Scythe, dann an dem Danaan-Prinzen vorbei und blieb neben Norr. Jerrod hatte gehofft, dass dessen Vertrautheit mit dem Land ihnen einen Vorteil gegenüber ihren Verfolgern bieten würde, aber es war klar, dass selbst unter der Führung des Barbaren die Jagd sehr bald zu Ende sein würde.

»Sie kommen näher«, sagte Norr, als Jerrod ihn eingeholt hatte. Seine Worte waren eine Feststellung, keine Frage.

»Unsere Verfolger kommen schneller zu Fuß voran als wir mit den Pferden«, erwiderte Jerrod.

»Das gilt auch für mein Volk«, meinte Norr. »Pferde sind für dieses Land nicht besonders geeignet.«

»Gut! Ich habe es satt, immer nur wegzulaufen!«, rief Scythe.

Das Pferd, auf dem Keegan und sie saßen, war ein paar Längen hinter die anderen zurückgefallen, aber in der ruhigen Nacht trugen die Worte so weit, dass sie das Gespräch mitbekommen hatte. Sie saß vor dem jungen ChaosWirker, die Hände an den Zügeln, während er hinter ihr seine Arme locker um ihre Taille geschlungen hatte, um das Gleichgewicht zu behalten.

»Schicken wir diese Wäldler doch zurück in den Forst«, fuhr sie fort. »Nichts für ungut«, setzte sie mit einem Nicken zu Vaaler hinzu, als sie ihr Pferd neben ihn trieb.

»Wir werden nicht von den Danaan gejagt«, stellte Jerrod richtig. »Es ist der Orden. Inquisitoren.«

»Wie viele sind es?« Keegan schob seinen Kopf über Scythes Schulter, damit man ihn hören konnte.

»Sechs.«

Norr lachte. »Sechs? Sind das alle? Nicht mal genug, dass wir ins Schwitzen kommen!«

»Das sind keine einfachen Söldner«, wies Jerrod ihn zurecht. »Dein Volk ist nicht mit dem Chaos im Blut geboren, deshalb hatte der Orden keinen Grund, jemals in dein Land einzudringen. Du hast keine Ahnung, wozu Inquisitoren fähig sind.«

»Ich habe Geschichten über sie gehört«, warf Scythe ein. »Die kamen mir schon immer ein bisschen übertrieben vor.«

»Sind sie aber nicht.« Vaaler sprang Jerrod zu Hilfe.

»Woher willst du das wissen?«

»Der Orden will mein Volk ausradieren. Wir wären Narren, wenn wir sie nicht studiert hätten, um Fakten von Fiktionen unterscheiden zu können. Und die Kampftechnik und Kühnheit der Inquisitoren ist sehr real.«

»Vergiss nicht, wie leicht es mir gefallen ist, dich in der Taverne zu besiegen«, erinnerte Jerrod Norr. »Diese Inquisitoren haben eine ganz ähnliche Ausbildung.«

»Du hast mich nur überrumpelt«, protestierte Norr, aber er klang wenig überzeugend.

»Haben wir eine Chance, sie zu besiegen?«, erkundigte sich Vaaler.

»Ihre Macht wird hier ebenfalls schwächer sein«, meinte Jerrod. »Etwas an diesem Land ist … sonderbar. Dadurch werden sie ihre Fähigkeiten nicht so gut einsetzen können wie gewöhnlich.«

»Also werden wir kämpfen!« Scythe grinste bösartig.

»Statt zu kämpfen, sollten wir lieber versuchen uns zu verstecken«, schlug Vaaler vor. »Gibt es hier in der Nähe eine Höhle oder eine Senke?«

Jerrod schüttelte den Kopf. »Wir können uns vor den Inquisitoren nicht verstecken. Ihre Wahrnehmung ist in diesem Land zwar begrenzt, aber da sie jetzt unsere Spur aufgenommen haben, können sie uns überallhin folgen, wohin wir gehen.«

»Wir müssen irgendwo einen guten Standort finden«, bemerkte Scythe. »Eine Stelle, wo sie sich weder an uns heranschleichen noch uns von der Seite angreifen können.«

»Du wärst nicht so scharf auf einen Kampf, wenn du wüsstest, womit wir es zu tun haben«, warnte Jerrod sie. »Es ist sehr unwahrscheinlich, dass einer von uns den nächsten Morgen noch erleben würde.«

»Wir können uns nicht verstecken, und wir können ihnen nicht entkommen.« Scythe zuckte die Achseln. »Wenn ein Kampf also die einzige Möglichkeit ist, sollten wir uns zumindest darauf vorbereiten. Außerdem«, sie deutete mit dem Daumen über die Schulter auf den jungen ChaosWirker, »haben wir ihn auf unserer Seite.«

»Nein!« Jerrod kam Keegan zuvor. »Er hat sich noch nicht erholt. Wenn er versucht, das Chaos zu beschwören, wird es ihn vernichten!«

»Ich bin vielleicht noch nicht stark genug, um den Ring wieder benutzen zu können«, protestierte Keegan, »aber ich könnte die Macht von Rexols Stab einsetzen.«

»Das würde nicht viel nützen, ohne dass du vorher Hexwurz genommen hast«, widersprach Vaaler. »Und ich stimme Jerrod zu. Du bist immer noch zu schwach, um Magie anzuwenden.«

»Du willst also sagen, ich soll einfach untätig dasitzen, während ihr anderen um unser Leben kämpft?«

»Du darfst dich nicht in Gefahr bringen«, sagte Jerrod. »Du bist der Erretter der Welt. Dein Leben ist wichtiger als das Leben von uns allen anderen zusammen.«

»Sprich gefälligst nur für dich selbst«, murrte Scythe.

»Je länger wir streiten, desto näher kommen unsere Feinde«, mischte sich Vaaler ein, bevor Jerrod etwas darauf erwidern konnte.

»Scythe hat recht«, meinte Norr. »Wenn wir kämpfen müssen, sollten wir eine Stelle finden, die uns einen taktischen Vorteil gewährt.«

»Wie gut kennst du diese Gegend?«, wollte Vaaler wissen. »Gibt es so einen Platz irgendwo in der Nähe?«

Der Barbar strich mit seiner mächtigen Hand über seinen dichten Bart. »Ich glaube, wir sind in der Nähe des Flusses Gruun. Auf der anderen Seite liegt ein kleines Plateau, auf dem sich in alten Zeiten die Clanführer getroffen haben. Der *Gerscheld,* was in unserer Sprache ›der Hohe Ort‹ bedeutet. Es gibt nur einen Weg hinauf.«

»Wie weit ist es bis dorthin?«, erkundigte sich Jerrod.

»Zwei, vielleicht drei Stunden von hier aus.«

»Zwei müssen genügen«, beschied ihn der Mönch.

Keegan hatte seine Arme fest um Scythes Taille geschlungen, als sie durch die Nacht galoppierten. Das Tier war vollkommen erschöpft. Es trat unsicher auf, und sein Gang war unregelmäßig. Zusammen mit dem unbekannten Terrain, den beiden Reitern auf seinem Rücken und der Dunkelheit war es ein kleines Wunder, dass das Tier sich nicht schon längst ein Bein gebrochen und sie beide auf den Boden geschleudert hatte.

Keegan hielt sich fest, so gut er konnte, was ihm, wegen seiner fehlenden Hand, nicht besonders gut gelang. Um das zu kompensieren, drückte er Kopf und Brust fest gegen Scythes Rücken. Er spürte den schlanken, straffen Körper unter ihrem Hemd, der sich im Rhythmus des Pferdegalopps bewegte.

Mit ihr zu reiten ist das einzig Gute daran, ein verkrüppelter Invalide zu sein, dachte er verbittert.

Er wusste, dass Scythe und Norr ein Paar waren, aber er fühlte sich trotzdem zu der unbestreitbar attraktiven jungen Frau hingezogen. Sie hatte einen athletischen Körper, und die Gesichtszüge der Insulanerin verliehen ihr ein exotisches, mysteriöses Aussehen. Aber es war nicht nur ihr Äußeres, das ihn faszinierte. Sie hatte ein Feuer in sich, eine wilde Leidenschaft, die sich selbst bei den einfachsten Tätigkeiten zeigte. Sie bewegte sich schnell und präzise, und jede ihrer Aktionen und Äußerungen zeugte von Entschlossenheit und Selbstbewusstsein.

Es ist kein Wunder, dass sie sich zu Norr hingezogen fühlt.

Der rothaarige Hüne besaß eine ganz ähnliche, wenn auch etwas weniger feurige Selbstsicherheit.

Wahrscheinlich fürchtet sich jemand von seiner Größe vor gar nichts.

Stark, selbstbewusst und tapfer – Norr war alles, was Keegan eindeutig nicht war.

Und wenn ich nicht einmal das Chaos beschwören kann, wozu bin ich dann von Nutzen?

»Ich werde nicht einfach nur dasitzen, während ihr anderen kämpft, um mich zu beschützen«, erklärte Keegan plötzlich. Er sprach gerade laut genug, dass nur Scythe ihn hören konnte.

»Komm ja nicht auf irgendwelche dummen Ideen«, antwortete Scythe, ohne sich zu ihm umzudrehen. Ihr Blick war auf den undeutlichen Umriss des galoppierenden Pferdes vor ihr gerichtet. »Der Mönch mag in vielerlei Hinsicht ein bisschen weich in der Birne sein, aber in diesem Punkt hat er vermutlich recht. Überlass uns die Sache und versuche uns nicht in die Quere zu kommen.«

»Ich werde nicht zulassen, dass ihr euer Leben opfert, um mich zu retten«, widersprach Keegan. »Ganz gleich, was Jerrod sagt.«

»Es geht nicht immer nur um dich, kapiert?« Scythe war verärgert. »Die Inquisitoren wollen unser Blut. Wir stecken alle mit drin. Und jetzt halt die Klappe! Ich muss mich konzentrieren.«

Rot vor Verlegenheit schwieg Keegan für den Rest des Rittes.

Scythe war nicht dumm. Sie erkannte Keegans unbeholfene Erklärungen als das, was sie waren. Es hatten sich schon viele Männer und auch Frauen in sie verliebt. Sie war sich nicht zu schade, diese Tatsache in der richtigen Situation für sich auszunutzen, aber das hier war weder die Zeit noch der Ort für romantische Spielchen.

Jetzt hatte sie Gewissensbisse, weil sie dem jungen ChaosWirker so über den Mund gefahren war. Er war einfach nur ein dummer Junge, der es nicht besser wusste, und er hatte bereits mehr als genug Schmerz und Verlust erlitten. Aber die Situation in ihrer kleinen Gruppe war bereits ziemlich angespannt, und sie wollte die Angelegenheit nicht weiter verkomplizieren.

Um Norr machte sie sich dabei keine Sorgen. Ihr Liebhaber war nicht eifersüchtig, und er kannte Scythe gut genug, um sich zurückzuhalten und es ihr zu überlassen, sich auf ihre Art um diese Probleme zu kümmern. Er hatte nur gelächelt und mit seiner tiefen Stimme ein leises Glucksen von sich gegeben, als sie ihm von Keegans Gefühlen für sie erzählt hatte.

Vaaler würde das wahrscheinlich ebenfalls nicht kümmern. Der Danaan-Prinz hatte genug andere Dinge im Kopf, angesichts seiner Verbannung und der Schrecken, die sein Volk getroffen hatten.

Jerrod jedoch sah darin vielleicht etwas mehr als nur eine harmlose Verliebtheit. Wahrscheinlich würde er sie beschuldigen, eine Ablenkung darzustellen, eine Verlockung, die seinen auserwählten Retter vom rechten Pfad der Tugend abbringen wollte, oder er würde irgendeinen anderen Blödsinn erzählen.

Nicht dass es Scythe kümmerte, was irgendein eingebildeter Mönch über sie dachte. Aber Keegan hörte auf Jerrod. Wenn der Mönch zu der Ansicht gelangte, sie wäre eine Gefahr für die Bestimmung des jungen Mannes, kam er vielleicht auf die Idee, ihn gegen sie aufzubringen.

Oder vielleicht machte er etwas noch Drastischeres.

Der Mönch hatte klargemacht, dass für ihn Keegans Leben über dem von allen anderen stand. Sie glaubte zwar nicht, dass er sie vor den Augen der anderen angreifen würde, dafür war er zu gerissen. Aber Jerrod schien nie zu schlafen. Wenn Keegan und Vaaler eines Morgens aufwachten und feststellten, dass Norr und sie verschwunden waren, würde es dem Mönch zweifellos nicht sonderlich schwerfallen, die anderen davon zu überzeugen, dass sie sie einfach zurückgelassen hätten.

Sie war zwar nicht vollkommen überzeugt, dass er tatsächlich so etwas machen würde, aber sie traute es ihm durchaus zu.

Glaubst du wirklich, dass Keegans Gefühle einfach so verschwinden, weil du ihm befohlen hast, die Klappe zu halten? Diese Sache ist noch nicht vorbei.

Scythe grinste und fletschte die Zähne in der eisigen Nachtluft, während ihr Pferd weitergaloppierte.

Vielleicht habe ich ja Glück und die Inquisitoren bringen uns alle um, sodass ich mich damit nicht auch noch herumplagen muss.

Sie lachte leise über ihren Witz, und sie wusste, dass kein anderer ihn komisch finden würde. Selbst Norr schätzte ihren Galgenhumor nicht sonderlich.

So verzweifelt ihre Lage auch war, sie hatte keine Angst. Natürlich wollte sie nicht sterben. Aber aus irgendeinem Grund war sie fest davon überzeugt, dass sie diese gefährliche Situation relativ unbeschadet überstehen würden.

Statt die Konfrontation zu fürchten, freute sie sich darauf. Sehr sogar.

Methodis hatte sie gelehrt, was Adrenalin bewirkte. Sie wusste, dass es ganz natürlich war, in Zeiten der Gefahr oder der Anspannung Erregung zu empfinden. Aber das hier war etwas anderes. Sie hatte es gefühlt, seit sie den Nordforst verlassen hatten, und je weiter sie nach Osten geritten waren, desto stärker war dieses Gefühl geworden. Etwas an diesem abweisenden Land sprach zu ihr, sie fühlte sich wieder belebt. Lebendig.

Sie stellte sich vor, dass Norr es ebenfalls fühlte, obwohl er nichts davon zu ihr gesagt hatte. Immerhin war es das Land seines Volkes, sein Heimatland.

Vielleicht empfindet er seine Rückkehr aber auch als bittersüß.

Norr hatte niemals gesagt, warum er den Eisigen Osten verlassen hatte und in die Südlande gegangen war. Scythe vermutete, dass es alte Wunden gab, und sie hatte nicht vor, am Schorf zu kratzen … nicht, wo sie selbst so viele eigene Wunden hatte.

Im nächsten Moment waren all ihre Gedanken wie weggefegt, weil die Pferde stürzten.

Jerrod hatte seine *Sicht* aufgeteilt zwischen ihrer unmittelbaren Umgebung und den Feinden, die sie verfolgten. Aber er war aufmerksam genug, um auf das scharfe Knacken reagieren zu können, mit dem das Fußgelenk von Norrs Pferd unter seinem Gewicht brach.

Das Tier wieherte schrill, als es zu Boden stürzte und seinen Reiter mitriss. Vaaler hatte zu dicht aufgeschlossen, weil sie es so eilig hatten, den *Gerscheld* zu erreichen, konnte er nicht mehr ausweichen und prallte gegen Norrs Tier.

Jerrod war der Dritte und versuchte, sein Pferd zur Seite zu lenken. Aber das Tier teilte die übernatürlich schnelle Reaktion des Mönchs nicht. Es war fast am Ende seiner körperlichen Kräfte und stolperte, als es auf das plötzliche Kommando seines Reiters zu reagieren versuchte. Sein Fußknöchel gab zwar nicht nach, trotzdem verlor das Tier das Gleichgewicht und stürzte vornüber.

Jerrod sprang hastig aus dem Sattel, um nicht von seinem eigenen Tier zerquetscht zu werden. Der Aufprall bei der Landung raubte ihm den Atem, aber er schaffte es gerade noch, die Beine anzuziehen und sich abzurollen, um etwas von der Wucht aufzufangen.

Scythe und Keegan hinter ihnen landeten ebenfalls in dem Gewühl. Das Pferd trug zwei Menschen und konnte nicht mehr rechtzeitig bremsen, sodass es mit voller Wucht in die anderen am Boden liegenden Pferde galoppierte und stürzte.

Eben noch saß Keegan hinter Scythe und verwünschte sich leise für all die dummen Dinge, die er gesagt hatte. Im nächsten Moment segelte er durch die Luft. Er schlug einen halben Purzelbaum, bevor er auf die eisige Erde prallte. Hals und Schultern bekamen den größten Teil des Aufpralls ab.

Orientierungslos und benommen lag er auf dem Rücken, während er in den dunklen Himmel über sich starrte. Ein brennender, kribbelnder Schmerz lief von seinem Rückgrat durch seine Gliedmaßen, und einen

Augenblick lang fürchtete er, er hätte sich das Genick gebrochen. Doch kurz darauf gelang es ihm, sich umzudrehen und auf die Knie aufzurichten. Seine Arme und die Finger waren zwar taub, funktionierten jedoch noch.

Dann erregte das schrille, entsetzliche Wiehern der Pferde seine Aufmerksamkeit, und als er sich umdrehte, bot sich ihm ein chaotischer Anblick aus miteinander verschlungenen Leibern. Er wusste nicht, wie viele Pferde am Boden lagen. In der Dunkelheit waren die Leiber und die zuckenden Hufe nicht zu unterscheiden. Aber er konnte auch andere Gestalten in dem Tumult erkennen, die Reiter, die mit ihren Pferden gestürzt waren.

Immer noch zu benommen, um stehen zu können, kroch er vorwärts, um seinen Freunden zu helfen. Im nächsten Moment war Jerrod neben ihm und hielt ihn fest.

»Zu gefährlich!«, schrie er. »Ein Tritt könnte dir den Schädel zertrümmern!«

Keegan wusste, dass der Mönch recht hatte, und außerdem hatte er ohnehin nicht genug Kraft, um sich ihm zu widersetzen. Hilflos musste er zusehen, wie sich dieses Knäuel aus Körpern und Gliedmaßen allmählich entwirrte. Eins der Pferde sprang auf die Füße. Es war zwar nicht verletzt, aber vollkommen panisch und galoppierte in die Nacht hinaus.

Eine hünenhafte Gestalt, Norr, kroch auf Händen und Knien aus dem Durcheinander. Er hielt kurz inne, um eine dunkle Gestalt aufzuheben, die regungslos am Boden lag. Er zog das bewusstlose Opfer aus dem Chaos, bevor er ein paar Schritte weiter zusammenbrach.

Ein anderes Pferd konnte sich aufrichten. Wie das erste

rannte es ebenfalls davon, in die entgegengesetzte Richtung. Keegan sah, dass es schrecklich lahmte.

Die restlichen Pferde kreischten vor Schmerz. Sie waren zu verletzt, um aufzustehen. Aber Keegan ignorierte ihre grausamen Leiden; seine Aufmerksamkeit war auf die beiden dunklen Gestalten neben ihm gerichtet.

Norr hat jemanden herausgezogen. War es Vaaler oder Scythe?

In der Dunkelheit wirkte die andere Person klein und zierlich neben Norr, aber neben dem Barbaren sah jeder wie ein Zwerg aus. Aus dieser Entfernung konnte man unmöglich erkennen, um wen es sich handelte.

Keegan schüttelte Jerrods Hand ab, stand auf und ging zu seinen gestürzten Freunden. Der Mönch folgte ihm auf dem Fuße. Als er näher kam, erkannte er Vaaler in der Gestalt neben Norr.

Der Danaan-Prinz war jetzt bei Bewusstsein. Die beiden Männer saßen auf dem Boden und tasteten ihre Körper vorsichtig nach gebrochenen Knochen oder anderen ernsthaften Verletzungen ab. Keegans Erleichterung darüber, dass sein engster Freund noch am Leben war, wich rasch seiner Sorge um das fehlende fünfte Mitglied ihrer kleinen Gruppe.

»Wo ist Scythe?«, wollte er wissen.

Vaaler war immer noch zu erschüttert, um antworten zu können, aber Norr schüttelte den Kopf.

»Ich habe sie nicht gesehen. Sie muss vorher abgesprungen sein.«

Bevor Keegan auch nur vorschlagen konnte, nach ihr zu suchen, tippte ihm Jerrod auf die Schulter.

»Da«, sagte er und deutete auf die am Boden liegenden Pferde.

Keegan erkannte undeutlich Scythes Silhouette, als sie die verletzten Tiere umkreiste. Sie duckte sich dicht am Boden, wie ein Raubtier, bereit zum Angriff. Die Pferde waren fast wahnsinnig vor Schmerzen und traten wie verrückt um sich. Ihre gebrochenen Gliedmaßen standen zuckend in unnatürlichen, abscheulichen Winkeln ab.

Plötzlich sprang Scythe vor und direkt wieder zurück. Eines der Pferde schüttelte sich und blieb ein paar Sekunden später regungslos liegen. Mittlerweile hatte Scythe bereits der zweiten gequälten Kreatur die Kehle durchgeschnitten. Diese kam ebenfalls zur Ruhe, während sie ausblutete. Dann drehte sich die junge Frau von den Tieren weg, die sie hatte töten müssen, und ging zu ihren Gefährten.

»Wie schlimm ist es?«, fragte sie.

»Mir geht es gut«, versicherte Norr. Er grunzte, als er sich aufrichtete.

»Du weißt, dass du ein schrecklicher Lügner bist«, warnte ihn Scythe.

»Ein paar angeknackste Rippen vielleicht«, gab ihr Liebhaber zu. »Ein verdrehtes Knie. Nichts Ernstes.«

»Und du, Vaaler?«, erkundigte sich Keegan. »Du hast dich nicht bewegt, als Norr dich da rausgezogen hat.«

»Ich habe mich gerade gefragt, wie ich hierhergekommen bin.« Die Worte des Prinzen klangen ein wenig undeutlich. »Danke«, setzte er dann mit einem anerkennenden Nicken in Richtung des Barbaren hinzu.

»Du hast meine Frage nicht beantwortet«, hakte Keegan nach. »Bist du verletzt?«

»Ich hab einen unangenehmen Schlag auf den Kopf bekommen. Sonst scheint mir nichts passiert zu sein.«

»Lass mich mal sehen.« Scythe trat zu ihm und untersuchte rasch die Verletzung. »Du hast eine Platzwunde, die ziemlich stark blutet. Aber Wunden am Kopf sind immer eine Sauerei. Es sieht schlimmer aus, als es ist. Das heilt rasch.«

Keegan war mit Scythes Diagnose zufrieden, streckte seine gesunde Hand aus und zog Vaaler auf die Füße.

»Was machen wir jetzt?«, erkundigte sich der Danaan. »Die Inquisitoren verfolgen uns immer noch.«

»Wir sind nur eine Meile vom *Gerscheld* entfernt«, meinte Norr.

»Vielleicht teilen sie sich auf, um den Pferden zu folgen, die weggelaufen sind«, spekulierte Scythe. »Das würde unsere Chancen verbessern.«

»Das werden sie nicht tun«, enttäuschte Jerrod sie. »Sie sind schon so nah, dass sie uns jetzt wahrnehmen können, so wie ich sie *sehe*. Nehmt den Pferden alles ab, was ihr tragen könnt«, befahl der Mönch. »Wir gehen zu Fuß weiter.«

4

Von den beiden toten Pferden konnten sie nicht allzu viel mitnehmen. Der größte Teil ihrer Nahrungsmittel hatte sich auf den Tieren befunden, die in Panik geflüchtet waren, und sowohl die Schlafdecken als auch die restliche Lagerausrüstung würde sie auf ihrem Fußmarsch nur behindern.

Soweit es Keegan betraf, war das einzig Wertvolle ohnehin nur Rexols Stab. Wie durch ein Wunder hatte er den Sturz unbeschadet überstanden; selbst der gehörnte Gorgonenschädel war unversehrt. Ob das nur Glück gewesen war oder ein Zeichen für die Macht, die er beinhaltete, wusste Keegan nicht. Aber er war dankbar dafür, diesen Zauberstab bei sich zu haben, als sie weiter durch die Nacht marschierten.

Scythe schnitt rasch ein paar Tuchstreifen von den Bettrollen ab und bandagierte damit Norrs verletztes Knie. Dann gingen sie im Gänsemarsch weiter, angeführt von dem Barbaren. Trotz des festen Verbandes humpelte er leicht, aber mit seinen langen Beinen konnte er ein Tempo vorlegen, dem die anderen nur mit Mühe zu folgen vermochten. Schon kurz darauf sahen sie die Umrisse des *Gerscheld* vor sich aufragen, der sich, etwa zwanzig Meter hoch, vor dem bläulichen Himmel abhob, der den Tagesanbruch verkündete.

Abgesehen davon, dass der *Gerscheld* erheblich größer war als alles um ihn herum, war er auch anders geformt als die kleinen Hügel der Umgebung. Der *Gerscheld* war breiter und flacher. Drei Seiten fielen steil ab, aber die Seite, der sie sich näherten, war wie eine Rampe geformt, die zum Gipfel führte.

Als sie den Fuß dieses Plateaus erreichten, war es so hell, dass Keegan den unebenen Weg erkennen konnte, der sich zwischen den Felsbrocken hindurchschlängelte. Man hatte einen unregelmäßigen Pfad in den Fels geschlagen, der an einigen Stellen höchstens ein paar Fußlängen breit war.

Dieser Pfad war eindeutig nicht natürlichen Ursprungs, und Keegan vermutete, dass das auch auf den *Gerscheld* selbst zutraf. Auf ihn wirkte es so, als wäre die Erde einmal auseinandergerissen und dann wieder zusammengefaltet worden.

Wahrscheinlich stammt dieser Ort noch aus der Zeit vor dem Kataklysmus.

Aber es war keine Spur von Magie mehr zu spüren, falls der *Gerscheld* tatsächlich durch Magie erschaffen worden war. Die aufgeladene Atmosphäre, die Keegan noch in den Nördlichen Waldungen wahrgenommen hatte, fehlte hier. Wie im ganzen Eisigen Osten war hier das Chaos sehr schwach.

Sie trotteten, nach wie vor im Gänsemarsch, den Pfad bis zur Spitze des Plateaus hinauf. Der Boden war sehr uneben und schwer zu bewältigen, und Keegan musste sich beim Aufstieg schwer auf Rexols Stab stützen. Selbst Jerrod schien Schwierigkeiten mit der steilen Rampe zu haben.

Wenigstens dürfte es hier den Inquisitoren nicht ganz so leichtfallen, uns zu bekämpfen.

Als sie die Spitze des Plateaus erreicht hatten, entdeckte Keegan voller Überraschung etliche Dutzend großer, rechteckiger Steine, die fast im Zentrum der Fläche zu einem großen Kreis arrangiert worden waren. Die Steine hatten allesamt die gleiche Form und Größe, etwa sechs Fußlängen breit, zehn Fußlängen hoch und vier Fußlängen tief. Sie standen aufrecht und hatten alle den gleichen Abstand voneinander, als hätte sie jemand so dort hingestellt. Und sie waren aus einem glatten bläulichen Mineral gefertigt, das Keegan noch nie zuvor gesehen hatte.

»Was ist das für ein Ort?« Vaaler klang ebenfalls beeindruckt.

»Wie ich bereits sagte«, erwiderte Norr. »Das hier war einmal ein Versammlungsort für die uralten Clanhäuptlinge. In kriegerischen Zeiten konnten sie sich hier treffen und verhandeln, ohne einen Hinterhalt befürchten zu müssen.«

Keegan sah, dass Norr recht hatte. Von ihrem Standort aus hatten sie meilenweit freie Sicht in alle Richtungen, sobald die Sonne erst aufgegangen war.

»Dies hier war heiliger Boden«, fuhr der Barbar fort. »Es war strengstens verboten, Blut zu vergießen. Aber Pertor der Schänder entweihte den *Gerscheld*, als er während irgendwelcher Friedensverhandlungen seine Rivalen abschlachtete.«

»Die Inquisitoren.« Scythe unterbrach seine Erzählung, als sie in die Richtung deutete, aus der sie gekommen waren.

Keegan kniff die Augen zusammen und konnte im grauen Morgenlicht sechs Gestalten erkennen, die zu Fuß in ihre Richtung kamen. Sie gingen zügig, aber ohne Eile, als würden sie einfach nur rasch gehen. Selbst auf diese Entfernung jedoch erkannte er, dass sie sich mit unnatürlicher Geschwindigkeit fortbewegten.

»Seit Pertors Tat ist dieser einst heilige Boden verflucht«, flüsterte Norr. »Den Legenden zufolge wird jeder, der hierherkommt, nur Leid und Tod finden.«

»Wie gut, dass ich nicht abergläubig bin«, unterbrach Scythe schließlich das beklommene Schweigen, das den Worten ihres Geliebten gefolgt war. »Sonst könnte ich noch auf die Idee kommen, das als ein schlechtes Vorzeichen zu sehen.«

Jerrod wusste, dass sie nicht viel Zeit hatten, ihre Verteidigung vorzubereiten. Es würde nur noch wenige Minuten dauern, bis die Inquisitoren den *Gerscheld* erreicht hatten. Die Spitze des Plateaus war groß und offen und bot reichlich Raum für einen Kampf. Wären sie zahlenmäßig überlegen gewesen, hätte es sich angeboten, ihren Feind heraufzulocken und ihn dann von allen Seiten anzugreifen.

Aber es waren sechs Inquisitoren, und sie waren nur zu fünft.

Und in Wirklichkeit sind unsere Chancen noch viel schlechter.

Da Keegan nur eine Hand zur Verfügung hatte und unfähig war, das Chaos zu beschwören, war er nicht sonderlich hilfreich. Vaaler hatte zwar immer noch sein Rapier, aber die Bewegungen des Danaan waren unkoordiniert und langsam, als kämpfte er immer noch mit den Nachwirkungen des Schlages, der ihm vor wenigen Stunden das Bewusstsein geraubt hatte. Und in seinem derzeitigen Zustand bezweifelte Jerrod, dass er auch nur gegen einen einzigen Inquisitor lange durchhalten würde.

Norrs Größe machte ihn zu einem Furcht einflößenden Widersacher, aber der Barbar war unbewaffnet. Er hatte nicht einmal den mächtigen Ast behalten, den er als improvisierte Keule gegen die Soldaten der Danaan im Nordforst benutzt hatte. Und Jerrod wusste, dass die Verletzungen des Ostländers aufgrund seines Sturzes vom Pferd ihm weit größere Schmerzen bereiteten, als er sich anmerken lassen wollte. Er hatte auf ihrem Fußmarsch die Zähne zusammengebissen, war am ganzen Körper schweißüberströmt und erheblich blasser als gewöhnlich.

Scythe kämpfte mit ihren beiden Dolchen verblüffend effektiv; selbst Jerrod war von der wilden Wut beeindruckt gewesen, mit der sie die Danaan, die sie angriffen, getötet hatte. Aber die Inquisitoren waren anders als alle Gegner, mit denen sie bisher zu tun gehabt hatte. Selbst ihre Geschwindigkeit und Geschicklichkeit würden Scythe gegen das Kampfgeschick und die mystische *Sicht* der Mönche wenig nützen, denn sie würden all ihre Bewegungen antizipieren und kontern, noch bevor sie sie ausführte.

Es mit allen sechs auf einmal aufzunehmen wäre reiner Selbstmord.

Doch es gab noch eine andere Option. Der gewundene, tückische Pfad, der den steilen Hang hinaufführte, verengte sich kurz vor dem Gipfel des Plateaus. Die kantigen Felsformationen auf beiden Seiten des Weges bildeten an seiner Mündung förmlich einen Trichter, durch den die Angreifer hindurchmussten. Wenn sie hier Verteidigungsposition bezogen, konnten die Inquisitoren sie nicht gleichzeitig angreifen. Im schlimmsten Fall mussten sie gleichzeitig gegen zwei von ihnen kämpfen.

Andererseits gibt es auch nicht genug Platz für uns alle.

»Norr und ich werden die Inquisitoren hier am Ende des Weges aufhalten«, erklärte Jerrod. »Ihr andern zieht euch in den Steinkreis zurück.«

»Träum weiter!«, knurrte Scythe. »Ich denke gar nicht daran, untätig herumzusitzen.«

»Er hat recht«, mischte sich Vaaler ein. »Das hier ist der einzige Weg hier herauf. Wenn wir sie hier empfangen, können sie höchstens zu zweit gegen uns kämpfen. Ich wünschte, ich hätte meinen Bogen dabei«, fuhr er dann verbittert fort. »Ich könnte sie abschießen, während sie langsam zum Gipfel hinaufkämen.«

»Das würde nichts nützen«, versicherte ihm Jerrod. »Sie würden deine Pfeile einfach aus der Luft pflücken.«

»Ich habe das immer für einen Mythos gehalten«, meinte Scythe skeptisch.

»Mythen über die Inquisitoren sind für gewöhnlich weit weniger Furcht einflößend als die Wahrheit.« Jerrod sah sich um. »Wir werden sie hier so lange aufhalten, wie wir können, aber irgendwann werden sie uns töten. Dann werden Vaaler und du an unsere Stelle treten und versuchen, sie aufzuhalten.«

»Norr ist verletzt«, protestierte Scythe. »Es ist viel sinnvoller, mich nach vorne zu stellen und ihn nach hinten zu schicken.«

»Hier gibt es nicht genug Platz, damit du dich ausreichend bewegen kannst«, widersprach Jerrod. »Wir brauchen brutale Kraft, um diese Stelle zu halten.«

»Wir haben keine Zeit, lange zu streiten, Scythe«, sagte Norr leise.

»Hier.« Vaaler hielt dem Barbaren seine Waffe hin. »Nimm mein Schwert.«

Norr schüttelte den Kopf. »Ich habe mir das Recht dazu nicht verdient.«

»Er trägt nie eine Waffe«, erläuterte Scythe.

»Außerdem wüsste ich sie auch nicht zu benutzen«, führte Norr aus. »Mit bloßen Händen kann ich weit mehr ausrichten.«

»Da kommen sie.« Keegan deutete mit Rexols Stab zum Fuß des Plateaus.

Die Inquisitoren hatten den Pfad erreicht und stiegen bereits hinauf. Sie bewegten sich mit beunruhigender Geschwindigkeit. Die Kapuzen ihrer schweren braunen Kutten hatten sie zurückgeschlagen, sodass man ihre glatt rasierten Schädel sehen konnte. Jeder von ihnen trug einen schwarzen, zwei Meter langen Bauernspieß. Wegen ihrer grauen, pupillenlosen Augen und ihrer kahlen Schädel konnte man schlecht sagen, ob es Männer oder Frauen waren, aber Jerrods *zweite Sicht* sagte ihm, dass die Gruppe aus vier Männern und zwei Frauen bestand.

»Mach dich bereit, Norr«, befahl Jerrod. »Ihr andern geht nach hinten.«

Keegan und Vaaler gehorchten, Scythe dagegen zögerte einen Augenblick, bevor sie den anderen in den Steinkreis folgte.

Jerrod konzentrierte sich und bereitete sich auf den Kampf vor. Er zapfte sein internes Chaos-Reservoir an, um seine Kraft, Geschwindigkeit und Ausdauer zu vergrößern. Aber statt der mächtigen Woge von Macht, die er für gewöhnlich empfand, belohnte ihn jetzt nur ein schwaches Tröpfeln der ChaosEnergie.

Die Inquisitoren setzten ihren Aufstieg fort, lautlos und bedrohlich. Etwa fünf Meter vor dem Ende des Weges, unmittelbar vor der Verengung des Pfades, blieben sie stehen. Einer der Männer trat vor.

»Jerrod, Yasmin, die Ungebrochene, hat dich und deine Gefährten zu Häretikern des Ordens erklärt. Du wurdest zum Tode verurteilt. Wir sind hier, um das Urteil zu vollstrecken.«

Der abtrünnige Mönch erkannte den Sprecher nicht. Es war ein junges, ihm unbekanntes Gesicht, und der Mönch musste im Orden aufgestiegen sein, während Jerrod sich versteckt hatte.

»Wie können wir ohne Verfahren verurteilt werden?« Er hoffte den Samen des Zweifels in seinen Feinden zu säen. »Hat Yasmin jetzt, da sie Pontiff ist, die uralten Gesetze des Monasteriums für hinfällig erklärt?«

»Die alten Wege sind gescheitert«, erwiderte der Mönch. »Das Monasterium liegt in Trümmern. Jetzt ist der Moment für gerechtes Handeln gekommen!«

Warum nur ist der Fanatismus bei den Jungen immer so viel stärker?, dachte Jerrod. Dann stürzten sich die Inquisitoren auf sie.

Wie er gehofft hatte, waren nur zwei Inquisitoren in der Lage anzugreifen, während die anderen hinter ihnen warten mussten. Jerrod und Norr traten ihnen entgegen, und dann schien alles zu verschwimmen.

Die Stäbe der Inquisitoren wirbelten durch die Luft und teilten schnelle harte Schläge aus. Jerrod konterte diese Angriffe, indem er den Schlägen auswich oder jeden Angriff mit der Hand oder dem Unterarm abwehrte, während er gleichzeitig versuchte, näher an seinen Gegner heranzukommen, und mit Fußtritten, den Ellbogen und Knien zuschlug. Sein Gegner wiederum konterte, indem er seinerseits auswich und mit dem Ende seines Stabes Jerrod aus dem Gleichgewicht brachte und ihn damit zwang zurückzutaumeln. Durch diesen Raumgewinn konnte der Inquisitor erneut mit seinem Stab zuschlagen, und das Spiel wiederholte sich.

Schließlich taumelte der Inquisitor zurück, und einen winzigen Augenblick lang bot sich Jerrod eine Lücke für einen vernichtenden Schlag. Aber er kam den Bruchteil einer Sekunde zu spät, und statt mit seinem Fuß seinem Gegner das Knie zu zerschmettern, konnte er ihm nur einen schmerzhaften Tritt gegen das Schienbein versetzen.

Jerrod hatte das Gefühl, als würde er in einem Dämmerschlaf kämpfen, langsam und träge. Seinen Angriffen mangelte es an Präzision, und seine Verteidigung wirkte willkürlich und leichtfertig. Selbst die Wahrnehmung dessen, was um ihn herum vorging, schien getrübt.

Glücklicherweise erging es den Inquisitoren ganz offensichtlich nicht anders. Ihre Wut wirkte gedämpft, und der Kampf, der eigentlich mit einem raschen Sieg hätte enden sollen, zog sich in die Länge.

Jerrod spürte schwach, dass Norr neben ihm Schwierigkeiten hatte, aber trotz des überlegenen Feindes irgendwie standhielt. Norr war viel zu groß und zu langsam, um dem Spieß des Mönchs auszuweichen, sodass er einfach die volle Wucht der Schläge mit seinen fleischigen Armen und Schultern abfing und bei jedem Treffer vor Schmerz knurrte. Aber trotzdem wich er nicht zurück, sondern griff mit seinen gewaltigen Händen immer wieder zu, versuchte, entweder seinen Widersacher oder die Waffe zu packen, die ihn immer und immer wieder traf.

Dem Mönch, der mit Norr kämpfte, war bewusst, dass der Hüne genug Kraft hatte, um ihm mit bloßen Händen den Garaus zu machen, sodass er außerordentlich vorsichtig war. Statt sich dem Ostländer zu nähern und einen entscheidenden Schlag gegen den Kopf oder ins Gesicht zu versuchen, hielt er Abstand und blieb so außerhalb der Reichweite des Barbaren. Irgendwann würde Norr zweifellos den unaufhörlich auf ihn herabprasselnden Schlägen erliegen, aber es würde ein langer, brutaler Kampf werden.

Jerrods Konzentration zuckte gerade noch rechtzeitig zurück, damit er auf eine unerwartete List seines Widersachers reagieren konnte. Der Inquisitor schlug mit seinem Spieß zu, ließ ihn dann jedoch plötzlich los und sprang Jerrod an. Er wusste, dass die anderen Inquisitoren ebenfalls in den Kampf eingreifen konnten, wenn er ihn packte und zu Boden riss. Er erwischte Jerrods Hemd und packte es fest, während er gleichzeitig zurücksprang, um Jerrod aus dem Gleichgewicht zu bringen.

Statt sich dagegen zu wehren, warf Jerrod sich nach vorne und benutzte den Schwung seines Widersachers, um einen Salto vorwärts zu schlagen. Gleichzeitig drehte er sich in der Luft herum und schlug mit der Faust nach der Kehle seines Feindes. Er traf zwar nicht die Gurgel des Inquisitors, wie er beabsichtigt hatte, aber sein Schlag war kraftvoll genug, um seinen Feind zu zwingen, ihn loszulassen.

Jerrod landete auf den Füßen, und sein Feind lag ausgestreckt zwischen seinen Beinen, hustend und nach Luft ringend. Bevor Jerrod ihn jedoch töten konnte, sprang eine der Inquisitorinnen in die Bresche, um ihren am Boden liegenden Gefährten zu verteidigen. Ihr Spieß zischte durch die Luft, als sie damit nach Jerrods Kopf schlug. Der duckte sich, schlug einen Salto rückwärts und raffte dabei den Spieß seines ersten Widersachers vom Boden auf.

Beim Hochkommen parierte er mit dem Spieß einen Schlag, der ihm ansonsten zweifellos den Schädel gespalten hätte. Dann trat er zu, und seine Widersacherin musste zurückweichen. Damit bot sie Jerrod die Chance, sich aufzurappeln.

Wieder griff ihn die Frau an, und die Spieße schlugen knallend gegeneinander, als Jerrod die Schläge parierte. Doch obwohl er jetzt bewaffnet war, spürte er, dass der Kampf sich allmählich zu seinen Ungunsten drehte. Er war bereits erschöpft und hatte es jetzt mit einer frischen Widersacherin zu tun. Der Inquisitor, dem er gegen die Kehle geschlagen hatte, stand ebenfalls bereits wieder, immer noch hustend und keuchend, aber ansonsten unversehrt. In einer Minute würde er sich erholt haben und konnte wieder in die Bresche springen, wenn einer seiner Mitkämpfer ermüdet war.

Sie brauchen gar nicht bis zu dem Plateau durchzubrechen, dachte Jerrod. *Es genügt völlig, wenn sie uns mürbe machen.*

Während er das begriff, gab Norrs verletztes Bein nach, und der Hüne stürzte zu Boden. Der Inquisitor sprang vor, um ihn zu erledigen, aber sein Schlag wurde von Vaalers Klinge abgelenkt, als der Danaan reaktionsschnell dem Ostländer zu Hilfe kam. Eine Sekunde später war auch Scythe da.

Sie stürzte sich in den Tumult, und die Morgensonne glitzerte auf den beiden dünnen Dolchen in ihren Händen. Die Klingen schienen zu tanzen, und der Inquisitor schrie auf, als Scythe ihm tiefe Schnittwunden in Händen und Gesicht versetzte.

Eine der Klingen durchbohrte das trübe Auge; ein vernichtender Treffer für jeden normalen Widersacher, aber für einen Menschen, der die *Sicht* benutzte, um die Welt wahrzunehmen, war das nur eine oberflächliche Wunde. Dennoch trieb die Wildheit ihres Angriffs den Inquisitor zurück, und Norr konnte sich mit Vaalers Hilfe wieder aufrichten.

Scythe jedoch setzte ihren Angriff fort, während Norr und Vaaler zurückwichen. Dadurch gaben sie ihr Raum, sich zu bewegen, und konnten gleichzeitig Atem schöpfen.

Jerrod und seine Gegnerin waren mittlerweile in den vertrauten Rhythmus des Kampfes der Inquisitoren gefallen, eine Ebbe und Flut von Schlägen, in denen sie angriff und er parierte, dann ging es in die andere Richtung, und alles begann wieder von vorne. Er kämpfte jetzt rein instinktiv und verfiel in Muster, die durch das jahrelange

Training im Monasterium in seinen Muskeln verwurzelt waren.

Er wusste, dass er sich konzentrieren und etwas tun musste, um dieses Muster zu durchbrechen. Aber das gelang ihm nicht, solange Scythe neben ihm kämpfte. In seinem Geist, abgebildet durch seine mystische *Sicht*, war sie kaum mehr als ein undeutlicher Schemen. Sie schien vollkommen unerwartet und unvorhersehbar von einer Stelle zur anderen zu zucken, wodurch sie ihren Feind ständig verwirrte und ihn am Ende überwältigte.

Der Inquisitor taumelte zurück, aus einem Dutzend Wunden blutend. Scythe sprang vor, und er ließ seinen Stab fallen. Er hob die Hände, um seine Kehle vor ihren tödlichen Klingen zu schützen. Im letzten Augenblick drehte Scythe ihr Handgelenk und änderte so den Winkel des Dolches. Statt die Waffe über seine Haut zu ziehen, wie sie es zuvor immer getan hatte, grub sie die Spitze tief in die Brust ihres Feindes. Sie hatte perfekt gezielt. Die Spitze der Klinge glitt zwischen die Rippen und grub sich tief in das Herz des Inquisitors. Sein Leben erlosch wie eine Kerze.

Jerrod erwartete, dass ein anderer vortreten und seinen Platz einnehmen würde, stattdessen jedoch löste sich die Inquisitorin, gegen die er kämpfte, von ihm und wich zurück.

Sie haben nicht mit diesem zähen Widerstand gerechnet und ziehen sich zurück.

Scythe wollte sie nicht so einfach entkommen lassen und machte sich an die Verfolgung.

Noch bevor Jerrod ihr eine Warnung zurufen konnte, brüllte Norr so laut, dass es ihm in den Ohren wehtat.

»Nein, Scythe! Das ist eine Falle!«

Sie blieb bei seinen Worten wie angewurzelt stehen und schüttelte den Kopf, um die Blutgier abzuschütteln, die sie fast in den Untergang gerissen hätte.

Ohne den Blick von ihren Feinden auf dem Plateau zu nehmen, wichen die Inquisitoren langsam den Pfad zurück, bis sie unten auf der Ebene angekommen waren.

Scythe sah ihnen nach, drehte sich um und spie dann auf die Leiche des Mannes, den sie getötet hatte.

»Ich sagte dir doch, dass wir es mit ihnen aufnehmen können!« Ein wildes Grinsen lag auf ihren Lippen.

»Ihr Rückzug ist nur ein hohler Sieg«, murmelte Jerrod.

»Warum sagst du das?« Keegan kam aus dem Steinkreis zu ihnen, von wo aus er den Kampf verfolgt hatte.

»Jetzt warten sie einfach ab«, erklärte Vaaler grimmig. Er erkannte ihre Notlage. »Dieser Pfad ist der einzige Weg nach unten. Wir haben nichts zu essen und kein Wasser. Und es gibt keinen anderen Fluchtweg.«

5

Über Cassandra sammelten sich dunkle Wolken, und sie hörte rollenden Donner. Sie beschleunigte ihre Schritte, weil sie auf der freien Ebene keinen Schutz vor dem heraufziehenden Sturm finden würde. Der Himmel lag wie eine dunkle Decke über ihr, zu dick, als dass selbst ihre Sicht *sie hätte durchdringen können. Doch in dem Dunkel, fühlte sie, lauerte ihr Feind; er wartete nur darauf, sich herabzustürzen und ihr die Krone zu entreißen.*

Es begann heftig zu regnen. Die kalten Hagelkörner prasselten auf sie herab. Ein gezackter blauer Blitz erhellte den Himmel und zuckte zum Boden. Unmittelbar neben Cassandra schien die Erde zu explodieren. Die Gewalt der Explosion riss sie von den Füßen.

Verwirrt und orientierungslos gelang es ihr dennoch irgendwie, die Krone festzuhalten. Sie kniete sich hin und sah eine dunkle Gestalt, die sich von den Wolken löste und auf sie herabsauste. Es war der Knecht, der sie durch den ganzen Eisigen Osten gejagt hatte. Die Kreatur besaß den Körper einer nackten Frau, aber ihre Haut war schwarz und vollkommen konturlos, als wäre sie ein Schatten, der zum Leben erwacht war. Sie hatte die Schwingen und den Kopf eines Raubvogels, statt Finger lange scharfe Krallen, und ihre Augen glühten rot.

Als die Gestalt jedoch den Boden berührte, verwandelte sie sich. Die Schwingen verschwanden, der Körper veränderte sich und schimmerte, bis er schließlich die Form einer Frau annahm, die Cassandra sehr gut kannte.

»Gib mir die Krone!«, befahl Yasmin.

Die große Frau überragte Cassandra, stand gerade da, trotz des peitschenden Regens, und schien nicht einmal zu bemerken, wie der Hagel auf ihr Gesicht und die vernarbte Haut ihres kahlen Schädels prasselte.

»Der Pontiff hat mir die Krone gegeben«, protestierte Cassandra und drückte das Artefakt fester an ihre Brust.

»Nazir ist tot«, erinnerte Yasmin sie. »Das Monasterium ist dem Erdboden gleichgemacht worden. Wegen deines Verhaltens bin ich jetzt Pontiff.«

Sie streckte die Hand aus, die Handfläche nach oben.

»Gib mir die Krone!«

Cassandra schüttelte den Kopf.

»Du hast unsere Sache verraten«, flüsterte Yasmin. »Du bist eine Häretikerin. Dafür musst du bestraft werden.«

Yasmin trat zurück und hob die Arme zum Himmel. Ein Ring aus Feuer loderte vom Boden empor und umkreiste Cassandra. Die Flammen zischten, als der Regen auf sie herabprasselte, doch statt zu erlöschen, schienen sie nur noch höher zu schlagen.

Cassandra spürte die Hitze, als das Feuer sie immer mehr umschloss. Es gab nur eine Fluchtmöglichkeit, nur einen einzigen Ausweg. Mit zitternden Händen setzte sie sich die Krone auf den Kopf … und die Welt explodierte.

Cassandra fuhr aus dem Schlaf hoch. Ihr Herz schlug so heftig, dass sie fürchtete, es würde durch die Rippen ihres Brustkorbs brechen. Sie war am ganzen Körper schweißnass, und obwohl es in der Höhle angenehm warm war, zitterte sie.

»Du hast nichts zu befürchten«, versicherte ihr der Wächter mit seiner tiefen Stimme. »Es war nur ein Albtraum.«

Cassandra nickte. Sie war eine Prophetin des Ordens; sie kannte den Unterschied zwischen einem Albtraum und einer Vision.

Dies war keine Prophezeiung. Aber es war auch mehr als nur ein einfacher Traum.

»Bist du hungrig?«, fragte der Wächter.

Cassandras Magen knurrte, entweder als Antwort auf seine Frage oder als Reaktion auf den Duft von Eintopf, der über dem Feuer im vorderen Teil der Höhle köchelte. Sie kroch aus ihren Decken und ging schweigend dorthin. Sie versuchte immer noch, den Traum zu verstehen.

Der Wächter hockte neben dem Feuer in der Nähe des Höhleneingangs und kehrte dem Schneesturm draußen den Rücken zu. Das orangefarbene Licht der Flammen warf einen sonderbaren Schimmer über die blaue Haut seiner nackten, muskulösen Brust. Trotz des heulenden Windes vor dem offenen Eingang der Höhle drang nicht ein Lufthauch in das warme Innere.

Als Cassandra sich ihm näherte, stand der Wächter auf und streckte sich zu seinen ganzen fünf Metern Größe. Er hob die Hände, die fast die Decke der Höhle berührten. Obwohl er zu der ChaosBrut gehörte, schien er, bis auf seine blaue Haut und seine gewaltige Größe, fast menschlich zu sein. Allerdings hatte Cassandra noch nie einen so wohlgeformten sterblichen Mann gesehen.

Seine Gesichtszüge waren scharf und klar. Ein kantiges Kinn wurde von einem kurzen schwarzen Bart eingerahmt, ein Paar dunkle Augen schien alles zu durchbohren. Er war nackt bis auf einen schwarzen Lendenschurz aus Fell und derben schwarzen Stiefeln, deren Schäfte bis zur Mitte seiner kräftigen Waden reichten. Als er jetzt mit über dem Kopf ausgestreckten Armen dastand, bewegten sich die Muskeln seiner perfekt proportionierten Gliedmaßen unter der Haut, und Cassandra musste sich zusammenreißen, um nicht vor Bewunderung nach Luft zu ringen.

Ihr war klar, dass die überirdische Schönheit des Wächters nicht nur auf dieser körperlichen Perfektion beruhte. In seinen Augen lag eine uralte Weisheit, und wenn er sprach, schwang eine ruhige, aber unbeugsame Kraft in seinen Worten mit. Er strahlte eine Aura aus, in der sie sich sicher fühlte, und sie wusste, dass ihr nichts zustoßen würde, solange sie unter seinem Schutz stand.

Aber ich kann nicht ewig hierbleiben.

Der Wächter ließ seine Schultern kreisen, um eine Verspannung in seinem muskulösen Nacken loszuwerden, bevor er sich wieder hinsetzte. Cassandra nahm neben ihm Platz. Ihr Herzschlag beschleunigte sich unwillkürlich, als ihr Gastgeber sich vorbeugte und ihr eine Schüssel mit dampfendem Eintopf reichte.

Die Schüssel war riesig, und Cassandra musste sie wegen ihres Gewichts mit beiden Händen halten. Ihr Griff war ein wenig unsicher, da sie den kleinen und den Ringfinger ihrer linken Hand durch den Frost verloren hatte, als sie über die Berge zur Höhle des Wächters gewandert war.

Aber es gelang ihr dennoch, die Schüssel an die Lippen zu setzen. Dann kippte sie sie und genoss die köstliche Brühe, die ihr in den Mund und durch die Kehle lief.

»Du wirst kräftiger«, erklärte der Wächter anerkennend.

Aber du wirst schwächer.

Die Veränderung war subtil, aber unleugbar. Obwohl seine Gesichtszüge und seine Gestalt nach wie vor unmenschlich perfekt waren, hatte sich sein Äußeres verändert. Als sie hier eingetroffen war, hatte die blaue Haut des Wächters fast geschimmert, als würde er von innen vom Funken der Unsterblichkeit erleuchtet. Seit ihrer Ankunft verblasste dieser Glanz allmählich.

Cassandra warf einen Blick in den hinteren Teil der Höhle. In einer Nische befand sich ein steinernes Podest, an dessen Fuß die Krone lag, für die sie diesen weiten Weg und so viel Schmerz auf sich genommen hatte, um sie der Obhut des Wächters zu übergeben.

Auf dem Podest ruhte, mit der Spitze nach unten und dem Griff zur Decke, ein prachtvolles Schwert. Der Griff war schwarz, und darin war ein kompliziertes Muster eingeätzt, das sich zu bewegen schien, als wäre es lebendig. Die silberne Klinge strahlte Macht aus, und wenn Cassandra sie aus den Augenwinkeln betrachtete, schien sie einen rötlichen Farbton anzunehmen – eine Reflexion all des Blutes, das diese Klinge vergossen hatte.

Daemrons Schwert, das ihm von den Wahren Göttern anvertraut worden war, bevor er gegen sie aufbegehrt hatte. Eine Waffe, durchtränkt von der Macht der Alten Magie. Nach dem Kataklysmus haben die Wahren Götter sie dem Wächter anvertraut.

Die Waffe war viel zu klein, als dass der Wächter sie hätte schwingen können. In seinen gewaltigen Händen wäre sie kaum mehr als ein Dolch gewesen. Wenn er die Höhle verließ, um zu jagen, bewaffnete er sich mit einem schweren Speer. Der Schaft war so dick wie Cassandras Oberschenkel.

Doch selbst wenn das Schwert die passende Größe für den Wächter gehabt hätte, war Cassandra klar, dass er niemals gewagt hätte, es zu benutzen. Für ihn war diese Klinge eine heilige Reliquie; seine gesamte Existenz konzentrierte sich auf die eine Aufgabe, das Artefakt zu beschützen, das ihm von den Wahren Göttern anvertraut worden war.

Wegen dieser unerschütterlichen Hingabe war der Wächter mit Unsterblichkeit belohnt worden. Seit Jahrhunderten lebte er einsam in dieser Höhle, genährt von der Macht des Artefakts. Bis zu Cassandras Ankunft.

Wie alle, die im Orden dienten, kannte sie die Geschichte der Artefakte sehr gut. Krone und Schwert waren zusammen mit einem magischen Ring von den Wahren Göttern in den Flammen des Chaos geschmiedet worden. Und jedes einzelne Artefakt hatten sie mit einer einzigartigen Art von Macht versehen. Das Schwert hatte den Wächter über siebenhundert Jahre lang genährt, aber die reine Existenz der Krone ließ sein Leben langsam erlöschen.

So funktioniert das Chaos. Widersprüche und Konflikte liegen in seiner Natur. Das konnten nicht einmal die Wahren Götter ändern.

»Diejenige, die dich gejagt hat, ist verschwunden«, erklärte der Wächter. »Sie ist über die Berge geflohen, aber ich kann nicht erkennen, was sie vorhat.«

Cassandra nickte und dachte an die dunkle, geflügelte Gestalt, die sie in ihren Träumen heimsuchte.

»Sie könnte zurückkehren«, warnte der Wächter sie. »Oder es könnten auch andere kommen. Ich werde versuchen dich zu beschützen, aber meine Macht versiegt allmählich.«

Das war seine Art, die Wahrheit zuzugeben. Die Krone war ein Fluch für ihn, der ihn langsam vergiftete. Dennoch würde er sie, Cassandra, niemals wegschicken. Der Wächter würde, ohne zu zögern, sein Leben opfern, um sie zu beschützen.

Aber irgendwann würde er schließlich unterliegen. Und war er erst tot, war Cassandra wehrlos.

Du bist nicht wehrlos! Du hast Krone und Schwert! Benutze sie, um deine Feinde zu vernichten!

Sie schüttelte den Kopf. Das waren nicht ihre eigenen Worte, nicht ihre Gedanken; sie schienen aus einer ihr unbekannten Quelle zu sprudeln. Aber einen ganz kurzen Augenblick lang dachte sie darüber nach.

Die Artefakte werden dich zerstören!, mahnte sie sich. *Rexol war der mächtigste Wirker des Chaos in den ganzen Südlanden gewesen, aber die Krone hatte ihn verbrannt, als er versuchte, sie zu benutzen.*

Und selbst wenn sie stark genug wäre, um zu überleben, konnte das *Vermächtnis* zum Einsturz gebracht werden, wenn sie die Macht der Alten Magie freisetzte. Dann würden Daemron der Schlächter und seine Horden der ChaosBrut über die Welt der Sterblichen herfallen.

»Ich kann nicht für immer hierbleiben«, erwiderte Cassandra. »Mein Schicksal liegt außerhalb der Sicherheit deiner Höhle.«

»Wohin willst du gehen?«

Das war eine naheliegende Frage, und doch konnte Cassandra sie nicht beantworten.

»Ruh dich noch ein bisschen aus«, drängte der Wächter sie. Er versuchte, ihr unsicheres Schweigen zu nutzen. »Noch ein paar Tage, bis du wieder ganz zu Kräften gekommen bist.«

Es war so warm in der Höhle, und ihr Bauch war voll, sodass Cassandra kein Gegenargument finden wollte.

Sie setzte die leere Schüssel ab und beobachtete schweigend den Wächter, als der seine eigene Schüssel füllte. Er war einer der ChaosBrut, aber kein pervertiertes Monster. Und das lag nicht nur an seiner körperlichen Perfektion; in ihm schien ein Funke Göttlichkeit zu existieren.

»Kanntest du die Wahren Götter?«, erkundigte sich Cassandra.

Er nickte und stellte dann seine Mahlzeit neben sich auf den Boden.

»Die Alten Götter haben mich geschaffen«, flüsterte er. »Damals, als die Welt noch jung war. Sie schufen mich aus dem Eis und dem Stein der Berge und hauchten meiner Gestalt Leben ein.

Damals«, setzte er nach einer kurzen Pause hinzu, »begriffen nicht einmal die Götter die Gefahren der Schöpfung.«

»Was willst du damit sagen?«

»Der Odem, mit dem sie mir Leben einhauchten, kräuselte das Meer des Chaos. Im Schlamm und Schleim tief unter den brennenden Wogen wurde ein bösartiges Monster geboren. Mein dunkler Zwilling. Der Oger.«

Cassandra nickte. Sie erinnerte sich an ihre Lektionen im Monasterium. *Das Chaos rebelliert gegen jede Form der Ordnung.*

»Die Götter haben dieser Welt Leben eingehaucht, aber dadurch haben sie unwillentlich Kreaturen wie den Oger geschaffen. Monster, die aus der Brennenden See krochen, um die Gestade der Sterblichen mit Vernichtung und Zerstörung zu überziehen.

Als die Götter die schrecklichen Konsequenzen ihrer Taten begriffen, war ihnen klar, dass sie nicht länger in diesem Reich bleiben konnten. Allein ihre Gegenwart verursachte ein Kräuseln der Wogen im ChaosMeer, das gerade jenen Schaden zufügen würde, die sie zu beschützen suchten. Und doch konnten sie die Menschen nicht einfach sich selbst überlassen. Sie brauchten einen Helden, der dieses Reich verteidigte.«

»Aber warum haben sie ausgerechnet Daemron auserwählt?«, erkundigte sich Cassandra. »Warum haben sie nicht dich erwählt?«

»Er war ein Sterblicher, der in diese Welt geboren wurde. Ich bin eine Kreatur, die aus dem Chaos geschaffen wurde.« Der Wächter sprach sehr langsam und wählte seine Worte mit Bedacht. Ganz offenbar war ihm die Frage unangenehm. »Die Artefakte, die sie Daemron übergeben haben, hätten mich auf höchst gefährliche und unberechenbare Art und Weise beeinflusst.«

So wie das Schwert dich all die Jahrhunderte genährt hat, dachte sie, *und die Krone dich jetzt langsam tötet.*

»Am Anfang habe ich an Daemrons Seite gekämpft«, fuhr der blauhäutige Titan fort. »Gemeinsam haben wir die Brut des Chaos vertrieben und sie gezwungen, sich zu verkriechen.«

»Wie war er?«

»Er war ein großer Krieger«, erwiderte der Wächter. »Ein mächtiger Zauberer. Ein brillanter Prophet und majestätischer König.«

Während er sprach, löste er seinen Blick von ihrem und hob die Schüssel vom Boden neben sich auf. Sein Blick war jetzt auf seine Mahlzeit gerichtet.

»Wart ihr Freunde?« Cassandra spürte, dass er etwas zurückhielt. »Bevor er die Wahren Götter verraten hat?«

Die Kühnheit der Frage überraschte sie selbst, aber der Wächter ließ sich nicht anmerken, ob er sich beleidigt fühlte.

»Wir waren Verbündete.« Er drehte den Kopf und sah sie an. »Aber schon immer schlummerte etwas Dunkles in ihm.

Ein wahrer Held kämpft stets für etwas, das größer ist als er selbst. Er oder sie ist bereit, alles zu opfern, um jene zu beschützen, die sich nicht selbst beschützen können.«

Wie du, dachte Cassandra.

»Daemron war anders. Sein Mut entsprang seiner Selbstsucht. Er hat sein Leben für Ruhm und Ehre aufs Spiel gesetzt. Er war furchtlos, aber nur, weil er so stolz war, dass er sich für unsterblich hielt. Ihm genügte es nicht, dass die Götter ihn zu ihrem Streiter auserkoren hatten, dass sie ihm die Artefakte anvertraut hatten. Er glaubte, er wäre ihnen gleich, war der Meinung, er hätte es verdient, unsterblich zu sein. Und er benutzte die Gaben, die ihm die Götter übergeben hatten, um sich das zu nehmen, was er seiner Meinung nach verdient hatte.«

Ist das so falsch? Sich zu nehmen, was man will?

Wieder wurde Cassandra kurz von den Worten überrumpelt, die ihr ungebeten in den Sinn kamen. Diese Vorstellung widersprach allem, was man sie gelehrt hatte, allem, woran sie glaubte.

»Haben die Wahren Götter denn Daemrons Verderbnis nicht bemerkt?« Cassandra ignorierte den flüchtigen und höchst unwillkommenen Gedanken.

»Im Vergleich mit der göttlichen Vollkommenheit sind alle Sterblichen verdorben und mit Makeln behaftet«, entgegnete der Wächter. »Vielleicht waren sie der Meinung, Daemron wäre der Beste, den sie finden konnten.«

»Aber du wusstest doch, dass er gefährlich war.« Cassandra wollte nicht aufgeben. »Hast du nicht versucht, sie zu warnen?«

»Wer war ich denn, das Urteil der Götter infrage zu stellen? Ich glaubte, meine Zweifel an ihm wären Beweis meiner eigenen Unzulänglichkeit; Manifestationen meiner Eifersucht und meines Unwillens, dass sie ihn mir vorgezogen haben. Erst nach seinem Verrat wurde allen die Wahrheit offenbar. Die Artefakte waren von der Essenz der Götter selbst durchtränkt«, fuhr er fort. »Sie besaßen die Macht des reinen Chaos: die Macht von Leben und Schöpfung. Daemron entdeckte ein Ritual, um diese Macht freizusetzen, und benutzte es, um sich selbst von einem Menschen in einen Unsterblichen zu verwandeln. Aber die Gegenreaktion seines Zaubers veränderte ihn auch.«

»Und wie?«

»Die Dunkelheit in ihm wurde stärker und verzehrte schließlich seinen Geist und seine Seele. Zudem änderte sich seine körperliche Erscheinung. Das Chaos verwandelte ihn von etwas Menschlichem in etwas Dämonisches, Pervertiertes. Seine äußere Gestalt wurde eine Spiegelung seines bösen Inneren. Er wurde ebenso monströs wie die ChaosBrut, gegen die er einst gekämpft hatte; er wurde zu einem Wesen, das sich an Gewalt, Leiden und Tod labte.«

Den Rest der Geschichte kannte Cassandra. Daemron der Schlächter, ehemaliger Held und Beschützer der Welt der Sterblichen, sammelte die ChaosBrut unter seinem Banner – zusammen mit Tausenden von sterblichen Frauen und Männern, die lieber ihm folgten als den Göttern, die ihnen das Leben geschenkt hatten. Am Ende jedoch scheiterte seine Rebellion.

»Warst du dabei, als Daemron fiel?«, erkundigte sie sich neugierig.

»Er ist nicht gefallen«, verbesserte der Wächter sie. »Er ist geflüchtet. In der letzten Schlacht habe ich aufseiten der Götter gekämpft. Gerade als ich mit meinem dunklen Zwilling, dem Oger, in einen tödlichen Kampf verwickelt war, begriff Daemron, dass er verloren hatte. In einem letzten, verzweifelten Akt wirkte er einen mächtigen Zauber und schuf einen Spalt in der Textur der Existenz selbst, um ein Portal in ein anderes Reich zu erzeugen.«

»Der Kataklysmus.« Cassandra unterdrückte ein Beben.

Der Wächter nickte. »Die ungeheure Wut des Chaos, das er beschwor, zerriss die Welt der Sterblichen in zwei Teile, löste Erdbeben, Sturmfluten und gewaltige Feuersbrünste in allen Ländern aus. Daemron und viele seiner Anhänger flüchteten durch dieses Portal und ließen die Welt der Sterblichen hinter sich. In der folgenden Verwirrung konnte mir der Oger entkommen, aber ich bin mir nicht sicher, ob die Bestie es durch das Portal geschafft hat, bevor es sich unvermittelt schloss. Vielen anderen von der ChaosBrut gelang es nicht zu entfliehen. Sie waren hier gefangen. Aber nachdem ihr Anführer verschwunden war, zerstreuten sie sich und verschwanden im Tumult des Kataklysmus. Die Götter reagierten sehr schnell und vereinten all ihre Macht, um diesen Riss in der sterblichen Welt zu schließen, bevor alles vollkommen zerstört wurde. Aber damit zerstörten sie sich selbst. Indem sie uns alle retteten, trugen sie selbst tödliche Verletzungen davon.«

Der Wächter machte eine Pause, als müsste er seine Gedanken sammeln. Als er weitersprach, klang seine Stimme belegt und erstickt, als müsste er Tränen zurückhalten.

»Die Götter wussten, dass sie starben, deshalb mussten sie schnell reagieren. Mit ihrer letzten Kraft erschufen sie das *Vermächtnis,* eine Barriere zwischen dieser Welt und der Brennenden See, die Daemron und seine Anhänger in ihrem Exil festhielt. Da die ChaosBrut jetzt nicht mehr ungehindert von der Macht zehren konnte, die sie erschaffen hatte, wurde sie rasch schwächer. Um zu überleben, zog sie sich tief unter der Erde in eine Art Winterschlaf zurück, ein Schlaf, aus dem sie, wie wir hofften, niemals erwachen sollte.

Und dann sind die Götter einfach … Sie sind einfach verschwunden.« Der Wächter flüsterte nur noch, und sein Blick war in die Ferne gerichtet.

»Die Wahren Götter haben sich selbst geopfert, um der Welt der Sterblichen Frieden zu spenden«, nahm Cassandra den Faden auf und zitierte die vertrauten Worte aus ihren ersten Lektionen im Monasterium. »Sie haben sich geopfert, auf dass wir leben konnten, haben uns das *Vermächtnis* hinterlassen, das wir auf ewig bewachen sollten.«

Der Wächter neigte den Kopf und schloss die Augen. Cassandra begriff, dass sie seine Trauer wohl niemals ganz ermessen konnte. Sie hatte fast ihr ganzes Leben damit verbracht, die Wahren Götter anzubeten, sie zu verehren und zu versuchen, ihnen Ehre zu machen, indem sie das *Vermächtnis* schützte. Aber der große Titan hier neben ihr hatte sie tatsächlich gekannt. Er hatte mit ihnen gesprochen und war an ihrer Seite gegangen. Er hatte die Liebe und die Gnade der Wahren Götter aus erster Hand erlebt, nur um sie dann zu verlieren, als er mit eigenen Augen zusehen musste, wie sie starben.

Er hat seit Hunderten von Jahren allein in dieser Höhle gelebt – eingesperrt mit nichts als den Erinnerungen an das, was er verloren hat. Und ich habe ihn eben gezwungen, sich diesen Erinnerungen erneut zu stellen.

Sie wollte etwas Tröstendes zu ihm sagen, aber sie wusste, dass Worte sein Leiden schwerlich lindern konnten. Also beobachtete sie ihn schweigend. Nach einigen Minuten schien er seine Fassung wiedergewonnen zu haben. Er richtete sich zu seiner ganzen Größe auf und umklammerte mit der rechten Hand seinen gewaltigen Speer.

»Der Sturm lässt nach«, erklärte er. Seine Stimme klang rau und immer noch ein bisschen belegt. »Es wird Zeit, auf die Jagd zu gehen, sonst haben wir morgen nichts mehr zu essen.«

Cassandra nickte, obwohl sie spürte, dass das auch ein willkommener Vorwand war, ihr Gespräch zu beenden. Sie hatte ganz eindeutig eine empfindliche Stelle bei ihrem ansonsten so stoischen Gastgeber getroffen.

Der Wächter verschwand in dem Schneegestöber jenseits des Eingangs und ließ sie allein in der Wärme der Höhle zurück. Cassandra ignorierte das Schwert in der gegenüberliegenden Ecke der Höhle so gut sie konnte, rollte sich neben dem Feuer zusammen und schloss die Augen – in der Hoffnung, dass keine weiteren Albträume von Yasmin oder der Jägerin mit den dunklen Schwingen sie im Schlaf heimsuchen würden.

6

Roggen sah die ungewöhnlichen Spuren als Erster – zwei Fußabdrücke in der dünnen Schneeschicht, überdeckt von den Hufspuren der Elchherde, der sie seit Tagesanbruch folgten. Er hob die geballte rechte Faust, und die anderen fünf Mitglieder der Jagdgruppe der Sonnenklingen blieben abrupt stehen.

Dann hockte er sich hin und untersuchte die Spuren genauer. Sie waren frisch und stammten eindeutig von einem Menschen mit mittelgroßen Stiefeln. Doch der Tiefe der Abdrücke und der Länge des Schritts nach zu urteilen, stammten sie vermutlich eher von einer Frau als von einem Mann.

Die Fährte führte in die entgegengesetzte Richtung, die die Herde eingeschlagen hatte. Dem Clan gingen allmählich die Vorräte aus, deshalb konnten sie die Jagd nicht einfach aufgeben. Aber ebenso wenig konnte Roggen die Spuren einfach ignorieren. Keinem Eindringling war es erlaubt, ungehindert das Territorium des Clans zu betreten.

Seltsam ist nur, dass es sich um eine einzige Fährte handelt. Ist sie vielleicht eine Ausgestoßene aus einem der Nachbarclans?

Verbannung war eine sehr seltene Strafe und wurde nur bei den schlimmsten Vergehen verhängt: Verrat, kaltblütigem Mord oder Feigheit.

»Berlen!«, rief er dem größten Jäger zu. »Folge diesen Spuren und finde heraus, wer diese Frau ist und was sie hier will.«

Berlen hob den Speer und nickte. Kurz bevor er die Gruppe verließ, packte Roggen seinen Unterarm.

»Aber sei vorsichtig.« Den Anführer überkam urplötzlich eine drängende, aber vage Vorahnung von Gefahr. »Sie könnte bewaffnet sein.«

Der große Mann runzelte finster die Stirn. »Wenn du glaubst, dass ich es nicht schaffe«, schnarrte er, »dann schick jemand anderen!«

Roggen ließ seinen Arm los, als ihm klar wurde, dass er eine Grenze überschritten hatte.

Berlen kann auf sich selbst aufpassen. Deshalb hast du ihn ja ausgesucht.

»Ich wollte damit sagen, töte sie nicht, es sei denn, es bleibt dir keine andere Wahl«, ruderte Roggen rasch zurück. »Du weißt ja selbst, wie du manchmal reagierst.«

Das war eine Lüge, aber sie war notwendig, um seinen Freund nicht zu beleidigen. Berlens berüchtigtes Temperament zu verspotten war weit akzeptabler, als Zweifel an seiner kriegerischen Kühnheit zu säen.

»Ich bringe sie schon in einem Stück zurück.« Berlens bärtiges Gesicht verzog sich zu einem Grinsen.

Ravens Schritte knirschten in dem kristallenen Schnee, während sie zügig ausschritt. Ein neuer Sturm zog auf, aber sie ignorierte den eisigen Wind, der auf der nackten Haut von Gesicht und Händen ihrer neu angenommenen menschlichen Gestalt brannte. Das Knurren ihres leeren Magens ignorierte sie ebenfalls. Als Jugendliche hatte sie viele Nächte zitternd auf den verlassenen aschgrauen Ebenen von Daemrons verfluchtem Königreich verbracht. Bevor sie in der Rangordnung der Gefolgsleute des Schlächters aufgestiegen war, hatte sie mit anderen ihrer Art um ein Stück des widerlich schmeckenden Schlamms gekämpft, der einzigen Nahrungsquelle des Reiches. Aber mit ihrer Macht und ihrem neuen Rang waren auch Privilegien verbunden, und es war schon Jahrzehnte her, dass sie den Schmerz von Kälte oder Hunger empfunden hatte.

Raven wusste jedoch, dass diese körperlichen Qualen nur kurzlebig waren, eine Illusion, die durch ihre Verwandlung in eine Frau aus Fleisch und Blut erzeugt wurde. Sie war in einem Reich geboren und aufgewachsen, in dem die Macht des Chaos nicht durch das *Vermächtnis* gedämpft wurde; daher war sie erheblich stärker und widerstandsfähiger als die schwachen und körperlich so verletzlichen Bewohner dieser Welt. Trotzdem hatte sie sich in die Essenz einer einfachen Sterblichen gehüllt, einer großen dunkelhaarigen Frau, die nach dem Stil der ansässigen Clans gekleidet war. Unter dieser Oberfläche jedoch erhielt das Chaos immer noch ihre wahre Gestalt aufrecht.

Sie hätte ihr Äußeres auch mit einem einfachen Zauber verändern können, mit einer oberflächlichen Tünche, die das Auge jedes gewöhnlichen Mannes und jeder Frau getäuscht hätte, denen sie begegnet wäre. Aber all jene, die vom Chaos berührt waren, würden sich davon nicht täuschen lassen. Und die Sterbliche, die sie gejagt hatte, diejenige, die die Krone bei sich trug, würde immer noch ihre

Präsenz spüren, wie auch der Wächter, der ihr im Augenblick Schutz gewährte. Gleiche erkannten ihresgleichen.

Dennoch waren es nicht die beiden, die sie am meisten fürchtete. Sie war mit ihrer Mission gescheitert, und Orath verzieh kein Versagen. Wahrscheinlich hatte der Anführer der Knechte mittlerweile andere hinterhergeschickt. Höchstwahrscheinlich die kriechenden Zwillinge. All jenen, die unter Daemrons Herrschaft zu Macht und Einfluss gekommen waren, war das nicht durch nachsichtiges Handeln gelungen. Die anderen würden jede Gelegenheit, einen möglichen Rivalen zu beseitigen, mit Freude ergreifen. Sollten sie Ravens Gegenwart in der Nähe wittern, würden sie sich sofort auf sie stürzen.

Doch hinter Ravens List, sich zu verbergen, steckte mehr als nur der Versuch, sich vor dem Zorn der anderen Knechte zu verstecken. Die Krone allein würde nicht genügen, um das *Vermächtnis* zum Einsturz zu bringen und damit Daemrons Rückkehr zu ermöglichen. Orath suchte nach den beiden anderen Artefakten, und irgendwann würde er begreifen, was Raven bereits wusste. Das Schwert war bei dem Wächter. Sie hatte seine Macht gespürt, unmittelbar bevor sie ihre Jagd aufgegeben hatte und aus der Reichweite des Wächters geflohen war. Der Impuls war gedämpft und schwach, aber unverkennbar gewesen. Zu Orath zurückzukehren und ihm den genauen Aufenthaltsort des Schwertes zu verraten würde nicht genügen, um für ihr Scheitern zu sühnen. Dafür musste sie erheblich mehr bewerkstelligen.

Und schon bald würden die kriechenden Zwillinge hier ankommen. Im Gegensatz zu Raven würden Erus und Cerus nicht zögern, den Wächter anzugreifen. Möglicherweise würde es ihnen sogar gelingen, ihn gemeinsam zu überwinden, aber sie vermutete, dass dieser Kampf sie ebenfalls vernichten würde. Raven selbst war nicht bereit, ihr Leben einfach so wegzuwerfen. Aber wenn sie eine Möglichkeit fand, den Wächter zu besiegen und sowohl das Schwert als auch die Krone für Daemron zu erbeuten, würde sie nicht nur erneut in der Gunst ihres Anführers steigen, sondern sie würde vielleicht sogar Orath von seiner Position als rechte Hand des Schlächters verdrängen können.

Bis dahin würde sie abwarten, unter den Einheimischen leben und auf ihre Chance warten zuzuschlagen.

Berlen sah die einsame Gestalt, als es gerade wieder anfing zu schneien. Aus der Entfernung wirkte sie recht attraktiv. Und breitschultrig, mit langem, offenem Haar, das im Wind flatterte.

Als er sah, dass sie nicht bewaffnet war, lief er los und überwand rasch die Distanz zwischen ihnen. Etwa fünf Meter vor ihr blieb er stehen, aber gerade als er sie anrufen wollte, wirbelte die Frau plötzlich zu ihm herum, und die Worte erstarben auf seinen Lippen.

Aus der Nähe erkannte er, dass sein erster Eindruck richtig gewesen war. Sie war attraktiv. Sie war sogar wunderschön. Aber etwas an ihren harten Gesichtszügen ließ ihm das Blut in den Adern gefrieren. Ihre Augen waren kalt und leer, und auf ihrem Gesicht zeigte sich eine hasserfüllte, verächtliche Miene.

Der Krieger schüttelte den Kopf, um die irrationale

Furcht zu vertreiben, die er empfand. Die Frau war nicht einmal halb so groß wie er und hatte keine Waffe bei sich.

»Wer wagt es, das Land des Clans der Sonnenklingen ohne Erlaubnis zu betreten?«, fuhr er sie an.

Die Frau legte den Kopf auf die Seite, und ihre Augen verengten sich zu Schlitzen, als versuchte sie, die Bedeutung seiner Worte zu entschlüsseln.

»Wer bist du?« Berlen packte seinen Speer fest mit beiden Händen und richtete die Spitze etwa in Hüfthöhe auf sie. »Von welchem Clan stammst du?«

Langsam ging die Frau auf ihn zu, während sie den Kopf gemächlich von einer Seite auf die andere neigte, wie ein hungriger Falke, der seine nächste Mahlzeit betrachtet.

Berlen widerstand dem Drang zurückzuweichen. »Bleib da stehen!« Er hob den Speer ein Stück höher. »Komm nicht näher!«

Entweder verstand sie ihn nicht, oder sie ignorierte ihn einfach. Wie dem auch sei, die große Frau ging weiter auf ihn zu.

Berlen stieß einen Schlachtruf aus, trat vor und rammte der Frau den Speer in den Bauch. Die Spitze durchdrang ihre Pelzweste und grub sich etliche Zentimeter tief in ihren Magen.

Sie blieb stehen, aber sie schrie nicht, ja sie gab gar keinen Laut von sich. Ebenso wenig stürzte sie zu Boden. Stattdessen packte sie den Schaft des Speers, der aus ihrem Bauch herausragte, und zog ihn langsam heraus.

Berlen hielt den Schaft auf der anderen Seite immer noch gepackt und versuchte, den Speer tiefer in seine Widersacherin hineinzutreiben. Doch die Frau schien auf seine Bemühungen kaum zu achten, als sie die Spitze mühelos aus ihrem Bauch zog. Mit einer kurzen Handbewegung riss sie Berlen den Speer aus der Hand und warf die Waffe achtlos beiseite.

Der Barbar taumelte zurück. Sein Blick wurde wie magisch von dem klaffenden Loch in ihrem Bauch angezogen. Fleischfetzen hingen aus der faustgroßen Wunde heraus, aber statt einer hervorspritzenden Blutfontäne tröpfelte nur eine zähe schwarze Flüssigkeit aus dem Loch.

Die Frau folgte seinem Blick und betrachtete ihre Wunde. Dann packte sie die Hautfetzen an beiden Seiten der klaffenden Wunde und zog sie langsam auseinander. Es gab ein ekelhaftes Geräusch, als das Gewebe riss. Die Frau legte den Kopf in den Nacken und kreischte – ein grauenvolles, unmenschliches Geräusch.

Berlen fiel auf die Knie und presste die Hände auf seine Ohren, als Blut aus seiner Nase tropfte. Die Frau riss weiter an ihrer eigenen Haut, zog sie sich in großen, bluttriefenden Fetzen vom Leib. Nach wenigen Sekunden hatte sie alles Menschliche heruntergerissen und eine Gestalt wie aus einem düsteren Albtraum enthüllt. Eine nackte, muskulöse Frau mit perfekter, vollkommen glatter schwarzer Haut, mit dem Kopf und den gewaltigen Schwingen eines Raubvogels, die sie langsam entfaltete.

Berlen krabbelte auf Händen und Knien zurück und versuchte zu flüchten. Doch dann fiel ein Schatten über ihn und packte ihn mit brutalen Klauen. Sie gruben sich in seine Schulter und warfen ihn auf den Rücken, sodass er jetzt in den Himmel blickte. Dann fuhr eine krumme Kralle quer über Berlens Bauch und öffnete einen langen, breiten Spalt. Die andere Hand griff hinein, packte seine Eingeweide und riss sie heraus. Berlen verfiel in Schockstarre.

Immer noch lebendig, lag er betäubt und hilflos auf dem Boden, als das Grauen vor ihm seinen Magen und seine Eingeweide verschlang. Der Gestank seiner Innereien drang beißend in Berlens Nase. Er würgte und erbrach sich. Die verstümmelten Überreste seines Magens verkrampften sich unwillkürlich, und quälender Schmerz versetzte seinen Körper in krampfhafte Zuckungen.

Nach ein paar Sekunden beendete der Schatten seine grauenvolle Mahlzeit und hockte sich neben ihn. Winzige rote Augen starrten ihn über den grausam gebogenen Schnabel hinweg an, während seine Krämpfe allmählich nachließen.

Berlen schloss die Augen und betete stumm um seinen Tod, als sein Körper endlich zur Ruhe kam. Doch bevor die gnädige Dunkelheit ihn packen konnte, legte sich eine klauenbewehrte Hand um seinen Schädel, und zwei Krallen bohrten sich tief in seinen Kopf.

Berlen riss die Augen wieder auf und öffnete den Mund weit zu einem lautlosen Schrei, als das Monster begann, seine Erinnerungen aufzusaugen. Es verschlang gierig alles, seine Sprache, seine Kultur, alle Informationen über seinen Clan, seine Freunde, seine Familie … Selbst seine eigene Essenz wurde ihm genommen.

Als die Kreatur endlich fertig war, sich aufrichtete und von ihm zurücktrat, war von Berlen nur noch bebendes, geistloses Fleisch übrig. Zwar war er noch am Leben und sah, wie die Kreatur sich erneut auf den Boden hockte, die Arme um ihre Knie schlang und sich wie ein Klumpen Schwärze von dem weißen Schnee abhob. Er sah es, aber er registrierte es nicht.

Er gurgelte erstickt an dem Blut, das in seine Kehle sickerte, als das Leben aus seinem zerfetzten Magen quoll. Seine Augen blinzelten instinktiv, als der Schatten von einem grellen grünen Licht umhüllt wurde. Als es wenige Sekunden später verschwand, konnte sein leerer Verstand nicht einmal begreifen, dass das Monster sich in ein perfektes Duplikat seiner selbst verwandelt hatte.

Sein Doppelgänger nahm den am Boden liegenden Speer und stellte sich neben ihn.

»Leb wohl, Berlen.« Das Wesen sprach mit der Stimme des Mannes, obwohl der Fleischklumpen am Boden die Sprache seines Volkes nicht mehr verstand.

Dann grub die Gestalt den Speer in sein Herz und beendete sein Leiden.

Die Jagd war vorbei, und Berlen war immer noch nicht zurückgekehrt. Roggen war kurz davor, zwei andere Clanleute loszuschicken, um nach ihm zu suchen, als der große Mann endlich auftauchte. Seine unverkennbare Silhouette kam langsam durch das Schneetreiben auf sie zu.

»Was ist passiert?« Roggen legte das Messer weg, mit dem er den toten Elch zu seinen Füßen gehäutet hatte.

Berlen antwortete nicht sofort. Stattdessen zuckte sein Blick zu dem blutigen Leichnam auf dem Schnee.

»Wo ist die Frau?« Roggen versuchte, den Freund aus seiner Betäubung zu reißen. »Hast du sie gefunden?«

Der Hüne riss seinen Blick von dem Kadaver los, und

einen Augenblick lang kam es Roggen so vor, als ob die Augen seines Freundes nicht blau wären, wie üblich, sondern hellrot leuchteten.

»Sie hat mich angegriffen.« Berlen antwortete langsam. »Sie war … verrückt. Ich musste sie töten. Ich hatte keine Wahl.«

»Hat sie irgendetwas gesagt?«, wollte Roggen wissen. »Irgendetwas, das uns verraten könnte, wer sie gewesen ist?«

Berlen schüttelte den Kopf. »Sie war eine Südländerin«, erwiderte er. »Eine blonde junge Frau.«

Etwas an seiner Geschichte weckte Roggens Zweifel, aber er wusste nicht, was es war. Es fühlte sich fast so an, als würde Berlen lügen, nur konnte er sich keinen Grund vorstellen, warum sein Freund das tun sollte.

»Vielleicht sollten wir noch einmal zurückgehen und die Leiche untersuchen«, sagte er laut. »Vielleicht finden wir einen Hinweis darauf, wer sie war oder warum sie hier war.«

»Der Sturm wird nicht mehr lange auf sich warten lassen«, widersprach Berlen. »Wir sollten unsere Jagdbeute zerlegen und das Fleisch ins Lager schaffen.«

»Du hast recht«, stimmte Roggen ihm nach kurzem Überlegen zu. »Wir haben wichtigere Dinge, über die wir uns den Kopf zerbrechen müssen. Hilf mir«, setzte er dann hinzu und kniete sich hin. Sein Argwohn wurde von dem Wunsch vertrieben, den Elch auszuweiden, bevor der Sturm zuschlug.

7

Von der Spitze des Plateaus aus beobachtete Scythe, wie die Strahlen der untergehenden Sonne allmählich zum fernen Horizont krochen. Die Temperatur fiel bereits, und dunkle Sturmwolken zogen auf. Sie erinnerte sich an die Kälte der letzten Nächte und drückte sich fester gegen Norr. Der Barbar reagierte, indem er seine gewaltigen Arme um sie schlang und sie enger an sich zog.

Sie genoss die Wärme seiner Umarmung. Schon bald würde er sie zurücklassen, um seine Wache zu übernehmen, falls die Inquisitoren, die am Fuß des *Gerscheld* lagerten, auf die Idee kamen, sich im Schutze der Nacht an sie heranzuschleichen.

Aber das ist nicht sehr wahrscheinlich. Nicht, wenn sie uns einfach aushungern können.

Sie saßen jetzt seit drei Tagen auf dem Plateau in der Falle. Den größten Teil der Zeit hatten sie geschwiegen. Ohne Nahrung und Wasser gab es nichts so Wichtiges zu besprechen, dass es sich gelohnt hätte, dafür Speichel zu verschwenden. Das einzige Geräusch war das Knurren ihrer leeren Mägen – ein nutzloser Protest ihrer Körper. Sie alle wussten, dass sie längst an Wassermangel gestorben sein würden, bevor sie verhungern konnten. Es war schwer, sich einen schlimmeren Tod vorzustellen.

Am zweiten Tag hatte sich der Nebel aufgelöst, der sie

umgeben hatte, seit sie den Nordforst der Danaan verlassen hatten. Er war vom eisigen Ostwind vertrieben worden, der einen ersten Vorgeschmack auf den diesjährigen Winter mit sich gebracht hatte. In dieser Nacht hatten sie sich schutzsuchend an die Steine geschmiegt und zitternd dagelegen, während der kalte Wind über das Plateau fegte und Schauer von Eisregen mit sich brachte. Die stechenden Tropfen hatten Scythe so zugesetzt, dass sie schließlich der Meinung war, es wäre doch angenehmer zu verdursten, statt an Unterkühlung zu sterben.

So hoch über dem Boden musste sich die Temperatur auf dem *Gerscheld* bestimmt zwanzig Grad kälter anfühlen als die, mit der sich die Inquisitoren am Fuß der Erhebung herumschlagen mussten. Unter solchen Bedingungen war Schlaf nahezu unmöglich, und nachdem sie die ganze Nacht unkontrolliert gezittert hatte, war sie am Morgen vollkommen erschöpft gewesen.

Und der heutige Tag war fast genauso verlaufen wie die beiden davor – grimmig und stumm warteten sie auf das Unausweichliche. Hungrig, durstig und schrecklich frierend. In nur wenigen Stunden würde ein weiterer Sturm aufziehen und noch mehr Regen- und Graupelschauer mit sich bringen. Als jetzt die nächste Nacht näher kam und sich immer mehr dunkle Wolken am Horizont zusammenballten, wurde Scythe klar, dass sie nicht mehr lange durchhalten würden.

Sie betrachtete die anderen, musterte die resignierten Mienen ihrer Gefährten. Dann fiel ihr Blick auf Keegan. Der zierliche ChaosWirker lag auf der Seite, zu einem Ball zusammengekauert, während er sich an einen der aufrecht stehenden Steine schmiegte. Seit dem Morgen hatte er sich nicht von der Stelle gerührt. Er hatte die Augen geschlossen und atmete flach. Alle paar Minuten zuckte sein Körper krampfhaft, und ein leises Stöhnen drang über seine Lippen. Ansonsten war er regungslos und stumm wie ein Toter.

Er übersteht vielleicht nicht einmal die Nacht, dachte Scythe. *Und in zwei Tagen sind wir alle in demselben Zustand.*

Sie raffte ihre letzte Energie zusammen, schüttelte Norrs schweren Arm ab und stand mühsam auf.

»Ich werde nicht so krepieren«, erklärte sie. »Nicht, solange ich noch genug Kraft in mir habe, um ein oder zwei dieser Inquisitoren mit mir ins Jenseits zu nehmen.«

Die Männer starrten sie stumm an. Dann erhob sich Norr langsam und stellte sich neben sie.

»Wir werden wie Krieger sterben.« Er legte sanft seine schwere Hand auf ihre Schulter.

Scythe packte sie dankbar, getröstet von dem Wissen, dass sie ihrem Ende gemeinsam gegenübertreten würden. Dann drehte sie sich zu Vaaler herum. Er erwiderte ihren Blick und nickte kurz, bevor er ebenfalls aufstand. Zu ihrer Überraschung gesellte sich Jerrod einen Moment später zu ihnen.

»Ich hätte erwartet, dass du versuchst, es mir auszureden«, erklärte sie.

»Wenn alle Hoffnung verloren ist, spielt es keine Rolle, ob wir den Weg des Narren beschreiten«, gab er zurück. Scythe musste unwillkürlich über seine Worte lächeln.

»Wie sieht unsere Strategie aus?«, erkundigte sich Vaaler. »Warten wir bis zum Einbruch der Nacht und versuchen, sie im Dunkeln zu überrumpeln?«

»Die Inquisitoren sind Jünger des Ordens«, erinnerte Jerrod ihn. »Sobald die Sonne untergegangen ist, wirst du Mühe haben, etwas zu erkennen. Aber unsere *Sicht* wird davon nicht beeinträchtigt.«

»Ich sage, wir stürmen einfach den Pfad hinunter und versuchen, sie zu überraschen«, schlug Scythe vor. »Wir greifen sie schnell und mit allem an, was wir haben.«

»Niemand geht irgendwohin«, krächzte Keegan.

Beim Klang seiner Stimme zuckten sie alle überrascht zusammen. Scythe hatte angenommen, er wäre bewusstlos.

Der junge Mann stand nicht auf. Er hatte kaum genug Kraft, um sich in eine sitzende Position aufzurichten. Sein Gesicht war blass, seine Augen glasig, aber seine Stimme klang kräftiger, als er erneut das Wort ergriff.

»Wir warten.«

»Wenn wir warten, sterben wir«, erklärte Scythe. Sie sprach bedächtig wie zu einem verwirrten Kind. »Und zwar einen langsamen, quälenden Tod. Wenn wir kämpfen, kommt das Ende wenigstens schnell.«

»Es kommt Hilfe«, widersprach Keegan. »Ich kann sie sehen.«

Scythe hob den Kopf und richtete den Blick auf die gewaltige, menschenleere Tundra, die sie umgab. Von ihrem erhöhten Standort aus konnte sie etliche Meilen in jede Richtung blicken. Mit ihren scharfen Augen betrachtete sie die Gegend sorgfältig. Dabei beschrieb sie eine komplette Drehung um die eigene Achse und hielt

Ausschau nach irgendwelchen Anzeichen für eine Bewegung.

»Ich habe den ganzen Tag lang Ausschau gehalten«, flüsterte Vaaler so leise, dass Keegan es nicht hören konnte. »Da draußen ist niemand.«

Scythe löste sich von den anderen und hockte sich neben den jungen ChaosWirker.

»Niemand kommt uns zu Hilfe«, entgegnete sie. »Wir sind allein.«

»Ich habe sie gesehen«, beharrte Keegan. »Wölfe.«

»Wölfe?«

»Wölfe«, wiederholte er. »Ein Rudel Wölfe, das uns retten wird. Ich habe sie in meinen Träumen gesehen. Die Rudelführer gehen auf zwei Beinen.«

»Wölfe, die aufrecht gehen?« Scythe schüttelte ungläubig den Kopf.

»Wahrscheinlich halluziniert er«, mutmaßte Vaaler.

»Nicht unbedingt«, mischte sich Norr ein. »Einige der Clans benutzen Hunde für die Jagd auf Wild. Und die Rudelführer laufen mit ihren Tieren. Wir nennen sie Wölfe mit zwei Beinen.«

»Hast du das gesehen, Keegan?« Jerrod trat neben Scythe. »Kommt Norrs Volk, um uns zu helfen?«

Scythe verdrehte gereizt die Augen. »Blicken eure Propheten so in die Zukunft?«, schnaubte sie. »Ein paar gemurmelte Worte, und schon interpretiert ihr eine passende Geschichte hinein und hofft, dass sie stimmt?«

»Sie werden kommen«, wiederholte Keegan. Dann flackerten seine Lider, die Augen fielen ihm zu, und er sackte nach vorn.

Jerrod fing ihn auf und legte ihn flach auf den kalten Boden. Keegan schien von alldem nichts zu bemerken.

»Kann das sein?«, erkundigte sich Vaaler nach ein paar Sekunden unbehaglichen Schweigens. Er richtete seine Frage an Norr. »Kommt dein Volk, um uns zu helfen?«

»Das hier ist nicht das Territorium meines Clans«, erklärte der große Mann. »Aber kein Clan mag Fremde. Die Rudelführer patrouillieren durch dieses Gebiet und beschützen es. Sie werden die Inquisitoren als eine Bedrohung ansehen, derer man sich annehmen muss.«

»Wenn sie überhaupt wissen, dass wir hier sind«, wandte Scythe ein. »Ihr alle zieht voreilige Schlussfolgerungen.«

»Keegan ist ein Prophet«, erklärte Jerrod und wandte sich von dem bewusstlosen jungen Mann ab. »Was er sieht, tritt ein.«

»Also sitzen wir jetzt einfach nur hier herum und warten?« Scythes Stimme verriet ihre Frustration. »Und wenn keiner auftaucht, was dann? Dann sterben wir?«

»Wenn wir die Inquisitoren ohne Hilfe angreifen, sterben wir ohnehin«, erinnerte Vaaler sie sanft.

»Aber wenigstens sterben wir dann im Kampf! Und geben uns nicht einfach auf!«

Wie auch sonst war es Norr mit seiner ruhigen tiefen Stimme, der es ihr ermöglichte, durch den roten Schleier der Wut zu blicken, der sie so oft blendete.

»Wir geben nicht auf, Scythe«, versicherte er ihr. »Aber wir klammern uns an unsere einzige Chance, aus dem hier lebend herauszukommen.«

Scythe biss sich auf die Unterlippe und versuchte, einen Fehler in seiner Argumentation zu finden. Am Ende musste sie jedoch zugeben, dass er recht hatte – sie waren besser dran, wenn sie warteten.

Sie ließ sich neben Keegan auf den Boden sinken, zog die Knie an die Brust und schlang ihre Arme fest darum.

»Ich hoffe für dich, dass du recht behältst!«, warnte sie ihn. Natürlich antwortete er nicht.

Der Sturm kam eine Stunde nach Einbruch der Dunkelheit. Die dichten Wolken verhüllten den Mond vollständig, aber die fast pechschwarze Finsternis kümmerte Jerrod nicht, als er mit seiner *Zweiten Sicht* in die Ferne spähte und verzweifelt nach einem Anzeichen ihrer prophezeiten Rettung Ausschau hielt.

Er stand etwas abseits von den anderen, außerhalb des dürftigen Schutzes, den der Steinkreis ihnen bot. Die Hagelkörner trafen ihn mit so viel Wucht, dass sie Striemen und blaue Flecken auf seiner nackten Haut hinterließen, aber er ignorierte den Schmerz.

Wenn Keegan sich irrt und niemand kommt, sind wir alle des Todes.

Jerrod wusste sehr genau, dass sich Propheten irren konnten. Er war selbst einst ein Seher des Ordens gewesen, und ihm war klar, dass seine Visionen nur kurze Ausblicke auf eine mögliche Zukunft gewesen waren. Was er vorhersah, war nie unausweichlich. Manchmal waren seine Träume Warnungen, die ihm zeigten, was passieren würde, wenn er nichts unternahm, um bestimmte Ereignisse zu verhindern. Dann wiederum träumte er von Dingen, die nur eintreten konnten, wenn er daran arbeitete, sie auch real zu machen. Für gewöhnlich waren seine

Träume jedoch offen für Interpretationen. Es waren Symbole und Omen mit zahllosen Bedeutungen.

Das Gleiche galt für die anderen Seher. Die Träume eines Propheten wurden vom Chaos gezeugt, und infolgedessen mangelte es ihnen schon aufgrund ihrer Natur an Klarheit. Es war sehr einfach, eine Vision falsch zu interpretieren oder von ihr irregeleitet zu werden. Ebenso war es möglich, aus den richtigen Gründen den falschen Weg zu beschreiten.

Doch bei Keegan verhielt es sich anders. Er war eines der Kinder des Feuers. Er war nicht nur einfach von den Flammen des Chaos gezeichnet worden, sondern in ihm glomm der göttliche Funke der Alten Götter. Das jedenfalls glaubte Jerrod.

Und wenn ich mich irre? Wenn Keegan nichts Besonderes ist? Wenn er nicht der Retter ist? Oder schlimmer noch: Wenn er der Retter ist und ich ihn auf den falschen Weg geführt habe?

»Siehst du schon etwas?«

Jerrod gelang es nur mit Mühe, sein Erschrecken zu verbergen. Er war so darauf konzentriert gewesen, die Steppe abzusuchen, dass er Scythes Nahen nicht bemerkt hatte.

»Noch nicht«, gab er zu. »Aber ich weiß, dass sie kommen.«

»Und wie lange beabsichtigst du zu warten?« Scythe hatte im Sturm die Schultern hochgezogen und die Arme vor der Brust verschränkt; den Kopf hielt sie gesenkt.

»Wenn sie heute Nacht nicht kommen, was machen wir dann?«, bohrte sie weiter. »Warten wir noch einen Tag? Oder zwei? Drei vielleicht? Oder beschließen wir irgendwann vielleicht doch endlich zu kämpfen?«

»Bist du denn so begierig darauf, deinem Tod entgegenzutreten?«, erkundigte sich Jerrod.

Scythe zuckte mit den Schultern. »Wenn der Tod kommt, will ich ihm unter meinen Bedingungen entgegentreten. Außerdem«, fuhr sie fort, »war ich schon öfter in ausweglosen Situationen und habe mich doch herausgekämpft.«

»Das hätte ich mir denken können«, antwortete der Mönch. »Du hast ein vollkommen irrationales Vertrauen in deine eigenen Fähigkeiten.«

»Du hängst deine Zuversicht an Prophezeiungen«, konterte sie. »Ich glaube lieber an mich selbst.«

»Bewundernswürdig. Doch es gibt gewiss Gelegenheiten, bei denen du an dir zweifelst.«

»Manchmal«, gab Scythe zu. »Aber für gewöhnlich komme ich schnell darüber hinweg.«

Jetzt musste Jerrod unwillkürlich lächeln.

»Was ist mit dir?«, erkundigte sich Scythe dann. »Hast du jemals an deinem Glauben gezweifelt?«

Jerrod antwortete nicht. Als er nach einer Weile endlich das Schweigen brach, sagte er nur: »Sie kommen.«

»Du willst einfach nicht zugeben, dass du dich irrst, hab ich recht?« Scythe seufzte.

»Nein«, erklärte Jerrod. »Ich kann sie jetzt ebenfalls sehen. Sie sind ein paar Meilen entfernt und kommen auf uns zu.«

Am Rand der Wahrnehmung seiner *Sicht* konnte er ein Rudel von etwa zwanzig Hunden und drei Menschen erkennen. Sie liefen geduckt und schafften es irgendwie, mit ihren vierbeinigen Gefährten Schritt zu halten. Das

Rudel näherte sich rasch und legte die letzten Meilen Richtung *Gerscheld* in vollem Lauf zurück.

Die Tiere waren riesig, erheblich größer als die gezähmten Hunde in den Südlanden. Die meisten hatten ein dichtes schwarzes Fell, obwohl einige von ihnen auch vollkommen weiß waren. Ihre scharfen weißen Zähne schimmerten hell in ihren schwarzen Mäulern, und ihre Augen glühten gelb in der Nacht.

Die Menschen – es handelte sich um zwei Frauen und einen Mann, wie Jerrod bemerkte, als sie näher kamen – trugen schwere Fellmäntel, die sie von Kopf bis Fuß einhüllten und vor der Kälte schützten. Jerrod hatte erwartet, dass sie bewaffnet waren, aber sie trugen keine Waffen am Leib. Allerdings waren die Fingernägel ihrer nackten Hände zu etwa zwei Zentimeter langen, scharfen Krallen gefeilt.

Als sich das Rudel näherte, hörte er, wie die Menschen mit den Tieren mittels einer Vielzahl von Pfiffen und einem langen schrillen Heulen kommunizierten, das selbst den Sturm und den Regen durchdrang. Die Tiere fächerten sich daraufhin auf, und einige von ihnen umkreisten die Inquisitoren, denen dadurch jede Chance genommen wurde zu entkommen.

Jerrod war klar, dass die Inquisitoren ohnehin nicht die Absicht hatten zu fliehen. Sie waren jung und leidenschaftlich und viel zu begierig darauf, sich der neuen Pontiff zu beweisen, als dass sie einen Rückzug auch nur in Erwägung gezogen hätten. Doch trotz ihres Enthusiasmus hatten sie nicht die geringste Chance auf einen Sieg.

Der Feind war ihnen zahlenmäßig weit überlegen, und

auch ihre übernatürliche Geschwindigkeit und Kraft würden dieses Missverhältnis nicht ausgleichen können. Nicht gegen diese Art von Feind. Denn der Orden bildete seine Krieger aus, gegen Menschen zu kämpfen, nicht gegen Tiere. Die Angriffe und Gegenangriffe, die sich bei jedem bewaffneten Gegner als so verheerend erwiesen, würden gegen ein ausschwärmendes Rudel wilder Tiere erheblich weniger wirksam sein.

Vor allem würde die mystische Fähigkeit der Mönche, in den Verstand ihrer Gegner zu blicken und jeden Schachzug vorauszuahnen und zu kontern, nicht funktionieren. Die Tiere verhielten sich nicht rational oder kalkulierend und verließen sich weder auf Strategie noch auf Technik. Ihre Angriffe wurden von rohen Instinkten geleitet, weshalb ihre Aktionen unmöglich vorherzusagen waren.

Ein bisschen so wie bei Scythe.

»Wenn der Kampf anfängt, können wir sie von hinten angreifen«, schlug die junge Frau eifrig vor. Fast als hätte sie wahrgenommen, was Jerrod gerade über sie dachte. »Sie haben keine Chance, wenn sie auf allen Seiten von Feinden umringt sind.«

»Das wäre nicht klug«, warnte Norr sie.

Der Barbar hatte dem Sturm getrotzt und stand neben Scythe und Jerrod, als das Heulen der Hunde die Nacht durchdrang. Er hatte es Vaaler überlassen, auf Keegan im Schutz des Steinkreises aufzupassen.

»Die Hunde greifen jeden an, der nicht zu ihrem Rudel gehört«, führte Norr aus. »Sie können uns ebenso gut angreifen wie die Inquisitoren.«

»Aber wenn die Inquisitoren den Kampf gewinnen, stehen wir nicht besser da als vorher«, widersprach Scythe.

»Das werden sie nicht«, versicherte Jerrod ihr.

Der Angriff wurde schnell, brutal und entschlossen vorgetragen. Trotz des Sturms und der Dunkelheit der Nacht erlaubte seine *Zweite Sicht* Jerrod, das Gemetzel in allen blutigen Einzelheiten zu verfolgen.

Das Rudel überrollte die Inquisitoren in einer Lawine aus Pelz, Zähnen und Klauen. Die Inquisitoren ließen ihre Stäbe wirbeln und bewegten sich mit Furcht einflößender Geschwindigkeit. Aber die Hunde kannten kein Zaudern. Das scharfe Krachen eines Knochens, wenn einem der Hunde mit einem präzisen Schlag die Rippen gebrochen wurden, wurde von dem schrecklichen Geräusch übertönt, mit dem scharfe Zähne eine Achillessehne zerfetzten. Das schmerzliche Jaulen, wenn der Schaft eines Stabes ein wolfsähnliches Auge zerstörte, ging in dem wilden Knurren unter, mit dem Kiefer sich um ein Handgelenk schlossen und sich weigerten, es wieder loszulassen. Schon bald konnten selbst die Schmerzensschreie, wenn Fleisch zerfetzt und von wilden Kiefern zu blutigen Klumpen zerbissen wurde, das wütende Kläffen der Jäger nicht mehr übertönen.

Die Rudelführer griffen überhaupt nicht in den Kampf ein. Sie gaben sich damit zufrieden zuzusehen, wie ihre Tiere die Inquisitoren zu Boden warfen und sie im wahrsten Sinne des Wortes in Stücke rissen.

Deshalb tragen sie keine Speere, begriff Jerrod. *Sie brauchen solche Waffen nicht.*

Der Kampf war in nicht einmal zehn Minuten vorbei.

Nachdem der letzte Inquisitor gefallen war, riefen die Rudelführer die Hunde mit schrillen Pfiffen zu sich. Vier der Tiere jedoch waren zu stark verletzt, um dem Befehl Folge zu leisten.

Mit seiner *Sicht* beobachtete Jerrod, wie die Menschen sich um die verletzten Hunde kümmerten. Zweien gaben sie den Gnadenstoß mit ihren kurzen Messern, weil sie zu schwer verletzt waren, als dass man sie hätte retten können. Die beiden leichter verletzten Hunde verbanden sie mit einer Sorgfalt und Zärtlichkeit, die in krassem Gegensatz zu der Brutalität des Massakers standen, das gerade stattgefunden hatte.

Während sich die Rudelführer um ihre verletzten Tiere kümmerten, ebbte der Sturm allmählich ab, und düsteres Schweigen legte sich über die Nacht. Jerrod und die anderen warteten schweigend, in der Hoffnung, dass das todbringende Rudel einfach weiterziehen würde. Natürlich geschah das nicht.

»Sie wissen, dass wir hier oben sind«, erklärte Norr schließlich. »Die Hunde können uns wittern.«

»Na großartig«, murrte Scythe. »Sie haben uns vor den Inquisitoren gerettet. Und wer rettet uns jetzt vor ihnen?«

»Lasst mich zu ihnen hinabgehen und mit ihnen reden«, bot Norr an.

»Nein!«, brauste Scythe auf. »Diese Bestien werden dich in Stücke reißen!«

»Die Inquisitoren waren Fremde«, erklärte Norr. »Sie hatten den Tod verdient. Aber der *Gerscheld* gilt bei allen Clans als heiliger Ort, als Ort für Verhandlungen. Selbst wenn ich nicht zu ihrem Clan gehöre, könnten die Rudelführer bereit sein, einen Handel mit mir abzuschließen.«

»Weil du ein Ostländer bist?«, erkundigte sich Scythe.

»Das hoffe ich jedenfalls«, bestätigte Norr. Doch Jerrod spürte, dass er etwas vor ihnen verbarg.

»Ich gehe mit dir«, erklärte Scythe.

»Nein. Wenn sie dich sehen, hetzen sie sofort die Hunde auf dich!«, warnte Norr sie. »Das gilt für jeden von euch. Bleibt hier, bis ich zurückkomme.«

Scythe öffnete den Mund, als wollte sie noch etwas sagen. Doch als ihr klar wurde, dass es keine weiteren Argumente gab, schloss sie ihn wieder.

Jerrod trat vor und umklammerte den fleischigen Unterarm des anderen Mannes. »Mögen die Alten Götter über dich wachen!«

»Sie haben in meinem Volk nicht sonderlich viel Einfluss«, rief Norr ihm ins Gedächtnis. Dann drehte sich der Hüne um und marschierte langsam davon. Er humpelte leicht, als er den gewundenen Pfad vom *Gerscheld* hinab zu dem wartenden Rudel ging.

Während Scythe Norr nachsah, wie er in der Dunkelheit verschwand, musste sie gegen den Drang ankämpfen, sich zu übergeben. Sie wusste, dass er recht hatte – er musste alleine gehen. Aber deswegen musste ihr das nicht gefallen.

Und trotz seiner äußerlichen Ruhe hatte sie gespürt, dass er nervös war. Beunruhigt. Es gab irgendetwas, das er ihnen verschwieg.

Vielleicht glaubt er ja nicht wirklich, dass sie mit ihm verhandeln.

Es war zu dunkel gewesen, als das Scythe den Kampf am Fuß des *Gerscheld* hätte beobachten können, aber den Geräuschen nach konnte sie sich leicht vorstellen, was dort passiert war. Sie empfand keine sonderliche Sympathie für Inquisitoren, aber von Hunden zerrissen zu werden war ein übler Tod.

Und wenn ich diese Geräusche jetzt wieder höre?

Sie versuchte, sich nicht vorzustellen, wie ihr Geliebter ein solch grausames Schicksal erlitt, aber die Möglichkeit ließ sich einfach nicht aus ihrem Kopf vertreiben.

Sie hörte, wie Norr einen Gruß rief, als er sich dem Ende des Pfades näherte. Das Rudel grollte drohend, und Scythes Herz schlug schneller. Ein scharfer Pfiff von einem der Rudelführer jedoch brachte die Hunde zum Verstummen.

Das folgende Schweigen war fast unerträglich, aber es war trotzdem besser, als mit anhören zu müssen, wie das Rudel ein weiteres Opfer riss. Scythe war nass und fror, und sie stand zitternd da, während die Minuten verstrichen.

Nach einer Weile begann sie unruhig auf und ab zu laufen, versuchte, gegen ihre Unruhe und hilflose Frustration mit raschen, wütenden Schritten anzukämpfen.

Wieso dauert das so lange? Was geht da unten vor?

Sie blieb stehen, als sie hörte, wie jemand den Pfad heraufkam. Sie rührte sich nicht von der Stelle.

»Sie haben eingewilligt, uns zu helfen«, sagte Norr, als seine gewaltige Silhouette sich aus der Dunkelheit schälte.

Scythe war so erleichtert, dass sie nach Luft rang. Sie ignorierte die anderen, rannte auf den Hünen zu und warf sich ihm an den Hals. Er hob sie mit Leichtigkeit hoch, nahm sie in seine Arme und drückte sie an seine Brust. Die Frau schlang ihre Arme um seinen Hals und vergrub ihr Gesicht an seiner Schulter, sodass sie fühlte, wie sein Bart ihren Nacken kitzelte. Keiner von ihnen sagte etwas, jeder war zufrieden damit, den anderen zu umarmen.

»Haben sie irgendwelche Vorräte, die sie erübrigen können?« Jerrod ließ sich ein paar Sekunden Zeit, bis er diesen innigen Moment störte.

»Wir gehen mit ihnen«, erklärte Norr und ließ Scythe sanft hinabgleiten, bis ihre Füße den Boden berührten. »Sie werden uns zu ihrem Lager führen.«

»Keegan ist nicht stark genug, um zu laufen«, meinte Jerrod.

»Ich trage ihn«, bot Norr an. »Es sind nur ein paar Meilen.«

»Haben sie dort Nahrungsmittel?«

Norr nickte. »Sie haben unsere Pferde aufgelesen, die durchgebrannt sind. Deshalb sind sie hier in dieser Gegend auf Patrouille gewesen. Sie wussten, dass Fremde ihr Territorium betreten hatten.«

»Vielleicht wäre es besser für Keegan, wenn wir eins der Pferde hätten, damit er darauf reiten kann«, schlug Scythe vor.

»Die Pferde sind tot«, sagte Norr. »Der Winter kommt. Die Herden wandern zu den Südlanden. Nahrung ist rar, und das Rudel muss fressen.«

Scythe brannte der Magen, aber sie sagte nichts, als Norr zu Vaaler ging, der den immer noch am Boden liegenden ChaosWirker bewachte.

»Wie geht es ihm?«

Der heimatlose Prinz schüttelte den Kopf. »Nicht gut. Er braucht etwas zu essen, Wasser und warme Kleidung.«

Norr nickte. Ohne auf sein verletztes Bein zu achten, bückte er sich und hob Keegan vom Boden hoch, nahm ihn in die Arme wie ein Kind. Der kleinere Mann stöhnte, rührte sich aber nicht weiter.

»Folgt mir und bleibt dicht bei mir«, erklärte Norr. »Und vermeidet hastige Bewegungen.«

Er führte sie im Gänsemarsch den Pfad hinunter, wobei er immer noch leicht humpelte. Jerrod ging hinter ihm, um so nah bei Keegan zu sein wie möglich. Dann kam Scythe, und Vaaler folgte ihr mit ein paar Schritten Abstand.

Nachdem sich der Sturm gelegt hatte, war der Mond am Himmel aufgetaucht und spendete ihnen so viel Licht, dass sie vorsichtig den Pfad hinabgehen konnten. Als sie unten ankamen, wartete einer der Rudelführer bereits auf sie – eine große Frau in einem schweren Mantel, der aus Tierfellen zusammengenäht war. Sie wurde von zweien ihrer Hunde flankiert. Links neben ihr hockte ein großer schwarzer Hund, dessen Fell sich kaum von der Dunkelheit abhob, sodass er fast wie eine Kreatur der Schatten wirkte. Das Tier auf ihrer anderen Seite war so weiß wie Schnee, nur seine Schnauze und seine Brust waren mit dunkelbraunen Flecken überzogen, die offenbar vom Kampf stammten.

Die Rudelführerin pfiff zweimal, und die anderen Hunde kamen zu ihr. Sie umkreisten die Neuankömmlinge langsam, während sie sie neugierig beschnüffelten.

Scythe versuchte, sich nicht zu rühren, während sie

den heißen Atem der Tiere an ihrem Bein fühlte, aber sie konnte ein kurzes Erschauern nicht unterdrücken. Sie mochte keine Hunde. Sie kannte sie nur als hungrige, bösartige Streuner, die die Straßen von Callastan unsicher machten, oder als ausgebildete Killer, die den Besitz der Wohlhabenden bewachten.

Aber keiner dieser Köter hätte auch nur die geringste Chance gegen diese Viecher. Sie ähneln mehr Wölfen als Hunden.

Die Inspektion dauerte etliche Sekunden, bevor die Rudelführerin die Hunde mit einem weiteren Pfiff zurückrief.

Sie sagte in der Sprache der Ostländer etwas zu Norr, dann drehte sie sich um und ging los.

»Es wird Zeit zu gehen«, erklärte Norr.

»Was ist mit den beiden?« Scythe deutete mit einem Nicken auf die beiden anderen Rudelführer, die immer noch in der Dunkelheit umhergingen.

»Sie ernten, was von den Inquisitoren übrig geblieben ist.«

»Ernten?« Scythe drehte sich erneut der Magen um.

»Fleisch und Knochen«, bestätigte Norr grimmig. »Wie gesagt, das Rudel muss fressen.«

8

Der Name Schwarzer See passte genau für das Gewässer. Es lag tief im Nordforst der Danaan, und sein Wasser war so schwarz wie Tinte, selbst im Licht der Mittagssonne.

Keinerlei Siedlungen existierten an seinen Ufern. Die dunkle Flüssigkeit war widerlich und so giftig, dass man sie nicht trinken konnte. Im Wasser schwammen keine Fische, und selbst die Bäume schienen Abstand zu halten. So war der See von einem breiten Streifen unfruchtbaren Landes umgeben.

Andar mochte diesen Ort nicht. Der See strahlte etwas Bedrohliches aus, ungeachtet seines giftigen Wassers, so als lauerte eine bösartige Macht unter der Oberfläche. Vor langer Zeit hatten die Zauberer der Danaan versucht, den See zu erforschen, aber alle Expeditionen, die das Wagnis unternommen hatten, in seine geheimnisvollen Tiefen vorzudringen, hatten stets tragisch und mit Toten geendet. Der See war schließlich zu einem Fluch geworden, einem verwunschenen Ort, den die Danaan mieden. Bis jetzt.

Auf Oraths Drängen hin bereitete Rianna ihr Volk auf den Krieg vor. Die Truppen des Nordforsts sammelten sich, und schon bald würden sie in den Eisigen Osten marschieren, um den gestohlenen Ring wiederzubeschaffen, und dabei jeden zerschmettern, der es wagte, sich ihnen in den Weg zu stellen.

Andar hatte einem solchen Unterfangen widersprochen. Er hatte versucht, seiner Königin verständlich zu machen, dass es wichtiger war, Ferlhame wieder aufzubauen und ihre Grenzen zu sichern. Aber Rianna hatte ihre Ohren seinem Ratschlag gegenüber verschlossen und seine Worte einfach abgetan.

»Es wird Zeit«, flüsterte eine dünne raue Stimme neben Andar. Der Hohe Zauberer zuckte zusammen.

Orath hatte sich ihm lautlos genähert, flankiert von Draco und Gort, den Gefährten, die er bei seinem ersten Zusammentreffen mit der Königin erwähnt hatte. Der Hohe Zauberer nickte und gab sich alle Mühe, sich seinen Ekel nicht anmerken zu lassen, den er immer in der Nähe der Knechte empfand.

So beunruhigend Oraths unnatürliches Äußeres auch sein mochte, die beiden anderen Knechte waren erheblich monströser. Die Kreatur namens Gort war eine bestialische Missgeburt. Sie maß acht Fußlängen, und ihr Fell hatte die Farbe getrockneten Blutes. Ihr Kopf wirkte wie eine Kreuzung zwischen dem eines Menschen und dem eines Affen, war jedoch von zwei gedrungenen Hörnern gekrönt. Der Körper war massig und muskulös, die langen Arme hingen tief herab, sodass ihre brutalen, fast zehn Zentimeter langen Krallen ihr bis zu den Knien reichten, und ihr langer dünner Schwanz zuckte nervös hin und her.

Das zweite Monster war das reinste Horror-Reptil: Ein Alligatorkopf saß auf einem menschlichen Körper, der von dicken grünen Schuppen überzogen war. Es hatte seine lederartigen Schwingen fest auf dem Rücken gefaltet; Andar vermutete, wenn es sie ausbreitete, würde das

Erinnerungen an diesen fliegenden Wurm wecken, der Ferlhame in Schutt und Asche gelegt hatte.

»Beginne mit den Vorbereitungen«, wies Orath ihn an.

Weder Gort noch Draco sagten jemals ein Wort. Wie pervers das Chaos sie auch geformt hatte, es hatte sie mit Stummheit geschlagen. Aber selbst als er seine grauenvollen Verbündeten vorgestellt hatte, hörte die Königin immer noch auf Orath. Auf das Angebot des Knechtes hin hatte Rianna ihm freie Hand gelassen, sodass er nur noch ihrer eigenen Autorität unterstellt war. Andar war nicht bereit, Verrat an seiner Herrscherin zu begehen, also hatte er keine andere Wahl, als zu gehorchen.

Er drehte sich zu den versammelten Zauberern der Danaan um, die mit ihm an die Gestade des Schwarzen Sees gekommen waren. Unauffällig bediente sich Andar der Macht des Chaos, um seiner Stimme Autorität zu verleihen.

»Wir werden gleich mit einem mächtigen und sehr gefährlichen Ritual beginnen«, erklärte er. »Daher müssen wir bei unseren Vorbereitungen sehr wachsam sein, und jedes Detail muss genau umgesetzt werden. Sollten wir leichtsinnig oder unaufmerksam sein, werden wir schreckliches Unheil über dieses Land bringen.«

Es bedurfte keiner weiteren Warnung; die Zerstörung von Ferlhame war ihnen allen noch sehr gegenwärtig. Sie wussten sehr genau, welche Konsequenzen es haben würde, wenn das Ritual scheiterte.

Aber, fragte sich Andar stumm, *welche Konsequenzen wird es haben, wenn wir erfolgreich sind?*

Orath und die anderen Knechte gingen langsam zwischen den Zauberern der Danaan umher, während diese uralte Symbole der Macht in die dunkle, unfruchtbare Erde ritzten, die den See umgab, und überwachten die Arbeit der Menschen mit kritischem Blick.

Orath hatte aufgehört, eine magische Aura von Autorität und Einfluss um sich zu weben. Nachdem er sich mehrere Tage lang mit der Königin und ihrem Konzil getroffen hatte, hatte sich sein subtiler Zauber tief in ihre Psyche gegraben. Sie vertraute ihm jetzt mehr als jedem anderen, und obwohl die Erzeugung der Aura seine Reserven kaum angegriffen hatte, war es dennoch besser, nicht mehr Macht zu verschwenden, als unbedingt nötig war.

Die Danaan bemühten sich, ihn und seine beiden monströsen Gefährten zu ignorieren, aber er konnte ihr Unbehagen spüren. Sie hockten auf Händen und Knien und hatten nur Augen für ihre Aufgabe, ritzten sorgfältig die komplizierten Runen in die Erde. Gelegentlich hielten sie inne und verglichen ihre Arbeit mit den Symbolen auf den Pergamenten, die Orath für sie gezeichnet hatte, ansonsten jedoch arbeiteten sie ohne Pause.

Trotz ihrer offenkundigen Hingabe war Orath fest entschlossen, jede einzelne Rune selbst zu inspizieren. Beschwörungszauber wie dieser, mit denen Kreaturen gerufen werden konnten, waren höchst kompliziert. Ein einziger Fehler konnte das Ritual stören und der Bestie, die am Grund des Schwarzen Sees schlummerte, ermöglichen, sich von seiner Kontrolle zu befreien und sich gegen ihn zu wenden.

Orath fürchtete nicht, dass die Sterblichen ihn hintergingen, sie waren wie Schafe, fügsam und ihrer Königin gegenüber treu ergeben. Aber die Danaan waren nicht sehr versiert, was Rituale und Zaubersprüche anging. Das Chaos schlummerte in den uralten Bäumen des Nordforsts und erlaubte den Zauberern, sich recht problemlos seiner Macht zu bedienen. Diejenigen, die die *Gabe* besaßen, brauchten weder Artefakte noch Symbole oder Machtworte, um Magie zu wirken. Sie taten das ganz intuitiv und unmittelbar.

Dieses Ritual jedoch war etwas vollkommen anderes. Den Oger zu erwecken erforderte die Macht der Alten Magie. Und ohne die entsprechenden Sicherheitsmaßnahmen würde das Chaos, das Orath beschwören musste, um das Monster an seinen Willen zu binden, vollkommen außer Kontrolle geraten.

Obwohl der Oger nicht so mächtig war wie der Drache, der Ferlhame vernichtet hatte, war er dennoch ein Furcht einflößender Feind. Er war ein hirnloser Metzger, angetrieben von unstillbarem Hunger und unwiderstehlicher Blutgier. Unkontrolliert würde er die Danaan in Stücke reißen und ihr noch bebendes, warmes Fleisch verschlingen und dann seine Aufmerksamkeit auf Orath und die anderen Knechte richten.

Draco, Gort und er mochten vereint vielleicht die Stärke besitzen, den Oger zu besiegen, aber selbst ein Sieg würde Oraths ohnehin allmählich schwindende Macht endgültig erschöpfen. Da er durch das *Vermächtnis* von der Brennenden See abgeschnitten war, würde er danach schwach und angreifbar sein. Er hatte nicht die Absicht, sich in eine solche Position zu manövrieren. Aber sie brauchten den Oger, wenn sie auch nur hoffen wollten, den Ring zurückzubekommen.

Jedes der Artefakte war einzigartig, und jedes nährte sich auf eine ganz besondere Art und Weise vom Chaos. Anders als der Drache war der Oger eine Bestie der Erde. Er war geboren aus Schlamm und Stein und erheblich widerstandsfähiger gegen die uralte Magie des Ringes. Als Daemron noch den Alten Göttern diente, hatte er den Oger durch die Macht des Schwertes bezwungen, das aus purem Chaos bestand, geschmiedet in eine fassbare, konkrete Waffe. Der Ring jedoch setzte das Chaos in Form reiner Energie frei; der Sturm, der den Drachen bezwungen hatte, würde den Oger nicht behindern.

Und selbst wenn der Sterbliche den Ring benutzen sollte, um die gesamte Streitmacht der Danaan zu vernichten, wird der Oger einfach zu ihm gehen und ihm den Arm abreißen. Dann wird er das Artefakt in meine wartende Hand fallen lassen.

Vorausgesetzt natürlich, das Ritual verlief wie geplant.

»Lei. Sharl. Terress. Ko. Lei. Sharl. Terress. Ko.«

Die Stimmen der Danaan-Zauberer erhoben sich zu einem gleichmäßigen, rhythmischen Singsang, als sie das Mantra rezitierten, das Orath sie gelehrt hatte. Andar stimmte mit ein, aber er war nur ein widerstrebender Teilnehmer an dem Ritual des Knechts. Während er die Worte aussprach, schweiften seine Gedanken ab.

»Lei. Sharl. Terress. Ko. Lei. Sharl. Terress. Ko.«

Es hatte etliche Stunden gedauert, bis Orath schließlich mit den Vorbereitungen für das Ritual zufrieden gewesen war. Er hatte die Runen immer wieder kontrolliert, um sich davon zu überzeugen, dass sie fehlerlos waren. Als das Ritual schließlich begann, war es bereits Nacht geworden. Der Vollmond spendete Licht, sodass sie genug sehen konnten, obwohl das dunkle Wasser des Sees kein Licht reflektierte.

»Lei. Sharl. Terress. Ko. Lei. Sharl. Terress. Ko.«

Die Worte klangen sonderbar und fremd. Andar kannte ihre Bedeutung nicht, aber er wusste um ihren Zweck. Das war Magie nach Art der Menschen des Südens. Viele Details waren ihm fremd, aber der Hohe Zauberer der Danaan verstand trotzdem die Idee, die dahintersteckte.

Die Symbole und Worte halfen dabei, die Macht des Chaos zu beschwören, es aus den uralten Bäumen des Forsts zu ziehen, es zu konzentrieren und zu fokussieren. Doch obwohl die Zauberer der Danaan ein wichtiges Element dieses Rituals waren, machte Andar sich keinerlei Illusionen darüber, wer den Bann tatsächlich kontrollierte.

Der Gesang war zu kurz und zu einfach, um das Chaos entscheidend formen zu können. Er diente nur dazu, den Willen der Danaan zu einem gemeinsamen Zweck zu vereinen – zu Oraths Zweck. Sie waren nur die Kanäle. Die Macht, die sie sammelten, würde vom Anführer der Knechte geformt und beherrscht werden.

»Lei. Sharl. Terress. Ko. Lei. Sharl. Terress. Ko.«

Andar spürte, wie der Bann an Kraft gewann. Es wehte kein Wind, und die Luft wurde heiß und schwer, bis ihm der Schweiß über die Stirn lief. Er spürte einen Druck auf den Ohren, der zunahm, bis seine Trommelfelle knackten. Und das Kribbeln in seinem Hinterkopf erstreckte sich schließlich bis in seine Kiefer und Zähne. Es war unangenehm und beunruhigend.

Ein böiger Wind frischte wie aus dem Nichts auf, fegte um sie herum und zerrte an Andars Haaren und Kleidern. Der Schwarze See begann zu blubbern wie ein Topf auf dem Feuer. Der Wind wurde stärker und ließ einige der Zauberer taumeln. Aber dennoch stockten sie in ihrer Anrufung nicht, sondern setzten ihren Singsang unverdrossen fort.

»Lei. Sharl. Terress. Ko. Lei. Sharl. Terress. Ko.«

Dann ertönte ein tiefes, lautes Krachen, wie ein Donnerschlag, nur von tief unter der Erde. Andar hörte ihn nicht, aber er fühlte ihn durch seine Fußsohlen. Eine Sekunde später entstand ein Geysir mitten im See und spuckte das stinkende Wasser fast zwanzig Meter in die Höhe.

Etwas brüllte, es war ein unmenschliches Geräusch von Wut und Schmerz, das dazu so laut war, dass Andar unwillkürlich die Hände auf die Ohren schlug. Weitere Fontänen schossen aus dem See empor und besprühten die Danaan mit der ekelhaften Flüssigkeit. Widerliche Gerüche von Gasen wurden freigesetzt, die seit Jahrhunderten unter der Oberfläche eingeschlossen gewesen waren.

Andar kämpfte gegen seinen Brechreiz an, als der Gestank sie alle traf, und setzte die Anrufung fort. Plötzlich fielen die Fontänen in sich zusammen, und der Wind legte sich. Die Luft um sie herum wurde schlagartig kalt, und Andar begann zu zittern. Dann tauchte der Oger aus dem See auf und kroch an Land.

Die Kreatur war gewaltig, ein untersetzter, mächtiger Muskelberg. Obwohl sie gebeugt ging und die Knöchel ihrer gewaltigen dreifingerigen Hände auf den Boden stützte, um den dicken kurzen Beinen zu helfen, den massigen Wanst zu tragen, wirkten die Danaan gegen sie winzig.

Die Bestie war nackt, und ihr aufgeblähtes graues Fleisch war von Geschwüren und Schleim übersät, den sie vom Boden des Sees mit heraufgebracht hatte. Vier gewaltige Hauer ragten zwischen ihren Lippen hervor wie Stoßzähne, zwei oben und zwei unten. Lange, ungleichmäßige Strähnen schmutzigen schwarzen Haares hingen von dem unverhältnismäßig großen Kopf herab, den die Kreatur abwechselnd von einer Seite auf die andere legte, in nahezu unnatürlichen Winkeln, während sich ihre gelben Augen auf den Kreis von singenden Zauberern richtete.

»Lei. Sharl. Terress. Ko. Lei. Sharl. Terress. Ko.«

Schließlich bemerkte sie Orath und die anderen Knechte, die etwas abseits von den Danaan standen. Daraufhin richtete sich der Oger zu seiner vollen Größe von fünf Metern auf. Er stieß seine mächtigen Fäuste hoch in die Luft, hämmerte sie dann auf die Erde und brüllte seinen Trotz heraus.

Orath hätte vor Ehrfurcht fast aufgeschrien, als der Oger auftauchte, so prachtvoll war er. Seine körperliche Monstrosität war sowohl widerlich als auch faszinierend. Er strahlte Macht aus, die Ruhe und ungezähmte Macht der Alten Magie, die man im Reich der Sterblichen seit dem Kataklysmus nicht mehr gesehen hatte.

Orath zapfte die Kraft der Zauberer der Danaan an und

berührte mit unsichtbarer Hand den Geist des Ogers. Er war bestialisch und primitiv, angetrieben von Instinkten und einfachsten Emotionen: Hunger und Hass.

Der Oger spürte diese Berührung und drehte sich zu ihm herum. Aus seinem gewaltigen, mit Zähnen dicht bestückten Maul drang ein ohrenbetäubendes Brüllen.

Orath riss sich zusammen und begann seinerseits eine Anrufung. Es war kein einfaches, rhythmisches Mantra wie das, was die Danaan gesungen hatten, sondern es waren die komplizierten Worte der Macht, die diese Kreatur der ChaosBrut beherrschen und an ihn binden, ihn zum Sklaven von Oraths Willen machen würden.

Der Oger taumelte zurück, als hätte man ihn geschlagen. Seine groteske Fratze verzerrte sich zu einer Maske des Entsetzens und der Furcht. Die Kreatur versuchte zu flüchten, wieder in die Tiefe des Schwarzen Sees zu entkommen, aber Orath weigerte sich, sie gehen zu lassen.

Er sprach so schnell, dass seine Worte nur ein unverständliches Summen zu sein schienen, hob dann die rechte Hand mit der Handfläche nach oben und spreizte seine langen dünnen Finger. Dann ballte er die Hand langsam zur Faust.

Der Oger schlug um sich und heulte, bis er schließlich begriff, dass eine Flucht unmöglich war. Im selben Moment schaltete er um, von Flucht auf Angriff. Die Muskeln unter seiner Haut spannten sich an, als er sich anschickte, seinen Feind anzugreifen.

Orath hob seine rechte Hand, die Handfläche nach außen, und streckte den Arm aus, um die Bestie zurückzuhalten. Der Oger zögerte, als sein Schwung vorübergehend gebremst wurde. Dann hielt Orath ihn fest, sodass er wie erstarrt dastand, während seine Stimme tiefer wurde. Wieder tastete er nach dem Geist des Ogers und versuchte, ihn an seinen eigenen zu binden.

Die Bestie fauchte und duckte sich tief auf den Boden, benutzte ihre Krallen, um Halt auf der Erde zu finden. Dann begann sie langsam auf Orath zuzukriechen.

Der Knecht begriff, dass der Wille des Ogers erheblich stärker war, als er erwartet hatte, und veränderte seine Anrufung. Seine Worte wurden schriller und höher, während er nach dem Kreis der Zauberer griff. Statt jedoch einfach nur ihre vorhandene Macht zu vereinigen, begann er sie anzuzapfen, rasch und brutal selbst den letzten Tropfen des Chaos aus ihrem Blut zu saugen, in dem verzweifelten Versuch, den Oger unter seine Kontrolle zu bringen.

Andar spürte augenblicklich die Veränderung in dem Bann. Er selbst hatte eine tiefe, instinktive Verbindung zum Chaos. Aber er brauchte eine Weile, bis er begriff, was hier passierte. Bis er erkannte, dass Orath nicht nur einfach die Macht der Danaan anzapfte, sondern ihre Lebensessenz, waren etliche schwächere Zauberer bereits bewusstlos zusammengebrochen.

Der Hohe Zauberer versuchte zurückzuweichen, aber Oraths Bann ließ das nicht zu. Gegen seinen Willen setzten seine Lippen die rhythmische Anrufung fort, weil er unfähig war, sich zu befreien. In seinem Innern hatte er das Gefühl, als würde er in Stücke gerissen. Brocken für Brocken wurde aus ihm herausgerissen, um die Gier des Knechts zu stillen, während er gegen die ChaosBrut kämpfte. Andar wurde verzehrt, ausgetrocknet, und schon bald würde er nur noch eine verwelkte, leblose Hülle sein.

Aber er spürte nicht nur seinen eigenen Tod. Vereint mit den anderen Danaan durch ihren Gesang, fühlte Andar, wie sie alle litten, genauso wie sie sein Leiden spürten. Eine gemeinsame Folter, eine unerträgliche Qual, dutzendfach vervielfältigt.

Das ist es. Das ist der Schlüssel.

Allein war er nicht stark genug, sich aus Oraths Bann zu befreien. Aber er war nicht allein. Er und die anderen Zauberer der Danaan waren wie eine Person, deren Geist und Macht durch den unablässigen Gesang vereint waren. Gemeinsam waren sie vielleicht in der Lage, dem Knecht zu widerstehen.

Aber wäre das klug?

Wenn sie sich befreiten, würde das Ritual vorzeitig enden, und der Oger war nicht gebunden. Ohne die Fesseln von Oraths Bann würde die ChaosBrut das Königreich der Danaan noch mehr verwüsten. Und ohne den Oger konnte die Königin niemals den Ring zurückerlangen.

Er hatte wie alle anderen Danaan seiner Herrscherin einen Treueeid geschworen. Sie alle hatten gelobt, im Dienst für ihre Lehnsherrin sogar ihr Leben zu geben. Das Ritual jetzt zu beenden wäre Hochverrat.

Nein! Rianna jetzt im Stich zu lassen, wo sie schwach und verletzlich ist, wäre der wirkliche Verrat! Wir dürfen sie nicht ungeschützt dem Einfluss und der Kontrolle von Orath überlassen! Wir müssen für unser Königreich und unsere Königin kämpfen!

Er hatte keine Zeit, sich mit den anderen in Verbindung zu setzen und ihnen seinen Plan zu erklären. Bis dahin hätte Orath bereits zu viel von ihrer Essenz aufgesogen. Seine einzige Hoffnung bestand darin, sich an den Willen seiner Volksgenossen zu wenden und zu hoffen, dass sie ihm folgten, augenblicklich und ohne zu fragen. Wenn sie zögerten, aus Verwirrung, Furcht oder fehlgeleiteter Loyalität zur Königin, oder wenn sie zu überwältigt von ihren eigenen Qualen waren, um sich ihm anzuschließen, war alles verloren.

Es gibt keine andere Möglichkeit. Wir müssen handeln, und zwar jetzt.

Während der Oger unaufhaltsam auf Orath zukroch, sog der weiter das Chaos aus dem Blut der Danaan. Die Königin würde vielleicht wütend über ihren Tod sein, aber Orath war sich gewiss, dass er ihn als unvorhersehbaren Unfall erklären konnte. Und wenn Andar nicht mehr da war und ihm Widerstand leistete, war es noch einfacher, sie zu manipulieren und zu beherrschen.

Die Macht, die ihn durchflutete, war von einem Fluss zu einem reißenden Strom geworden. Orath sog ihn unaufhörlich ein, sammelte die Macht für einen letzten Ausbruch, der den Willen des Ogers ein für alle Mal brechen würde. Dann plötzlich war sie versiegt.

Da er vollkommen auf den Oger konzentriert gewesen war, hatte er den wachsenden Widerstand seiner Opfer nicht bemerkt, bis es zu spät war. Irgendwie hatten sie die Kraft gefunden, sich in letzter Sekunde aus dem Bann zu befreien. Die Stimmen der Anrufung verstummten, als alle Danaan gleichzeitig zusammenbrachen. Sie waren erschöpft, aber am Leben.

Der Oger spürte es ebenfalls. Die Macht, die ihn zurückhielt, löste sich auf, und die Bestie reagierte augenblicklich und stürmte in einem wütenden Angriff vor.

Glücklicherweise waren Gort und Draco da und sprangen in die Bresche, als sie die Danaan fallen sahen. Da sie mit ihren verstümmelten Mündern die Worte des rituellen Gesanges nicht formen konnten, unterstützten sie Orath, indem sie sich ihrem Anführer ganz und gar öffneten, damit er sich ihrer Macht bedienen konnte, um die Bestie zu bezwingen.

Sie begreifen nicht, was tatsächlich passiert ist, dachte Orath. *Sie glauben, die Danaan sind zusammengebrochen, weil sie zu schwach sind.*

Die Macht der beiden anderen Knechte schlug wie eine gewaltige Welle über Orath zusammen, und er nahm sie mit einem einzigen großen Schluck in sich auf. Im nächsten Moment wurde der Angriff des Ogers blockiert, und die Bestie stand wie angewurzelt da. Aber ihr Wille war immer noch ungebrochen.

Wie er es bei den Danaan gemacht hatte, sog Orath jetzt das Chaos ein, das in den anderen Knechten schlummerte, saugte es aus ihrem Blut und aus ihrem Knochenmark. Wie die Sterblichen begriffen auch Gort und Draco, was er tat, und versuchten, sich von dem Bann zu befreien. Aber die Danaan hatten Orath überrumpelt. Diesmal aber war er vorbereitet, und er würde nicht zulassen, dass das Ritual verfrüht endete.

Gort heulte und bellte, während Draco zischte und

kreischte, als Orath sie aussaugte. Seine Gefährten waren stark, aber Orath war stärker. Es dauerte nur wenige Sekunden, bis sich ihre Körper in vertrocknete, mumifizierte Hüllen verwandelt hatten, die leblos zu Boden fielen.

Das plötzliche Anschwellen seiner Macht erlaubte Orath, einen letzten verzweifelten Versuch zu unternehmen, um den Willen des Ogers zu brechen. Die Bestie brüllte und warf den Kopf von einer Seite auf die andere, dann stürzte sie zu Boden. Wimmernd rollte sie sich auf dem Boden zusammen und blieb regungslos liegen.

Orath versuchte, sich ihr zu nähern, aber sein Körper war durch die Strapazen des Rituals vollkommen ausgelaugt. Er taumelte und fiel mit dem Gesicht auf die weiche Erde. Dort blieb er regungslos liegen, kaum noch bei Bewusstsein.

Als er hörte, dass sich der Oger erneut bewegte, versuchte er, sich aufzurichten, schaffte es jedoch nur, sich auf den Rücken zu rollen. Er sah, wie die Kreatur auf ihn zukroch, und diesmal konnte er sie nicht aufhalten.

Sie stand langsam auf, als sie ihn erreicht hatte, ein stinkender Berg von aufgeschwemmtem grauen Fleisch, der hoch aufgerichtet neben ihm stand. Orath bereitete sich auf den tödlichen Schlag vor, denn er wusste, dass ein einziger Hieb dieser gewaltigen Faust ihn zermalmen würde. Stattdessen jedoch sank der Oger auf ein Knie und senkte den Kopf.

»Meister«, zischte er mit belegter, blubbernder Stimme.

9

Keegan konnte sich kaum daran erinnern, wie sie zum Lager der Barbaren gelangt waren. Er entsann sich vage, dass die Rudelführer aufgetaucht waren, und auch, dass Norr ihn durch Wind und Regen getragen hatte. Alles andere jedoch war ein verschwommener Nebel aus Fieberträumen und Halluzinationen.

Einmal hatte er sich Norr als eine Art Monster vorgestellt, als einen Oger, der vom Grund eines dunklen und bedrohlichen Sees an Land gekrochen war und ihn töten wollte. Dann wiederum hielt er sich selbst für einen Elch, der, verfolgt von einer Horde kläffender, geifernder Hunde, über die Tundra rannte. Den größten Teil der Zeit allerdings hatte er geschlafen.

Jetzt jedoch fühlte er sich besser. Zwei Tage waren verstrichen, vielleicht auch drei. In dem kleinen Zelt aus Tierhäuten war es schwer, den Lauf der Zeit zu verfolgen. Abgesehen von Vaaler, der immer wieder nach ihm sah, hatte er keinerlei Kontakt mit der Außenwelt.

Keegan freute sich über die Besuche seines Freundes, auch wenn es ihn enttäuschte, dass keiner der anderen vorbeigekommen war. Vor allem Scythe. Zuerst war er zu schwach gewesen, um darüber nachzudenken, warum sie nicht kamen. Es erschöpfte ihn bereits, wach zu bleiben und die warme Suppe zu essen, die Vaaler ihm einflößte.

An diesem Morgen jedoch war er erfrischt und kräftig aufgewacht. Und ihn beschlich das Gefühl, dass irgendetwas Sonderbares vorging.

Vielleicht geht sie dir ja aus dem Weg, weil du dich beim letzten Mal, als ihr miteinander gesprochen habt, zum Narren gemacht hast.

Doch selbst wenn das stimmte, was war dann mit Jerrod und Norr? Ihm wollte einfach kein Grund einfallen, warum die beiden nicht wenigstens ein Mal nach ihm geschaut hatten.

Ihm war klar, dass er die Antwort auf seine Frage nicht finden würde, wenn er in dem Zelt hockte, also schob er die dicken Tierfelle beiseite, unter denen er geschlafen hatte. Jemand hatte ihm die Stiefel ausgezogen. In dem dunklen Zelt tastete er umher, bis er sie in einer Ecke fand.

Doch noch bevor er sie anziehen konnte, fiel Licht in das Zelt, gefolgt von einem eisigen Windstoß, als Vaaler sich durch den schmalen Schlitz zwischen den Häuten zwängte, der als Eingang diente.

»Du bist aufgewacht.« Der Danaan wirkte überrascht.

Das Zelt war zu niedrig, als dass man darin hätte stehen können. Deshalb musste Vaaler auf Händen und Knien vorwärtskriechen. Sobald er drin war, drehte er sich um und verschloss den Eingang hinter sich, indem er die dünnen Tiersehnen, die von der Zeltklappe bis zu den aus Knochen gefertigten Zeltstangen reichten, zu einer Schleife band.

»Bist du hungrig?«

Nach dem Verschließen der Klappe war es erneut dunkel in dem Zelt, und die beiden Männer bildeten nur noch dunkle Silhouetten. Aber Keegan konnte sehen, dass sein Freund ihm etwas hinhielt.

»Dörrfleisch. Ich habe angenommen, dass du Suppe allmählich satthaben dürftest.«

Keegan nahm den Streifen Dörrfleisch und biss hinein. Sein Magen knurrte. Das Fleisch war so mühsam zu kauen, dass ihm die Kiefer wehtaten, und der salzige Geschmack ließ ihn zusammenzucken. Aber dennoch hatte Vaaler recht – er war die Suppe leid.

»Wieso bist du eigentlich der Einzige, der nach mir sieht?«, fragte Keegan zwischen zwei Bissen.

»Tut mir leid, wenn ich dich langweile«, erwiderte Vaaler mit gespielter Entrüstung.

»Ich meine das ernst«, hakte Keegan nach. »Jerrod und die anderen … Geht es ihnen gut?«

»Wir sind alle am Leben, und es geht uns gut«, versicherte ihm Vaaler. »Aber seit wir hier angekommen sind, benehmen sich alle ein bisschen sonderbar.«

»Wieso?«

»Jerrod hat mir gesagt, er wollte dich nicht in Gefahr bringen. Die Rudelführer vertrauen ihm nicht und behalten ihn scharf im Auge. Wahrscheinlich hält er es für das Beste, sich von dir fernzuhalten und zu vermeiden, die Aufmerksamkeit der Ostländer auf dich zu lenken.«

»Normalerweise würde er mich nicht aus den Augen lassen«, erwiderte Keegan mürrisch. »Woher der plötzliche Sinneswandel?«

»Ich nehme an, mit ansehen zu müssen, wie das Rudel die Inquisitoren zerfleischt hat, ist ihm ziemlich unter die Haut gegangen«, erklärte Vaaler. »Er hat wohl Angst, dass die Eishauer die Hunde auf ihn hetzen, wenn er auch nur merkwürdig atmet.«

»Eishauer?«

»So heißt der Clan. Ich glaube, die wörtliche Übersetzung bedeutet eigentlich ›Schneezahn‹, aber Eishauer klingt irgendwie beeindruckender.«

»Hat Norr dir das gesagt?«

»Nein. Ich habe ein bisschen Verlsung studiert und genug behalten, um ab und zu ein paar Brocken zu verstehen.«

Keegan kannte den formalen Namen der Sprache der Ostländer von seinen Studien bei Rexol her, obwohl die meisten Menschen in den Südlanden sie einfach Clansprache nannten.

Und es überraschte ihn nicht, dass Vaaler ein wenig davon verstand. Er vermutete sogar, dass sein Freund diese fremde Sprache besser beherrschte, als er zugeben mochte. Er sprach immerhin Allrish, die Sprache der Südlande, und zwar ohne den geringsten Akzent. Wenn man ihn reden hörte, konnte man fast vergessen, dass Danaan seine Muttersprache war.

Wahrscheinlich spricht er die Clansprache genauso flüssig.

Vaaler war in dem Glauben aufgewachsen, eines Tages das Königreich der Danaan zu regieren; von daher war es für ihn sinnvoll gewesen, die Kultur, die Sitten und Sprachen der Nachbarvölker der Danaan zu erlernen. Und während ihrer Zeit bei Rexol hatte Vaaler auch bewiesen, dass er die sonderbaren Worte und uralten Anrufungen, die sie sich für ihre Zauber einprägen mussten, fließend beherrschte.

Er hat all das immer schneller gelernt als ich. Wahrscheinlich erinnert er sich immer noch an jedes einzelne Wort davon. Er wäre der perfekte Zauberlehrling gewesen, oder der perfekte König, wenn das Chaos ihm nicht einen so grausamen Streich gespielt und ihn blind für die Gabe *und die* Sicht *gemacht hätte.*

»Norr hat in letzter Zeit mit niemandem geredet«, fuhr Vaaler fort, ohne etwas von Keegans Gedanken zu ahnen. »Er macht fast den Eindruck, als wäre er vollkommen niedergeschlagen. Nicht einmal Scythe kann ihn aus dieser Stimmung reißen.«

»Deshalb hat sie mich also nicht besucht«, begriff Keegan. »Weil sie sich Sorgen um Norr macht.«

»Er hat Geheimnisse vor uns«, fuhr Vaaler fort. »Große Geheimnisse. Seine Vergangenheit ist erheblich bedeutungsvoller, als er uns glauben machen will.«

»Wieso bist du dir da so sicher?«

»Die Eishauer wissen nicht, dass ich sie verstehen kann. Ich habe so einiges gehört.«

Keegan verstand, warum sein Freund zögerte. Norr hatte diese Dinge aus einem guten Grund vor der Gruppe geheim gehalten. Und sie jetzt zu enthüllen würde in den Augen des loyalen Danaan möglicherweise einen Verrat darstellen. Aber die Wahrheit zu verschweigen konnte sie alle in große Gefahr bringen.

»Wenn du etwas Wichtiges weißt, darfst du das nicht für dich behalten«, erklärte Keegan.

»Also gut.« Vaaler gab nach und war eindeutig erleichtert, dass er endlich sein Wissen mit jemandem teilen konnte. »Aber du darfst weder Jerrod noch Scythe etwas davon sagen. Sie neigen zu Überreaktionen. Und das könnte alles noch viel schlimmer machen.«

»Schlimmer? Du meinst die Lage ist schon schlecht?«

»Die Eishauer haben uns nicht direkt gerettet«, rückte Vaaler schließlich mit der Sprache heraus. »Wir sind keine Gäste des Clans, sondern ihre Gefangenen.«

»Und was haben sie mit uns vor?«, wollte Keegan wissen.

»Ich glaube, sie wollen uns einem anderen Clan im Austausch für Nachschub und Waffen übergeben. Im Grunde verkaufen sie uns. Sie haben sogar Boten zum Clan des Felsgeistes geschickt. Oder vielleicht ist Steinherz der zutreffendere Name. Es ist nicht ganz einfach, die Namen angemessen zu übersetzen.«

»Einigen wir uns auf Steingeister«, schlug Keegan vor.

»Einverstanden«, meinte Vaaler. »Wie auch immer wir sie nennen, ich glaube, es ist Norrs ehemaliger Clan.«

»Dann verstehe ich, warum er uns das nicht sagen will«, räumte Keegan ein. »Jerrod würde die Vorstellung überhaupt nicht gefallen, dass wir Gefangene sind.«

»Das ist noch nicht alles«, meinte Vaaler nach einer kurzen Pause. »Die meisten Clans der Ostländer sind Nomaden. Sie nehmen für gewöhnlich keine Gefangenen, weil die einfach nur Nahrung und Ressourcen verbrauchen, die der Clan für den Winter gelagert hat. Wenn sie jemanden nicht im Kampf getötet haben, nehmen sie ihm für gewöhnlich die Waffen und alle Vorräte ab und setzen ihn dann aus.«

»Das klingt für mich wie eine Todesstrafe«, murmelte Keegan.

»Das kommt auf das Wetter an und darauf, wie weit dein eigener Clan von dir entfernt ist.« Vaaler zuckte mit den Schultern. »So wird das hier draußen eben gehandhabt. Nur wenn sie jemand Besonderen gefangen nehmen, machen sie vielleicht eine Ausnahme.«

»Was meinst du mit *jemand Besonderen*?«

»Jemand Wichtiges. Jemand, der so wertvoll ist, dass ein anderer Clan bereit ist, ein hohes Lösegeld zu zahlen, um die Person zurückzubekommen. Vielleicht einen berühmten Krieger oder einen Paladin. Oder noch wahrscheinlicher, jemand, der mit der Familie, die den Clan führt, eng verwandt ist.«

»Du glaubst also, Norr wäre eine Art barbarischer Königssohn?«

»Die Clans nehmen nur Gefangene, wenn das Lösegeld die Kosten übersteigt, die es verschlingt, jemand bis zu diesem Austausch durchzubringen«, meinte Vaaler. »Die Eishauer scheinen der Meinung zu sein, Norr wäre wertvoll genug, um uns alle fünf am Leben zu lassen.«

»Dann ist das also etwas Gutes«, folgerte Keegan. »Wenn Norr so wichtig ist, werden die Steingeister den Austausch vornehmen. Und dann kann er sie dazu bringen, uns zu helfen.«

»Nur weil du zur Königsfamilie gehörst, bedeutet das noch lange nicht, dass deine Leute dich wiederhaben wollen«, erwiderte Vaaler mit deutlicher Verbitterung. »Wir wissen nicht, warum Norr überhaupt verschwunden ist. Vielleicht wurde er ins Exil geschickt oder ist geflüchtet, weil er eine Art Machtkampf verloren hat.

Möglicherweise wollen die Steingeister ihn gar nicht

zurückhaben. Wenn sie sich weigern, das Lösegeld zu bezahlen, werden wir im besten Fall ohne Nahrung und Waffen in der Tundra ausgesetzt.«

Keegan hütete sich zu fragen, wie wohl der schlimmste Fall aussähe. *Ich wette, die Hunde sind immer hungrig.*

»Und selbst wenn sie das Lösegeld zahlen«, fuhr Vaaler fort, »könnte Norr immer noch vor irgendeiner Art von Clan-Gerichtsbarkeit geflüchtet sein. Vielleicht wollen sie ihn nur wiederhaben, um die Strafe vollziehen zu können.«

»Kein Wunder, dass Norr so verschlossen ist«, meinte Keegan. »Gibt es noch mehr gute Nachrichten?«

Vaaler schüttelte den Kopf.

»Und was sollen wir deiner Meinung nach tun?«

»Wir haben nicht sonderlich viele Möglichkeiten. Wir können uns auf keinen Fall mit Waffengewalt den Weg hier heraus freikämpfen, und wenn wir versuchen wegzulaufen, werden die Hunde uns schnell einholen.«

»Also sitzen wir einfach hier herum und warten darauf, ob die Steingeister das Lösegeld zahlen?«

»Die Eishauer erwarten wohl schon morgen eine Antwort«, erklärte Vaaler.

Statt zu antworten, schob sich Keegan das letzte Stück Dörrfleisch in den Mund und kaute darauf herum, bis er es schlucken konnte.

»Ich werde ein bisschen im Lager herumlaufen und versuchen, noch mehr herauszufinden«, meinte Vaaler, um das Schweigen zu brechen.

Keegan sah seinem Freund trübsinnig nach. Nachdem der Danaan verschwunden war, schob er seine Stiefel wieder in die Ecke und kroch unter die Tierfelle. Aus irgendeinem Grund hatte er plötzlich keine Lust mehr, das Zelt zu verlassen.

Es dauerte noch drei Tage, bevor die Eishauer ihre Antwort bekamen. In dieser Zeit spürte Vaaler die bitteren, hasserfüllten Blicke der Rudelführer und der anderen etwa sechzig Angehörigen des Clans, die ihm überallhin folgten, wohin er auch ging.

Ausländer. Eindringlinge. Ihr esst unser Essen und wärmt euch an unseren Feuern; ihr schlaft in unseren Zelten und gebt uns nichts dafür zurück. Hier ist kein Platz für euch, ihr gehört nicht hierher.

Vaaler ließ ihren Hass an sich abprallen. Er war daran gewöhnt, als Fremdling angesehen zu werden. Aber er wusste, dass ihr glimmender Groll in gewalttätige Wut umschlagen würde, sollten sie nicht die gewünschte Antwort von den Steingeistern bekommen.

Glücklicherweise kam es nicht dazu. Als die Botschafter schließlich zurückkehrten, brachten sie dem Clan der Eishauer gute Neuigkeiten – die Bedingungen für den Austausch waren akzeptiert worden.

Natürlich erzählte Norr das den anderen nicht so.

»Die Kundschafter haben meinen Clan gefunden«, erklärte er ihnen bei einer kurzen Besprechung. »Meine Familie. Die Rudelführer werden uns morgen früh zu ihnen bringen.«

Der Hüne war eindeutig erleichtert, als er diese Nachrichten verkündete. Ganz offensichtlich war er nicht sicher gewesen, ob die Steingeister ihn zurückhaben wollten.

Aber wir wissen immer noch nicht, warum sie dich zurückhaben wollen, dachte Vaaler. *Und die ganze Sache muss keineswegs gut enden.*

Scythe reagierte mit ungewöhnlicher Zurückhaltung auf diese Ankündigung. Sie drückte einfach nur Norrs Hand und murmelte leise: »Ich denke, es wird gut für dich sein, sie wiederzusehen.«

Norr nickte und grunzte nur unverbindlich.

Sie weiß, dass er ihr etwas verschweigt, erkannte Vaaler. *Aber sie bringt es nicht über sich, ihn danach zu fragen. Vielleicht hat sie Angst vor seiner Antwort.*

Jerrods Reaktion war stoisches Schweigen, das nichts über seine Gefühle verriet.

Er ist daran gewöhnt, die Kontrolle zu haben, voranzugehen. Es gefällt ihm nicht, zum Herumsitzen gezwungen zu sein und sich auf andere verlassen zu müssen.

Keegan und Vaaler machten gute Miene zum bösen Spiel, lächelten und gratulierten Norr zu der bevorstehenden Wiedervereinigung. Sie ließen sich nicht anmerken, dass sie mehr wussten, als sie zugaben, und wechselten nur verstohlen besorgte Blicke miteinander.

Am nächsten Morgen brachen sie zu Fuß auf und ließen das Lager der Eishauer hinter sich. Es war etwas wärmer geworden, der Wind wehte schwach, und die Sonne schien. Die Rudelführer gingen voraus, und sie wurden von einem halben Dutzend anderer Angehöriger des Clans begleitet.

Die Hunde kamen ebenfalls mit. Sie tanzten mit scheinbar grenzenloser Energie um die Menschen herum. Einige rannten aufgeregt vorweg, andere ließen sich zurückfallen, um etwas zu untersuchen, das ihre Aufmerksamkeit erregt hatte, bevor sie dann rasch zum Rest des Rudels zurückkehrten. Sie hatten die Ohren gespitzt und wedelten mit den Schwänzen, und es fiel Vaaler schwer, sie als die Monster zu sehen, die die Inquisitoren am *Gerscheld* zerfetzt hatten.

Die Rudelführer waren unbewaffnet, aber die anderen Krieger trugen schwere hölzerne Spieße, gewaltige Streitäxte oder lange, grob geschmiedete Schwerter. Vaaler musste unwillkürlich denken, dass diese Waffen fast urtümlich wirkten. Nahm man die zerlumpten, schlecht sitzenden Felle, die sie trugen, hinzu, war leicht zu verstehen, woher das Bild des primitiven ostländischen Wilden stammte.

Als sie aufbrachen, benahmen sich die Eishauer beinahe lässig, fast unbekümmert. Es sah wirklich fast so aus, als würden sie wie Verbündete eskortiert und nicht wie Gefangene zu einem Austausch gegen Lösegeld.

Liegt das daran, dass Norr sie gebeten hat, uns nicht zu beunruhigen, oder daran, dass sie wissen, dass sie von uns nichts zu befürchten haben?

Sie gingen gemächlich, aber Vaaler bemerkte, dass Keegan Mühe hatte, Schritt zu halten. Er stützte sich schwer auf Rexols Stab. Jerrod fiel das ebenfalls auf. Trotz seiner Sorge, unerwünschte Aufmerksamkeit auf den jungen Bannwirker zu lenken, hielt sich der Mönch nur ein paar Schritte hinter dem jungen Mann.

Sonderbar, dass sie ihm den Stab nicht weggenommen haben, dachte Vaaler. Dann fiel ihm wieder ein, dass Magie im Eisigen Osten nahezu unbekannt war. Möglicherweise hielten sie den Zauberstab für irgendeine exotische Waffe der Südländer. Sie hatten sich ebenfalls nicht die Mühe gemacht, Vaaler das Rapier oder Scythe ihre Dolche abzunehmen. Vielleicht war es also nicht ganz so sonderbar, dass sie Keegan seinen Stab gelassen hatten.

Die Barbaren setzten eindeutig auf Brutalität statt auf Raffinesse. In der Hand eines geschickten Kämpfers mit entsprechendem Training konnte eine scharfe, leichte Klinge eine verheerende Wirkung haben. Aber für jemanden, der ihren Gebrauch nicht kannte, wirkten Scythes kleine Klingen und Vaalers dünnes Rapier niedlich und zerbrechlich.

Sie halten entweder unsere Waffen für keine Bedrohung, oder Norr hat sie irgendwie überzeugt, sie uns zu lassen, vielleicht als Teil der Lösegeldverhandlungen.

Der Danaan sah zu dem großen Mann hinüber und fragte sich, wie hoch wohl der Preis war, den er mit den Steingeistern ausgehandelt hatte.

Norr ging mit gesenktem Kopf, und sein Gang war immer noch von seinem verletzten Knie beeinträchtigt. Seine Miene war angespannt und finster, und er biss die Zähne zusammen. Wahrscheinlich wegen der Schmerzen von seiner Verletzung, obwohl Vaaler vermutete, dass er sich eher Sorgen wegen der bevorstehenden Vereinigung mit seinem Clan machte.

Scythe ging neben ihm. In ihrer Miene spiegelten sich die Sorge und Unruhe ihres Geliebten. In der kurzen Zeit, die Vaaler sie kannte, hatte er mehrmals erlebt, wie Scythes Temperament mit ihr durchging. Sie war nicht der Typ, der mit Gefühlen hinter dem Berg hielt. Und deshalb war es umso seltsamer, sie jetzt zu beobachten und zu sehen, wie sie vergeblich darum kämpfte, ihre wachsende Frustration über Norrs Heimlichtuerei zu verbergen.

Sie gingen etliche Stunden, ohne dass einer von ihnen etwas gesagt hätte. Vaaler war kurz davor, darum zu bitten, eine Pause machen zu dürfen, damit Keegan und Norr ausruhen konnten, als einer der weiblichen Rudelführer die Hand hob und die ganze Gruppe anhalten ließ.

»Wir sind da«, informierte Norr seine Freunde.

Für Vaaler gab es keinerlei Orientierungspunkte. Sie waren einfach irgendwo auf der flachen, gleichförmigen Tundra stehen geblieben. An einer Stelle, die für ihn so aussah wie jede andere auch.

»Wo ist dein Clan?«, erkundigte sich Scythe.

»Sie werden bald kommen«, versprach Norr und setzte sich umständlich auf den eisigen Boden, um zu warten.

Um jeder weiteren Diskussion einen Riegel vorzuschieben, stürzte er sich auf das Dörrfleisch, das man ihnen zu Beginn der Reise gegeben hatte. Vaaler erwartete, dass Scythe ihn drängte, ihr mehr Informationen zu geben, stattdessen jedoch setzte sie sich neben ihn. Sie aßen schweigend.

Vaaler und die anderen folgten ihrem Beispiel. Er bemerkte jedoch, dass die Eishauer nicht aßen. Sie schienen jetzt etwas aufmerksamer zu sein, nervöser als zuvor. Keegan warf ihm einen Blick zu, der verriet, dass der junge ChaosWirker das ebenfalls bemerkt hatte, aber da Jerrod in der Nähe war, konnten die beiden nicht darüber reden, was das zu bedeuten haben könnte.

Sie warteten fast eine Stunde, bis die Unterhändler der

Steingeister auftauchten. Es waren fünfzehn an der Zahl, und sie gingen zu Fuß. Zwölf Männer und drei Frauen. Sie alle waren bewaffnet wie die Krieger der Eishauer, mit Speeren, Äxten und langen Schwertern. Aber die Waffen der Steingeister waren, wie man selbst auf die Entfernung hin erkennen konnte, eindeutig besser gearbeitet.

Vaaler begriff, dass die Eishauer kein besonders wohlhabender Clan sein konnten. *Sie müssen sich mit dem begnügen, was sie bekommen.*

Als die Neuankömmlinge näher kamen, sah Vaaler, dass auch ihre Kleider erheblich besser waren, obwohl sie vom Stil her denen der Eishauer ähnelten. Statt der bunt gemischten, achtlos zusammengenähten und übergeworfenen Tierhäute trugen die Steingeister dicke Fellwesten, die ihre Arme freiließen, und kurze, aus Häuten genähte Röcke, die fast bis zu ihren kniehohen Lederstiefeln reichten.

Die Eishauer waren zahlenmäßig unterlegen und hatten zudem schlechtere Waffen, sodass sie sich auf ihre Hunde verlassen mussten, falls die Situation kritisch werden sollte. Als Vaaler die harten Gesichter der Krieger der Steingeister sah, bezweifelte er, dass selbst das genügte.

Hoffentlich kommt es nicht dazu.

Die Delegation der Steingeister blieb etwa fünfzig Schritte von der Stelle entfernt stehen, wo die Eishauer ihr Lager aufgeschlagen hatten. Drei von ihnen, zwei mit Schwertern bewaffnete Männer, die große Jutesäcke über den Schultern trugen, und eine große Frau mit einem schweren Speer, näherten sich der Gruppe.

Die drei Rudelführer der Eishauer gingen ihnen auf

halbem Wege entgegen und befahlen den Hunden mit einer Reihe von kurzen, scharfen Pfiffen, sich nicht von der Stelle zu rühren.

»Das sind die Gefangenen?« Die große Frau begann die Verhandlungen. Sie sprach Verlsung, und ihre Stimme war so laut und klar, dass Vaaler ohne Probleme jedes Wort verstehen konnte. Sie sprach die Rudelführer an, aber dabei schien sie an ihnen vorbei direkt auf Norr zu blicken.

Selbst wenn sie nicht das Wort ergriffen hätte, wäre es nicht schwer gewesen, sie als Anführerin der Gruppe zu identifizieren. Ihre Haltung verriet das Selbstbewusstsein einer Person, die das Sagen hatte, sie hielt den Kopf hoch erhoben und die Schultern gestrafft. Sie war in etwa so alt wie Norr und vielleicht zehn Jahre älter als Vaaler, Keegan und Scythe.

Etwas an ihren harten, blassen Gesichtszügen war faszinierend: eine kalte, gefährliche Schönheit, die das Land widerspiegelte, in dem sie geboren war. Ihr kupferfarbenes Haar trug sie zu einem langen dicken Zopf geflochten, der über ihren Rücken fiel. Die Locken hielt sie mit einem schlichten silbernen Haarreif von ihren eisblauen Augen fern. Sie hatte breite Schultern, und ihre alabasterfarbenen Arme waren schlank und muskulös. An den Unterarmen trug sie jeweils eine Eisenschiene, die vom Handgelenk bis zum Ellbogen reichte und poliert war, sodass sie in der Sonne glänzte.

Im Gegensatz zu den einfachen Waffen der Eishauer war der Schaft ihres Speeres mit Symbolen bemalt, die Vaaler nicht erkennen konnte. Zwei Federn, eine weiße und eine schwarze, und etliche kleine Amulette baumelten von der Metallspitze, die mit dicken, sehnigen Stricken an dem Schaft befestigt war.

»Im Namen des Clans der Steingeister«, die Frau fiel in einen formellen, rituellen Singsang, »frage ich, welches Schicksal diese Gefangenen erwartet.«

»Die Strafe für das unerlaubte Betreten unseres Landes ist der Tod«, erwiderte einer der Rudelführer. »Aber aus Respekt vor dem mächtigen Clan der Steingeister werden wir Gnade zeigen.«

»Und aus Respekt vor dem mächtigen Clan der Eishauer werden wir euch diese Geschenke übergeben«, erwiderte die Frau.

Die Gesandten der Steingeister traten vor und ließen ihre Säcke den Rudelführern vor die Füße fallen. Die beiden Eishauer, die noch nicht gesprochen hatten, durchwühlten die Säcke rasch und nickten dann dem dritten zu.

»Wir akzeptieren diese Geschenke vom mächtigen Clan der Steingeister.«

Sie wandten sich ab und wollten gehen, blieben jedoch stehen, als die Frau mit dem kupferfarbenen Haar erneut das Wort ergriff. Diesmal sprach sie weniger formell als zuvor.

»Hadawas hat zu einer Versammlung aufgerufen.«

»Die Eishauer zahlen dem Anführer der Sonnenklingen keinen Tribut«, antwortete die Rudelführerin.

»Die Steingeister ebenfalls nicht«, merkte die Frau an. »Aber viele von uns versammeln sich, um seine Weisheit anzuhören.«

»Wir werden seinem Ruf nicht folgen«, antwortete die Rudelführerin. »Wenn Hadawas seine Weisheit mit den Eishauern teilen will, kann er zu uns kommen.«

»Ich werde ihm deine Antwort überbringen«, gab die Frau zurück. Vaaler wusste nicht genau, ob ihre Worte als Drohung zu verstehen waren.

Nachdem das Gespräch zu Ende war, hatten die Rudelführer es eilig, zum Clan zurückzukehren. Nach ein paar raschen Befehlen und scharfen Pfiffen brach die ganze Truppe auf und marschierte den Weg zurück, den sie gekommen war.

Als sie sich zurückzogen, trat der Rest der Delegation der Steingeister vor. Sie hatten die Waffen zwar nicht gezückt, aber sie waren angespannt und bereit, jederzeit zu reagieren.

»Willkommen zu Hause, Norr.« Die Frau sprach immer noch in Verlsung. »Ich hätte nicht gedacht, dass ich noch den Tag erlebe, an dem du zurückkehrst.«

Er antwortete nicht.

»Nehmt ihnen die Waffen ab«, befahl die Frau ihren Gefolgsleuten.

Etliche von ihnen traten vor und blieben unvermittelt stehen, als Norr seine große Hand hob. Vaaler bemerkte, dass sich die Miene der großen Frau bei der Reaktion ihrer Leute verfinsterte.

»Ihr braucht euch keine Sorgen zu machen«, sagte Norr auf Südländisch zu seinen Freunden. »Aber wir müssen unsere Waffen abgeben.«

»Warum?« Scythe klang plötzlich misstrauisch. »Ich dachte, das hier wäre dein Clan, deine Familie.«

»Sie werden uns nichts tun«, beruhigte Norr sie. »Shalana ist eine ehrbare Frau. Wir können ihr trauen.«

»Du hast meine Frage nicht beantwortet«, erwiderte Scythe. »Und ich werde meine Dolche nicht abgeben, außer, du zwingst mich dazu. Was geht hier vor?«

Zu Vaalers Überraschung antwortete ihr die große Frau auf Allrish.

»Gebt eure Waffen ab«, warnte sie Scythe. Ihr Akzent war noch stärker als der von Norr. »Sonst machen wir euch nieder und verfüttern euch an die Hunde!«

»Sprich nicht so zu ihr!«, fuhr Norr sie in seiner Muttersprache an.

Angesichts des Zornausbruchs des großen Mannes traten die Krieger der Steingeister alle unwillkürlich einen halben Schritt zurück. Alle bis auf Shalana.

»Wenn du meine Waffen willst, komm und hol sie dir!«, schnarrte Scythe. Sie duckte sich und nahm Kampfposition ein, während ihre Dolche wie aus dem Nichts in ihren Händen auftauchten.

Die Krieger der Steingeister hatten sich gefasst. Als sie Scythes Dolche sahen, hoben sie ihre eigenen Waffen und traten vor. Diesmal war es Shalana, die sie mit einer Handbewegung aufhielt.

»Also gut. Behaltet eure Waffen einstweilen«, sagte sie, immer noch auf Allrish, zu Scythe. Ihre Stimme klang gelassen. »Es wäre dumm, Gefangene zu töten, für die wir so viel bezahlt haben.«

»Gefangene?« Scythes Blick zuckte von Shalana zu Norr, als sie sich entspannte und ihre beiden Dolche wieder verschwinden ließ. »Wusstest du das?«

Der große Mann öffnete seinen Mund, um es ihr zu erklären, schloss ihn dann jedoch wieder und ließ, beschämt vor Scythes anklagendem Blick, den Kopf hängen.

»Du musst ziemlich gefährlich sein.« Shalana sah Scythe an und hob eine Braue. »Es gibt nicht viele Menschen, die meinen Ehemann so einschüchtern können, dass er verstummt.«

10

Es fiel Cassandra schwer, in der Höhle des Wächters das Verstreichen der Zeit nachzuvollziehen. Das Feuer brannte immer warm und hell, während draußen ein endloser Sturm mit eisigem Wind und wirbelndem Schnee zu toben schien, der den Gang der Sonne hinter dunklen Wolken verbarg.

Aber es war noch mehr. Die Zeit schien in der Höhle anders zu verlaufen, als wäre sie in ihrem Inneren vor der Welt da draußen geschützt. Warm und sicher. Und doch wusste Cassandra, dass diese Sicherheit nur eine Illusion war.

Ich werde hier zu träge.

Nazir hatte seine Schüler oft gewarnt, die größte Bedrohung für den Orden wäre Bequemlichkeit; das allmähliche Abgleiten in Behaglichkeit und Zufriedenheit, das ebenso tödlich sein konnte wie ein Heer von Gegnern. Je länger sie wartete, desto mächtiger würden die Kräfte werden, die sich gegen sie sammelten. Den Beweis dafür hatte sie bereits in ihren Träumen gesehen.

Die geflügelte Jägerin, die ihr auf ihrer Flucht aus dem Monasterium gefolgt war, war verschwunden. Sie hatte sich geschlagen gegeben und war geflüchtet, statt die Macht des Wächters herauszufordern. Doch an ihrer Stelle war eine neue Gefahr aufgetaucht. Cassandra hatte sie in einer immer wiederkehrenden Vision in den letzten drei Nächten gesehen: zwei missgestaltete, nackte Kreaturen, eine rot, eine blau, ansonsten jedoch identisch. Sie verfolgten sie. Obwohl sie menschlich zu sein schienen, huschten sie auf allen vieren über die eisige Tundra. Ihre Gliedmaßen waren lang und spinnenartig. Sie bewegten sich langsamer als die fliegende Frau und hielten ihre Schnauzen dicht auf dem Boden, während sie ihre Spur von den Südlanden bis in den Eisigen Osten verfolgten. Cassandra wusste, dass sie sich nicht von den falschen Fährten irreführen lassen würden, die sie gelegt hatte, um ihre frühere Verfolgerin zu verwirren und von ihrer Spur abzubringen. Und außerdem hatten die beiden auch keine Furcht, den Wächter herauszufordern.

Der saß gerade am Eingang, mit dem Rücken an die Wand gelehnt, und spähte in den Schneesturm hinaus.

So weit weg von der Krone entfernt wie nur möglich, dachte Cassandra.

Seit sie wahrgenommen hatte, welchen Schaden die Krone ihrem Gastgeber zufügte, hatte sie ihn sehr sorgfältig beobachtet und nach weiteren Anzeichen gesucht, die verrieten, dass er schwächer wurde. Aber das war genauso, als würde man versuchen, jemanden beim Altern zu beobachten. Die Veränderungen waren nur unmerklich, und dennoch schritten sie unerbittlich voran. Trotz seiner immer noch beeindruckenden Gestalt war die einst so makellose unsterbliche Schönheit des Wächters jetzt von grauen Strähnen in seinem dunklen Haar und seinem Bart gezeichnet sowie von Fältchen um seine Augen. Die

Aura der Unbesiegbarkeit, das Schimmern einer ewigen Macht, das er einst ausgestrahlt hatte, war verschwunden.

Er wird eher sterben als mich wegschicken.

»Ich muss aufbrechen.« Cassandra stand auf und stellte sich neben ihren Beschützer.

»Der Sturm wird in ein oder zwei Tagen vorbei sein«, beruhigte er sie. »Ruh dich bis dahin aus.«

Das waren vertraute Worte, und dennoch war es schwierig, etwas dagegen einzuwenden. Ihre Reise war schon anstrengend genug, auch wenn sie nicht gegen die Elemente ankämpfen musste.

Glaubt er wirklich, dass er mich beschützen kann, wenn ich hierbleibe? Oder gefällt es ihm einfach nur, jemanden in seiner Nähe zu haben, nachdem er so viele Jahrhunderte allein gewesen ist?

Sie wusste, dass der Sturm die beiden Kreaturen nicht aufhalten würde, die sie in ihrer Vision gesehen hatte. Und sie war nicht ganz überzeugt, dass der Wächter in seinem geschwächten Zustand sie wirklich besiegen konnte. Sie musste aufbrechen. Und zwar bald.

Dann eben morgen. Selbst wenn der Sturm nicht aufhört.

Warum warten? Die Stimme in ihrem Kopf war nicht ihre eigene. *Der Sturm ist nichts im Vergleich zu der Macht der Artefakte! Der Wächter ist müde, er ist bereit, seine Bürde weiterzugeben. Frag nach dem Schwert, dann wird er es dir geben! Nimm es und die Krone und brich sofort auf!*

Cassandra schüttelte den Kopf. Ihr war klar, dass sie das nicht tun konnte. Die Krone allein war schon eine fast unerträgliche Last für sie. Wenn sie es wagte, auch das zweite Artefakt an sich zu nehmen, würde die Verlockung dieser Macht möglicherweise so groß sein, dass sie ihr nicht mehr widerstehen konnte.

Und? Wäre das so schlimm?, wollte die Stimme wissen. *Daemron hat die Artefakte benutzt, um sich in einen Gott zu verwandeln! Warum kannst du nicht das Gleiche tun?*

Sie schrak zusammen, als ihr plötzlich klar wurde, woher sie diese unwillkommene Stimme in ihrem Kopf kannte. Ihr rücksichtsloser Ehrgeiz und ihre Arroganz erinnerten sie an Rexol. Sie wusste zwar, dass ihr ehemaliger Meister tot war. Die Macht der Krone hatte ihn verzehrt, als er versuchte, sie zu benutzen. Aber er hatte Cassandra vor seinem Tod gezeichnet, hatte sie mit einem Bann belegt, der sie dazu gebracht hatte, den Pontiff zu verraten und Rexol zu helfen, aus seinem Gefängnis im Monasterium zu entkommen.

Sein Bann muss etwas in mir geweckt haben. Er hat lange verschüttete Erinnerungen an meinen ehemaligen Meister aus den Tiefen meines Unterbewusstseins heraufbeschworen. Oder aber er hat etwas Egoistisches in mir freigesetzt, das versucht, alles zu untergraben, was ich während meiner Zeit im Orden gelernt habe.

Die Quelle dieser Stimme zu erkennen, half jedoch nicht, sie zum Verstummen zu bringen.

Wenn du das Schwert nicht nehmen willst, dann frag den Wächter wenigstens danach. Du musst mehr über diese Artefakte erfahren. Du musst ihre Macht begreifen lernen. Wenn du die Rückkehr des Schlächters verhindern willst, musst du ihre Geheimnisse enträtseln!

Die Worte schienen nicht ihre eigenen zu sein, aber in diesem Fall fiel es ihr schwerer, sie einfach abzutun. In dieser engen Höhle so dicht neben der Krone und dem Schwert zu hocken machte es schwierig, nicht unter ihren Bann zu geraten. Es gab sehr viele Fragen, die Cassandra über die Artefakte hätte stellen mögen, aber sie hatte bisher geschwiegen, aus Angst, ihren Gastgeber aufzuregen. So wie sie es getan hatte, als sie ihn nach Daemron und den Wahren Göttern gefragt hatte. Doch wenn sie ihre Ängste gegen das Schicksal der ganzen Welt abwog, kamen sie ihr närrisch vor.

Er ist das letzte überlebende Verbindungsglied zu einem längst vergessenen Zeitalter, gab sie zu und räumte damit die Berechtigung des Argumentes jener anderen Stimme in ihrem Kopf ein. *Ich kann nicht für immer hierbleiben, und es könnte tatsächlich die Zeit kommen, in der ich sein Wissen und seine Erkenntnisse benötige.*

Sie nahm ihren ganzen Mut zusammen und wagte es, das Schweigen in der Höhle zu brechen.

»Darf ich dich etwas fragen?«

Der Wächter erstarrte, und sie sah, wie die mächtigen Muskeln an seinem Hals und auf seinen Schultern sich unmerklich anspannten. Dennoch nickte er.

»Das Schwert und die Krone. Wie sind sie hierhergekommen? Ich meine, in die Welt der Sterblichen? Als der Schlächter während der letzten Schlacht geflüchtet ist, hat er die Artefakte da nicht mitgenommen?«

Die Haltung des Wächters entspannte sich ein wenig, und er lachte leise.

»Daemron war nicht so klug, wie er glaubte. Die Götter hatten die Artefakte geschaffen, um die Welt der Sterblichen zu beschützen. Die Existenz dieser Artefakte war daran gebunden. Sie konnten das Portal nicht durchqueren, das in die Unterwelt des Schlächters führte, und als er floh, ließ er sie zurück.

Geschwächt, wie sie waren, konnten die Götter die Artefakte nicht vernichten. Aber sie wussten, dass die gemeinsame Macht der drei Gegenstände für jedes Individuum eine zu große Versuchung darstellte.

Bevor sie starben, bestimmten sie also drei von uns zu Wächtern, die jeweils eines der Artefakte bewachen und beschützen sollten. Der Ring wurde einem mächtigen Zauberer namens Lassander Avareen übergeben. Er und seine Anhänger verbargen ihn tief in den Nördlichen Waldungen.«

Cassandra kannte den Namen. Nach den Legenden der Danaan war Lassander Avareen der Gründer ihres Königreichs, der erste in einer ununterbrochenen Linie von Monarchen, die die Wäldler bis zu diesem Tag regierten.

»Die Krone wurde dem Propheten Salidarr übergeben, dem Gründer deines Ordens. Wie du sehr gut weißt, brachte er sie zum äußersten Ende der Wüste des Südens. Und das Schwert wurde mir übergeben.«

»Der Orden verehrte die Geschichte der Alten Götter sehr«, erwiderte Cassandra verwirrt. »Warum habe ich davon noch nie etwas gehört?«

»Die Götter fürchteten, ein anderer Sterblicher könnte versuchen, die drei Artefakte in seinen Besitz zu bringen, wie Daemron es einst getan hatte. Sie haben weder Lassander noch Salidarr von den anderen erzählt. Nur ich kannte die ganze Geschichte.«

Weil sie wussten, dass du die anderen Artefakte nicht

hättest benutzen können, selbst wenn du es gewollt hättest, dachte Cassandra, als ihr die Zusammenhänge klar wurden. *Schon die Nähe der Krone vergiftet dich.*

»Und selbst das wenige, das sie wussten, würde vermutlich im Laufe der Jahrhunderte verloren gehen«, fuhr der Wächter fort. »Die Existenz der Artefakte wäre ein streng gehütetes Geheimnis geblieben, selbst wenn die Wächter die Geschichte von Generation zu Generation an ihre Nachfolger weitergegeben hätten. Die Erinnerung der Sterblichen funktioniert nicht perfekt. Einzelheiten wären verloren gegangen, oder sie hätten sich verändert und wären verzerrt worden.«

Oder jemand könnte gestorben sein, bevor er alles weitergab, was er oder sie wusste. Cassandra dachte an das gewalttätige Ende des letzten Pontiff. Wie viel von der Wahrheit hatte er gekannt? Und wie viel, wenn überhaupt etwas, hatte er vor seinem Tod an Yasmin weitergegeben?

»Das Schwert hat mich vor der Wirkung des *Vermächtnisses* geschützt«, setzte der Titan seine Geschichte fort. »Es gab mir die Stärke durchzuhalten, während die anderen der ChaosBrut in den Winterschlaf fielen.«

»Aber die Krone macht genau das Gegenteil«, erklärte Cassandra.

Er presste die Lippen zusammen, widersprach ihr aber nicht.

»Jedes der Artefakte ist anders«, erwiderte er stattdessen. »Das hast du sicherlich gefühlt, seit du hier in meiner Höhle bist.«

Cassandra nickte. Als sie die Krone am Körper trug, hatte sie gespürt, wie ihre Macht sie umhüllte. Es war mit

Worten nur schwer zu beschreiben, aber sie hatte sie in eine Aura gehüllt, die komplex und vielschichtig war und dennoch subtil und nicht fassbar.

Das Schwert dagegen fühlte sich körperlicher an, direkter. Sie konnte immer noch den göttlichen Funken der Wahren Götter in der Klinge fühlen, aber statt Cassandra zu umfangen, schien das Schwert sie anzuziehen, als versuchte es das Chaos in ihrem Blut zu absorbieren.

»Das Schwert verlieh Daemron Stärke und Kühnheit in der Schlacht, aber gleichzeitig schützte es ihn auch vor den Zaubersprüchen und der Magie, welche seine Feinde beschworen«, erklärte der Wächter. »Der Ring dagegen befähigte ihn durch seine Macht, Verbindung mit der Brennenden See aufzunehmen und sich ihrer Macht zu bedienen, ohne vorher komplexe Rituale durchführen zu müssen.«

»Und die Krone?«

»Die Krone bringt die beiden anderen Artefakte ins Gleichgewicht, schließt den Spalt zwischen Körper und Geist. Sie verlieh Daemron außerdem die Gabe der Vorausschau und erlaubte ihm, in den Geist anderer Personen zu blicken. So konnte er seine Anhänger auf den rechten Weg führen.«

Cassandra nickte, aber sie dachte bereits über die Konsequenzen dessen nach, was sie gerade erfahren hatte.

Lassander hat den Ring in den Nordforst gebracht und das Königreich der Danaan gegründet. Salidarr hat die Krone in die Wüste geschafft und den Orden gegründet. Der Wächter hat das Schwert mit in den Eisigen Osten genommen und … was hat er gegründet?

»Die Clans!«, stieß sie hervor, als sie mit einem Schlag begriff.

Der Wächter sah sie fragend an.

»Deshalb gibt es hier im Eisigen Osten weder Propheten noch ChaosWirker«, erklärte sie. Die Worte sprudelten förmlich über ihre Lippen, während ihr die Zusammenhänge immer klarer wurden. »Die Präsenz des Schwertes führte dazu, dass die Menschen hier eine Kriegerkultur aufbauten. Und aus eben demselben Grund fließt das Chaos hier so schwach – das Schwert saugt die Macht des Chaos aus dem Land und auch aus seiner Bevölkerung!«

Ihr schwindelte förmlich. Ihr war klar gewesen, dass die Artefakte sehr mächtig waren, aber sich vorzustellen, dass die Geschichte des Eisigen Ostens allein durch die Präsenz dieses Schwertes geformt und erzeugt worden war, schien einfach ungeheuerlich.

»Genauso verhält es sich bei den Danaan«, fuhr sie aufgeregt fort, während sich eine Theorie in ihrem Kopf herauskristallisierte. »Du sagtest, der Ring erlaubte Daemron, nach Belieben die Macht der Brennenden See anzuzapfen. Die Geschichte und auch die Kultur von Lassanders Königreich wurde von dem Artefakt geformt, das ihm anvertraut worden war! Die Danaan haben sich zu einer Nation von ChaosWirkern und Zauberern entwickelt!«

Sie sah den Wächter beifallheischend an, doch der Titan zuckte nur die Schultern und schüttelte den Kopf.

»Ich kann mich an das erinnern, was einst gewesen ist«, sagte er schließlich. »Aber die Welt hat sich seitdem verändert, und ich weiß nur sehr wenig von dem, was jenseits dieser Berge existiert.«

»Es muss so sein.« Cassandra war von ihrer Zuversicht selbst überrascht. »So wird alles logisch.«

»Wenn das so ist«, fragte der Wächter, »was ist dann mit der Krone?«

Cassandra dachte nach. Die Südlande konnte sie nicht so einfach erklären, wie es ihr bei den Danaan und den Clans gelungen war. Lag das vielleicht daran, dass die Macht der Krone subtiler war, oder daran, dass sie dort aufgewachsen war und es ihr schwererfiel, die Wahrheit über ihr eigenes Volk zu erkennen?

»Du hast gesagt, dass die Krone die Macht der anderen Artefakte ausbalanciert. In den Südlanden werden Kinder mit dem Chaos im Blut geboren, aber das kommt erheblich seltener vor als im Königreich der Danaan.«

Und die Krone hat Daemron geholfen, seine Anhänger zu beherrschen und zu kontrollieren, mischte sich Rexols Stimme ein. *Genauso wie der Orden die Adligen der Südlande manipuliert und beherrscht hat.*

Cassandra gefiel dieser Einwurf ganz und gar nicht, aber sie hielt es für überflüssig, mit dem widersprüchlichen Teil ihres eigenen Geistes zu streiten. Also ignorierte sie diese Bemerkung.

»Wenn die Artefakte stark genug sind, um die Entwicklung eines ganzen Volkes zu lenken«, sagte sie langsam, als sie einen weiteren Teil dieses Rätsels begriff, »dann sind sie zweifellos auch stark genug, um Veränderungen im Wetter herbeizuführen.«

»Der Sturm?«, erkundigte sich der Wächter.

»Er hat seit meiner Ankunft nicht mehr aufgehört«,

erinnerte Cassandra ihn. »Das muss selbst hier in den Bergen des Eisigen Ostens ungewöhnlich sein.«

»Das ist es auch«, gab der Titan zu.

»Es liegt an der Krone«, behauptete sie. »Sie steht im Konflikt mit dem Schwert. Sie vergiftet dich, und sie erzeugt diesen Schneesturm.«

»Du weißt nicht, ob das stimmt.«

Cassandra hatte keinerlei handfeste Beweise für ihre Theorie. Aber sie wusste, dass sie recht hatte.

»Der Sturm wird nicht aufhören«, sagte sie zu ihm. »Und es kommen neue Feinde. Ich habe sie in meinen Träumen gesehen. Der Schneesturm wird sie nicht aufhalten.«

»Ich kann dich vor ihnen beschützen«, gelobte der Titan. Aber sie sah in seinem Blick, dass er selbst seine Worte nicht recht glaubte.

»Du hast bereits sehr viel für mich getan«, versicherte sie ihm. »Du hast mir Unterschlupf und Schutz gewährt, sodass ich wieder zu Kräften gekommen bin. Aber jetzt wird es Zeit für mich, wieder in die Welt jenseits dieser Höhle zurückzukehren.«

Als er nicht widersprach, begriff Cassandra, dass er noch mehr litt, als sie vermutet hatte.

»Wohin willst du gehen?«

Cassandra hatte sich das auch gefragt. Sie konnte nicht im Eisigen Osten bleiben und sich vor den Clans der Barbaren verstecken, während sie gleichzeitig versuchte, diesen mörderischen Winter zu überleben. Sie hätte es vielleicht schaffen können, die Nördlichen Waldungen der Danaan zu erreichen, aber dieses Baumvolk tötete jeden, der ohne Erlaubnis ihr Königreich betrat. Und in den Südlanden hatte Yasmin zweifellos den ganzen Orden auf die Suche nach ihr geschickt. Sie konnte sich vielleicht eine Weile einer Ergreifung entziehen, aber wenn sie dort blieb, würde man sie unausweichlich irgendwann aufspüren.

»Callastan«, sagte sie. »Ich suche mir ein Schiff und segele damit zu den Wester-Inseln.«

»Deine Feinde werden dir folgen«, warnte der Wächter sie. »Die Krone wird sie zu dir führen, selbst über einen ganzen Ozean hinweg.«

»Es gibt keine andere Möglichkeit«, erwiderte sie. Und zu ihrer Bestürzung widersprach er nicht.

»Nimm alles, was du brauchst, bevor du gehst«, sagte er. »Alles, was ich besitze, gehört dir, wenn du es wünschst.«

Sie wusste genau, was er ihr anbot, aber trotz des verzweifelten Flehens von Rexols Stimme in ihrem Kopf bat sie ihn nicht um das Schwert. Sie war zu klug, um ihre Fähigkeiten zu überschätzen.

Das Schwert ist nicht für mich bestimmt. Die Krone ist bereits Bürde genug.

»Ich wünschte, ich könnte hier bei dir bleiben«, sagte sie. »Aber meine Bestimmung ist eine andere.«

Der Wächter nickte schweigend, aber er streckte die Hand aus und strich zärtlich mit seinem Handrücken über Cassandras Wange. Selbst jetzt noch durchlief sie ein Schauer bei dieser einfachen Berührung.

Der Moment verstrich, und der Titan ließ die Hand wieder sinken. Zögernd wandte Cassandra sich ab und ging in den hinteren Teil der Höhle. Sie nahm die Krone, die vor dem Podest lag, auf dem sich das Schwert befand, und legte sie in den einfachen Ledersack zurück, in dem sie das Artefakt auf ihrer Flucht transportiert hatte.

Dann schloss sie die Augen und versetzte sich in eine leichte meditative Trance. Sie konzentrierte ihren Willen, bereitete Körper und Geist auf die Reise vor. Dabei spürte sie erneut die Präsenz der Krone am Rand ihrer Wahrnehmung, die wie ein Leuchtfeuer leuchtete. Sie ignorierte diese Empfindung und stützte sich auf die erneuerten Reserven ihrer inneren Stärke, wappnete sich, damit sie eine Chance hatte, die Wut des Sturms zu überleben. Sie würde unter der Kälte leiden und unter Müdigkeit und Hunger, aber wenigstens war sie in der Lage, während der Reise Kraft aus der Krone zu schöpfen.

Als sie fertig war, stand sie auf, schlang sich den Lederbeutel über die Schulter und ging zum Eingang der Höhle, wo der Wächter bereits auf sie wartete. Sie sah die Trauer in seinem Blick, und ihr tat das Herz weh.

Eine Woge von Mitgefühl überkam sie. Die gesamte Existenz des Wächters war auf einen einzigen Zweck ausgerichtet: das Schwert zu beschützen und es gegen die Feinde der Wahren Götter zu verteidigen. Seit Jahrhunderten hatte er eine einsame Existenz geführt, nur gestützt von dem Wissen, dass er unbesiegbar und unangreifbar war. Und genau dieses Wissen hatte ihre Ankunft ihm genommen. Die Krone machte ihn verwundbar, und in der Stunde ihrer Not war er gezwungen gewesen zuzugeben, dass er zu schwach war, um sie zu beschützen.

»Die Kreaturen, die mich jagen, wollen die Krone, aber

dennoch sind sie nicht die einzigen Feinde, nach denen wir Ausschau halten müssen«, erinnerte Cassandra ihn. Sie hoffte, ihm erneut ein Gefühl für die Bedeutung seiner Aufgabe einzuflößen. »Es gibt noch andere, die nach den Artefakten suchen. Ich habe sie in meinen Visionen gesehen. Die fliegende Jägerin ist noch irgendwo da draußen. Sie kann jederzeit zurückkehren. Oder es kommen andere an ihrer statt. Bleib wachsam, und mögen die Wahren Götter dich behüten.«

Der Wächter senkte den Kopf, und Cassandra wusste nicht, ob ihre Worte ihm Trost spendeten oder nicht.

»Die Wahren Götter sind tot«, erwiderte er traurig. »Aber ich werde den Eid erfüllen, den ich ihnen geschworen habe. Ich werde das Schwert nicht herausgeben, solange ich lebe.«

Cassandra zögerte ein letztes Mal, genoss noch einmal die magische Wärme der Höhle, bevor sie in den Schneesturm hinaustrat. Trotz ihrer Vorbereitungen brannte ihre Lunge, als sie die eisige Luft einatmete. Kalte, harte Eistropfen prasselten ihr ins Gesicht, und der heftige Sturm drohte sie von dem schmalen Felsvorsprung zu fegen und sie in den Abgrund zu reißen.

Sie presste sich gegen die glatte Wand aus gefrorenem Fels und schob sich vorsichtig über den tückischen Pfad. Sie war ein Flüchtling, der erneut auf der Flucht war. Der Rucksack mit der Krone hing über ihrer Schulter und wurde von dem heftigen Wind immer und immer wieder gegen ihren Rücken geschlagen, als wollte das Artefakt sie ständig an seine Präsenz erinnern.

11

»Hochverrat ist eine sehr schwerwiegende Anklage.« Rianna sprach langsam und betonte dabei jedes Wort. »Ich werde keine unbegründeten Beschuldigungen tolerieren.«

»Andar hat absichtlich versucht das Beschwörungsritual zu unterbrechen«, beharrte Orath. »Er hat vorsätzlich meine Instruktionen missachtet und uns alle in Gefahr gebracht.«

Obwohl seine Stimme ruhig klang, schienen seine Worte von den Wänden der leeren Konzilskammer widerzuhallen.

»Woher weißt du, dass er absichtlich so gehandelt hat?«, wollte die Königin der Danaan wissen. »Du selbst hast uns davor gewarnt, dass dieser Zauber gefährlich wäre und dass bei diesem Ritual eine Art von Magie im Spiel wäre, mit der mein Volk nicht vertraut ist. Vielleicht war Andar einfach nur davon überfordert.«

Orath wusste, dass der Hohe Zauberer keineswegs unüberlegt so gehandelt hatte. Schließlich hatte er sich nicht einfach nur aus dem Bann befreit, um sich selbst davor zu retten, von dem Chaos verzehrt zu werden. Das hätte man vielleicht noch als eine instinktive Reaktion abtun können. Aber als Andar gemerkt hatte, was da passierte, hatte er es irgendwie geschafft, den Rest der Zauberer der Danaan ebenfalls zu retten.

Natürlich konnte Orath das vor der Königin nicht zugeben. Sie wäre außer sich, wenn sie wüsste, dass die Knechte die ganze Zeit vorgehabt hatten, Andar und seine Brüder zu opfern, und Orath brauchte sie jetzt mehr als je zuvor.

Im Grunde war das Ritual erfolgreich verlaufen. Das Opfer von Gort und Draco hatte dem Bann genug Macht gegeben, um den Oger zu binden, obwohl das auch sehr viel von Oraths Kraft gekostet hatte. Denn obwohl diese Bestie vor ihm gekrochen war, hatte er eine bittere Ablehnung in ihr gespürt, als sie sich unterwarf.

Der Oger hatte die Schwäche seines neuen Herrn gespürt. Die Loyalität der Bestie wurde nur gerade so von den unsichtbaren Ketten des ChaosFeuers erzwungen. Jedes Mal, wenn Orath einen Befehl oder eine Anweisung gab, würde die Kreatur an diesen Ketten zerren, sie nach Schwächen absuchen. Falls Oraths Wille jemals ins Wanken geriet, würde der Oger sich befreien und sich auf ihn stürzen.

Zwar konnte er die Kreatur immer noch als ein Werkzeug benutzen, aber ihr Widerstand würde ihre Wirksamkeit einschränken. Wenn er also den Ring wiederbeschaffen wollte, brauchte er auch die Armeen der Danaan.

»Ich habe allen die Risiken klargemacht, bevor das Ritual begann«, erklärte der Knecht. Er hoffte, dass er Rianna immer noch davon überzeugen konnte, dass Andar sie verraten hatte. »Ich habe Eure Leute vor den Konsequenzen gewarnt, wenn sie meinen Instruktionen nicht genau folgten. Hätte Andar sich daran gehalten, wäre nichts von alldem geschehen.«

Einen Augenblick lang spielte er mit dem Gedanken, sich des Chaos zu bedienen, um die Königin zugänglicher für seine Argumente zu machen. Letztlich jedoch entschied er sich dagegen. Je mehr Magie er einsetzte, um sie zu beeinflussen oder sie direkt zu überzeugen, desto wahrscheinlicher war es, dass sie irgendwann bemerkte, was er tat. Und sollte es dazu kommen, würde sie sich zweifellos gegen ihn stellen. Dann hatte er nur noch die Möglichkeit, ihren Willen zu brechen und sie in eine hirnlose Marionette zu verwandeln. Aber der Preis dafür wäre zu hoch; er musste sparsam mit seiner Kraft umgehen, damit er den Oger kontrollieren konnte.

»Andars Ungehorsam hat das Leben von allen am See in Gefahr gebracht«, fuhr er fort. Er hoffte, dass er sie nur mit Worten überzeugen konnte. »Gort und Draco waren gezwungen, ihr Leben zu opfern, um zu verhindern, dass sich die Bestie befreite und uns alle vernichtete. Ihr Blut klebt an Andars Händen.«

»Deine Gefährten kannten die Risiken, als sie sich an dem Ritual beteiligten.« Der Ton der Königin war eisig. »Ebenso wie Andar und die anderen Zauberer haben sie sich entschieden, trotz dieser Risiken daran teilzunehmen. Ihr Tod ist tragisch, aber er brandmarkt Andar keineswegs als Verräter.

Deiner eigenen Logik zufolge«, fuhr Rianna in demselben kalten Ton fort, »wärst du jetzt derjenige, der des Verrats beschuldigt werden müsste, wenn meine Leute während des Rituals gestorben wären.«

Orath zögerte und fragte sich unwillkürlich, ob die

Königin wusste, dass er beabsichtigt hatte, die anderen Zauberer zu opfern.

Sie argwöhnt es vielleicht, aber sie weiß es nicht sicher, schloss er. *Sie klammert sich an den Zweifel, weil sie weiß, dass ich ihre einzige Hoffnung auf Vergeltung bin.*

»Andars Handlung hätte fast dazu geführt, dass der Oger sich auf Euer Volk gestürzt hätte.« Orath hoffte, dass ein Appell an ihr Pflichtgefühl vielleicht wirkungsvoller war. »Er hat Eure Untertanen in Gefahr gebracht.«

»Das war nicht seine Absicht.« Aber die Stimme der Königin klang nicht mehr so stählern wie zuvor.

»Absicht oder nicht, das spielt keine Rolle«, erklärte Orath. »Ihr habt selbst gesehen, welch verheerende Macht der Ring besitzt. Der einzige Weg, ihn zurückzubekommen, besteht darin, Mächte zu beschwören, die noch gefährlicher sind.

Und Ihr wisst, dass Andar Euch nicht auf diesen Weg führen kann. Deshalb habt Ihr Euch an mich gewandt.«

Orath machte eine Pause, um seine Worte wirken zu lassen. Rianna stand schweigend da. Ihr Gesicht zeigte keinerlei Regung.

»Ich habe Euch gefragt, was Ihr tun würdet, um den Ring wiederzubekommen«, erinnerte der Knecht sie. »Ihr habt geantwortet, Ihr würdet alles tun. Glaubt Ihr wirklich, dass Andar das Gleiche empfindet?«

Als die Königin schwieg, wusste Orath, dass er sie auf seine Seite gezogen hatte. »Wenn Ihr immer noch meine Hilfe wollt«, sagte er, »dann muss Euer Volk mir dieselbe absolute Loyalität entgegenbringen, wie es sie Euch erweist. Wenn Eure Untertanen zögern oder den Gehorsam verweigern, wie Andar es tat, kann die Macht, die wir beschwören, uns alle zerstören. Falls Andar …«

»Das reicht!«, fuhr Rianna ihn an. Sie hob eine Hand, um ihn zum Schweigen zu bringen. »Du hast deinen Standpunkt klargemacht.«

»Andar muss für seinen Ungehorsam bezahlen«, flüsterte Orath. »Ihr müsst ein Exempel an ihm statuieren.«

»Maße dir nicht an, mir zu sagen, was ich tun muss!«, warnte Rianna ihn. »Ich bin immer noch die Königin. Ich werde keine Befehle von meinen Ratgebern annehmen, auch nicht von dir.«

Orath zuckte entschuldigend die Schultern. Ihm war klar, dass sie nur aus Frustration so scharf zu ihm sprach, weil sie wusste, dass er recht hatte.

»Ich habe meinen Rat erteilt, Hoheit«, sagte er so unterwürfig wie möglich. »Ich vertraue darauf, dass Ihr die richtige Entscheidung trefft.«

Andar leistete keinen Widerstand, als die Leibgarde ihn holte. Als man ihm sagte, er stünde wegen Hochverrats unter Arrest, sagte er kein Wort. Als sie ihn aus seinen privaten Gemächern in das Verlies unter der Burg führten, beschwerte er sich nicht und erhob auch keine Einwände.

Er hatte die Verwirrung und die Unsicherheit in den Blicken der Gardisten gesehen. Andar wurde sehr respektiert, sowohl von den Bediensteten der Burg als auch von den gewöhnlichen Bürgern. Sein Ruf war untadelig; es fiel den Männern schwer, sich auch nur vorzustellen, dass er eines Verrates fähig wäre.

Aber im Gegensatz zu mir, dachte Andar, *folgen sie den Befehlen trotz ihrer Fragen und Zweifel.*

Als er alleine in der kleinen dunklen Zelle saß, fragte er sich unwillkürlich, wer wohl den Soldaten die Befehle erteilt hatte, die Königin oder Orath.

In der dunklen Kälte war es schwierig, das Zeitgefühl zu bewahren. Ein paar Minuten konnten einem wie eine Stunde vorkommen, und Andar hatte keine Ahnung, wie lange es dauern würde, bis jemand nach ihm sah. Glücklicherweise hatten die Soldaten keinen Grund gesehen, seine Hände und Füße zu binden, sodass er sich in eine einigermaßen bequeme, sitzende Position in einer Ecke begeben konnte.

Ihm war der Ernst seiner Lage klar. Verrat war eine schwerwiegende Angelegenheit, die auch die Königin nicht ignorieren konnte. Rianna war eine gerechte Herrscherin, aber ihr Herz war hart geworden. Sie hatte ihren eigenen Sohn für ein ganz ähnliches Vergehen verbannt, und es wäre dumm zu erwarten, dass sie ausgerechnet dem Hohen Zauberer Gnade gewähren würde. Sollte er für schuldig erklärt werden, erwarteten ihn entweder Exil oder Hinrichtung.

Und ich bin schuldig.

Sollte man ihn verhören, würde er es nicht abstreiten. Er konnte argumentieren, dass er in der Hitze des Moments gehandelt und seinen Instinkten vertraut hatte, als er sich aus Oraths Ritual befreite. In Wahrheit jedoch war er sich der Konsequenzen und der möglichen Folgen seines Verhaltens bewusst gewesen. Und selbst jetzt, wo er zurückblicken und darüber nachdenken konnte, war er sicher, dass er dieselbe Entscheidung erneut treffen würde.

Aber wird sie dadurch richtig? Oder bin ich immer noch ein Verräter?

Schließlich wurde die Eisentür geöffnet. Das Licht der gedämpften Laterne in der offenen Tür blendete ihn fast so sehr wie die Strahlen der Mittagssonne. Andar musste zu Boden blicken und seine Augen bedecken. Deshalb konnte er nicht erkennen, wer geschickt worden war, um ihm ein Geständnis abzupressen.

»Lass uns allein und schließ die Tür«, befahl die Stimme einer Frau, die er gut kannte.

Als die Türangeln knarrten, ließ Andar die Hand von seinen Augen sinken und trotzte dem hellen Licht der Laterne, um Rianna in die Augen zu sehen, die vor ihm stand.

»Es ist unschicklich, dass die Königin alleine mit einem Gefangenen ist«, erklärte er.

»Als Königin entscheide ich, was für die Königin unschicklich ist«, erinnerte sie ihn. »Zum Beispiel erwarte ich, dass meine Untertanen in meiner Gegenwart stehen.«

Verlegen rappelte Andar sich auf.

»Du weißt, warum du hier bist?«, wollte die Königin wissen.

»Das weiß ich.«

»Dann erkläre dich.«

»Orath hat uns verraten«, sagte Andar, nachdem er sich kurz gesammelt und seine Gedanken geordnet hatte. »Er hat uns nicht vor den wahren Folgen seines Bannes gewarnt. Ich habe gespürt, dass das Ritual dabei war, uns zu töten, uns zu verzehren. Ich habe mich daraus befreit, um mich zu retten, und habe die anderen mit mir genommen.«

»Und du hast nicht befürchtet, dass dies möglicherweise den Oger auf unser Volk loslassen könnte?«

Andar trat unbehaglich von einem Fuß auf den anderen. »Ich habe gehofft, dass Orath einen anderen Weg finden würde, um die Bestie zu beherrschen.«

»Ich bin von dir enttäuscht, Andar.« Rianna legte ihm eine Hand auf die Schulter. »Du hast dein Leben und das deiner Zauberer über das Wohl unseres Königreiches gestellt.«

Die Königin seufzte und ließ ihre Hand von seiner Schulter gleiten. Langsam wandte sie sich von ihm ab und trat zur Tür. Statt jedoch zu gehen, drehte sie sich noch einmal zu ihm herum.

»Ich kann dich nicht verbannen«, sagte sie zu ihm. »Nicht nach dem, was mit … mit meinem Sohn geschehen ist.«

Sie erträgt es nicht einmal, Vaalers Namen auszusprechen.

»Und ich werde dich auch nicht hinrichten«, fuhr sie fort. »Es gehen bereits Gerüchte um, dass du bei dem Ritual das Leben der anderen Zauberer gerettet hast. Für das gemeine Volk bist du ein Held, ein Symbol dafür, dass man sich gegen die tödliche Macht des Chaos behaupten kann. Aber du hast das ganze Königreich gefährdet, als du dich weigertest, Oraths Instruktionen zu folgen. Dafür muss ich ein Exempel an dir statuieren.«

Andar senkte den Kopf. Er wusste immer noch nicht, worauf sie hinauswollte.

»Du bist deines Amtes an meinem Hof enthoben«, erklärte sie. »Du wirst hier im Verlies bleiben, bis ich eine angemessene Strafe für dich gefunden habe.«

Du willst mich nicht verurteilen, aber du wirst mich auch nicht freisprechen.

Ihr Zögern, ein Urteil über ihn zu sprechen, bestätigte, was Andar bereits zuvor vermutet hatte: Rianna war vollkommen in Selbstzweifeln und Unsicherheit verloren.

Und Orath profitiert von dieser Schwäche.

»Verzeiht mir meine Kühnheit«, sagte er laut, »aber wen habt Ihr auserwählt, an meine Stelle zu treten?«

»Lormilar wird zum neuen Hohen Zauberer ernannt werden«, lautete ihre Antwort.

»Ein guter Mann«, sagte Andar und setzte im Stillen hinzu: *Aber einer, dem es an Selbstbewusstsein mangelt, sich gegen Orath zu stellen.*

»Ich vertraue Orath nicht«, versicherte die Königin ihm, als könnte sie seine Gedanken lesen. »Aber in diesen finsteren Zeiten müssen wir alle als Verbündete akzeptieren, die wir finden können. Unsere Hauptstadt liegt in Trümmern, Tausende sind tot. Die Leute haben Angst und brauchen starke Führung. Sie müssen wissen, dass ich sie beschützen kann.«

»Orath kann Euch nicht helfen, Eure Untertanen zu beschützen.« Andar schüttelte eindringlich den Kopf. »Alles, was er Euch bietet, ist Vergeltung.«

»Das wichtigste und kostbarste Erbstück der königlichen Familie, das heiligste Symbol unseres Königreichs, wurde uns gestohlen!«, fuhr Rianna ihn an. »Es wurde mir von meinem eigenen Fleisch und Blut vom Halse geraubt, als ich schlief. Willst du mir sagen, dass wir ein solches Vergehen ungesühnt lassen sollten? Den Wilden im Osten muss eine Lektion erteilt werden!«

»Wir wissen nicht einmal genau, ob Vaaler und die anderen sich mit den barbarischen Clans verbündet haben«, rief er der Königin ins Gedächtnis.

»Ob sie es nun getan haben oder nicht, der Ring ist zu mächtig, als dass man ihn in den Händen einer anderen Person lassen dürfte.« Sie klang fast trotzig. »Du hast gesehen, welch schreckliche Verwüstungen er in Ferlhame angerichtet hat. Ich darf nicht zulassen, dass so etwas noch einmal geschieht.«

»Der Ring ist verschwunden«, gab Andar zu. »Aber vielleicht sind wir ohne ihn besser dran.«

Bei dir scheint es jedenfalls so zu sein, dachte er. Die Königin war immer noch hager, aber sie sah viel besser aus als das ausgemergelte knorrige Skelett, zu dem sie in den Monaten vor Vaalers Tat geworden war.

Die Königin schüttelte den Kopf und blickte dann zu Boden.

»Ich habe den Zerstörer der Welten in meinen Träumen gesehen, bevor er nach Ferlhame kam«, gab sie flüsternd zu. »Aber ich habe die Warnungen nicht beachtet. Ich hatte nicht die Stärke, das zu tun, was hätte getan werden müssen. Und daraus habe ich gelernt.«

»Ihr habt etwas gesehen«, stellte Andar fest. »Ihr hattet weitere Visionen.«

»In meinen Albträumen habe ich zugesehen, wie der Zerstörer der Welten mit den Stämmen der Barbaren feierte. Ich habe gesehen, wie sich die Krieger des Ostens erhoben, wie sich alle Clans gegen einen gemeinsamen Feind vereinigten«, sagte sie zu ihm. »Ich sah, wie die FreiStädte sich dem Orden beugten und sich den riesigen Armeen der Südlande anschlossen. Ihre Soldaten schwärmten wie Ameisen in jeden Winkel der Welt aus. Ich sah, wie Danaan tot auf dem Schlachtfeld lagen und sich ihre Leichen so weit erstreckten, wie das Auge blicken konnte.

Es kommt ein Krieg«, erklärte sie. »Wir können ihn nicht aufhalten. Aber wir brauchen den Ring, um ihn zu überleben.«

Andar war kein Seher, aber er wusste genug über das Chaos, um die Gefahren zu erkennen, die sich in den Visionen der Königin verbargen.

»Wir haben jahrhundertelang überlebt, indem wir uns in den Nördlichen Waldungen versteckten«, warnte er. »Wir haben unsere Grenzen verteidigt, sie jedoch niemals überschritten. Eine Armee zu sammeln und gegen die Barbaren des Ostens zu marschieren würde dazu führen, dass andere uns als eine Bedrohung betrachten.

Daraufhin werden sie ihrerseits Heere aufstellen. Möglicherweise hat das sogar zur Folge, dass der Zerstörer der Welten sie vereinigen kann und den Ring gegen uns einsetzt.«

»Du wagst es, mich über die Gefahren einer sich selbst erfüllenden Prophezeiung zu belehren?« Die Königin schnaubte verächtlich. »Glaubst du tatsächlich, dass ich das nicht tausendfach durchdacht habe?

Als ich sah, wie der Zerstörer der Welten nach Ferlhame kam, wusste ich nicht, was ich tun sollte«, erklärte sie. »Deshalb tat ich nichts, und was ich sah, trat ein.

Als ich begriff, dass mein Sohn sich auf die Seite des Feindes geschlagen hatte«, fuhr sie fort, »hätte ich ihn töten können. Stattdessen jedoch habe ich Gnade gezeigt, und Ferlhame hat den Preis dafür bezahlt.

Es gibt keine Möglichkeit zu erkennen, ob ich jetzt den richtigen Pfad eingeschlagen habe«, gab sie zu. Ihre Stimme war wieder zu einem leisen Flüstern herabgesunken. »Aber ich habe mich für diesen Weg entschieden und werde nicht davon abweichen.«

Mit diesen Worten fuhr sie auf dem Absatz herum und schlug mit der Hand gegen die Tür. Eine Sekunde später wurde sie geöffnet. Rianna trat hindurch und nahm die Lampe mit. Der Gardist auf der anderen Seite schloss die Tür, und damit war Andars Zelle wieder in vollkommene Dunkelheit getaucht.

12

Keegan stand dicht bei Scythe und konnte ihre Reaktion sehen, als sie erfuhr, dass Shalana Norrs Ehefrau war. Sie sagte nichts, weder zu Shalana noch zu Norr. Aber in nur wenigen Sekunden verwandelte sich der Ausdruck auf ihrem Gesicht von Verwirrung über Schock in Bestürzung, bis er sich schließlich zu einer starren Maske kalter Wut verhärtete.

Norrs Miene konnte Keegan ebenfalls erkennen. Sie zeigte Bedauern und Scham. Der Hüne wollte nach Scythe greifen, überlegte es sich jedoch anders, als sie sich unmerklich von ihm abwandte, und ließ die Hand wieder sinken. Shalana zeigte nicht, ob sie dieses kurze Zwischenspiel mitbekommen hatte. Stattdessen gab sie den Mitgliedern ihrer Patrouille Befehle, und nach nur wenigen Minuten waren sie bereits wieder unterwegs. Sie gingen zügig, aber nicht zu schnell, sodass Keegan das Tempo ohne große Schwierigkeiten mithalten konnte. Während sie marschierten, blickte er immer wieder zu Scythe hinüber.

Die Steingeister hatten einen lockeren Ring um Norr und seine Gefährten gebildet. Der große Ostländer ging leicht humpelnd voran, schaffte es aber, nur ein paar Schritte hinter Shalana zu bleiben, die die ganze Gruppe anführte. Überraschenderweise sprachen sie kein Wort miteinander.

Was ist denn das für eine Ehefrau, die nach Jahren der Trennung ihrem Mann nichts zu sagen hat?

Vaaler ging dicht hinter Norr, ebenso wie Jerrod.

Er hält immer noch Abstand zu mir, dachte Keegan, während er den Mönch betrachtete. *Wahrscheinlich macht er sich immer noch Sorgen, er könnte unerwünschte Aufmerksamkeit auf mich lenken.*

Scythe hatte sich neben Keegan zurückfallen lassen, blickte aber starr geradeaus, so als wollte sie Norr mit ihrem Blick ein Loch in den Hinterkopf brennen. Er drehte sich nur einmal herum, um nach ihr zu sehen, und als er ihren Blick bemerkte, wandte er schleunigst den Kopf wieder nach vorn.

Keegan musste immer wieder Scythe ansehen, aber sie war so auf Norr konzentriert, dass sie seine Aufmerksamkeit nicht bemerkte. Es war schwer zu erraten, was ihr jetzt durch den Kopf ging. Keegan war immer noch nicht aus ihrer Beziehung zu Norr schlau geworden, aber er wusste, dass sie sich körperlich und emotional nahestanden.

Aber offensichtlich nicht nah genug, dass Norr ihr von Shalana erzählt hätte.

Keegan wusste nicht, wie es sich anfühlte, von jemandem verraten zu werden, dem man vertraute. Über seine Wut und seine Trauer wegen des brutalen Todes seines Vaters war er hinweggekommen, und danach war er zu sehr damit beschäftigt gewesen, bei Rexol zu studieren, um außer seiner Freundschaft zu Vaaler irgendwelche engen Beziehungen zu pflegen. Doch obwohl etliche Jahre verstrichen waren, seit Keegan zu ihm gekommen war und ihn um Hilfe bat, hatte der Prinz der Danaan mehr für ihn getan, als Keegan jemals von ihm hätte verlangen können

Vielleicht faszinierte Scythe ihn ja deshalb so. Er hatte Frauen kennengelernt, aber mit denen hatte er auch nur ein oder zwei leidenschaftliche Nächte verbracht, dann war es vorbei gewesen. Er hatte nie echte Gefühle diesen Frauen gegenüber empfunden, hatte nie eine geistige Verbindung zu ihnen gespürt. In Scythe jedoch nahm er eine verwandte Seele wahr, eine Frau, die ihn verstehen konnte, eine Person, mit der er sich eine gemeinsame Zukunft vorstellen konnte.

Du bist albern!, schalt er sich. *Du kennst sie doch kaum.*

Es war durchaus möglich, dass die Anziehungskraft der jungen Insulanerin auf Neid beruhte. Er spürte die Gefühle, die Scythe und Norr füreinander empfanden. Vielleicht wollte er ja einfach nur ebenfalls eine solche Leidenschaft für jemanden empfinden und jemanden haben, irgendjemanden, der seine Gefühle erwiderte.

Doch selbst jetzt, als sie wortlos nebeneinander über die gefrorene Tundra marschierten, spürte er, dass da irgendetwas zwischen ihm und der jungen Frau war. Er erinnerte sich noch daran, wie der Funke übergesprungen war, als er sie vor der Herberge, in der sich ihrer beider Leben miteinander verflochten hatten, zum ersten Mal gesehen hatte.

Hör auf damit! Sie ist mit Norr zusammen, und sie hat dir klargemacht, dass sie an keinem anderen interessiert ist.

Ihm war bewusst, dass Scythe immer noch verletzt war, getroffen von Shalanas unerwarteter Offenbarung. Norr war ebenfalls aufgewühlt und wartete ganz offensichtlich auf eine Möglichkeit, unter vier Augen mit Scythe sprechen zu können. Keegan taten die beiden leid. In ihrer kurzen gemeinsamen Zeit hatten sie alle schon so viel durchgemacht, dass er sie als seine Freunde betrachtete. Es schmerzte ihn, sie leiden zu sehen.

Aber ein Teil von ihm, ein kleiner, dunkler, verdorbener Teil, von dessen Existenz er nichts wissen wollte, wünschte sich, dass dieser Vorfall einen Keil zwischen die beiden Liebenden treiben würde.

Scythe hatte gehofft, dass sie auf diesem Tagesmarsch etwas von den Gefühlen abarbeiten konnte, die in ihr tobten. Aber das Tempo war zu langsam, als dass ihr körperlich etwas abverlangt wurde, und als sie schließlich das provisorische Lager der Patrouille erreichten und dort für die Nacht Pause machten, kochte sie immer noch.

Es ist Norrs Schuld, dass wir nicht schneller vorankommen. Er humpelt wie ein Krüppel!

So kindisch und armselig das auch war, der Gedanke rührte widerstreitende Emotionen in ihr auf. Einerseits war sie noch wütender als zuvor auf Norr, weil er sie aufgehalten hatte. Gleichzeitig machte sie sich Sorgen um ihn.

Warum geht es ihm nicht besser?

Sie hatte von Methodis, ihrem Adoptivvater, einiges über Medizin gelernt und wusste, dass kleinere Verletzungen, die nur langsam heilten, Symptome für etwas Schlimmeres sein konnten.

Dass es sich um eine Infektion handelt, ist unwahrscheinlich. Er hat schließlich keine Schnittwunden davongetragen. Aber er könnte ein Gelenk überdehnt haben.

Sie musste ihn untersuchen, um das ganze Ausmaß seiner Verletzung feststellen zu können. Bedauerlicherweise war das nicht möglich. Shalana hatte Norr unmittelbar nach ihrer Ankunft im Lager weggeführt, während Scythe und die anderen in die entgegengesetzte Richtung gebracht worden waren.

Scythe hatte einen Blick über die Schulter geworfen und gesehen, wie die beiden in einem kleinen Zelt verschwanden.

Sie haben sich seit Jahren nicht gesehen; natürlich will sie unter vier Augen mit ihm reden. Das ist sicher alles. Sie reden einfach nur.

Um zu verhindern, dass ihre Fantasie irgendwelche verrückten Vorstellungen von ihrem Geliebten und der großen Schönheit mit den kupferfarbenen Haaren heraufbeschwor, konzentrierte sie sich auf das Lager, während ihre Wächter sie hindurchführten. Obwohl es sich ganz offensichtlich um ein provisorisches Lager handelte, war es groß und gut organisiert. Außer den fünfzehn Gesandten, die zu dem Treffen mit den Eishauern aufgebrochen waren, befand sich noch ein Dutzend weiterer Krieger der Steingeister hier, die zurückgelassen worden waren, um das Lager zu bewachen.

Kleine tragbare Zelte aus Tierhäuten waren in Vierergruppen so aufgestellt worden, dass sie einen engen Kreis bildeten. Die Eingänge der Zelte waren alle nach innen gerichtet, um Schutz vor dem Wind zu bieten. Zwischen jeweils vier dieser Zelte hatte man Tierhäute und Decken gespannt und in der Mitte eine Feuergrube ausgehoben. Die provisorischen Wände aus Tierhäuten fingen die Wärme des glimmenden Torfs ein.

Vor dem äußeren Ring hatte man zwei lange Gräben ausgehoben, die als Latrinen dienten. Und in der Mitte des Lagers hatte man reichlich Nahrungsmittel und Vorräte sowie zusätzliche Waffen, Kleidung und noch mehr Decken aufgestapelt. Außerdem standen dort etliche kleine Schlitten, mit denen man die Ausrüstung und die Vorräte über den Permafrostboden ziehen konnte.

Es gibt keine Hunde, bemerkte Scythe. *Sie müssen die Schlitten selbst ziehen.*

Sie wurden zu der Gruppe von Zelten geführt, die den Latrinen am nächsten lag.

»Fremde hierbleiben«, erklärte ihnen einer der Krieger in gebrochenem Allrish. »Rest des Lagers verboten.«

Er wartete nicht lange auf eine Antwort, sondern drehte sich um und ging mitsamt der Eskorte in die Mitte des Lagers zurück. Sie ließen nicht einmal eine Wache bei ihnen.

Wahrscheinlich glauben sie nicht, dass wir so dumm sind, irgendetwas zu versuchen. Schließlich sind wir ihnen zahlenmäßig fünf zu eins unterlegen.

»Wir sollten in die Zelte gehen, damit wir aus der Kälte kommen.« Vaaler zog eine Tierhaut zurück, sodass sie in den kleinen Ring aus Zelten treten und dichter an die wärmende Feuergrube kommen konnten.

Jerrod und Keegan folgten ihm rasch. Da sie jetzt nicht mehr marschierten, war die Kälte deutlicher spürbar. Scythe jedoch zögerte. Ihr Blick wanderte zu der Seite des Lagers, wo Norr und Shalana verschwunden waren.

»Geht es dir gut?«, erkundigte sich Vaaler. »Willst du darüber reden?«

Ja, aber mit Norr, nicht mit dir.

»Mir geht's gut«, brummte sie und duckte sich dann unter der Tierhaut hindurch, dicht gefolgt von Vaaler.

Die Luft in dem kleinen Kreis aus Zelten war rauchig von dem brennenden Torf, aber das war nur ein geringer Preis dafür, dass sie vor dem Wind und der Kälte geschützt waren. Es war zwar nicht direkt gemütlich, aber zumindest erträglich.

Scythe hoffte, dass die anderen genug Anstand besaßen, Norr nicht zu erwähnen. Ihrer Ansicht nach ging es sie auch nicht das Geringste an. Bedauerlicherweise hatte Jerrod wie immer das Gefühl, dass ihn alles etwas anging.

»Offensichtlich wusstest du nicht, dass Norr verheiratet ist.« Der Mönch ließ wie immer jedes Taktgefühl vermissen. »Ich mache mir Sorgen wegen deiner Reaktion auf diese Neuigkcit.«

»Das geht nur mich und Norr etwas an.« Ihr Tonfall machte klar, dass damit für sie das Gespräch beendet war.

»Ich wünschte, das wäre so«, konterte Jerrod, der sich weigerte, das Thema fallen zu lassen. »Aber in den Augen der Barbaren sind wir alle gleich. Wir sind Fremde, Ausländer. Wenn du dich von deinen Gefühlen dazu verleiten lässt, etwas Leichtsinniges zu tun, könnte das für uns alle Konsequenzen haben.«

»Ich bin kein Kind mehr!«, rief Scythe ihm ins Gedächtnis.

»Wir machen uns nur Sorgen um dich«, mischte sich Keegan ein. »Solch ein Betrug kann einem schwer zusetzen.«

Was kann ein Kind wie du schon darüber wissen?, dachte Scythe und vergaß dabei, dass sie gleich alt waren.

»Wir sollten Norr nicht verurteilen, bis wir hören, was er dazu zu sagen hat«, gab Vaaler zu bedenken. »Was auch immer hier vorgeht, ich bin ziemlich sicher, dass erheblich mehr dahintersteckt, als auf den ersten Blick zu erkennen ist.«

»Er könnte uns zum Beispiel jetzt im Stich lassen, wo er wieder bei seinem eigenen Volk ist«, spekulierte Jerrod.

»Das würde er niemals tun«, widersprach ihm Scythe.

»Bist du dir da sicher?«, entgegnete Jerrod. »Ganz offensichtlich kennst du ihn ja nicht so gut, wie du dachtest.«

»Ich glaube auch nicht, dass er uns im Stich lässt«, sprang Vaaler ihr bei. »Ich wette, dass er gleich kommt und uns erklärt, was hier los ist. Und wenn er hier auftaucht«, fuhr er fort, »sind wir es ihm schuldig, uns zumindest anzuhören, was er zu sagen hat.« Der Danaan drehte sich zu Scythe herum. »Das gilt vor allem für dich. Hör ihm zu.«

Scythe verzichtete auf eine Antwort. Sie war nicht in der Stimmung, sich belehren zu lassen.

Es dauerte nicht lange, bis Vaalers Vorhersage eintraf. Norr schob die Tierhäute und Decken zur Seite und zwängte sich durch den Spalt. Er hatte sich umgezogen. Jetzt trug er nicht mehr wie auf ihrer Reise die hastig zusammengenähten Kleidungsstücke der Danaan, sondern eine ärmellose Weste aus Tierhäuten, einen Lederkilt und dicke Stiefel.

»Wir haben uns schon gefragt, wohin du verschwunden bist«, sagte Jerrod, bevor der Ostländer auch nur die Chance hatte, sich zu setzen.

»Es ist schon viele Jahre her, seit ich meinen Clan verlassen habe«, gab Norr zurück. »Ich musste etliches mit Shalana besprechen. Es gab vieles, das ich erfahren musste, und auch Dinge, die ich ihr zu sagen hatte.«

»Was für Dinge?« Jerrod gab sich keine Mühe, den Argwohn in seiner Stimme zu verbergen.

Norr ignorierte ihn und drehte sich zu seiner Geliebten herum.

»Scythe, wir müssen uns unterhalten. Unter vier Augen. Ich will dir erklären, was das alles zu bedeuten hat.«

»Das hier betrifft uns alle«, protestierte Jerrod. »Wir haben unser Leben in deine Hände gelegt, also verdienen wir auch alle zu erfahren, worum es hier geht.«

Scythe fuhr herum und warf dem blinden Mönch einen vernichtenden Blick zu, aber als sie sich wieder zu Norr herumdrehte, überraschte sie sich mit ihrer Antwort selbst.

»Weißauge hat recht. Ich habe einstweilen genug von Geheimnissen. Lasst uns alles offen aussprechen.«

Norr zögerte, dann seufzte er und nickte. Ungeschickt wegen seines nach wie vor verletzten Knies setzte er sich auf den Boden und begann mit seiner Erklärung.

»Shalana hat keinen Anlass, eure Sprache besonders oft zu sprechen, deshalb macht sie manchmal Fehler. Wir waren verlobt, aber wir haben niemals das Fest der Eheschließung gefeiert.«

»Also bist du nicht ihr Ehemann«, erklärte Vaaler, »sondern du bist ihr Verlobter.«

»Das ist schon viele Jahre her«, meinte Norr.

»Bist du deshalb weggegangen?«, erkundigte sich Keegan. »Damit du sie nicht heiraten musstest?«

»Nicht ganz. Die Gründe für meinen Weggang waren kompliziert.«

»Hast du sie geliebt?«, wollte Scythe wissen.

»Das habe ich einmal, ja«, gab Norr leise zu. »Wir sind zusammen aufgewachsen. Wir standen uns sehr nahe, seit wir Kinder waren. Und es gab einmal eine Zeit, als wir unsere Hoffnungen und Träume teilten, als schon der Anblick von Shalana mein Herz zum Rasen brachte.«

»Liebst du sie immer noch?«, flüsterte sie.

»Shalana wird mir immer etwas bedeuten«, räumte er ein. »Aber du bist die einzige Frau, die ich liebe, Scythe.«

Sie kannte Norr gut genug, um die starken Gefühle hinter diesen einfachen Worten zu spüren. Sie war zwar noch verletzt und wütend, aber sie wusste in diesem Moment, dass sie darüber hinwegkommen würde.

Die anderen warteten schweigend auf ihre Antwort. Nun waren romantische Liebeserklärungen nicht nach ihrem Geschmack, schon gar nicht vor Publikum.

»Zeig mir dein Knie.« Mehr sagte sie nicht, als sie aufstand und sich neben ihn setzte. Dabei legte sie ihm die Hand auf den Arm.

Norrs Blick sagte ihr, dass er genau verstand, was sie empfand. In ihrer Beziehung waren Taten wichtiger als Worte.

»Was ist mit dir und Shalana passiert?«, wollte Keegan wissen. »Warum hast du deinen Clan verlassen?«

»Und inwiefern betrifft uns das jetzt alle?«, setzte Jerrod hinzu.

»Shalanas Vater ist Terramon, der Anführer des Clans der Steingeister. Er war in seiner Jugend ein großer Krieger und später ein brillanter Taktiker und politischer Führer. Außerdem ist er arrogant, dickköpfig und manchmal sogar grausam.«

Scythe hörte zu wie die anderen, konzentrierte sich dabei jedoch auf Norrs Verletzungen. Sein Knie war so stark geschwollen, dass die Haut darum herum gespannt und blutleer war.

In seinem Knie sammelt sich Gelenkflüssigkeit; sein Körper versucht das Gelenk lahmzulegen, um es zu schützen. Kein Wunder, dass er kaum laufen kann.

Behutsam tastete sie den betroffenen Bereich ab und versuchte, durch das angeschwollene Fleisch hindurch das Ausmaß des Schadens zu bestimmen.

»Als Terramon vor dreißig Jahren die Häuptlingswürde von seinem Vater übernahm, waren die Steingeister bereits ein großer und wilder Clan. Ein Dutzend anderer Clans war uns tributpflichtig. Doch Terramon wollte mehr.

In den folgenden drei Jahrzehnten führte er einen Eroberungsfeldzug. Krieger der Steingeister durchstreiften die Tundra und zwangen mehr und mehr Clans, sich uns zu beugen und Terramon Treue zu schwören. Am Ende waren wir einer der größten und mächtigsten Clans im Osten.

Anfangs war mein Vater Terramons vertrauenswürdigster Gefolgsmann, sein Than, der bei jeder Schlacht an seiner Seite focht. Bis die Krankheit kam.«

»Krankheit?« Vaaler stellte die Frage, obwohl Scythe glaubte, dass sie alle das Gleiche dachten.

»Ich kann mich kaum daran erinnern, weil ich noch ein Kind war. Es fing mit einem einfachen Husten an. Nach ein paar Tagen spuckten die Infizierten zähen schwarzen Schleim.«

Scythe erkannte die Symptome aufgrund der medizinischen Texte, die Methodis sie als Kind hatte lesen lassen. In den Südlanden nannte man das Lungenfäule.

Aber Lungenfäule gedeiht vor allem in warmem, feuchtem Klima. Wie konnte sie bis in den Eisigen Osten kommen?

Sie hatte Geschichten von abenteuerlustigen Händlern aus den FreiStädten und den Südlanden gehört, die mit etlichen Stämmen der Barbaren Handel trieben. Wenn einer von ihnen diese Krankheit in sich getragen hatte, war es durchaus möglich, dass er sie unwissentlich an Norrs Volk weitergegeben hatte.

Oder auch nicht ganz unwissentlich, wenn diesen Händlern klar war, dass sie ihnen bei diesem Handel infizierte Decken und Kleidung verkauft haben.

»Viele Clans haben darunter gelitten«, fuhr Norr fort. »Und Dutzende von Steingeistern sind daran gestorben.«

»Es hätte euch schlimmer treffen können«, beschied Scythe ihm. »Lungenfäule hat in den Südlanden ganze Dörfer ausgerottet. Die Kälte muss die Krankheit abgeschwächt und verhindert haben, dass sie sich schnell ausbreiten konnte. Ihr hattet noch Glück.«

»Die Krankheit hat meine Mutter dahingerafft«, antwortete Norr leise. »Und auch die von Shalana.«

Scythe spürte, wie sie vor Scham rot anlief.

»Es tut mir leid, Norr!«, stieß sie hervor. »Ich wollte nicht …« Sie verstummte, weil ihr keine Entschuldigung für ihre gedankenlose Dummheit einfallen wollte.

Er legte seine große Hand auf ihre beiden Hände und

hinderte sie kurz daran, sich um seine Verletzung zu kümmern.

»Schon gut, Scythe«, sagte er und sah ihr in die Augen. »Du wusstest es ja nicht.«

Er hielt ihre Hände nur ein paar Sekunden fest, bevor er sie wieder losließ und weitersprach. Aber für Scythe genügte diese einfache Geste, um zu wissen, dass er ihr verziehen hatte.

»Mein Vater ist ebenfalls daran erkrankt, aber er hat es überlebt«, fuhr er fort. »Allerdings war seine Lunge danach zerstört. Selbst wenn er durch das Lager ging, rang er nach Luft. Seine Tage als Krieger waren vorbei.

Aus Respekt vor dem, was er einst gewesen war, erlaubte Terramon meinem Vater, den Titel Than zu behalten. Während Terramon unsere Krieger bei ihren Vorstößen immer tiefer in feindliches Territorium führte, blieb mein Vater im Lager und beaufsichtigte den reibungslosen Alltag des Clans.

Außerdem übernahm er die Erziehung von Shalana. Er wusste, dass sie eines Tages ihrem Vater als Clanhäuptling folgen würde; er lehrte sie die Sitten unseres Volkes und mich ebenfalls. Unsere Traditionen, unsere Sitten, wie man Fährten folgt, wie man jagt, wie man kämpft.

Als wir alt genug waren, nahmen wir an den Raubzügen von Terramon teil, kämpften für den Ruhm des Clans und vergrößerten das Gebiet und den Einfluss der Steingeister immer mehr. Shalana hatte den Worten meines Vaters sehr genau zugehört und wurde in den nächsten Jahren eine große Kriegerin. Im Feuer der Schlachten wurde sie zu einer Legende.«

Scythe kannte Norrs Wesen und vermutete, dass er sich selbst ebenfalls einen großen Namen gemacht hatte, aber einfach zu bescheiden war, das zu erwähnen.

»Damals standen Shalana und ich uns nahe, aber wir waren nur gute Freunde. Als mein Vater jedoch in die Erde zurückkehrte, änderte sich das.

Er musste zu früh gehen. Nach der Krankheit war seine Gesundheit immer sehr angegriffen. Sein Tod hinterließ eine Leere in Shalanas Leben, ebenso wie in meinem. Damals versuchten wir uns gegenseitig über unseren Verlust und unseren Schmerz hinwegzutrösten. Wir kamen uns näher und wurden irgendwann mehr als nur Freunde.«

Norr knurrte vor Schmerz, als Scythe bei ihrer Untersuchung eine empfindliche Stelle berührte.

Zum Glück sind die Bänder nicht gerissen, dachte sie und rief sich Methodis' Lektionen über Anatomie wieder ins Gedächtnis. *Aber er muss wenigstens eine Woche liegen, damit das hier richtig heilt.*

Norr sah sie an und hob fragend die Brauen. Scythe bedeutete ihm mit einem kurzen Nicken weiterzusprechen.

»In diesem Sommer gingen wir zu Terramon und erzählten ihm von unseren Gefühlen. Wir baten ihn um seinen Segen für unsere Vereinigung, sowohl als Shalanas Vater als auch als Clanführer. Er gab uns, ohne nachzudenken, seine Zustimmung. Damals ahnten wir nicht, welche Schwierigkeiten er uns in der Zukunft machen würde.«

»Er hat dich nicht wirklich geschätzt?«, erkundigte sich Keegan.

»Terramon und mein Vater hatten einen recht unterschiedlichen Blick auf die Welt«, meinte Norr nach einer längeren Pause, in der er sich offensichtlich sammelte. »Terramon glaubte an Eroberungen und an die Ausweitung unseres Reiches. Er kannte nur den Kampf. Aber obwohl mein Vater ein Krieger gewesen war, hatte er gelernt, dass es darüber hinaus noch mehr im Leben gibt. Er glaubte, dass irgendwann eine Zeit kommt, in der es wichtiger wird, das, was man hat, zu verteidigen und zu schützen, eine Zeit, in der man sein Schwert beiseitelegen und die Dinge hegen muss, für die man einst gekämpft hat: Familie, Freunde und den Clan.

Er hatte mit Terramon und den anderen Gefolgsleuten darüber geredet, und viele stimmten mit ihm überein. Terramons endlose Kriege hatten den Einfluss der Steingeister vergrößert und uns Wohlstand und Prestige gebracht, aber zu einem hohen Preis. Viele Krieger hatten ihr Leben verloren, und jene, die überlebt hatten, verbrachten jedes Jahr viele Monde weit weg von ihren Familien.

Nach dreißig Jahren Kampf war der Clan kriegsmüde. Viele hofften, dass Terramon zurücktreten und Shalana zur Anführerin ernennen würde – wie es den Gebräuchen meines Volkes entspricht, wenn ein Häuptling sich dem Ende seiner Jahre nähert. Dann tritt er beiseite und übernimmt die Rolle eines Ratgebers für den neuen Anführer.

Viele hatten gehofft, dass Shalana sie auf einen anderen Pfad führen würde, selbst wenn Terramon als einer ihrer Ratgeber fungieren sollte. Aber Terramon war kein Mann des Friedens. Sein Ruf beruhte auf seinen kriegerischen Taten. Vielleicht fürchtete er sich auch vor dem, was aus ihm werden würde, wenn er zurücktrat, oder er hatte Angst davor, dass sein Ratschlag ignoriert werden würde. Was vielleicht auch so gekommen wäre.«

»Also hat er sich geweigert zurückzutreten?«, wollte Vaaler wissen.

»Auch das wäre nur eine vorübergehende Lösung gewesen«, erklärte Norr. »Irgendwann hätten die Thans ihn gezwungen, einen Nachfolger zu benennen. Oder einer der Gefolgsleute hätte sich erhoben und ihm das Recht, Anführer zu sein, streitig gemacht. Das wusste Terramon, also griff er zu einer erheblich hinterlistigeren Lösung.

Er berief eine Zusammenkunft des gesamten Clans ein. Und dort, vor seinen Thans und allen Clanangehörigen, erklärte er mich zu seinem Nachfolger, nicht sein eigenes Fleisch und Blut. Shalana war am Boden zerstört. Ihr eigener Vater hatte sie vor allen gedemütigt und beschämt.«

»Das verstehe ich nicht«, erwiderte Keegan. »Hättest du dich nicht einfach nur weigern können?«

»Der Schaden war bereits angerichtet«, meinte Norr. »Terramon hatte Shalanas Namen besudelt. Er hatte öffentlich die Fähigkeit seiner Tochter infrage gestellt, unser Volk zu führen. Selbst wenn ich mich geweigert hätte, hätten viele unter uns ihr misstraut, vor allem die Anführer und Angehörigen der anderen Clans.

Hätte ich die Nachfolge nicht angetreten, hätte ich dadurch die Steingeister geschwächt. Einige der Häuptlinge, die uns Tribut zahlten, hätten Shalanas Führungsrolle bestritten. Und die Thans hätten ihr Verlangen nach Frieden aufgeben müssen, um die Ehre unseres Clans zu verteidigen.«

»Und Terramon hätte genau das bekommen, was er

die ganze Zeit wollte«, merkte Jerrod an. »Noch mehr Schlachten, noch mehr Krieg.«

»Ich habe versucht mit Shalana zu sprechen«, fuhr Norr fort. »Ich habe gehofft, wir könnten eine Möglichkeit finden, die Dinge zu klären. Aber sie wollte nicht auf mich hören. Sie war verbittert und wütend.

Es hatte bereits vorher Gemunkel unter einigen der Gefolgsleute gegeben, dass ich der nächste Anführer werden sollte. Wegen meiner Größe und Kraft hatte sich mein Ruf im ganzen Osten verbreitet. Mein Vater war in seiner Jugend ein großer Krieger gewesen und hatte sich in späteren Jahren den Ruf eines Weisen erworben. Außerdem ist es zwar nicht ungebührlich, dass ein Clanführer eine weibliche Nachfolgerin benennt, aber es ist zumindest ungewöhnlich.

Indem Terramon mich öffentlich benannte, stärkte er die Entschlossenheit derjenigen, die ohnehin mich als Anführer wollten. Das betrachtete Shalana als einen weiteren Betrug, einen weiteren Schlag gegen ihren Ruf und ihren Stolz. Also hielt sie sich an die alten Gebräuche und forderte mich zu einem Duell heraus, um so unter Beweis zu stellen, wer von uns würdig wäre, Häuptling zu werden.«

»Dieses boshafte Miststück!« Scythe sprang instinktiv Norr zur Seite, obwohl die Sache schon lange vergangen war. »Es war nicht dein Fehler, dass ihr Vater ein Mistkerl war, aber in der Sekunde, in der sie nicht bekam, was sie wollte, hat sie sich gegen dich gestellt!«

»So ist sie nicht«, widersprach Norr. »Du verstehst die Zusammenhänge nicht.«

»Ich schon«, mischte sich Vaaler ruhig ein. »Terramon hat sie ihres Geburtsrechts beraubt. Solange sie sich erinnern konnte, hatte man ihr gesagt, dass sie eines Tages ihren Clan führen würde. Diese Tatsache hat ihr Leben bestimmt. Alles, was sie tat, und alles, was sie lernte, drehte sich darum. Sie hat ihr ganzes Leben damit verbracht, sich auf diese verantwortungsvolle Aufgabe vorzubereiten, zu einer würdigen Anführerin zu werden. Und dann, in einem einzigen, demütigenden Moment wurde ihr alles genommen. Ihr könnt euch nicht vorstellen, wie sich so etwas anfühlt.«

Seine Worte machten Scythe nachdenklich, und angesichts der unverkennbaren Pein des ehemaligen Prinzen beschloss sie, weitere Einwände in Zukunft für sich zu behalten.

Er hat recht. Ich weiß nicht, wie sich so etwas anfühlt. Aber Vaaler hat sich nicht gegen seine Freunde gewandt, als ihm das passierte. Shalana schon.

»Unseren Gebräuchen zufolge brauchte Shalana die Unterstützung von mindestens einem Drittel der Gefolgsleute, die ihren Anspruch unterstützten, bevor sie mich herausfordern konnte«, spann Norr den Faden weiter. »Die fand sie auch, obwohl immer noch sehr viele auch meinen Anspruch unterstützten. Terramon hatte einen Keil zwischen die Thans getrieben und sie gezwungen, sich für einen von uns zu entscheiden. Dadurch hat er bittere Feindseligkeit innerhalb unseres Clans geschaffen.«

»Wer hat das Duell gewonnen?« Keegan wollte unbedingt das Ende der Geschichte hören.

»Wir haben nicht gekämpft«, antwortete Norr. »Solche

Duelle enden selten tödlich. Normalerweise gibt einer der Kämpfer auf, sobald der andere die Oberhand gewinnt. Aber ich fürchtete, dass Shalana eben das nicht tun würde. Ich hatte Angst, dass sie mich dazu zwingen würde, sie zu töten.«

»Und wenn sie dich besiegt hätte?«, wollte Jerrod wissen.

Norr zögerte, bevor er schließlich antwortete. »Shalana war eine große Kriegerin«, räumte er dann ein, »aber sie war mir nicht gewachsen. Das waren nur sehr wenige. Meine Kraft und meine Größe verschafften mir einen viel zu großen Vorteil. Wir hatten oft genug miteinander trainiert, um das zu wissen.«

»Und doch hat sie dich herausgefordert«, merkte Vaaler an. »Sie war verzweifelt. Sie wollte lieber sterben, als diese Demütigung durch ihren Vater zu ertragen.«

»Und selbst wenn ich sie hätte gewinnen lassen«, meinte Norr, »hätten viele der Gefolgsleute geargwöhnt, dass ich genau das getan hätte. Und etliche von denen, die mich unterstützten, hätten mich weiter bedrängt, Anführer zu werden, hätten mir ständig zugesetzt, Shalana zu einem zweiten Duell um die Führung des Clans herauszufordern. Zudem wäre meine Gegenwart eine ständige Erinnerung an Shalanas Schande gewesen.

Mir wurde klar, dass es keine wirkliche Lösung geben konnte, solange ich beim Clan blieb. Die einzig mögliche Lösung war es zu verschwinden. Unterzutauchen. Also flüchtete ich in der Nacht vor unserem Duell, schlich mich wie ein Feigling in die Nacht hinaus und entsagte meinem Volk und meinem Status als Krieger.«

Deshalb weigerst du dich, eine Waffe zu tragen, dachte Scythe, als ihr plötzlich die Zusammenhänge klar wurden. *Du glaubtest, du wärest dessen nicht mehr würdig!*

»Das hättest du uns sagen müssen, bevor du uns in diese eisige Einöde gebracht hast«, murrte Jerrod. »Anstatt uns in die Hände eines verbitterten politischen Rivalen zu führen.«

»Ich glaube kaum, dass wir sehr viele Alternativen hatten«, erinnerte Scythe den Mönch.

»Es tut mir leid, dass ich euch all das verheimlicht habe«, entschuldigte sich Norr. Scythe war nicht sicher, ob er wirklich zu der ganzen Gruppe sprach oder nur zu ihr. »Ich habe die ganze Zeit überlegt, wie ich das Thema am besten ansprechen könnte, aber ich hoffte, mehr Zeit zu haben. Shalana ist jetzt die Anführerin des Clans. Ich hatte nicht erwartet, dass sie zu der Delegation gehören würde, die mit den Eishauern verhandelte.«

Scythe schüttelte angesichts von Norrs Naivität den Kopf. »Glaubst du wirklich, dass sie alles vergessen hätte, was zwischen euch vorgefallen ist, nur weil du ein paar Jahre verschwunden bist?«

»Möglicherweise ist das alles gar nicht so schlecht«, mischte sich Vaaler ein. »Sie scheint Norr nicht wirklich zu hassen. Jedenfalls soweit ich das beurteilen kann. Vielleicht bedauert sie ja, was passiert ist. Vielleicht möchte sie eure Beziehung ja wieder aufleben lassen.«

Das könnte noch schlimmer sein, dachte Scythe.

»Und?«, wollte Jerrod wissen. »Ist sie jetzt eine Verbündete oder ein Feind?«

»Das weiß ich nicht«, räumte Norr ein. »Sie verbirgt

ihre Gefühle, jedenfalls bis wir das Hauptlager des Clans erreicht haben.

Wenn wir dort ankommen, werde ich sie zur Rede stellen«, versprach er. »Ich werde ihr von Keegans Bedeutung berichten, ihr erklären, dass er der auserwählte Retter der Welt der Sterblichen ist, und ich werde sie fragen, ob sie uns helfen wird.«

»Vielleicht solltest du nicht so einfach damit herausplatzen«, warnte Keegan ihn. »Das könnte auf einmal ein bisschen viel für sie sein, um es zu verdauen.«

»Ein guter Ratschlag«, pflichtete Scythe ihm bei. »Vielleicht sagst du am besten eine Weile gar nichts. Jedenfalls so lange nicht, bis wir genau wissen, ob sie auf unserer Seite steht oder nicht.«

»Wie lange dauert es noch, bis wir das Lager erreichen?«, erkundigte sich Jerrod.

»Drei oder vier Tage«, erwiderte Norr. »Das hängt davon ab, welches Tempo Shalana vorgibt.«

»Ganz gleich, wie fest ich dein Bein auch verbinde, du darfst nicht noch drei Tage lang marschieren«, warnte Scythe ihn. Sie erinnerte sich daran, wie Jerrod dabei geholfen hatte, Norrs Wunde zu heilen, nachdem sie aus Torian entkommen waren, und beschloss, ihren Stolz hinunterzuschlucken. »Kannst du vielleicht etwas tun?«, fragte sie den Mönch.

»Etwas in diesem Land behindert meine Fähigkeiten«, erinnerte er sie. »Ich kann es versuchen, aber die Wirkung wird sehr gering sein.«

»Macht euch keine Sorgen«, versicherte Vaaler ihnen. »Ich weiß eine bessere Lösung.«

13

Auf Shalanas Anordnung hin brachen sie früh am nächsten Morgen auf. Es war kalt, aber der Wind hatte sich gelegt, und der Himmel war klar und wolkenlos blau.

Norr hockte mit verschränkten Armen und einem mürrischen Gesicht auf dem Schlitten und starrte finster auf die Rücken der vier Krieger, die die Aufgabe hatten, ihn zu ziehen. Als Vaaler vorgeschlagen hatte, er solle auf einem Schlitten fahren, während alle anderen gingen, hatte er widersprochen. Der Tradition nach fuhren nur die sehr Alten, die ganz Jungen und die Gebrechlichen auf einem Schlitten. Aber die anderen hatten die Idee unterstützt, vor allem Scythe, und er hatte sehr schnell eingesehen, dass es besser war nachzugeben, als zu riskieren, die heißblütige junge Frau noch mehr zu verärgern. Sie war ohnehin schon wütend auf ihn, weil er ihr nichts von Shalana gesagt hatte.

Wir behaupten immer, dass die Vergangenheit keine Rolle spielt, aber das stimmt nicht. Und schon gar nicht, wenn meine Vergangenheit so plötzlich auftaucht und ihr ins Gesicht schlägt.

Natürlich hatte er vorgehabt, Scythe alles zu erzählen. Er hatte nur nicht den richtigen Moment erwischt, um das Thema zur Sprache zu bringen. Bevor sie von den Rudelführern ergriffen worden waren, hatte es keinen wirklichen Grund gegeben, seine frühere Beziehung zu erwähnen. Und als sie erst einmal im Lager der Eishauer gewesen waren, hatte er Angst gehabt, es ihr zu sagen; er hatte befürchtet, sie würde so wütend werden, dass sie irgendetwas Überstürztes tat, das möglicherweise den Austausch mit den Steingeistern gefährden könnte.

Ich hätte es ihr erzählen können, als wir zum Lager der Steingeister unterwegs waren, wenn Shalana nicht damit herausgeplatzt wäre.

Sie inmitten der Delegation der Steingeister zu sehen hatte ihn vollkommen überrumpelt. Clanhäuptlinge nahmen nur sehr selten an solchen Expeditionen teil.

Aber sie wollte mitkommen und mich mit eigenen Augen sehen.

Er wusste nicht, ob das gut oder schlecht war. Möglicherweise hatte sie ihm nach all der Zeit vergeben; Shalana war nicht rachsüchtig.

Jedenfalls früher nicht. Wer weiß schon, wie sie sich verändert hat, seitdem ich verschwunden bin?

Shalana hatte jedenfalls Vaalers Vorschlag sofort zugestimmt.

Sie hat nicht nur zugestimmt. Sie hat sich sofort dafür begeistert.

Shalana wusste genau, wie demütigend es für ihn sein würde. Sie wollte ihn beschämen. Ihn bestrafen.

Vielleicht habe ich auch eine kleine Bestrafung verdient.

Immerhin hatte er sie ohne ein Wort verlassen, hatte sich wie ein Feigling mitten in der Nacht davongeschlichen, statt ihr im Kampf gegenüberzutreten. Damals hatte er sich eingeredet, dass er aus Liebe gehandelt hätte;

er hatte seinen Platz im Clan geopfert, um ihr die Peinlichkeit zu ersparen, gegen ihn im Zweikampf zu verlieren. Mittlerweile wusste er jedoch, dass das nicht der Wahrheit entsprach.

Shalana und ich waren enge Freunde, aber ich habe sie nie wirklich geliebt. Nicht so, wie ich Scythe liebe.

Viele Jahre lang hatten sie gewusst, dass ihre Verlobung unausweichlich war. Aber als sie schließlich offiziell verkündet worden war, hatte er keine Freude empfunden. Und doch hatte er seine Bedenken nie laut geäußert, aus Furcht, Shalana und die Thans gegen sich aufzubringen.

Unsere Verlobung war dem Druck und den Erwartungen des Clans geschuldet. Nachdem alle gesehen hatten, wie wir gemeinsam aufwuchsen, haben sie einfach angenommen, dass wir irgendwann heiraten würden.

Er hatte keine Ahnung, ob Shalana ähnliche Gefühle gehabt oder ob sie mehr für ihn empfunden hatte als er für sie.

Statt den Mut zu haben, sie zu fragen und es herauszufinden, habe ich mich dafür entschieden wegzulaufen. Sie hat jedes Recht, wütend auf mich zu sein. Und sie hat allen Grund, mich beschämen zu wollen.

Und wenn seine Demütigung der Preis war, Shalanas Kooperation zu gewinnen, war Norr mehr als bereit, ihn zu zahlen. Aber was, wenn diese alberne Rache nicht der einzige Preis war? Wenn es nur der Anfang von erheblich mehr war? Von etwas weitaus Schlimmerem?

So ist Shalana nicht. Welchen Groll sie auch gegen mich hegen mag, sie ist immer noch eine anständige und gerechte Person.

Aber sosehr er sich selbst auch davon überzeugen wollte, dass am Ende alles gut ausgehen würde, wollte eine leise, sorgenvolle Stimme in ihm nicht verstummen. Er ging davon aus, dass sie immer noch dieselbe Frau war, mit der er aufgewachsen war.

Menschen verändern sich, rief er sich ins Gedächtnis. *Und nicht immer zum Besseren.*

Nach ein paar Stunden befahl Shalana eine kurze Rast. Während der größte Teil der Gruppe immer noch frisch genug war, um weiterzumarschieren, spürte Jerrod, dass die Krieger, die Norrs Schlitten zogen, langsam müde wurden.

Als sie wieder aufbrachen, suchte der Mönch Augenkontakt mit Vaaler und deutete mit einem Nicken in Richtung des Schlittens. Der Danaan verstand den Hinweis und übernahm mit ihm eine Schicht an den Seilen, um den Schlitten zu ziehen, zusammen mit zwei frischen Kriegern der Steingeister.

Jerrod und die anderen stöhnten vor Anstrengung, als sie sich in die Seile legten. Die dünne Schicht aus Eis und Schnee erleichterte zwar das Gleiten des Schlittens über den Boden, aber sie erschwerte es auch den Füßen, Halt zu finden. Die ersten Schritte waren entsprechend schwierig und stockend, aber als der Schlitten allmählich Fahrt aufnahm, wurde es immer leichter, ihn in Bewegung zu halten. Obwohl Shalana ein forsches Tempo anschlug, waren Jerrod und die anderen in der Lage mitzuhalten. Sie kamen eindeutig schneller voran, als wenn Norr zu Fuß weitergehumpelt wäre.

Der Hüne saß derweil wie ein schmollendes Kind auf dem Schlitten. Er sagte zwar nichts, aber seine säuerliche Miene ließ keinen Zweifel daran, wie unbehaglich er sich fühlte. Jerrod interessierte es jedoch überhaupt nicht, wie der Mann seine derzeitige Lage empfand. Er war weit mehr daran interessiert, was die Steingeister über Norr dachten.

Shalanas Gedanken waren nur schwer zu erraten. Angesichts ihrer gemeinsamen Geschichte hegte sie vermutlich bitteren Groll gegen ihn. Aber bis jetzt hatte sie keinerlei offene Feindseligkeit gezeigt, und außerdem war sie einverstanden gewesen, Norr auf dem Schlitten fahren zu lassen. Jerrod nahm das als ein gutes Zeichen. Hätte sie gewollt, dass ihr ehemaliger Verlobter wirklich litt, hätte sie ihn gezwungen, mit seinem verletzten Knie zu marschieren.

Vielleicht hat sie ihm ja verziehen, was zwischen ihnen vorgefallen ist.

Und auch die Krieger der Steingeister schienen keinen Groll ihm gegenüber zu empfinden. Es machte sogar eher den Eindruck, als wäre das Gegenteil der Fall. Obwohl die meisten Krieger viel zu jung waren, um jemals an Norrs Seite gekämpft zu haben, hatten sich etliche sehr schnell bereit erklärt, seinen Schlitten zu ziehen.

Er ist beliebt bei seinem Volk. Obwohl er jahrelang fort gewesen ist, scheint sein Ruf immer noch zu genügen, ihn ihrer Loyalität zu versichern. Das könnte helfen, die Steingeister auf unsere Seite zu ziehen. Es sei denn natürlich, Shalana betrachtet das als eine mögliche Bedrohung ihrer Position.

Bedauerlicherweise gab es keine Möglichkeit, das herauszufinden, bis sie das Hauptlager erreicht hatten.

Die Reise war anstrengend, ansonsten jedoch wenig ereignisreich. Tagsüber wechselten sich Männer und Frauen dabei ab, Norrs Schlitten zu ziehen, und in der Nacht schlugen die Steingeister ihr improvisiertes Lager mit beeindruckender Effizienz auf.

Norr hielt sich des Nachts bei Keegan, Jerrod und den anderen, aber sie redeten kaum miteinander. Wenn ihr Konvoi bei Einbruch der Dunkelheit stoppte, waren alle zu erschöpft, um mehr zu tun, als einfach nur zu schlafen, eingehüllt in die Decken und Felle, die Shalanas Leute ihnen gegeben hatten.

Trotz des anspruchsvollen Tempos, das Shalana anschlug, brauchten sie drei Tage, bis sie die Siedlung der Steingeister erreichten. Als sie dort ankamen, war Jerrod unwillkürlich von ihrer Größe beeindruckt.

Norr hatte ihnen zwar gesagt, dass die Steingeister zu den größten und mächtigsten Clans gehörten, aber der Mönch hatte angenommen, dass aus seinen Worten Voreingenommenheit und Stolz sprachen. Als er jedoch jetzt die Hunderte von Zelten und Dutzende von einstöckigen Lehmhütten sah, die sich fast eine Meile weit erstreckten, wurde ihm klar, dass der Barbar nicht übertrieben hatte.

Der Clan der Eishauer zählte etwa fünfzig Köpfe. Davon schienen etwa dreißig Krieger zu sein. Der Rest war entweder zu jung oder zu alt, um wirkungsvoll kämpfen zu können. Im Gegensatz dazu schätzte Jerrod mithilfe seiner feinen Sinne, dass mindestens fünfhundert Menschen im Lager der Steingeister lebten.

Diese größere Gesamtbevölkerung bedeutete, dass man nicht gezwungen war, alle Angehörigen im geeigneten Alter zu Kriegern zu machen. Sie konnten es sich leisten, dass Mitglieder ihrer Gemeinschaft sich anderen Fähigkeiten und Künsten widmeten. Aber dennoch konnte man wohl davon ausgehen, dass der Clan mindestens zweihundert Krieger hatte, die in eine Schlacht ziehen konnten.

Und dabei sind die Clans nicht mitgerechnet, die ihnen tributpflichtig sind, dachte Jerrod. *Norr hat ja gesagt, mehr als ein Dutzend Anführer würden den Steingeistern Tribut zahlen. Wenn Shalana eine Armee ausheben muss, auf wie viel Klingen kann sie da wohl zählen? Eintausend? Zweitausend? Oder noch mehr?*

Der Orden war sich immer einer möglichen Bedrohung durch die Wilden im Eisigen Osten bewusst gewesen, aber dennoch hatte er seine Aufmerksamkeit hauptsächlich auf die Südlande gerichtet, auf die FreiStädte und die mysteriösen, vom Chaos durchdrungenen Danaan. Niemand hatte jemals versucht die Clans genau zu zählen. Man war immer davon ausgegangen, dass diese Nomadenstämme zahlenmäßig zu unbedeutend waren, um eine echte Gefahr darzustellen.

Wie viele andere Clans besitzen wohl ebenso viel Einfluss wie der Steingeisterclan?, fragte sich Jerrod jetzt. *Wenn sie sich gegen die Südlande verbünden, kann der Orden dann eine Armee ausheben, die groß genug ist, um sie im Zaum zu halten?*

Basierend auf der jüngsten Zählung, kurz nach der Säuberung vor fast zwanzig Jahren, betrug die Bevölkerungszahl in jeder der Sieben Hauptstädte der Südlande fünfzigtausend oder mehr. Man konnte wohl davon ausgehen, dass mindestens genauso viele Untertanen in den kleineren Städten, Siedlungen und Weilern unter ihrer Jurisdiktion lebten. Aber die meisten dieser Menschen waren nicht ausgebildete, unbewaffnete Zivilisten. Soldaten machten nur einen Bruchteil der Bevölkerung aus.

Der Orden hatte immer eine Invasion der Danaan befürchtet. Eine Armee, die von ChaosWirkern unterstützt wurde und aus den Nördlichen Waldungen hervorbrach. Als Jerrod jetzt die Siedlung der Steingeister vor sich sah, wurde ihm klar, dass ihre ständige Angst vor einem Königreich, das sich auf ChaosMagie gründete, sie für das Nomaden-Imperium blind gemacht hatte, das im Eisigen Osten lauerte.

Als sie sich der Siedlung näherten, kamen ihnen die Menschen entgegen, Männer, Frauen und Kinder. Sie strömten auf sie zu, klatschten und jubelten, als die Delegation mit Shalana an der Spitze in die Mitte der kleinen Stadt marschierte. Ein paar Hunde waren bei ihnen, aber das waren nicht die gut ausgebildeten, tödlichen Killer der Eishauer, sondern eine bunte Mischung aus Schoßhündchen und Kötern, wie man sie in allen Straßen jeder kleineren Siedlung der Südlande ebenfalls finden würde.

Zuerst vermutete Jerrod, dass die Menge gekommen war, um die Rückkehr ihres Häuptlings zu bejubeln. Er verstand zwar die Clansprache nicht, aber in dem Lärm der Schreie und Rufe hörte er eindeutig Shalanas Namen. Als er jedoch genauer hinhörte, erkannte er, dass auch Norrs Name gerufen wurde. Da er die Sprache nicht verstand, war es sinnlos zu versuchen, irgendeinen Kontext herzustellen, aber angesichts der festlichen Atmosphäre unter den Jubelnden machte es fast den Eindruck, als würde die Menge einen lange verschollenen Helden wieder willkommen heißen.

Bedauerlicherweise konnte niemand sagen, ob Norrs Beliebtheit helfen würde, seine Leute von ihrer Sache zu überzeugen, oder aber Shalana zwang, ihn als eine Bedrohung ihrer Autorität zu betrachten.

Vaaler beherrschte Verlsung nicht perfekt. Er hatte nur selten Gelegenheit gehabt, das, was seine Lehrer ihm beigebracht hatten, in der Praxis anzuwenden. Die Schreie und der laute Jubel der Menge vermischten sich, sodass es schwierig war herauszuhören, was eigentlich gerufen wurde. Shalanas Name wurde gerufen, ebenso wie der von Norr. Fast alles andere ging in dem Geschrei der Menge unter. Aber er konnte noch zwei weitere Worte verstehen, die immer wieder ertönten: Roter Bär.

Meinen sie damit Norr?

Passen würde es gewiss, angesichts seiner Größe, Haarfarbe und seines buschigen Bartes.

Er hat gesagt, er wäre fünf Jahre fort gewesen. Wie beliebt war er, bevor er verschwunden ist?

Die Kultur der Ostländer schätzte Stärke und Kühnheit in der Schlacht. Es war nicht schwer, sich vorzustellen, dass ein Hüne wie Norr ein legendärer Krieger geworden war. Einer, der sich den Spitznamen *Roter Bär* verdient und der die Herzen und den Geist seiner Leute für sich gewonnen hatte.

Laut Norrs Bericht hatte er sich einfach in der Nacht davongeschlichen, um ein Duell mit Shalana zu vermeiden. Wenn überhaupt, hätte man ihn als Feigling schmähen sollen. In seinen eigenen Augen war er kein Krieger mehr und hatte es nicht einmal mehr verdient, eine Waffe zu tragen.

Die Menschen, die die Siedlung verlassen hatten, um sie zu begrüßen, teilten ganz offenbar diese Meinung nicht. Und als sie in die Siedlung kamen, umschwärmte die Menge sie förmlich. Männer und Frauen stürzten sich auf Norr, schüttelten seine Hand, schlugen ihm auf die Schulter und umarmten ihn kurz.

Vaaler begriff, dass es vollkommen sinnlos war zu versuchen, den Schlitten durch diese Menschentraube zu ziehen. Er ließ das Tau los und trat ein Stück zurück. Jerrod und die Krieger, die ihnen geholfen hatten, folgten seinem Beispiel. Zwei große Männer mittleren Alters bückten sich, um Norr auf die Beine zu helfen. Jeder von ihnen packte ein Handgelenk des Hünen und zog ihn auf die Füße.

Norr grinste und lachte, als er mit seinen alten Freunden wieder vereint war. Vaaler beobachtete ihn und empfand unwillkürlich so etwas wie Eifersucht, als er sich an seine eigene Heimkehr nach all den Jahren des Studiums bei Rexol erinnerte. Die Bürger von Ferlhame hatten keineswegs die Straßen gesäumt, um ihn willkommen zu heißen. Stattdessen war er von einer Ehrengarde und einer Handvoll vertrauter Berater seiner Mutter empfangen worden. Drake und seine Mutter waren die Einzigen gewesen, die sich wirklich gefreut hatten, ihn wiederzusehen. Die anderen hatten seine Rückkehr eher gleichgültig und mürrisch aufgenommen. Er hatte als großer Zauberer zurückkommen sollen, aber es hatte sich bereits herumgesprochen, dass er die Kunst der Magie nicht beherrschte.

Er sah, dass Scythe und Keegan etwas abseits von der Menschenmenge standen und all das mit verwirrter Miene betrachteten. Offensichtlich waren sie genauso verblüfft von Norrs Beliebtheit wie er selbst. Nur Jerrod, der neben Vaaler stand, beobachtete Norr nicht. Als der Danaan dem blinden Blick des Mannes folgte, wurde ihm klar, dass Jerrod Shalana betrachtete.

Im Unterschied zu der Menschenmenge lachte sie nicht, sie lächelte nicht einmal. Ihre Miene wirkte wie erstarrt, eine reservierte, neutrale Maske, hinter der sie sorgfältig ihre Gefühle verbarg. Aber sie war angespannt, hatte die Schultern zurückgezogen, und ihr Kopf bewegte sich langsam von links nach rechts und zurück, als sie die Reaktionen ihres Clans beobachtete. Mit der linken Hand umklammerte sie fest den Schaft ihres Speeres, und ihre Armmuskeln traten deutlich hervor.

Das hat sie nicht erwartet, begriff Vaaler, und langsam entstand ein Bild in seinem Kopf.

Norrs Bericht zufolge hatte er immer angenommen, dass Shalana die natürliche Nachfolgerin von Terramon sein würde. Aber vielleicht war das gar nicht der Fall gewesen. Norr war demütig und bescheiden; selbst wenn die anderen ihn als einen möglichen Clanhäuptling betrachteten, hätte er selbst sich nie so gesehen. Und doch war das gar nicht so schwer vorstellbar. Er war der größte Krieger des Clans, der legendäre Rote Bär, und zudem der Sohn eines sehr respektierten Gefolgsmannes.

Die Leute hatten ihn immer schon gewollt. Und sie waren

sich sicher gewesen, dass Terramon Norr als nächsten Anführer vorschlagen würde. Wahrscheinlich wusste Terramon das. Es waren nur Norr und Shalana, geblendet von ihren Gefühlen füreinander, die von diesem Vorschlag überrascht worden waren.

Als Norr ohne Ankündigung oder Erklärung am Vorabend seines Duells mit Shalana verschwunden war, musste das Gerüchten und Spekulationen den Boden bereitet haben. Einige hatten Norr gewiss als Feigling verurteilt, andere jedoch hatten sich vermutlich gefragt, ob Terramon den größten Krieger des Clans vertrieben hatte, damit seine eigene Tochter Oberhaupt werden konnte. Und wenn Shalanas Herrschaft sich aus irgendeinem Grund schwierig oder problematisch gestaltete, dann war es unausweichlich, dass sich zumindest einige ihrer Leute vorstellten, unter Norr wäre alles besser geworden.

Ihre Ablehnung Shalanas hatte wahrscheinlich unter der Oberfläche gegärt, war flüsternd und heimlich weitergegeben worden und ihr niemals zu Ohren gekommen. In ihren Augen hatte sich Norr wie ein Feigling benommen und seinen Clan im Stich gelassen. Wahrscheinlich glaubte sie, dass sie sehr gnädig und edelmütig reagiert hatte, als sie der Lösegeldforderung der Eishauer nachkam. Sie hatte sich wahrscheinlich vorgestellt, einen gestürzten, zerbrochenen Helden nach Hause zu holen, einen Mann, der lange und hart daran würde arbeiten müssen, sich in den Augen des Clans zu rehabilitieren.

Angesichts der nahezu triumphalen Rückkehr von Norr war es jetzt jedoch unmöglich für sie, sich länger an diese Illusion zu klammern.

»Das reicht!«, rief Shalana plötzlich. Ihre Stimme erhob sich über den Lärm der Menge, während sie den Speer über ihrem Kopf schwenkte.

Die Menschen verstummten und sahen sie an.

»Die Thans warten in der Großen Halle auf uns.« Shalana richtete ihre Worte an Norr. »Wir müssen entscheiden, welches Schicksal dich und deine ausländischen Freunde erwartet.«

Sehr schlau, dachte Vaaler. *Sie erinnert alle daran, dass er sich mit Außenseitern verbündet hat.*

»Später ist noch genug Zeit, um Geschichten auszutauschen«, fuhr sie freundlicher fort. »Aber das werden wir auf die richtige Art und Weise tun. Wir werden ein ordentliches Fest zu Ehren der Rückkehr des Roten Bären veranstalten.«

Noch ein kluger Zug. Mach dich nicht selbst zum Schurken.

»Was sagt sie da?« Scythe trat zu Norr, während die besänftigte Menge sich langsam zerstreute.

»Shalana bringt uns zu einem Treffen mit den Thans«, antwortete er. Er sprach so laut, dass Keegan, Jerrod und Vaaler ihn hören konnten.

»Jetzt sofort?«, protestierte Scythe. »Wir bekommen nicht einmal Gelegenheit, auszuruhen oder etwas zu essen?«

»Wir gehen sofort«, sagte Shalana auf Allrish.

Die beiden Krieger der Steingeister, die geholfen hatten, Norr auf dem Schlitten zu ziehen, bückten sich, um die Stricke vom Boden aufzuheben. Aber der Hüne schüttelte den Kopf.

»Ich habe lange genug ausgeruht. Ich kann ohne Hilfe zu der Versammlung mit den Thans gehen.«

Mit Shalana an der Spitze wurden sie von einem halben Dutzend Krieger durch die Siedlung zu einem langen schmalen Gebäude mit einem niedrigen Dach eskortiert, das aus Lehmziegeln und Steinen bestand.

Wenn ein Clan so groß und mächtig geworden ist wie die Steingeister, müssen sie nicht mehr als Nomaden umherziehen, dachte Vaaler.

Sie näherten sich dem Gebäude von der breiten Seite, wo in der Mitte eine Tür eingelassen war. Shalana zog sie auf und ging hinein. Der Rest ihrer Eskorte trat zur Seite und bedeutete Norr und seinen Gefährten, ihr zu folgen. Der Hüne musste sich ducken, um durch die Tür zu kommen. Die Decke des Gebäudes jedoch war gerade hoch genug, dass er aufrecht stehen konnte.

Ist das nur ein Zufall, fragte sich Vaaler, als er mit den anderen ebenfalls eintrat, *oder haben sie dieses Haus absichtlich so hoch gebaut, dass der Rote Bär hier aufrecht stehen kann?*

Das Innere bestand aus einem einzigen offenen Raum. Der Abstand zur Rückwand betrug nur sieben Meter, aber die Halle reichte zu beiden Seiten der Tür mindestens zehn Meter weit. Der Tisch in der Mitte des Raumes erstreckte sich fast bis zu den beiden Stirnwänden und war auf beiden Seiten von Bänken gesäumt. Wahrscheinlich gab es genug Platz für sechzig oder mehr Personen, aber zurzeit saßen höchstens zwanzig Leute am Tisch, und zwar an der gegenüberliegenden Seite, mit dem Gesicht zur Tür.

Sie standen alle auf, als Shalana am Tisch entlangging,

darum herum und zu einem Stuhl exakt in der Mitte, genau gegenüber der Tür, wo Norr und die Fremden besorgt warteten. Die anderen Gefolgsleute setzten sich erst, nachdem Shalana sich gesetzt hatte, und Vaaler hörte, wie sich die Tür hinter ihnen schloss.

Der Danaan betrachtete die Gesichter der Thans, die ihn neugierig beobachteten. Die meisten waren Männer. Außer Shalana waren nur noch sechs Frauen anwesend. Die Männer trugen alle einen Bart, sodass es schwierig war, ihr Alter zu schätzen. Aber Vaaler vermutete, dass der jüngste etwa Mitte zwanzig war und der älteste weit über sechzig. Auf Shalanas rechter Seite saß ein streng wirkender Mann von etwa fünfzig Jahren, der mit der linken Hand eine primitive Krücke umklammerte. Aufgrund seiner Position am Tisch vermutete Vaaler, dass es sich bei diesem Mann um Terramon handelte. Die beiden letzten Finger der Hand, mit der er die Krücke hielt, fehlten, wahrscheinlich waren sie bei irgendeinem Winterfeldzug erfroren. Wegen der wettergegerbten Falten seines Gesichts und wegen seines Bartes war es schwierig, Ähnlichkeiten mit Shalana zu erkennen, aber er hatte die gleichen kalten blauen Augen wie die Frau.

Im Unterschied zu der offenen Begeisterung der Frauen und Männer in der Siedlung zeigten die Thans nur wenig Emotionen, als Norr schließlich vor ihnen stand.

Sie wissen wahrscheinlich, was wirklich passiert ist, als er verschwand. Und sie wissen auch, dass es in Wirklichkeit erheblich schwieriger ist, ein Clanführer zu sein, als den meisten bewusst ist. Sie stellen sich keine Welt vor, in der alles perfekt wäre, wenn Norr den Clan führt.

Ein verlegenes Schweigen machte sich unter den Anwesenden breit. Norr verlagerte sein Gewicht in dem Versuch, einen bequemeren Stand zu finden. Einer der Gefolgsleute räusperte sich, ein anderer hustete, aber keiner von ihnen wagte, nur ein Wort zu sagen. Das Schweigen hielt an, lastete schwer im Raum. Schließlich, nach gefühlten Stunden, obwohl es wahrscheinlich nur Minuten gewesen waren, erhob sich Shalana und wandte sich an ihre Getreuen.

»Vor fünf Jahren ist der Mann, der jetzt vor euch steht, verschwunden. Wir wussten damals nicht, was geschehen war oder warum er verschwunden war. Wir wussten nicht, ob er lebte oder tot war. Wir wussten nur, dass er verschwunden war. Jetzt ist er wieder zurückgekommen, und wir müssen über sein Schicksal entscheiden.«

Sie setzte sich und starrte auf den Boden. Vaaler bemerkte die besorgten und verwirrten Mienen auf den Gesichtern von Scythe, Keegan und Jerrod, die ihren Worten in Verlsung nicht folgen konnten, aber das Schlimmste befürchteten.

Terramon neben ihr erhob sich rasch, um das Wort zu ergreifen, und stützte sich dabei auf seine Krücke.

»Ich glaube, wir haben alle die gleichen Fragen«, sagte er, an Norr gewandt. »Warum hast du uns im Stich gelassen? Und warum kommst du jetzt wieder angekrochen?«

»Ich werde mich nicht für meine Handlungen in der Vergangenheit entschuldigen«, erwiderte Norr langsam. »Was geschehen ist, kann man nicht ungeschehen machen. Was jetzt passiert und was in Zukunft passieren wird, ist alles, was zählt.«

»Schöne Worte«, meinte Terramon verächtlich. »Nur leider sagen sie uns nichts.«

»Ich bin weggegangen, weil ich die Bürde nicht ertragen konnte, Clanhäuptling zu werden«, erwiderte Norr.

Vaaler hatte das Gefühl, dass dem Mann die Worte leicht über die Lippen kamen; sollte er sich tatsächlich wegen dem, was er getan hatte, schämen, dann hatte er schon vor langer Zeit seinen Frieden damit gemacht.

»Ich habe überstürzt gehandelt, und ich weiß, dass ich mit dem, was ich tat, viele gekränkt habe«, fuhr Norr fort. Sein Blick zuckte kurz zu Shalana, dann richtete er ihn wieder auf Terramon. »Aber damals hatte ich das Gefühl, es wäre das Beste für den Clan.«

»Empfindest du jetzt anders?«, hakte Terramon ein. »Bist du deshalb zurückgekehrt?«

»Ich bin nicht gekommen, um alte Wunden aufzureißen.« Norrs Stimme klang tief und ruhig. »Ich habe damals dem Clan den Rücken gekehrt, und das war falsch von mir. Und jetzt hoffe ich, dass die Steingeister mir und meinen Freunden nicht ebenfalls die kalte Schulter zeigen werden.«

»Freunde?« Terramon verzog das Gesicht. »Du hast diese Fremden deinem Clan vorgezogen! Warum sollten wir dir helfen, nachdem du uns so schmählich verlassen hast?«

»Was reden die da?« Scythe zischte, obwohl sie sich bemühte, nur zu flüstern. Sie konnte zwar dem Gespräch nicht folgen, aber sie spürte am Tonfall von Terramon, dass er Norr angriff.

»Ich bin nicht der Einzige, der sich zu rechtfertigen

hat«, sagte Norr und wechselte ins Allrish. »Meine Freunde haben das Recht zu erfahren, was hier gesprochen wird. Ich bitte darum, mir zu erlauben, für sie zu übersetzen.«

»Und jetzt willst du auch noch unserer Sprache den Rücken zukehren?«, schnarrte Terramon, der sich weiterhin der Clansprache bediente. »Ihr Schicksal ist an deins gebunden. Nichts, was sie sagen, ist von Bedeutung!«

»Friede, Vater.« Shalana streckte die Hand aus und legte sie ihrem Vater auf den Arm.

Verlegenes Schweigen senkte sich über den Raum. Norr brach es schließlich und wendete sich direkt an Shalana.

»Wir brauchen eure Hilfe«, sagte er, immer noch in Allrish, damit seine Gefährten ihn verstehen konnten. »Wir können uns an niemanden sonst wenden. Wir haben viele Feinde, und ich bitte euch um den Schutz und die Hilfe des Clans, für mich und meine Freunde.«

»Wir haben bereits auch so genug Feinde.« Terramon antwortete, bevor Shalana auch nur Luft holen konnte. Offenbar verstand er Allrish gut genug, um zu begreifen, was Norr sagte. Dennoch weigerte er sich, in einer anderen Sprache zu sprechen als seiner eigenen.

Er drehte sich zu seiner Tochter herum. »Ich habe dich gewarnt und dir gesagt, dass Norrs Rückkehr nichts Gutes mit sich bringen würde. Ich habe dich davor gewarnt, das Lösegeld der Eishauer zu bezahlen.«

»Aber ihr habt das Lösegeld gezahlt«, sagte Norr. »Und wir sind dankbar für unsere Freiheit.«

»Noch seid ihr nicht frei«, erwiderte Shalana kurz angebunden und stand auf. Wie Terramon sprach sie nur auf Verlsung.

Ihr Vater setzte sich mürrisch wieder hin und starrte auf den Boden vor seiner Tochter.

»Du bist als Gefangener hier«, erinnerte sie Norr. »Nicht als ein Angehöriger des Clans. Du hast dieses Recht verwirkt, als du dich von uns abgewendet hast.«

»Verbanne sie!«, stieß Terramon hervor. »Schick sie fort! Hier ist kein Platz für sie!«

»Denkt ihr das ebenfalls?« Shalana wandte sich an die anderen Thans. »Soll Norr ausgestoßen werden?«

Ihrer Frage antwortete verlegenes Schweigen.

Sie sind sich nicht darüber im Klaren, wie sie zu ihm stehen, dachte Vaaler. *Sie sind gekränkt und fühlen sich verraten, aber sie erinnern sich auch an den Mann, der er einst war, und wollen ihm nicht den Rücken zukehren.*

Shalana nickte langsam. »Ich werde dir und deinen Freunden Zuflucht gewähren«, sagte sie zu Norr, »wenn du meine Bedingungen erfüllst.«

»Nenn deine Bedingungen.« Norr zögerte, bevor er sprach.

»Du schwörst mir als Anführerin der Steingeister die Treue. Du versprichst mir, erneut ein Krieger und Beschützer des Clans zu werden. Und du wirst mein Ehemann, wie du es vor langer Zeit gelobt hast.«

Sie redete immer noch in der Sprache ihres Volkes, deshalb reagierte Scythe nicht sofort.

Zum Glück, dachte Vaaler. *Wahrscheinlich wäre sie über den Tisch gesprungen und hätte Shalana vor Eifersucht die Kehle zerfetzt, wenn sie verstanden hätte, was sie gesagt hat.*

Aber der frühere Prinz durchschaute das Angebot und wusste, dass es politischer, nicht romantischer Natur war.

Wenn sie Norr wieder in den Clan zurückführte, würde das die Massen beschwichtigen, und wenn er sie heiratete, würde das keinen Zweifel daran lassen, dass sie seine volle Unterstützung als neue Anführerin des Clans hatte. Mit diesem symbolischen Akt konnte sie die Kluft überbrücken, die sie vor fünf Jahren selbst verursacht hatte, als sie Norr herausforderte. Sie konnte ihre Position festigen und einen möglichen zukünftigen Rivalen ausschalten.

»Du weißt, dass ich das nicht tun kann«, antwortete Norr, wieder in Verlsung. Sein Blick zuckte kurz zu Scythe, dann sah er wieder Shalana an. »Den Grund habe ich dir in der ersten Nacht erklärt.«

»Wenn du dich weigerst«, Shalana zog die Augen zu Schlitzen zusammen, »werden deine Freunde und du ohne Proviant oder Waffen aus der Siedlung gewiesen. Wie lange wirst du überleben, jetzt, wo der Winter bevorsteht?«

»Würdest du uns wirklich aus Eifersucht und Bosheit zum Tode verurteilen?« Norrs Stimme war tief und hart. »Bist du wirklich so verbittert?«

»Maße dir nicht an zu glauben, du würdest mich kennen!«, konterte Shalana. »Seit du weggelaufen bist, hat sich viel verändert. Du kennst meine Bedingungen. Triff deine Entscheidung!«

»Du hast dir das selbst zuzuschreiben!« Terramon stand auf, stellte sich neben seine Tochter und rammte die Krücke auf den Boden, um seinen Worten Nachdruck zu verleihen. »Du kennst die Gebräuche unseres Volkes!«

»Das tue ich in der Tat«, stimmte der Hüne ihm zu. Dann drehte er den Kopf und wandte sich an die anderen Gefolgsleute im Raum. »Ich bin weggegangen, weil ich diesen Clan nicht spalten wollte. Ich dachte, Shalana würde euch auf den richtigen Weg führen. Jetzt begreife ich, dass ich die falsche Entscheidung getroffen habe.«

Überraschendes Murmeln war die Antwort. Scythe, Keegan und Jerrod reagierten ebenfalls, allerdings nur mit Verwirrung. Sie konnten dem Gespräch nicht folgen und wussten folglich nicht, mit welchen Worten Norr diese verblüffte Reaktion bei den Thans ausgelöst hatte.

»Ich bin zurückgekehrt, um meinen Fehler zu berichtigen«, fuhr Norr fort. Seine Stimme wurde kräftiger. »Ich bin zurückgekehrt, um zu beanspruchen, was rechtmäßig mir gehört. Ich bin zurückgekehrt, um Shalana das Recht, die Steingeister zu führen, streitig zu machen und sie herauszufordern!«

Shalana wich bei diesen Worten alles Blut aus dem Gesicht, und Terramon klappte der Kiefer herunter. Einige Thans keuchten vernehmlich, aber Vaaler bemerkte, dass andere kaum merklich nickten.

Norr hob seine gewaltigen Arme und breitete sie vor den Versammelten aus.

»Wer unter euch steht zu mir!« Seine Worte hallten laut durch die Große Halle. »Wer von euch wird meinen Anspruch unterstützen?«

Zuerst reagierte keiner der Gefolgsleute. Dann stand einer am anderen Ende des langen Tisches langsam auf, ein Mann, der etwa Norrs Alter hatte. Ein anderer, so alt wie Terramon, gesellte sich einen Augenblick später zu ihm. Einen Herzschlag später folgte noch einer und daraufhin zwei weitere.

Noch bevor andere ebenfalls aufstehen konnten, hämmerte Shalana ihre Fäuste auf den Tisch.

»Genug!«, schrie sie. »Ich akzeptiere deine Herausforderung. Wir werden diese Angelegenheit unseren alten Gebräuchen gemäß klären. In drei Tagen von jetzt an.«

»Wenn du verlierst«, Terramon deutete mit einem knotigen Finger auf Norr, »werden wir dir und deinen Freunden eure Waffen und Kleidung abnehmen und euch nackt in die Tundra jagen, wo ihr zitternd und hilflos verrecken werdet!«

»Das hast du nicht zu entscheiden!«, fuhr Shalana ihren Vater an.

Derartig gerüffelt ließ sich der alte Mann wieder auf seinen Stuhl fallen.

»Ich bin nicht so verbittert und bösartig, wie du zu glauben scheinst«, fuhr sie dann an Norr gewandt fort. Aber sie sprach ganz offensichtlich für ihre Gefolgsleute. »Ich habe dich nicht aus diesem Clan verbannt, sondern du bist aus freien Stücken weggegangen. Und genauso bist du auch wieder zurückgekehrt, und es steht mir nicht zu, dich jetzt zu verbannen. Wenn du dieses Duell verlierst, bleibt mein erstes Angebot bestehen. Schwöre mir Treue als Krieger und Ehemann, dann wird deinen Freunden nichts geschehen. Kannst du das akzeptieren?«

Die Versammelten murmelten untereinander, und Vaaler hatte den Eindruck, dass sie Shalanas gemäßigte Reaktion billigten.

Norr zögerte, bis er schließlich zu dem Schluss kam, dass er sich Shalanas Angebot nicht verweigern konnte.

»Wenn ich verliere, werde ich deine Bedingungen akzeptieren.«

Shalana nickte und rief nach den Kriegern vor der Tür.

»Bringt Norr und seine ausländischen Freunde zu ihren Zelten!«, befahl sie, als die Tür geöffnet wurde.

»In drei Tagen«, sagte sie zu Norr.

Als die Krieger sie wegführten, hörte Vaaler, wie Scythe mit Norr flüsterte.

»Ich habe keine Ahnung, was da drin gerade passiert ist«, zischte die junge Insulanerin. »Aber ich bin mir ziemlich sicher, dass ich dieses Miststück hasse!«

14

Yasmin öffnete ruckartig die Augen, als die ersten Strahlen der Sonne über das Fensterbrett krochen. Sie löste sich aus der Lotus-Position mit den übergeschlagenen Beinen, in der sie geschlafen hatte, setzte ihre nackten Füße auf den dicken Teppich und richtete sich zu ihrer beeindruckenden Größe auf.

Der Raum war leer, obwohl er vor knapp einer Woche noch prachtvoll möbliert gewesen war. Lord Carthin, Stadtfürst von Brindomere, der größten der Sieben Hauptstädte, hatte der neuen Pontiff großzügig sein luxuriösestes Gästequartier zur Verfügung gestellt, als sie mit ihrem Tross von Inquisitoren und Sehern in seine Stadt gekommen war. Yasmin hatte dieses Angebot akzeptiert, aber nur unter der Bedingung, dass das Bett mit den Daunenfedern und aller anderer luxuriöser Firlefanz aus ihren Gemächern entfernt wurden. Lord Carthin war ihrem Wunsch natürlich nachgekommen.

Sein prompter Gehorsam war mehr als nur politische Taktik. Brindomere war schon immer ein Stützpunkt des Ordens in den Südlanden gewesen. Die dort herrschende Familie war standfest im Glauben und nahm ihn sehr ernst. Dafür hatten die Wahren Götter wohlwollend auf die Stadt hinabgeblickt, ihr seit Jahrhunderten dauerhaften Wohlstand und Macht gewährt. Nach dem Fall des

Monasteriums war es nur logisch gewesen, dass die Pontiff in Brindomere ihr neues Hauptquartier aufschlug.

Aber Yasmin begriff, dass selbst hier Gefahren lauerten. In diesen düsteren Zeiten konnte sie sich die Sünde von Selbstgefälligkeit und Bequemlichkeit nicht leisten. Aus diesem Grund hatte sie verlangt, das Bett zu entfernen, und deshalb schlief sie immer noch auf dem Boden des Gästequartiers.

Sie öffnete die Tür, verließ den Raum und ging die Treppe hinab ins Erdgeschoss. Als sie zur Küche kam, nahm sie sich eine Scheibe altes Brot vom Vortag. Grimmig biss sie hinein und ging weiter, wobei sie die Mischung aus Verehrung und Furcht auf den Gesichtern der Bediensteten ignorierte. Sie nahm sie nicht einmal zur Kenntnis.

Die Seher warteten bereits draußen im Hof auf sie. Sie hatten ebenfalls private Gemächer bezogen, allerdings befanden sich diese in den Quartieren der Dienstboten in den Gebäuden auf der Rückseite von Lord Carthins Anwesen. Wie ihre Anführerin ruhten auch sie nur ein paar Stunden jede Nacht, gerade lange genug, um ihre nächtlichen Visionen empfangen zu können.

In letzter Zeit hatten alle Seher denselben Traum gehabt: eine Welle aus Blut, die über die Südlande hinwegspülte und alles verschlang, was auf ihrem Weg lag. Drei Tage lang hatten Yasmin und die Seher diesen Traum zu deuten versucht, hatten sich bemüht, ihn zu verstehen und sich von ihm leiten zu lassen.

Nazir war ein Meister in der Kunst gewesen, die Visionen der Seher zu interpretieren, aber Yasmin mangelte es an dem Talent ihres Vorgängers. Ihre Stärke waren ihre unerschütterliche Entschlossenheit und ihr Wille zu handeln, Eigenschaften, die jetzt notwendiger waren als je zuvor. Und doch hatte sie sich seit diesem Blut-Traum gesträubt, tätig zu werden, war wie gelähmt von der Furcht, den Orden und die gesamten Südlande auf den falschen Weg zu führen.

Hätte Cassandra die Krone nicht gestohlen, hätte ich ihre Macht benutzen können, um diese Visionen zu deuten.

Ein nutzloser Gedanke. Yasmin hatte Patrouillen durch die ganzen Südlande geschickt, durch den Eisigen Osten und selbst in den Nordforst der Danaan, um nach Cassandra zu suchen. Bis jetzt jedoch war es ihnen nicht gelungen, die Krone wiederzubeschaffen. Die Pontiff war davon überzeugt, dass sie sie irgendwann aufspüren würden, und bis dahin war es vollkommen zwecklos, das Verschwinden des Artefakts zu beklagen.

Die Patrouillen suchten auch nach den Häretikern, nach Jerrod und dem Schüler von Rexol. In der FreiStadt Torian hätten sie sie fast erwischt, aber dann hatten sie die beiden wieder verloren, als sie einen vernichtenden Feuerregen auf die hilflose Stadt herabbeschworen. Eine andere Gruppe von Inquisitoren hätte sie fast in den Einöden des Eisigen Ostens gefangen genommen. Leider waren sie den barbarischen Wilden zum Opfer gefallen, die diese gottverlassenen Ländereien durchstreiften. Trotz dieser Rückschläge jedoch zweifelte Yasmin keinen Augenblick daran, dass Jerrod eines Tages für seine Verbrechen bezahlen würde.

Unglücklicherweise half ihr diese unerschütterliche

Gewissheit, dass man sowohl Cassandra als auch Jerrod irgendwann finden würde, nicht dabei, aus den jüngsten Träumen der Seher klug zu werden.

Als Xadier, neu ernannter Erster Seher, Yasmins Auftauchen registrierte, eilte er zu ihr, um sie zu begrüßen. Der junge Mann war eifrig und aufgeregt. Das war unschicklich. Es mangelte ihm an der Würde und der Erhabenheit, die jemand in einer solch wichtigen und respektierten Position an den Tag legen sollte.

Zu viele unserer besten Leute sind gestorben, als das Monasterium fiel. Und jene, die übrig geblieben sind, sind schwach und unerfahren. Sie haben nur Visionen, wenn sie zusammenarbeiten. Das schränkt sie ein, und deshalb sehen sie immer und immer wieder dasselbe.

»Es gibt gute Neuigkeiten, Pontiff!«, platzte Xadier heraus, ohne darauf zu warten, dass Yasmin ihn ordnungsgemäß ansprach. »Der Traum hat sich verändert!«

»Sprich!«, befahl sie. Sie wollte sich von seiner Aufregung nicht anstecken lassen.

»Die Welle aus Blut fegt immer noch über die Südlande hinweg, aber jetzt verändert sie sich auf ihrem Weg und wird zu einer Armee aus marschierenden Soldaten.«

Als er geendet hatte, wartete Yasmin schweigend, in der Hoffnung, dass er noch mehr zu sagen hätte. Das hatte er natürlich nicht.

Die Vision ist immer noch unklar. Ist es eine Warnung, die uns auffordert innezuhalten, oder eine Prophezeiung, die uns zeigt, was wir tun müssen?

»Stimmt etwas nicht, Pontiff?« Xadiers Überschwang wurde von ihrer kühlen Reaktion gedämpft.

Wäre er ein Inquisitor gewesen, hätte Yasmin den jungen Mann ihre ganze Wut spüren lassen. Von den Inquisitoren verlangte sie Ergebnisse, und wenn sie scheiterten, machte sie sie dafür verantwortlich. Mit den Sehern jedoch verhielt es sich anders. Ihre Visionen entsprangen dem Chaos und waren entsprechend unberechenbar und unzuverlässig. Wenn sie Xadier für Dinge zurechtwies, die er nicht verantwortete, war das weder gerecht noch half es weiter.

»Ich denke über die Konsequenzen dieser neuen Vision nach«, erklärte sie.

»Selbstverständlich, Pontiff.« Xadier senkte den Kopf.

Blut und Armeen. Ein Krieg zieht auf. Gegen die Danaan? Gegen unser eigenes Volk? Welche Einsicht hätte Nazir aus dieser Vision gewonnen?

Trotz ihres Glaubens hielt Yasmin nicht viel von göttlicher Inspiration. Stattdessen setzte sie auf Vorbereitung und Planung. Erfolg kam ihrer Erfahrung nach von kalter, harter Entschlossenheit. Als plötzlich ein Funke von Verständnis in ihr aufflammte, war sie von der Wucht der Erkenntnis einen Augenblick lang wie betäubt.

Die Säuberung. Das Blut von Hexern, Hexen und Häretikern. Die Armeen der Gerechten.

»Ich verstehe die Visionen«, erklärte sie. »Es wird Zeit für eine weitere Säuberung.«

Xadier hütete sich, ihr offen zu widersprechen, aber sie bemerkte den Anflug von Zweifel im Blick des jungen Mannes. Nazir hatte öffentlich vor einer neuen Säuberung gewarnt, weil er glaubte, sie könnte den Orden zerstören. Er hatte befürchtet, dass die FreiStädte sich gegen sie zusammenschließen und dass öffentliche Hinrichtungen sowie harte Gesetze gegen Magie die Menschen der Südlande zu einer Rebellion aufstacheln würden. Vielleicht hatte er recht gehabt, damals. Jetzt jedoch herrschten andere Zeiten.

»Wir haben viel zu lange tatenlos zugesehen, wie all jene mit Chaos in ihrem Blut ihre widerlichen Lehren verbreitet haben«, begann Yasmin. »Wir haben zugelassen, dass sie in aller Öffentlichkeit ihre tödlichen Künste praktizierten, ohne Furcht vor Bestrafung und Vergeltung haben zu müssen. Sie haben damit Tod und Vernichtung über unser Land gebracht.

Das Chaos wurde auf die Welt der Sterblichen losgelassen«, fuhr sie fort. »Die Gerüchte haben sich in den ganzen Südlanden verbreitet: Das Monasterium ist zerstört, und die ChaosBrut durchstreift den Nordforst der Danaan. Das Böse wandelt auf unserer Erde.

Die Zerstörungen in Torian haben die Furcht vor den abtrünnigen Hexern neu angefacht, vor allem unter der Bevölkerung der FreiStädte«, erklärte sie. »Die Menschen dort sind verängstigt, hilflos und ohnmächtig. Sie brauchen jemanden, der sie führt, jemanden, der das Chaos bändigen kann.

Diesmal werden die FreiStädte sich uns nicht widersetzen, sondern sie werden zu uns überlaufen, zusammen mit den gesamten Südlanden. Sie sind nur zu begierig, jemandem zu folgen, der ihnen den Weg weist, und es ist unsere heilige Pflicht, sie auf den rechten Pfad zu führen!«

»Gewiss, Pontiff!« Auf Xadiers Miene zeigte sich jetzt

Begeisterung, ihr glühender Eifer hatte ihn angesteckt. »Jetzt sehe auch ich es! Jetzt verstehe ich es!«

»Wir werden die Aufgabe zu Ende führen, die wir vor vierzig Jahren begonnen haben!«, schwor Yasmin. »Wir werden im Namen der Wahren Götter diese Welt vom Chaos in allen Formen befreien!«

Cassandras Geist schwebte in einem meditativen Nebel, irgendwo zwischen Wachen und Schlafen. Dieser fast unbewusste Zustand erlaubte es ihrem Geist zu ruhen, wohingegen ihr Körper seinen langsamen, aber stetigen Weg fortsetzte, instinktiv einen Fuß vor den anderen setzte, während sie durch den knöcheltiefen Schnee stapfte.

Meditation war zwar ein schwacher Ersatz für richtigen Schlaf, aber sie durfte sich nicht den Luxus gönnen, einfach zu rasten. Diejenigen, die sie jagten, die kriechenden Zwillinge, schliefen nicht. Sie konnte sie spüren, fühlte, wie sie unermüdlich und gnadenlos ihrer Fährte über die gefrorenen Ebenen folgten. Sie waren zwar immer noch mindestens zwei Tage hinter ihr, aber sie holten auf.

Ihre Reise wurde von dem stetigen Strom umherstreifender Einwohner des Eisigen Ostens erschwert, die ständig ihren Weg kreuzten. Ihre Zahl war deutlich angestiegen, seit sie auf ihrem Weg zur Höhle des Wächters zum ersten Mal über die Tundra gewandert war. Statt einiger weniger Jagdgruppen oder Patrouillen, die aus drei oder vier Personen bestanden, sah sie jetzt Gruppen von zwanzig oder mehr Ostländern, die alle in nordöstliche Richtung marschierten. Es kam ihr fast so vor, als wäre es eine Art Massenmigration oder als hätte man eine Zusammenkunft anberaumt, obwohl Cassandra keine Ahnung hatte, was dahinterstecken konnte.

Jedes Mal, wenn eine dieser barbarischen Banden näher kam, musste sie ihre Gegenwart verbergen. Manchmal änderte sie die Richtung, um nicht auf sie zu stoßen, dann wiederum ging sie vorübergehend langsamer oder auch schneller. Jedenfalls musste sie sich immer wieder der Macht des Artefakts bedienen, das sie in dem Sack über ihrer Schulter trug, und damit die Barbaren blenden, damit sie sie nicht bemerkten.

Sie hatte bereits vor langer Zeit aufgehört sich zu fragen, woher sie wusste, wie sie das anstellen musste. Es war fast zu einer zweiten Natur für sie geworden. Das Prinzip war das gleiche wie dasjenige, das sie einst benutzt hatte, um falsche Spuren zu legen, mit denen sie die geflügelte Jägerin auf ihrer ersten Flucht mit der Krone verwirrt und in die Irre geführt hatte. Sie machte das nicht bewusst, sondern es schien instinktiv zu passieren, so als würde irgendetwas tief in ihr, oder im Artefakt selbst, die Gefahr spüren und sie veranlassen, Schritte zu unternehmen, um sie zu schützen.

Bedauerlicherweise ließen sich die kriechenden Zwillinge davon nicht beirren. Selbst über die Entfernung hinweg spürte sie, wie ihr Geist nach ihrem tastete. Die beiden besaßen eine schlichte, fast schon animalische Intelligenz. Ihre Gedanken waren primitiv und direkt, aber fast bis zur Besessenheit fokussiert. Sie hatten ihre Witterung aufgenommen, und nichts, was sie tat, konnte sie davon abbringen. Es blieb ihr nur übrig, weiterzugehen und zu hoffen, dass es ihnen nicht gelang, sie einzuholen.

Das ist nicht alles, was dir übrig bleibt, sagte die mittlerweile vertraute Stimme in ihrem Kopf, die nicht ihre eigene war. *Du bedienst dich bereits der Macht der Krone, indem du dich nur in ihrer Nähe aufhältst. Stell dir vor, was du vermagst, wenn du es wagst, sie aufzusetzen!*

Cassandra ignorierte die Stimme wie immer. Aber deren Hartnäckigkeit riss sie aus ihrem meditativen Zustand. Sie schüttelte den Kopf, als ihr Bewusstsein wieder einsetzte, und orientierte sich kurz.

Nichts hatte sich geändert. Die Temperatur sank weiter, und ihr Magen war leer, aber sie war immer noch stark genug, um allein mithilfe ihrer Willenskraft die schlimmsten Auswirkungen der Kälte und des Hungers abzuwehren. Wenn ihre Kräfte irgendwann nachließen, würde das hoffentlich in angenehmerer Umgebung geschehen.

Und ihre Mission war nach wie vor dieselbe: Sie wollte nach Callastan und dort ein Schiff suchen, das sie zu den Wester-Inseln brachte. Vor ihr lagen endlose Wegstunden in kahler, gefrorener Tundra, die von den Nomadenstämmen der Wilden bewohnt wurde, und dann folgte das riesige Gebiet der Südlande, durch das Yasmins Inquisitoren schwärmten. Und hinter ihr kamen die kriechenden Zwillinge unaufhaltsam näher.

Wenn sie über all die Hindernisse auf ihrem Weg nachdachte, würde das nur ihre Entschlossenheit aufweichen. Also unterdrückte Cassandra jeden Gedanken daran und konzentrierte sich stattdessen auf ihre klösterliche Ausbildung. Sie ließ sich wieder in den halb bewussten, meditativen Zustand zurückfallen, und ihre Gedanken entglitten ihr, bis in ihrem Geist nur noch das regelmäßige Knirschen ihrer Schritte im Schnee existierte.

Die Krone war ein Gefängnis ohne Mauern, aber trotz alledem war sie ein Gefängnis. Aus dem Rexol unbedingt hatte entkommen wollen.

Der große Hexer war nicht stark genug gewesen, um das Chaos zu beherrschen, das er freigesetzt hatte, als er die Krone aufzusetzen wagte. Dessen Macht hatte seine physische Gestalt vernichtet, ihn verbrannt und seine Knochen in einen Haufen Asche verwandelt. Aber obwohl sein Körper verschwunden war, hatten Rexols Geist und seine Essenz überlebt.

Durch reine Willenskraft hatte er verhindert, dass er sich in dem unendlichen Wissen auflöste, das innerhalb der Krone existierte. Diese Anstrengung hatte sein körperloses Bewusstsein ziellos durch die unbegrenzt scheinende Macht des Artefakts schweben lassen, schwach und so gut wie hilflos. Aber mit der Zeit war seine Kraft allmählich zurückgekehrt, und er hatte begriffen, dass seine Verbindung zu Cassandra, die er durch das unsichtbare Mal geschmiedet hatte, das er ihr als seinem Mündel in den Arm gebrannt hatte, immer noch existierte.

Selbst gefangen in der Krone, war er in der Lage, durch die junge Frau Einfluss auf die Welt der Sterblichen zu nehmen. Er benutzte sie als einen Kanal, hatte die Macht der Krone gebündelt, um die falschen Fährten zu legen, die es Cassandra gestattet hatten, die Sicherheit der Höhle des Wächters auf ihrer Flucht vom Monasterium zu erreichen. Und auf ihrem derzeitigen Weg war er es, der die Wahrnehmung der umherstreifenden Barbarenstämme beeinflusste und veränderte, um Cassandra verborgen zu halten.

Er war auch derjenige, der sie unaufhörlich bedrängte, die Krone zu benutzen.

Cassandra spürte seine Präsenz. Er wusste, dass sie seine Worte in ihrem Kopf hören konnte. Sie hatte sogar Rexols Einfluss darin wahrgenommen. Aber er bezweifelte, dass sie verstand, was tatsächlich passierte. Sie glaubte, seine Worte wären eine Mischung aus Erinnerungen und Fantasiegebilden. Ideen, die in irgendeinem tief verborgenen, dunklen Winkel ihres Verstandes heraufbeschworen wurden. Sie hatte keine Ahnung, dass er immer noch lebte und eifrig darauf bedacht war, ihr Missverständnis aufrechtzuerhalten. Doch obwohl er versucht hatte, es so aussehen zu lassen, als würden seine Vorschläge ihren eigenen Gedanken entspringen, hatte sie sie bisher stets augenblicklich zurückgewiesen.

Dennoch war Rexol nicht entmutigt. Er spürte, dass sich ihr Widerstand allmählich auflöste. Sie wurde schwächer, während er stärker wurde; irgendwann würde sie aufhören, seine Vorschläge zu ignorieren, würde nachgeben und die Krone benutzen.

Wenn sie das tat, war er bereit. Und seine Gefangenschaft würde enden.

15

Shalana saß still in der Dunkelheit und lauschte dem Klatschen der Zeltwände, wenn der Wind daran rüttelte.

Wie es sich für einen Clanhäuptling gebührte, war ihr Zelt das größte in der Siedlung. Es maß fünf Schritte im Geviert und war hoch genug, dass sie stehen konnte, auch wenn sie jetzt mit gekreuzten Beinen auf einer kleinen Felldecke in der Mitte des Zeltes hockte.

Nach fünf langen Jahren als Anführerin des Clans kam ihr dieses Zelt immer noch sonderbar vor. Sie hatte als junges Mädchen mit ihrer Mutter hier gelebt, aber an diese Zeit konnte sie sich kaum noch erinnern. Nachdem die Krankheit ihre Mutter hinweggerafft hatte, hatte Norrs Vater sie aufgenommen. Da sie nur zu dritt waren, hatten sie nicht viel Platz gebraucht; den größten Teil ihrer Jugend hatte sie in einer Gruppe von kleinen Zelten nahe der Mitte des Lagers verbracht.

Selbst wenn Terramon da gewesen war, hatte sie nicht bei ihm gelebt. Ihr Vater hatte sich nicht neu verheiratet und war nur selten länger als einen Monat im Hauptlager. Er war immer darauf bedacht, den nächsten Feldzug zu beginnen, begierig, den nächsten Überfall zu planen und die Clans in ihrer Umgebung zu unterwerfen, damit sie den Steingeistern Tribut zahlten. Er verschwendete nur wenig Zeit oder Gedanken an die Bedürfnisse seiner jungen Tochter. Als sie heranwuchs, war es für alle Beteiligten einfacher, wenn sie bei ihrer Adoptivfamilie blieb.

Als sie das entsprechende Alter erreichte, schloss sie sich den Kriegertrupps der Steingeister an, nahm an ihren Kämpfen und Überfällen teil, ebenso wie Norr. Aber auch das brachte sie Terramon nicht näher. Norrs Vater hatte sie gelehrt, dass Ruhm in einem Kampf nur Mittel zum Zweck war, ein Weg, die Dinge zu beschützen und zu sichern, die wirklich von Bedeutung waren: den Clan und die Familie. Sie genoss ihre Zeit im Lager; das war der Grund, warum sie kämpfte.

Terramon sah das ganz anders. Für ihn waren Eroberungen das Ziel an und für sich. Wenn er seine Krieger nicht in einen Kampf führte, wurde er rastlos und mürrisch. Er lief finster umher und warf allen im Lager böse Blicke zu. An den Geschichten und Liedern, die bei den Trinkgelagen in der Langen Halle dargeboten wurden, fand er nur wenig Vergnügen. Er hatte die Steingeister zu einem der größten und mächtigsten Clans im ganzen Osten gemacht, sich den Respekt und die Bewunderung seiner Gefolgsleute und seines Clans verdient. Aber geliebt hatten sie ihn nie.

Shalana hatte sich geschworen, dass ihre Herrschaft anders sein sollte als die ihres Vaters. Sie würde nicht die gleichen Fehler machen. Sie würde ihre Thans nicht zu einer endlosen Reihe von Kämpfen gegen die Nachbarclans zwingen, wie ihr Vater das getan hatte. Sie wollte eine Anführerin werden, die den Steingeistern Frieden und Wohlstand brachte. Aber jetzt saß sie alleine in dem großen Zelt und wusste, dass viele ihrer Clanleute Norr zujubeln würden, wenn sie ihm in drei Tagen zum Duell gegenübertrat.

Warum musstest du ausgerechnet jetzt zurückkommen, du großer Dummkopf? Und dann auch noch deine ausländischen Freunde und deine Insulaner-Hure mit anschleppen? Warum hast du nach all der Zeit die alten Wunden wieder aufgerissen?

Im ersten Jahr nach seinem Verschwinden hatte sie wie alle anderen im Clan erwartet, dass er bald wieder zurückkehren würde. Sie hatte ihn zwar wegen der Führerschaft herausgefordert, aber sie war ihm nicht böse. Clanoberhaupt zu werden war ihre Bestimmung, ihr Geburtsrecht. Sie war nicht bereit, das an irgendjemanden abzutreten, auch nicht an Norr. Sie hatte gedacht, ihr Verlobter würde das verstehen. Sie hatte geglaubt, er würde ihr die Ehre erweisen, ihre Herausforderung anzunehmen.

Vielleicht kannten wir uns nicht so gut, wie ich gedacht hatte.

Als die Monate verstrichen und er nicht zurückkam, begriff Shalana allmählich die Wahrheit: Norr hatte ihr und den Steingeistern den Rücken gekehrt. Sie akzeptierte diese Tatsache und machte weiter. Aber die Zukunft, die sie sich für ihr Volk ausgemalt hatte, sollte nie kommen.

Als Terramon zurücktrat, weigerten sich die Schwarzschwingen, ein erst kürzlich unterworfener Clan, ihnen den versprochenen Tribut zu zahlen. Der Rote Bär war verschwunden, und der neue Häuptling war eine Frau, deren eigener Vater sie nicht für würdig befunden hatte, sie zu seiner Nachfolgerin zu ernennen. Man hielt sie für schwach und mit einem Makel behaftet, was die Schwarzschwingen kühn machte.

Shalana hatte keine andere Wahl, als ihre Gefolgsleute zu sammeln und den rebellischen Clan zur Räson zu bringen. Das gelang ihr mit Leichtigkeit, und sie bewies ihre Fähigkeiten als Kriegerin und als Anführerin auf dem Schlachtfeld. Als es jedoch darum ging, den Clan für seine Verfehlungen zu bestrafen, zauderte sie.

Ihr Vater hätte ihren Tribut verdoppelt. Er hätte ihre Krieger und Jäger gefangen genommen und den größten Teil ihrer Waffen und Nahrungsvorräte konfisziert. Shalana wusste, dass eine solche Strafe für die Schwarzschwingen Hunger und Leid bedeutete, sobald der Winter kam. Sie war nicht hartherzig genug, so viele Männer, Frauen und sogar Kinder diesem grimmigen, langsamen Tod zu überantworten.

Terramon hatte mich gewarnt, nicht zu nachsichtig zu sein, dachte sie. *Er warnte mich davor, dass die anderen Clans uns scharf beobachten würden.*

Was Shalana als Gnade ansah, betrachteten andere als einen Mangel an Entschlossenheit. Dadurch, dass sie den Schwarzschwingen keine grausamen Konsequenzen für ihr Fehlverhalten auferlegte, ermutigte sie unausweichlich andere Clans, sich gegen die Steingeister aufzulehnen. Weitere Clans weigerten sich, ihren Tribut zu entrichten. Einige schlossen sich sogar zusammen, bildeten Allianzen in der Hoffnung, auf diese Weise der beherrschende Clan in der Region zu werden.

Shalana besiegte sie alle, einen nach dem anderen. Wie ihr Vater führte sie ihre Thans in einen scheinbar endlosen Kreislauf von Krieg und Blutvergießen gegen andere Clans. Statt jedoch Macht, Einfluss und Ruhm für die Steingeister zu gewinnen, erwiesen sich ihre Feldzüge als ein verzweifelter Kampf, die ausfransenden Ecken von Terramons Imperium zusammenzuhalten.

Bei den Kriegsräten in der Langen Halle versicherten die Gefolgsleute Shalana ihrer Loyalität. Und doch wusste sie, dass sie heimlich flüsterten und tuschelten, die Lage wäre eine andere, wenn Norr Anführer geworden wäre.

Vielleicht hatten sie sogar recht, räumte Shalana ein. *Aber ich hatte keine Wahl. Ich habe getan, was getan werden musste.*

Sie versuchte die Gerüchte zu ignorieren. Und in jeder Schlacht kämpfte sie darum, ihre eigene Legende zu schaffen, eine, die neben den Geschichten bestehen konnte, die man immer noch im Flüsterton vom Roten Bären erzählte. Durch ihre Kühnheit glaubte sie sich den Respekt und die Bewunderung ihrer Thans und die Loyalität und den Gehorsam ihres Clans verdienen zu können. Jetzt jedoch begriff sie, dass nichts, was sie tat, jemals genügen würde. Norr besaß etwas, das ihr selbst nie zuteilwerden würde: die Liebe seiner Leute.

Sie wusste, dass der Rote Bär sich viel zu oft in Schlachten bewiesen hatte, als dass man ihn jemals zum Feigling hätte abstempeln können. Und doch hätte seine plötzliche Flucht angesichts ihrer Herausforderung zumindest einen Schatten auf seinen Ruf werfen sollen. Stattdessen war genau das Gegenteil eingetreten.

Viele glaubten, dass sein Verschwinden etwas sehr Nobles gewesen war, indem er Shalana die Scham der

Niederlage erspart hatte. Oder sie dachten, er hätte sich selbst geopfert, um zu verhindern, dass die Loyalität des Clans zerrissen würde. Seine Taten, seine Kühnheit in der Schlacht, seine unglaubliche Stärke und sein großer Mut wurden zu Legenden, je öfter sie erzählt wurden. Der Mythos vom Roten Bären wurde noch größer als der Mann selbst. Und seine Abwesenheit sorgte nur dafür, dass der Clan ihn noch mehr liebte.

Sie war geblieben, um dem Clan zu dienen und ihn zu führen, und dafür lehnten die Leute sie ab. Es war nicht nachvollziehbar, unlogisch und ungerecht. Sie wusste, dass einige sogar meinten, Shalana wäre dafür verantwortlich, dass der größte Streiter der Steingeister vertrieben wurde.

Und in gewisser Weise stimmt das auch. Aber ich bin auch diejenige, die ihn zurückgebracht hat. Allerdings bezweifelte sie irgendwie, dass man ihr dafür jemals Anerkennung zollen würde.

Sie hörte ein vertrautes Klatschen vor dem Zelt. Terramon, der mit seiner Krücke gegen die Türklappe schlug, die fest zugebunden war, um die Kälte des Winters draußen zu halten. Ihr Vater besuchte sie nicht oft, und wenn, dann nur, um sie zu kritisieren. Aber wenigstens kam er zu ihr. Von ihren Gefolgsleuten oder den anderen im Clan konnte man das nicht sagen. Abgesehen von den Palavern in der Langen Halle suchten sie selten ihren Rat oder ihre Gesellschaft.

Sie knirschte mit den Zähnen, erhob sich von den warmen Fellen und öffnete die Zeltplane, um ihren Vater hereinzulassen.

»Warum sitzt du immer im Dunkeln?«, meinte er mürrisch, als er das Zelt betrat, wobei er sich schwer auf seine Krücke stützte.

Shalana antwortete nicht, sondern ließ die Zeltplane einen Spalt offen, sodass das Licht von dem Torffeuer ins Zelt fiel.

»Du bist die Anführerin«, erinnerte Terramon sie. »Du solltest eine Lampe und Öl haben, um dein Zelt zu beleuchten.«

»Warum sollte ich Öl verschwenden?«, entgegnete sie. »Ich finde mich auch im Dunkeln zurecht.«

Terramon setzte sich vorsichtig hin. Er war kaum mehr als fünfzig Jahre alt, aber die Verletzungen von tausend Schlachten und drei Jahrzehnten voller Feldzüge mitten im Winter hatten einen hohen Tribut von seinen Gelenken und Knochen gefordert.

»Ich habe dir gesagt, du solltest das Lösegeld für Norr nicht bezahlen«, meinte er, nachdem er es sich bequem gemacht hatte.

»Die Eishauer hätten ihn getötet.« Ihre Stimme klang tonlos und müde.

»Und? Er hat uns im Stich gelassen. Er hat dich im Stich gelassen. Warum solltest du für sein Schicksal verantwortlich sein?«

»Ich bin nicht so verbittert, dass ich einen guten Mann aus reiner Boshaftigkeit sterben lassen würde.«

»Es gibt erheblich wichtigere Dinge, auf die du dich konzentrieren solltest«, erklärte Terramon. »Hadawas hat eine Zusammenkunft anberaumt. Wir sollten mit diesem Unsinn hier keine Zeit verschwenden!«

»Die Zusammenkunft findet erst in zwei Wochen

statt«, wies sie ihren Vater zurecht. »Wir werden dort sein. Wir haben Zeit.«

»Der Clan kommt immer zuerst«, belehrte ihr Vater sie, als hätte er ihre Worte nicht gehört. »Wir müssen uns um unsere Leute kümmern.«

»Norr ist einer von uns«, erinnerte Shalana ihn und fuhr nach einem Atemzug fort: »Der Clan liebt ihn immer noch.«

»Du auch?«

Shalana ignorierte die Frage.

»Hast du deshalb das Lösegeld bezahlt?« Terramon ließ nicht locker. »Hast du deshalb versucht ihn zu zwingen, dich zu heiraten? Weil dein Kopf immer noch von dem dummen Herzen eines jungen Mädchens beherrscht wird?«

»Er hat ein Versprechen gegeben.« Sie flüsterte, so leise, dass ihr Vater sie mit seinen alten Ohren nicht verstehen konnte. »Er sollte es halten.«

»Sprich lauter!«, beschwerte sich Terramon.

»Ich weiß, dass viele vom Clan lieber Norr als Häuptling sehen würden«, antwortete sie lauter. Sie versuchte ihre Handlung mit Logik zu verteidigen. »Ich dachte, wenn wir verheiratet wären, würden sie uns als eine vereinte Front akzeptieren.«

»Und du glaubst tatsächlich, dass Norr sich einfach deinen Forderungen beugen wird?« Terramon schnaubte verächtlich. »Er ist nicht zurückgekommen, um zu dienen; er kam zurück, um zu herrschen!«

Das glaube ich nicht, dachte Shalana. *Er ist nicht wie du.*

»Du hättest mir sagen sollen, dass du ihn vor die Thans

bringst«, tadelte ihr Vater sie. »Dann hätte ich dir gesagt, dass genau das passieren würde. Wir hätten uns vorbereiten und Pläne schmieden können, statt einfach in seine Falle zu tappen!«

»Was für eine Tragödie, dass es mir an deiner großen Weisheit mangelt«, erwiderte Shalana spöttisch.

»Es steht dir nicht an, mich zu verhöhnen!«, gab er zurück. »Nicht, nachdem du es geschafft hast, dich zu einem Kampf um die Position des Clanführers herausfordern zu lassen.«

»Was für eine Wahl hatte ich denn? Hätte ich ihn gefesselt und geknebelt wie einen Gefangenen hereinschleppen und vor Gericht stellen sollen, weil er uns verlassen hat?«

»Ganz genau!«, stieß Terramon hervor. »Stattdessen hast du zugelassen, dass der Clan und die Thans ihn als ihren lange verschollenen Helden sehen, der im Triumph zurückkehrt! Du hättest ihn auf Knien hereinschleppen sollen, wie der Köter, der er ist!«

»Ihn zu demütigen hätte mir keine Freunde gebracht.«

»Du kümmerst dich zu viel um das, was andere von dir halten«, belehrte ihr Vater sie. »Ein Clanhäuptling braucht keine Freunde. Deine Gefolgsleute sind dir Rechenschaft schuldig, nicht umgekehrt. Du machst dir zu viele Gedanken darum, wie du ihnen gefallen kannst.«

Shalana lachte. Es war ein harsches, bitteres Lachen.

»Und das von dem Mann, der statt seiner eigenen Tochter Norr zu seinem Nachfolger ernannt hat!«

»Glaubst du etwa, ich hätte ihn deshalb ausgesucht?« Terramon war offenkundig überrascht. »Um meine Gefolgsleute zu besänftigen?« Der alte Mann lachte.

»Warum sonst?«

»Ich wusste, dass meine Tage als Anführer gezählt waren, aber du warst noch nicht bereit, meinen Platz einzunehmen. Das Leben bei Norrs Familie hatte dich weich gemacht«, fuhr er fort. »Du hattest die körperlichen Fähigkeiten, eine große Kriegerin zu werden, aber dir mangelte es am Willen zu führen. Genauso wie Norr.

Wir sind in den Wintern des Eisigen Ostens geboren«, deklamierte er. »Wir sind die Steingeister. Wir müssen hart und kalt sein, wenn wir überleben wollen.

Deine Gefühle für Norr haben dich schwach gemacht. Und dumm. Aber ich wusste, dass du meine Tochter bist, ich wusste, dass mein Blut in deinen Adern fließt.

Ich wusste, dass du Norr herausfordern würdest. Mir war klar, dass du für das kämpfen würdest, was dir rechtmäßig zusteht. Und ebenso war ich mir gewiss, dass dich das stark machen würde.«

»Du hast ernsthaft geglaubt, dass ich ihn hätte schlagen können?« Shalana war verblüfft. Trotz Norrs Größe und Stärke war sie immer der Meinung gewesen, dass sie die bessere Kriegerin war. Und doch hatte sie immer das Gefühl gehabt, dass der Rest des Clans, einschließlich Termons, sie unterschätzte.

Ihr Vater zuckte mit den Schultern. »Vielleicht. Vielleicht auch nicht. Am Ende hätte es keine Rolle gespielt, wer von euch beiden der Sieger wurde. Indem ich euch gegeneinanderhetzte, habe ich euch gezwungen, die Wahrheit zu sehen. Eure Gefühle waren schwach und kindisch. Stärke ist das Einzige, was hier zählt. Ganz gleich, wer als Sieger aus dem Duell hervorgegangen wäre, der Clan hätte jedenfalls einen Anführer gehabt, der stark war.«

»Aber Norr hat sich geweigert, dein Spiel mitzuspielen«, murmelte Shalana müde. »Stattdessen ist er weggegangen.«

Das Geständnis ihres Vaters erschütterte sie nicht. Ebenso wenig überraschte sie seine Gleichgültigkeit für ihre Empfindungen oder dass er sie so gefühllos manipuliert hatte. Sie war nicht einmal wütend auf ihn. Es war zu viel Zeit vergangen, als dass sie sich über sein Handeln hätte aufregen können. Es hatte sich zu viel verändert.

Ich bin zu sehr wie er geworden.

»Mein Plan hat trotzdem funktioniert«, behauptete Terramon selbstgefällig. »Als Norr weggegangen ist, hast du dein Herz verhärtet und wurdest die Anführerin, die wir brauchen. Du hast die Arbeit fortgesetzt, die ich begonnen habe. Du hast die anderen Clans unterworfen und den Ruhm der Steingeister vermehrt.

Jetzt, da Norr wieder zurück ist«, fuhr er nach einer kurzen Pause fort, »kann ich nur hoffen, dass du auch stark genug bist, ihn zu besiegen.«

Shalana schnaubte verächtlich. »Hast du sein Bein nicht gesehen? Er kann kaum stehen.«

»Unterschätze ihn nicht.« Terramon stützte sich auf seine Krücke, als er sich aufrappelte. Shalana verzichtete darauf, ihm hochzuhelfen.

»Norr mag verletzlich erscheinen«, fuhr ihr Vater fort. »Aber er hat sich mit diesen Fremden zusammengetan. Das sind tückische Menschen, die keine Ehre haben. Hüte dich vor ihrer Hinterlist!«

Shalana dachte unwillkürlich über die Ironie seiner Worte nach, als er das Zelt verließ.

Scythe streckte ihre zitternde Hand aus und legte sie auf Keegans nackte Schulter. Ihm lief ein Schauer über den Rücken. In den Schatten der Nacht war sie nur eine Silhouette, aber für den jungen Mann war sie noch nie schöner gewesen.

Zu überwältigt, um auch nur ihren Namen auszusprechen, streckte er die Hand aus und zog ihren nackten Körper zu sich heran. Sein Herz schlug so schnell, dass es ihm wehtat.

»Keegan«, hauchte sie. »Kannst du mich hören?«

Angesichts der Situation war die Frage ein wenig seltsam. Sie überrumpelte ihn, und seine romantische Erwartung verflüchtigte sich.

Ein verwirrtes »Wie bitte?« war das Einzige, was ihm als Antwort einfiel.

»Keegan«, wiederholte Scythe. Sie flüsterte immer noch, aber lauter und drängender. »Bist du wach?«

In einem Augenblick wurde der Traum zerstört, und die Bilder zerfielen wie die Fetzen eines uralten Tuches.

Keegan rollte sich herum und versuchte die Dunkelheit in seinem kleinen Zelt mit seinen Blicken zu durchdringen, während er die letzten Reste des Schlafs abschüttelte. Die Zeltklappe aus Tierhäuten war offen, und in dem gedämpften Licht des glimmenden Torffeuers konnte er Scythes schlanke Gestalt erkennen. Sie kauerte neben dem Eingang.

»Es ist kalt hier draußen«, sagte sie. »Kann ich hereinkommen?«

Der junge Mann nickte und rutschte zur Seite, um ihr Platz zu machen. Er war froh, dass die Dunkelheit die verlegene Röte verbarg, die ihm in die Wangen stieg.

Sie weiß nicht, dass du von ihr geträumt hast. Oder dass du fast jede Nacht von ihr träumst.

Es war nicht viel Platz in dem Zelt, und ihr Bein streifte seines, als sie hereinkroch. Sein Puls raste. Er spürte eine vertraute Regung unterhalb seines Gürtels und errötete noch stärker. Er betete zu den Alten und Neuen Göttern, dass Scythe nichts von der Wirkung bemerkte, die ihre Anwesenheit auf ihn hatte.

Es ist mitten in der Nacht, dachte er, während er versuchte ruhig zu bleiben und langsam zu atmen. *Was will sie hier?*

»Es geht um Norr«, beantwortete sie seine unausgesprochene Frage. »Wenn wir ihm nicht helfen, wird er verlieren.«

Keegan wusste genau, wovon sie sprach. In zwei Tagen sollte Norr Shalana in einem Duell gegenübertreten, in dem entschieden wurde, wer Anführer des Clans der Steingeister werden würde. Unmittelbar nach dem Treffen mit Shalana und ihren Gefolgsleuten hatte der Hüne ihnen erklärt, was sie erwartete und was auf dem Spiel stand.

Scythe hatte keinen Zweifel daran gelassen, dass sie nicht glücklich darüber war, aber es schien keine andere Möglichkeit zu geben.

»Ich glaube nicht, dass wir ihm helfen dürfen.« Keegan war immer noch ein wenig schlaftrunken. »Es ist ein Duell, ein Kampf Mann gegen Mann. Oder Frau gegen Mann, in diesem Fall.«

»Das scheint dir keine allzu großen Sorgen zu machen.« Scythe klang gereizt.

Shalana hat versprochen, uns zu helfen, selbst wenn er verliert, dachte er. Allerdings hütete er sich, das laut zu sagen. Um das zu hören, war Scythe nicht hier.

»Er wird dieses Duell verlieren«, fuhr sie fort. »Und wenn er das tut, ist er dumm genug, sein Versprechen zu halten und diese speerschwingende Kuh zu heiraten!«

Keegan hätte ihr gern tröstend eine Hand auf den Arm gelegt oder sie beruhigend umarmt. Aber er wagte es nicht, weil er fürchtete, sein Körper würde ihn verraten, wenn er sie berührte. Also musste er sich mit hohlen Worten begnügen.

»Norr weiß, wie man kämpft«, meinte er. »Vielleicht gewinnt er ja.«

Scythe schnaubte abfällig. »Nicht mit diesem verletzten Knie. Das ist der einzige Grund, warum Shalana überhaupt einem Duell zugestimmt hat. Sie weiß, dass er kaum stehen kann.

Außerdem hat er seit fünf Jahren keine Waffe mehr angefasst«, fuhr sie fort. »Es spielt keine Rolle, welch großer Krieger er einmal gewesen ist – er ist außer Übung. Er hat nicht die geringste Chance.«

»Wir haben das alles bereits besprochen, Scythe«, erinnerte Keegan sie. »Norr hatte keine Wahl. Keiner von uns hat eine Wahl. Er muss kämpfen.«

»Sicher«, räumte Scythe ein. »Aber er muss nicht fair kämpfen!«

»Was meinst du damit?«

»Das weißt du genau.« Trotz der Dunkelheit konnte

er sehen, dass sie die Hände hob und mit den Fingern wackelte. »Vielleicht kannst du ja einen Bann wirken, um ihm beizustehen.«

»Selbst wenn wir Jerrod den Ring abnehmen könnten«, gab Keegan zu bedenken, »halte ich es für gefährlich, ihn zu benutzen.«

»Ich meine nicht den Ring. Ich meine einfach nur dich. Du bist doch ein ChaosWirker, richtig? Du weißt, wie man Magie wirkt.«

»Kaum«, gab Keegan mürrisch zu. »Ich bin immer noch ein Schüler.« *Und außerdem bin ich jetzt auch noch ein Krüppel,* dachte er und rieb sich verstohlen seinen Armstumpf.

»Dieser Sturm, der Torian fast vernichtet hätte, war nichts, was ein Lehrling hätte heraufbeschwören können.«

»Das war etwas anderes«, sagte Keegan. »Ich habe das nicht kontrolliert. Es ist einfach nur … passiert.« *Weil ich mir eine große Dosis Hexwurz durch die Kehle gekippt habe, die mich fast umgebracht hätte.*

»Bitte«, flehte Scythe ihn an. Sie legte ihm eine Hand auf seine nackte Schulter und weckte damit Erinnerungen an seinen Traum von vorhin.

Keegan bemühte sich, die eifrige Reaktion seines Körpers zu unterdrücken, und sammelte seine Gedanken. Selbst wenn er helfen wollte, konnte er nicht viel tun. Sie hatten keine Hexwurz, mit der er seinen Geist hätte öffnen können, und sie hatten weder Artefakte noch Amulette, auf deren Hilfe er sich hätte stützen können. Außerdem hatte er nicht die geringste Ahnung, welche Art von Bann oder Ritual das Chaos so formen konnte, um Norr zu helfen, das Duell zu gewinnen, ohne dabei den ganzen Clan zu alarmieren.

Und wenn Norr verliert, bekommen wir trotzdem die Hilfe des Clans. Er muss einfach nur Shalana heiraten.

In gewisser Weise war das für Keegan die optimale Lösung. Scythe würde natürlich am Anfang ziemlich aufgebracht sein. Aber wenn Norr erst einmal aus dem Weg geräumt war, würde sie vielleicht eines Tages anfangen, das für Keegan zu empfinden, was er bereits für sie fühlte.

Als würde das Schicksal uns zusammenführen. Ich muss ja einfach nur sagen, dass ich nichts tun kann.

»Wir schaffen das nicht allein«, sagte er stattdessen, als er den Mund öffnete. »Wir müssen mit jemandem reden, der erheblich mehr über Magie weiß als ich.«

»Ich bin kein Hexer!«, protestierte Vaaler. »Das weißt du genau, Keegan. Immerhin haben wir zwei Jahre lang zusammen studiert!«

»Und in dieser Zeit hast du dir alles eingeprägt, was Rexol uns jemals gelehrt hat: jede Anrufung, jede Rune, jedes verfluchte Ritual.«

Es war schwer gewesen, körperlichen Kontakt mit Scythe zu vermeiden, als sie zu zweit in Keegans kleinem Zelt gewesen waren. Nachdem sich jetzt alle drei in Vaalers winziges Zelt gezwängt hatten, war es schlichtweg unmöglich, sich nicht an sie zu drücken. Aber Keegan war angesichts ihres Plans so aufgeregt, dass es ihm gelang, sich auf das zu konzentrieren, weswegen sie hier waren.

»Ich habe zwei Wochen gebraucht, um einen neuen Zauberspruch zu lernen«, fuhr er fort, in dem Versuch, das Selbstbewusstsein seines Freundes aufzubauen. »Du hast das an einem einzigen Tag geschafft. Du weißt erheblich besser, wie man das Chaos ruft, formt und kontrolliert, als ich es jemals wissen werde.

Und da Rexol jetzt weg ist«, schloss Keegan, »verstehst du wahrscheinlich die fundamentalen Theorien und Dogmen der Magie besser als jeder andere Hexer in den Südlanden.«

»Aber das ganze Wissen hilft mir nichts«, widersprach Vaaler. »Ich bin einfach kein Hexer! Ich kann das Chaos nicht beschwören!«

»Das musst du auch gar nicht«, mischte sich Scythe ein. »Du musst nur Keegan zeigen, wie man es macht, dann kann er den Bann wirken.«

»Wenn ich jemals lernen soll, den Ring zu beherrschen, dann brauche ich jemanden, der mich all die Dinge lehrt, zu denen Rexol nie gekommen ist«, setzte der junge Hexer hinzu.

Vaaler schwieg ein paar Sekunden, bevor er bei einem neuen Argument Zuflucht suchte.

»Scythe, du weißt doch, dass Norr Shalana nicht mehr liebt, stimmt's?«

»Was hat das denn damit zu tun?« Ihre Frage klang ein bisschen zu barsch.

»Wenn er sie heiratet, ist das nur eine Formsache«, versicherte Vaaler ihr. »Es geht nur um Politik. Sie braucht ihn als Ehemann, um ihren Anspruch als Anführerin zu legitimieren. Das ist alles. Ihr beiden könnt immer noch zusammen sein.«

»Du kennst Norr nicht so gut wie ich«, erwiderte

Scythe. »Er hat dieses sonderbare, blöde und dickköpfige Pflichtgefühl. Wenn er den Eheschwur leistet, wird er ihn auch halten. Er würde nicht einfach darüber hinwegsehen, nur damit wir zusammenbleiben können.

Und diese junge Kuh will, dass er hierbleibt und wieder zum Clan gehört. Selbst wenn Norr bereit wäre, mich als eine Art Geliebte oder Konkubine hierzubehalten, könnte ich nicht für den Rest meines Lebens mit diesen Leuten leben. Nicht einmal um seinetwillen.«

»Es tut mir leid, Scythe.« Vaaler schüttelte den Kopf. »Selbst wenn ich helfen wollte, können wir nichts tun. Ein ChaosWirker kann nichts beschwören, ohne nicht zuerst etwas Hexwurz zu nehmen. Sie öffnet den Geist, damit er das Chaos beschwören kann.«

»In Torian habe ich Keegan eine ganze Flasche davon in den Hals geschüttet«, sagte sie hoffnungsvoll.

»Und ihn damit fast umgebracht«, erinnerte Vaaler sie. »Jedenfalls hat sein Körper die Droge mittlerweile längst abgestoßen.«

»Vielleicht auch nicht«, wandte Keegan ein. »Diese Überdosis hätte mich fast getötet, aber ich habe überlebt. Ich war in der Brennenden See verloren, aber ich habe den Weg zurück gefunden. Und diese Reise hat mich verändert.«

»Wovon redest du?«, wollte Vaaler wissen.

»Als uns diese Patrouille im Wald gefunden hat«, Keegan sprach schnell, als die Idee, die in seinem Hinterkopf geschlummert hatte, langsam Form annahm, »konnte ich das Chaos benutzen, um ihre Pfeile zu verbiegen und die Sehnen ihrer Bögen zu zerreißen.«

»Und das hätte dich auch fast umgebracht«, rief Vaaler ihm ins Gedächtnis. »Nach diesem winzigen Akt von Magie hast du hilflos und zusammengekrümmt auf dem Boden gelegen.«

»Aber ich habe es geschafft«, beharrte Keegan. »Und ich brauchte dafür keine Hexwurz.«

»Es könnten immer noch einige Spuren davon in deinem Körper gewesen sein«, widersprach Vaaler. »Und zudem ist der Nordforst der Danaan etwas Besonderes. In den Bäumen schlummert die Macht der Alten Magie. Dort ist es einfacher, das Chaos zu beschwören. Deshalb benutzen die Zauberer der Danaan keine Hexwurz, wie es die Hexer in den Südlanden tun.«

Vaaler hatte recht, der Nordforst war etwas Besonderes. Keegan hatte die Macht der Alten Magie fast spüren können. Das Gefühl war erst verschwunden, nachdem sie den Nordforst verlassen hatten. Aber das war nicht das einzige Mal, dass er das Chaos ohne die geistverändernde Wirkung der Hexwurz in seinen Adern beschworen hatte.

»Ich habe es schon einmal gemacht«, sagte Keegan leise. »In der Nacht, in der mein Vater starb, habe ich das Chaos auf den Banditen losgelassen, der ihn ermordet hat. Ich habe ihn auf der Stelle getötet. So konnte Rexol mich überhaupt finden und als Schüler annehmen.«

Scythe sagte nichts, sondern legte ihre Hand von hinten auf Keegans Schulter und drückte sie tröstend.

»Denk an das, was Jerrod uns gesagt hat«, warnte Vaaler ihn. Er war immer noch nicht ganz überzeugt. »Hier im Eisigen Osten ist das Chaos schwach.«

Keegan hob die Hand und legte sie auf die von Scythe,

die immer noch auf seiner Schulter lag. Er tätschelte sie zweimal und holte dann tief Luft.

»Ich muss es versuchen«, sagte er. »Wenn ich nicht einmal einem Mann helfen kann, ein Duell zu gewinnen, wie soll ich dann die Welt vor einer ganzen Armee der Chaos-Brut retten? Vertrau mir, Vaaler. Ich schaffe das. Ich muss das einfach schaffen.«

Der Danaan rieb sich den Nacken, während er nachdachte, und zwang damit Keegan, sich zurückzulehnen, damit er seinen Ellbogen nicht an den Kopf bekam. Deshalb musste er Scythes Hand loslassen, und sie nahm die ihre von seiner Schulter.

»Wenn du wirklich das Chaos ohne die Hexwurz beschwören kannst, solltest du zumindest in der Lage sein, Rexols Zauberstab als Talisman zu benutzen, um seine Macht zu kanalisieren und zu konzentrieren«, meinte er nachdenklich. »Wir sind dann vielleicht in der Lage, irgendeinen Fluch oder einen Zauber anzuhängen.«

»Perfekt.« Scythe lehnte sich vor Begeisterung dichter an Keegans Schulter.

»Aber es muss sehr subtil sein«, gab Vaaler zu bedenken. »Es muss ein kleiner Zauber sein; die Steingeister dürfen nicht bemerken, dass wir betrügen. Vielleicht ein Bann, der ihr während des Kampfes ein bisschen Pech bringt.«

»Ist so etwas Kleines denn genug, dass Norr sie besiegen kann?«, meinte Scythe skeptisch.

»Zumindest gibt ihm das eine Chance«, antwortete Keegan. »Und das ist mehr, als er jetzt hat.«

»Es wäre einfacher, wenn wir etwas hätten, das wir als

Fetisch benutzen könnten«, merkte Vaaler an. »Etwas Persönliches von Shalana. Etwas von ihrem Haar oder ein wenig Blut würde am besten funktionieren.«

»Könnte Norr das beschaffen, ohne Verdacht zu erwecken?« Keegan sah Scythe über seine Schulter hinweg an.

»Norr darf davon nichts erfahren«, gab Scythe zurück. »Er würde niemals mitmachen. Aber ich kann euch besorgen, was ihr braucht.«

»Wir brauchen nicht viel«, meinte Vaaler. »Also rasier ihr nicht den Schädel, schneide ihr nicht einen Finger ab und mach nicht etwas ähnlich Verrücktes. Wir wollen keine Aufmerksamkeit erregen.«

»So etwas wäre mir nie in den Sinn gekommen«, versicherte Scythe ihm. Keegan hatte allerdings das Gefühl, dass sie dabei nicht ganz ehrlich war.

»Was ist mit Jerrod?«, erkundigte sich der junge Bannwirker. »Sollten wir ihm sagen, was wir vorhaben?«

»Nur wenn du willst, dass er uns daran hindert!«, fuhr Scythe ihn an. »Glaubst du tatsächlich, er würde zulassen, dass sein kostbarer Weltenretter etwas so Riskantes wagt?«

»Er kann tatsächlich ein bisschen überbesorgt sein«, pflichtete Vaaler ihr bei. »Aber in diesem Fall hätte er vielleicht sogar recht. Das Chaos zu beschwören ist immer gefährlich. Nimm das nicht auf die leichte Schulter.«

»Mach ich nicht«, versprach Keegan.

Vaaler seufzte ergeben. »Also gut, ich denke, das war's. Treffen wir uns morgen Abend auf der anderen Seite des Lagers in der Nähe der Latrinen, wenn alle schlafen gegangen sind. Wir brauchen keine Zeugen. Und jetzt möchte ich gerne etwas schlafen.« Der ehemalige Prinz legte sich wieder hin und kehrte ihnen den Rücken zu.

Scythe kroch rückwärts aus dem Zelt, und Keegan folgte ihr auf die gleiche Weise. Anschließend band er die Zeltklappe zu. Dann standen sie auf, und er drehte sich herum, um zu seinem Zelt zu gehen, blieb jedoch stehen, als Scythe seine Hand packte.

»Ich danke dir.« Sie flüsterte und beugte sich vor, damit er sie hören konnte. »Das bedeutet mir sehr viel, und ich weiß, wie schwer es dir fällt.«

Sie drückte seine Hand, ließ sie dann los und verschwand in der Dunkelheit. Keegan blieb allein in der Nacht zurück.

16

In der nächsten Nacht wartete Vaaler bereits auf Keegan, als der am verabredeten Treffpunkt eintraf. Im inneren Kreis des Lagers spendeten Torffeuer und Laternen reichlich Licht und Wärme. Hier am Rand jedoch war es sowohl dunkel als auch kalt, und der junge Bannwirker benutzte Rexols Stab, um sich über den gefrorenen, unebenen Boden zu tasten.

Wenigstens verhindert die Kälte, dass es zu sehr stinkt, dachte Keegan, als ihm einfiel, dass die Latrinen in der Nähe waren. Und dass sie auf der westlichen Seite des Lagers ausgehoben worden waren, sodass der Ostwind den Gestank meistens in die entgegengesetzte Richtung wehte, tat wahrscheinlich das Seine dazu.

»Hattest du Schwierigkeiten, dich davonzuschleichen?«, fragte Vaaler, als sein Freund auftauchte.

Keegan schüttelte den Kopf. Seit Norr Shalana herausgefordert hatte, behandelten die Steingeister die Fremden nicht mehr wie Gefangene. Es gab keine Wachen, die auf sie aufpassten, und soweit Keegan es mitbekam, konnten sie gehen, wohin immer sie wollten.

Er hatte erwartet, von dem Clan entweder mit Argwohn oder mit Neugier betrachtet zu werden, stattdessen jedoch ignorierten die Barbaren ihn zum größten Teil. Nur wenige von ihnen sprachen Keegans Sprache, und wenn sie es doch taten, waren sie nicht daran interessiert, mit ihm zu plaudern. Sie hatten nicht einmal Lust, auch nur Blickkontakt herzustellen.

Vaaler hatte bereits mit seinen Vorbereitungen für das Ritual begonnen und einen Kreis mit einem Durchmesser von gut zwei Fußlängen auf den Boden gezeichnet. An den Rand hatte er etliche geheime Symbole in den Boden geritzt. Einige davon kannte Keegan von seinen Studien bei Rexol, andere jedoch waren ihm nicht vertraut.

Überlass es Vaaler, sich um die Symbole zu kümmern, sagte er sich. *Achte du einfach darauf, die Worte richtig auszusprechen.*

Er hatte den größten Teil des Tages allein in seinem Zelt verbracht, wo er sich die zungenbrecherischen Silben einprägte und übte, die Vaaler ihm aufgeschrieben hatte. Schließlich konnte er sie fehlerlos rezitieren. Zum Glück handelte es sich um Worte, die er alle schon einmal benutzt hatte, sodass er eine gewisse Erfahrung darin besaß, wie er sie im richtigen Tonfall aussprechen musste.

Ist das jetzt ein Zufall, oder hat Vaaler diesen Bann genau so zusammengestellt, dass er nur Worte benutzte, von denen er weiß, dass ich sie beherrsche? Weiß er genug über Magie, dass er einen Zauberspruch verändern und modifizieren kann, um es einfacher für mich zu machen, oder hat er nur eine simple Anrufung genommen, die die einfachsten Wortelemente benutzt, mit denen man das Chaos binden kann?

Keegan war klar, dass sein Freund erheblich mehr über Magie wusste als er. Als sie gemeinsam bei Rexol studiert hatten, hatte sich rasch herausgestellt, dass Vaaler der weit bessere Schüler war. Aber er konnte nicht genau abschätzen, wie viel mehr Vaaler wusste. Es war eine relativ einfache Aufgabe, das Chaos in einer vernichtenden Explosion freizusetzen. Selbst Keegan konnte etwas so Primitives bewerkstelligen. Aber es zu kanalisieren und für einen besonderen Zweck zu formen, es zu etwas so Subtilem zu benutzen wie dem Zauberspruch, mit dem sie, wie sie hofften, Shalana verhexen wollten, war erheblich komplizierter.

Wenn Vaaler weiß, wie das zu bewerkstelligen ist, was weiß er dann noch? Wie viel kann er mich lehren? Und wie lange wird es dauern, bis ich es gelernt habe? Wird es mir wegen meiner fehlenden Hand schwererfallen?

Rexol hatte nie über die Bedeutung von Gesten für die Kontrolle und die Bildung eines Banns gesprochen, aber Keegan hatte bemerkt, dass der ChaosWirker beinahe unwillkürlich Handbewegungen machte, wenn er das Chaos freisetzte. Er ballte etwa eine Faust, hob einen Arm oder deutete mit einem Finger auf ein spezielles Ziel – alles kleine, subtile Gesten. Aber selbst subtile Dinge konnten sehr große Konsequenzen haben, wenn es um die magischen Künste ging.

»Hast du Scythe irgendwo gesehen?« Vaalers Frage unterbrach Keegans Gedankengänge.

»Nein. Ich hab sie den ganzen Tag schon nicht gesehen.«

Wenn jetzt irgendetwas schiefgegangen ist? Was machen wir, wenn sie bei dem Versuch erwischt wurde, Haare oder Blut von Shalana zu besorgen?

»Sie wird das schon schaffen.« Vaaler spürte Keegans Unruhe. »Sie kommt schon klar.«

Wie aufs Stichwort huschte eine kleine zierliche Gestalt aus dem Schatten am Rand des Lagers auf sie zu. Sie überquerte das tückische Gelände erheblich schneller, als Keegan es gewagt hatte.

»Entschuldigt«, flüsterte sie, als sie näher kam. »Norr ist ziemlich nervös wegen des Duells. Ich habe eine Weile gebraucht, bis ich ihn so weit beruhigt hatte, dass er endlich eingeschlafen ist.«

»Hast du bekommen, was wir brauchen?«, fragte Keegan. Er wollte nicht daran denken, was Scythe möglicherweise gemacht hatte, um ihrem Geliebten zu helfen, sich zu entspannen.

»Genügt das?« Sie hielt mehrere lange Haarsträhnen hoch.

»Perfekt«, erwiderte Vaaler.

»Wie bist du daran gekommen?«, wollte Keegan wissen. »Bist du sicher, dass Shalana keinen Verdacht geschöpft hat?«

»Ich bin vielleicht ein bisschen außer Übung, aber ich habe immer noch ein paar Tricks aus meiner Zeit auf den Straßen von Callastan auf Lager.« Mehr wollte sie dazu nicht sagen.

Vaaler nahm die Haare und legte sie in den Kreis, den er auf den Boden gezeichnet hatte.

»Was ist mit Jerrod?«, erkundigte sich Scythe. »Ich dachte, er würde dich wie ein Adler bewachen.« Sie sah Keegan an.

Der junge Mann schüttelte den Kopf. »Er verbringt

den größten Teil der Zeit in seinem Zelt und meditiert. Vielleicht glaubt er, dass ihm das hilft, etwas von seinem … von dem, was er in diesem Land verloren hat, wiederzubekommen.«

»Es gibt hier Chaos«, meinte Vaaler. »Aber es ist sehr schwach, und man kann es nur schwer anzapfen. Er ist nicht der Einzige, der von dieser Tatsache beeinflusst wird, schon vergessen?«, meinte er nachdrücklich.

»Ich schaffe das«, versicherte ihm Keegan. Trotzdem machte er sich Sorgen, welche Konsequenzen seine fehlende Hand haben mochte.

»Das sagtest du bereits.« Vaaler inspizierte seine Arbeit ein letztes Mal, aber sein Tonfall machte klar, dass er immer noch Zweifel hatte.

»Ich denke, wir sind bereit. Scythe, tritt zurück und gib Keegan etwas Raum.«

Die beiden gingen ein paar Schritte zur Seite und ließen den jungen ChaosWirker allein neben dem Kreis und den Runen stehen, die Vaaler in den Boden geritzt hatte. Keegan sank auf die Knie, umklammerte Rexols Zauberstab mit seiner Hand, während er den Stumpf des anderen Arms auf das Handgelenk seiner gesunden Hand legte. Er sammelte sich ein paar Sekunden, konzentrierte sich und stimmte dann leise die Anrufung an.

»Saarash hamscha eethiss. Essthich suurra shevvisch.«

Die Anrufung selbst hatte keine Macht, aber die Worte halfen ihm dabei, Muster in seinen Gedanken zu bilden und zu lenken, um die Macht des Zauberspruchs zu maximieren. Das Mantra, das immer wiederholt wurde, war sorgfältig geformt worden, um einem ChaosWirker zu helfen, sein Potenzial zu nutzen. Es stimulierte das Unterbewusstsein auf eine Art und Weise, durch die er das Chaos anzapfen und manipulieren konnte.

»Saarash hamscha eethiss. Essthich suurra shevvisch.«

Mit der Hexwurz war es einfacher. Die Droge half dabei, den Geist von den Ketten des Bewusstseins zu lösen. Sie machte es einfacher, die konkrete Welt um einen herum loszulassen, während sie gleichzeitig seine Wahrnehmung und Auffassungsgabe schärfte. Ohne die Hexwurz in seinen Adern musste er darum kämpfen, die vertrauten weltlichen Muster loszulassen. Keegan spürte, wie sein Bewusstsein und sein Unterbewusstsein miteinander um die Vorherrschaft kämpften.

»Saarash hamscha eethiss. Essthich suurra shevvisch.«

Er konzentrierte sich auf die Worte, als er sie aussprach. Sie erklangen in einem weichen, beruhigenden Zischen, wie ein laues Lüftchen, das einem über die Haut streicht, oder das Flüstern einer Geliebten im Ohr.

»Saarash hamscha eethiss. Essthich suurra shevvisch.«

Während er sich in den Worten verlor, schien ein Teil von ihm sich zu lösen und davonzufließen, bis er über ihm schwebte und ihn beobachtete. Das war die Essenz des Chaos. Um es zu beherrschen, musste man erst alle bewusste Kontrolle aufgeben. Man musste zulassen, dass es wie eine Welle über einen hinwegspülte, und es dann anschließend vorsichtig in die Kanäle des Banns lenken.

Aber als das Chaos sich sammelte, fühlte sich alles irgendwie sonderbar an. Langsam. Schwer. Die Macht strömte nicht durch ihn hindurch oder spülte über ihn hinweg wie eine Flutwelle. Sie kroch langsam daher, wie ein vollkommen verschlammter Fluss.

Jerrod glaubte, dass das Chaos hier im Osten nur sehr schwach war. Jetzt jedoch begriff Keegan, dass der Mönch irrte. Die Magie war sehr stark hier, aber sie war an die Erde und die Steine gebunden. Als wäre sie in irgendeiner Art von Starre gefangen. Gebannt von etwas Älterem und Mächtigerem als dem Eis und dem Schnee des Winters.

»Saarash hamscha eethiss. Essthich suurra shevvisch.«

Langsam, Tröpfchen um Tröpfchen sammelte sich das kostbare Chaos. Angeleitet von dem Mantra, das er ständig wiederholte, tastete sein Unterbewusstsein unaufhörlich danach, befreite seinen bewussten Geist, damit er es durch Rexols Zauberstab kanalisieren konnte. Die Runen auf dem Eichenschaft begannen zu leuchten, schimmerten in rotem und blauem Licht, als das Chaos über den Stab zuckte. Plötzlich wurde der Gorgonenschädel lebendig, und ein intensives grünes Licht flammte in den leeren Augenhöhlen auf. Es pulsierte in einem Rhythmus, der der Kadenz von Keegans Stimme folgte.

»Saarash hamscha eethiss. Essthich suurra shevvisch.«

Wiederholt und verstärkt durch Rexols Stab wurden die winzigen Tropfen des Chaos, das Keegan am Anfang beschworen hatte, immer weiter vervielfacht, bis sie eine vertraute Hitze in seinen Adern entfachten. Diese Hitze verstärkte sich rasch, und Keegan gab sich dem Schmerz hin. Er wurde schnell stärker, ein sich selbst steigernder Kreislauf, der vom ChaosWirker durch den Stab und wieder zurück lief, in einer endlosen Schleife, während der steigende Druck ihn immer dichter zu Qual und Ekstase führte.

»Saarash hamscha eethiss. Essthich suurra shevvisch.«

Keegan wehrte sich gegen den Impuls, zu kreischen oder aufzuschreien. Das Ritual war jetzt an einem entscheidenden Punkt. Es war unbedingt nötig, den Zauberspruch zu begrenzen und zu beherrschen. Keegan achtete sorgfältig darauf, sein Mantra nicht im Geringsten zu verändern, als er langsam aufstand, mit seiner Hand den Stab über den Kopf hoch und dann das Ende des Schafts in den Boden rammte.

Ein blauer Blitz flammte knisternd auf, als Keegan das Chaos mit einem einzigen, plötzlichen Schlag in den Runenkreis entlud. Die Locken von Shalanas Haar wurden von der Flamme augenblicklich verzehrt, und die Runen, die in die Erde geritzt worden waren, verschwanden in einer türkisfarbenen Rauchwolke.

Dunkelheit und Leere breiteten sich in Keegan aus, und er brach auf dem Boden zusammen, stumm und erschöpft. Dem Rausch, in den man versetzt wurde, wenn man das Chaos sammelte, kam an Intensität nur der Moment gleich, in dem man es mit einem Schlag in die Welt der Sterblichen entlud. Normalerweise half die Hexwurz dabei, das niederschmetternde, lähmende Gefühl von Verlust und Verzweiflung auszuhalten, aber ohne die Droge spürte Keegan die ganze Wirkung.

Etliche Sekunden lang saß er regungslos auf dem Boden und reagierte nicht einmal, als Vaaler neben ihn trat und seine Schulter schüttelte, während er unablässig seinen Namen sagte.

»Was ist los?« Scythes Stimme klang höher und schärfer als gewöhnlich. »Was ist passiert?«

Ihre Worte durchdrangen die Öde, durchbohrten sie und vertrieben sie schließlich. Im gleichen Moment begriff Keegan, wie dumm und flüchtig dieses Gefühl eigentlich war.

»Mir geht's gut«, sagte Keegan und versuchte mit einigermaßen befriedigendem Erfolg, zuversichtlich und kräftig zu klingen. »Mir geht's gut.«

»Sicher?« Vaaler drehte ihn herum, damit er ihm in die Augen blicken konnte.

»Hilf mir hoch.« Keegan hielt seinem Freund die Hand hin.

Während Vaaler sie nahm, trat Scythe auf die andere Seite und packte Keegans anderen Arm. Trotz ihrer zierlichen Gestalt war sie kräftig und erheblich stärker, als sie aussah. Die beiden zogen Keegan auf die Füße.

Jetzt fühlte er sich besser. Er war immer noch müde, aber die Erschöpfung, die dazu geführt hatte, dass er am Ende des Zauberspruchs zusammengebrochen war, war verschwunden, ebenso wie die überwältigende Empfindung von Verzweiflung und Leere. Stattdessen machte sich ein warmes Gefühl von Befriedigung in ihm breit.

Ich hab's geschafft! Ich habe vielleicht nur noch eine Hand, aber ich bin ein ChaosWirker! Ich kann immer noch die Macht des Chaos kontrollieren!

»Ich kann stehen«, versicherte er ihnen.

Sie ließen ihn los und traten vorsichtig zurück, bereit, sofort zuzupacken, sollte er taumeln. Keegan stützte sich auf Rexols Stab und blieb auf den Füßen. Nach ein paar Sekunden entspannten sich die anderen.

»Hat es funktioniert?«, fragte Scythe, nachdem klar war, dass Keegan keine Schäden davongetragen hatte.

»Es hat funktioniert«, erwiderte er. »Ich habe es gefühlt.«

»Gefühlt hast du bestimmt etwas«, räumte Vaaler ein, »aber genau wissen können wir das nicht.«

Der Danaan drehte sich zu Scythe herum. »Das hier war schwieriger, als du dir auch nur vorstellen kannst. Selbst wenn Keegan recht hat, ist der Bann sehr subtil. Also sei nicht zu entsetzt, wenn Norr trotzdem verliert.«

»Was jetzt?« Scythe ignorierte Vaalers Warnung.

Keegan hielt sich immer noch an dem Stab fest und zuckte mit den Schultern. »Jetzt warten wir ab, was morgen passiert.«

Am Morgen des Duells war das Wetter kalt und klar. Selbst für Jerrods mystische *Zweite Sicht* war es sonderbar, dass die Sonne so hell am strahlend blauen Himmel stand und doch keinerlei Wärme spendete.

Shalana hatte den Kampf auf die Zeit kurz nach Sonnenaufgang angesetzt. Trotz der frühen Stunde war praktisch der gesamte Clan gekommen, um zuzusehen. Sie drängten sich in einem großen Kreis um einen freien Platz in der Mitte der Siedlung, der etwa zehn Meter Durchmesser hatte. In den ersten Reihen, mit dem besten Blick, erkannte Jerrod viele Gefolgsleute aus der Zusammenkunft in der Langen Halle. Hinter ihnen standen hauptsächlich Frauen und Männer von etwa zwanzig bis dreißig Jahren, gesunde und muskulöse Gestalten, Krieger der

Steingeister, wie der Mönch vermutete. In den hinteren Reihen drängten sich die restlichen Männer und Frauen und sogar Kinder. Viele standen auf Tischen, die sie nach draußen geschleppt hatten, während andere sich einfach dicht an die vor ihnen Stehenden drängten, in der Hoffnung, zumindest ab und zu einen flüchtigen Blick auf die beiden Kämpfer zu erhaschen.

Man hatte Jerrod und dem Rest von Norrs Gefährten erlaubt, bei den Thans zu stehen. Er nahm das als ein gutes Omen. Seit Shalana die Herausforderung akzeptiert hatte, waren sie von dem Clan mit Respekt behandelt worden. Das bedeutete hoffentlich, dass Shalana ihr Versprechen hielt und ihnen Zuflucht bot, selbst wenn Norr verlor.

Es fiel dem Mönch schwer, wirklich daran zu glauben, dass der Hüne gewinnen könnte. Gewiss, seine Größe und Kraft waren unglaublich, und unter normalen Umständen war er erheblich schneller und beweglicher, als ein Mann von seiner Statur und seiner Körpermasse eigentlich sein konnte. Und Shalana wusste all das; sie hatte direkt miterlebt, was für ein gewaltiger Krieger Norr war – beziehungsweise gewesen war. Trotzdem hatte sie nicht gezögert, seine Herausforderung anzunehmen.

So groß und stark er auch sein mag, dachte Jerrod, *sie weiß doch genau, dass er mit nur einem gesunden Bein kein Gegner für sie ist.*

Und wahrscheinlich hatte sie auch recht damit. Trotzdem hatte der Mönch den Verdacht, dass das Duell nicht so ausgehen würde, wie Shalana es erwartete.

Ohne sich die Mühe zu machen, den Kopf zu wenden, veränderte er die Richtung seiner Wahrnehmung. Statt die Barbaren zu beobachten, die aufgeregt auf das Auftauchen der Kämpfer warteten, konzentrierte er sich auf Keegan, Scythe und Vaaler.

Sie waren nervös, aber ihre Nervosität schien nicht der Hoffnung zu entspringen, dass Norr gewinnen würde. Stattdessen tauschten sie ständig verstohlene Blicke, als wüssten sie etwas, von dem die anderen keine Ahnung hatten. Offenbar teilten sie ein Geheimnis.

Jerrod war sich zwar nicht sicher, um was für ein Geheimnis es sich handelte, aber er wusste, dass sie vor Kurzem irgendetwas ausgeheckt hatten. Er hatte gehört, wie Keegan sich vor zwei Nächten aus seinem Zelt geschlichen hatte, zweifellos um sich mit seinen Mitverschwörern zu treffen.

Aus einem ersten Impuls heraus hatte er dem jungen ChaosWirker nachgehen wollen. Es war schließlich seine Pflicht, auf den Erretter der Welten aufzupassen und ihn zu beschützen. Aber er hatte sich seinen Instinkten widersetzt und zugelassen, dass sich Keegan und die anderen ohne seine Einmischung in Ruhe treffen konnten.

Es fiel ihm schwer, sogar sich selbst zu erklären, warum er das getan hatte. Er konnte das Gefühl nicht abschütteln, dass sich zwischen diesen drei mehr abspielte, als er zunächst bemerkt hatte. Es schien eine Art von Verbindung zwischen ihnen zu geben. Vaaler und Keegan waren seit Jahren Freunde, und Keegan war eindeutig in Scythe verliebt. Aber das war nicht alles. Jerrod vermutete, dass zwischen ihnen ein Band existierte, das eine freundschaftliche Beziehung bei Weitem überstieg. Selbst wenn sie Todfeinde gewesen wären, wären sie trotzdem noch alle drei irgendwie miteinander verknüpft gewesen.

Er verstand das noch nicht, jedenfalls nicht ganz. Aber er glaubte jetzt nicht mehr, dass es reiner Zufall gewesen war, der sie alle zusammengeführt hatte, so viel war gewiss. Hier waren Schicksal und Bestimmung am Werk, und Jerrod war weise genug, zur Seite zu treten und zuzulassen, dass alles seinen Lauf nahm, jedenfalls fürs Erste.

Ein lautes Brüllen der Versammelten lenkte seine Aufmerksamkeit wieder auf die Menge. Ganz hinten bewegten sich einige Zuschauer und bildeten eine Gasse, durch die die Kämpfer den Kreis betreten konnten. Die beiden trugen die übliche Kleidung des Clans: eine Fellweste, einen knielangen Lederkilt und dicke Stiefel. Shalana hatte ihr Haar zu einem langen Zopf gebunden, der ihr über den Rücken hing. Den silbernen Reif um den Kopf und die silbernen Schienen an ihren Unterarmen hatte sie jedoch abgelegt. Trotz der Kälte hatten sich beide dafür entschieden, Arme und Schultern nackt zu lassen.

Zu Jerrods Überraschung gingen sie beide gemeinsam durch die Gasse. Aus irgendeinem Grund hatte er erwartet, dass sie den Kreis aus entgegengesetzten Richtungen betreten würden, oder zumindest nacheinander.

Sie versuchen die feindseligen Aspekte des Duells herunterzuspielen, begriff Jerrod. *Das hier ist kein Krieg. Sie repräsentieren beide denselben Clan. Ob sie gewinnen oder verlieren, anschließend stehen beide wieder auf derselben Seite.*

Auch die Waffen verstärkten den Eindruck, dass dieses Duell eine Herausforderung sein sollte und kein Kampf auf Leben und Tod. Beide trugen dicke, anderthalb Meter lange Stäbe, wenngleich die Waffe in Norrs riesigen Händen wie ein Kinderspielzeug aussah.

Jerrod war davon ausgegangen, dass sie Schwerter, Speere oder Äxte benutzen, die, wie er festgestellt hatte, am meisten verbreiteten Waffen im Lager der Steingeister. Angesichts der Natur dieses Duells jedoch waren die weit weniger tödlichen Stäbe eigentlich eine logische Wahl. Jeder, der den Häuptlingsrang durch ein Duell für sich forderte, würde ein beliebter und erfahrener Krieger sein. Doch bei einem Kampf auf Leben und Tod würde der Clan einen wertvollen Angehörigen verlieren.

Und außerdem ruft Blut nach Blut, dachte Jerrod. *Das hat der Clan begriffen, und die Leute sind klug genug, keine Spaltung zu riskieren.*

Wenn man einen Freund oder Verwandten sterben sah, ganz gleich unter welchen Umständen, konnte das ein unstillbares Verlangen nach Vergeltung auslösen. Eine öffentliche Niederlage bei einem rituellen Duell konnte demütigend sein, aber sie würde wahrscheinlich kaum eine tödliche Fehde zwischen rivalisierenden Fraktionen auslösen, die möglicherweise die Einheit des Clans gefährdete.

Obwohl die schweren Stäbe nicht direkt tödliche Waffen waren, stellten sie dennoch eine indirekte Gefahr dar. Denn anders als die dünnen, leichten Waffen, die die Inquisitoren benutzten, waren diese Stäbe nicht unter dem Gesichtspunkt von Geschwindigkeit und Handhabbarkeit entworfen worden. Es waren schwere, fast klobige Werkzeuge, die durch brutale Kraft den Widersacher dazu bringen sollten aufzugeben.

Der schnellste Weg zum Sieg bestand in einem Schlag gegen den Kopf, der den Gegner bewusstlos machte. Selbst wenn es kein tödlicher Angriff sein sollte, waren Verletzungen des Schädels immer riskant. Aber auch die Gefahr anderer Knochenbrüche bestand. Sobald ein Wettkämpfer einen Arm oder ein Bein gebrochen hatte, würde er zweifellos den Kampf beenden.

Und selbst ohne zu Boden geschlagen zu werden oder sich die Knochen zu brechen, würde ein unterlegener Gegner sich nach ein paar harten, schmerzhaften Schlägen ergeben, bevor er ernste Schäden davontrug. Etwa gleich starke Kämpfer dagegen oder jene, die zu dickköpfig oder verzweifelt waren, um ihre Niederlage einzugestehen, würden weiter aufeinander einprügeln, bis einer von beiden entweder zu verletzt oder zu erschöpft war, um weiterzumachen.

Das hier wird nicht mit einem raschen Hieb oder Stich beendet werden. Das wird ein Zermürbungskampf. Brutal und barbarisch.

Die kalten, entschlossenen Mienen der Kämpfer machten klar, dass beiden das Risiko bewusst war. Keiner von beiden zeigte Anzeichen der wilden Aufregung, die die Zuschauer gepackt hatte. Die mochten vielleicht diesen Kampf herbeisehnen, aber auf den Kämpfern selbst schien die Bürde grimmiger Unausweichlichkeit zu liegen.

Jerrod erwartete so etwas wie eine Rede, bevor der Kampf begann. In den Südlanden war diese Art tief verwurzelter kultureller Tradition von Ritualen und Zeremonien überfrachtet. Doch zu seiner Überraschung ging der Kampf augenblicklich los, nachdem beide Wettkämpfer in den Kreis getreten waren.

Wie er erwartet hatte, war Shalana die Angreiferin. Sie sprang vor und stieß das Ende ihres Stabs mit raschen Stößen in Richtung von Norrs Gesicht. Der Hüne trat ungeschickt zurück, aber es gelang ihm, ihren Angriff abzuwehren. Bevor er jedoch selber kontern konnte, wich Shalana zurück, außerhalb seiner Reichweite. Sie bewegte sich mit einer Geschwindigkeit und Geschmeidigkeit, die Jerrod beeindruckte.

Die Zuschauer brüllten, schrien und jubelten, um ihre jeweiligen Champions anzuspornen.

Shalana duckte sich, biss die Zähne zusammen, und die Muskeln ihrer nackten Arme traten deutlich hervor, als sie sich langsam im Kreis um ihren Widersacher herumbewegte. Jerrod begriff anerkennend ihre Strategie. Wenn Norr sie im Auge behalten wollte, war er gezwungen, sich ständig auf seinem verletzten Bein zu drehen.

Das Gesicht des Hünen verzog sich vor Schmerz, als er sich ungeschickt drehte und dabei hüpfte, um den Druck von seinem Knie zu nehmen. Dadurch war er nicht im Gleichgewicht, was es ihm unmöglich machte, plötzlich anzugreifen und seine Widersacherin zu überraschen.

Die Schreie der Zuschauer verklangen allmählich, als der Kampf langsamer wurde. Sie sparten ihren Atem, bis es wieder Anlass zum Jubeln gab.

Shalana wartete geduldig und hielt sich außerhalb der Reichweite von Norrs Stab, ließ sich Zeit, während sie Schläge antäuschte und nur genug tat, um Norr in der Defensive zu halten.

So kann er nicht gewinnen, erkannte Jerrod. *Sie macht ihn einfach mürbe.*

Als hätte Norr Jerrods stille Analyse gehört, schrie er plötzlich auf und stürzte vor. Er packte seinen Stab mit beiden Händen an einem Ende und schwang ihn wie einen Knüppel hüfthoch im Kreis. Aber wegen seines verletzten Beines war sein Angriff nicht energisch und überraschend genug, um Shalana zu überrumpeln. Sie konnte sich mit Leichtigkeit in Sicherheit bringen.

Dann sprang sie zur Seite und stieß nach Norrs Flanke, als er vorwärtstaumelte. Er versuchte sich umzudrehen, um ihren Angriff abzuwehren, konnte aber mit einem Bein seinen Schwung nicht so gut abfangen. Seine Parade war ungeschickt und schlecht, und Shalana konnte das Ende ihres Stabs in seine ungeschützten Rippen rammen.

Die Wucht des Stoßes entrang ihm ein Stöhnen, und er taumelte zur Seite. Shalana sprang vor, um ihren Vorteil zu nutzen und das Duell rasch mit einem einzigen, gut gezielten Schlag gegen Norrs Hinterkopf zu beenden.

Jedenfalls hätte das passieren sollen. Jerrods Ausbildung erlaubte ihm, die Bewegungen eines Feindes im Kampf vorherzusehen, unmittelbar bevor dieser sie ausführte. Er sah das unausweichliche Ergebnis der Abfolge der Ereignisse, aber er sah nicht vorher, dass Shalana ausrutschte.

Gerade als sie zum entscheidenden Schlag ausholte, landete ihre Hacke auf einem kleinen vereisten Fleck auf der gefrorenen Erde. Da sie unter sich keinen Halt fand, konnte sie nicht nach vorn springen, um Norr zu erledigen. Stattdessen rutschte ihr Fuß weg, sie verlor das Gleichgewicht, ihr Schlag zischte ins Leere, und sie landete hart auf dem Boden.

Die Menge hatte erwartungsvoll gebrüllt, dann jedoch

schnappten die Zuschauer vor Überraschung vernehmlich nach Luft, als sie mit ansehen mussten, wie Shalana der Sieg durch einen bizarren Streich des Schicksals entrissen wurde.

Sie sprang nahezu augenblicklich wieder hoch, aber Norr hatte genug Zeit gehabt, sich zu sammeln und sich zu ihr herumzudrehen. Erneut begann sie, den Hünen zu umkreisen, den eisigen Blick auf ihren Widersacher gerichtet, während sie auf eine zweite Gelegenheit wartete. Sie war zwar wütend, weil sie ihre Chance nicht genutzt hatte, aber sie wusste, dass Norrs Glück das Unvermeidliche nur hinausgezögert hatte.

Aber war es wirklich Glück? Jerrod richtete seine Aufmerksamkeit kurz auf Keegan, Vaaler und Scythe. Wie der Rest der Zuschauer konzentrierten sie sich vollkommen auf den Kampf im Kreis, nach außen hin auf die Rolle von jubelnden Zuschauern beschränkt.

Was habt ihr drei in diesen letzten Nächten gemacht?, dachte der Mönch.

Ein weiterer Angriff von Norr lenkte Jerrods Interesse wieder auf den Kampf. Shalana tänzelte erneut zur Seite, aber diesmal war Norr darauf vorbereitet. Noch bevor sie sich bewegte, änderte er seine Richtung und schnitt ihr den Weg ab.

Shalana schien von diesem Schachzug überrascht zu sein und schaffte es gerade noch, den Schaft ihres Stabes rechtzeitig hochzureißen, um Norrs Schlag abzublocken. Der Hüne drückte weiter, legte sein ganzes Gewicht auf seine kleinere Widersacherin. Shalana wurde zurückgeworfen und stürzte zu Boden.

Norrs Anhänger johlten vor Begeisterung, die von Shalana stöhnten vor Verzweiflung auf.

Doch Norrs Verletzung hinderte ihn daran, seinen Vorteil vollständig zu nutzen. Bevor er die Chance bekam, sich auf sie fallen zu lassen und seine Masse zu benutzen, um sie auf dem Boden festzunageln, rollte sie sich zur Seite und sprang wieder hoch. Norr setzte nach, versuchte sie zu überwältigen, indem er immer wieder Überkopfschläge auf sie hinunterprasseln ließ. Shalana wurde gezwungen, Schritt für Schritt zurückzuweichen, was die Zuschauer mit ohrenbetäubendem Gejohle kommentierten.

Shalana blockte Norrs Angriff mit ihrem Stab, hielt ihn mit beiden Händen quer über ihren Kopf. Sie hatte die Arme angespannt, und ihre Muskeln zitterten, während sie jeden Schlag in den Knochen spürte und sie vor Schmerz grunzte.

Diese gnadenlose Attacke zwang sie auf ein Knie. Als der nächste Schlag kam, blockte sie ihn jedoch nicht, sondern duckte sich und rollte sich nach vorn. Sie prallte mit ihrem schlanken, kräftigen Körper gegen Norrs Beine. Wäre er im Vollbesitz seiner Kräfte gewesen, hätte sie nicht genug Masse gehabt, um ihn von den Füßen zu holen. Da der Hüne jedoch humpelte, riss ihn dieses Manöver von den Beinen, sodass sie beide auf dem Boden landeten.

Die Zuschauer brüllten und schrien, um ihrer Erwartung, ihrer Unruhe und ihrer Verwirrung Ausdruck zu geben, als die beiden sich auf der Erde herumrollten.

Norr nahm eine Hand vom Stab und versuchte, seine kleinere, schnellere Widersacherin zu packen. Shalana jedoch konnte sich aus seinem Griff befreien und rettete sich. Sie sprang wieder auf die Füße und schwang ihren Stab wie einen Knüppel. Der Schaft krachte immer und immer wieder auf Norrs Rücken, während er versuchte, sich aufzurichten.

Verblüffenderweise schüttelte Norr diese heftigen Angriffe einfach so ab und kam hoch, während er seine Waffe mit einer Hand packte. Aber er war benommen und ungelenk, und als er mit einem wilden, ungeschickten Schlag kontern wollte, sprang Shalana mit Leichtigkeit zur Seite und griff seine ungeschützte Flanke an.

Erneut schienen die Zuschauer zu explodieren, und wieder konnte Jerrod das unausweichliche Ende des Kampfes sehen. Der Schwung von Norrs ungeschicktem Angriff hatte seine Deckung für einen Konter geöffnet. Shalana nutzte diese Chance und führte einen präzisen Schlag gegen Norrs Hinterkopf, der den großen Mann zweifellos zu Boden schicken und ihm das Bewusstsein rauben würde.

Doch Shalana verpasste zum zweiten Mal den Sieg. Diesmal rutschte sie nicht aus, aber gerade als der entscheidende Schlag kam, gab Norrs verletztes Knie nach, ein wenig nur, aber gerade so viel, dass er nach vorne taumelte. Er fiel ungelenk und stützte sich mit einer Hand auf dem Boden ab, als Shalanas Schlag von der Seite auf ihn zusauste. Sie hatte jedoch auf die Stelle gezielt, wo Norrs Kopf gewesen wäre, wenn er nicht gestolpert wäre. Statt seine Schläfe zu treffen, zischte ihr Stab ein paar Zentimeter über das Ziel hinaus, und die Zuschauer stöhnten ungläubig auf.

Shalana hatte damit gerechnet, den Widerstand zu spüren, wenn ihr Stab Norrs Schädel traf. Deshalb geriet sie selbst ins Taumeln, und ihr Vorteil war verloren. Als Norr diesmal jedoch wieder aufstand, war deutlich zu erkennen, dass er sein verletztes Bein erheblich mehr schonte als vorher. Er hatte sein Gewicht fast vollkommen auf sein gesundes Knie verlagert und den Schaft seines Stabes in die kalte Erde gerammt, damit er sich darauf stützen konnte.

Shalana fand ihr Gleichgewicht wieder und drehte sich langsam zu Norr herum.

»Du kannst nicht auf einem Bein kämpfen!«, rief sie Norr zu, in dem Versuch, ihn zur Vernunft zu bringen. »Gib auf, dann beenden wir die Sache sofort.«

Norr antwortete nicht, sondern schüttelte nur langsam den Kopf.

»Ich habe geschworen, deine Freunde aufzunehmen«, fuhr sie fort. »Ich biete ihnen den Schutz des Clans.«

»Du weißt, dass das nicht genügt«, brummte Norr. »Nicht bei den anderen Bedingungen, die du gestellt hast.«

Shalana ließ beinahe bedauernd die Schultern hängen und griff dann an, um ihn zu erledigen. Da sie einen mehr oder weniger bewegungslosen Widersacher vor sich hatte, hielt sie sich nicht lange mit Taktik oder Strategie auf. Stattdessen fasste sie den Stab mit beiden Händen, trat vor und prügelte unbarmherzig auf ihn ein. Sie wusste, dass Norr nicht kontern konnte. Dem Hünen blieb nicht viel mehr übrig, als seinen Stab wie einen Schild hochzureißen und damit ihre wilden Angriffe abzuwehren.

Die Menge schrie und johlte jetzt. Die Clanmitglieder waren so laut, dass sie die Geräusche des Kampfes übertönten. Norr taumelte zurück, als ein heftiger Schlag kam, und hüpfte auf einem Fuß, während er verzweifelt versuchte, aufrecht stehen zu bleiben. Der zweite und dritte Schlag schickte ihn zu Boden. Er landete auf dem Rücken, und die Waffe fiel ihm aus den Händen.

Shalana sprang vor, um ihm den letzten Schlag zu versetzen, packte ihren Stab mit beiden Händen an einem Ende und hob ihn hoch über den Kopf, bevor sie ihn wie einen Hammer auf einen Amboss herabsausen ließ. Norr lag immer noch auf dem Rücken und hatte seine Waffe wieder aufgehoben. Mit einer Hand riss er den schweren Holzstab hoch, in dem verzweifelten Versuch, ihren Hieb abzufangen. Für jeden anderen wäre das eine vollkommen unmögliche Verteidigung gewesen, nur nicht für diesen gewaltigen Hünen.

Es knallte wie Donner, als die beiden Stäbe aufeinanderprallten, und dann übertönte ein scharfes Knacken den Lärm der wildgewordenen Zuschauer, als der Schaft von Shalanas Waffe brach. Die Bruchstelle lag unmittelbar über ihren beiden Händen, ein unsichtbarer Fehler im Holz, der unter der ungeheuren Wucht von Norrs Schlag nachgab.

Einen Moment lang starrte Shalana wie vom Donner gerührt auf das nutzlose Holz in ihren Händen, während sie sich vergeblich bemühte diesen nahezu unmöglichen Zufall zu begreifen, der sie gerade entwaffnet hatte.

Dieses Zögern war alles, was Norr brauchte. Er hatte seinen Stab immer noch in einer Hand, holte erneut aus und hämmerte ihn in ihre Seite, während sie neben ihm stand. Die Wucht des Aufpralls katapultierte sie in die

Luft, und eine Sekunde später landete sie krachend auf dem Boden neben ihm. Dort blieb sie keuchend und nach Luft ringend liegen.

Bevor sie sich erholen konnte, rollte sich Norr auf die Seite und packte mit der freien Hand Shalanas Zopf. Er benutzte ihn wie ein Tau und zog sie damit zu sich heran. Sie hustete und würgte immer noch, während sie schwache Versuche unternahm, sich loszureißen. Eine Sekunde später hatte er sie mit dem Gesicht auf die Erde gepresst und sein gesundes Knie in ihren Rücken gerammt. Mit seinen ganzen vierhundert Pfund drückte er sie zu Boden.

»Gib auf!«, schrie er.

Shalana versuchte sich noch ein paar Sekunden zu wehren, griff mit ihren Händen nach hinten, zupfte wirkungslos an dem Mann, der auf ihr hockte, bevor sie die Hoffnungslosigkeit ihrer Lage einsah. Sie wurde schlaff, als sie ihre Niederlage akzeptierte.

»Ich gebe auf!«, keuchte sie. Norrs Gewicht auf ihrem Rücken presste ihr die Lunge zusammen. »Ich gebe auf!«

Die Hölle brach los, als die Zuschauer nach vorne stürmten, um dem Gewinner zu gratulieren. Zwischen all den Leibern der aufgewühlten Steingeister sah Jerrod, wie Scythe Keegan bei den Schultern packte. Sie drehte den jungen Mann zu sich herum und küsste ihn fest auf den Mund.

Es dauerte nur eine Sekunde, eine impulsive Handlung, ausgelöst von aufgewühlten Gefühlen, die sich in einer spontanen Geste entluden, bevor sie zu Norr eilte.

Jerrod beobachtete jedoch den jungen ChaosWirker

weiter. Keegan stand verwirrt und benommen wie angewurzelt da, während die Zuschauer an ihm vorbeistürmten. Der Hauch eines Lächelns lag auf seinen Lippen.

Interessant, dachte der Mönch, während er die kleinen Teile des Mosaiks zusammensetzte. *Äußerst interessant.*

17

Norr schnarchte so laut, dass Scythe fast Angst bekam, ihr Zelt könnte zusammenbrechen, aber wenigstens schlief er endlich.

Die zwölf Stunden seit Norrs Duell mit Shalana waren in chaotischer, hektischer Betriebsamkeit an ihr vorbeigerauscht. Während des Kampfes hatte Scythe nicht wie die anderen Zuschauer geschrien und gejubelt, weil sie zu nervös gewesen war, um ihre Gefühle zu zeigen. Ihr Magen hatte sich vor Furcht und Sorge verkrampft, sodass sie nur hatte zusehen und stumm beten können, dass Keegans Zauber funktionierte, während sie gleichzeitig gegen ihren Brechreiz ankämpfte.

Sie dachte daran, wie sie nach Norrs Sieg Keegan an den Schultern gepackt und ihm einen leidenschaftlichen Kuss gegeben hatte, bevor sie zu ihrem Geliebten geeilt war. Es war ein impulsiver Akt der Dankbarkeit für das gewesen, was der junge Mann getan hatte.

Ich hoffe nur, dass er das genauso empfunden hat. Wahrscheinlich ist der arme Kerl jetzt noch verwirrter als zuvor.

Alles, was danach geschah, war nur noch ein verworrenes Durcheinander von Bildern und Gefühlen. Der Ausdruck größter Niedergeschlagenheit und Verzweiflung auf dem Gesicht der besiegten Shalana. Die grenzenlose Freude von Norrs Anhängern, die ihn auf ihre Schultern hoben und zur Langen Halle trugen. Das angespannte Lächeln auf dem Gesicht ihres Geliebten während dieser Feiern. Seine Siegesfreude wurde aufgrund dessen, was er Shalana angetan hatte, von Kummer gedämpft und von den rein körperlichen Schmerzen, die ihm seine vielfältigen Verletzungen bereiteten.

Abgesehen davon, dass sein Knie bei dem Kampf ziemlich gelitten hatte, hatte er auch Dutzende üble Prellungen davongetragen, die erst nach vielen Wochen abklingen würden. Scythe hatte ihn so gut versorgt, wie sie konnte, hatte sein Bein verbunden und geschient, damit das Kniegelenk nicht noch mehr belastet wurde. Aber hier im Eisigen Osten gab es nur schrecklich wenige Heilpflanzen und Kräuter. Die einzige Methode, seinen Schmerz zu lindern, bestand darin, pausenlos Met in den Hals des neuen Clanhäuptlings zu kippen. Etwas, das seine Anhänger nur zu gern taten.

Den ganzen Tag war ein pausenloser Strom von Frauen und Männern in die Lange Halle gekommen, um Norr seine Aufwartung zu machen. Scythe war nicht von seiner Seite gewichen und hatte sich voller Sorge darum gekümmert, dass Norr es bequem hatte. Vaaler und Keegan und sogar Jerrod waren ebenfalls aufgetaucht, um Norr zu gratulieren. Aber es dauerte nicht lange, bis Norrs aufgewühlte Anhänger sie zum Rückzug zwangen. Jerrod war nach draußen geschlendert, und die beiden jüngeren Männer wurden aufgefordert, ihre Bierhumpen zur Feier von Norrs Sieg zu leeren.

Sie selbst weigerte sich, von der Seite ihres Geliebten zu weichen. Sie verstand die Sprache der Einheimischen nicht, sodass sie den Gesprächen derjenigen, die zu ihm traten, nicht folgen konnte, aber aus ihrem Tonfall und ihren Mienen schloss sie, dass die meisten Besucher ihm einfach nur zu seinem Sieg gratulierten. Die Mehrheit dieser Gratulanten wirkte aufrichtig, allerdings vermutete sie, dass einige wenige einfach nur versuchten, sich so schnell wie möglich bei dem neuen Anführer einzuschmeicheln. Selbst bei den Wilden des Eisigen Ostens konnte man den Speichelleckern und politischen Ränkeschmieden nicht entkommen.

Es war ihr ein Dorn im Auge gewesen, dass sich auch Terramon, Shalanas Vater, Norr zu nähern gewagt hatte. Seine Krücke pochte unüberhörbar auf dem Holzboden, als er sich vorbeugte und Norr die Hand reichte. Der hatte sie zögernd ergriffen, wobei er den alten Mann argwöhnisch betrachtete. Sie hatten ein paar Worte in ihrer Muttersprache gewechselt, bevor Norr schließlich nickte. Zufrieden war Terramon dann wieder gegangen und hatte darauf verzichtet, zu bleiben und die Niederlage seiner Tochter zu feiern.

Eine Handvoll anderer Besucher, Männer und Frauen, in denen sie die Gefolgsleute von ihrem ersten Treffen in der Langen Halle erkannte, hatten sich ebenfalls kurz mit Norr während der Feierlichkeiten unterhalten. Zweifellos machten sie sich Sorgen, wohin Norr sie führen würde, nachdem er jetzt den Clan leitete. Scythe vermutete, dass in der nächsten Woche viele lange und anstrengende Zusammenkünfte in der Langen Halle stattfinden würden, bei denen jeder versuchte, seine eigenen Interessen durchzusetzen.

Und das ist wahrscheinlich das Letzte, was Norr wollte. Hätte Shalana einfach zugestimmt, uns zu helfen, wäre er vollkommen damit zufrieden gewesen, sie als Anführerin des Clans zu akzeptieren.

Für Scythe war das nur ein weiterer Grund, die Frau zu verabscheuen. Ihr Egoismus hatte Norr zum Handeln gezwungen und ihn – sowie Scythe selbst – in eine höchst unangenehme Position manövriert.

Da er jetzt der Anführer ist, was bin ich da? Bin ich immer noch eine Fremde? Und was wird mit uns passieren? Wie lange wird Norr sich verpflichtet fühlen, hierzubleiben und seinen Clan zu führen? Wann wird er sich entschließen, zurückzutreten und jemand anderen Häuptling spielen zu lassen?

Das waren wichtige Fragen, aber Scythe wusste, dass sie sie im Augenblick nicht stellen musste. Stattdessen blieb sie stumm, während die Gratulanten kamen und gingen, und überließ es Norr, sich in dem Glanz seines Sieges und der Bewunderung seiner Anhänger zu sonnen. Sie blieb an seiner Seite und nahm ab und zu einen Schluck warmes Bier aus einer großen Flasche. Gar nichts zu trinken wäre irgendwie sonderbar gewesen, aber sie hatte nicht vor, ihre alte Gewohnheit aufzugeben, nüchtern zu bleiben, wenn die anderen tranken. Alkohol trübte die Sinne, er machte einen langsam und angreifbar, und sie hatte bereits zu viele üble Dinge gesehen, die denen passiert waren, die sich in einen solchen Zustand gebracht hatten.

Schließlich, nach vielen Stunden und zahlreichen, vor allem von Norr geleerten Bechern, verebbte der Strom von Besuchern allmählich. Mithilfe von zwei kräftigen jungen

Kriegern schleppte Scythe ihren Geliebten in ihr Zelt, wo er fast augenblicklich in einem berauschten Dämmerzustand auf dem Bett zusammengebrochen war.

Trotz Norrs lautem Schnarchen war Scythe so erschöpft, dass sie einfach neben ihm einschlafen wollte. Doch bevor es dazu kam, hörte sie, wie draußen vor dem Zelt jemand ihren Namen rief.

»Scythe, wir müssen reden.«

Eine Sekunde glaubte sie, es wäre Keegan, und ihr fiel ihr leichtsinniger Kuss wieder ein. Dann jedoch merkte sie, dass die Stimme tiefer klang als die des jungen Bannwirkers.

Jerrod?

Ihr war klar, dass ein ganzes Heer durch das Zelt hätte marschieren können, ohne dass ihr schnarchender Geliebter aufgewacht wäre. Deshalb hob sie das Fell vom Eingang und winkte den Mönch herein.

»Was willst du?« Sie kam sofort zur Sache.

»Das Duell heute war äußerst … ungewöhnlich.« Er sprach sehr bedachtsam. »Shalana scheint es nur verloren zu haben, weil ihr Stab zerbrochen ist.«

»Das ist Pech.« Scythe zuckte mit den Schultern. »So was passiert eben.«

»Das stimmt«, räumte Jerrod ein. »Aber manchmal schmieden wir unser Glück selbst.«

Scythe kniff argwöhnisch die Augen zu Schlitzen zusammen. *Wie viel weiß er? Hat er etwa mit Keegan geredet?*

Sie war nicht sicher, wie Jerrod auf das reagieren würde, was sie getan hatten, aber sie konnte sich vorstellen, dass es ihn ziemlich aufregen würde. Seiner Meinung nach zählte nur eines, nämlich Keegans angebliche Bestimmung als Erretter der Welt. Wahrscheinlich hielt er es für ein überflüssiges Risiko, ChaosMagie zu benutzen, um einen Fluch zu wirken, selbst wenn man es tat, um einem Freund zu helfen.

»Wenn du etwas zu sagen hast, dann sag es einfach«, forderte Scythe ihn auf.

»Ich glaube, Keegan, Vaaler und du habt Norr irgendwie geholfen, das Duell zu gewinnen«, erklärte er. Seine monotone Stimme verriet nichts von seinen Gefühlen zu diesem Thema. »Ich will wissen, was genau ihr drei gemacht habt.«

»Ich habe keine Ahnung, wovon du redest«, behauptete Scythe.

Sie hatte bemerkt, dass der Mönch in der Langen Halle kurz mit Keegan geredet hatte. Sie glaubte zwar nicht, dass der junge ChaosWirker sie absichtlich verraten würde, aber ein paar Met hatten vielleicht seine Zunge gelöst. Wenn jedoch Keegan dem Mönch bereits die Wahrheit gesagt hatte, brauchte sie ihn nicht auch noch aufzuklären. Und wenn Jerrod es noch nicht wusste, dann wollte sie nicht diejenige sein, die es ihm verriet.

»Vaaler und Keegan wollten mir auch nicht erzählen, was passiert ist«, gab er zu. Scythe musste unwillkürlich an ihre Zeit als Diebin auf den Straßen von Callastan zurückdenken.

Gut gemacht, Jungs. Zueinanderstehen und Klappe halten. Das ist der Codex der Unterwelt.

»Ich hatte gehofft, du wärst vernünftiger, aber ich hätte dich besser kennen sollen«, fuhr Jerrod in seinem monotonen Tonfall fort. »Vielleicht ist Norr ja zugänglicher, wenn ich mit ihm darüber rede.«

Mistkerl. Du weißt genau, dass Norr nichts damit zu tun hatte.

»Er schläft«, antwortete Scythe kalt. »Er hatte einen anstrengenden Tag.«

»Er wird irgendwann aufwachen«, erwiderte Jerrod. »Und dann werde ich ihm nur zu gerne meine Theorie über das unterbreiten, was bei diesem Duell passiert ist.«

Der Mönch hatte sie in die Enge getrieben, was er ganz genau wusste. Norr mochte vielleicht naiv sein, aber er war nicht blöd. Wenn Jerrod anfing, ihm wegen des Duells Fragen zu stellen, dann würde er von Scythe die Wahrheit hören wollen. Sie konnte ihn zwar belügen, aber sein Argwohn wäre geweckt. Er würde wissen, dass irgendetwas nicht stimmte, und würde es vielleicht sogar aus irgendeinem fehlgeleiteten Ehr- oder Pflichtgefühl Shalana sagen.

Was dann? Werden sie wieder kämpfen? Oder wird Norr seine Ehre verlieren und Shalana zur Siegerin erklärt?

Sie wusste nicht sehr viel über die Kultur der Ostländer, trotz ihrer Zeit mit Norr. Er hatte nur ungern über seine Vergangenheit geredet, und sie hatte ihn nie dazu gedrängt. Aber sie war sich ziemlich sicher, dass ein Betrug bei einem Duell, bei dem es darum ging, wer Clanhäuptling wurde, ein ernstes Vergehen war.

Das Schnarchen ihres Geliebten sagte ihr, dass er immer noch fest schlief. Es bestand keine Gefahr, dass er mitten in ihrem Gespräch aufwachte.

»Wenn ich es dir sage«, meinte sie, »darfst du nichts davon Norr erzählen.«

»Das wollte ich damit sagen«, stimmte Jerrod ihr zu. Seine Stimme und seine Miene blieben unverändert, aber trotzdem gelang es ihm, irgendwie selbstzufrieden zu wirken.

»Keegan hat einen Fluch gewirkt«, gab sie zu. »Etwas, das Shalana während des Duells Pech brachte.«

»Wie lange wird dieser Fluch anhalten?«, wollte Jerrod wissen. »Jedes Unglück, das Shalana zustößt, könnte uns ebenfalls betreffen. So funktioniert Chaos – es gibt immer unvorhersehbare Konsequenzen. Rexol nannte es Gegenreaktionen.«

»Ich glaube, der Fluch bezog sich nur auf das Duell«, sagte sie, obwohl ihr jetzt klar wurde, dass sie es nicht wirklich wusste. »Vaaler hat Schritte unternommen, um sicherzustellen, dass die Magie nicht außer Kontrolle gerät«, setzte sie hinzu.

Der Mönch nickte, und Scythe verfluchte sich dafür, dass sie Vaaler unbeabsichtigt verraten hatte. Als Jerrod ihr gedroht hatte, alles Norr zu erzählen, hatte sie das so aufgewühlt, dass sie mehr verraten hatte, als sie eigentlich wollte.

»Es war alles meine Idee«, erklärte sie in der Hoffnung, Jerrods Zorn zumindest ein wenig von den beiden anderen abzulenken. »Vaaler und Keegan haben beide versucht, es mir auszureden.«

»Aber am Ende haben sie auf dich gehört.« Jerrod klang fast so, als würde er mit sich selbst reden und nicht mit ihr.

»Da Norr jetzt Clanhäuptling ist, kann er seinen Einfluss nutzen, um die Steingeister dazu zu bringen, uns zu helfen«, erklärte Scythe. »Die Sache war zwar riskant, aber so hat sich alles zum Besten für uns gewendet.«

Zu ihrer Überraschung nickte Jerrod. »Das sehe ich auch so.«

»Ich dachte, du wärst wütend.« Scythe fragte sich misstrauisch, ob das irgendeine Art von Trick oder eine Falle war.

»Wir alle wissen von Keegans Bestimmung, aber wie genau er sie erfüllen wird, ist immer noch unklar«, erklärte der Mönch. Er sprach langsam, so als wäre er immer noch dabei, seinen Gedankengang zu entwickeln. »Ich fürchtete, du wärst eine Ablenkung, eine Belastung, ein Hindernis. Mittlerweile glaube ich, dass ich mich geirrt haben könnte.«

»Das verstehe ich nicht.«

»Du bist unter dem Blutmond geboren?«

»Woher weißt du das?« Scythe hatte noch nie über ihre Geburt geredet, nicht einmal mit Norr.

Jerrod ignorierte ihre Frage. »Vaaler ebenfalls«, fuhr er fort. »Und Keegan auch.«

Scythe war verblüfft. Der Blutmond war ein äußerst seltenes Ereignis, das zum letzten Mal vor zwanzig Jahren eingetreten war, und es hatte nur ein paar Wochen gedauert. Sie wusste zwar, dass Vaaler, Keegan und sie in etwa gleich alt waren, aber sie hatte nicht gedacht, dass sie alle innerhalb weniger Tage geboren worden waren.

»Zufall«, sagte sie schließlich. »Es ist merkwürdig, aber was heißt das schon?«

»Das heißt, dass ihr drei durch den Zeitpunkt eurer Geburt miteinander verbunden seid«, erklärte Jerrod.

»Einige würden euch verflucht nennen, aber tatsächlich ist es so, dass ihr alle drei in gewisser Weise vom Chaos gezeichnet seid.«

»Ich bin keine Hexe!«, versicherte Scythe ihm. »Und Vaaler ist auch kein Zauberer, jedenfalls soweit ich das erkennen kann.«

»Chaos manifestiert sich auf viele verschiedene Arten und Weisen«, erläuterte Jerrod. »Wir alle haben Keegans Macht gesehen. Bei ihm ist es offensichtlich.

Vaalers Eltern waren beide mit der *Sicht* gesegnet, und doch ist er vollkommen blind für Visionen. Er kann das Chaos nicht beschwören, aber mit seinem Verstand kann er selbst die komplexesten und vielschichtigsten Theorien der Magie begreifen. Das mag man Ironie des Schicksals nennen, vielleicht sogar tragisch … Es ist aber nicht übermäßig überraschend, wenn man weiß, dass das Chaos Erwartungen meist enttäuscht.«

Er machte eine Pause, und Scythe war klar, dass er darauf wartete, dass sie ihn fragte: »Und was ist mit mir?« Aber sie weigerte sich, ihm diese Genugtuung zu geben. Nach ein paar Sekunden redete Jerrod weiter, ohne sich von ihrem Schweigen beeindrucken zu lassen.

»Du dagegen bist auf eine andere Weise vom Chaos gezeichnet. Du wirst von Impulsen und Gefühlen angetrieben. Du reagierst sehr schnell, überstürzt und oft gewalttätig.«

»Mehr hast du nicht zu bieten?« Scythe lachte. »So betrachtet ist jeder, den ich in Callastan kannte, vom Chaos gezeichnet.«

»Aber bei dir reicht es tiefer«, meinte Jerrod hartnäckig. »Eine Aura umgibt dich. Ich habe sie zum ersten Mal bei dem Kampf mit den Inquisitoren wahrgenommen. Während des Kampfes warst du fast nur ein Schemen für meine *Sicht.* Ein willkürlicher, unvorhersehbarer Sturm weht um dich herum. Die meisten würden davon verschlungen werden, du jedoch reitest auf dem Sturm. Du heißt das Chaos willkommen. Es macht dich stark.«

Scythe tat diese offenkundige Schmeichelei mit einem Schulterzucken ab.

»Ich kenne die Spielchen, die Wahrsager mit einem spielen«, warnte sie ihn. »Man gibt ein paar vage Gemeinplätze über die menschliche Natur zum Besten, mischt ein paar Komplimente hinein, damit sich das Opfer gut fühlt, dann lehnt man sich zurück und beobachtet, wie der Kunde die Worte so zurechtbiegt, dass sie zu den besonderen Gegebenheiten seines Lebens passen. Das alles ist nur Schwindel.«

»Es gibt Scharlatane, die solche Techniken benutzen«, gab Jerrod zu. »Aber im Orden haben wir wahre Propheten. Als sie das erste Mal von dem Brennenden Erlöser träumten, war noch sehr viel unklar. Sie sahen eine Gestalt, gebadet in Feuer und Flammen, und sonst so gut wie nichts. Wir wussten nicht, wo unser Erretter geboren werden würde, ja, wir wussten nicht einmal, ob wir nach einem Jungen oder einem Mädchen suchen mussten. Jetzt jedoch verstehe ich die Verwirrung unserer Seher«, fuhr der Mönch fort. »Keegan ist der Erretter, gewiss, aber er steht nicht alleine da. Es besteht eine tiefe, mächtige Verbindung zwischen Keegan, Vaaler und dir. Damit Keegan sein volles Potenzial abrufen und seine Bestimmung erfüllen kann, müsst ihr alle zusammenarbeiten.«

»Netter Versuch.« Scythe schüttelte den Kopf. »Aber ich lasse mich nicht von dir für deine verrückten Pläne vereinnahmen.«

»Du weigerst dich zu sehen, was direkt vor deiner Nase liegt«, tadelte Jerrod sie. »Der Fluch, mit dem Keegan Shalana belegte, war nur der erste Schritt auf einem erheblich längeren Weg. Keegan hat den Fluch vielleicht gewirkt, aber du warst diejenige, die ihn dazu gedrängt hat, etwas zu unternehmen. Du hast ihn inspiriert, seine Macht zu nutzen, und Vaaler hat ihm gezeigt, wie er das Chaos kontrollieren und kanalisieren kann. Das alles war nur möglich, weil ihr drei zusammengearbeitet habt.«

»Ich wollte nur, dass Keegan Norr hilft«, protestierte Scythe. »Das war alles.«

»Oh nein«, widersprach Jerrod. »Hier sind weit mächtigere Kräfte am Werk. Dass sich eure Wege gekreuzt haben, war nicht einfach nur Zufall. Es war euch bestimmt, ein Teil von dem hier zu werden.«

»Ich wollte dich damals töten«, erinnerte Scythe ihn. »Und Keegan auch.«

»Aber du hast es nicht getan«, konterte Jerrod. »Und jetzt haben wir ein gemeinsames Ziel. Ich war zuerst blind dafür, weil ich mich gegen dich gestellt habe. Jetzt jedoch begreife ich, dass Vaaler und du ebenso wichtig für die Aufgabe seid, die Armeen des Schlächters aufzuhalten, wie Keegan. Jetzt endlich erkenne ich die Wahrheit.«

Scythe war klar, dass es keinen Zweck hatte, weiter zu streiten. Einem Fanatiker konnte man nicht mit Logik beikommen. Jerrod war nicht wirklich an irgendwelchen objektiven Wahrheiten interessiert. Konfrontierte man ihn mit Tatsachen, die nicht zu seiner Geschichte passten, würde er nicht etwa seine Position ändern oder eine neue Perspektive beziehen. Sondern er würde seine Wahrnehmung der Ereignisse so verbiegen, dass sie seinem Glauben entsprachen, ganz gleich, was dann passierte.

»Heißt das, dass du jetzt auf meiner Seite stehst?«, wollte sie wissen.

»Ich war immer auf deiner Seite«, gab er zurück. »Das ist mir nur bis jetzt nicht klar gewesen.«

»Hast du Keegan etwas davon erzählt?« Sie fürchtete, dass die verrückten Theorien des Mönchs die Verliebtheit des jungen Mannes in sie noch verstärkt haben könnten.

»Nein«, antwortete Jerrod. »Ich habe auch noch nicht mit Vaaler gesprochen. Die beiden sind bereits auf dem richtigen Pfad und haben ihre Rolle akzeptiert, was Keegans Bestimmung angeht.«

Jetzt wurde ihr klar, worauf diese Unterhaltung abzielte: Jerrod versuchte sie ebenfalls auf Linie zu bringen.

Scythe war sich ziemlich sicher, dass seine neue Loyalität ihr gegenüber nicht lange anhalten würde. Keegans Rolle als Erretter schien die einzige Konstante in seinen religiösen Wahnvorstellungen zu sein. Früher oder später würde sie irgendetwas sagen oder tun, was dem Bild widersprach, das Jerrod so peinlich genau für sie konstruiert hatte. Dann würde er seine Prophezeiung erneut umdeuten.

Wahrscheinlich kommt er dann zu dem Schluss, dass ich ein falscher Prophet bin, der aus Keegans Leben verschwinden muss.

Bis dahin war sie jedoch nur zu bereit, Jerrod glauben zu machen, dass sie seinen Wahnsinn akzeptierte.

Behalte deine Freunde nah bei dir und deine Feinde noch näher. Vor allem die verrückten.

»Gut zu wissen, dass du jetzt zu mir stehst«, sagte sie.

»Ich weiß, dass du mir nicht glaubst«, antwortete er. »Ich hoffe, dass du schon bald selbst die Wahrheit erkennen wirst, obwohl ich nicht glaube, dass das tatsächlich eine Rolle spielt.«

Darauf hätte Scythe ihm viele Antworten geben können, aber ihr war klar, dass keine einzige den Mönch dazu gebracht hätte, seine Haltung zu überdenken. Außerdem war sie zu müde, um sich weiter zu streiten. Also schwieg sie.

Zu ihrer Erleichterung schien Jerrod den Wink zu verstehen und wandte sich zum Gehen. Er hob die Zeltklappe hoch und warf ihr dann einen Blick über die Schulter zu.

»Du bist Teil von etwas weit Größerem, als dir klar ist. Ihr beide, Keegan und du, teilt etwas Stärkeres und Mächtigeres, als ihr beide versteht. Und das Schicksal lässt sich von seinem Lauf nicht abbringen. Niemals.«

Er verschwand, bevor Scythe etwas erwidern konnte. Erschöpft band sie die Zeltklappe zu und schmiegte sich an Norr.

Denke, was du willst, aber ich bin mehr als nur ein Spielstein in deiner schwachsinnigen Prophezeiung.

Sie klammerte sich an diesen trotzigen Gedanken, während der Schlaf sie langsam überkam. Das rhythmische Schnarchen ihres Geliebten hüllte sie ein, und sie versank in der Dunkelheit.

Jeder Atemzug, den Shalana tat, war die reinste Qual.

Norr hatte ihr mit dem Schlag, der sie zu Boden geworfen hatte, mindestens zwei Rippen gebrochen. Ihre linke Seite war von ihrer Achsel bis zur Hüfte nur noch ein einziger, riesiger violett-schwarzer Bluterguss. Ihr Rücken tat weh, und ein weiterer dunkler Fleck markierte die Stelle, wo der Hüne sein Knie in ihren Rücken gestemmt, sie auf den Boden gepresst und ihre Kapitulation erzwungen hatte.

Auch die Schulter tat ihr weh. Sie lag unglücklicherweise auf ihrer rechten Seite. Aber da sie wusste, dass jede Veränderung ihrer Position eine neue Welle von Schmerz mit sich bringen würde, ignorierte sie ihre unangenehme Lage.

Körperlicher Schmerz war ihr nicht fremd. Sie trug die Narben von vielen Schlachten am Körper. Und einige davon waren erheblich schlimmer als das, was sie im Duell mit Norr davongetragen hatte. Aber diese Wunden und Verletzungen hatte sie in Kämpfen erlitten, aus denen sie siegreich hervorgegangen war. Der Schmerz, den sie jetzt in der Niederlage empfand, war anders, er war eine Erinnerung an ihr Scheitern und ihre Demütigung, der sie nicht entkommen konnte.

Nach dem Duell hatte sich eine Handvoll ihrer Anhänger durch die feiernde Menge gedrängt und ihr auf die Beine geholfen. Sie hatten ihren gestürzten Champion durch das Chaos von Norrs Siegesfeier geführt, ignoriert und vergessen, bis sie schließlich ihr Zelt erreicht hatte.

Nein, nicht mein Zelt. Es ist das Zelt des Clanoberhaupts. Es gehört jetzt Norr.

Sie fragte sich, wie lange es dauern würde, bis er kam

und einforderte, was ihm zustand. Hoffentlich erst morgen. Denn wenigstens heute Nacht wollte sie in Ruhe gelassen werden.

Die Gefolgsleute, die sie zu ihrem Zelt gebracht hatten, waren verschwunden, um Norr ihren Respekt zu erweisen. Das konnte sie ihnen nicht verübeln. Es war wichtig, dem neuen Häuptling zu zeigen, dass er ihre Unterstützung und Loyalität besaß. Jeglicher Anspruch, den sie gegenüber diesen Thans gehabt haben mochte, war durch ihre Niederlage in dem Duell verloren.

Er hat gehumpelt. Er war verkrüppelt. Am Ende hat er nur noch auf einem Bein gestanden. Und trotzdem habe ich verloren.

Sie spielte den Kampf immer und immer wieder in ihrem Kopf durch, beobachtete, wie ihr der Sieg immer wieder durch die Hände glitt, und versuchte zu verstehen, was schiefgelaufen war.

Es sah fast so aus, als hätte das Schicksal selbst ihren Sieg verhindern wollen. Als hätte das Schicksal sich Norr als Anführer ausgesucht und sie einfach nur beiseitegedrängt.

Oder war es etwas anderes?

Terramons letzte Worte vor dem Kampf tauchten wie ein anklagender Geist aus ihrer Erinnerung auf. *Jetzt, da Norr wieder zurück ist, kann ich nur hoffen, dass du auch stark genug bist, um ihn zu besiegen.*

Ihr Vater war ein grausamer und herzloser Mann. Aber er war nicht dumm. Er hatte etwas in ihr gespürt, einen Fehler oder einen Makel, das ihn trotz Norrs Verletzung misstrauisch gemacht hatte.

Schwäche.

War es wirklich das Schicksal gewesen, das ihr den Sieg entrissen hatte? Oder hatte ihr Unterbewusstsein sie sabotiert? Empfand ein Teil von ihr Mitgefühl für Norr? Hatte sie ein schlechtes Gewissen gehabt, weil sie versucht hatte, ihn zu zwingen, sie zu heiraten? Hatte vielleicht etwas in ihr tatsächlich verlieren wollen?

Sie wollte sich diesen Fragen nicht stellen. Nicht heute Nacht. Also rollte sie sich auf den Rücken, um den pochenden Schmerz in ihrer Schulter zu lindern, löste dadurch jedoch neue Schmerzen in ihrem Brustkorb aus.

Sie rang nach Luft und knirschte mit den Zähnen, aber der Schmerz klärte zumindest ihren Geist. Da sie nicht schlafen konnte, ließ sie ihr Bewusstsein treiben, unkonzentriert und frei. Leises Gelächter und Gesang drangen durch die Nacht zu ihr. Der Wind trug die Geräusche von den Feierlichkeiten in der Langen Halle, die immer noch im Gange waren, bis hierher. Und dann hörte sie etwas anderes, etwas viel zu Vertrautes, das Klopfen einer Krücke gegen ihre Zeltklappe.

Ein paar Sekunden ignorierte sie Terramons Gegenwart, hoffte, dass er einfach wieder wegging. Was natürlich nicht passierte.

»Shalana.« Seine Stimme zischte im Dunkeln, und das Klopfen der Krücke gegen die Tierhaut des Zeltes wurde nachdrücklicher. »Shalana, wach auf!«

Mit einem leisen Stöhnen rollte sie sich wieder auf ihre rechte Seite. Es dauerte ein paar Sekunden, bis der Schmerz so weit abgeklungen war, dass sie wieder sprechen konnte. »Ich bin wach.«

Das genügte Terramon als Einladung. Er schob rasch

die Klappe zur Seite und humpelte ins Zelt. Sie erwartete, dass er sich hinsetzte, er blieb jedoch stehen. Ein dunkler Schatten im finsteren Zelt.

»Du sitzt immer noch im Dunkeln«, beschwerte er sich.

Shalana machte sich auf die bevorstehende Strafpredigt gefasst.

»Ich habe versucht, dich zu warnen.« Er schüttelte müde den Kopf.

»Da habe ich wohl nicht zugehört.« Ihre Stimme klang vollkommen tonlos.

»Das habe ich nicht gewollt«, versicherte er ihr.

»Ich weiß.« *Du wolltest, dass ich gewinne, damit du weiter an der Macht bleibst. Du warst meine rechte Hand, der erste meiner Gefolgsleute. Jetzt bist du nur einer von vielen.*

Der Anführer hatte die Macht, seine Thans zu benennen und auch zu entlassen. Norr hatte das Recht, ihrem Vater diesen Titel abzuerkennen. Aber trotz seiner persönlichen Abneigung gegen Terramon war es unwahrscheinlich, dass Norr einen so drastischen Schritt unternahm. Um die Einheit des Clans zu wahren, würde er wohl ihrem Vater und auch den restlichen Anhängern von Shalana ihre Titel lassen. Allerdings würden sie erheblich weniger Einfluss auf den neuen Clanführer haben als jene, die Norrs Anspruch unterstützt hatten.

»Ich habe mit Norr gesprochen«, erklärte Terramon.

Natürlich hast du das. Du weißt, dass er dir nicht traut, aber das wird dich nicht davon abhalten zu versuchen, dich ihm anzudienen.

Es überraschte sie nicht sonderlich, dass ihr Vater sie bereits aufgegeben hatte. Er versuchte neue Allianzen zu schmieden, seine Position zu sichern, damit er seinen Einfluss unter der Herrschaft des neuen Häuptlings allmählich wieder stärken konnte.

Norr war kein rachsüchtiger oder boshafter Mann; jedenfalls war er das damals nicht gewesen, als sie noch Freunde waren. Er würde nicht öffentlich gegen Shalana Stimmung machen oder irgendetwas gegen sie oder ihre Anhänger unternehmen. Die Steingeister jedoch würden sie nach wie vor als seine Rivalin betrachten. Obwohl sie nach wie vor zum Clan gehörte, war sie eine besiegte und gestürzte Widersacherin in ihrer Mitte. Jeder, der sich mit ihr anfreundete, würde mit Argwohn betrachtet werden.

Irgendwann würde sie ihren Status wiedererlangen können, indem sie sich im Kampf bewies und Norr und seinen Thans treu diente. Aber das würde Zeit erfordern, Monate, vielleicht sogar Jahre. Bis dahin würde man sie ignorieren und ihr aus dem Weg gehen. Sie war eine Ausgestoßene in ihrem eigenen Volk.

Wenn es so sein muss, dann muss es eben so sein.

»Ich habe Norr ein Angebot gemacht«, verkündete ihr Vater. »Er hat es akzeptiert.«

Was für ein Angebot?, fragte sich Shalana, ohne die Worte laut zu äußern. *Und warum sollte Norr das akzeptieren?*

Norr war unter Terramons Regentschaft aufgewachsen. Er wusste, was für ein Mensch ihr Vater war: ehrgeizig, rücksichtslos und verschlagen. Das Alter hatte ihn zwar seiner Fähigkeiten als Krieger beraubt, aber er konnte immer noch einen Feind durch politische Manipulation zur Strecke bringen. Norr musste doch erkannt haben, dass Terramon die größte Bedrohung für die Loyalität der Gefolgsleute ihm gegenüber war. Der Glanz der triumphalen Rückkehr des Roten Bären würde in ein paar Monaten verblasst sein. Wenn dann der Winter kam und die Realität des alltäglichen Lebens den Glorienschein des neuen Anführers hatte verblassen lassen, würde es das erste rebellische Getuschel geben. Man würde sich Fragen wegen seiner langen Abwesenheit stellen, wegen seiner unerwarteten Rückkehr und seiner sonderbaren, fremden Gefährten.

Und was ist mit der Zusammenkunft, die Hadawas plant?

Der Anführer der Sonnenklingen, ein Clan, der noch größer und mächtiger als der der Steingeister war, hatte ein Treffen aller Clanhäuptlinge anberaumt. Wären nicht Norrs Ankunft und seine unerwartete Herausforderung dazwischengekommen, wären Shalana und ihre Thans bereits dabei, die Vorbereitungen für die Reise zu treffen.

Ein solcher Ruf erging nicht leichtfertig. Die letzte Zusammenkunft hatte vor vierzig Jahren stattgefunden, während der *Säuberungen* in den Südlanden. Hadawas galt bei allen Clans als sehr respektierter Führer. Die anderen Häuptlinge wussten, dass er einen guten Grund haben musste, wenn er sie zusammenrief, in den letzten Wochen, bevor der Winter den Osten in seine eisige Faust nahm. Es musste eine Krise oder sogar eine Katastrophe drohen.

Was auch immer der Grund sein mochte, Shalana hegte keinen Zweifel, dass das der erste wirkliche Test für Norrs Führerschaft sein würde. Wenn er auch nur den kleinsten Fehler machte, würde Terramon zweifellos versuchen, diesen auszunutzen.

Also wen unterstützt du diesmal, Vater? Wer von den Thans wird deine nächste Marionette?

»Du musst ebenfalls mit Norr sprechen«, fuhr Terramon fort, als Shalana, ganz in Gedanken, nicht antwortete. »Morgen, wenn es dir wieder besser geht.«

»Er braucht sich von mir nichts anzuhören!«, stieß Shalana hervor. Sie wurde plötzlich wütend.

Du hast mich mit deinen Manipulationen und deinen Spielchen zerstört. Jetzt versuchst du, Norr zu zerstören. Aber das hat er nicht verdient!

»Alle Gefolgsleute erweisen dem neuen Anführer ihren Respekt«, erinnerte Terramon sie.

»Ich bin aber keine Than.«

»Noch nicht. Aber Norr wird seinem Kriegsrat einen entsprechenden Vorschlag machen, wenn du zu ihm kommst.«

Shalana blinzelte vor Überraschung. »Warum sollte er das tun?«

»Weil ich ihm gesagt habe, dass ich zurücktreten würde, wenn er dich an meiner statt vorschlagen würde.«

»Ich … ich verstehe das nicht.« Shalanas Gedanken überschlugen sich, während sie versuchte, seine Worte zu begreifen.

»Norr hat versprochen, dich zu der Zusammenkunft mitzunehmen«, fuhr Terramon fort. »Er hat geschworen, dir eine ehrenvolle, bedeutende Position unter seinen Anhängern zu geben.«

»Das ist Wahnsinn!« Shalana stockte fast der Atem.

»Norr vertraut mir nicht«, erläuterte ihr Vater. »Aber er bewundert und respektiert dich immer noch. Das wird er immer tun. Er will, dass ihr beide auf derselben Seite steht. Er hat die Lektion, die ich euch beiden beibringen wollte, noch immer nicht kapiert.«

»Ich werde ihn nicht verraten.« Ihre Stimme war kalt. »Nicht für dich und für niemanden.«

Terramon schüttelte den Kopf. »Warum denn nicht? Er hat dem Clan den Rücken gekehrt und dich im Stich gelassen, als er verschwunden ist.«

Das war deine Schuld.

»Und jetzt ist er zurückgekehrt und hat dir weggenommen, was dir rechtmäßig zusteht. Er hat dich vor allen gedemütigt und beschämt.«

»Er hat das Duell gewonnen«, murmelte sie. »Er hat sich das Recht verdient, Clanführer zu sein.«

»Sei keine Närrin!«, platzte ihr Vater heraus. »Wir wissen beide, dass er betrogen hat!«

Shalana antwortete nicht sofort. Sie hielt Norr nicht für fähig, etwas so Unehrenhaftes zu tun … Aber ebenso wenig hätte sie vor fünf Jahren gedacht, dass er einfach so verschwinden würde.

»Hast du irgendwelche Beweise für diese Anschuldigung?«

»Ich habe gesehen, was bei dem Duell passiert ist«, antwortete er. »Du hattest den Sieg bereits in der Hand, dann wurde er dir vor der Nase weggeschnappt. Die Massen mögen sich vielleicht von der Legende des Roten Bären blenden lassen«, meinte er, »aber ich kann noch klar genug sehen, um zu wissen, dass er dich niemals mit nur einem gesunden Bein hätte schlagen dürfen. Und doch war er am Ende irgendwie der Sieger. Das ist … nicht mit rechten Dingen zugegangen.«

So ungern sie das auch zugeben mochte, aber Terramon hatte recht. Während des Duells war irgendetwas Sonderbares passiert. Aber was es auch gewesen war, sie konnte es nicht erklären. Oder beweisen.

»Selbst wenn du recht hast«, erklärte sie, »wird dir niemand zuhören.«

»Das stimmt«, gab er zu. »Nicht ohne Beweise, die unsere Worte bestätigen. Aber Norr hegt immer noch Gefühle für dich. Er sucht nach jemandem, den er kennt und dem er vertraut, damit er ihm bei der Führung des Clans hilft. Und er wird dir sein Vertrauen schenken.

Warte ab. Halte die Augen offen. Höre zu. Irgendwann wirst du seinen Verrat entdecken. Und dann kannst du dir dein Geburtsrecht zurückholen!«

»Ich will deine Spielchen nicht mehr spielen.« Sie rollte sich herum und drehte ihm den Rücken zu. Der Schmerz war so groß, dass sie mit den Zähnen knirschte, aber es gelang ihr, einen Schrei zu unterdrücken.

»Das ist kein Spiel«, antwortete Terramon nach langen Sekunden des Schweigens. »Wenn die Wahrheit ans Licht gekommen ist, wirst du begreifen, dass Norr es nicht wert ist, Anführer zu sein. Es wird deine Aufgabe sein, ihn zu Fall zu bringen.«

Shalana ließ sich nicht zu einer Antwort herab.

Ihr Vater ertrug das vernichtende Schweigen einige Herzschläge lang, bevor er schließlich weitersprach. »Ich kenne dich besser, als du dich selbst kennst. Du bist meine Tochter, du bist von meinem Blut. Du wirst alles tun, was nötig ist, damit der Clan stark bleibt.«

Sie hörte, wie er die Zeltplane zur Seite zog und in die Nacht hinaustrat. Er bewegte sich nur langsam und stützte sich schwer auf seine Krücke.

Shalana blieb regungslos in der Dunkelheit ihres Zeltes liegen, lange nachdem er fort war. Ihre Gedanken waren zu sehr mit Terramons Worten beschäftigt, als dass sie die vielfältigen Schmerzen in ihrem Körper wahrgenommen hätte. Schließlich erlöste sie der Schlaf.

18

Umringt von ihren Hunden, rannte die Rudelführerin mit langen, elastischen Schritten über die schneebedeckte Steppe. Sie lief so tief geduckt, dass ihre Fingerspitzen über die gefrorene Erde strichen. Der Wind pfiff ihr in den Ohren und ließ ihr langes dunkles Haar flattern. Ihr keuchender Atem bildete neblige Wolken, und ihr heftig pochendes Herz pumpte heißes Blut durch ihre Adern, damit ihr Körper die kalte Luft nicht spürte.

Sie hatte keine Schwierigkeiten, das Tempo ihrer vierbeinigen Brüder zu halten; sie hatte gelernt mit dem Rudel zu laufen, kurz nachdem sie hatte krabbeln können. Wie alle Rudelführer konnte sie tagelang laufen, ohne Rast zu machen oder langsamer zu werden. Mit dem Rudel über die Tundra zu streifen bedeutete Freiheit; es war Leben.

Es dunkelte bereits. Es war ihr dritter Tag fern vom Clan. Ihr Rudel hatte auf der Jagd nach Fleisch viele Wegstunden zurückgelegt, während sie die lange Grenze des Territoriums der Eishauer entlangpatrouilliert war. Wie immer, wenn sie einen oder zwei Tage fern von den anderen Angehörigen ihres Clans verbrachte, war ihr Bewusstsein in einen nahezu animalischen Zustand übergegangen. Sie war jetzt eins mit ihren Hunden, ihre Identität wurde von ihnen aufgesogen, aber gleichzeitig war sie auch durch ihre Akzeptanz im Rudel erweitert worden.

Der Wind schlug um und brachte neue Gerüche und Düfte zu ihr. Etwas Fremdes kam aus dem Westen, etwas *Unreines.* Der Rest des Rudels witterte es ebenfalls; sie spürte ihr Unbehagen und ihre Furcht. Ihre Nackenhaare richteten sich auf, und einige der jüngeren Hunde knurrten leise, während sie weiterliefen, und auch ihr Fell sträubte sich. Aber ihre Furcht wurde von der Stärke des Rudels unter Kontrolle gehalten, und der tief sitzende Instinkt, den Clan zu beschützen und ihr Territorium zu verteidigen, überwand ihre Angst.

Sie pfiff zweimal, und sofort änderte das ganze Rudel seine Richtung, folgte der unbekannten und beunruhigenden Witterung. Nach etlichen Meilen erreichten sie den Kamm einer kleinen Anhöhe, wo das gesamte Rudel wie angewurzelt stehen blieb.

Unterhalb von ihnen erstreckte sich eine Armee von Menschen: Tausende von ihnen marschierten langsam, aber stetig nach Osten. Der Schock riss die Rudelführerin aus ihrem seligen, halb animalischen Zustand. Die Vernunft übernahm wieder die Kontrolle.

Ihr war klar, dass das kein rivalisierender Clan war. Keiner der östlichen Stämme konnte ein derart großes Heer ins Feld führen.

Das sind keine Menschen, dachte sie, als sie den fremdartigen Geruch erkannte, den auch der junge Mann ausgestrahlt hatte, der mit jenen Ausländern gereist war, die sie an die Steingeister verkauft hatten. *Es sind Danaan.*

Aber der Geruch, den die ferne Horde absonderte, war nicht der Geruch, den sie zuvor bemerkt hatte. Es war nicht der Geruch, vor dem sie sich vor Furcht am liebsten auf den Boden gekauert hätte oder weggelaufen wäre. Der Geruch war schwächer geworden, vom erneuten Umschlagen des Windes weggeweht worden.

Sie betrachtete den langsamen, aber unaufhaltsamen Marsch des Heeres ein paar Minuten lang, während sie seine Richtung und die Anzahl der Soldaten abschätzte. Statt in einer homogenen Masse marschierten sie in kleinen Gruppen von etwa einem Dutzend Individuen, die sich eng zusammengeschart hatten. Diese kleineren Einheiten bewegten sich mit unterschiedlicher Geschwindigkeit, und ihre Position innerhalb des gesamten Heeres veränderte sich permanent, wenn einige der Gruppen voranmarschierten und andere sich zurückfallen ließen. Dieses scheinbar willkürliche Muster erinnerte sie an das subtile, sich verändernde Muster eines rennenden Rudels – eine formlose, scheinbar ungeordnete Masse, die trotzdem irgendwie als Ganzes zusammenhielt.

Schon bald erkannte sie, dass sich das Heer in Richtung der letzten Lagerstelle des Clans der Eishauer bewegte. Sie machte sich keinerlei Illusionen darüber, was passieren würde, wenn diese den Invasoren in die Quere kamen.

Und dann wurde sie entdeckt. Das Hauptkontingent des Heeres befand sich zwar immer noch auf der Ebene unterhalb der Anhöhe, aber etliche Kundschafter hatten bereits den Hügel erklommen. Und einer davon war über einen kleinen Kamm in ihrer Nähe gekommen, ohne dass sie ihn bemerkt hatte, während sie das Heer auf der Ebene betrachtete. Als er die Hunde sah, gab er eine Reihe von Hornsignalen.

Dem antwortete aus einiger Entfernung eine Reihe

weiterer Signale. Aus diesen Antwortsignalen schloss die Rudelführerin, dass einige der Voraustrupps bereits viele Meilen hinter ihr waren. Sie konnten sie einkreisen und dem Rudel den Rückzug abschneiden.

Sie pfiff dreimal rasch hintereinander, scharf, kurz und schrill. *Gefahr! Nach Hause!* Sofort wirbelte das Rudel herum und rannte, so schnell es konnte, in die entgegengesetzte Richtung davon. Die Danaan hinter ihr machten sich an die Verfolgung, aber sie wusste, dass sie ihnen entkommen konnte. Die wirkliche Gefahr lag vor ihr.

Wieder ertönten Hornsignale, und die Antwort kam aus verschiedenen Richtungen vor ihr. Die Rudelführerin begriff, dass sich das Netz zuzog. Innerhalb von wenigen Sekunden tauchte der Feind am Horizont auf. Graue Umrisse in dem rasch aufziehenden Zwielicht.

Ein weiterer Pfiff veranlasste das Rudel, sich aufzuteilen. Die Hunde rannten in alle möglichen Richtungen davon, in der Hoffnung, dass ein oder zwei entkommen würden, damit sie den Clan warnen konnten. Der Feind reagierte mit weiteren Hornsignalen. Die Patrouillen vor ihr teilten sich ebenfalls auf, um ihre Flucht zu verhindern.

Die Danaan waren zwar sehr schnell, aber ihre Geschwindigkeit konnte mit der der Rudelführerin und ihrer Hunde nicht mithalten. Einen Augenblick lang hegte sie die Hoffnung, dass sie alle entkommen würden. Nur hatte sie nicht mit den Bogenschützen gerechnet.

Das laute Knallen von Sehnen erfüllte die Luft, und eine Sekunde später traf sie eine Pfeilsalve. Die Hunde jaulten und wimmerten, als die tödlichen Geschosse sie durchbohrten. Die erste Salve tötete fast die Hälfte des

Rudels, auch wenn die Rudelführerin nicht getroffen wurde. Das änderte sich nach der zweiten Salve.

Sie hörte das Knallen der Sehnen diesmal nicht, weil sie nur auf das Jaulen ihrer sterbenden Hunde achtete. Aber sie spürte, wie sich der erste Pfeil mit einem dumpfen Schlag in ihre Schulter grub. Sie kam aus dem Tritt und wurde herumgewirbelt. Der zweite Pfeil erwischte sie am Oberschenkel und riss sie zu Boden. Ein weiterer grub sich in ihren Bauch, und sie stöhnte vor Schmerz und Schock.

Sie konnte nicht aufstehen und sah sich auf dem Boden liegend um. Bis auf zwei ihrer Hunde waren alle tot oder lagen im Sterben.

Einer genügt, um den Clan zu warnen, dachte sie und klammerte sich an diese letzte, verzweifelte Hoffnung.

Sie sah, wie die beiden überlebenden Hunde die Reihen der Feinde durchbrachen und so schnell rannten, wie sie konnten. Eine weitere Salve erledigte einen der beiden, ein Pfeil bohrte sich in seinen Hals. Aber wie durch ein Wunder wurde das letzte Tier, eine junge, starke und wilde Hündin, nicht getroffen. Die Bogenschützen feuerten erneut, aber mittlerweile war die Hündin bereits außerhalb der Reichweite ihrer Pfeile, die hinter ihr auf den Boden fielen, ohne Schaden anzurichten.

Lauf!, dachte die Rudelführerin, als die Welt um sie herum bereits dunkel wurde und der Lebenssaft aus ihren Wunden sickerte. *Lauf!*

Plötzlich erschien eine weitere Gestalt auf der Kuppe eines Hügels. Sie war viel zu groß, um ein Danaan oder ein Mensch zu sein. Und sie war fast genauso breit wie hoch. Sie stand zwar aufrecht, aber nach vorne gebeugt, um ihre massige Gestalt mit den Armen abzustützen.

Die Rudelführerin wusste nicht, was das für eine Kreatur war, aber sie erkannte den Gestank, den dieser Berg dunklen, fauligen Fleisches ausdünstete. Das war der Geruch, der das Rudel so beunruhigt hatte. Das Monster drehte seinen gewaltigen Kopf zur Seite, und seine gelben Augen glühten in dem abnehmenden Tageslicht, als es seinen Blick auf den fliehenden Hund richtete. Es sammelte sich einen Augenblick, spannte seine Muskeln an und schien dann förmlich zu explodieren, als es der Hündin mit widernatürlicher, unglaublicher Geschwindigkeit hinterherrannte.

Die Kreatur wirkte fast wie ein Schemen, als sie über die Tundra raste. Sie verkürzte den Abstand zu ihrer Beute in wenigen Sekunden. Als sie die flüchtige Hündin überholte, ließ die Bestie ihre gewaltige Faust wie einen Hammer herabsausen und zertrümmerte dem Hund das Rückgrat. Die Hündin kreischte, und ihr Heulen klang fast wie ein menschlicher Schrei. Der Rudelführerin zerriss es fast das Herz.

Das Letzte, was sie sah, bevor sie in die ewige Dunkelheit hinüberglitt, war, wie die Bestie den immer noch zappelnden Hund vom Boden hochriss und ihre Zähne in den warmen, noch lebenden Leib schlug.

19

Keegan hatte nicht das Gefühl, einfach nur aufzuwachen, sondern er musste sich mühsam seinen Weg zum vollständigen Bewusstsein freikämpfen. Er konnte sich nicht daran erinnern, wie viele Humpen Bier er während der Feier zu Norrs Sieg geleert hatte, aber ganz offensichtlich waren es mehr gewesen, als er hatte vertragen können.

In seinem Kopf wummerte es, und jeder Herzschlag schickte das Blut rauschend durch seine Schläfen. Seine Lider waren schwer und juckten, als hätte jemand ihm während des Schlafs Sand in die Augen gestreut. Sein Mund war so trocken und kratzig, dass er sich fragte, ob er vielleicht an der groben Wolldecke gekaut hatte, die ihn in der Nacht gewärmt hatte.

Trotz seines körperlichen Unbehagens jedoch schien er nicht genug getrunken zu haben, um zu verhindern, von Scythe zu träumen. In seinem erschöpften, verkaterten Zustand wusste er nicht genau, ob seine Erinnerung eine Vision gewesen war oder nur ein einfacher Traum.

Wir waren zusammen, dachte er. *Nackt. Und ganz eng.*

In seinem Traum hatte sie sich zu ihm gebeugt und ihn geküsst; so, wie sie ihn geküsst hatte, nachdem Norr das Duell gewonnen hatte.

Sie war einfach nur dankbar für das, was du getan hast. Es hatte nichts zu bedeuten.

Aber Vaaler hatte sie nicht geküsst.

Er hatte die ganze Nacht über diesen Kuss nachgedacht. Während er einen Humpen Bier nach dem anderen leerte, um Norrs Triumph mit seinen Anhängern zu feiern, hatte er ständig zu Scythe geblickt. Sie hatte sich nicht anmerken lassen, ob sie es bemerkte. Ihre gesamte Aufmerksamkeit hatte dem neuen Clanführer gegolten.

Du interpretierst zu viel in diesen Kuss hinein, warnte er sich selbst. *Im besten Fall ist sie eine Freundin. Das ist alles, was sie für dich sein wird. Nicht mehr.*

»Die Dinge können sich ändern«, murmelte Keegan. »Die Zukunft ist nicht in Stein gemeißelt.«

Vaaler kannte Keegan mittlerweile sehr gut, und ihm fiel auf, dass den jungen ChaosWirker etwas bedrückte. Keegan war noch ruhiger und nachdenklicher als gewöhnlich. Dass sein Körper den Alkohol allmählich ausschied, war nur zum Teil dafür verantwortlich. Allerdings hatte der junge ChaosWirker erheblich mehr getrunken als Vaaler. Aber der Danaan spürte, dass noch mehr hinter Keegans trübseliger Stimmung steckte. Er hatte kein einziges Wort gesagt, seit er zum Frühstück aus seinem Zelt gekrochen war. Er hatte einfach nur schweigend auf dem Dörrfleisch herumgekaut, das die Steingeister offenbar morgens, mittags und abends verzehrten.

Der Winter im Eisigen Osten ist eine sehr harte Zeit, sagte sich Vaaler.

Die fruchtbare Jahreszeit war vorbei. Alle Früchte und alles Gemüse, die in diesem ungastlichen Klima überhaupt wachsen konnten, waren schon vor langer Zeit geerntet worden. Frisches Wild zu jagen gelang nur selten, und jeder, der auf die Jagd ging, riskierte, von einem der rasch aufziehenden Schneestürme überrascht zu werden, die alle paar Tage über die Tundra fegten. Bis zum Tauwetter im Frühling war dieses harte, zähe Fleisch wahrscheinlich die einzig verlässliche Nahrungsquelle für den Clan.

»Liegt dir etwas auf der Seele?«, erkundigte sich der Danaan, in der Hoffnung, seinen Freund aus der Reserve zu locken.

»Ich denke nur nach«, murmelte Keegan.

Darauf würde ich wetten.

Vaaler hatte ebenfalls viel nachgedacht. Norr hatte zwar das Duell gewonnen, aber der ehemalige Prinz der Danaan war noch beunruhigter als zuvor. Obwohl er mit Norrs Anhängern etliche Humpen Bier geleert hatte, um den Sieg des neuen Häuptlings zu feiern, hatte er kaum geschlafen.

Keegans Magie war so stark, dass sie den Verlauf des Duells beeinflussen konnte. Aber welche Konsequenzen wird das noch haben?

Vaaler hatte sämtliche Vorsichtsmaßnahmen ergriffen, die er hatte treffen können, um dafür zu sorgen, dass die Gegenreaktion des Zaubers kontrollierbar blieb. Aber das Ritual, das er ersonnen hatte, basierte eher auf Theorie als auf wirklicher Erfahrung, und das Chaos war unvorhersehbar.

Vor allem, wenn Keegan daran beteiligt ist.

Vor dem Duell war Vaaler nicht einmal sicher gewesen, ob ihr Plan überhaupt funktionieren würde. Trotz allem, was er über Keegans Möglichkeiten als ChaosWirker und Jerrods unerschütterlichen Glauben daran, dass der junge Mann der Erretter der Welt war, wusste, hatte er insgeheim erwartet, dass Norr verlieren würde. Alles, was er von Magie wusste und verstand, zwang ihn zu der Annahme, dass der Bann versagen musste. Doch als er den Kampf verfolgte, wurde ihm klar, dass Keegan es tatsächlich geschafft hatte, den Fluch erfolgreich zu wirken.

Niemand sonst hätte das unter solchen Umständen bewerkstelligen können. Nicht einmal Rexol.

Denn der Zauber war nicht von den schlummernden Energien im Nordforst der Danaan gespeist worden. Seine Macht hatte sich allein auf das Reservoir des Chaos in Keegan selbst gegründet. Und noch verblüffender war, dass der junge ChaosWirker nicht einmal die das Bewusstsein verändernde Wirkung der Hexwurz gebraucht hatte, um das Chaos freizusetzen. Die sich daraus ergebenden Konsequenzen machten ihn schwindelig.

Er kann das Chaos beschwören, wann immer es ihm beliebt. Nur, kann er es auch kontrollieren?

Aufgrund seiner Studien unter Rexol wusste Vaaler, dass die uralten Symbole und komplizierten Anrufungen, die während jedes Rituals rezitiert wurden, hauptsächlich der Konzentration dienten. Es waren Werkzeuge, die den Geist eines Hexers kanalisierten, Katalysatoren, die die Gedankenmuster auslösten, die es einem Bannwirker erlaubten, das Chaos zu einem bestimmten Zweck zu formen. Sie erleichterten es den ChaosWirkern, einen Bann zu wirken, aber wenn ein Hexer stark genug war, konnte er theoretisch auch dasselbe nur mit seiner Willenskraft erreichen.

Keegan hatte ohne jeden Zweifel bewiesen, dass diese Theorie stimmte. Er hatte das Chaos auf eine Art und Weise eingesetzt, die niemand seit dem Kataklysmus für möglich gehalten hätte.

Er ist wie einer der großen Magier, die die Alte Magie praktizierten.

Das war ein ebenso begeisternder wie ernüchternder Gedanke. Denn der Kataklysmus war von eben dieser Alten Magie ausgelöst worden, jedenfalls stand das so in den Legenden der Danaan. Rexol hatte sein ganzes Leben mit der Suche nach dieser Macht verbracht, bis sie ihn dann am Ende zerstört hatte. Sollte Keegan jedoch tatsächlich Jerrods Prophezeiung erfüllen, musste er diese Möglichkeit anwenden, trotz der Risiken. Vaaler konnte sich nicht einmal vorstellen, wie es sich anfühlen musste, eine solche Bürde zu tragen.

Außerdem machte er sich Sorgen wegen Jerrod. Der Mönch hatte sie während des Duells sehr scharf beobachtet; Vaaler hatte die ganze Zeit gefühlt, dass seine blinden Augen auf ihm ruhten. Jerrod hatte ein sehr feines Gespür für die Manifestationen des Chaos; vielleicht hatte er während des Kampfes etwas Unnatürliches wahrgenommen.

Wenn das stimmte, würde er uns dann deswegen nicht zur Rede stellen?

Vaaler kannte Jerrod zwar nicht gut, aber wenn der Mönch sie wegen ihrer Aktivitäten nicht zur Rechenschaft zog, musste es einen Anlass dafür geben. Aufgrund der blinden Augen des Mönchs und seiner unnatürlichen Sinne war schwer zu erkennen, was genau er beobachtete. Aber auf Vaaler hatte es den Eindruck gemacht, als würde

Jerrod ihn und Keegan die ganze Nacht sehr scharf im Auge behalten.

Er muss etwas argwöhnen. Ist es das, was Keegan beunruhigt? Macht er sich Sorgen, wie Jerrod reagieren wird, wenn er es herausfindet?

»Du kannst mit mir über alles reden«, versicherte Vaaler seinem Freund. »Das weißt du doch, stimmt's?«

Keegan seufzte tief. »Ich kann nicht aufhören, an Scythe zu denken«, gab er dann zu.

Hätte ich mir auch denken können.

Vaaler war sich darüber im Klaren, was sein Freund für die junge Frau empfand. Keegan war nicht besonders gut darin, seine Gefühle zu verbergen. Und es war verständlich. Scythe war eine attraktive Frau, voller Energie und äußerst lebhaft. Aber eine einfache Verliebtheit war eine Sache. Wenn Keegan sich allerdings in diese Sache hineinsteigerte, konnte das Ärger machen.

»Sie ist mit Norr zusammen.« Vaaler bemühte sich, nicht zu kritisch zu klingen. »Das weißt du.«

»Ich weiß. Aber als sie mich nach dem Duell geküsst hat, hat sich das angefühlt wie … Es ist schwer zu erklären.«

»Es ist schwer zu erklären, weil nichts weiter dahintersteckt. Also hör auf, dich wie ein Narr aufzuführen.«

»Du hast gesagt, ich könnte mit dir über alles reden«, konterte Keegan beleidigt. »Und jetzt verspottest du mich?«

»Ich verspottete dich nicht«, widersprach Vaaler. »Ich sage dir nur, dass du dir wegen eines einfachen kleinen Kusses nicht zu viele Gedanken machen sollst. Sie war nur aufgeregt wegen Norr. Und sie hat sich in dem Augenblick mitreißen lassen.«

»Ich glaube, dass mehr dahintergesteckt hat«, beharrte Keegan. »Es gibt eine Verbindung zwischen uns.«

»Du meinst, du möchtest gerne, dass da eine Verbindung besteht«, verbesserte ihn Vaaler. »Ich habe Norr und sie zusammen gesehen. Sie bedeuten einander alles. Da solltest du dich lieber nicht dazwischen drängen.«

Und wenn du es doch tust, dachte er, *könnte Norr vielleicht auf die Idee kommen, dich ungespitzt in den Boden zu rammen.*

»Vielleicht sollte ich sie einfach fragen, was sie empfindet.« Keegan schien mehr mit sich als mit seinem Freund zu reden, was Vaaler jedoch nicht davon abhalten konnte, ihm zu antworten.

»Sprich das Thema lieber nicht bei Scythe an«, warnte er ihn. »Du wirst dich nur in eine peinliche Situation manövrieren. Du machst eine große Sache aus rein gar nichts. Außerdem gibt es wichtigere Dinge, über die du dir den Kopf zerbrechen solltest.«

»Die da wären?«

»Jerrod zum Beispiel. Hast du nicht bemerkt, wie er uns gestern Abend beobachtet hat? Ich glaube, er weiß, was wir gemacht haben.«

»Jetzt bist du derjenige, der zu viel in eine Sache hineininterpretiert«, entgegnete Keegan. »Jerrod beobachtet mich ständig. Er macht sich einfach zu viele Sorgen.«

»Vielleicht hat er Grund dafür.«

»Was soll das heißen?«

»Das soll heißen, dass du das, was passiert ist, nicht

ernst genug nimmst. Dein Bann hat funktioniert! Du hast Shalana verhext, und daraufhin hat sie verloren!«

»Ich sagte doch, dass es funktionieren würde«, erinnerte ihn Keegan. »Ich weiß nicht, wieso das so etwas Besonderes sein soll.«

Vaaler knirschte frustriert mit den Zähnen. Keegan war wie ein Bruder für ihn, aber manchmal war er so töricht, dass es wehtat.

»Dir ist nicht klar, was du da gemacht hast, hab ich recht?« Vaaler seufzte und schüttelte den Kopf. »Du hast das Chaos beschworen, ohne Hexwurz benutzen zu müssen.«

»Das habe ich schon einmal gemacht«, rechtfertigte sich Keegan. »Wie du weißt.«

»Das hier war kein einfacher Gefühlsausbruch, sondern eine kühl kalkulierte Tat! Sind dir eigentlich die Konsequenzen dessen klar, was du getan hast?«

»Dir denn?«, schoss Keegan zurück. »Das ist nicht das erste Mal, dass ich das Chaos beschworen habe. Und es wird auch nicht das letzte Mal sein.«

»Du nimmst deine Macht für selbstverständlich«, fauchte Vaaler ihn an. »Du weißt einfach nicht zu schätzen, wie unglaublich und verblüffend deine Fähigkeiten sind. Wenn ich diese Gabe hätte …!«

»Hast du aber nicht!«, unterbrach Keegan ihn verärgert. »Und du wirst sie auch nie haben. Also hör auf, mir vorzujammern, was du deswegen empfindest!«

Vaaler verstummte. Keegan öffnete den Mund, als wollte er noch etwas sagen, schloss ihn dann jedoch und starrte auf den Boden.

Angewidert von seinem Freund stand der frühere Prinz auf und stampfte wütend davon. Keegan blieb allein am Feuer sitzen und kaute weiter auf seinem Trockenfleisch herum.

Vaaler stürmte durch das Lager, ohne genau zu wissen, wohin er wollte, angetrieben von Wut und Demütigung. Als er die Lange Halle am Rand des Lagers erreichte, verschwanden allmählich die Gefühle, die seinen Geist vernebelten. Und dann fragte er sich unwillkürlich, wieso das Gespräch so schnell aus dem Ruder gelaufen war. Sie hatten schon oft gestritten, aber es sah Keegan nicht ähnlich, ihn so zu beleidigen.

Und es ist nicht üblich für mich, dass ich derart überreagiere, gestand er sich ein.

Sein ganzes Leben hatte er es ertragen müssen, dass er keine magische Gabe besaß. Er hatte gelernt, diese Tatsache hinzunehmen. Aber aus irgendeinem Grund hatten die Worte des jungen Bannwirkers ihn besonders tief getroffen.

Wir alle haben zu viel Stress gehabt. Das ist alles.

Aber Vaaler wusste, dass mehr an der Geschichte dran war. In den letzten Wochen hatten sie in weit schwierigeren Situationen gesteckt als jetzt. Ihre Gefühle waren oft mit ihnen durchgegangen, aber noch nie waren Keegan und er so aufeinander losgegangen.

Und warum jetzt?

Noch bevor er es genauer analysieren konnte, flog die Tür der Langen Halle auf, und Scythe stürmte heraus. Sie hatte die Fäuste geballt, die Zähne zusammengebissen, und ihr Gesicht war wutverzerrt. Vaalers erster Impuls war, beiseitezutreten und sie vorbeizulassen. Er hatte ihre

Wut oft genug erlebt, um zu wissen, dass es besser war, ihr in so einem Fall nicht in die Quere zu kommen. Doch im letzten Moment änderte er seine Meinung.

Warum soll ich auf Zehenspitzen um sie herumschleichen? Sie ist nicht die Einzige, die das Recht hat, wütend zu sein!

Außerdem, fuhr die irrationale, weinerliche Stimme in seinem Kopf fort, *hätten Keegan und ich nicht angefangen, uns zu streiten, wenn sie ihm nicht diesen blöden Kuss gegeben hätte!*

»Wohin willst du denn so eilig?« Er stellte sie direkt zur Rede.

»Ich gehe packen!«, erwiderte sie und blieb unmittelbar vor ihm stehen.

»Packen? Gehen wir irgendwohin?«

»Anscheinend. Ein paar Clans bereiten offenbar irgendein großes Treffen vor.«

»Die Zusammenkunft.« Vaaler erinnerte sich an Shalanas Worte an die Abgesandten der Eishauer. »Irgendjemand namens Hadawas hat die Clanhäuptlinge zusammengerufen.«

»Jedenfalls will Norr Hadawas und den Rest der Clanführer auffordern, Jerrod bei seinem albernen Feldzug zu helfen und die Welt zu retten.«

»Das ist wahrscheinlich eine sehr gute Idee.« Vaaler wusste nicht, warum Scythe deshalb so wütend war. »Wir haben uns schon eine Menge Feinde gemacht. Da könnten wir ein paar Verbündete gut gebrauchen.«

»Er will morgen aufbrechen.« Scythes Stimme troff vor Verachtung. »Und er nimmt all seine *Lieblings*gefolgsleute mit.«

Etwas an der Art, wie sie *Lieblings…* sagte, gab Vaaler den entscheidenden Hinweis.

»Shalana?«

»Selbst nach allem, was sie angestellt hat, selbst nach ihrem Versuch, ihn dazu zu zwingen, sie zu heiraten, will dieser Idiot sie trotzdem mitnehmen!«

»Ich halte das eigentlich für eine ziemlich kluge Idee«, konterte Vaaler. »Shalana hat immer noch Anhänger im Clan. Es wird erheblich besser für Norr laufen, wenn er sie davon überzeugen kann, dass sie alle auf derselben Seite stehen.«

»Ich hätte mir denken können, dass ein ehemaliger Prinz gerne den Politiker spielt!«, erwiderte sie verächtlich. »Wahrscheinlich bin ich die Einzige hier, die nicht mit meinen Feinden ins Bett steigen will.«

»Shalana ist nicht dein Feind.«

»Wirklich nicht? Sie hätte nur einwilligen müssen, uns zu helfen, dann wäre alles wunderbar gelaufen«, protestierte Scythe. »Aber sie wollte stattdessen Ärger machen.«

»Versuche, es von ihrer Seite zu betrachten«, drängte Vaaler sie. »Norr hat sie verletzt, als er weggegangen ist. Er hat sie im Stich gelassen.«

»Weil sie ihn zu einem Duell herausgefordert hat!«, stieß sie hervor. »Es war ihre eigene Schuld!«

»So einfach ist das nicht«, erinnerte Vaaler sie. »Als ihr Vater Norr ihr vorgezogen hat, war Shalana gedemütigt und beschämt. Alles, wofür sie ihr ganzes Leben lang gearbeitet hatte, war ihr plötzlich weggenommen worden. Damit hatte sie die letzten fünf Jahre zu kämpfen; und dann hat sie versucht, neu aufzubauen, was sie verloren hatte. Und als Norr plötzlich wieder auftauchte, ist alles erneut zusammengebrochen.«

»Hör auf, sie zu entschuldigen!«, fuhr sie ihn an. »Sie muss für das bezahlen, was sie getan hat!«

»Du hast gewonnen, Scythe!«, erwiderte Vaaler scharf. »Norr ist Clanoberhaupt, und ihr beide seid immer noch zusammen. Reicht das nicht?«

»Nein«, erwiderte sie. »Sie muss leiden.«

»Das tut sie doch schon«, versicherte Vaaler ihr. »Mehr als du wissen kannst.«

»Sie tut dir leid, hab ich recht?«, fragte Scythe anklagend.

»Vielleicht verstehe ich einfach nur besser als du, was sie durchmacht«, antwortete er ruhig.

»Überleg dir sorgfältig, auf wessen Seite du stehst«, warnte Scythe ihn. »Entweder bist du für mich oder für sie.«

»Ich stehe auf deiner Seite!« Vaaler wedelte mit dem Finger vor ihrer Nase hin und her. »Ich habe Norr schließlich geholfen, dieses Duell zu gewinnen, schon vergessen?«

»Nimm deinen Finger aus meinem Gesicht, bevor ich ihn dir abschneide!«, flüsterte Scythe drohend.

Vaaler zögerte, dann ließ er die Hand sinken und trat zur Seite. Zufrieden stürmte Scythe an ihm vorbei und warf ihm einen finsteren Blick zu.

Erst Keegan und ich, jetzt ich und Scythe, dachte Vaaler, während er ihr nachschaute. *Was ist mit uns dreien los?*

Er fragte sich das immer noch, als die Tür zur Langen Halle sich kurz darauf erneut öffnete und die Thans herauskamen. Sie marschierten an ihm vorbei, und die meisten schienen guter Dinge zu sein. Er bemerkte, dass Shalana nicht unter ihnen war.

Wahrscheinlich erholt sie sich noch von dem Duell.

Norr war der Letzte, der herauskam. Er humpelte auf seinem geschienten Bein und benutzte einen Stock als improvisierte Krücke.

Als er Vaaler bemerkte, trat er zu ihm. »Hast du Scythe gesehen, als sie herauskam?«

»Sie war nicht besonders glücklich«, erwiderte Vaaler.

»Ich habe sie noch nie so wütend erlebt«, gab Norr zu. »Vielleicht war es ein Fehler, Shalana zu einem Than zu machen.«

»Es war eine richtige Entscheidung«, versicherte Vaaler ihm. »Das wird Scythe auch bald einsehen.«

»Sie kann sehr dickköpfig sein«, merkte Norr an. »Und sie ist sehr nachtragend. Aber selbst für sie war das eben ziemlich extrem.«

»Lass ihr einfach etwas Zeit«, schlug Vaaler vor. »Sie wird während unserer Reise zu der Zusammenkunft abkühlen.«

»Sie hat dir davon erzählt?«

Der Danaan nickte.

»Wir müssen gleich morgen früh aufbrechen, wenn wir dort rechtzeitig ankommen wollen«, fuhr Norr fort. »Kannst du es Jerrod und Keegan mitteilen?«

»Ich glaube nicht, dass Keegan mich im Moment sehen will«, antwortete Vaaler. »Wir hatten ebenfalls gerade einen Streit.«

»Das sieht euch beiden aber gar nicht ähnlich«, bemerkte Norr.

Nein, tut es nicht.

»Ich sage es Jerrod, und der kann es Keegan sagen«, meinte Vaaler dann. »Wir werden jedenfalls bereit sein.«

Während er dem Hünen nachblickte, wie dieser davonhumpelte, dachte er unausgesetzt an seinen Streit mit Keegan und Scythe und versuchte herauszufinden, wieso sie so schnell so heftig aneinandergeraten waren.

Nach ein paar Minuten gab er den Versuch, es zu verstehen, frustriert auf, überzeugt, dass er irgendetwas sehr Offensichtliches übersah.

20

Der schwere eiserne Kragen scheuerte Andar die Haut am Hals auf, ebenso wie die Fesseln die Haut an seinen Handgelenken und Knöcheln. Die Eisenschellen waren jedoch nicht mit einer Kette irgendwo befestigt, sodass ihre Funktion vor allem symbolisch zu verstehen war. Sie brandmarkten ihn als Verbrecher.

In das Metall waren uralte Runen eingeätzt, die ihn daran hindern sollten, seine Macht zu benutzen und das Chaos zu beschwören. Hätten sie sich immer noch in den Nördlichen Waldungen und auf dem Territorium der Danaan aufgehalten, wären solche Sicherheitsmaßnahmen notwendig gewesen. Jetzt und hier jedoch hatten sie nur sinnbildlichen Charakter. Keiner der Zauberer der Danaan, nicht einmal der ehemalige Hohe Zauberer selbst, konnte hier auf den schneebedeckten Ebenen des Eisigen Ostens die Macht der Magie anzapfen.

Langsam, aber zielstrebig und überlegt bewegte er sich durch das große Zelt, das man vor etwa einer Stunde aufgeschlagen hatte. Er stellte die Teller, das Besteck und die Becher für die Königin und ihren Kriegsrat auf den Tisch. Die eisernen Fesseln zwangen ihn zu recht ungelenken Bewegungen, als er den Tisch deckte. Und ihr Gewicht war eine ständige Erinnerung an seinen niederen Rang.

Für seinen Verrat hatte sich Rianna eine uralte und nur

selten angewandte Strafe ausgedacht. Man hatte Andar seinen ehemaligen Titel aberkannt und ihn zum Sklaven erklärt, sodass er jetzt als Diener arbeiten musste. Diese Strafe war sowohl gnädig als auch besonders grausam.

Es war natürlich besser als eine Verbannung oder gar eine Exekution oder auch nur eine lange Strafe in den Kerkern unter der Burg, wo er Kälte und Hunger hätte erleiden müssen und anderen körperlichen Qualen ausgesetzt gewesen wäre. Aber die Demütigung und die Schande, denen aufzuwarten, denen er einst ebenbürtig gewesen war, stellten ebenfalls eine Art Folter dar.

Laut den uralten Gesetzen, die Rianna angewandt hatte, war ihm nicht erlaubt, mit irgendjemandem zu sprechen außer mit der Königin selbst. Bei Zuwiderhandlung konnte er seine Zunge verlieren. Andar glaubte zwar nicht, dass seine Herrscherin zu einer solchen Grausamkeit fähig wäre, sollte ihm in Anwesenheit anderer etwas Unbedachtes herausrutschen, aber er war nicht bereit, das Risiko einzugehen.

Außerdem würde er ansonsten auch den Sinn der Strafe ad absurdum führen, und trotz seiner aufrührerischen Handlungen während des Rituals am Schwarzen See stand er nach wie vor treu zu seiner Königin. Er diente als Exempel für Riannas loyale Gefolgsleute, als eine ständige Erinnerung, dass alles andere als absolute und bedingungslose Loyalität harte Konsequenzen nach sich ziehen würde.

Aber obwohl er jetzt ein Sklave war, bot seine neue Position auch gewisse Vorteile. Er war der persönliche Bedienstete der Königin und bei praktisch jeder Zusammenkunft des Kriegsrates anwesend. Obwohl er keinerlei Autorität mehr besaß, war er damit nach wie vor über die internen Abläufe im Königreich informiert, und natürlich auch über den Feldzug der Danaan gegen die Barbaren des Eisigen Ostens.

Andar sagte sich gern, dass Rianna diese Strafe absichtlich verhängt hatte, dass sie irgendwie bewunderte, wie er sich gegen Orath behauptet hatte, und dass sie ihn in der Nähe haben wollte, damit er sie beraten und sie bei den schwierigsten Entscheidungen unterstützen konnte.

Und vielleicht soll ich sie ja sogar davor bewahren, zu sehr unter Oraths Einfluss zu geraten.

Nachdem er den Tisch gedeckt hatte, trug Andar die Speisen auf. Brot, Käse und Fleisch wurden in die Mitte des Tisches gestellt. Es waren einfache Speisen, aber das Beste, was sie beschaffen konnten, da das Heer der Danaan jeden Tag marschierte.

Dann stellte er Becher vor jeden der sechs Plätze und füllte sie mit Wein. Er war fertig, als die ersten Ratgeber eintrafen. Andar verbeugte sich tief vor ihnen und zog sich in die entlegenste Ecke des Zeltes zurück. Im Schatten der gedämpften Lampen war es einfacher, unauffällig zu bleiben und vielleicht sogar vergessen zu werden.

Es gab fünf Berater. Den Rest ihrer hochrangigen Ratgeber hatte Rianna in Ferlhame gelassen, um dort den Neuaufbau der Stadt zu beaufsichtigen. Es war den Ratgebern verboten, Andars Gegenwart überhaupt zur Kenntnis zu nehmen, aber als sie eintraten, bemerkte er, dass sie alle kurz zu ihm hinblickten, bevor sie rasch ihre Blicke senkten und sich an den Tisch setzten. Sie waren einmal Andars Freunde gewesen. Jetzt taten sie, als existierte er nicht.

Dann traten die Königin und Orath gemeinsam ein. Das Protokoll schrieb zwar vor, dass die Königin als Letzte eintreffen musste, aber solange sie im Feld waren, hatte Rianna diese Formalität außer Kraft gesetzt. Ihr war klar, dass ihre Ratgeber sich in Oraths Gegenwart unwohl fühlten, wenn sie nicht dabei war.

Sie fühlen sich sogar unbehaglich, wenn sie da ist, aber es ist erheblich schlimmer, wenn sie dem Knecht alleine gegenübertreten müssen.

Die fünf Ratgeber erhoben sich als Zeichen des Respekts vor ihrer Lehnsherrin, als sie zu ihrem Sitz am Kopfende der Tafel ging. Im Gegensatz zu den anderen würdigten weder Orath noch Rianna ihn eines Blickes. Für die Königin war es wichtig, dass sie ihn vor den anderen mied, um die Schwere seiner Strafe zu betonen. Und Orath mochte Andar einfach nicht.

Er würde mir die Kehle herausreißen und mein Blut saufen, wenn er glaubte, davonkommen zu können, ohne den Zorn der Königin auf sich zu ziehen.

Glücklicherweise brauchte Orath die Königin noch, jedenfalls einstweilen. Andar war sich nicht sicher, ob das von Dauer sein würde.

Nachdem Rianna sich gesetzt hatte, nahmen auch die anderen Platz. Wie immer bezog Orath hinter dem Stuhl der Königin Position. Und im Unterschied zu den Beratern der Danaan nahm er auch nichts von den Speisen.

Wann und was isst er?, fragte sich Andar unwillkürlich.

Aber er kam zu dem Schluss, dass es vermutlich besser war, das nicht zu wissen.

Nach einem kurzen Moment des Schweigens trank Rianna einen kleinen Schluck Wein, der zeremonielle Beginn ihres Nachtmahls. Es war eine grimmige und schweigsame Angelegenheit. Die Ratgeber, die auf dem Feldzug mit dabei waren, hatten alle bei den Patrouillen gedient. Sie wussten, dass man im Feld schnell und zügig aß, für den Fall, dass man bei der Mahlzeit unterbrochen wurde.

Orath stand daneben und betrachtete die stummen Speisenden mit unerbittlicher, undurchschaubarer Miene.

Andar beobachtete sie ebenfalls sorgfältig, stets bereit, Wein nachzuschenken, sollten die Becher geleert sein. Aber keiner der Anwesenden war in der Stimmung, viel zu trinken, sodass seine Dienste nicht benötigt wurden.

Nachdem alle fertig waren, musste Andar aus dem Schatten heraustreten und den Tisch abräumen. Während er das tat, begann die eigentliche Besprechung. Die Berater bemühten sich nach Kräften, ihn zu ignorieren.

»Lagebericht!«, befahl die Königin.

»Wir haben das Hauptlager dieses Hundeclans gefunden«, informierte sie Greznor, ihr oberster Ratgeber. »Wir haben sie vollkommen überrumpelt. Die Bogenschützen haben sie erledigt, ohne dass wir auch nur einen einzigen Toten zu beklagen hätten.«

Greznor hatte keinerlei Erfahrung in großen Feldschlachten, aber das hatte kein einziger Danaan. Dennoch betrachtete man ihn als den besten Militärexperten des Königreichs; in seiner Jugend hatte er zweimal bei den

Patrouillen gedient. So begrenzt diese Empfehlung auch sein mochte, sie genügte, um ihm den Titel eines Generals und den Oberbefehl über die gesamte Streitmacht der Danaan einzubringen.

»Konntet Ihr Gefangene machen?«, erkundigte sich die Königin.

»Bedauerlicherweise nicht. Sie haben wie die Tiere gekämpft, und wir mussten sie alle töten.« Greznors Stimme verriet keinerlei Emotionen.

»Es sind allesamt Barbaren, meine Königin«, mischte sich Lormilar ein, der neu ernannte Hohe Zauberer.

»Es wäre aber nützlich, einige von ihnen verhören zu können.« Die Sprecherin war Pranya, eine Frau mittleren Alters, die alle Aktivitäten der Kundschafter und Spione der Königin überwachte. »Wir müssen die Anzahl und den Aufenthaltsort der anderen Stämme herausfinden.«

»Ich bezweifle, dass das viel nützen würde«, widersprach Lormilar. »Diese Clans sind Nomaden und führen ein weitgehend von anderen isoliertes Leben. Hätten wir Gefangene gemacht, könnten sie höchstens sagen, aus welchem Clan sie selbst stammen, und sie würden wahrscheinlich eher sterben, als ihr eigenes Volk zu verraten.«

Er hat die Ostländer studiert, begriff Andar. *Er weiß, dass seine Macht jenseits der Nördlichen Waldungen praktisch nicht mehr existiert, und will unbedingt seine Nützlichkeit unter Beweis stellen.*

Bedauerlicherweise war Lormilars Wissen auf das beschränkt, was in den königlichen Archiven zu finden war, und dort gab es nur eine Sammlung von Geschichten, Sagen und sehr wenigen Augenzeugenberichten, die zudem bereits vollkommen veraltet waren.

Die Wahrheit ist, dass wir außer Mythen und Legenden so gut wie keine Informationen über dieses Volk haben. Und jetzt führen wir Krieg gegen diese Stämme.

Die Danaan hatten immer die Südlande als die eigentliche Bedrohung für ihr Königreich betrachtet. Seit Generationen sammelten Spione und Informanten alles Material über die Sieben Hauptstädte und den Orden, dessen sie habhaft werden konnten. Die Stämme des Eisigen Ostens hatten sie weitgehend ignoriert. Die Ostländer hatten sich nie in den Nordforst gewagt, und die Danaan hatten es nie für nötig befunden, einen Fuß in die eisige Tundra zu setzen.

Bis jetzt.

»Eine meiner Patrouillen hat sich bis jetzt noch nicht zurückgemeldet«, erklärte Hexiff. Der junge Mann war für die Kundschafter des Heeres verantwortlich, aber Greznor unterstellt. »Es ist möglich, dass sie einer überlegenen feindlichen Streitmacht begegnet sind.«

»Oder sie sind in einen Schneesturm geraten«, sagte Lormilar. »Das hier ist ein sehr lebensfeindliches Land.«

»Der Winter erschwert es in der Tat, unsere Vorräte aufzufrischen«, stimmte Bassi, die Quartiermeisterin, ihm zu. »Wir haben bis jetzt nichts Essbares für unsere Vorratskammern finden können.«

»Wie lange reichen unsere Vorräte?«, wollte die Königin wissen.

»Sechs Wochen«, erwiderte Bassi. »Zwei Monate, wenn wir sofort beginnen, sie zu rationieren.«

»Dann fangt damit an.« Oraths Stimme klang vollkommen emotionslos.

Bassi sah die Königin an, und Rianna nickte kurz.

»Glaubt wirklich jemand von uns, dass dieser Feldzug in nur zwei Monaten vorbei ist?« Greznor war nicht bereit, die Sache einfach auf sich beruhen zu lassen.

»Ihr seid zu zögerlich, meine Königin.« Orath wandte sich direkt an sie und ignorierte Greznor. »Die Armee rückt nur wenige Wegstunden pro Tag vor. Wir sollten wie ein Sturm über dieses Land fegen, statt wie Diebe herumzuschleichen, die davor Angst haben, entdeckt zu werden.«

»Wir haben keine Ahnung, wie viele Barbarenstämme es gibt oder wie weit sich ihr Territorium erstreckt«, gab Pranya zu bedenken. »Blindlings in unbekanntes Terrain vorzustoßen ist keine gute Methode, wenn man einen Krieg gewinnen will.«

»Die Kundschafter sollten uns gerade diese Informationen liefern.« Orath richtete den Blick seiner gelben Augen auf Hexiff.

»Wir haben das gesamte Gebiet innerhalb eines Radius von zwanzig Meilen rund um das Heer ausgekundschaftet«, verteidigte sich der junge Mann. »Es sind die Truppen, die unser Tempo nicht mithalten können.«

Schweigen senkte sich über die Anwesenden, als alle Greznor anblickten. Er rutschte unbehaglich auf seinem Stuhl hin und hier, sagte aber nichts.

»General«, meinte Rianna schließlich. »Können Eure Truppen schneller vorrücken?«

»Wenn Ihr das wünscht, Euer Majestät. Aber ich fürchte, dass wir dann in eine Falle laufen.«

»Das werden meine Kundschafter nicht zulassen«, versicherte Hexiff.

»Hat noch jemand etwas zu sagen?«, fragte die Königin nach einem weiteren lastenden Schweigen.

Als keiner der Ratgeber das Wort ergriff, entließ sie sie mit einer Handbewegung. Wortlos standen die fünf Danaan auf und gingen hinaus. Als sie weg waren, drehte sich Rianna zu Orath herum.

»Was ist mit dem Oger?«, wollte sie wissen. »Du hast mir gesagt, diese Bestie könnte den Ring aufspüren. Sie sollte uns zu dem Ring und dem Zerstörer der Welten führen.«

»Geduld, meine Königin«, beschwichtigte der Knecht sie. »Die Spur ist zwar kalt, aber sobald der Oger die Witterung des Rings aufgenommen hat, wird er sie nicht mehr verlieren.«

Rianna dachte über seine Worte nach, als spürte sie, dass sich eine Täuschung oder eine Ausflucht dahinter verbarg. Schließlich jedoch akzeptierte sie seine Erklärung mit einem Nicken.

»Du kannst gehen.« Sie schickte Orath weg wie die anderen.

Der Knecht warf einen nachdrücklichen Blick in Andars Richtung, bevor er sich knapp vor Rianna verbeugte und das Zelt verließ.

Als Andar mit der Königin allein war, begann er die Stühle zu säubern und sie in einer Ecke zu stapeln, damit sie rasch auf einen Vorratswagen geladen werden konnten, wenn die Armee das Lager abbrach und am nächsten Morgen weiterzog.

Rianna beobachtete ihn eine Weile, bevor sie das Wort ergriff. »Ich habe das Gefühl, dass du Oraths Plan, unser Tempo zu beschleunigen, nicht schätzt.«

»Ich schätze nichts von dem, was diese Kreatur sagt oder tut, meine Königin«, antwortete er, ohne seine Arbeit zu unterbrechen.

»Je langsamer wir vorrücken, desto mehr Zeit geben wir den Barbaren, ihre Streitkräfte gegen uns zusammenzuziehen«, erklärte Rianna, als fühlte sie sich verpflichtet, ihre Entscheidung zu rechtfertigen. »Wir müssen rasch und hart zuschlagen, um unsere Verluste so klein wie möglich zu halten.«

»Wie Ihr meint, meine Königin.«

Rianna kaute auf ihrer Unterlippe. »Das ist unsere einzige Hoffnung, den Ring zurückzubekommen«, behauptete sie hartnäckig. »Es ist unsere einzige Möglichkeit, den Zerstörer der Welten aufzuhalten, bevor er seine Macht erneut einsetzt.«

»Er wird nicht aufgeben, nur weil er eine Armee der Danaan auf sich zukommen sieht«, warnte Andar. »Dann wird er keine andere Wahl haben, als die Macht des Rings gegen Eure Soldaten einzusetzen. Glaubt Ihr tatsächlich, dass selbst ein Heer seiner Macht Einhalt gebieten könnte?«

»Deshalb haben wir ja Orath und den Oger dabei«, erinnerte die Königin ihn. »Die Bestie wird den Zerstörer der Welten töten, während unsere Truppen seine barbarischen Anhänger auslöschen.«

Falls er überhaupt barbarische Anhänger hat, dachte Andar, sah aber keine Notwendigkeit, seinen Gedanken laut auszusprechen.

»Selbst wenn Ihr recht habt«, sagte der in Ungnade gefallene Zauberer stattdessen, »und der Oger ihn vernichtet, woher nehmt Ihr die Gewissheit, dass Orath der Bestie befiehlt, Euch den Ring zurückzugeben?«

»Wir haben keine andere Wahl, als ihm zu vertrauen.« Die Königin seufzte. »Es gibt keine andere Möglichkeit. Wir sind bereits viel zu weit gegangen, um jetzt noch umkehren zu können.«

Andar hätte ihr darin am allerwenigsten zustimmen können.

21

Im Lager der Steingeister herrschte reges Treiben, als die fünf Thans und die zwei Dutzend Clankrieger, die auserwählt worden waren, Norr zu der Zusammenkunft zu begleiten, sich für den Aufbruch fertig machten.

Vaaler beobachtete die Vorbereitungen interessiert. Zuerst schien es nur ein chaotisches Durcheinander zu sein: Frauen und Männer, die Nahrung, Kleidung und andere Vorräte scheinbar willkürlich auf ein halbes Dutzend große Schlitten packten. Aber schon bald wurde deutlich, dass ihr Vorgehen ein bestimmtes Muster hatte und sehr präzise ablief. Die Schlitten wurden in einer bestimmten Reihenfolge beladen, Schicht um Schicht. Säcke und Bündel wurden eng zusammengepackt, um den vorhandenen Platz so effektiv wie möglich zu nutzen, und dann verschnürt.

Norr hatte erklärt, dass jeder der Mitreisenden für sich Essen, Kleidung, Waffen und andere notwendige Dinge einpacken musste. Falls also jemandem auf der Reise die Vorräte ausgingen, konnte er nur sich selbst die Schuld dafür geben. Allerdings hatte er hinzugesetzt, dass für die Fremden eine Ausnahme gemacht würde – jemand würde ihr Gepäck für sie zusammenstellen, damit sie nichts Wichtiges vergaßen.

Vaaler hätte nur zu gerne geholfen, den Schlitten zu

beladen. Aber da er nicht wusste, wie der Clan die einzelnen Beutel und Säcke verstaute, konnte er nichts dazu beitragen, außer ihnen so wenig wie möglich in die Quere zu kommen.

Also stand er jetzt ein wenig verlegen mit Jerrod und Keegan abseits, während die Schlitten beladen wurden. Sie schwiegen. Was Jerrod anging, war das nicht sonderlich überraschend, denn der Mönch hatte ohnehin nicht viel für Plaudereien übrig. Und Vaaler und Keegan hatten seit ihrem Streit vom Vortag kein Wort mehr miteinander gewechselt.

Scythe und Norr waren merkwürdigerweise nicht da. Vaaler war früh aufgestanden, aber die beiden waren bereits verschwunden gewesen. Die Klappe vor ihrem Zelt war von außen hastig zugebunden worden.

Norr muss bereits für sie gepackt haben. Entweder treffen sie sich gerade ein letztes Mal mit den Thans, bevor wir abreisen, oder Scythe und er haben sich an einen Ort zurückgezogen, wo sie ungestört sind und sich darüber streiten können, dass Shalana mitkommt.

Vaaler stand untätig herum, während der Clan arbeitete, deshalb hatte er viel Zeit, über seinen eigenen jüngsten Streit mit Keegan nachzudenken. Der Prinz wusste, dass er überreagiert hatte; natürlich waren Keegans Worte hart gewesen, aber er hatte schon erheblich Schlimmeres gehört. Warum also hatten ihn die beiläufigen Worte seines Freundes so hart getroffen?

Weil Rexol genau dasselbe gesagt hätte.

Der Gedanke, dass Keegan sich langsam veränderte, ihrem ehemaligen Meister immer ähnlicher wurde, war mehr als nur ein bisschen beunruhigend. Rexol war ein arroganter, selbstsüchtiger und rücksichtsloser Mann gewesen. Das war eine sehr gefährliche Kombination für jemanden, der das Chaos beschwören konnte.

Keegan ist nicht so. Jedenfalls war er das nicht.

Vaaler hatte das Interesse des jungen Magus an Scythe anfänglich als harmlose Verliebtheit abgetan. Jetzt jedoch fürchtete er, dass es sich zu einer Besessenheit entwickeln könnte. Keegan wollte Scythe – und wenn er jetzt zu dem Schluss kam, dass Norr der Einzige war, der ihm im Weg stand?

Er mag Norr. Der alte Keegan würde niemals einen Freund verraten. Aber Rexol hätte nicht einmal eine Sekunde gezögert, seine Macht zu benutzen, um einen Rivalen zu eliminieren.

Vaaler warf einen Blick auf seinen Freund und fragte sich, ob er mit ihm reden sollte, um die Sache zu klären. Als spürte er, dass er beobachtet wurde, drehte sich Keegan zu ihm herum und warf ihm einen finsteren Blick zu. Dann schaute er abweisend zur Seite.

Genau das hätte Rexol auch gemacht. Als wäre ich seiner Aufmerksamkeit nicht würdig.

Es war möglich, dass er überreagierte. Keegan hatte seine Gabe benutzt und Shalana verhext, um Norr zu helfen. Rexol hätte das niemals gemacht.

Oder doch? Wenn Keegan es nun nicht getan hatte, um Norr zu helfen, sondern um Scythe zu beeindrucken? Oder vielleicht wollte er einfach auch nur herausfinden, ob er stark genug war, um diesen Bann tatsächlich zu wirken.

Manipulation und Selbstüberschätzung waren ein Teil

von Rexols Natur gewesen. Traf das jetzt bei Keegan ebenfalls zu? War dies vielleicht ein unausweichlicher Schritt auf dem Weg vom Zauberschüler zum erwachsenen ChaosWirker? War das der Einfluss, den es mit sich brachte, wenn man unvorstellbare Macht in den Fingerspitzen hatte?

Oder ist es etwas anderes?

Er erinnerte sich an die rasch fortschreitende Krankheit seiner Mutter und ihren Fall in den Wahnsinn, eine Tatsache, die er dem Ring zuschob, den die Königin immer um den Hals getragen hatte.

Keegan hat den Ring nicht nur an einer Kette auf der Brust getragen, sondern er hat seine ganze Macht freigesetzt!

Er hätte über seine Ängste mit Jerrod reden können, aber er bezweifelte, dass der Mönch auf ihn hören würde. Sein Glaube an Keegan war so unerschütterlich, dass er nicht einmal die Möglichkeit erwogen hätte, sein auserwählter Erretter könnte einen Makel haben. Vor allem dann nicht, wenn dieser Makel von eben den Artefakten ausgelöst wurde, nach denen sie suchten.

Er konnte natürlich mit Scythe reden, sobald sie wieder da war. Ihr schien Keegan ebenfalls am Herzen zu liegen, wenngleich sie offenbar nicht genauso für den jungen Mann empfand wie der für sie. Aber wenn sie immer noch wütend darüber war, dass Norr Shalana mit zur Zusammenkunft nahm, würde sie Probleme haben, sich auf irgendetwas anderes zu konzentrieren. Er erinnerte sich an ihr letztes Gespräch und kam zu dem Schluss, dass ein Streit mit ihr ihm gerade noch gefehlt hätte. Und wenn er recht hatte mit seiner Vermutung, war Keegans Verliebtheit in Scythe sogar ein Teil des Problems.

Wenn ich ihr das erzähle, kommt sie vielleicht auf die Idee, die Angelegenheit selbst in die Hand zu nehmen.

Scythe war verrückt genug, um Keegan im Schlaf die Kehle durchzuschneiden, wenn sie argwöhnte, dass er Norr etwas antun könnte.

Du übertreibst!

Vaaler schüttelte den Kopf, überrascht angesichts der Gewalttätigkeit dessen, was er sich da in Gedanken ausmalte.

Scythe hat ein wildes Temperament, aber sie ist nicht wahnsinnig.

Vaaler wurde klar, dass es ihn nicht weiterbrachte, wenn er über diese verfahrene Situation nachgrübelte. Ob es ihm gefiel oder nicht, er musste mit Keegan reden.

Keegan sah Vaaler auf sich zukommen, und eine Mischung aus Erleichterung und Bangen durchströmte ihn. Er wusste, dass er bei ihrem Streit eine Grenze überschritten hatte. Vaalers größte Schande war seine Unfähigkeit, das Chaos zu beschwören. Er hatte nicht das Recht, seinem Freund dies ins Gesicht zu schleudern, so wie er es getan hatte, aber die Worte waren über seine Lippen gekommen, bevor ihm auch nur klar wurde, was er da sagte.

Vaaler ist kein unschuldiges Opfer, mischte sich der finstere Teil seines Geistes ein. *Er ist immerhin derjenige, der angefangen hat, dich zu belehren, wie du deine Macht nutzen sollst.*

Keegan ignorierte die Stimme. Vaaler war sein engster Freund. Es wurde Zeit, sich zu entschuldigen.

»Keegan, wir müssen uns unterhalten«, sagte der ehemalige Prinz. »Unter vier Augen«, setzte er mit einem kurzen Blick in Jerrods Richtung hinzu.

Der Mönch zuckte mit den Schultern und schlenderte auf die andere Seite des Lagers. Keegan wartete, bis Jerrod so weit entfernt war, dass selbst seine vom Chaos geschärften Sinne ihm nicht mehr erlaubten, sie zu belauschen. Dann begann er zu reden, bevor Vaaler auch nur etwas sagen konnte.

»Es tut mir leid, Vaaler. Ich habe Dinge gesagt, die ich nicht so gemeint habe. Ich … ich habe mich hinreißen lassen.«

Die Entschuldigung schien Vaaler zu überrumpeln, aber dann zwang er sich zu einem Lächeln.

»Ich glaube, wir beide sind zu weit gegangen. Aber alles, was du gesagt hast, stimmt. Ich verfüge nicht über die *Gabe*, und es steht mir nicht zu, dir zu sagen, wie du damit umgehen musst.«

»Du hast vielleicht kein Chaos in deinen Adern«, erwiderte Keegan, »aber du bist einer der klügsten Leute, die ich kenne. Du warst immer ein besserer Schüler als ich.«

»Bis es darum ging, tatsächlich einen Bann zu wirken«, fügte Vaaler hinzu, und sein Lächeln erlosch.

»Eigentlich hätte Rexol dich zum größten Magus der Welt machen sollen«, fuhr Keegan nach einer kurzen Pause fort.

Der Danaan zuckte mit den Schultern. »Vielleicht. Aber ich bin nicht sicher, ob mir das wirklich gefallen hätte. Rexol war ein grausamer, herzloser Mistkerl. Ich wollte mich nicht in so etwas verwandeln.«

Willst du damit sagen, dass das mit mir passiert?, dachte Keegan, biss sich aber auf die Zunge. »Ich glaube, das war er tatsächlich.«

Als Vaaler begriff, was seine Worte bedeuteten, ruderte er rasch zurück. »Tut mir leid, das habe ich so nicht gemeint. Ich kenne dich, Keegan. Ich weiß, dass du nicht so bist wie er. Und ich weiß, dass du deine Macht einsetzen willst, um Menschen zu helfen. Aber das Chaos neigt dazu, gute Absichten ins Gegenteil zu verkehren.«

»Willst du damit sagen, dass wir Shalana nicht mit diesem Fluch hätten belegen sollen?«

»Nein«, gab Vaaler zurück, nachdem er kurz darüber nachgedacht hatte. »Ich glaube, Scythe hatte recht. Wir hatten eigentlich keine andere Möglichkeit. Aber ich habe ein schlechtes Gewissen wegen der für Shalana daraus entstandenen Folgen.«

»Sie hat sich das selbst zuzuschreiben«, erinnerte Keegan ihn. »Sie hätte nicht versuchen sollen, Norr zu zwingen, sie zu heiraten.«

»Vielleicht.« Es war offenkundig, dass Vaaler seine Zweifel hatte. »Aber wir kennen die politischen Verwicklungen innerhalb des Clans nicht wirklich. Vielleicht war eine Heirat mit Norr der einzig mögliche Weg, wie sie ihre Position hätte behalten können.«

»Lass Scythe bloß nicht hören, dass du Shalana verteidigst«, warnte Keegan ihn.

»Zu spät.« Vaaler lächelte flüchtig. »Sie hat mir schon fast den Kopf abgerissen.«

Nach längerer Pause ergriff Vaaler wieder das Wort. »Ich glaube, es fällt mir leichter zu verstehen, was Shalana durchgemacht hat. Wir wurden beide aufgezogen, um die Anführer unseres Volkes zu werden, und dann wurde uns beiden diese Rolle entrissen, durch Umstände, die wir nicht beeinflussen konnten.«

Es geht hier nicht wirklich um Shalana, begriff Keegan.

»Willst du damit sagen, es war mein Fehler, dass die Königin dich verbannt hat?« Seine Stimme klang defensiver, als er beabsichtigt hatte.

»Nein, natürlich nicht«, versicherte Vaaler ihm. »Immerhin habe ich den Ring gestohlen. Aber es ist wichtig, nicht zu vergessen, dass alle unsere Handlungen Konsequenzen zeitigen«, fuhr er fort. »Ferlhame wurde von dem Drachen fast zerstört. Tausende meiner Untertanen haben in dieser Nacht ihr Leben verloren.«

»Das habe ich nicht vergessen.« Keegans Stimme klang kalt. »Ich habe ebenfalls mit meiner Schuld an dieser Katastrophe zu kämpfen.«

»Ich mache dir keine Vorwürfe.« Jetzt war es Vaaler, der abwehrend klang. »Keiner von uns wusste, dass der Ring den Drachen wecken würde. Schließlich war es diese Kreatur, die die Stadt vernichtet hat. Wenn du nicht nach Ferlhame zurückgegangen wärst, um sie aufzuhalten, hätte niemand überlebt.

Gäbe es Gerechtigkeit in der Welt«, setzte er hinzu, »dann hätte mein Volk dich als Helden feiern müssen. Du hast sie gerettet.«

Keegan hätte seine Worte einfach im Raum stehen lassen können. Niemand außer Scythe kannte die Wahrheit, nämlich dass er aus Rachsucht nach Ferlhame zurückgekehrt war. Dabei war er von dem Lindwurm attackiert worden, der vor ihm dort eingetroffen war. Aber er wollte Vaaler nicht belügen, nicht in einer so wichtigen Angelegenheit.

»So war es nicht«, flüsterte er. »Ich bin nicht zurückgegangen, um ihnen zu helfen. Ich wusste ja nicht einmal, dass der Drache dort war.«

»Was meinst du damit?«

»Ich wollte mich wegen der Angriffe der Danaan-Patrouillen auf uns rächen«, erklärte Keegan, immer noch mit leiser Stimme. »Ich wollte, dass sie dafür zahlten. Ich wollte Ferlhame auslöschen.«

Vaaler riss die Augen auf, und seine Miene verzerrte sich zu einer Maske des Entsetzens.

»Dann bist du nicht besser als Rexol!«, beschuldigte er den jungen Mann. »Was für ein Monster ist aus dir geworden?«

»Ich bin kein Monster!«, fuhr Keegan ihn an. »Und ich bin nicht wie Rexol! Du weißt nicht, wie es ist, wenn einen eine solche ungebärdige Macht durchströmt!« Seine Stimme klang flehentlich. »Es ist überwältigend. Als würde ein Ozean deinen Geist überfluten und alle deine Gedanken ertränken!

Du hast bei Rexol gelernt und weißt, wie gefährlich und unberechenbar das Chaos ist«, rief Keegan seinem Freund ins Gedächtnis. »Wenn man es nicht richtig beherrscht, pervertiert es deine Gefühle. Und es treibt dich zu vollkommen wahnsinnigen Wutanfällen.«

»Ich kann mich nicht daran erinnern, dass Rexol uns so

etwas gelehrt hätte!«, konterte Vaaler. »Das klingt für mich wie ein Freibrief für einen ChaosWirker, ohne Gewissen handeln zu können. Ohne Verantwortung. Ohne Rechenschaftspflicht. Leugne einfach die Konsequenzen deiner Handlungen und schiebe alles auf das Chaos!«

»Du hast ja keine Ahnung, wovon du redest!«, schimpfte Keegan. »Woher solltest du das auch wissen, da du es ja nie gefühlt hast?«

Vaaler ersparte sich eine Antwort, drehte sich stattdessen auf dem Absatz herum und stürmte davon.

Keegan sah ihm nach, und ihm wurde klar, dass sie an dem gleichen Punkt gelandet waren wie bei ihrem vorigen Streit. Vaaler versuchte ihn zu belehren, wie er mit seiner Macht umgehen musste, und er hielt Vaaler seine Blindheit für das Chaos vor.

Wie gut, dass wir uns beide entschuldigt haben, dachte er verbittert und fragte sich, wieso ihr Gespräch so hatte aus dem Ruder laufen können.

Scythe entwickelte allmählich eine Abneigung gegen die Lange Halle, vor allem deshalb, weil sie nicht genug von der Sprache verstand, um den Gesprächen folgen zu können. Neben Norr zu sitzen und zu hören, wie er mit seinen Thans unverständliches Zeug redete, war nicht gerade eine angenehme Art, den Morgen zu verbringen.

Es ist deine eigene Schuld. Hättest du Norr jemals gebeten, dir die Clansprache beizubringen, hätte er das mit Freuden getan.

Sie wusste, dass Jerrod bereits Unterricht nahm. Norr hatte einen seiner Gefolgsleute gebeten, den Mönch zu unterrichten. Sie hätte ihnen Gesellschaft leisten können, aber das hätte bedeutet, dass sie Norr hätte verlassen müssen, und das wollte sie nicht.

Er hatte ihr verraten, dass die meisten Thans auch Allrish sprachen, aber sie würde Norr nicht bitten, von ihnen zu verlangen, nur ihretwegen auf ihre Muttersprache zu verzichten. Es war schon schlimm genug, dass ihr neuer Anführer eine Fremde Shalana vorgezogen hatte. Sie musste es ihnen nicht auch noch unter die Nase reiben.

Wahrscheinlich hätten die Gefolgsleute keine Einwände gehabt, wenn Norr alles für Scythe übersetzt hätte. Aber dann hätte dieses Palaver nur noch länger gedauert. Und im Grunde interessierte es sie auch nicht sonderlich, was da besprochen wurde. Sie war hauptsächlich hier, um Shalana im Auge zu behalten.

Selbst nachdem Norr sie im Duell besiegt hatte, glaubte er nicht, dass sie versuchen könnte, ihn zu hintergehen. Er war einfach zu vertrauensselig und wollte immer nur das Gute in den Menschen sehen. Glücklicherweise war Scythe da und passte auf ihn auf.

Dabei spielt das nicht einmal eine Rolle. Diese übergroße Färse hat ja nicht einmal genug Anstand besessen, sich überhaupt blicken zu lassen.

Die anderen schien Shalanas Fehlen nicht zu bekümmern, jedenfalls soweit Scythe das beurteilen konnte, da sie ja die Sprache nicht verstand. In ihren Augen war das eine große Beleidigung, angesichts all dessen, was Norr für sie getan hatte. Aber vielleicht sahen sie ihr dieses Versäumnis nach, weil sie während des Duells ziemliche Prügel bezogen hatte.

Aber sie hat auch genauso viel ausgeteilt, wie sie eingesteckt hat, und Norr ist trotz allem hier.

Ihr Geliebter war von Prellungen und blauen Flecken übersät, die er noch etliche Tage mit sich herumschleppen würde. Aber statt im Bett zu bleiben und sich auszuruhen, hatte er sich eine Krücke gebastelt, um sein verletztes Bein zu schonen.

Wenigstens hat er eingewilligt, auf einem Schlitten zu fahren, wenn wir zu der Zusammenkunft aufbrechen.

Die Besprechung dauerte immer noch an, aber Scythe biss die Zähne zusammen und ertrug es so gelassen, wie es ihr möglich war. Immerhin hätte sie nicht gewusst, wohin sie sonst gehen sollte, und sie wollte auch mit niemand anderem reden. Keegan starrte sie immer noch wie ein liebeskrankes Hündchen an, und sie hatte keine Lust, sich damit auseinanderzusetzen. Und auf Vaaler war sie immer noch wütend, weil er bei ihrem letzten Gespräch Shalana verteidigt hatte. Wenn sie sich mit Jerrod unterhielt, musste sie wahrscheinlich eine weitere Lektion des Mönchs über sich ergehen lassen, wie sie am besten ein Teil von Keegans großer Bestimmung werden könnte.

Vielleicht sollte ich nach Shalana sehen. Damit sie weiß, dass ich sie im Auge behalte.

Aber sie tat die Idee ebenso rasch ab, wie sie gekommen war. Norr würde es nicht gefallen, wenn sie Ärger machte. Und wenn Shalana wirklich etwas ausheckte, war es nicht klug, sie vorzuwarnen. Scythe würde sie leichter auf frischer Tat ertappen können, wenn sie sich bedeckt hielt.

Das heißt, ich werde wohl bis zum Ende hier ausharren müssen.

Plötzlich gab es eine Pause in der Diskussion, und sie hoffte kurz, dass die Besprechung zu Ende wäre. Norr drehte sich zu ihr herum und sah sie an. Sie kannte ihn gut genug, um seinen Blick auch ohne Worte verstehen zu können.

Hältst du durch?

Sie zwang sich zu einem beruhigenden Lächeln und nickte kurz, woraufhin er seine Aufmerksamkeit wieder auf die Thans richtete. Scythe begriff, dass es noch etwas dauern konnte, und sie bemühte sich, eine bequemere Sitzposition zu finden.

Durch Keegans Magie war Norr zum Anführer geworden, aber Scythe war sich nicht sicher, ob das alles zum Besseren gewendet hatte. Auf Norrs Schultern lastete jetzt die Verantwortung für den ganzen Clan, ganz zu schweigen von der Gefahr, dass Shalana oder ihr Vater irgendeinen Racheakt planten. Und sie musste sich außerdem noch darum kümmern, dass Norr die Sache mit dem Fluch niemals herausfand. Denn wenn Jerrod dahintergekommen war, konnten andere das auch.

Dieser Fluch hat nicht wirklich irgendein Problem gelöst. Ich nehme an, das hat der Mönch gemeint, als er mich davor gewarnt hat, dass es eine Gegenreaktion geben könnte.

Vaaler schlenderte ziellos durch das Lager. Er konzentrierte sich darauf, seine Stiefel so fest wie möglich auf die kalte harte Erde zu rammen, weil ihm das half, den glühenden Ärger zu ignorieren, den Keegans Worte in ihm ausgelöst hatten.

Er hat vorgehabt, mein Volk abzuschlachten!

Nur waren die Danaan jetzt eigentlich nicht mehr sein Volk. Und er war nicht mehr Prinz. Er war ein Vertriebener. Ein Flüchtling. Ein Ausgestoßener. Warum also machte Keegans Geständnis ihn so wütend?

Die Königin ist an allem schuld. Sie hat Drake losgeschickt, um uns abzufangen. Sie hat uns die Patrouillen hinterhergeschickt. Meine Mutter hat ihnen den Befehl gegeben, uns zu töten. Keegan hat nur Gleiches mit Gleichem vergolten.

Er ging langsamer, als sein Ärger allmählich verebbte. Während sich sein Geist klärte, dachte er an den Streit mit Keegan zurück und begriff, dass sein Freund kein seelenloses Monster war. Ganz im Gegenteil, er war wegen der Ereignisse in Ferlhame zutiefst bekümmert gewesen.

Er hat sich dir anvertraut, und du hast dich sofort auf ihn gestürzt. Warum?

Doch bevor er eine Antwort finden konnte, fiel sein Blick auf Shalana, die mit kleinen, vorsichtigen Schritten durch das Lager ging. Die große Frau ging gebückt und schleppte einen dicken, schweren Sack auf der linken Schulter. In der rechten Hand hielt sie den langen, mit Federn geschmückten Speer, den sie auch bei ihren Verhandlungen mit den Eishauern bei sich gehabt hatte. Jetzt jedoch benutzte sie die Waffe mehr wie eine Krücke, während sie langsam zu einem großen Vorratsschlitten ging, der etwa hundert Schritte von ihr entfernt stand.

Obwohl sie nicht so viele Prellungen und blaue Flecke aufwies, wie Norrs Gesicht und Arme zierten, war sie ganz offenkundig ebenfalls verletzt. Vaaler erinnerte sich an das Ende des Duells. Der Hüne hatte sie mit einem gewaltigen Hieb zu Boden geschleudert und sie dann mit seinem massigen Körper dort festgenagelt.

Wahrscheinlich hat er ihr ein paar Rippen gebrochen.

Erst jetzt, als er sah, wie sie durch das Lager humpelte, begriff er, dass es noch viel schlimmer hätte kommen können.

Eigentlich hatten wir nicht die geringste Vorstellung, was dieser Fluch ihr antun kann. Wäre sie gestorben, würde jetzt ihr Blut an unseren Händen kleben.

Glücklicherweise war das nicht passiert, aber Vaaler hatte trotzdem ein schlechtes Gewissen, als er sah, wie sie sich abmühte. Er hatte sich einmal bei der Patrouille eine Rippe gebrochen und wusste, wie schmerzhaft eine solche Verletzung sein konnte. Jeder Schritt belastete bestimmte Muskeln, die bei jeder Bewegung protestierten, und wenn man Luft holte, hatte man das Gefühl, dass jeder Atemzug die Lunge wie mit einem Dolch durchbohrte.

Überall gingen Steingeister umher und beluden rasch und geschickt den Schlitten. Aber keiner von ihnen bot seiner ehemaligen Clanführerin Hilfe an. Ja, sie schienen sie nicht einmal wahrzunehmen.

Sie ist geächtet. Eine Ausgestoßene unter ihrem eigenen Volk. Das ist ebenfalls unsere Schuld.

Shalana war noch fünfzig Schritte von dem Schlitten entfernt, als sie stehen blieb, um Kraft zu sammeln und den Sack zurechtzurücken. Dabei stützte sie sich schwer auf ihren Speer. Sie biss die Zähne zusammen, um nicht aufzuschreien, als sie das Gewicht ungeschickt verlagerte und ganz offenbar eine neue Schmerzwelle durch ihre Seite zuckte.

Vaaler konnte das nicht länger mit ansehen und eilte zu ihr.

»Warte, lass mich dir dabei helfen.« Er wollte nach dem Sack greifen.

Shalana reagierte zunächst nicht, sondern starrte ihn nur argwöhnisch an. Vaaler vermutete, dass sie ihm den Rücken zugekehrt hätte, wenn sie nicht verletzt gewesen wäre.

»Du sprichst Verlsung«, erklärte sie schließlich.

»Das stimmt«, gab er zu. Er konnte nicht erkennen, ob sie wütend oder nur überrascht war.

»Das hättest du weiter verschweigen sollen«, erklärte sie ihm. »Schließlich könntest du so unsere Geheimnisse besser erforschen.«

»Aber es ist nicht so einfach, auf diese Weise Freunde zu finden«, konterte Vaaler.

Sie hob fragend eine Braue.

»Niemand hier will dein Freund sein, Fremder.«

Vaaler betrachtete die anderen Steingeister. Sie beluden immer noch den Schlitten, und keiner von ihnen nahm auch nur die geringste Notiz von ihrer Unterhaltung.

»Dasselbe könnte ich von dir sagen«, merkte er an.

Shalana schnaubte verächtlich und setzte sich dann wieder in Bewegung. Sie ignorierte sein Angebot. Aber so leicht wollte Vaaler nicht aufgeben, also ging er neben ihr her.

Ihm fiel auf, dass die meisten Steingeister zwei oder drei Säcke auf einmal trugen, wenn sie aus ihren Zelten kamen. Abgesehen von Reiseproviant befanden sich in einigen der Säcke zweifellos auch Kleidung und andere persönliche Habseligkeiten, die sie während der Reise bei sich haben wollten.

Aufgrund ihrer Verletzung konnte Shalana jedoch nur einen Sack tragen. Und angesichts ihres langsamen Tempos musste sie vermutlich mindestens noch ein weiteres Mal gehen.

»Du brauchst den ganzen Morgen, wenn du das hier alleine machst«, erklärte Vaaler. »Und wir können erst aufbrechen, wenn alles auf die Schlitten verladen ist.«

Shalana drehte den Kopf und musterte ihn finster. Sie war eindeutig verärgert über seinen durchsichtigen Versuch, an ihr Pflichtgefühl gegenüber dem Clan zu appellieren. Aber nach zwei weiteren Schritten blieb sie stehen und ließ den Sack von der Schulter rutschen. Er fiel mit einem lauten Plumps zu Boden.

»Du weißt doch nicht einmal, wie der Schlitten gepackt werden muss!«, stellte sie fest.

»Dann musst du es mir eben zeigen.« Vaaler stöhnte leise, als er den Sack anhob.

Das Gewicht überraschte ihn, und er stolperte zwei Schritte, bevor er sein Gleichgewicht wiederfand.

»Viel besser als ich scheinst du es auch nicht zu können«, erklärte Shalana selbstgefällig.

Vaaler hätte schwören können, dass er aus den Augenwinkeln sah, wie ein Lächeln über ihr Gesicht huschte. Aber als er sich zu ihr umdrehte, war es verschwunden, und sie zeigte ihm dieselbe strenge Miene, die sie seit ihrer Ankunft hier trug.

Sie kamen schneller voran, als er jetzt den Sack trug, obwohl Shalana nach wie vor langsam gehen musste.

»Leg ihn hinten auf den Schlitten, ganz oben drauf und quer zu den anderen darunter«, instruierte sie ihn, als sie angekommen waren.

Vaaler holte Schwung, dann wuchtete er den Sack an die angegebene Stelle. Shalana streckte die Arme aus, um ihn ein wenig zurechtzurücken, und zuckte dabei zusammen.

»Versuche nicht, die Arme zu strecken oder dich zu drehen«, riet Vaaler ihr. »Oder dich zu bücken.«

»Oder zu atmen«, setzte sie säuerlich hinzu. »Ich weiß.«

»Wie viele Säcke sind es noch?« Vaaler hoffte, dass sie leichter wären, damit er vielleicht zwei auf einmal nehmen konnte.

»Hat Norr dich geschickt, damit du mir nachspionierst?«, fragte sie unvermittelt.

»Würde er denn so etwas tun?«, fragte Vaaler zurück.

»Nur wenn seine kleine Insulaner-Hure es ihm befohlen hätte.«

»Pass auf, dass Scythe nicht hört, wie du sie nennst«, warnte Vaaler sie. »Und hüte dich davor, denselben Fehler zu machen wie ich und aus Versehen in die Sprache der Südlande zu verfallen.«

»Hat sie damit Norr eingefangen? Mit ihrer südländischen Zunge?«

Vaaler lachte, aber nicht so sehr wegen des derben Witzes, sondern mehr wegen der todernsten Miene, die Shalana dabei gezeigt hatte.

»Du hast meine Frage nicht beantwortet«, sagte sie nach einer kurzen Pause. »Sollst du mich beobachten, falls ich Rachepläne schmiede?«

»Selbst wenn ich deine Frage verneinte, würdest du glauben, dass ich lüge.«

Shalana nickte ernst. Sie stützte sich auf ihren Speer, drehte sich um und machte sich auf den Weg zurück zu ihrem Zelt.

»Komm mit, Spion. Noch drei Säcke warten auf uns. Und wir wollen den Rest des Clans doch nicht warten lassen.«

22

Cassandra konnte nicht aufhören zu zittern. Sie hatte den Eisigen Osten hinter sich gelassen, aber hier in den spärlich mit Bauernhöfen besiedelten Gebieten an der äußeren Grenze der Südlande wurde es immer noch empfindlich kühl, sobald die Sonne untergegangen war.

Sie hatte sich stark und entschlossen gefühlt, als sie die Höhle des Wächters verlassen hatte, aber die Elemente forderten einen hohen Tribut von den schwindenden Reserven ihres Körpers. Und in den beiden letzten Nächten hatte sie gar nicht geschlafen, sondern ihr Tempo noch erhöht, weil sie spürte, dass diese monströsen kriechenden Zwillinge immer näher kamen.

Sie werden dich heute Nacht einholen. Es wird Zeit, die Krone zu benutzen. Du hast keine Wahl.

Sie schüttelte den Kopf. Diese unbewusste Geste war ihr schon zur Gewohnheit geworden, als sie immer wieder den Rat der stets präsenten Stimme in ihrem Kopf zurückgewiesen hatte.

Sie konnte immer noch entkommen, sie musste nur ein Pferd finden. Zu Fuß konnte sie den Zwillingen zwar nicht enteilen, aber mit einem Reittier würde sie es schaffen, vor ihnen zu bleiben.

Du hattest die Chance, an ein Pferd zu kommen, aber du hast sie einfach verstreichen lassen.

Gestern hatte sie eine kleine Stute auf einem Feld in der Nähe eines einsamen Bauernhauses gesehen. Die Stimme in ihrem Kopf hatte sie gedrängt, das Tier zu stehlen, aber stattdessen hatte sie einen großen Bogen um das Anwesen gemacht. Ganz gleich, wie ernst ihre Lage auch sein mochte, sie wollte die kriechenden Zwillinge auf keinen Fall unabsichtlich einer unschuldigen Familie auf den Hals hetzen.

Manchmal müssen wir das Leben einiger Unschuldiger opfern, um Tausende zu retten.

Diesmal klang die Stimme in ihrem Kopf anders. Es war nicht die von Rexol, ihrem alten Meister, sondern eher die Erinnerung an etwas, das der Pontiff ihr vor langer Zeit gesagt hatte, während sie ausgebildet wurde, um im Orden zu dienen.

Wenn du irgendjemanden retten willst, mischte sich Rexols Stimme ein, *musst du zunächst einmal dich selbst retten.*

Cassandra schüttelte unwillkürlich erneut den Kopf, bevor sie ihre geistige Energie wieder auf ihren Körper konzentrierte. Sie war zwei Tage lang ohne Pause schneller vorangekommen, als die meisten Menschen laufen konnten, aber sie zwang ihren Körper zu einem neuen Adrenalinstoß. Ihre müden Beine verdoppelten ihre Anstrengungen, aber sie wusste, dass sie das nicht mehr lange durchhalten konnte. Ihr Herz hämmerte bereits heftig, und ihre Lunge brannte. In einer, spätestens zwei Stunden würde sie wieder langsamer werden müssen.

Aber wenigstens ließen ihre körperlichen Anstrengungen die Stimmen für eine Weile verstummen.

Im Inneren der Krone kämpfte Rexol wütend darum, aus seinem Gefängnis auszubrechen. Die Verbindung zwischen ihm und Cassandra wurde ständig stabiler, aber sie widerstand immer noch seinen Versuchen, sie zu manipulieren und zu kontrollieren.

Selbst als sie noch ein Kind war, habe ich gespürt, wie stark ihr Wille ist.

Obwohl er seine ehemalige Schülerin nicht beeinflussen konnte, nahm Rexol die Welt der Sterblichen durch Cassandras Sinne wahr. Die Monster, die sie jagten, waren jetzt schon viel zu nah. Jegliche Hoffnung auf Flucht war vergebens.

Das hatte Rexol weit früher erkannt als Cassandra. Schon in den letzten Tagen war ihm klar geworden, dass sie nicht ohne Hilfe überleben würde. Deshalb hatte der körperlose ChaosWirker einen Hilferuf ausgeschickt.

Es war zwar schwierig, die Macht der Krone zu benutzen, um die Außenwelt zu manipulieren, aber er wurde allmählich besser darin. Er hatte das Artefakt benutzt, um die fliegende Jägerin während Cassandras Flucht zur Höhle des Wächters von ihrer Fährte abzubringen, und jetzt machte er das Gegenteil. Er benutzte die Krone, um zu versuchen, jemanden zu ihr zu führen. Er hoffte nur, dass jemand auf diesen Ruf reagieren würde, bevor es zu spät war.

Cassandra spürte die Männer, lange bevor der Schein ihrer Fackeln in der Nacht sichtbar wurde. Sie änderte ihre Richtung, um ihnen aus dem Weg zu gehen, aber als sie daraufhin ebenfalls den Kurs änderten, begriff sie, dass die Männer sie in der Dunkelheit ebenfalls wahrnahmen.

Inquisitoren.

Als sie näher kamen, sah sie, dass sie nicht alleine waren. Es waren nur drei ihrer Brüder vom Orden dabei, die zu Fuß eine kleine Kompanie von bewaffneten Soldaten anführten. Fünf von ihnen ritten, und weitere fünfzehn marschierten hinter den Reitern her.

Die Inquisitoren stürmten vor und überließen es den Fußsoldaten, ihnen, so schnell sie konnten, zu folgen, als sie sich Cassandra näherten. Gleichzeitig lösten sich die Reiter von der Hauptgruppe. Zwei bogen nach links ab und zwei nach rechts, um ihr den Weg abzuschneiden.

Selbst wenn sie die Grenze ihrer Leistungsfähigkeit nicht bereits erreicht hätte, hätte Cassandra ihnen nicht entkommen können. Aber sie hatte diese Hoffnung ohnehin schon aufgegeben. Stattdessen lief sie direkt in die Falle.

Ich muss sie warnen!

Die kriechenden Zwillinge waren mittlerweile nur noch wenige Minuten hinter ihr, und sie hegte keinen Zweifel, was geschehen würde, wenn sie auf diese ahnungslose Patrouille stießen.

»Cassandra!«, rief einer der Inquisitoren, als sie näher kamen. »Yasmin die Ungebrochene, vierundvierzigste Pontiff des Ordens, hat dich zur Verräterin an den Wahren Göttern erklärt!«

Sie erkannte den Sprecher, einen jungen Mann namens Mirgul. Er war nur ein paar Jahre älter als sie selbst. Dass er jetzt eine so verantwortungsvolle Position bekleidete, zeigte nur, welch schreckliche Verluste der Orden erlitten haben musste, als das Monasterium zerstört worden war.

Die Inquisitoren hatten ihr den Weg verstellt, die Stäbe bereit zum Angriff, aber Cassandra blieb weder stehen noch wurde sie langsamer, als sie sich ihnen näherte.

»Lauf weg, Mirgul!«, schrie sie. Sie legte die letzten Reserven der Macht in ihre Stimme, um sie so weit zu verstärken, dass auch die Soldaten etwas weiter weg sie hören konnten. »Zerstreut euch, sofort!«

Unglücklicherweise waren die Soldaten zu gut ausgebildet, um ihren geschrienen Befehlen zu gehorchen, und sie zögerten auch nicht, während sie sich den Inquisitoren und ihr näherten.

Mirgul und die zwei anderen Inquisitoren nahmen Kampfposition ein, fest davon überzeugt, dass sie ihn angreifen wollte. Aber bevor sie sich ihnen so weit nähern konnte, dass die drei sie hätten attackieren können, erkannten sie mit ihrer *Sicht,* wovor sie weglief.

»Lauft!«, schrie Cassandra erneut, und einen Herzschlag lang hegte sie die Hoffnung, dass Mirgul tatsächlich auf sie hören würde.

Dann jedoch hob er die Arme hoch über den Kopf und ließ seine Waffe durch die Luft wirbeln. »Vernichtet die ChaosBrut!«, schrie er.

Cassandra spürte im selben Moment, dass einer der Reiter, der sich ihr von der Seite genähert hatte, sie jetzt in vollem Galopp von hinten angriff. Er nahm die Monster nicht wahr, die in der Dunkelheit unmittelbar hinter ihm lauerten. Er hatte eine schwere Keule in der Hand, und als er sie erreichte, schlug er damit zu. Er zielte auf ihren Rücken, um sie einfach von den Füßen zu holen.

Ohne ihren Schritt zu verlangsamen, duckte Cassandra sich, als das Pferd neben ihr auftauchte. Die schwere Keule zischte wirkungslos über ihren Kopf hinweg durch die Luft. Dann ließ sie den Beutel mit der Krone von der Schulter auf den Boden zu ihren Füßen gleiten. Gleichzeitig wirbelte sie herum, packte mit beiden Händen den Unterschenkel des Mannes und hebelte ihn aus dem Sattel.

Er landete krachend auf dem Boden, während sein Pferd, verwirrt von dem plötzlichen Verlust seines Reiters, sich umdrehte und dann wie angewurzelt stehen blieb.

Das Pferd! Schnapp dir die Krone, steig aufs Pferd und flüchte!

Die anderen Reiter näherten sich ihr jetzt ebenfalls. Und die Fußsoldaten tauchten hinter den Inquisitoren auf, die immer noch kampfbereit dastanden. Dann erschienen auch die kriechenden Zwillinge. Und sie brachten das Chaos mit.

Im schwachen Licht der Fackeln, die die Soldaten bei sich trugen, sahen die Kreaturen mehr aus wie ungelenke, missgebildete Schatten, die tief am Boden dahinkrochen. Aber auch wenn die Menschen die wahre Natur dieses kriechenden Grauens, das da auf sie zukam, nicht mit ihren Augen wahrnehmen konnten, so hörten sie doch das lange, brüllende Heulen, das die Zwillinge ausstießen und das eindeutig nicht von dieser Welt war.

Es war ein Geräusch zwischen einem Brüllen und einem Kreischen, und es war so ohrenbetäubend laut, dass die Menschen allesamt auf die Knie sanken und sich die Ohren zuhielten. Das Geheul hatte etwas Bösartiges. Cassandra wurde schwindelig, und einen Moment lang war sie orientierungslos. Selbst ihre mystische *Zweite Sicht* wurde von diesem schrecklichen Geräusch beeinträchtigt.

Sie brauchte nur eine Sekunde, um sich zu erholen; die Zwillinge jedoch waren bereits weitergerannt, immer noch auf allen vieren, aber mit beängstigender Geschwindigkeit. Instinktiv warf sich Cassandra nach vorn, auf den Beutel mit der Krone, als könnte ihr schwacher, menschlicher Körper sie irgendwie beschützen.

Sie wappnete sich gegen den Schmerz, wenn Klauen und Zähne sie zerfetzten, aber stattdessen spürte sie ein sonderbares Pulsieren von Energie aus der Krone. Im selben Moment sprangen die Zwillinge über ihre am Boden liegende Gestalt hinweg und stürzten sich auf die immer noch unter dem infernalischen Gebrüll leidenden Inquisitoren.

Rexol erkannte die Macht des Chaos in diesem unheiligen Schrei, selbst innerhalb der Krone. Auch wenn er keine körperliche Gestalt mehr hatte, empfand er dennoch eine Welle von Schmerz und Schrecken. Die Knechte mochten stark sein, aber Rexol war es ebenfalls.

Er hatte gehofft, dass Cassandra die Krone aus dem Beutel holen und sie sich auf den Kopf setzen würde. Er war davon überzeugt gewesen, dass er seinem Gefängnis entkommen und die kriechenden Zwillinge vernichten konnte, wenn sie nur versuchen würde, die volle Macht dieses Artefakts einzusetzen. Als sie das jedoch nicht tat, war er gezwungen zu improvisieren.

Die Macht der Krone war eher geistiger als körperlicher Natur. Rexol bediente sich ihrer, schickte die Macht aus und stieß auf die düsteren, verderbten Geister der roten und blauen Bestie, als die beiden sich auf ihre hilflosen Opfer stürzten. Gefangen im Artefakt, konnte er ihren tödlichen Angriff zwar nicht verhindern, dafür war ihr Willen zu stark. Aber es gelang ihm, ihre Instinkte und Emotionen zu manipulieren, ihre wilde Blutlust anzustacheln, während er ihre Wut weg von Cassandra auf die anderen Feinde vor ihnen lenkte.

Cassandra hatte nicht genug Zeit, lange zu überlegen, warum die Zwillinge sie und das Artefakt ignoriert und sich stattdessen auf die Inquisitoren gestürzt hatten. Sie musste diesem Kampf so schnell wie möglich entkommen, bevor diese Kreaturen die anderen erledigt hatten und sich dann auf sie konzentrierten.

Obwohl ihre *Sicht* noch ein wenig verschwommen war, war sie sich all dessen bewusst, was um sie herum geschah. Etliche Soldaten waren in die Nacht geflüchtet, in die Flucht geschlagen von den schrecklichen Schreien. Die meisten jedoch, angetrieben von Fanatismus oder Gold, unterstützten die Inquisitoren. Zwei Reiter waren verschwunden, die beiden andern jedoch trieben ihre widerspenstigen Tiere in den Tumult. Die Inquisitoren sprangen und wirbelten wie lebende Kreisel umher, und ihre Stäbe zischten mit unglaublicher Geschwindigkeit durch die Luft, als sie auf den Angriff der Zwillinge reagierten.

Die Monster verzichteten darauf, noch mehr Chaos-Magie gegen ihre Feinde zu richten. Stattdessen zerfetzten sie sie einfach mit brutaler Kraft und bloßer Schnelligkeit. Das rote schlug mit seiner Klaue zu und schlug seine Kralle tief in den Bauch von Mirgul, als der versuchte, über den kauernden Dämon hinwegzuspringen. Dann spannte das Monster seine Muskeln an, und mit einer kurzen Drehung seines verformten Handgelenks schlitzte die Bestie dem Mönch den Bauch auf. Blut und Innereien spritzten über das Schlachtfeld.

Mirguls Gesicht wurde blass vor Schock, als er auf die Knie fiel. Sein Stab rutschte ihm aus der Hand, während er versuchte seine Eingeweide daran zu hindern, aus seinem Bauch zu rutschen. Die Bestie ignorierte ihn, drehte sich zur Seite, und ihr hinteres Bein schoss in einem unmöglichen Winkel vor, um den Soldaten, der ihr am nächsten stand, mit ihren geschwungenen Krallen am Hals zu packen. Die Augen des Mannes traten aus den Höhlen, als die Bestie die Klaue zusammenzog und ihm die Luftröhre zerquetschte.

Einer der Reiter versuchte den blauen Zwilling niederzureiten. Statt jedoch unter den Hufen des Tieres zertrampelt zu werden, verdrehte die Kreatur ihren Rumpf und lehnte sich zurück, sodass sie ihre krallenbewehrten Klauen in den Bauch des Pferdes schlagen konnte. Dann richtete sie sich auf und hob Ross und Reiter dabei hoch über ihren Kopf.

Vier Soldaten ergriffen die Gelegenheit und stürzten sich auf das Monster. Sie hackten und schlugen mit ihren Schwertern nach seinen Beinen, seiner Brust und seinem Rücken. Dutzende von Schlägen prasselten auf die Bestie herab, aber statt die Kreatur in Scheiben zu schneiden, gelang es ihnen kaum, ihr ein paar blutige Schrammen zuzufügen.

Der Zwilling knurrte und donnerte das Pferd mitsamt

dem Reiter auf den Boden. Dabei zerquetschte er zwei Soldaten unter dem Tierleib. Dann wirbelte er herum und packte die beiden anderen Soldaten, die zu fliehen versuchten. Er hämmerte ihre Köpfe mit so viel Wucht zusammen, dass ihre Helme zu Bruch gingen und ihre Schädel zerplatzten.

Der zweite Reiter hatte sich von dem Gemetzel abgewandt, als ihm klar wurde, dass es besser war, sich aus dem Staub zu machen. Er gab gerade seinem Pferd die Sporen, als der blaue Zwilling vom Boden hochsprang, fast zehn Meter durch die Luft segelte und auf dem Rücken des Pferdes landete.

Der Aufprall riss Pferd, Reiter und den Zwilling zu Boden. Der Knecht bearbeitete Pferd und Mann mit Klauen und den scharfen Zähnen seiner schweineförmigen Schnauze. Der Mann konnte nur noch einen einzigen Schrei ausstoßen, und das Pferd schlug etliche Sekunden heftig um sich, bevor beide schließlich regungslos liegen blieben. Das Blut strömte aus den aufgerissenen Kehlen von Ross und Reiter.

Du kannst sie nicht retten! Du musst sofort von hier verschwinden!

Cassandra zwang sich dazu, das Gemetzel zu ignorieren, als die beiden anderen Inquisitoren sich auf den roten Zwilling stürzten. Sie versuchten ihn von Mirgul wegzutreiben. Ihr Anführer war zusammengesackt, und sein Körper zuckte krampfhaft, während roter Schaum auf seine Lippen trat.

Das Pferd, das sie sich schnappen wollte, das Tier des Reiters, den sie aus dem Sattel geworfen hatte, war bereits verschwunden. Es war voller Angst davongerannt. Das

Pferd, das der Knecht zu Boden geschleudert hatte, lag immer noch auf der Seite, wieherte schrill und trat heftig um sich. Wundersamerweise jedoch war es unverletzt. Der Reiter hing bewusstlos im Sattel und in den Steigbügeln, sodass sein Gewicht das Pferd daran hinderte, auf die Beine zu kommen.

Cassandra riss rasch den Beutel vom Boden hoch und rannte auf das panische Tier zu. Ihr war klar, dass es ihre einzige Chance war, dies hier zu überleben. Der blaue Zwilling hockte ein Stück daneben und riss mit seinen Zähnen Fleischbrocken aus dem Gesicht eines noch lebenden Soldaten, während er mit seiner langen, sehnigen Zunge das herausspritzende Blut aufleckte.

Als sie das Pferd erreichte, spürte sie erneut einen Impuls aus der Krone, und das um sich schlagende Tier wurde plötzlich ruhig und friedlich.

Der rote Zwilling hatte bereits einem von Mirguls Gefährten das Genick gebrochen und hielt jetzt den letzten überlebenden Inquisitor mit seinen Klauen an den Schultern gepackt. Er rollte sich auf die Seite, riss den Mönch zu Boden und packte den um sich tretenden Mann mit seinen hinteren Klauen an den Fußgelenken. Dann streckte sich das Monster und riss den Menschen in zwei Teile. Es gab ein widerliches Geräusch, als Oberkörper und Unterleib getrennt wurden.

Cassandra zog dem bewusstlosen Soldaten ein Messer aus dem Stiefel und zerschnitt die Lederriemen von Sattel und Zaumzeug. Als das Pferd frei war, rappelte es sich sofort auf. Statt jedoch wegzulaufen, wartete es ruhig, als wüsste es irgendwie, dass Cassandra es retten würde.

Die Krone, dachte sie.

Sie warf einen kurzen Blick auf die beiden Männer, die von dem Pferd zermalmt worden waren. Aber sie lebten beide nicht mehr.

Die Schlacht war so gut wie vorbei. Nur eine Handvoll Soldaten hatten überlebt, und die versuchten zu entkommen. Die kriechenden Zwillinge hatten jedoch offenbar andere Vorstellungen. Sie genossen das brutale Massaker und spielten jetzt mit jenen, die noch übrig waren. Sie erledigten einen Soldaten nach dem anderen, als diese wegzulaufen versuchten, und verstümmelten sie aus purer Bosheit.

Los jetzt! Sobald die Soldaten tot sind, werden sie sich auf dich stürzen!

Cassandra schlang sich den Beutel über die Schulter, packte die Mähne des Tieres und schwang sich auf den nackten Rücken. Dann grub sie ihm die Hacken in die Flanken, und das Pferd setzte sich in Bewegung.

Cassandra lenkte ihre Macht in das Tier, als sie davonritt, und es gelang ihr, es zu einem schnelleren Tempo anzutreiben. Sie rasten über das hügelige Terrain und ließen das grausame Gemetzel weit hinter sich.

Jetzt werden sie mich nicht mehr einholen, dachte sie, nachdem sie ein paar Minuten lang keine Anzeichen ihrer Verfolger hatte wahrnehmen können. *Aber sie werden die Jagd auch nicht aufgeben.*

23

Keegan hob grimmig das Schwert über den Kopf, als die Horden des Chaos sich auf ihn stürzten. Sie strömten durch die Bresche im Vermächtnis. *Die Zeit schien stillzustehen. Die angreifenden Feinde wurden zu Statuen, und die dunklen Sturmwolken über ihm sowie die Wellen, die an den Sandstrand hinter ihm schlugen, erstarrten.*

Eine junge Frau lag bewusstlos zu seinen Füßen, aber seine Aufmerksamkeit war vollkommen auf die erlesene Waffe gerichtet, die er in der Hand hielt. Der schwarze Griff vibrierte in seiner Faust, und die silberne Klinge schimmerte und pulsierte von Macht.

Bewaffnet mit dem Schwert, konnte er es allein mit einer Armee von Sterblichen aufnehmen. Aber die Kreaturen, die auf ihn zustürmten, waren nicht sterblich, und es handelte sich um eine wahre Flut. Dies war sein verzweifelter, sein letzter Kampf gegen eine überwältigende Übermacht. Er konnte den Strand mit dem Blut von Tausenden von Feinden tränken, am Ende jedoch würde auch er fallen. Sein Tod war unabwendbar.

Dann endete der Moment der Starre mit einem Donnerschlag, und die Horde stürzte sich auf ihn.

Keegan wachte mit einem Ruck auf. Sein Herz hämmerte wie wild, und er atmete schnell und keuchend. Das Entsetzen dieses Traumes umwölkte noch seinen Geist, und er musste sich etliche Sekunden lang bemühen, sich einen Reim auf die Dunkelheit zu machen und die Körper, die sich an ihn drängten. Schließlich begriff er, wo er war.

Wir sind unterwegs zur Zusammenkunft.

Sie hatten in den letzten drei Tagen eine große Strecke zurückgelegt, obwohl sie außer den Schlitten mit dem Proviant auch noch Norr ziehen mussten. Sie brachen jeden Morgen früh auf und marschierten bis lange nach Einbruch der Dunkelheit. Allerdings wurde es ziemlich früh dunkel, da der Winter heraufzog.

Nachts wurden die Schlitten in einem Kreis um das Lagerfeuer aufgebaut, und dazwischen spannte man dicke Decken als improvisierte Wände, um den Wind fernzuhalten. Dann hüllte sich jeder in etliche Schichten Felle und legte sich schlafen. Sie alle teilten denselben Raum innerhalb des Kreises. Da ihre Gruppe aus fast dreißig Frauen und Männern bestand, war es relativ eng, aber die Wärme all dieser aneinandergeschmiegten Körper hielt sehr wirkungsvoll die Kälte ab.

Jerrod lag auf der einen Seite dicht neben ihm, Norr auf der anderen. Er wusste, dass sich Scythe an die andere Seite des Hünen schmiegen würde. Obwohl Norr der neue Clanführer war, waren sie immer noch Fremde und hielten auch immer noch zusammen. Selbst Vaaler schlief in ihrer Nähe. Keegan hörte ihn auf der anderen Seite von Jerrod schnarchen.

Zum Glück schien keiner von ihnen bemerkt zu haben, dass Keegan aufgewacht war. Er schloss die Augen und versuchte seinen rasenden Herzschlag etwas zu beruhigen.

Obwohl er es noch nie zuvor gesehen hatte, kannte er das Schwert aus seinem Traum.

Das war kein Traum. Es war eine Vision.

Auch wenn er sich an keinerlei Einzelheiten hinsichtlich der jungen Frau erinnern konnte, die zu seinen Füßen gelegen hatte, hatte er jedes kleine Detail der perfekt geschmiedeten Klinge immer noch deutlich in seinem Gedächtnis. Die Macht, die ihn durchströmt hatte, als er den Griff umklammerte, ließ so gut wie keinen Zweifel daran, dass diese Waffe eines der drei Artefakte war, die die Alten Götter Daemron übergeben hatten. Zusammen mit dem Ring und der Krone hatte ihn das Schwert zu einem Unsterblichen gemacht und ihm die Macht verliehen, die Götter selbst herauszufordern.

Aber es hat mir nicht die Kraft gegeben, die Armee des Schlächters aufzuhalten.

Jerrod würde alles über diesen Traum wissen wollen, aber Keegan war sich nicht sicher, ob er es dem Mönch erzählen wollte. Wie würde Jerrod reagieren, wenn Keegan ihm sagte, dass er eine Vision seines eigenen Scheiterns gesehen hatte?

Wahrscheinlich wird er es einfach beiseiteschieben.

Es machte den Anschein, als könnte nichts den Glauben des Mönchs erschüttern. Wahrscheinlich würde er sogar diesen Traum als etwas Positives sehen, als hätte das Schwert nach Keegan gerufen, so wie der Ring im Nordforst der Danaan nach ihm gerufen hatte.

Als ich diesen Ruf erwiderte, habe ich einen Drachen erweckt und Ferlhame in Schutt und Asche gelegt.

Der fanatische Mönch mochte kein Bedauern wegen des vielen vergossenen Danaan-Blutes empfinden, aber Keegan war nicht sonderlich erpicht darauf, eine ähnlich verheerende Katastrophe unter Norrs Volk anzurichten.

Außerdem war das anders als bei meiner Vision vom Ring, sagte er sich.

Dieser Traum war so intensiv gewesen, dass er sich wie ein unauslöschliches Bild in seinen Geist eingebrannt hatte. Selbst im wachen Zustand spürte er die Gegenwart des Artefakts in der Nähe. Zum Schwert hatte er keine solche Verbindung, auch wenn er tatsächlich irgendetwas wahrnahm.

Möglicherweise funktionierte das Schwert anders als der Ring. Oder aber es war einfach zu weit entfernt, als dass er es klar hätte spüren können.

Aber warum hast du dann jetzt davon geträumt? Kommen wir ihm vielleicht näher?

Je länger er darüber nachdachte, desto mehr hatte er das Gefühl, dass diese Visionen den Träumen ähnelten, die er in seiner Jugend gehabt hatte. Wie Prophezeiungen. Oder Warnungen. Ein Blick auf eines von vielen möglichen, weit entfernten Zukunftsszenarien.

Ein Szenario, dem ich gern aus dem Weg gehen würde.

Natürlich war Jerrod nicht der Einzige, mit dem er darüber hätte reden können. Vaaler wäre vielleicht in der Lage gewesen, ihm zu helfen, diese Vision zu interpretieren oder besser zu verstehen. Aber seit dem Verlassen des Lagers vor drei Tagen hatte er kaum ein Wort mit Vaaler gewechselt. Und selbst wenn er dem Prinzen der Danaan von dem Traum erzählte, würde der ihn wahrscheinlich eher als einen weiteren Beweis dafür nehmen, dass Keegan zunehmend arrogant und egoistisch wurde.

Nach ihrem zweiten Streit hatte Vaaler es vorgezogen, den größten Teil seiner freien Zeit mit Shalana zu verbringen. Die ehemalige Clanführerin war fast ebenso ein Außenseiter wie Keegan und seine Freunde. Keines der Clanmitglieder schien mit ihr mehr als nötig reden zu wollen. Keegan erwartete fast, dass sie sich irgendwann neben Vaaler zum Schlafen legen würde, aber bis jetzt war sie bei ihrem Volk geblieben.

Wahrscheinlich will sie auch so weit wie möglich von Scythe entfernt bleiben.

Damit war er bei seiner letzten Möglichkeit, aber andererseits brachte es nicht allzu viel, wenn er Scythe oder Norr von dem Traum erzählte. Norr hatte auch so schon genug zu tun mit seinen Aufgaben als Clanführer, und außerdem zerbrach er sich den Kopf über die bislang unbekannten Gründe für die Zusammenkunft.

Und Keegan musste zugeben, dass er es Scythe einfach nicht erzählen wollte. Sie hatte mittlerweile akzeptiert, dass er ein ChaosWirker war. Und sie war sehr froh gewesen, dass er seine Magie benutzt hatte, um Norr zu helfen. Aber er wusste auch, dass Jerrod und sein Gerede über Keegans Bestimmung als Erretter der Welt ihr immer noch Unbehagen bereiteten. Wenn er ihr von dem Traum erzählte, würde sie das vielleicht noch mehr beunruhigen.

Aber wenn dieser Traum sie ebenfalls betrifft? Wenn sie die Frau am Strand war?

Sosehr Keegan sich auch bemühte, er konnte sich einfach nicht an die Gestalt zu seinen Füßen erinnern. Weder an ihr Haar noch an ihre Haut oder irgendein besonderes Merkmal ihres Gesichts. Er wusste nur, dass es eine Frau gewesen war. Er konnte nicht einmal sagen, ob sie lebendig oder tot war.

Wenn er all das Scythe gegenüber erwähnen würde, bestand durchaus die Möglichkeit, dass er sie noch weiter von sich wegstieß.

Aber wie könnte sie noch weiter entfernt sein? Seit sie mich geküsst hat, haben wir so gut wie gar nicht mehr miteinander geredet.

Er wusste, dass Vaaler recht hatte. Der Kuss hatte tatsächlich nichts zu bedeuten gehabt. Und wenn er Scythe darauf ansprechen würde, würde sie das auch klipp und klar sagen. Also zog er es vor, sich seine Illusion nicht nehmen zu lassen, sondern sich lieber daran festzuklammern wie ein Kind an seinem Lieblingsspielzeug.

Niemand muss etwas davon erfahren. Noch nicht.

Keegan drehte sich vorsichtig auf die Seite, um die anderen nicht zu wecken. Seine Gedanken hatten ihm zwar nicht sonderlich geholfen, diese Vision zu verstehen, aber sie hatten ihn zumindest so lange abgelenkt, dass sein rasender Herzschlag sich etwas beruhigt hatte. Nachdem ihn jetzt weder Furcht noch Adrenalin durchströmten, machte sich die Erschöpfung nach dem Tagesmarsch bemerkbar, und er fiel schon bald in einen tiefen, traumlosen Schlaf.

Der Schlitten glitt leicht über den Schnee, aber Vaaler hatte immer noch Schwierigkeiten, mit Shalanas Tempo Schritt zu halten, während sie ihn gemeinsam hinter sich herzogen.

Alle aus der Gruppe der Steingeister, die zur Zusammenkunft unterwegs waren, wechselten sich dabei ab, die Proviantschlitten zu ziehen, alle außer Norr. Aber es war sein krankes Knie, nicht seine Position als Anführer, was ihn daran hinderte, ebenfalls mitzuhelfen.

In den ersten beiden Tagen hatte Vaaler sich angeboten, Shalana zu helfen, weil er Angst hatte, kein anderer würde es sonst tun. Eine Person konnte einen Schlitten zwar durchaus alleine ziehen, aber das war eine zermürbende Aufgabe. Und angesichts von Shalanas Verletzungen machte Vaaler sich Sorgen, dass sie vielleicht zurückfallen könnte.

Wenn es dazu kam, würde wahrscheinlich jemand anders sich anbieten, ihr zu helfen. Vaaler vermutete jedoch, dass das nur die Scham und die Demütigung vergrößern würde, mit der sie sich ohnehin schon herumplagen musste. Es war zwar möglich, dass es genauso schlimm war, wenn ein Fremder einem half, aber Shalana erwähnte mit keinem Wort, ob dem so war.

Sie hatte ohnehin in den ersten beiden Tagen nicht allzu viel gesagt, trotz Vaalers hartnäckiger Versuche, ein Gespräch mit ihr zu beginnen. Der Danaan machte die Anstrengung dafür verantwortlich, mit den anderen Schritt zu halten, weil sie immer noch nicht ganz bei Kräften war, und nicht ihren Widerwillen angesichts seiner ständigen Gegenwart oder ihre Verwirrung wegen seiner wenn auch nicht ganz perfekten Beherrschung ihrer Muttersprache.

Auf jeden Fall war Shalana ganz offensichtlich von robuster Gesundheit, und ihre Verletzungen heilten schnell. Er bemerkte ihren federnden Schritt, als sie an diesem Morgen die Seile aufnahm, und mit ihren langen Beinen machte sie ausgreifende Schritte, die sie rasch voranbrachten.

»Wollen wir die anderen abhängen?«, erkundigte sich Vaaler, nachdem sie sich an die Spitze der Karawane gesetzt hatten.

»Würde es ihnen auffallen, selbst wenn wir es täten?«, gab sie zurück.

Er vermutete, dass sie unterschwellig verbittert war, aber es war ihrer Stimme nicht anzuhören. Sie hatte in diesem emotionslosen monotonen Tonfall gesprochen, wie immer, wenn sie versuchte, einen Scherz zu machen.

»Könnten wir um meinetwillen nicht ein kleines bisschen langsamer gehen?« Er keuchte bereits vernehmlich.

»Selbstverständlich, Spion. Das Einzige, was mir am Herzen liegt, ist, es dir leichter zu machen.« Aber trotz ihrer spöttischen Worte verlangsamte sie ihren Schritt.

»Warum benutzt ihr dafür nicht eure Hunde?«, erkundigte sich Vaaler, nachdem sie ein etwas ruhigeres Tempo angeschlagen hatten.

»Hunde brauchen Futter, sie müssen ausgebildet werden, und man muss sich um sie kümmern.«

»Und dieser Aufwand lohnt sich nicht?«

»Nicht für größere Stämme, die feste Lager eingerichtet haben«, erklärte sie. »Die schwächeren Clans jedoch können keine dauerhafte Siedlung verteidigen. Deshalb müssen sie unablässig umherziehen. Einige von ihnen spannen ihre Hunde immer noch vor die Schlitten.«

»Das ist also eine Sache des Status? Ihr zieht eure Schlitten lieber selber, als euer Gesicht zu verlieren, indem ihr die Hunde die Arbeit für euch machen lasst?«

»Wenn man sich zu viel mit den Hunden abgibt, können sie rasch den Clan übernehmen.«

»Wie bei den Eishauern?«

Shalana nickte. »Die Eishauer lieben ihre Tiere viel zu sehr. In ihrem Clan ist es eine so große Beleidigung, einen Hund ein ›Haustier‹ zu nennen, dass das sogar zu Blutvergießen führen kann.«

»Wie nennen sie denn ihre Tiere?«

»Bruder oder Schwester. Ehemann oder Ehefrau, wenn die Nächte allzu einsam werden.«

Eine Sekunde lang glaubte Vaaler, er hätte sie missverstanden, dann jedoch begriff er, dass Shalana einen ihrer trockenen Witze gemacht hatte.

Ihre Miene verändert sich nicht, aber ihre Augen funkeln, während sie auf eine Reaktion wartet.

»Wenn du so schon über andere Clans redest«, Vaaler lächelte über den Scherz, »dann möchte ich lieber nicht wissen, was du über mein Volk sagst.«

»Ich habe gehört, dass die Männer vom Baumvolk nur einen winzigen Zweig haben, wo eigentlich ein mächtiger Stamm sein sollte«, konterte sie unverzüglich.

»Gut, wechseln wir lieber das Thema.« Vaaler konnte nicht verhindern, dass er errötete. »Was sagen die Clans dann über die Menschen in den FreiStädten?«

»Wir nennen sie Schlächter und wünschen ihnen einen langsamen und schmerzhaften Tod.«

Diesmal war er sich ziemlich sicher, dass diese Bemerkung nicht im Geringsten humorvoll gemeint war.

Die Bürger der FreiStädte betrachten die Ostländer als Barbaren und Wilde, daran erinnerte sich Vaaler noch von seinen Geschichtsstunden her. *Sie haben sie aus Spaß gejagt und Expeditionen ausgeschickt, um so viele abzuschlachten, wie sie nur konnten.*

Shalanas grimmige Antwort machte dem Gespräch ein Ende, und Vaaler verfluchte sich, dass er etwas so Dummes und Unsensibles gefragt hatte.

Und dabei hat sie sich mir gerade ein bisschen geöffnet.

Nachdem sie ein paar Minuten durch den Schnee gestapft waren, war es jedoch Shalana, die das Schweigen brach.

»Ich habe noch nie jemanden vom Baumvolk kennengelernt«, gab sie zu. »Du bist ganz anders, als ich erwartet habe.«

»Wirklich?« Vaaler unterdrückte ein Lächeln. »Was hast du denn erwartet?«

»Ich habe gedacht, deine Haut wäre so grün wie Gras und dein Haar so zerzaust wie ein Vogelnest.«

Die Haut des Danaan hatte tatsächlich einen leicht grünbraunen Ton. Trotzdem war das grünhäutige Baumvolk ein Stereotyp in den Südlanden. Eine solche Beschreibung seines Haares jedoch hatte Vaaler bisher noch nie gehört.

»Man hat uns als Kinder davor gewarnt, in den Nordforst zu gehen, sonst würden uns die wilden Waldbewohner fressen«, fuhr Shalana fort.

»Du hast also gedacht, die Danaan wären Monster?«

»In einigen der älteren Legenden«, erklärte Shalana, »wird dein Volk als so wild und unzivilisiert beschrieben, dass es nicht einmal Kleider trägt.«

»Ich nehme an, dass daher diese Gerüchte über den

Zweig und den Stamm kommen, hab ich recht?« Vaaler grinste.

Shalana lächelte zwar nicht direkt, aber er sah das mutwillige Funkeln in ihren Augen.

Sie schwiegen eine Weile, bevor die Frau erneut das Wort ergriff.

»Norr sagte, du wärst ein Prinz in deinem Volk gewesen. Er sagte, man hätte dich verbannt, weil du ihm und den anderen geholfen hättest, aus dem Nordforst herauszukommen.«

Ihr Eingeständnis überrumpelte Vaaler. Er fragte sich, wie viel genau Norr ihr wohl erzählt haben mochte.

Er war doch hoffentlich nicht so dumm, auch den Ring zu erwähnen?

»Ich möchte lieber nicht darüber sprechen«, murmelte Vaaler. Sosehr er auch Shalanas Gesellschaft auf der Reise genoss, er war nicht bereit, über etwas so Persönliches und Schmerzhaftes mit ihr zu plaudern.

Sie warf ihm einen Blick zu, und ihre Miene wurde etwas weicher. Aber statt ihn mit nichtssagenden Worten zu trösten, nickte sie nur. »Das verstehe ich«, meinte sie.

Darauf könnte ich wetten, dachte Vaaler, froh, dass sie die Angelegenheit auf sich beruhen ließ. *Ich wette, dass du das verstehst.*

Scythe richtete ihre Aufmerksamkeit abwechselnd auf den Schlitten am Ende der Karawane der Steingeister, auf dem Norr saß, und den ersten Schlitten, der von Shalana und Vaaler gezogen wurde, die für ihren Geschmack viel zu freundlich miteinander umgingen.

Aber sie hütete sich, Norr etwas davon zu sagen. Jedes Mal, wenn Scythe das Thema auf die ehemalige Anführerin des Clans brachte, bezichtigte ihr Geliebter sie der Eifersucht.

Er sieht sie immer noch als die Jugendfreundin, mit der er aufgewachsen ist. Er kann sie sich nicht einmal als Bedrohung vorstellen.

Scythe dagegen wusste es besser. Ihr Instinkt riet ihr, Shalana nicht zu trauen, und sie hatte gelernt, ihren Instinkten zu folgen. Wenn Norr nicht auf ihre Warnungen hören wollte, dann würde sie sich eben an jemand anderen wenden, von dem sie wusste, dass er für ihre Sorgen ein offenes Ohr hatte.

»Ich sehe mal nach Keegan und Jerrod«, sagte sie zu Norr.

Er nickte wortlos. Er sprach so gut wie gar nicht, während er auf dem Schlitten saß. Stattdessen hockte er mit verschränkten Armen und kläglicher Miene da und starrte finster auf die Rücken der Steingeister, die gerade seinen Schlitten zogen.

Trotz des zusätzlichen Gewichtes ihres schmollenden Geliebten gab es keinen Mangel an Freiwilligen, die eines der drei Seile packen wollten, mit denen der Vorratsschlitten, auf dem er thronte, gezogen wurde. Die jüngeren Krieger, die sich ihm und seinen Gefolgsleuten auf der Reise zur Zusammenkunft angeschlossen hatten, betrachteten es als Ehre, den Roten Bären Meile um Meile über die gefrorene Einöde zu schleppen.

Für Norr jedoch war es eine demütigende Tortur. Jeden Morgen stritten Scythe und er darüber, ob es nötig wäre, sein Knie nach wie vor zu schonen. Bis jetzt war es ihr jedes Mal gelungen, den Streit für sich zu entscheiden.

Er ist in diesem Punkt genauso störrisch wie bei Shalana, dachte Scythe, während sie leichtfüßig durch den Schnee an der Karawane vorbei nach vorne lief.

Jerrod und Keegan gingen etwa in der Mitte des Trecks. Die beiden hatten, wie sie wusste, heute Morgen abwechselnd einen der Schlitten gezogen, bevor die Gruppe eine kurze Mittagsrast gemacht hatte. Ihr war nicht entgangen, dass Vaaler und Shalana während der Pause zusammengesessen und fröhlich geplaudert hatten, während sie aßen.

Scythe sah sich kurz nach Jerrods Sprachlehrer um, um sich davon zu überzeugen, dass er weiter hinten war, dicht bei Norr. Der Unterricht fand für gewöhnlich abends statt. Keiner der anderen Steingeister in der Nähe gehörte zu denen, von denen sie nach Norrs Aussage wusste, dass sie Allrish verstanden. Das bedeutete, sie brauchte sich keine Sorgen zu machen, dass jemand ihr Gespräch belauschen könnte.

»Ich muss mit euch beiden reden«, sagte sie ohne lange Formalitäten.

»Was willst du?«, fuhr Keegan sie scharf an.

»Es geht um Vaaler.« Sie ignorierte den unerwartet feindseligen Ton des jungen ChaosWirkers. »Er verbringt ziemlich viel Zeit mit Shalana.«

»Das ist mir auch aufgefallen«, pflichtete Jerrod ihr bei. »Er scheint ihre Gesellschaft der unseren vorzuziehen.«

»Na und? Wen interessiert schon, mit wem er redet?«

Keegans Gereiztheit überrumpelte Scythe. *Was hat ihm denn die Laune verhagelt?*

»Ich mache mir Sorgen, dass er ihr vielleicht ein bisschen zu nahe kommen könnte«, erklärte sie, nachdem sie sich wieder gesammelt hatte. »Ich vertraue ihr nicht. Jedenfalls nicht weiter, als ich sie sehen kann.«

»Vielleicht empfindet Vaaler ja genauso«, meinte Jerrod beschwichtigend. »Er könnte versuchen, sie einfach nur im Auge zu behalten.«

»Das glaube ich nicht«, widersprach Keegan. »Ich glaube, dass sie ihm leidtut wegen …« Er verstummte, sah erst Scythe an und richtete seinen Blick dann wieder auf Jerrod. »Wegen der Dinge, die mit ihr passiert sind, nachdem sie das Duell verloren hat«, beendete er seinen Satz dann ein wenig lahm.

Scythe verdrehte die Augen. »Er weiß von dem Fluch.« Sie deutete mit dem Daumen auf Jerrod.

»Tatsächlich?« Keegan war offenkundig verwirrt. »Und es stört dich nicht?«

»Scythe, Vaaler und du habt eine sehr mächtige Verbindung«, erklärte der Mönch. »Ihr alle seid vom Chaos gezeichnet, und ihr alle wurdet unter dem Blutmond geboren.«

Scythe stöhnte leise auf. Sie kannte diesen Sermon nur zu gut.

»Ihr Schicksal ist mit dem deinen eng verwoben«, fuhr Jerrod an Keegan gewandt fort. »Und jeder der beiden anderen spielt eine wichtige Rolle, was deine Bestimmung angeht.«

»Und was hat das mit dem Fluch zu tun?« Keegan blickte kurz zu Scythe hinüber, sah dann jedoch rasch weg, als sie seinen Blick erwiderte.

»Ihr drei habt zusammengearbeitet, um das Chaos für euren Fluch anzuzapfen«, erklärte Jerrod. »Und jeder von euch hat dabei eine entscheidende Rolle gespielt. Vaaler hat dir das Wissen vermittelt, wie du deine Macht kontrollieren kannst, und Scythe war der Katalysator, der dich dazu inspiriert hat, sie anzuwenden.«

»Kannst du vielleicht mal kurz dein Prophezeiungsgerede unterbrechen?«, fuhr Scythe ihn ungeduldig an. »Wir reden gerade über Vaaler, schon vergessen? Was passiert, wenn er sich zufällig verplappert, während er mit Shalana redet? Wenn sie herausfindet, was wir gemacht haben?«

»So dumm ist er nicht«, meinte Keegan. »Mit so etwas platzt er nicht einfach heraus.«

»Aber wenn er wegen unserer Einmischung ein schlechtes Gewissen hat, könnte es so lange an ihm fressen, bis er das Gefühl hat, er müsse ihr etwas sagen«, widersprach Scythe. »Geheimnisse neigen dazu, irgendwann an die Oberfläche zu kommen.«

»Das klingt so, als würdest du eigentlich über Norr und dich reden«, merkte Keegan an.

»Meine Beziehung zu Norr ist ganz ausgezeichnet«, versicherte Scythe herablassend.

»Warum hast du mich dann geküsst?«, konterte Keegan.

»Bist du deshalb sauer auf mich?«, wollte Scythe wissen. »Es war nur ein Kuss. Stell dich nicht so kindisch an!«

»Redet gefälligst leiser!«, warnte Jerrod sie.

Scythe warf einen Blick über die Schulter auf die Steingeister in der Nähe. Auch wenn sie nicht verstanden, was die drei da besprachen, war ihnen ganz offenkundig die Spannung zwischen den Fremden aufgefallen.

»Du hast mich dazu gebracht, diesen verdammten Fluch zu wirken«, beschuldigte Keegan sie, allerdings mit gedämpfter Stimme. »Selbst Jerrod hat das gerade gesagt.«

»So habe ich es aber nicht ausgedrückt«, wandte der Mönch ein.

»Wieso geht es jetzt eigentlich wieder um dich?«, wollte Scythe wissen. »Wie kommt es eigentlich, dass es immer nur um dich zu gehen scheint? Du solltest besser weghören, wenn Weißauge mal wieder davon redet, was für ein wichtiger Kerl du bist. Das steigt dir zu Kopf!«

»Hört auf, alle beide!«, fuhr Jerrod sie an. »Begreift ihr nicht, was hier passiert?«

Etwas in seiner Stimme ließ die schneidende Bemerkung auf Scythes Zunge nicht über ihre Lippen kommen. Keegan blieb ebenfalls stumm.

»Die Gegenreaktion«, flüsterte der Mönch. »Des Fluchs. Und sie hetzt euch drei gegeneinander auf.«

Seine Worte trafen Scythe wie ein Schlag in den Magen, als ihr die Wahrheit schmerzhaft klar wurde. Plötzlich erschien ihr der Verdacht gegen Vaaler und Shalana lächerlich.

»Du hast recht«, murmelte sie, als sie sich daran erinnerte, wie wütend sie auf Vaaler gewesen war, als sie sich das letzte Mal unterhalten hatten. »Vaaler und ich haben uns über etwas vollkommen Albernes gestritten. Ich war fast so weit, gegen ihn zu kämpfen.«

»Ich auch«, gab Keegan verlegen zu. »Als wir uns die

beiden letzten Male unterhalten haben, ist er immer wütend davongerannt.«

»Ich dachte, Vaaler hätte das Ritual so geplant, dass genau das nicht passieren konnte«, sagte Scythe.

Bei diesen Worten spürte sie, wie Wut und Ärger über den Danaan in ihr hochstiegen. *Das ist seine Schuld!* Aber da sie jetzt wusste, dass ihre Gefühle von Nachwirkungen der Magie ausgelöst wurden, war sie in der Lage, sie zu ignorieren. Sie lösten sich fast augenblicklich auf.

»Diese Gegenreaktion war unvorhersehbar«, sagte Keegan. »Jeder ChaosWirker kann versuchen, sie zu minimieren oder zu beherrschen, aber manchmal bricht das Chaos trotzdem aus und erzeugt verheerende Nachwirkungen in der Welt der Sterblichen.«

»Wir müssen Vaaler warnen«, sagte Jerrod. »Es könnte eine Nachwirkung dieser Gegenreaktion sein, die ihn zu Shalana treibt.«

Offenbar war meine Sorge, dass er ihr zu nahe kommt, dann wohl doch nicht so unberechtigt, dachte Scythe, biss sich aber auf die Lippen, um nicht laut damit herauszuplatzen. *Das ist diese verfluchte Gegenreaktion. Sie versucht mich dazu zu bringen, wieder einen Streit vom Zaun zu brechen.*

»Lasst mich das machen«, erbot sich Keegan. »Ich habe Dinge zu ihm gesagt, die ich nicht hätte sagen dürfen. Und ich muss mich entschuldigen.«

»Pass nur auf, dass du nicht alles noch schlimmer machst«, warnte Scythe ihn. Sie sah, wie Keegan kurz empört hochfuhr. Doch im selben Moment schien auch er die Quelle seines Ärgers zu erkennen, und sein Zorn verschwand genauso schnell, wie er gekommen war.

»Ich spreche noch heute Abend mit ihm«, versprach Keegan.

»Du musst es sofort tun«, beharrte Jerrod. »Wenn diese Gegenreaktion nicht kontrolliert wird, weiß niemand, was sie bei Vaaler auslöst.«

Der Prinz der Danaan genoss es herumzulaufen, ohne mehrere hundert Pfund Lebensmittel und Vorräte auf einem Schlitten hinter sich herzuziehen. Aber er wusste, dass Shalana sich wahrscheinlich freiwillig für eine weitere Runde in den Seilen anbieten würde, bevor sie ihr Nachtlager aufschlugen. Es schien fast so, als versuchte sie vor dem Rest des Clans, ihre Tüchtigkeit zu beweisen, indem sie Extraschichten leistete.

Das setzt ihr härter zu, als sie sich anmerken lässt.

Die anderen Steingeister gingen ihr immer noch mehr oder weniger aus dem Weg, aber Vaaler hatte das Gefühl, dass sie das mehr aus Tradition als aus wirklicher Feindseligkeit taten. Shalana hatte ihre Position als Führerin des Clans verloren, und der Clan verlangte eine Art Bestrafung. Aber wie die Menschen mit ihr sprachen, wenn sie beim Aufbau und Abbau des Lagers mit ihr reden mussten, zeigte deutlich, dass sie sie immer noch respektierten.

Ist dir das wirklich klar?, überlegte Vaaler, während er die große Frau betrachtete, die neben ihm herging.

»Darf ich dich etwas fragen?«

»Du hast mich schon eine ganze Menge gefragt, Spion«, rief sie ihm ins Gedächtnis.

Das war kein Nein, also machte Vaaler weiter.

»Hat es dich sehr getroffen, dass du das Duell verloren hast?«

Shalana antwortete nicht sofort, aber sie hob den Kopf und blickte ein paar Sekunden in den Himmel.

»Ich nehme an, du wärst kein besonders guter Spion, wenn du mich das nicht fragen würdest«, erwiderte sie schließlich und seufzte. »Ich schmiede keine Rachepläne gegen Norr oder deine Freunde«, versicherte sie ihm. »Ich bin nicht wie mein Vater.«

»Das habe ich nicht gemeint«, sagte Vaaler. »Ich meinte, ob du deswegen vielleicht wütend bist? Fühlst du dich wegen dem, was in dem Duell passiert ist, betrogen?«

Shalana warf ihm einen neugierigen Blick zu.

»Betrogen?«

»Dein Stab ist zerbrochen«, erklärte Vaaler hastig. »Wenn das nicht passiert wäre, hättest du wahrscheinlich gewonnen.«

»Norr hat mich in einem fairen Kampf besiegt.« Sie wandte sich ab. »Er hat es verdient, Anführer zu werden.«

Vaaler glaubte sie bereits gut genug zu kennen, um wahrzunehmen, dass sie nicht ganz ehrlich mit ihm war. Ihre Antwort war das, was man erwarten konnte, es war das, was sie sagen musste, damit andere sie nicht als schlechte Verliererin sahen.

Sie will nicht darüber reden. Ebenso wenig wie du über deine Verbannung reden willst.

Aber Vaaler hatte seinen Weg selbst erwählt. Shalanas Sturz war nicht ihre Schuld. Jedenfalls nicht wirklich.

Wir haben ihr das gestohlen, was ihr rechtmäßig zustand.

Sie verdient das zu wissen, ganz gleich, welche Konsequenzen es nach sich zieht.

Aber bevor er sich eine gute Formulierung zurechtlegen konnte, um ihr von dem Fluch zu erzählen, den sie gewirkt hatten, hörte er eine vertraute Stimme, die ihn vom hinteren Ende der Karawane rief.

»Vaaler!«, rief Keegan, während er auf ihn zugelaufen kam. »Vaaler, wir müssen uns unterhalten!«

Was hätten wir uns wohl noch zu sagen?

Aber er schwieg, bis der junge ChaosWirker sie erreicht hatte. Er keuchte leicht, weil er so schnell gelaufen war.

»Ich musste dir unbedingt etwas sagen«, erklärte Keegan. »Es ist sehr wichtig.«

»Dann sag es«, erwiderte Vaaler.

Keegan warf Shalana einen Blick zu. »Unter vier Augen.«

Na, das ist ja gar nicht verdächtig, dachte Vaaler, verärgert über seinen Freund. *Wenn Shalana bis jetzt noch nicht geglaubt hat, dass ich sie ausspioniere, dann wird sie es jetzt ganz bestimmt tun.*

»Red du nur mit deinem Freund«, sagte Shalana und versuchte Keegans Unhöflichkeit mit einem gleichgültigen Schulterzucken abzutun.

Sie ging schneller weiter, bis sie ein gutes Stück von ihnen und dem Rest der Karawane entfernt war. Aber selbst das genügte Keegan nicht. Er packte Vaalers Arm und hielt ihn fest, während er ihn gleichzeitig zur Seite führte, zu einer Stelle, wo niemand sie belauschen konnte.

»Lass mich los.« Vaalers Stimme war ruhig, aber kalt.

Keegan riss seine Hand zurück, als wäre er geschlagen worden.

»Entschuldige. Bitte, hör mir nur einen Moment zu. Mehr will ich nicht.«

Vaaler kniff die Augen zusammen und nickte, während er argwöhnisch auf irgendeinen Trick oder eine List wartete.

»Diese Streitereien, die wir gehabt hatten … Ich weiß, was sie verursacht hat.«

Ich auch. Du bist ein egoistischer, überheblicher Vollidiot.

»Eine Gegenreaktion. Des Fluchs.«

Vaaler riss vor Überraschung den Kopf zurück.

»Nein«, sagte er. »Das ist unmöglich. Ich habe dafür gesorgt, dass das Ritual so etwas nicht zulässt.«

»Doch, es stimmt«, beharrte Keegan. »Denk nach: Der Fluch war nur möglich, weil du, Scythe und ich zusammengearbeitet haben. Und jetzt reißt die Gegenreaktion dieses Zaubers uns drei auseinander.«

Er hat recht. Genauso funktioniert Chaos.

»Du hast dich nicht nur mit mir gestritten, hab ich recht?«, setzte Keegan nach. »Sondern auch mit Scythe. Jedes Mal, wenn einer von uns mit den beiden anderen reden will, endet das mit einem Riesenstreit über vollkommen alberne Dinge.«

Vaaler schwieg immer noch, während die Konsequenzen dessen, was Keegan ihm da sagte, langsam in sein Bewusstsein drangen. Er war sich nicht einmal sicher gewesen, dass Keegan überhaupt in der Lage wäre, genug Chaos zu beschwören, um den Fluch zu bewerkstelligen. War es möglich, dass er so viel Macht freigesetzt hatte, dass diese über Tage hinweg ihre Gedanken und Emotionen manipulieren konnte?

Und ich war kurz davor, Shalana von dem Fluch zu erzählen!

Wenn er es jetzt betrachtete, konnte er erkennen, welch miese Idee das gewesen wäre. Noch vor wenigen Minuten jedoch war es ihm vollkommen logisch vorgekommen.

»Vaaler.« Keegan legte dem anderen Mann die Hand auf die Schulter. »Ich sage die Wahrheit.«

»Ich weiß«, antwortete Vaaler schließlich. »Es ist nur ein bisschen … ein bisschen schwierig, das zu begreifen.«

»Ich nehme an, du hattest am Ende doch recht«, meinte Keegan, ließ Vaalers Schulter los und die Hand sinken.

»Was meinst du?« Vaalers Gedanken überschlugen sich immer noch, und er konnte Keegans Worten nicht so ganz folgen.

»Du wolltest, dass ich mir weniger Sorgen um Scythe und mehr über meine Fähigkeit machen sollte, das Chaos zu beschwören.«

Vaaler konnte sich schwach daran erinnern, so etwas Ähnliches gesagt zu haben, aber konnte er sich jetzt sicher sein, dass das wirklich seine Idee gewesen war? Sollten ihm die Nachwirkungen der Gegenreaktion das eingegeben haben?

»Da wir jetzt Bescheid wissen, was fangen wir damit an?«, erkundigte er sich.

»Ich dachte, du wüsstest das«, erwiderte Keegan. »Ich meine, du bist schließlich der Fachmann, was Magie angeht.«

Vaaler schüttelte den Kopf. »Das übersteigt alles, was

Rexol mich jemals gelehrt hat. Vielleicht ist es sogar mehr als alles, was er selbst je erfahren hat.«

»Was willst du damit sagen?«

»Das Ritual war nicht so kompliziert. Die Sicherheitsmaßnahmen waren einfach, aber ausreichend. Es hätte keine Gegenreaktion auftreten dürfen.«

»Was ist dann schiefgelaufen?«

Eine gute Frage, dachte Vaaler. Er ging noch einmal das Ritual durch, überprüfte alle Sicherheitsmaßnahmen zweimal. Schließlich blieb nur eine einzige logische Erklärung übrig.

»Es liegt an dir«, sagte er zu seinem Freund. »Deine Macht wächst. Vielleicht wegen der Überdosis Hexwurz, die Scythe dir in Torian verabreicht hat. Oder es ist etwas mit dir passiert, als du den Ring benutzt hast.

Welche Erklärung auch immer zutreffen mag, die Runen und die Schutzzauber, die Rexol uns gelehrt hat, können deine Zaubersprüche nicht mehr kontrollieren. Nicht einmal so etwas Kleines wie einen Fluch.«

»Und je stärker der Bann, desto stärker die Gegenreaktion«, murmelte Keegan, während er die Konsequenzen dieser Erklärung zu verdauen versuchte.

Vaaler nickte.

»Wenn es dir wirklich bestimmt ist, unser Erretter zu sein«, meinte der Danaan dann, »könnte das sogar etwas Gutes sein. Denn du musst mächtiger sein, als Rexol jemals gewesen ist. Du musst so mächtig sein wie die legendären Hexer, die die Alte Magie gewirkt haben.«

»Aber wenn dem so ist«, wandte der junge ChaosWirker

ein, »wie kann ich dann verhindern, dass jedes Mal etwas Schreckliches passiert, wenn ich das Chaos beschwöre? Wie können wir die Gegenreaktion kontrollieren?«

»Das weiß ich auch nicht«, gab Vaaler zu. »Aber das musst du unbedingt herausfinden. Und bis dahin«, fuhr er fort, »denk ganz genau nach, bevor du dich entschließt, deine Macht anzuwenden.«

24

Als die Zugbrücke sich senkte, stieg Yasmin ein öliger Gestank in die Nase. Sie kannte den Geruch von verbranntem Fleisch nur zu gut. Heute Nacht hatte die Säuberung so richtig begonnen.

Eine kleine Kompanie von Lord Carthins Soldaten marschierte ihr und den acht bewaffneten Inquisitoren entgegen, die sie begleiteten. Eine Ehrengarde, die sie auf den Burghof führen sollte. Hier brannten die drei großen Scheiterhaufen immer noch. Die Flammen loderten hoch in den Nachthimmel empor. Yasmin brauchte nicht einmal ihre magische *Sicht* zu bemühen, um den Schleier aus Rauch und Dunkelheit zu durchdringen und zu erkennen, dass die Gestalten, die an den Pfählen in der Mitte angekettet waren, bereits tot waren. Denn sie schrien nicht mehr.

Lord Carthin stand gebieterisch etwas abseits und beobachtete den Ablauf in seiner offiziellen Funktion als Richter des Ordens. Normalerweise war es Yasmins Inquisitoren vorbehalten, die Unwürdigen zu richten, aber die Reihen der Mönche hatten sich derart gelichtet, dass sie sich gezwungen sah, eine lange vergessene Sitte wiederzubeleben, nämlich göttliche Autorität sorgfältig auserwählten weltlichen Anhängern zu verleihen. Der neue Titel stärkte zudem Carthins Loyalität, und er schien die Arbeit zu genießen.

Wir brauchen seinen Wohlstand, seinen politischen Einfluss und seine Soldaten. Ihn bei Laune zu halten ist entscheidend für den Erfolg unserer Sache.

Die Ankündigung einer weiteren Säuberung war mit gemischten Reaktionen aufgenommen worden. An einigen Orten, wie zum Beispiel in Carthins rechtschaffener Hauptstadt Brindomere und der kürzlich wieder aus der Asche auferstandenen FreiStadt Torian machten sich die Bürger eifrig auf, jene aufzuspüren und zu töten, die die finsteren Künste der Magie praktizierten. Aber nicht alle in den Südlanden waren so tugendhaft, und es gab Berichte von kleineren Adligen und etlichen Siedlungen und Städten, die sich dem Willen der Pontiff widersetzten. Callastan hatte sich nicht nur geweigert, Yasmins Edikt zu achten und durchzusetzen, sondern hatte im Gegenteil alle Angehörigen des Ordens aus der Stadt verbannt.

Callastan würde man sich zu gegebener Zeit vornehmen, aber Yasmin war entschlossen, zuerst jene Widerstandsnester auszuräuchern, die in ihrer Nähe waren. Lord Fellmar war ein kleiner Baron von geringer Bedeutung gewesen, idealistisch, gebildet und leidenschaftlich für die Sache der weniger Bevorzugten kämpfend, wie es so viele andere junge, gelangweilte Adelige taten. Etliche Generationen lang hatte seine Familie einen kleinen Besitz etwa einen Tagesritt westlich der Grenze von Brindomere beherrscht, und nachdem sein Vater im Jahr zuvor verschieden war, hatte er den Familientitel geerbt.

Er war zwar nicht gerade ein glühender Anhänger des Ordens, hatte sich aber auch niemals öffentlich gegen ihn ausgesprochen. Als jedoch Lord Carthins Spione die Pontiff darüber informiert hatten, dass man in Fellmars Burg zwei flüchtige Magier versteckte, statt sie dem Orden, wie befohlen, zu übergeben, hatte Yasmin beschlossen, ein Exempel an ihm zu statuieren.

Sie befahl Lord Carthin, Fellmars Burg zu belagern. Das war sein erster Akt als neu ernannter Richter des Ordens. Am Ende war jedoch keine Belagerung notwendig gewesen. Als Fellmars Soldaten erfuhren, dass eine fünffache Übermacht zu ihnen unterwegs war, hatten sie ihn unter Arrest gestellt, die abtrünnigen Magier gepackt und dem heranrückenden Heer die Zugbrücke geöffnet.

Neben Lord Carthin stand ein alter grauhaariger Soldat in den Farben von Lord Fellmar. Yasmin nahm an, dass er der Soldat war, der die Revolte gegen seinen früheren Herrn angeführt hatte. Wie Carthin beobachtete auch er die Scheiterhaufen. Sein Gesicht war wie versteinert, eine undurchdringliche Maske.

Als sich Yasmin ihnen näherte, drehten sich die beiden Männer zu ihr herum. Der alte Soldat trat einen halben Schritt zurück, als er ihre milchigen Augen und ihre verbrannte Kopfhaut sah. Lord Carthin dagegen sank auf ein Knie und begrüßte sie mit einer tiefen Verbeugung.

»Ich habe nicht erwartet, Euch so bald zu sehen, Pontiff«, sagte er, als er sich wieder aufrichtete.

»Und doch nicht rechtzeitig genug, um den Prozess und die Hinrichtung der Häretiker zu beaufsichtigen«, merkte Yasmin an.

»Mir war nicht klar, dass dies Eure Absicht war«, gab Carthin zurück. »Verzeiht mir, wenn ich meine Befugnisse überschritten haben sollte.«

Yasmin tat seine Entschuldigung mit einer Handbewegung ab. Im Grunde hatte er nichts falsch gemacht. Als ehemalige Großinquisitorin hätte sie zwar lieber seine ersten Handlungen als Richter überwacht, um sicherzugehen, dass er das entsprechende Maß an Würde und Ernst mitbrachte, welches diese Position erforderte. Aber seinen Übereifer konnte man eher als ein Zeichen von Stärke denn als einen Makel betrachten, und sie wollte ihn deshalb nicht tadeln.

»Den Berichten zufolge wurden nur zwei Magier hier versteckt gehalten«, erklärte Yasmin. »Aber ich sehe drei Scheiterhaufen.«

»Lord Fellmar wurde wegen Blasphemie den Flammen überantwortet«, erklärte Carthin. »Selbst in Ketten stieß er bösartige Beleidigungen aus und forderte seine Anhänger auf, sich Eurer Autorität zu widersetzen.«

»Wie bedauerlich.« Mehr sagte Yasmin nicht, obwohl ihr klar war, dass sie später, unter vier Augen, mit ihm über das ein oder andere reden musste.

Jemanden von adligem Blut hinzurichten ist ein sehr gefährliches Spiel.

Es war natürlich wichtig, dass auch der Adel die Konsequenzen der Säuberung fürchtete; nicht einmal ein König stand über dem göttlichen Willen. Aber die Adligen erwarteten ebenfalls, dass der Orden sie beschützte und sogar Gnade vor Recht ergehen ließ, wenn sie sich unterwarfen. Wenn jene, die die Macht hatten, zu sehr um ihr Leben fürchteten, würden viele bis zum bitteren Ende Widerstand leisten. Das würde die begrenzten Ressourcen, die Yasmin zur Verfügung standen, erheblich belasten.

»Lord Fellmar war das einzige Kind der Familie, und er hat noch keinen Erben gezeugt«, erklärte Lord Carthin beiläufig, als würde er über das Wetter oder die letzte Ernte sprechen.

»Dann fallen von Rechts wegen sein Land und seine Besitzungen an Euch, Lord Carthin.« Yasmin antwortete ebenso gelassen.

Sie bezweifelte nicht, dass Carthin die alten Gesetze, auf die sie sich gerade berufen hatte, sehr genau kannte. Hätte Lord Fellmar noch gelebt, als sie eintraf, hätte er möglicherweise widerrufen und einen Teil seines Reichtums dem Orden als Sühne für seine Abtrünnigkeit angedient. Durch seinen Tod jedoch konnte Carthin alles für sich beanspruchen.

Manchmal müssen wir solche Widrigkeiten im Namen des übergeordneten Guten erdulden.

»Es wird sicherlich einige geben, die der Meinung sind, dass Ihr überstürzt gehandelt habt«, meinte Yasmin dann. »Wir können einer solchen Kritik zweifellos entgegenwirken, indem wir seine Blasphemien in die öffentlichen Akten eintragen.«

»Er sagte, die Säuberungen verrieten, dass der Orden aus blinden Narren bestünde. Er beschuldigte die Seher, sie wären falsche Propheten, die uns in den Untergang führten. Er sagte, wenn sie wirklich in die Zukunft sehen könnten, hätten sie uns vor der Armee der Danaan gewarnt, statt uns gegeneinander aufzuhetzen.«

»Ein Heer der Danaan?«, erkundigte sich Yasmin laut. Sie erinnerte sich an Xadiers Visionen von Krieg und Blutvergießen, die das Land verwüsteten.

»Es ist die Wahrheit, Mylady«, mischte sich der alte Soldat ein. »Gestern Nacht ist ein Bote von Lady Fellmars Cousine eingetroffen. Sie haben Besitzungen in der Nähe der Länder der Barbaren, aber sie sind von ihrem Anwesen geflüchtet. Sie behaupten, dass eine gewaltige Streitmacht der Danaan letzte Woche aus dem Nordforst gekommen ist. Sie vernichten alle Stämme, die sich ihnen in den Weg stellen.«

Yasmin schwieg eine Weile, während sie die neuen Informationen abwog. Sie konnte sich nicht vorstellen, dass jemand eine solche Nachricht als eine absichtliche Täuschung oder einen Scherz weitergegeben haben sollte. Wenn es jedoch stimmte, wenn die Danaan tatsächlich eine Armee aufgestellt hatten, warum hatte sie dann nicht früher etwas davon gehört? Die Unruhe, die die Säuberung mit sich brachte, hatte dazu geführt, dass einige Kommunikationsrouten zusammengebrochen waren, vor allem die aus den entlegenen Gebieten der Südlande. Es konnte eine Woche, wenn nicht sogar mehr Zeit kosten, bis Nachrichten von der Grenze ins Herz der Südlande gelangten, vor allem, wenn man den Kundschaftern, welche die Armee der Danaan gesehen hatten, Stillschweigen befohlen hatte. Lady Fellmars Familie hatte sicherlich keine Panik verursachen wollen, während sie mit ihrem Haushalt in sicherere Gebiete geflüchtet war.

Der Orden unterhielt seine eigenen Spione in den Frei-Städten, die immer ein Auge auf eine mögliche Invasion der Danaan hatten. Aber ihr begrenztes Wissen über das Königreich der Wäldler endete am südlichen Rand dieser undurchdringlichen Waldungen. Wenn die Danaan nicht nach Süden marschiert waren, sondern ihre Legionen tief in ihrem Gebiet zusammengezogen hatten und dann in die eisige, verschneite Einöde weit im Norden der Frei-Städte einmarschiert waren, würden ihre Leute höchstwahrscheinlich nichts davon erfahren.

War es das, was Xadiers Vision uns gezeigt hat? War es eine Warnung vor einer Invasion der Danaan?

Aber falls die Berichte zutrafen, dann marschierten die Danaan ja gar nicht in die Südlande ein, sondern sie zogen in den Krieg gegen die Wilden im Osten. Den Grund dafür konnte sich Yasmin nicht vorstellen.

Dann traf sie eine göttliche Inspiration wie ein Blitz, und ihr wurde klar, dass das keinerlei Rolle spielte. Xadiers Vision hatte sie letzten Endes auf den richtigen Pfad geführt.

»Die Wäldler und die Barbaren werden sich gegenseitig abschlachten.« Ihr war klar, dass Lord Carthin und der alte Soldat von Fellmar immer noch auf eine Antwort warteten. »Während sie gegenseitig ihr unreines Blut vergießen, wird die Säuberung die Südlande von jenen reinigen, die dem wahren Glauben nicht folgen und ihn nicht akzeptieren.

Sobald diese Säuberung vollzogen ist, vereinigen sich die Gerechten zu einer großen Armee, welche die verstreuten Überreste der Wilden und des Baumvolkes in einer einzigen glorreichen Schlacht vom Antlitz der Erde hinwegfegen wird!

Das ist die Vision unserer Seher. Das ist offenkundig die Bestimmung des Ordens und all jener, die ihm folgen. Das ist der Wille der Wahren Götter!«

Yasmin hatte unwillkürlich ihre Stimme gehoben, und ihre Worte hallten über den Hof, sodass alle sie hören konnten. Sie bezweifelte nicht, dass sich die Gerüchte über ein Heer der Danaan sehr rasch verbreiten würden, aber ebenso auch ihre Botschaft vom letztendlichen Sieg des Ordens und von seinem Triumph über die Heiden und Abtrünnigen. Dafür würden ihre Leute sorgen.

Der alte Soldat sagte nichts, obwohl sie gesehen hatte, dass er während ihrer Rede genickt hatte. Lord Carthin war deutlich begeisterter. Als sie verstummte, grinste er über das ganze Gesicht.

»Ihr habt Eure Sache gut gemacht, Lord Carthin«, lobte Yasmin ihn. Sein Lächeln verstärkte sich, bis es den Anschein machte, dass es sein Gesicht in zwei Teile spaltete. »Aber es gibt noch eine Sache, die wir zu erledigen haben.«

»Und das wäre, Pontiff?«

Sie konnte nichts dagegen tun, dass die Sorge auf seiner Miene ihr eine gewisse Genugtuung bereitete.

»Was ist mit Lady Fellmar? Diejenige, die diese Botschaft aus dem Osten erhalten hat?«

»Sie wurde erst kürzlich Lord Fellmar angetraut«, erwiderte Carthin. In seiner Stimme schwang eine Spur von Schuldbewusstsein mit. »Erst wenn ein Jahr verstrichen ist, kann sie sein Erbe beanspruchen.«

»Mir sind die Gesetze sehr wohl bekannt!«, erinnerte Yasmin ihn scharf. »Und mich interessiert Euer Anspruch auf diese Ländereien nicht.«

Carthin starrte sie schweigend und verwirrt an.

»Was habt Ihr mit ihr gemacht?« Yasmin hatte das Gefühl, als spräche sie mit einem Kind.

»Ich habe sie in meine Obhut genommen«, gab der Richter zurück. Er redete langsam, wobei er jedes Wort abzuwägen schien. »Sie ist jung und naiv, und ich glaube nicht, dass sie Lord Fellmars häretische Ansichten teilt.

Ich werde sie sorgfältig verhören, bevor ich über ihr Schicksal entscheide«, versicherte er Yasmin. Die Pontiff begriff, dass Carthin zuvor keineswegs verwirrt gewesen war – er hatte nur alles getan, was in seiner Macht stand, um nicht zugeben zu müssen, dass er die junge Frau gefangen genommen hatte.

Und Yasmin war klar, welcher Art von Verhör Carthin die verängstigte und hilflose junge Frau unterziehen wollte.

»Ihr habt hier bereits mehr als genug für uns getan, Richter Carthin«, bedeutete sie ihm. »Meine Inquisitoren werden Euch von dieser letzten Last befreien. Wir nehmen Lady Fellmar mit, wenn wir abrücken.«

Es gibt Übel, die wir nicht erdulden werden, auch nicht für das übergeordnete Gute!

Carthin verstand es gut, seine Enttäuschung zu verbergen, als er sich erneut verbeugte.

»Selbstverständlich, Pontiff. Ich lebe nur, um zu dienen.«

25

Als die Sonne unterging und die Temperatur zu sinken begann, schlug die Armee der Danaan bereits ihr Lager auf. In etwa einer Stunde würden die Soldaten ihre mageren Rationen hinunterschlingen und sich, in Decken und Jacken gehüllt, in kleinen Gruppen aneinanderkauern, um Schutz vor der Kälte zu finden. Irgendwann in der Nacht würde die Erschöpfung über die Kälte triumphieren, und sie würden in einen Zustand traumloser Bewusstlosigkeit fallen.

Die Schwachheit der zerbrechlichen Sterblichen, die ihn umgaben, widerte Orath an. Er spürte die Kälte ebenfalls, aber sie ließ ihn weder zittern, noch machte sie ihn hilflos. Ebenso spürte er zwar die körperliche Beanspruchung, aber sie erschöpfte ihn nicht. Und Schlaf brauchte er gar keinen.

Doch selbst er konnte nicht ewig ohne Pause existieren. Ein paar Stunden in meditativer Trance würden seinen Körper beleben und seinen Geist erfrischen. Allerdings barg dies gewisse Risiken. Die Trance würde seine Wahrnehmung und seine Konzentration beeinträchtigen.

Der Oger kämpfte unablässig gegen ihn. Sein wilder Geist zerrte unaufhörlich an den Fäden, mit denen Orath ihn kontrollierte. Es bestand zwar nur eine kleine Chance, dass er sich vollkommen aus der Kontrolle des Knechts befreien konnte, selbst wenn Orath in Trance fiel, aber die Bestie war nur zu bereit, die Grenzen ihrer Gefangenschaft zu erkunden.

Diese Kreatur nährte sich von Brutalität und Gewalt, und in der letzten Woche hatte sie nur sehr wenig davon bekommen, um ihren Hunger zu stillen. Nach den ersten Zusammenstößen mit überrumpelten Clans hatten die Ostländer endlich begriffen, dass sie es mit einer Invasionsarmee zu tun hatten. Das war unausweichlich gewesen. Ein einziger Kundschafter, der nicht entdeckt worden war und die heranrückende Horde gesehen hatte, genügte, um seinen Stamm zu warnen. Der wiederum würde Boten an die Nachbarclans ausschicken. Angesichts der überwältigenden feindlichen Streitmacht würden die Stämme der Nomaden alles zusammenraffen, was sie konnten, und flüchten, lange bevor der Feind sie erreichte.

Die Truppen der Danaan hatten zwar die Geschwindigkeit ihres Vormarschs erhöht, aber eine Armee solcher Größe bewegte sich dennoch langsamer als die Clans, die vor ihr flohen. Es gab keine Scharmützel oder richtige Gefechte, denn sie stießen bei ihrem Marsch nur auf verlassene Lager.

Mit jedem Tag, an dem er niemanden töten konnte, wuchs die Frustration des Ogers. Die Bestie konnte sich erheblich schneller fortbewegen als die Danaan, aber Orath hatte sie bis jetzt immer in der Nähe der Hauptstreitmacht der Armee gehalten. Hauptsächlich, um die Kontrolle über das Monster zu behalten, aber auch als für alle sichtbare Erinnerung an seine Macht; und darüber hinaus als Schutzmaßnahme, falls sie über den Sterblichen mit dem Ring Daemrons stolpern sollten.

Heute Nacht jedoch war die Chance dafür sehr gering. Und statt den Oger die ganze Nacht zu kontrollieren, beschloss Orath, ihm eine kleine Kostprobe von Freiheit zu gewähren. Er konnte in der Dunkelheit die Bestie auf der anderen Seite des Lagers zwar nicht sehen, aber durch die Bande, mit denen er sie kontrollierte, spürte er, wie sie aufsprang und davonstürmte, als er seinen Griff lockerte.

Er sorgte dafür, genug Kontrolle über den Oger zu behalten, damit er keine schlafenden Danaan abschlachtete, und vor allem, um ihn hinterher wieder zurückrufen zu können, wenn er ausgeruht war. Dann ließ er sich in seine Trance sinken.

Der Oger spürte immer noch die unsichtbaren Ketten, die ihn an seinen verhassten Meister banden, aber diese Wahrnehmung wurde von der kalten Luft hinweggefegt, als er über die schneebedeckte Ebene raste.

Er konnte im Osten frisches Fleisch wittern: Für die Armee der Danaan war es einen ganzen Tagesmarsch entfernt; bei der Geschwindigkeit jedoch, mit der er selbst sich bewegte, dauerte es kaum eine Stunde, bis er es erreichte. Das Licht der Mondsichel, das der Schnee reflektierte, genügte für eine Kreatur, die aus dem Schleim und der Dunkelheit in den Tiefen des ChaosMeeres erzeugt worden war, vollkommen, um den Weg zu finden. Es dauerte nicht lange, bis die dunklen Umrisse einer kleinen Ansammlung von Zelten in Sicht kamen.

Gestalten huschten im Lager umher. Männer, Frauen

und Kinder packten hastig in der dunklen Nacht ihre Habseligkeiten, damit sie bei Tagesanbruch aufbrechen und der Armee der Danaan ausweichen konnten. Sie waren sich der viel größeren Bedrohung nicht bewusst, die schneller auf sie zuraste, als sie sich auch nur hätten vorstellen können.

Eine halbe Meile vor dem Lager brüllte der Oger. Es war ein lautes Brüllen voller Hass und Wut, bei dem die herumlaufenden Barbaren wie angewurzelt stehen blieben. Als das Echo des Jagdrufs verklungen war, wich die Lähmung von den Menschen, und sie gerieten in Panik. Einige flüchteten blindlings in die Dunkelheit, andere umklammerten ihre Geliebten und brachen weinend auf dem Boden zusammen. Die tapfersten Männer und Frauen, etwa ein Dutzend Krieger, packten ihre Waffen und wandten sich in die Richtung, aus der dieses schreckliche Geräusch gekommen war.

Eine Minute später fegte der Oger zwischen sie, ein Berg aus Klauen, Zähnen und stinkendem Fleisch inmitten der Dunkelheit. Sie stachen mit ihren Speeren zu, sie hackten mit ihren Klingen auf ihn ein. Aber ihre Waffen konnten die dicke, von Schleim bedeckte Haut des Monsters nicht durchdringen.

Der Oger packte den ihm am nächsten stehenden Krieger mit seiner gewaltigen Faust, zerquetschte dem schreienden Mann den Brustkorb, während er ihn hoch in die Luft hob und ihn dann auf den Boden schmetterte.

Eine Frau trat dicht vor ihn und stieß mit der Spitze ihres Speeres in Richtung des linken Auges der Bestie, dem einzigen verletzlichen Punkt des Monsters. Aber der

Oger war zu schnell. Er wich aus und verdrehte seinen gewaltigen Hals, sodass der Speer wirkungslos gegen die Muskelstränge seiner Schulter stieß.

Bevor die Frau zurückweichen konnte, schlug die Bestie mit ihrem langen Arm zu. Die Frau versuchte sich wegzuducken. Der Oger hatte auf ihren Brustkorb gezielt, jetzt jedoch riss er ihr den Kopf von den Schultern, der im Schnee landete und weiterrollte.

Der Oger lachte bei dem Anblick, ein bösartiges, gutturales Lachen. Der nächste Krieger stürzte sich auf seinen Rücken und hackte mit einer schweren Axt unablässig auf ihn ein – ein vergeblicher Versuch, diesen Unhold auch nur zu verletzen. Der Oger griff gelassen mit einer seiner grotesken und überproportionierten Gliedmaßen nach hinten und wischte ihn einfach vom Rücken. Der Schlag betäubte den Barbaren, der keuchend im Schnee liegen blieb. Bevor er sich erholen konnte, landete ein gewaltiger Fuß auf seiner Brust und seinem Bauch und zerquetschte seine inneren Organe.

Angesichts dieses Horrors, gegen den sie keine Chance hatten, versuchten die restlichen Krieger zu flüchten; sie verteilten sich in alle möglichen Richtungen. Aber der Oger hatte ihre Witterung aufgenommen und jagte sie einen nach dem anderen, fand sadistische Freude bei jedem grauenvollen Tod. Auch der Rest des Clans blieb von seiner Wut nicht verschont. Sie wurden allesamt zur Strecke gebracht. Sobald es vollbracht war, sobald jeder Mann, jede Frau und jedes Kind verfolgt, erwischt und getötet worden war, begann das Monster zu fressen.

Schließlich waren seine Blutgier und sein Hunger gestillt, und in diesem Moment spürte es erneut den Zug seines Herrn, der ihn nach Hause rief.

Orath erwachte aus seiner meditativen Trance und konzentrierte sein Bewusstsein auf den Oger. Die Bestie war etwa dreißig Meilen entfernt und verschlang gierig die Reste ihrer Opfer. Der Knecht stärkte seinen Willen und riss mit der Kraft seines Geistes an den unsichtbaren Ketten. Der Oger versuchte sich zu widersetzen, kämpfte gegen ihn an in der Hoffnung, dass die Entfernung ihm vielleicht erlaubte, sich zu befreien.

Aber Orath hatte die Kreatur schon einmal bezwungen, hatte schon einmal seine Überlegenheit bewiesen. Das Ergebnis dieses Kampfes war ebenfalls unausweichlich, und nach ein paar Sekunden des Trotzes spürte er, wie der Oger sich ergab. Er senkte den Kopf, drehte sich um und trabte zu den Streitkräften der Danaan zurück. Die Reste seiner Beute ließ er zurück. Die Kundschafter der Danaan würden am nächsten Tag darüberstolpern.

26

»Was ist los, Spion?«

Shalanas Worte rissen Vaaler aus seinem stummen Brüten. Zwei Tage waren verstrichen, seit Keegan ihm von der Gegenreaktion erzählt hatte. Seitdem war das Verhältnis zwischen den beiden Freunden besser geworden, aber Vaaler verbrachte trotzdem noch den größten Teil seiner Zeit bei der großen hellhäutigen Kriegerin und half ihr, den Schlitten zu ziehen. Aber er war jetzt ihr gegenüber vorsichtiger und achtete darauf, was er sagte, um zu verhindern, dass ein letzter Rest der Nachwirkungen dieser Gegenreaktion ihn dazu brachte, irgendetwas Dummes zu sagen.

Er war sich ziemlich sicher, dass Shalana diese Veränderung bemerkt hatte, aber bis jetzt hatte sie ihn wegen seiner vorsichtigeren Haltung ihr gegenüber noch nicht zur Rede gestellt.

»Nichts ist los«, beantwortete er ihre Frage. »Ich denke nur nach.«

»Spione sollten nicht so viel denken«, merkte sie an.

»Ich mache mir nur Sorgen, was passieren wird, wenn wir die Zusammenkunft erreicht haben«, log Vaaler. »Was ist, wenn es den anderen Clans nicht gefällt, dass ihr Fremde mitgebracht habt?«

»Norr wird nicht zulassen, dass euch etwas passiert,

Spion«, versprach sie. »Und ich auch nicht«, setzte sie mit einem Augenzwinkern hinzu.

Vaaler lächelte. Zuerst hatte er sich zu Shalana hingezogen gefühlt, weil sie ihm leidtat. *Oder war es nur die Gegenreaktion, die mich zu ihr getrieben hat?* Was auch immer der Grund für sein anfängliches Interesse gewesen sein mochte, ihm war klar geworden, dass er sie tatsächlich mochte. Sie war klug, witzig und selbstbewusst, obwohl sie ihre Position als Anführerin des Clans verloren hatte.

Sie erinnerte ihn in mancherlei Hinsicht an die jungen Frauen, mit denen zusammen er Patrouillendienst geleistet hatte. Die Frauen der Danaan waren schlanker und kleiner und auch ein paar Jahre jünger gewesen, aber wie Shalana fit, stark und mit einer natürlichen, athletischen Anmut gesegnet.

Und außerdem ist sie attraktiv.

Shalana hatte ein scharf geschnittenes, aber sehr symmetrisches Gesicht, und der Kontrast zwischen ihrer hellen Haut und ihren leuchtend blauen Augen war exotisch und faszinierend. Für ihn jedenfalls.

Er war sich ziemlich sicher, dass sie ihn auch mochte. Sie schien sich in seiner Gegenwart wohlzufühlen, und er glaubte, dass sie seine Gesellschaft auf dieser Reise wirklich genoss.

Vielleicht ist sie auch einfach nur froh darüber, dass irgendjemand mit ihr redet, selbst wenn es ein Fremder ist.

Das war natürlich eine mögliche Erklärung, aber darüber wollte Vaaler nicht allzu lange nachdenken. Er war kurz davor gewesen, Shalana von dem Fluch zu erzählen, als Keegan gekommen war und ihm von der Gegenreaktion berichtet hatte. Vaaler hatte ihr Geheimnis nicht verraten, aber er war sich ziemlich sicher, dass seine Fragen Shalanas Argwohn geweckt hatten.

Ich hatte wissen wollen, ob sie sich betrogen fühlte durch das, was passiert war, dann ist Keegan aufgetaucht, und ich habe seitdem nichts mehr davon erwähnt. Das muss doch Fragen bei ihr aufgeworfen haben, oder nicht?

Shalana zog ihn damit auf, dass er ein Spion für Norr wäre, aber was wäre, wenn sie diejenige war, die hoffte, ihm Informationen zu entlocken. Sie schien Norr als neuen Anführer akzeptiert zu haben, aber wenn sie jetzt nur auf Zeit spielte? Kannte er sie wirklich gut genug, um mit Sicherheit sagen zu können, dass sie nicht ganz tief in ihrem Innersten voller Groll war und nur auf die Chance wartete, sich zu rächen?

So ist sie nicht.

Aber wenn er ehrlich war, konnte er nicht sagen, ob das stimmte oder ob er es nur glauben wollte. Menschen waren unberechenbar. Seine eigene Mutter hatte ihn ins Exil geschickt. Selbst wenn Shalana ihn mochte, konnte sie die Gelegenheit ergreifen, ihre alte Position zurückzubekommen, sobald sich ihr die Gelegenheit bot.

Und wenn schon? Ich sollte mittlerweile an Verrat gewöhnt sein.

Doch noch während er das dachte, wusste er, dass dem nicht so war.

»Wie lange dauert es noch, bis wir die Zusammenkunft erreicht haben?« Vielleicht gelang es ihm ja, sich von seinen finsteren Gedanken abzulenken.

»Bei diesem Tempo sind wir wahrscheinlich morgen

am späten Nachmittag da«, antwortete Shalana. »Wegen des milden Wetters kommen wir gut voran.«

Als wollte er ihre Worte verhöhnen, frischte der Wind auf und wirbelte Schneeflocken von den kleinen Schneewehen am Boden hoch.

»Warum hat Hadawas nicht bis zum Frühling gewartet, um die Zusammenkunft einzuberufen?«, erkundigte sich Vaaler.

»Das ist eine gute Frage, Spion«, gab sie zurück. »Vielleicht solltest du Hadawas selbst fragen, wenn du vor ihm stehst.«

»Ich bezweifle sehr, dass sich mir diese Gelegenheit bieten wird«, erwiderte er. »Warum sollte ein Clanführer mit einem Fremden, einem Außenseiter, sprechen wollen?«

»Du bist nicht einfach nur ein Fremder«, rief Shalana ihm ins Gedächtnis. »Du bist ein Prinz. Du warst ein Anführer deines Volkes.«

»Das bin ich nicht mehr«, entgegnete Vaaler. »Diesen Titel haben sie mir genommen.«

»Zu einem Führer gehört mehr als nur ein Titel«, erklärte Shalana.

»Pass auf, was du sagst«, warnte Vaaler sie. »Das klingt fast so, als würdest du Norr kritisieren.«

»Es gibt einige, die das genauso sehen wie du«, stimmte sie ihm zu. »Aber die Zeit wird erweisen, ob sie recht haben.«

Vaaler war versucht, ihren Kommentar einfach zu ignorieren. Er wollte sie nicht wütend machen und die zerbrechliche Freundschaft zwischen ihnen nicht zerstören. Aber nach ein paar Sekunden wurde ihm klar, dass er es Keegan und den anderen schuldig war, den Versuch zu unternehmen herauszufinden, ob Shalana eine Bedrohung für sie darstellte.

»Du musst verbittert sein wegen der Dinge, die passiert sind«, sagte er.

Sie antwortete nicht sofort, und Vaaler fürchtete schon, dass er zu weit gegangen war. Als sie schließlich redete, war der mittlerweile vertraute spöttische Ton, den sie in seiner Gegenwart für gewöhnlich anschlug, verschwunden.

»Ich war diejenige, die Norr herausgefordert hat«, sagte sie. »Ich habe ihn in eine Lage gebracht, in der er keine andere Wahl hatte. Wenn ich jemandem die Schuld geben muss, dann nur mir selbst.«

»Aber vorher?« Vaaler ließ nicht locker. »Norr und du solltet heiraten. Ihr wart verliebt, und er hat dich sitzen lassen.«

»Wir waren nie verliebt«, widersprach sie. »Jedenfalls nicht so, wie du das meinst. Wir mochten uns, wir standen uns nahe. Aber ich sehe, wie er Scythe anblickt. Ich sehe, wie er sich in ihrer Nähe verhält, wie seine Gedanken stets um sie kreisen. So war er nie bei uns.«

»Bist du eifersüchtig?«

Shalana schüttelte den Kopf. »Die beiden empfinden etwas füreinander, das ich niemals empfunden habe. Hätte ich Norr geliebt, hätte ich ihn nicht herausgefordert, als mein Vater ihn zu seinem Nachfolger bestimmte. Hätte ich ihn geliebt, hätte ich diese Entscheidung akzeptiert. Ich hätte mich für ihn gefreut.

Und hätte er mich geliebt, ich meine, wirklich geliebt, hätte er mich niemals verlassen«, setzte sie hinzu. »Norr und Scythe werden einander niemals verlassen. Selbst ich kann das sehen. Nur der Tod kann sie trennen.«

»Und was fühlst du jetzt Norr gegenüber?«, wollte Vaaler wissen. »Glaubst du, dass er ein guter Anführer des Clans werden wird?«

Die große Frau legte ihren Kopf auf die Seite und lächelte ihn wissend an. »Das wird sich zeigen, Spion.« Der leise Spott schwang wieder in ihrer Stimme mit. »Aber du kannst deinen Freunden sagen, dass ich bereit bin, ihm eine Chance zu geben.«

»Sie werden froh sein, das zu hören«, antwortete er und lächelte.

Sie gingen weiter, ohne zu sprechen, und verfielen dabei unbewusst in Gleichschritt.

Keegan spürte die Kreatur in den Schatten, aus denen sie ihn mit hellroten Augen beobachtete, die wie Feuer brannten. Er war von Ostländern umringt, bewaffneten Männern und Frauen in Fellwesten und schweren Stiefeln, aber er erkannte in keinem von ihnen einen Angehörigen der Steingeister.

Er umklammerte Daemrons Schwert, hielt die perfekt ausbalancierte Klinge vor sich, während er die Dunkelheit nach dem Monster absuchte, das ihn verfolgte.

Die Menge um ihn herum bewegte sich, und plötzlich stand die Kreatur aus den Schatten direkt neben ihm. Eine nackte Frau mit Schwingen und einem Vogelkopf. Die Menge um ihn herum schien das Monster in ihrer Mitte jedoch nicht wahrzunehmen, denn keiner von ihnen zeigte eine Reaktion.

Keegan versuchte die Waffe zu schwingen, aber seine Arme wollten sich nicht bewegen. Die Frau sprach nicht, aber sie griff mit beiden Händen nach Keegan, mit Fingern, die in langen, gekrümmten Krallen endeten …

Keegan erwachte aus seinem Traum, und es gelang ihm nur mit Mühe, einen Schrei zu unterdrücken. Etliche Frühaufsteher der Steingeister waren bereits wach und verzehrten ihr Frühstück. Grimmig und rasch kauten sie die Dörrfleischstreifen. Vaaler und Shalana saßen zwischen ihnen, ebenso Jerrod. Scythe und Norr dagegen schliefen noch.

Keegan schüttelte den Rest des Schlafs ab und streckte sich. Der Traum verblasste allmählich.

Sein Körper schmerzte, aber es war nicht die Qual, die er während der ersten Tage der Reise gespürt hatte. Jetzt fühlten sich seine Muskeln einfach nur müde an, ein vertrauter, dumpfer Schmerz, den er mittlerweile als Teil seines Lebens akzeptiert hatte, seit Jerrod und er aus dem Monasterium geflüchtet waren.

Er war das Reisen leid. Am liebsten hätte er jetzt eine Woche am selben Ort verbracht, selbst wenn es ein schneebedecktes, halb gefrorenes Feld war. Glücklicherweise hatte Norr verkündet, dass dies ihr letzter Reisetag wäre. Sie würden die Zusammenkunft noch vor Einbruch der Nacht erreichen.

Und was dann?

Norr hatte davon gesprochen, dass er versuchen wollte, Hadawas und die anderen Clans für ihre Sache zu gewinnen, aber Keegan wusste nicht einmal genau, was das bedeuten sollte. Seit er sich mit Jerrod verbündet hatte, war er ständig auf der Flucht, immer bemüht, den Inquisitoren einen Schritt vorauszubleiben.

Das schien Jerrod keine Sorgen zu machen, und wenn doch, behielt er sie für sich. Aber Keegan frustrierte es allmählich, dass ihr Handeln keinem Plan folgte.

Und wenn wir mal einen Plan haben, geht der schrecklich schief.

So hatten sie zum Beispiel Schutz bei Khamin Ankha in Torian gesucht, und dann wurden sie von Rexols früherem Schüler verraten. Sie hatten Torian fast zerstört, als sie in den Nordforst geflohen waren, in der Hoffnung, dass Vaaler ihnen dabei helfen könnte, Daemrons Ring zu bekommen, und ihnen zudem den Schutz des Volkes der Danaan verschaffte. Stattdessen waren sie gezwungen gewesen, erneut zu fliehen, nachdem sie einen Drachen aufgeweckt und Ferlhame in Schutt und Asche gelegt hatten.

Ist das einfach nur Pech, oder ist es mein Schicksal, Tod und Vernichtung zu verbreiten, wo immer ich hingehe?

Er hatte Jerrod noch nicht von seinem Gespräch mit Vaaler berichtet. Er bezweifelte, dass der Glaube des Mönchs von der Erkenntnis erschüttert werden würde, dass die Gegenreaktion von Keegans Magie nicht länger kontrollierbar war. Wahrscheinlich würde er das einfach nur als weiteren Beweis dafür nehmen, dass Keegan der allmächtige Erretter war, nach dem er suchte. Aber wenn er wusste, dass Vaaler Keegan nicht helfen konnte, seine Talente zu beherrschen, hielt er den Danaan möglicherweise für eine unnötige Ablenkung.

Solange er aber immer noch glaubt, dass Vaaler irgendeine Rolle in seiner Prophezeiung spielen muss, wird er nichts dagegen haben, dass er bei mir bleibt.

Scythe hatte er ebenfalls noch nichts davon erzählt. Mittlerweile war er nicht mehr so aufgewühlt wegen ihres Kusses, aber er konnte auch nicht all seine Gefühle für sie auf die Gegenreaktion des Chaos schieben. Er wollte nicht, dass sie wegging, und er hatte Angst, dass sie, sollte sie die Wahrheit erfahren, es für besser halten würde, wenn Norr und sie Abstand zu ihm hielten.

Es war immerhin Norr gewesen, der darauf bestanden hatte, dass Scythe und er Keegan bei seinem Auftrag halfen. Nachdem er jetzt wieder bei seinem eigenen Volk war … Würde er, wenn er die wirklichen Gefahren kannte, tatsächlich alles riskieren, um Keegan zu helfen – und zwar nicht nur sein eigenes Leben und das der Steingeister, sondern das Leben aller Clans, die Hadawas' Ruf gefolgt waren?

Es ist besser, bis nach der Zusammenkunft nichts davon zu sagen. So würde jedenfalls Jerrod es halten.

Allerdings wusste er, dass er sich jetzt, nach dieser Entscheidung, auch nicht besser fühlte, und biss in sein Dörrfleisch.

Es war noch eine Stunde bis zum Einbruch der Dunkelheit, als sie endlich den Ort der Zusammenkunft erreichten – etliche hundert Ostländer, die auf einer weiten, offenen Ebene lagerten. Wären sie in den Südlanden gewesen, hätte Jerrod diese große Horde der Barbaren viel früher bemerkt, aber hier im Osten war seine *Sicht* auf eine sehr viel geringere Entfernung beschränkt.

Als sie näher kamen, wurden mehr Einzelheiten deutlich. Was zuerst eine einzige große Gruppe von Ostländern zu sein schien, entpuppte sich jetzt als viele kleine Gruppen, die sich in einzelnen Lagern um den Fuß eines großen felsigen Hügels scharten.

Offenbar hat jeder Clan sein eigenes Lager aufgeschlagen.

Und die Größe der Lager war sehr unterschiedlich. Das kleinste umfasste höchstens fünf oder sechs, die größeren ein Dutzend bis zwanzig Personen, und nur wenige Clans hatten dreißig oder mehr Krieger mitgebracht, so wie die Delegation der Steingeister. Insgesamt schätzte Jerrod die Zahl der Barbaren auf fast dreihundert Personen.

Am hinteren Ende der Zusammenkunft, direkt am Fuß des Hügels, waren sechs große Gebäude errichtet, die in Größe und Form an die Lange Halle im Lager der Steingeister erinnerten. Statt aus Lehm und Felssteinen waren diese jedoch allesamt aus glattem schwarzen Stein errichtet.

Als die Abordnung der Steingeister sich näherte, kam ihnen eine Begrüßungsdelegation entgegen. Zehn große, schwer bewaffnete Krieger. Als Norr sie kommen sah, hob er die Hand und befahl seinen Leuten zu warten.

Er ignorierte Scythes Einsprüche, wuchtete seinen massigen Körper von dem Schlitten, auf dem er gefahren war, und setzte sich an die Spitze seiner Gefolgsleute. Scythe presste einen Fluch zwischen den Zähnen hervor und baute sich an seiner Seite auf. Fünf Gefolgsleute, die Norr mitgenommen hatte, flankierten die beiden. Dahinter standen die restlichen Steingeister scheinbar ungeordnet, aber Jerrod bemerkte, dass sie alle ihre Waffen griffbereit hatten.

An der Spitze des Empfangskomitees marschierten zwei

hart wirkende Männer. Der eine war riesig, nur ein paar Zentimeter kleiner als Norr, und sehr muskulös. Aber es war der andere, der das Wort ergriff.

»Mein Name ist Roggen«, sagte der Mann. »Das hier ist Berlen. Wir heißen dich im Namen von Hadawas, dem ehrenwerten Anführer der Sonnenklingen, zu dieser Zusammenkunft willkommen.«

Jerrod hatte bei seinen Verlsung-Studien rasche Fortschritte gemacht. Im Orden hatte er gelernt, seinen Verstand so zu fokussieren, dass er neue Informationen bemerkenswert rasch aufnehmen konnte. Indem er sich nicht nur auf die Worte, sondern auch auf das Mienenspiel, den Tonfall und die Körpersprache der Sprecher konzentrierte, konnte er dem Gespräch folgen.

»Ich bin Norr, Clanhäuptling der Steingeister. Wir fühlen uns geehrt, die Weisheit von Hadawas hören zu dürfen.«

Roggen betrachtete Norrs Gruppe mit unverhohlenem Misstrauen, aber der Hüne lieferte keine Erklärung für die Fremden in seinem Tross. Berlen dagegen starrte nur Jerrod an, der fast am Ende der Gruppe stand.

Der Blick des Mannes war auf eine Art und Weise beunruhigend, die Jerrod nicht so recht erklären konnte. Es lag etwas in seinen Augen, das über Argwohn gegen Fremde oder sogar über den Hass gegenüber dem Orden hinausging. Sein Blick war gierig, fast wie der eines Raubtieres.

Ohne zu merken, was er tat, hob Jerrod die Hand und umklammerte den Ring, der unter seinem Gewand an der Kette um seinen Hals baumelte. Als er das tat, leckte sich Berlen die Lippen und blickte dann rasch weg.

Jerrod ließ die Hand sinken, als ihm bewusst wurde, dass etliche Sekunden lang niemand etwas sagte. Die Frauen und Männer bei Roggen wirkten besorgt und angespannt. Sie traten unablässig von einem Fuß auf den anderen und umklammerten ihre Speere und die Griffe ihrer Schwerter fester, während sie die unwillkommenen Außenseiter mit finsteren Blicken musterten.

»Die Zusammenkunft ist ein Ort des Redens«, sagte Roggen. Es war nicht ganz klar, ob er seine Worte an Norr oder an seine eigenen, nervösen Begleiter richtete. »Es wird kein Blutvergießen geben, ist das klar?«

»Die Steingeister werden die Heiligkeit der Zusammenkunft respektieren«, erwiderte Norr. Die Art, wie er seine Worte betonte, machte klar, dass er Zweifel hegte, was die anderen Clans anging.

»Hadawas hat den Schutz der Sonnenklingen jedem zugesagt, der seinem Ruf folgt«, versicherte ihm Roggen. »Er wird in zwei Tagen sprechen«, fuhr er fort. »Bis dahin könnt ihr euch einen freien Platz suchen und dort ein Lager aufschlagen.«

»Ich möchte mit Hadawas reden, bevor die Zusammenkunft stattfindet«, meinte Norr.

»Hadawas geht es nicht gut«, erwiderte Berlen rasch, bevor der andere Mann antworten konnte. »Er muss seine Kräfte schonen. Daher empfängt er keine Besucher.«

Roggen warf seinem größeren Gefährten einen wütenden Blick zu, bevor er sich wieder Norr zuwandte.

»Berlen hat recht. Du musst warten bis nach der Zusammenkunft, dann kannst du mit unserem Anführer sprechen.«

Norr verzog das Gesicht, nickte aber. Roggen und die anderen wandten sich um. Die Steingeister rührten sich nicht von der Stelle und sahen ihnen nach, als sie sich entfernten. Sobald sie verschwunden waren, gab Norr seinen Leuten Befehle und wies sie an, ihr Lager auf einer freien Fläche am Rand der Versammlung aufzuschlagen, wo es genug Platz für sie alle gab.

Jerrod mischte sich unter die anderen, als sie ihr Lager errichteten.

Etwas an Berlen war sonderbar, aber aus irgendeinem Grund fiel es dem Mönch immer schwerer, sich ein Bild zu machen, was genau es war, je länger er darüber nachdachte. Als sie das Lager aufgeschlagen hatten, war sein Verdacht verschwunden, wie ein Schatten in der Dunkelheit der Nacht.

27

Norr war in einem bleiernen Schlaf versunken, als er plötzlich Scythes Stimme dicht an seinem Ohr hörte.

»Wach auf!«, zischte sie. »Schnell! Irgendetwas stimmt hier nicht!«

Als er die Augen öffnete, stand seine Geliebte neben ihm und schwang die beiden Dolche, die sie immer in Reichweite hatte.

»Was ist denn los?« Er war immer noch schlaftrunken.

»Fünfzig Krieger, alle schwer bewaffnet«, erklärte Jerrod, der unmittelbar hinter Scythe aus der Dunkelheit auftauchte. »Wir sind umzingelt.«

Diese Worte vertrieben die letzten Schleier von Müdigkeit aus Norrs Kopf. Er sprang hoch und sah, dass Keegan und Vaaler ebenfalls wach waren. Jerrod musste sie geweckt haben, als er die Gefahr gespürt hatte. Norr aus seinem wie üblich tiefen Schlaf zu reißen, hatte er Scythe überlassen.

Er warf einen Blick in die Dunkelheit, konnte jedoch nichts erkennen. Allerdings dachte er nicht daran, Jerrods Fähigkeiten infrage zu stellen. Er hatte zwar etliche Wachen rund um das Lager der Steingeister aufgestellt, aber wenn der Feind sich in der Nacht anschlich, sahen sie die Angreifer vielleicht erst, wenn es zu spät war.

Fünfzig Krieger? Norr wurde klar, dass so viele Kämpfer nicht von einem einzigen Clan stammen konnten. Die einzige Erklärung war also, dass jemand etliche Clans gegen die Steingeister aufgewiegelt hatte, auch wenn er sich den Grund dafür nicht vorstellen konnte.

»Man hat uns verraten!« Norrs dröhnende Stimme zerriss die Stille der Nacht. »Macht euch für den Kampf bereit und weicht nicht zurück!«

Sein Schrei weckte augenblicklich das gesamte Lager; seine Thans und die Krieger rappelten sich hoch und griffen nach ihren Waffen. Im nächsten Moment wurde ein Dutzend Fackeln rund um das Lager entzündet, als der Feind, der sich heimlich angeschlichen hatte, begriff, dass das Überraschungsmoment verloren war.

Im flackernden Licht der Fackeln sah Norr, dass Jerrod recht gehabt hatte. Feindliche Krieger hatten das gesamte Lager der Steingeister umzingelt und ihnen jegliche Rückzugsmöglichkeit abgeschnitten. Er streckte die rechte Hand aus, und einer seiner gerade erst zum Than beförderten Krieger legte ihm den Griff eines Schwertes in die Handfläche. Er wog das lange Schwert vorsichtig in der Hand und verlagerte das Gewicht auf sein verletztes Bein. Das Knie fühlte sich gut an und stark. Die Ruhe hatte offenbar Wunder gewirkt.

Zuversichtlich, dass sein Körper ihn nicht im Stich lassen würde, bereitete sich der Hüne auf den Kampf vor, überzeugt, dass die Krieger jeden Moment angreifen würden. Stattdessen jedoch erklang Roggens Stimme aus der Mitte der Kämpfer.

»Wir haben keinen Streit mit den Steingeistern. Wir sind nur wegen der Fremden hier!«

Bei seinen Worten schien sich eine eisige Faust um Norrs Herz zu legen.

»Zeig dich, Roggen!«, schrie er. »Ich verhandle nicht mit einem Feigling, der sich im Schatten versteckt!«

Zwei Männer traten aus dem Kreis der dunklen Gestalten, die sie umzingelt hatten. Der eine war erheblich größer als der andere. Roggen trug eine Fackel in einer Hand und einen schweren Speer in der anderen. Berlen hatte keine Fackel, sondern in jeder Hand eine große Axt.

»Du hast uns deinen Schutz versprochen«, meinte Norr verächtlich. »Ich wusste nicht, dass die Sonnenklingen eidbrüchig sind!«

»Und wir wussten nicht, dass die Steingeister Spionen Heimstatt gewähren!«, konterte Berlen.

Norr zögerte, während er überlegte, ob es Sinn hatte weiterzusprechen. Gab es irgendeine Möglichkeit, Roggen davon zu überzeugen, dass seine Freunde keine Spione waren, oder würde diese Konfrontation mit Blutvergießen enden, ganz gleich, was er sagte?

Er bezweifelte, dass die Steingeister einen fairen Kampf gewinnen konnten. Sie waren hoffnungslos in der Unterzahl. Aber er bemerkte in den Augenwinkeln, dass Jerrod Keegan eine Hand auf die Schulter gelegt hatte und mit der anderen Faust den Ring umklammerte, der an seinem Hals hing. Er würde das Artefakt dem ChaosWirker geben, wenn er keinen anderen Ausweg sah.

Und damit wird Keegan die gesamte Zusammenkunft in Schutt und Asche legen, wenn sie sich auf uns stürzen.

Während Norr noch überlegte, wie man diese Situation friedlich meistern könnte, ergriff Shalana das Wort.

»Welche Beweise habt ihr für eure Beschuldigung?«, wollte sie wissen.

»Der Beweis kommt von deinem eigenen Vater!«, fuhr Berlen sie verächtlich an.

»Vor einer Stunde ist ein Bote der Steingeister hier eingetroffen!« Roggen sprach so laut, dass seine Stimme durch das ganze Lager hallte. »Er wurde von Terramon selbst ausgeschickt.

In der Botschaft teilte er uns mit, dass ein Heer der Danaan unser Land verwüstet. Sie haben die Eishauer abgeschlachtet, den ganzen Clan getötet, sogar die Kinder. Jetzt flüchten alle Clans vor den Danaan. Auch die Steingeister haben ihr Lager aufgegeben und sich der Flucht angeschlossen.«

Norrs Gefolgsleute tuschelten geschockt und ungläubig miteinander.

»Woher wissen wir, dass das stimmt?«, erkundigte sich Shalana. »Und dass es nicht irgendein Trick ist?«

Eine andere Gestalt trat in das Licht der Fackeln. Norr erkannte ihn, es war Ullis, ein junger Krieger der Steingeister.

»Ich habe es mit eigenen Augen gesehen, Shalana«, sagte er. »Drei Tage, nachdem ihr aufgebrochen seid, sind sie am Horizont aufgetaucht. Während die anderen das Lager aufgaben, hat dein Vater mich zu dir gesandt, um dich zu warnen, weil ich der Schnellste in unserem Clan bin. Aber ich konnte euch nicht einholen, bevor ihr die Zusammenkunft erreicht hattet.«

Die junge Frau schwieg bestürzt, ebenso wie die anderen Steingeister. Sie alle wussten, dass Ullis die Wahrheit sagte. Er hatte keinen Grund zu lügen. Und angesichts dieser entsetzlichen Neuigkeiten spürte Norr, wie die allgemeine Wut wuchs.

»Es wurden bereits Läufer ausgeschickt, um alle anderen Clans zu warnen«, setzte Roggen hinzu. »Wir müssen eine Armee zusammenziehen, um dem Baumvolk in der Schlacht entgegenzutreten.«

»Aber zuerst gebt ihr die Fremden heraus«, setzte Berlen hinzu. »Damit Hadawas sie verhören und herausfinden kann, was sie wissen.«

»Nein«, entgegnete Norr. »Ihr bekommt sie nicht. Sie gehören zu uns!«

»Bist du wirklich so blind?« Roggen versuchte ganz offensichtlich, einen Kampf zu verhindern. »Du holst einen Wäldler in deinen Clan, und nur Tage später taucht eine Armee der Danaan auf und vertreibt dein Volk aus ihren Heimen. Wieso siehst du nicht, was da passiert ist?«

»Es sind meine Freunde«, beharrte Norr. »Ich kenne sie. Sie sind keine Spione!«

»Du hast zu viel Zeit getrennt von deinem eigenen Clan verbracht!«, beschuldigte Berlen ihn. Dann wandte er sich an Norrs Anhänger, statt an den Hünen selbst. »Wenn der Rote Bär bereit ist, sein Leben für Außenseiter zu opfern«, fuhr er fort, »dann hat er vielleicht vergessen, was einen Clan zusammenhält. Vielleicht ist er nicht geeignet, euer Anführer zu sein.«

»Sie sind keine Steingeister«, flüsterte jemand hinter Norr zustimmend. »Es sind Fremde, Außenseiter!«

Die Worte waren zwar nicht laut gesprochen, aber sie schwebten deutlich in der Luft. Norr spürte, wie die Entschlossenheit seiner Krieger schwächer wurde. Diese Krieger hatten Norr willkommen geheißen und seinen Sieg in dem Duell gefeiert, aber würden sie auch bereit sein, für seine ausländischen Freunde zu sterben?

Werden sie mir die Schuld dafür geben, dass der Clan aus seiner Heimat fliehen musste? Werden sie sich gegen mich wenden, wenn ich mich weigere, meine Freunde auszuliefern? Und haben sie ein Recht dazu?

»Dann nehmt mich«, meinte Vaaler und trat plötzlich vor. »Ich gebe mich in eure Hände, aber ihr müsst versprechen, die anderen gehen zu lassen.«

Norr war einen Augenblick wie gelähmt, einerseits wegen dieser edlen Geste der Selbstaufopferung, aber auch wegen der Erkenntnis, dass Vaaler ihre Sprache verstand. Shalana reagierte jedoch rasch.

»Nein!« Sie trat vor und stellte sich neben Vaaler, was ein vernehmliches Keuchen bei etlichen Kriegern auslöste.

»Die Steingeister beugen sich nicht den Launen der Sonnenklingen und ihres altersschwachen, senilen Häuptlings!«, erklärte sie. »Dieses Ansinnen beleidigt unsere Ehre!«

Shalanas kühne Worte schienen ihre Gefährten aufzurütteln, und ihr Appell an den Stolz des Clans stärkte ihre Entschlossenheit.

»Glaubst du tatsächlich, wir hätten Angst vor dir, weil ihr uns zahlenmäßig überlegen seid?«, setzte sie nach. »Du könntest hundert Krieger bei dir haben, und doch wärst du kein Gegner für die Frauen und Männer, die hier vor dir stehen!«

Zustimmende Schreie ertönten aus den Reihen der

Steingeister, und Norr spürte, dass seine Anhänger wieder neuen Mut zeigten.

»Die Sonnenklingen haben keine Forderungen an uns zu stellen!«, schrie Shalana. »Hadawas hat nicht das Recht, etwas von uns zu verlangen! Wir sind die Steingeister und gehorchen nur unserem eigenen Anführer!«

Sie hob den Speer hoch über ihren Kopf, und hinter ihr brach Jubel aus.

Die Reihen der Krieger hinter Roggen und Berlen rückten zusammen, als sie sich bereit machten, auf einen Befehl hin anzugreifen. Aber Roggen blieb stumm, während er immer noch verzweifelt einen Weg suchte, diese Angelegenheit ohne Blutvergießen zu beenden.

Norr sah die Gelegenheit und hob die Stimme. »Ich wollte ein Treffen mit Hadawas, als wir hier ankamen!« Er sprach so laut, dass alle ihn hören konnten. »Ein Treffen, das mir Hadawas verweigerte.

Jetzt verlange ich ein weiteres Treffen. Wenn er einem Gespräch zustimmt, gehe ich zu ihm, aber nicht als Gefangener, sondern als Gast. Und nach unserem Treffen wird er die Wahrheit kennen: Diese Fremden sind hier, um uns zu helfen!«

»Hadawas sollte sich mit ihm und diesen Fremden treffen«, meinte Berlen, der diese Idee überraschenderweise unterstützte. »Wir sollten diese Forderung akzeptieren.«

Zu Norrs großer Erleichterung nickte Roggen schließlich.

»Geht in eure Lager zurück«, sagte er den Kriegern, die er um sich geschart hatte. Der Haufen löste sich zögernd auf.

»Ich gehe zu Hadawas und helfe ihm, sich auf euer Eintreffen vorzubereiten«, sagte Berlen. »Er erwartet euch in einer Stunde.«

»Ich bleibe bei euch als Geisel und zum Zeichen meines Vertrauens«, erklärte Roggen und hielt Norr seinen Speer hin. »Ich gebe euch mein Wort, dass euch nichts geschehen wird.«

Norr schüttelte den Kopf.

»Behalte deine Waffe. Du bleibst bei uns, aber nicht als Geisel. Wenn die Danaan wirklich in den Eisigen Osten eingefallen sind, werden wir nur überleben, wenn wir alle zusammenhalten.«

Als die kleine Armee, die sie umzingelt hatte, sich auflöste, atmete Keegan tief durch. Er hatte zwar dem Gespräch nicht folgen können, aber es war offenkundig, dass Norr und Shalana sie mit ihren Worten aus einer sehr gefährlichen Situation gerettet hatten.

Jerrods Hand lag immer noch auf Keegans Schulter. Statt ihn loszulassen, zog er den jungen Mann jetzt dichter zu sich heran.

»Ich glaube, es wird Zeit, dass du dies hier wieder zurücknimmst«, sagte der Mönch und gab ihm den Ring an der Kette, den er seit Ferlhame um den Hals getragen hatte.

Keegan griff instinktiv mit dem Stumpf seines linken Arms nach dem Artefakt, zog ihn dann jedoch beschämt zurück. Jerrod hob die Kette und legte sie Keegan um den Hals. Dann ließ er den Ring los, der unter dem Kragen von Keegans Hemd verschwand.

»Halte ihn stets bei dir, aber benutze ihn nur im äußersten Notfall«, warnte ihn Jerrod.

Er hat Angst, erkannte Keegan. *Er fürchtet, irgendetwas könnte passieren, vor dem er mich nicht beschützen kann.*

Der Ring fühlte sich sonderbar auf der Haut seiner Brust an, und die Kette rieb an seinem Hals.

Dieser Ring sollte am Finger getragen werden, nicht um den Hals.

Der Gedanke schien aus dem Nichts zu kommen, und seine Intensität erschreckte Keegan.

Aber als Roggen sie schließlich zu ihrem Treffen durch das Lager führte, hatte der junge ChaosWirker den Ring fast vergessen. Fast.

Keegan hatte erwartet, dass die Thans und Krieger der Steingeister sie begleiten würden. Immerhin waren sie schon einmal von den Sonnenklingen verraten worden. Aber Norr nahm Roggen beim Wort, und sie gingen nur zu fünft zu dem Treffen mit Hadawas: Norr, Scythe, Vaaler, Jerrod und Keegan selbst.

Es war immer noch zu dunkel, um etwas jenseits des kleinen Lichtkreises der Fackel erkennen zu können, die Roggen trug, aber es fühlte sich für die fünf an, als würden jeder Mann und jede Frau, die sich hier versammelt hatten, sie anstarren, während sie langsam über den Platz der Zusammenkunft gingen. Schließlich erreichten sie die sechs steinernen Gebäude am Fuß des Hügels. Aber auch die waren nicht ihr Ziel. Direkt hinter diesen Häusern, vor aller Augen verborgen, befand sich ein großes Zelt. Es war aus Häuten angefertigt, genau wie die Zelte, die die Steingeister benutzten, aber es war erheblich größer als jedes Zelt, das Keegan bis jetzt gesehen hatte. Davor hielten zwei Frauen Wache. Sie waren beide mit dem schweren Speer bewaffnet, der hier im Osten die gebräuchlichste Waffe zu sein schien.

»Hadawas' Urenkelinnen«, flüsterte Roggen, als sie näher kamen. Er sprach Allrish, damit die Ausländer ihn auch verstanden.

Die Frauen waren beide älter als Keegan. Wenn sie seine Urenkelinnen waren, musste Hadawas weit über achtzig sein.

Die Frauen nickten Roggen zu, als er näher kam.

»Hadawas erwartet dich.« Jedenfalls vermutete Keegan, dass die linke Frau etwas in der Art gesagt hatte, während die rechte die Zeltklappe hob, um sie hineinzulassen.

Roggen ging als Erster, gefolgt von Keegan und den anderen. Ein Dutzend kleiner Lampen brannte überall verteilt, aber sie spendeten mehr Wärme als Licht. Es war nicht nur warm im Zelt, sondern so heiß, dass Keegan zu schwitzen begann.

Die Decke des Zeltes war so hoch, dass selbst Norr aufrecht stehen konnte, aber der große Raum wirkte kahl und leer. Ein Haufen Bettzeug lag in einer Ecke, und in einer anderen stand ein kleiner Tisch. Hadawas saß alleine auf einem niedrigen, großen Stuhl mitten in dem Zelt und lehnte sich zur Seite, an eine der dicken, gepolsterten Armlehnen gestützt.

Sein Körper wurde von einer dicken Felldecke eingehüllt, die nur seinen Kopf frei ließ. Er hatte dünnes graues Haar und ein faltiges, wettergegerbtes Gesicht. Aber seine Augen blickten scharf und konzentriert, als er beobachtete, wie sie hereinkamen.

Norr und die anderen traten vor, bis sie direkt vor

Hadawas standen. Der blieb stumm, während er sie aufmerksam der Reihe nach betrachtete. Als alle drinnen waren, löste Roggen die Zeltklappe und ließ sie vor den Eingang fallen, damit die Hitze der Lampen nicht nach draußen gelangte.

»Wo ist Berlen?« Roggen ging zu dem alten Mann und stellte sich neben dessen Stuhl.

»Ich habe ihn weggeschickt.« Hadawas sprach Allrish, damit die Fremden ihn verstehen konnten. Er betrachtete sie aufmerksam, ohne sie auch nur eine Sekunde aus den Augen zu lassen.

Er hatte zwar einen starken Akzent, aber es überraschte Keegan, dass seine Stimme so tief und wohltönend klang.

»Du hast Berlen weggeschickt?« Roggen war überrascht.

»Ich habe ihm befohlen, mit den Kundschaftern zu gehen, die wir vorhin losgeschickt haben. Er soll das Heer der Danaan mit eigenen Augen sehen, damit er mir darüber berichten kann.«

Roggen schwieg dazu, aber seine Miene ließ keinen Zweifel daran, dass er glaubte, sein Clanhäuptling hätte einen Fehler begangen.

»Du wolltest dieses Treffen.« Der alte Mann richtete seine Worte an Norr. »Also sag mir, warum ist der Rote Bär zu seinem Clan zurückgekehrt? Und warum hast du diese Fremden mit zu meiner Zusammenkunft gebracht?«

Keegan spürte, wie sich Jerrod neben ihm anspannte, aber der Mönch blieb stumm und überließ es Norr zu beurteilen, wie viel genau er dem Clanhäuptling von ihrer wirklichen Absicht verraten wollte.

»Diese Fremden, mit denen ich reise, sind meine

Freunde«, antwortete Norr. »Scythe und ich sind bereits seit vielen Jahren zusammen«, er deutete mit einem Nicken in ihre Richtung. »Und Jerrod und Keegan haben mir in Torian das Leben gerettet.

Gejagt vom Orden, sind wir aus der Stadt geflüchtet und haben uns in den Nördlichen Waldungen der Danaan versteckt, wo Vaalers Patrouille uns gefunden hat.« Norr zeigte auf den verbannten Prinzen. »Er und Keegan waren alte Freunde, sodass wir glaubten, die Königin der Danaan würde uns Zuflucht gewähren.«

Er hat alles über Jerrods Prophezeiung, das Vermächtnis *und die Artefakte ausgelassen,* merkte Keegan. *Jedenfalls einstweilen.*

»Stattdessen hat sie Vaaler verurteilt, weil er Fremde in ihr verbotenes Königreich geschleppt hat, und wir waren gezwungen zu flüchten, um unser Leben zu retten.«

Er erwähnt ebenfalls nicht, dass Vaaler der Sohn der Königin ist.

»Wir wussten nicht, wohin wir uns wenden sollten, also habe ich uns nach Osten geführt, in der Hoffnung, Zuflucht bei meinem Clan zu finden.«

Norr stockte, offenbar weil er nicht wusste, was er noch enthüllen sollte.

»Eine einfache Geschichte«, bemerkte Hadawas. »Aber eine, die nicht ganz bis zum Kern der Sache vordringt, denke ich.

Du sagst, dass ihr vom Orden gejagt wurdet, und doch hast du einen dieser blinden Mönche bei dir. Du sagst, die Danaan hätten dich verfolgt, und doch ist einer deiner Gefährten ein Angehöriger des Baumvolks.

Es sind Ausgestoßene«, erklärte Hadawas. »Reist du deshalb mit ihnen, Norr? Weil sie, wie auch du, von ihrem eigenen Volk verbannt worden sind?«

»In deinen Worten liegt Wahrheit«, räumte Norr ein. »Und ich fürchte, dass wir der Grund sind, warum die Armee der Danaan in den Osten einmarschiert ist.« Er versuchte, das Gespräch auf ein anderes Thema zu lenken. »Als wir aus dem Nordforst entkamen, glaubten wir nicht, dass die Danaan eine Armee aufstellen würden, um uns zu verfolgen.«

»Und doch ist es nicht sonderlich überraschend«, merkte Hadawas an, »wenn du dem Baumvolk dieselbe Zerstörung gebracht hast, wie es in Torian der Fall war.«

Norr schwieg eine Weile, zweifellos weil er einzuschätzen versuchte, wie viel der alte Mann noch wusste, ohne es auszusprechen.

»Was in Torian passiert ist, wird hier nicht geschehen«, versprach Norr. »Es sei denn, du wendest dich gegen uns.«

»Willst du mir drohen?«, erkundigte sich Hadawas.

Norr schüttelte den Kopf.

»Ihr habt bereits Unheil über die Clans gebracht«, erinnerte Hadawas ihn. »Es sei denn natürlich, du hättest eine Geheimwaffe bei dir, mit der du das Heer der Danaan aufhalten kannst.«

Der alte Mann sah bei diesen Worten Keegan an, und sein Blick richtete sich auf den Gorgonenschädel an Rexols Stab. Die Anspielung war unübersehbar, aber Jerrod mischte sich in das Gespräch ein, bevor Norr antworten konnte.

»Das ist unmöglich«, erklärte er. »In Torian und im

Königreich der Danaan wurde Chaos freigesetzt, aber das Chaos hier ist sehr schwach. Es gibt hier keine Macht, derer man sich bedienen könnte.«

Hadawas seufzte tief. »Wie ich befürchtet habe. Es gibt keine Hexer hier im Osten, keine Schamanen, keine ChaosWirker. Unser Land ist anders.«

»Du scheinst sehr viel von alldem zu wissen, was jenseits der Grenzen des Territoriums der Sonnenklingen geschieht«, mischte sich Vaaler ein.

»Ich musste lernen, dass die Ursachen von Dingen, die Auswirkungen auf mein Volk haben, häufig in weit entfernten Ländern wurzeln«, erklärte Hadawas. »Deshalb habe ich Kundschafter und Spione, die mich informieren, damit ich erkennen kann, was die Zukunft für uns bereithält. Das war auch der Grund, weswegen ich diese Zusammenkunft einberufen habe.

Als ich von der Zerstörung in Torian hörte, war mir klar, dass Vergeltungsmaßnahmen drohen könnten. Die FreiStädte hassen die Clans schon lange, und ich fürchtete, dass sie ihre Streitkräfte zusammenziehen und ein Heer gegen uns ausschicken würden.

Ebenso wusste ich, dass wir alle Clans vereinigen müssen, wenn wir uns gegen sie behaupten wollen. Ich habe unsere Zukunft gesehen, habe gesehen, dass wir keine Chance haben zu überleben, es sei denn, alle Clanführer tun sich zusammen und verfolgen ein gemeinsames Ziel.«

»Es haben schon andere vor dir versucht, die Clans zu vereinigen«, gab Norr zu bedenken. »Alle sind daran gescheitert. Wieso glaubst du, dass deine Bemühungen ein anderes Ergebnis zeitigen könnten?«

»Weil ich weiß, wo wir Daemrons Schwert finden können«, erwiderte Hadawas.

Keegan riss den Kopf zurück, als hätte man ihn geohrfeigt. Sein jüngster Traum kam ihm in den Sinn.

»Ich dachte, dieses Schwert wäre nur eine Legende.« Jerrod beobachtete den alten Mann scharf, um seine Reaktion einzuschätzen.

»Legenden entspringen Wahrheiten«, erwiderte Hadawas. »Meine Studien haben viele Jahre in Anspruch genommen, und ich weiß, dass das Schwert real ist.

Man sagt, wer auch immer es führt, kann in der Schlacht nicht besiegt werden. Mit dem Schwert müssten die Clans nicht in Furcht vor den FreiStädten oder den Südlanden leben … oder den Danaan, die jetzt gerade gegen uns marschieren.«

Tiefes Schweigen war die Antwort auf seine Worte, und Keegan war klar, dass seine Gefährten nicht mit der Erkenntnis zu kämpfen hatten, dass dieses Schwert real war, sondern dass Hadawas davon wusste. Und noch schockierender war seine Behauptung, er wüsste, wo es zu finden wäre.

»Ich weiß, dass das verrückt klingt«, meinte Roggen, der ihr Schweigen falsch verstand. »Aber ich vertraue der Weisheit von Hadawas.«

»Das Schwert ist real!«, platzte Keegan plötzlich heraus. »Ich habe es in meinen Träumen gesehen.«

Jerrod warf ihm einen wütenden Blick zu, und Scythe knirschte frustriert mit den Zähnen. Hadawas dagegen lächelte.

»Du bist derjenige, der Feuer auf Torian hat regnen lassen?«

»Ja.«

»Du bist ein Hexer? Ein Prophet?«

»Ja.«

»Ist das der wirkliche Grund, warum du zurück in den Osten gekommen bist, Norr?« Hadawas wandte sich an den Hünen. »Keegan zu helfen, das Schwert zu finden?«

»So ist es«, gab Norr zu. Scythe warf ihre Hände in die Luft und stieß ein wütendes Knurren aus.

Roggen stand neben Hadawas und schüttelte überrascht und ungläubig den Kopf.

»Das Schicksal hat uns zusammengeführt«, sagte Jerrod.

Schon wieder die alte Leier, dachte Scythe.

»Wir brauchen das Schwert, und ohne dieses Schwert wirst du gegen die Danaan nicht bestehen. Wir gehen denselben Weg.«

»Wir wollen dasselbe«, räumte Hadawas ein, »aber ich kann mir vorstellen, dass wir das aus ganz verschiedenen Gründen tun. Es ist vielleicht nicht in unserem Interesse, dir zu helfen, wenn du das Schwert nur für dich selbst willst.«

»Das Schwert ist ein Artefakt, das uralte und schreckliche Macht enthält«, warnte ihn Jerrod. »Wenn einer von deinem Volk versucht es zu benutzen, wird er sofort von dieser Macht verzehrt werden. Du brauchst unsere Hilfe, weil nur Keegan stark genug ist, diese Waffe zu schwingen.«

Keegan spürte, wie Hadawas ihn scharf betrachtete, und konnte sich sehr gut vorstellen, was der alte Clanhäuptling sah: einen hageren, fast zerbrechlichen jungen

Mann mit nur einer Hand. Er sah wirklich nicht wie ein großer Krieger aus.

»Wenn ich dir helfe, das Schwert zu finden«, fragte Hadawas ihn zu seiner großen Überraschung, »schwörst du dann, seine Macht zu nutzen, um mein Volk zu retten?«

»Das schwöre ich.« Aber insgeheim fragte sich Keegan, ob das überhaupt möglich war.

Ich konnte schon den Ring nicht kontrollieren, was macht mich glauben, dass es sich bei dem Schwert anders verhält?

»Das Schwert ist auf der anderen Seite dieser Berge versteckt«, erklärte Hadawas. »Es ist eine lange und gefährliche Reise dorthin«, fuhr er warnend fort.

»Was ist mit der Armee der Danaan?«, wollte Norr wissen. »Wenn sie bereits das Territorium der Steingeister durchquert haben, sind sie nur noch ein paar Tagesmärsche von hier entfernt. Wir können unmöglich die Berge überqueren und rechtzeitig zurück sein, um sie aufzuhalten.«

»Und was ist mit all den Flüchtlingen, die vor ihnen weglaufen?«, erkundigte sich Vaaler. »Wo sollen sie Zuflucht finden?«

»Die Danaan marschieren nach Osten und nach Norden«, mischte sich Roggen ein. »Sie haben sich breit aufgefächert, um zu vereiteln, dass man sie umgehen und von hinten angreifen kann.«

»Und sie treiben die Flüchtlinge vor sich her«, erklärte Hadawas. »Sie treiben sie in die Berge. Irgendwann werden die Flüchtlinge nirgendwo mehr hinkönnen.«

»Wir müssen uns mehr Zeit verschaffen«, brach Scythe

endlich ihr Schweigen. »Bis jetzt sind die Danaan keinem richtigen Widerstand begegnet. Aber wenn ihr ihnen ein paar Krieger entgegenschickt, werden sie nicht mehr so schnell vorankommen.«

»Wenn dieser Kundschafter der Steingeister recht hat, dann ist die Streitmacht der Danaan viel zu groß, als dass wir sie bekämpfen könnten«, widersprach Roggen.

»Ihr müsst sie nicht besiegen«, erwiderte Scythe. »Sondern ihr müsst sie nur ein wenig aufhalten, damit die Flüchtlinge einen Vorsprung vor ihnen behalten. Stellt euch ihnen nicht auf dem Schlachtfeld, sondern benutzt eine andere Taktik, schlagt zu und verschwindet. Unterbrecht ihre Nachschublinien. Lockt sie in Hinterhalte und überfallt ihre Patrouillen. Ihr kennt dieses Land, sie nicht. Das sollte euch einen großen Vorteil verschaffen.«

Hadawas nickte zustimmend, aber Roggen war noch nicht überzeugt.

»Diese Strategie würde erfordern, dass alle Stämme und Clans zusammenarbeiten. Sie alle müssten sich einem einzigen Anführer unterwerfen. Keiner der Clanführer wird da einwilligen.«

»Aber dann«, rief Jerrod ihm ins Gedächtnis, »wird keiner der Clans und Stämme überleben.«

28

Shalana konnte es nicht fassen, dass Norr sie im Stich lassen wollte, um einem Hirngespinst nachzujagen.

»Das Schwert ist nur eine Legende!«, protestierte sie. »Eine Geschichte für Kinder. Es ist nicht real!«

Sie waren alleine in einem der Steingebäude. Norr hatte sie hierhergeführt, damit sie sich nach ihrer Unterredung mit Hadawas unter vier Augen unterhalten konnten. Schon bald würde sich der Raum mit den Thans und Anführern von über zwanzig Clans füllen, die sich auf Hadawas' Ersuchen hin versammelten, um einen von ihnen auszuwählen, ihre Armee gegen die Danaan zu führen.

Der neue Häuptling der Steingeister würde dann nicht mehr hier sein. Er und seine ausländischen Freunde würden zusammen mit Hadawas und einem halben Dutzend handverlesener Krieger der Sonnenklingen bei Tagesanbruch ihre lächerliche Suche beginnen.

»Es ist real!«, widersprach Norr. »Es war eins der drei Artefakte, die Daemron von den Alten Göttern ausgehändigt wurden.«

»Wie kannst du so etwas glauben?«

»Weil ich die Macht von einem dieser Artefakte erlebt habe«, erklärte Norr. »Vaaler wurde verbannt, weil er der Königin Daemrons Ring gestohlen hat. Die Königin hat ihre Patrouillen auf uns gehetzt, und Keegan hat die Macht des Ringes benutzt, um sie alle abzuschlachten.«

»Wenn das stimmt«, meinte Shalana provozierend, »warum benutzt er den Ring denn nicht, um die Danaan noch einmal aufzuhalten? Wozu brauchen wir dann überhaupt das Schwert?«

»Der Ring ist gefährlich«, erklärte Norr. »Als er ihn das letzte Mal benutzte, hat er einen Drachen erweckt. Die Bestie hat eine ganze Stadt vernichtet, bevor Keegan sie erledigen konnte.«

Shalana lachte. Eine andere angemessene Reaktion gab es einfach nicht.

»Ein Drache?«

»Ich habe ihn gesehen«, antwortete Norr. »Er war sehr real und maß von Flügelspitze zu Flügelspitze fast zwanzig Schritte. Er hat Feuer gespuckt und den Tod von oben auf die Stadt herabregnen lassen.«

»Und Keegan hat ihn getötet? Er ist doch noch ein Junge!«

»Keegan ist ein sehr mächtiger Hexer, Shalana. Es ist ihm bestimmt, die Welt zu retten.«

»Wovor?«, erkundigte sie sich.

Der große Mann zog unwillkürlich den Kopf bei ihrer Frage ein. »Das ist ein bisschen kompliziert. Aber er braucht alle Artefakte von Daemron, wenn er Erfolg haben will. Einschließlich des Schwertes.«

Norrs Abwesenheit hatte ihn verändert, aber längst nicht so sehr, wie Shalana erwartet hätte. Seit er wieder da war, erkannte sie dieselben Eigenschaften in ihm, die sie einst zu ihm hingezogen hatten. Er war loyal. Tapfer.

Und viel klüger, als die Leute ihm zubilligten. Er handelte weder überstürzt, noch war er dumm.

Er glaubt wirklich, dass unsere einzige Chance darin besteht, dieses Schwert zu finden.

Aber selbst wenn er recht hatte, änderte das nichts daran, dass das Heer der Danaan immer noch über die vereisten Ebenen marschierte und alles vernichtete, was ihm in den Weg kam.

»Dann sollen Keegan und Hadawas doch den Berg überqueren«, schlug Shalana vor. »Und du bleibst hier bei uns.«

»Keegan braucht meine Hilfe.«

»Die brauchen wir auch!«, fuhr sie ihn an. »Hadawas will, dass wir unsere Krieger zu einer Streitmacht zusammenschließen, um gegen die Danaan zu kämpfen. Und du wärst der Einzige, auf den alle Häuptlinge hören würden! Du bist der große Rote Bär! Du bist eine Legende!«

»Sie brauchen keine Legende«, gab er zurück. »Sie brauchen einen Anführer. Sie brauchen dich.«

»Ich kann nicht einmal meinen eigenen Clan führen«, erwiderte sie leise.

»Das stimmt nicht.« Norr packte sie an den Schultern und starrte ihr in die Augen. Sein Griff war fest, aber nicht schmerzhaft.

»Du warst es, die unsere Gefolgsleute aufgerüttelt hat, als Roggen unser Lager bedrohte. Du warst diejenige, die unsere Leute beflügelt und ihnen Mut gemacht hat. Sie sind dir gefolgt, nicht mir.«

Shalana hob die Arme und stieß seine Hände von ihren Schultern.

»Das war etwas anderes. Die Thans kennen mich.«

»Alle Clans kennen dich, Shalana. Du bist Terramons Tochter, du hast fünf Jahre lang die Steingeister geführt, einen der größten und stärksten Stämme im Osten!«

»Und wie viele der Clanführer, die meinem Vater Tribut zahlten, haben sich gegen meine Herrschaft aufgelehnt?«

»Wie viele es auch waren, du hast sie alle wieder unterworfen«, erinnerte Norr sie. »Und das ist dir gelungen, ohne ihre Clans zu vernichten. Die anderen Häuptlinge bewundern dich, Shalana. Sie respektieren dich. Sie vertrauen dir. Niemand anders kann das von sich behaupten.«

Shalana seufzte. Norr glaubte, dass andere in ihr das sahen, was er in ihr sah, und ihr war klar, dass sie ihn niemals vom Gegenteil würde überzeugen können.

»Unser Volk braucht dich«, sagte Norr flehentlich. »Und damit meine ich nicht nur die Steingeister, sondern alle Clans. Bitte, Shalana, nur du kannst das bewerkstelligen.«

»Ich werde es versuchen«, versprach sie Norr. »Aber sie werden nicht auf mich hören.«

Im Lager der Steingeister packte Vaaler eifrig sein Gepäck für die bevorstehende Reise mit Hadawas. Jerrod, Keegan und Scythe neben ihm taten das Gleiche, während die Steingeister zusahen. Auf ihren Mienen zeichneten sich gemischte Gefühle ab. Norr hatte sich mit Shalana zurückgezogen, um unter vier Augen mit ihr zu sprechen, und dieses Mal schien Scythe nicht eifersüchtig zu sein. Und in Norrs Abwesenheit scheuten sich die Clanmitglieder offenbar, sich den Fremden zu nähern.

Die Zeit war ein wichtiger Faktor, aber aus irgendeinem Grund empfand Vaaler keinen Druck, als er seinen Tragebeutel vollpackte. Insgeheim wünschte er sich, dass Shalana mit ihnen ging, aber er begriff, warum Norr wollte, dass sie hierblieb. Scythe hatte natürlich seinem Vorschlag aus ganzem Herzen zugestimmt.

So wichtig unsere Suche auch sein mag, sie kann hier weit mehr ausrichten, als wenn sie uns begleiten würde.

Natürlich konnte Vaaler dasselbe von sich selbst sagen. Jerrod war davon überzeugt, dass er eine wichtige Rolle bei Keegans Bestimmung spielte, aber was war, wenn er diese Rolle bereits gespielt hatte?

Ich habe ihm geholfen, den Ring zu bekommen. Vielleicht war das alles, was ich tun sollte.

Allerdings gab es noch einen anderen Grund, aus dem er zögerte, diese Reise zu unternehmen. Er hatte Angst. Nicht um sein eigenes Leben, sondern vor dem, was passieren konnte, wenn sie tatsächlich Erfolg hatten. Die Artefakte waren mithilfe der Alten Magie aus dem Chaos selbst geschmiedet worden. Es war unmöglich, die Folgen vorherzusagen, wenn Keegan wirklich versuchte, das Schwert gegen die Armee der Danaan einzusetzen.

Wir konnten immerhin nicht einmal die Gegenreaktion eines einfachen Fluches kontrollieren!

Der Ring hatte einen Drachen geweckt, und Jerrod fürchtete, sie könnten noch mehr ChaosBrut wecken, wenn sie ihn erneut benutzten. Aber das Schwert vermochte vielleicht Ähnliches. Allerdings vermutete Vaaler allmählich, dass die Erweckung von Monstern nur die offenkundigste Konsequenz der Benutzung der Artefakte war.

Wie viel Chaos wurde freigesetzt, als Keegan gegen den Drachen gekämpft hat? Genug, um eine Gegenreaktion zu erzeugen, die ein ganzes Königreich in einen Krieg führen würde?

Natürlich machte er Keegan nicht für das verantwortlich, was geschehen war. Nicht mehr. Schließlich hatte er der Königin den Ring gestohlen. Alles, was danach passiert war, konnte man im Grunde auf diese eine Tat zurückführen; all die Toten und die Zerstörungen konnte man ihm selbst genauso zum Vorwurf machen wie Keegan.

Ich habe zwar nicht die Macht eines Chaos Wirkers, dachte er verbittert, *aber ich muss unter denselben Konsequenzen für meine Taten leiden.*

Selbst wenn Shalana in der Lage sein sollte, die Armee der Danaan eine Zeit lang aufzuhalten, wie viele Frauen und Männer auf beiden Seiten würden dabei ihr Leben verlieren? Und deren Blut klebte ebenfalls an seinen Händen.

Je länger er über die bevorstehenden Kämpfe nachdachte, desto klarer wurde ihm, dass sie wahrscheinlich für die Clans in einem Desaster enden würden, selbst wenn die Kriegszauberer der Danaan ihre Magie in diesem Land nicht nutzen konnten.

Die Danaan haben Bogenschützen. Weiß Shalana, wie weit sie ihre Truppen zurückhalten muss, damit sie außerhalb ihrer Reichweite bleiben?

Vaalers Königreich hatte noch nie einen Krieg begonnen; die Danaan wussten nur sehr wenig über die logistischen Probleme, die es mit sich brachte, einen Krieg von derartiger Größenordnung zu führen. Aber das konnte man auch von Norrs Volk sagen. Selbst eine Schlacht zwischen den beiden größten Stämmen war nichts im Vergleich zu diesem Konflikt.

Werden sie begreifen, dass sie dieses Terrain zu ihrem Vorteil nutzen müssen? Wird Shalana die beste Möglichkeit finden, ihre Einheiten so einzusetzen, dass der zahlenmäßige Vorteil der Danaan so wenig wie möglich ins Gewicht fällt?

Wahrscheinlich würden die Danaan in kleinen, halb autonomen Gruppen operieren, was die Kommandostruktur der Patrouillen widerspiegelte, die Fremde aus den Nördlichen Waldungen fernhielten. Das war zwar keine großartige Strategie, aber die Ratgeber der Königin kannten keine andere.

Vaaler hatte die militärische Geschichte der Südlande während seiner Lehrjahre bei Rexol studiert. Als er versucht hatte, sein Wissen mit den Danaan zu teilen, hatten sie ihn abgewimmelt.

Sie hatten niemals damit gerechnet, dass sie in einem Krieg die Aggressoren sein könnten, also sahen sie nie die Notwendigkeit zu lernen, wie man in einer anderen Umgebung kämpft.

Die Taktik, die in den Wäldern hervorragend funktioniert hatte, machte sie auf freien, offenen Ebenen angreifbar. Aber Shalana würde nicht wissen, wie sie diese Schwäche ausnutzen konnte.

Beide Seiten stolperten blindlings in diesen Konflikt. Statt präzise, effektive Schläge zu führen, um den Feind zu lähmen, würden sie sich in lange, wirkungslose Schlachten verwickeln, die entsetzliche Verluste fordern würden.

Das ist Wahnsinn! Es muss doch einen anderen Weg geben!

Mit einem Schlag dämmerte es ihm. Er hielt inne, in einer Hand die Kleidung, die er gerade in den Beutel stopfen wollte.

»Beeil dich!« Jerrod bemerkte, dass er wie angewurzelt dastand.

Als sich Vaaler nicht rührte, trat Keegan neben ihn. »Was ist los, Vaaler?«

Der Danaan ließ die Kleidung auf den schneebedeckten Boden zu seinen Füßen fallen. »Ich komme nicht mit«, erklärte er.

»Was?«

»Ich gehe nicht mit euch«, wiederholte er. »Ich werde bei den Clans bleiben und sie in militärischer Strategie beraten.«

Keegans Mund stand weit offen. »Ich … ich verstehe dich nicht.«

»Dieser Krieg ist zum Teil auch meine Schuld«, meinte Vaaler. Er sprach hastig. »Ich kenne die Sitten und Gebräuche der Danaan. Ich kann den Clans helfen, damit sie überhaupt eine Chance bei dieser Auseinandersetzung haben.«

»Du kommst mit.« Jerrod hatte ihr Gespräch mitgehört. »Dein Platz ist bei Keegan.«

»Nein, ist er nicht«, behauptete Vaaler. »Ich habe alles für ihn getan, was ich konnte. Jetzt braucht er mich nicht mehr. Wenn ich aber hierbleibe, kann ich Leben retten. Viele Leben.«

»Du musst Keegan beibringen, wie er seine Macht beherrschen kann«, erwiderte Jerrod hartnäckig. »Du musst die Ausbildung fortsetzen, die er bei Rexol begonnen hat.«

»Er hat schon lange alles übertroffen, was Rexol ihn je gelehrt hat.«

»Er hat recht«, warf Keegan ein. »Mit allem, was er sagt.«

Jerrod schüttelte den Kopf. »Dein Schicksal ist mit dem seinen verknüpft. Wenn er uns verlässt, bringt er die ganze Welt in Gefahr!«

»Das weißt du doch gar nicht!«, konterte Vaaler. Er hatte die dickköpfige Art des Mönchs, nichts zu akzeptieren, was seinen eigenen Plänen zuwiderlief, plötzlich satt. »Wie oft hast du deine Prophezeiung schon korrigiert, seit ich dich getroffen habe?«, stellte er ihn zur Rede. »Du bist genauso ahnungslos wie wir anderen, du willst es nur nicht zugeben. Nicht einmal vor dir selbst.«

»Ich habe niemals an meinem Glauben an Keegans Bestimmung gezweifelt!« Die normalerweise ruhige und gelassene Stimme des Mönchs verriet plötzlich weit mehr Gefühle, als Vaaler erwartet hatte.

»Du redest immer über Keegans Bestimmung, aber was ist mit meinem Schicksal? Vielleicht muss ich meinen eigenen Weg gehen!«

Jerrod wollte widersprechen, aber er schloss den Mund, als Keegan ihm Einhalt gebietend eine Hand auf den Arm legte.

»Er hat seine Entscheidung getroffen«, erklärte der junge Mann. »Und nichts, was du sagst, wird ihn umstimmen können.«

Jerrod begriff, dass das stimmte; er drehte sich von den

beiden weg und packte weiter. Keegan warf dem Mönch einen kurzen Blick über die Schulter zu und zuckte dann entschuldigend die Achseln.

»Mach dir keine Sorgen«, bat Vaaler seinen Freund. »Scythe und Jerrod werden auf dich aufpassen.«

»Ich mache mir mehr Sorgen um dich«, sagte Keegan. »Du hast recht, das weiß ich. Aber werden auch die Clanführer dir zuhören?«

»Shalana wird es vielleicht«, meinte Vaaler, nachdem er die ganze Sache durchdacht hatte.

»Aber was wird passieren, wenn sie nicht den Oberbefehl bekommt?«

»Dann wird man mich voraussichtlich als Spion hinrichten.«

Die Halle war überfüllt. Das Echo der wütenden Stimmen der Häuptlinge, ihre Schreie, Proteste und Einwände wurden von den Steinwänden zurückgeworfen, so laut, dass Shalana der Kopf wehtat.

Als die Chefs endlich alle eingetroffen waren, hatten die meisten von ihnen bereits Gerüchte gehört, worum es bei diesem Treffen gehen sollte. Als Roggen sie jedoch begrüßt hatte und auf das mystische Schwert von Daemron zu sprechen kam, war eine Woge von Hohn und Spott über ihm zusammengeschlagen.

»Unser Volk wird abgeschlachtet, und du erzählst uns hier Märchen?«

»Ist Hadawas jetzt vollständig senil geworden?«

»Mythen und Legenden werden das Heer der Baumleute nicht aufhalten!«

Shalana wusste, dass sie nichts anderes tun konnte, als abzuwarten, bis ihr Ärger abgeebbt war. Irgendwann würden sie begreifen, dass nichts, was sie über Hadawas und das Schwert dachten, an der bitteren Realität ihrer Lage etwas ändern würde.

Nach etlichen Minuten erstarben die Schreie und Flüche allmählich, und Roggen wagte es, sich erneut an die Leute zu wenden.

»Ob ihr an Hadawas glaubt oder nicht, ist euch überlassen«, erklärte er. »Ich weiß, dass er bei Verstand ist, und ich weiß auch, dass er nicht ohne guten Grund von so etwas sprechen würde. Aber deshalb seid ihr nicht hier.

Die Armee der Danaan ist sehr real – darauf können wir uns wohl verständigen. Alleine können wir sie nicht aufhalten. Unsere einzige Hoffnung besteht darin, dass wir uns gegen diesen gemeinsamen Feind verbünden.«

»Du meinst wohl, wir sollen uns unter dem Befehl der Sonnenklingen zusammenschließen!«, schrie einer aus der Menge, was eine weitere Runde wütendes Gebrüll hervorrief.

Roggen hob beide Hände und bat um Ruhe, die nach einer Weile auch eintrat.

»Hadawas ist immer noch der Anführer der Sonnenklingen, aber er ist nicht hier. Also müsst ihr einen anderen aus euren Reihen erwählen, der uns alle führen soll.«

Diesmal war die Reaktion auf seinen Vorschlag so ohrenbetäubend, dass Shalana zusammenzuckte und sich abwandte, als sämtliche Anwesenden versuchten, den Gründen für ihre eigene Kandidatur Gehör zu verschaffen.

Das geht nicht gut aus, dachte sie.

Die einzelnen Stämme der Ostländer mochten sich nicht sonderlich. Stärkere Clans benutzten gewöhnlich Gewalt und Drohungen, um den schwächeren Stämmen Tribute abzupressen, aber solche Tributzahlungen erzeugten weder Loyalität noch Ergebenheit. Es war schwer vorstellbar, dass einer der kleineren Stämme freiwillig einem Oberhäuptling von den Sonnenklingen, den Windgängern oder selbst den Steingeistern folgen würde. Dass sie von ihnen gezwungen wurden, sich ihnen zu beugen, hatte zu viel Widerwillen und Argwohn erzeugt. Andererseits würde keiner der größeren Clans freiwillig einem Kriegshäuptling folgen, der aus einem kleineren und schwächeren Clan kam. Das wäre eine Beleidigung gewesen, die kein Krieger akzeptieren würde. Und die mittelgroßen Stämme wuchsen entweder, weshalb ihr Ehrgeiz von den anderen mit zu viel Misstrauen betrachtet wurde, oder sie schrumpften, was sie zu verzweifelten Maßnahmen greifen ließ.

Während Shalana den Dutzenden kleinen Zwistigkeiten lauschte, wurde ihr klar, dass einige der Häuptlinge versuchten Allianzen zu knüpfen. Aber die Wunden der schon seit Generationen ausgetragenen Auseinandersetzungen saßen tief, und sämtliche Einigungsversuche scheiterten immer wieder.

Es war nicht nur das Ego einzelner Personen, das einer Einigung im Weg stand. Wen auch immer man auserwählte, alle Clans als Kriegshäuptling zu führen – er würde entscheiden, wo die Krieger aus den verschiedenen Clans während der Schlacht platziert wurden. Und es bestand die berechtigte Furcht, dass der Kriegshäuptling die Sicherheit seiner Leute über die der anderen stellte.

Wie sollte ein Heer funktionieren, wenn die Krieger kein Vertrauen in ihren Anführer hatten? Wie sollten sie ohne Furcht und Zweifel kämpfen können, wenn sie glaubten, dass der Anführer das Leben einiger Krieger höher einschätzte als das von anderen … oder sogar höher als den Sieg?

Vielleicht hatte Norr recht, dachte Shalana, als eine Idee in ihrem Kopf Gestalt annahm. *Vielleicht bin ich wirklich die Einzige, die die Clans vereinigen kann.*

Der Lärm war mittlerweile zu einem dumpfen Brausen abgeklungen, nachdem die Clanführer sich allmählich heiser geschrien hatten. Shalana war klar, dass sie nur eine einzige Chance hatte, sie auf ihre Seite zu ziehen, deshalb beschloss sie, dass jetzt der richtige Zeitpunkt gekommen war, um zu handeln.

Sie schritt zügig in die Mitte des Raumes, sprang auf den langen, etwa hüfthohen Tisch und legte den Kopf in den Nacken. Dann legte sie zwei Finger an ihre Lippen und stieß einen langen schrillen Pfiff aus. Er hallte laut durch die Halle und veranlasste fast alle Anwesenden, sich die Ohren zuzuhalten.

»Glaubt ihr tatsächlich, dass die Generäle der Baumleute ihre Zeit damit verschwenden, wie Köter um einen Knochen zu zanken?«, rief sie in dem kurzen Schweigen, das ihrem Pfiff folgte. »Glaubt ihr wirklich, dass ihre Armee geduldig wartet und zusieht, während ihr euch wie Kinder streitet?«

Sie rechnete mit einer wütenden Erwiderung, aber

ihre Worte hatten die anderen einen Herzschlag lang vor Scham sprachlos gemacht. Sie nutzte diesen Moment und preschte vor.

»Hier geht es nicht um Ehre, und hier geht es auch nicht um Clans. Hier geht es ums nackte Überleben! Die Danaan wollen keinen Tribut von uns; sie wollen unser Leben! Wenn wir nicht jemanden erwählen, der uns führt, und zwar heute Nacht, in dieser Stunde, dann werden alle, die ihr kennt und liebt, sterben! Kapiert ihr Narren das?«

»Du bist nicht mal Clanführerin!«, schrie jemand. »Was hast du hier eigentlich zu suchen?«

»Ihr kennt mich alle!«, konterte Shalana. »Ich bin Terramons Tochter. Ich habe die Steingeister fünf Jahre lang angeführt und habe nicht einen einzigen Kampf verloren!«

»Du hast gegen den Roten Bären verloren!«, rief ein anderer.

»Der Rote Bär ist weg!«, erklärte Shalana. »Er ist mit Hadawas aufgebrochen, um das Schwert von Daemron zu suchen. Er jagt lieber einem Mythos hinterher, als sich dieses armselige Gejohle hier anzuhören!«

Shalana sah sich entschlossen um, und ihr eisiger Blick forderte jeden auf, das Wort zu ergreifen, wenn er es denn wagte.

»Keiner von euch hat es verdient, uns gegen diesen Feind zu führen!«, spie sie hervor. »Ihr seid von Vorurteilen, Eigendünkel und von der Verantwortung eurem eigenen Clan gegenüber geblendet. Denn das ist die Bürde, wenn man Anführer ist – das weiß ich, weil ich einmal genauso war wie ihr.«

Sie machte wieder eine Pause, wartete darauf, ob jemand sich traute, etwas zu erwidern.

»Aber ich bin kein Häuptling mehr. Ich wurde gedemütigt, abgesetzt. Mein eigener Clan weicht mir aus. Aus diesem Grund müsst ihr mich zum Kriegshäuptling ernennen, um die Clans zu führen.«

Wütende Schreie schlugen ihr entgegen. Shalana ließ das ein paar Sekunden lang über sich ergehen, dann brachte sie das Gebrüll mit einem weiteren schrillen Pfiff zum Verstummen.

»Wenn ihr mich wählt«, sagte sie, »dann verspreche ich, dass die Steingeister bei jeder Schlacht in der ersten Reihe stehen werden und ich an ihrer Spitze. Wenn ein Leben geopfert werden muss, dann wird es das meine sein oder eines meiner Krieger.

Ich gelobe das, weil mir klar ist, dass dies der Preis des Sieges ist. Denn wenn ich nicht bereit bin, mein eigenes Leben zu riskieren, verlieren wir alle unser Leben. Kann einer von euch dasselbe versprechen?«

Nach einem langen, bedrückenden Schweigen kletterte Qarr, der Anführer der Schwarzschwingen, neben Shalana auf den Tisch.

»Als wir uns weigerten, den Steingeistern Tribut zu zahlen«, seine tiefe Stimme trug bis in den letzten Winkel der Halle, »haben Shalana und ihre Gefolgsleute uns besiegt.

Sie hätte uns für unsere Weigerung bestrafen können. Sie hätte den Tribut verdoppeln oder sogar verdreifachen können, sodass wir während des Winters hätten hungern müssen. Aber das hat sie nicht getan. Stattdessen hat sie uns Gnade erwiesen.«

Er drehte sich zu Shalana herum und sank auf ein Knie. »Wir Schwarzschwingen verdanken dir unser Leben. Ich gelobe dir die Loyalität meines Clans.«

Auf dem Boden direkt vor dem Tisch, wo Shalana stand, sank eine breitschultrige Frau auf ein Knie und verkündete: »Der Clan der Mondaugen wird dir folgen.«

Der Anführer der Windgänger kniete sich neben sie. »Verfüge über meinen Clan.«

Wie auf ein Stichwort sanken alle Clanführer im Raum auf ein Knie, und ihre Stimmen dröhnten laut durch die Halle, als jeder einzelne von ihnen Shalana Loyalität gelobte.

Shalana war unendlich erleichtert, aber ihr war klar, dass jetzt nicht der richtige Moment war, ihren Sieg auszukosten.

»Erhebt euch, meine Thanhäuptlinge«, sagte sie, stolz darauf, dass sie diesen Titel gerade neu geschaffen hatte. »Geht in eure Lager und erzählt euren Thans, was hier passiert ist. Und schickt Läufer mit Nachrichten an alle Clans.

Sagt euren Leuten, dass alle, die nicht kämpfen können, Mütter, Kinder, Handwerker, Alte und Kranke, sich auf den Weg zum Schlund des Giganten am Fuß der Berge an der östlichen Grenze unseres Landes machen sollen. Sie sollen Nahrungsmittel, Zelte, Decken und sämtliche Vorräte mitnehmen, die sie tragen können. So viel wie möglich. Der Schlund wird unsere letzte Zufluchtsstätte sein, ein Lager weit weg vom Pfad der Horde, die in unser Land eingefallen ist. Dort können sie Schutz für den Winter suchen.

Euern Kriegern jedoch sagt, sie sollen sich hier am Ort der Zusammenkunft einfinden«, fuhr sie fort und hob unmerklich die Stimme. »Sagt ihnen, sie sollen ihre Waffen und ihren ganzen Mut mitbringen! Teilt ihnen mit, dass alle Clans Seite an Seite kämpfen werden. Erklärt ihnen, dass die Schlacht um unser Land begonnen hat und dass wir das Baumvolk wieder zurück in die Wälder treiben werden!«

Ein Jubelschrei erhob sich, und die Clanführer grüßten sie mit erhobenen Fäusten und indem sie ihren Namen sangen, bevor sie allmählich die Halle verließen. Shalana blieb auf der Tischplatte stehen und sah ihnen nach, bis nur noch Roggen und sie übrig waren.

»Ein beeindruckender Auftritt«, sagte er und hielt ihr die Hand hin, um ihr vom Tisch zu helfen. »Ich habe nicht geglaubt, dass es zu schaffen wäre.«

Shalana ignorierte seine Hand und sprang neben ihn auf den Boden.

»Würdest du es lieber sehen, wenn wir alle unter den Stiefeln der Danaan zermalmt würden?«, fragte sie ihn.

»Im Namen von Hadawas«, antwortete er, »gelobe ich dir die Loyalität der Sonnenklingen.« Allerdings machte er sich nicht die Mühe niederzuknien.

Dann wandte er sich ab, um die Halle ebenfalls zu verlassen, blieb jedoch plötzlich stehen. »Sie werden dich beim Wort nehmen, das weißt du«, sagte er, ohne sich umzudrehen. »Die Steingeister und du müssten uns in die Schlacht führen.«

»Die Steingeister werden euch anführen«, versprach sie ihm.

Zufrieden ging er hinaus und ließ sie allein. Jedenfalls dachte sie, sie wäre allein, bis sie Vaaler bemerkte, der in der entferntesten Ecke der Halle saß, halb verborgen im Schatten.

»Wie lange drückst du dich schon hier herum, Spion?«, fragte sie ihn.

»Lange genug.« Er stand auf und trat zu ihr. »Norr glaubte daran, dass die Clanhäuptlinge dich erwählen würden. Ich bin froh, dass er recht behalten hat.«

»Warum bist du noch hier?«, erkundigte sie sich. »Ich dachte, Hadawas und die anderen wären bereits aufgebrochen.«

»Das sind sie auch«, erklärte Vaaler. »Aber ich bleibe bei dir. Ich kenne die Taktik und die Strategie der Danaan. Ich kann dir helfen.«

»Das wird den anderen nicht gefallen«, prophezeite sie.

»Deshalb habe ich damit gewartet, es dir zu sagen, bis alle hinausgegangen sind.«

»Sei ehrlich zu mir, Vaaler.« Sie bemerkte, wie der junge Mann die Augen aufriss, als sie seinen Namen benutzte. »Können wir sie mit deiner Hilfe besiegen?«

»Nein«, gab er traurig zu. »Wahrscheinlich nicht. Aber das bedeutet nicht, dass du nicht kämpfen solltest.«

29

Zwei Tage brauchten Hadawas und sein Tross, der aus sechs handverlesenen Kriegern sowie Scythe, Norr, Keegan und Jerrod bestand, um den Rand der Berge zu erreichen. Den ganzen Weg über mussten sie gegen starken Gegenwind ankämpfen. Die eisige Luft fegte in endlosen Wellen von den Bergen herab über die Tundra. Die Temperaturen sanken ständig, bis selbst die Anstrengung des Marsches nicht mehr verhindern konnte, dass Scythe vor Kälte zitterte.

Als sie sich den Bergen näherten, schienen die zerklüfteten Felswände geradewegs steil in den Himmel hinaufzuführen. Scythe sah, dass der graue Fels der niedrigeren Gipfel von weißen Kappen aus Eis und Schnee überzogen war. Die Gipfel der größeren Berge verschwanden in den dichten Wolken.

Laut ihrem Führer befand sich das Schwert auf der anderen Seite dieses beeindruckenden Gebirgsmassivs. Der alte Mann hatte die Reise auf einem Schlitten zurückgelegt, wie Norr es zuvor ebenfalls getan hatte. Aber kein noch so großes Maß an Ruhe konnte sein Alter vergessen machen, und als sie schließlich am Fuß des Berges ein Lager aufschlugen, überlegte Scythe, was mit ihrem Führer wohl passieren würde, wenn der Weg zu steil und zu zerklüftet für den Schlitten wurde.

Als die Nacht hereinbrach, drängte sich die kleine Gruppe um eine hastig ausgehobene Feuergrube. Sie stellten Hadawas' Schlitten so auf, dass er wenigstens ein bisschen von dem Wind abhielt. Sie hatten zusätzliche Kleidung für diese Reise mitgenommen, dicke Handschuhe, Decken und Kleidungsstücke, in die sie sich von Kopf bis Fuß hüllen konnten. Aber obwohl Scythe so viele Schichten Kleidung trug, dass sie sich kaum rühren konnte, litt sie unter der Kälte.

Norr warf einen Brocken Torf in die Feuergrube, und einer von Hadawas' Kriegern entzündete ihn mit seinem Feuerstein. Scythe und die anderen drängten sich dicht um das Feuer und genossen die Wärme, während sie den schweren, erstickenden Rauch ignorierten, der aus der Grube stieg.

»Wir werden diese Gipfel niemals erklimmen können«, bemerkte Jerrod, als sich alle zurechtgesetzt hatten. »Selbst wenn das Wetter so bleibt.«

Normalerweise stimmte Scythe mit der Meinung des Mönchs nicht überein, diesmal jedoch empfand sie genauso.

»Es gibt Pässe über die Berge«, informierte Hadawas ihn. »Sie sind schmal, tückisch und gut verborgen. Aber ich weiß, wo sie sich befinden.«

»Und was ist mit dem Schwert?«, drängte Jerrod. »Wo ist es?«

»Es lag etliche Jahrhunderte lang in einer kleinen Höhle versteckt, bewacht von dem Wächter – dem letzten überlebenden Diener der Alten Götter.«

Natürlich, dachte Scythe. *Warum sollte sich nicht ein uralter magischer Beschützer um das Schwert kümmern?*

Noch vor einigen wenigen Monaten hätte sie diesen Wächter als eine Fantasiegestalt des Volksglaubens abgetan. Angesichts dessen, was sie in der Zwischenzeit alles gesehen hatte, wäre sie überraschter gewesen, wenn der Wächter nicht real gewesen wäre.

»Woher weißt du all das?«, wollte Jerrod wissen.

»Die meisten Clans haben die Geschichten unserer Vorväter vergessen«, meinte Hadawas. »Aber einige von ihnen, zum Beispiel die Sonnenklingen, haben die Geschichten des Ostens am Leben erhalten. Sie wurden mir von meiner Mutter erzählt, die sie von ihrem Vater erfahren hatte. Seit dem Kataklysmus wurden sie von Generation zu Generation weitergegeben, und auf diese Weise wurde das uralte Wissen bewahrt.

Ich habe viele Jahre damit verbracht, die Geschichten von jedem zu sammeln, der das Wissen um unsere Vergangenheit erhalten und beschützt hat. Auf diese Weise habe ich auch von dem Schwert und seinem Wächter erfahren.«

»Also weißt du auch, wie wir den Wächter besiegen können?«, wollte Scythe wissen.

»Vielleicht brauchen wir das gar nicht«, spekulierte Norr. »Keegan ist es bestimmt, die Welt der Sterblichen zu retten. Wenn wir das diesem Wächter erklären, händigt er ihm vielleicht das Schwert freiwillig aus.«

»Möglich.« Aber es war offensichtlich, dass Hadawas das für unwahrscheinlich hielt.

Weit entfernt und hoch über ihnen hallte ein sonderbarer Schrei durch die Nacht. Es überlief Scythe kalt. Das Geräusch klang wie eine Mischung aus einem Schrei und einem Heulen, bevor es schließlich in einem wahnsinnigen, heiseren Gelächter verebbte.

»Was war das?« Keegan war von dem sonderbaren Schrei offenbar ebenso beunruhigt wie Scythe, wenngleich sie es besser zu verbergen wusste.

»Ein Yeti«, flüsterte einer der Krieger.

»Entstellte, halb menschliche Monster, die durch die Berge streifen«, erklärte Hadawas. »Den Legenden zufolge waren sie einmal ein Clan, der Daemrons Schwert suchte, kurz nachdem der Kataklysmus die Welt zerrissen hatte. Aber sie haben es nie gefunden. Doch die Macht des Schwertes veränderte sie, verwandelte sie von Männern und Frauen in Bestien und trieb sie gleichzeitig in den Wahnsinn.«

Wieder gellte einer dieser bizarren, heulenden Schreie durch die Nacht, so als wollte er dem ersten antworten. Es war zwar schwierig, die genaue Position zu bestimmen, aber er kam eindeutig aus einer anderen Richtung als der erste.

»Wie viele von diesen Kreaturen gibt es denn?«, wollte Keegan wissen.

»Niemand kennt die Zahl der Yetis«, antwortete Hadawas. »Vielleicht sind es ein paar Dutzend, vielleicht Hunderte. Vielleicht noch mehr.«

Jetzt drangen noch mehr Schreie über die Gipfel. Trotz Hadawas' Erklärung über den Ursprung der Yetis hörte Scythe nichts Intelligentes oder Menschliches in ihren Rufen. Selbst das keckernde Gelächter am Ende des Schreis klang bestialisch und unnatürlich.

»Sollen wir eine Wache aufstellen?«, erkundigte sich Jerrod.

»Die Yetis verlassen die Berge nie«, versicherte ihm Hadawas.

»Und wenn wir ihr Territorium betreten?«, wollte Scythe wissen.

»Die Yetis jagen keine Menschen«, erklärte der alte Häuptling überzeugt. »Sie werden uns nicht belästigen.«

Trotz seiner Versicherungen schlief Scythe kaum in dieser Nacht. Sie zitterte unkontrollierbar, obwohl sich Norrs massiger Körper an ihren drückte, und sie fuhr jedes Mal aus dem Schlaf hoch, wenn ein Yeti heulte.

Als sie am nächsten Morgen aufwachten, wurden sie von einem leichten Schneefall begrüßt. Dicke Flocken wirbelten um sie herum, tanzten in einer Luft, die noch einmal um etliche Grad kälter geworden war.

Jerrod fokussierte seinen Geist. Er konnte seine Körpertemperatur regulieren und sich damit gegen die Kälte wappnen. Das Blut zirkulierte trotz der Kälte ungehindert durch seinen Körper, sodass seine Zehen und Finger weder steif noch taub wurden. Aber das bedeutete nicht, dass er die Kälte nicht empfunden hätte, und er wusste auch, wie sie den anderen zusetzen musste.

Sie diskutierten darüber, ob sie weitergehen sollten, aber Norr hatte darauf bestanden, dass sie jetzt nicht aufgeben durften, im Interesse der Clans. Jeder Tag, den sie zögerten, bedeutete weitere Verluste all derer, die versuchten, sich der Armee der Danaan entgegenzustellen. Also gingen sie weiter, trotz des Wetters.

Am Vormittag wurde der Pfad, dem sie folgten, zu steil und glatt, als dass der Schlitten ihn hätte bewältigen können. Die Vorräte, die sie darauf gepackt hatten, wurden auf alle verteilt, und jedes Mitglied der Expedition trug so viel, wie es bewältigen konnte. Sie stopften sie in ihre Beutel und warfen sie sich über die Schultern. Bemerkenswerterweise schwor Hadawas, er wolle weiter als ihr Führer fungieren, auch wenn das bedeutete, dass er zu Fuß gehen musste.

Der alte Mann bewegte sich nur langsam, aber als der Pfad, dem sie folgten, an einer blanken Felswand endete, stellte er seinen Wert unter Beweis.

»Auf der rechten Seite befindet sich ein Spalt, der durch den ganzen Fels führt«, erklärte Hadawas.

Wegen des Schnees brauchten sie eine Weile, bis sie den Durchgang fanden, aber schließlich sollte sich seine Behauptung bestätigen. Der endlose Zyklus aus Frost und Schmelzwasser hatte einen Spalt in die ansonsten unüberwindliche Felswand geschnitten. Ohne Hadawas hätten sie entweder versuchen müssen, die zwanzig Meter hohe Felswand, die ihren Weg blockierte, zu erklettern, oder aber sie hätten umkehren und sich eine neue Route suchen müssen.

Aber auch so wurde es für Norr eng. Er schabte mit Rücken und Bauch an der Felswand entlang, selbst nachdem er bis auf sein Hemd all seine Kleidung abgelegt hatte.

»Wie lange geht das noch so weiter?« Seine Zähne klapperten.

»Die Passage führt bis auf die andere Seite der Felswand«, versprach Hadawas. »Einige Hundert Fuß noch.«

Sie drückten sich im Gänsemarsch durch den schmalen

Spalt und zogen ihre Beutel mit den Vorräten über den Boden hinter sich her. Sie hatten sie mit kurzen Lederriemen an ihre Gürtel gebunden. Jerrod übernahm die Vorhut, und Keegan folgte ihm, gestützt auf Rexols Stab. Norr ging als Letzter. Nach ein paar Schritten begann der Boden in einem scharfen Winkel anzusteigen. Auf halber Strecke wurde es deutlich dunkler, und als der Mönch hochblickte, sah er, dass sich der Spalt über ihnen verengte und das Licht abschirmte.

In diesem Augenblick wurde ihm plötzlich klar, dass sie auf allen Seiten von Abertausenden von Tonnen Fels und Eis umschlossen waren. Er spürte es unter seinen Füßen und fühlte, wie es von vorn und von hinten gegen ihn drückte.

Wenn Schnee und Eis auf dem Gipfel über uns nachgeben, dann wird das alles in den Spalt rutschen, und wir werden bei lebendigem Leib begraben!

Er versuchte den Gedanken abzuschütteln, aber angesichts ihrer Umgebung war das unmöglich. Dennoch blieb ihm an diesem Punkt nichts anderes übrig, als weiterzugehen. Als er schließlich die andere Seite erreicht hatte und aus der schmalen Passage trat, durchströmte ihn ungeheure Erleichterung … bis er nach unten blickte.

Der Spalt endete auf einem schmalen Vorsprung, der nicht einmal zwei Meter breit war. Dahinter fiel der Fels mindestens zwanzig Meter ab, bis zu den zerklüfteten Felsbrocken in der Tiefe. Es hatte aufgehört zu schneien, als sie den Spalt verließen, aber dafür hatte der Wind aufgefrischt. Der Fels unter seinen Füßen war von einer Eisschicht bedeckt und tückisch glatt.

Der Vorsprung führte nur in eine einzige Richtung: nach oben. Jerrod rückte seinen Beutel zurecht, presste den Rücken gegen den Fels und kroch ein Stück über den Vorsprung, um den anderen Platz zu machen. Einer nach dem anderen kroch aus dem Spalt. Ihren Mienen und ihrem Keuchen nach zu urteilen, erkannte der Mönch, dass sie ähnlich reagierten wie er selber. Klaustrophobie, der kurze Erleichterung folgte, die von mehr oder weniger großer Höhenangst abgelöst wurde.

»Wie weit führt dieser Vorsprung hinauf?«, fragte Norr, nachdem alle den Spalt verlassen hatten. Scythe half ihm, die Kleider wieder anzulegen, die er hatte ablegen müssen, damit er durch den Spalt passte.

»Etwa eine Viertelmeile an der Seite des Berges entlang«, antwortete Hadawas. »Er führt uns zu einem Plateau auf der Spitze dieses Gipfels.«

Jerrod merkte, dass der alte Mann keuchte, obwohl er als Einziger keine Vorräte tragen musste. Die Luft hier war bereits dünner, was körperliche Anstrengungen noch mehr erschwerte.

»Vielleicht sollten wir unsere Riemen nutzen, um uns aneinanderzubinden«, schlug Scythe vor, während sie über den Rand des Vorsprungs spähte.

»Wir haben aber nichts, womit wir sie sichern könnten«, widersprach Jerrod. »Wenn einer von uns stürzt, würde er die anderen ebenfalls mit in die Tiefe reißen.«

»Passt auf, wohin ihr tretet«, empfahl Hadawas ihnen. »Dann habt ihr nichts zu befürchten.«

Jerrod konzentrierte seine Sinne auf sein Gleichgewicht und die Stelle, wohin er jeweils trat, und reduzierte seine Wahrnehmung auf einen kleinen Kreis, der nur ihn selbst und Keegan beinhaltete. Er wusste nicht, ob er in der Lage sein würde, dem Erretter zu helfen, wenn der stürzte, aber er würde sein Leben riskieren, um es zu versuchen.

»Was war das?«, rief Scythe plötzlich.

»Was denn?«, fragte Norr.

»Ich dachte, ich hätte etwas gehört.«

»Wie kannst du bei diesem Wind etwas hören?«, wollte einer von Hadawas' Soldaten wissen.

Das war eine gute Frage, aber trotzdem blieben alle stehen und lauschten einige Sekunden.

»Wahrscheinlich war es nichts«, erklärte Scythe dann.

Doch Jerrod war sich da nicht so sicher. Während sie sich vorsichtig Schritt für Schritt über den Vorsprung tasteten, erweiterte er behutsam seine Wahrnehmung und tastete mit seiner *Sicht* umher. Dann spürte er den Yeti.

Die Kreatur klammerte sich an den Stein der Bergflanke, etwa zehn Meter über ihnen, hielt sich mit den Klauen ihrer Hände und Füße fest. Sie war etwa ein Drittel kleiner als ein normaler Mann und noch kleiner und leichter als Scythe. Der Yeti hatte ein affenartiges Gesicht mit tief in den Höhlen liegenden Augen unter großen Brauenwülsten und war vollkommen von weißem Fell bedeckt, sodass er perfekt mit der schneebedeckten Oberfläche seiner Umgebung verschmolz.

Die Kreatur rührte sich nicht, und Jerrod wurde klar, dass sie bereits eine Zeit lang dort gehockt und ihren Vormarsch beobachtet hatte. Der Mönch drehte seinen Kopf zu der Kreatur herum, die daraufhin den Berg hinaufhuschte und verschwand. Das Kratzen ihrer Krallen auf dem eisigen Fels wurde vom Wind übertönt.

Jerrod wollte die anderen nicht unnötig beunruhigen, während sie auf diesem gefährlichen Pfad manövrierten, also behielt er für sich, was er gesehen hatte. Aber da er jetzt wusste, wonach er suchen musste, teilte er seine Aufmerksamkeit zwischen dem Pfad vor ihnen und den Felsen über ihnen.

Ein paar Minuten, nachdem der erste Yeti verschwunden war, tauchten etliche andere auf. Wie der erste klammerten sie sich an die Felsen über ihnen und beobachteten sie. Diesmal blickte Jerrod nicht hoch, um sie zu verscheuchen, und allmählich wuchs ihre Zahl. Schon bald klammerte sich ein Dutzend der weißhaarigen Humanoiden an den Fels über ihnen. Lautlos wie Gespenster glitten sie mit Leichtigkeit über die Oberfläche der Bergflanke, während sie den Menschen unter ihnen folgten.

Sie bleiben uns auf den Fersen, dachte Jerrod.

Hadawas hatte gesagt, sie würden von der Macht des Schwerts angezogen. Wenn das stimmte, war es nur logisch anzunehmen, dass sie auch das Artefakt wahrnehmen konnten, das Keegan um den Hals trug. Aber irgendetwas hielt sie zurück. Trotz ihrer wachsenden Zahl kamen sie ihnen nie näher, und sie schienen eher wachsam zu sein als gewalttätig.

Haben sie Angst vor uns? Oder fürchten sie den Ring?

Es dauerte noch fast zwei Stunden, bis sie das Plateau erreicht hatten, aber es war nicht Hadawas, der sie bremste. Der ehrwürdige Clanführer bewegte sich sicherer über den Pfad als alle anderen, und obwohl er sich niemals beeilte, hatte er keine Schwierigkeiten, mit den anderen Schritt zu halten, die sich zögernd und vorsichtig über die glatte Oberfläche vortasteten.

Die Yetis hatten sie fast den ganzen Weg über begleitet, aber sobald Jerrod sich dem Ende des Pfades so weit genähert hatte, dass er das Plateau sehen konnte, verschwanden sie alle schlagartig. Erst als alle sicher auf dem Plateau standen, sagte er ihnen, was er gesehen hatte.

»Die Yetis sind uns gefolgt. Sie haben uns beobachtet.«

»Ich wusste doch, dass ich etwas gehört habe!«, rief Scythe.

»Wie viele waren es?«, wollte Norr wissen.

»Ich habe zwanzig gezählt«, erwiderte Jerrod. »Aber es können noch mehr von ihnen da gewesen sein, dort oben, wo ich sie nicht mehr wahrnehmen konnte.«

»Und sie haben uns nur beobachtet?«, wollte Keegan wissen.

»Die Yetis sind keine Bedrohung für uns«, versicherte Hadawas ihnen erneut. »Sie werden uns nicht daran hindern, das Schwert zu holen.«

»Wie weit ist es denn eigentlich noch?«, fragte Scythe.

»Die Höhle des Wächters liegt hinter dem Tal, das sich hinter dem nächsten Gipfel befindet«, erklärte Hadawas. »Noch zwei oder drei Tage. Vielleicht auch mehr, denn von hier an wird der Weg schwieriger.«

»Gut zu wissen, dass das leichte Stück des Weges hinter uns liegt«, knurrte Scythe.

»Wir sollten hier ein paar Stunden Rast machen«, schlug Hadawas vor. »In der Nähe gibt es eine Höhle, wo wir Schutz vor dem Wind finden können.«

Wieder sollte ihr Führer recht behalten. Nachdem sie die Höhle gefunden hatten, zwängte sich die ganze Gruppe hinein. Die Decke war so niedrig, dass sich selbst Jerrod ducken musste, und Norr kroch förmlich hinein. Nachdem sie die Decken aus ihren Beuteln gezogen und sie auf dem Boden ausgebreitet hatten, erwärmten ihre Körper den kleinen engen Raum rasch.

Wie kann er von dieser Höhle gewusst haben, wenn er nicht selbst schon in diesen Bergen gewesen ist?, überlegte Jerrod. *Und woher wusste er, dass die Yetis uns nicht angreifen würden?*

Hadawas verschwieg ihnen etwas. Sie wären zwar ohne seine Hilfe gar nicht erst so weit gekommen, aber Jerrod fragte sich allmählich, ob der Anführer der Sonnenklingen versuchen würde, sie zu hintergehen, noch bevor sie ihr Ziel erreicht hatten.

Er hatte schon vorgehabt, nach dem Schwert zu suchen, lange bevor wir aufgetaucht sind. Wird er es wirklich Keegan übergeben oder versuchen, es für sich zu behalten?

Die Krone hatte Rexol vernichtet, als er gewagt hatte, sie zu benutzen. Jerrod vermutete, dass mit dem Schwert das Gleiche passieren würde. Dessen Macht war zu groß, als dass die meisten Sterblichen sie hätten ertragen können. Aber wenn er sich jetzt irrte?

Wenn Hadawas etwas über das Schwert weiß, das wir nicht wissen?

Keegan und die anderen legten sich bereits zur Ruhe.

Die geistigen und körperlichen Anstrengungen dieser Kletterpartie hatten sie vollkommen erschöpft. Hadawas hatte seine Augen bereits geschlossen und atmete langsam und ruhig.

Jerrod war ebenfalls müde, aber während er seine blicklosen Augen schloss, blieb sein Geist wachsam, und er dehnte sein Bewusstsein auf die ganze Höhle aus. So hielt er Wache über Keegan und seine Freunde, während alle anderen schliefen.

30

Shalana und die dreißig Krieger der Steingeister lagen flach auf ihren Bäuchen und waren fast vollkommen unter dem Schnee begraben. Sie warteten angespannt darauf, dass die Patrouille der Danaan nahe genug herankam, damit sie sie angreifen konnten.

Die Berichte der Späher bestätigten, was der junge Ullis ihnen erzählt hatte. Das feindliche Heer, das über die gefrorene Tundra des Eisigen Ostens marschierte, war gewaltig. Das Baumvolk marschierte in kleinen, locker miteinander verbundenen Gruppen und bildete dadurch eine Front, die sich über etliche Meilen erstreckte. Selbst wenn sich alle Clans vereinigten, waren sie deutlich in der Unterzahl. Und an der Spitze der Invasionsarmee marschierte eine ungeheure Bestie, eine gewaltige, muskulöse Kreatur, die aus Schleim und Schlamm und verfaulendem grauen Fleisch zu bestehen schien.

Wenn Vaalers Plan nicht funktioniert, werden wir alle abgeschlachtet werden.

Der verbannte Prinz hatte ihr und den anderen Clanhäuptlingen alles verraten, was er über die Stärke und Schwäche der Armee der Danaan wusste. Er hatte sogar das sonderbare Monster, das mit dem Feind marschierte, anhand ihrer Beschreibungen erkannt. Es war eine Gestalt aus den Fabeln seiner Kindheit, ein Oger.

Trotzdem betrachteten etliche Anführer ihn immer noch mit Argwohn, vor allem als sie erfuhren, dass Vaaler nicht bereit war, mit Waffen gegen sein eigenes Volk zu kämpfen. Shalana hatte ihren Than-Häuptlingen seine Weigerung damit erklärt, dass er möglicherweise in dem Durcheinander der Schlacht ebenfalls für einen Feind gehalten werden könnte. Aber sie wusste, dass dies nicht der einzige Grund war.

Er fühlt sich ihnen immer noch verbunden. Und er will sich nicht in eine Situation manövrieren, in der er das Blut von jenen vergießen muss, die er einst sein Volk nannte.

Am lautesten protestierte ihr eigener Vater gegen Vaalers Hilfe. Auch wenn sein Körper nicht mehr kräftig genug war, um in die Schlacht zu ziehen, war Terramon mit den Kriegern der Steingeister, die sie zu sich befohlen hatte, ebenfalls zum Ort der Zusammenkunft gekommen. Am Ende jedoch siegte die Einsicht in die Gefährlichkeit ihrer Lage, und die anderen Clanführer stimmten ihr zu. Trotz seines Rufs als großer Eroberer konnte Terramon weder eine Strategie noch einen Schlachtplan anbieten, der sie hätte retten können. Sie hatten schlicht und einfach nicht genug Krieger, um sich den Danaan in einer offenen Feldschlacht zu stellen. Also hatten sie sich bereit erklärt, Vaalers Taktik auszuprobieren.

Unsere einzige Hoffnung besteht darin, ihnen unablässig kleine Nadelstiche zu versetzen, hatte er erklärt. *Wir müssen sie so lange aufhalten, bis euer Volk Schutz in den nahe gelegenen Bergen gefunden hat.*

Von Roggens täglichen Berichten wusste Shalana, dass jeden Tag bereits Hunderte von Kindern, Alten und anderen Ostländern, die nicht kämpfen konnten, in den Schlund des Giganten strömten. Roggen war nicht sonderlich erfreut gewesen, als Shalana ihm die Aufsicht über das Flüchtlingslager übertragen hatte. Er war ein Krieger, der an der Schlacht teilnehmen wollte. Aber der Gefolgsmann der Sonnenklingen war bei vielen Clans und ihren Führern bekannt, was ihm den Respekt und die Autorität verlieh, die man brauchte, wenn man für ein derartiges Unternehmen verantwortlich war. Zudem war er klug genug, um die Bedeutung dieses Lagers im Schlund des Giganten zu begreifen und dafür zu sorgen, dass genügend Nahrung und anderer Nachschub vorhanden war, wenn die Menge der Flüchtlinge dort immer größer wurde.

Bei dem Gedanken an Roggen fiel ihr unwillkürlich Berlen ein. Sie hätten seine gewaltige Körperkraft an der Front gut gebrauchen können, aber er war verschwunden. Niemand hatte den mächtigsten Krieger der Sonnenklingen gesehen, seit Norr sich mit Hadawas getroffen hatte und mit ihm aufgebrochen war, um das Schwert Daemrons zu suchen.

Auf Norr war sie ebenfalls immer noch wütend, weil er sie verlassen hatte, als die Ostländer ihn am meisten brauchten. Doch als sich die Berichte über sein Vorhaben unter den Kriegern und Flüchtlingen herumsprachen, entfachten sie zu ihrer Überraschung Hoffnung bei den Leuten.

Sie haben Angst und sind verzweifelt. Sie brauchen etwas, woran sie sich klammern können, ganz gleich, was es ist.

Shalana und die Clanführer jedoch wussten es besser. Ihr Überleben hing nicht von einer geheimnisvollen mythischen Waffe ab. Sondern von den Speeren und Klingen und dem Blut der Männer und Frauen, die es wagten, ihr Leben im Kampf gegen eine überwältigende Übermacht zu riskieren.

Sie hatten den ungefähren Kurs bestimmt, den das Heer der Danaan nehmen würde, und ihre Falle auf dem Eismeer geplant, einer ausgedehnten Ebene mit langen, sanften Hügelketten, die angeblich den Wellen des Ozeans ähnelten. Diese Lage und das unebene Gelände würden verhindern, dass die Danaan sie frühzeitig entdecken konnten, und den Clans die nötige Deckung gewähren.

Die feindlichen Patrouillen waren jetzt schon sehr nah, nicht mehr als zehn Meter entfernt. Kamen sie noch näher, würden sie die Tarnung der Steingeister durchschauen. Shalana sprang mit einem lauten Schlachtruf aus der Schneewehe. Ihre Krieger verließen ebenfalls die Deckung und griffen die erschreckten Danaan von allen Seiten an.

Die Bogenschützen der Patrouille versuchten auf den heranstürmenden Feind zu feuern, aber ihre Finger waren von der Kälte taub und die Sehnen ihrer Bögen spröde. Sie konnten nur eine einzige, wirkungslose Salve abfeuern, bevor die Steingeister über sie herfielen.

Shalana spürte, wie ein Pfeil ihre Wange streifte und eine schmale Schramme hinterließ, die sich rasch mit Blut füllte. Aber es war nur eine oberflächliche Verletzung, die sie ignorierte, als sie ihren Speer in die Brust des Bogenschützen rammte, der auf sie geschossen hatte.

Sie drehte sich von dem tödlich verletzten Feind weg, riss den Speer dabei aus seinem Brustkorb und schwang ihn wie einen Knüppel. Das stumpfe Ende des schweren Schafts krachte gegen den Schädel des Danaan, der sie von hinten angriff.

Die Steingeister um sie herum stachen, hackten und schlugen auf ihre Feinde ein, und ihre ungehemmte Wildheit und das Überraschungsmoment verschafften ihnen einen Vorteil. Eine Danaan schlug mit ihrem Rapier gegen ihre Seite, aber die dünne Klinge war nicht imstande, die dicke, mit Fell gefütterte Weste aus Tierhaut zu durchdringen, die ihren Oberkörper schützte.

Sie fuhr zu der Angreiferin herum, als die Danaan erneut zuschlug. Diesmal grub sich die Spitze ihrer Klinge tief in Shalanas improvisierte Rüstung und verletzte sie an der Hüfte. Aufgepeitscht von dem Schmerz hämmerte Shalana ihren Speer auf die Waffe der anderen Frau, und die dünne Klinge zerbrach unter der Wucht ihres Schlages.

Ein kurzer Stoß mit der Speerspitze in den Hals der Frau beendete den Kampf. Als sie sich aufrichtete, sah sie, dass alle Danaan tot im Schnee lagen, während alle Steingeister um sie herum noch auf den Beinen waren.

»Sucht das Signalhorn!«, befahl Shalana. Ihre Krieger machten sich sofort daran, die Leichen der gefallenen Feinde zu durchsuchen.

»Hier!« Einer der Männer richtete sich ein paar Sekunden später auf und warf ihr das Horn zu.

Es war aus dem geschwungenen Horn eines ihr unbekannten Tieres geschnitzt. Man hatte es ausgehöhlt und an dem spitzen Ende ein dünnes Stück Schilf eingepasst. Laut Vaaler benutzten die Patrouillen der Danaan diese Hörner, damit sie rasch miteinander kommunizieren konnten, selbst wenn sie durch eine große Distanz voneinander getrennt waren. Shalana setzte das Horn an die Lippen und stieß eine Reihe von kurzen und langen Signalen aus, genau in dem Muster, das er sie gelehrt hatte.

Ein paar Sekunden später hörte sie ähnliche Hornsignale auf der Ebene. Einige stammten von Kriegern, die andere Hinterhalte gelegt hatten, andere dagegen von echten Patrouillen der Danaan, die ihren Ruf hörten und die Botschaft an den Rest der Truppe weiterleiteten.

Feindliche Streitkräfte greifen die linke Flanke an. Schickt alle verfügbare Verstärkung hierher.

Shalana schob sich das Horn in den Gürtel, für den Fall, dass sie später noch einmal Verwendung dafür hatte, und rannte mit ihren Kriegern in die entgegengesetzte Richtung. Ein paar Minuten später erreichten sie den vorher festgelegten Treffpunkt. Kurz danach tauchten alle anderen Gruppen auf, die den Danaan ähnliche Fallen gestellt hatten. Insgesamt waren es nahezu dreihundert. Sie hatten keine Zeit, um ihre Verluste zu zählen, aber sie bemerkte, dass in einigen der anderen Gruppen ein oder zwei Krieger fehlten. Offenbar waren nicht alle Hinterhalte so erfolgreich verlaufen wie der ihre.

Sie wartete ein paar Minuten, um Qarr Zeit zu geben, in Position zu gehen. Der falsche Alarm, den Shalana gegeben hatte, um die Danaan wegzulocken, würde nicht funktionieren, wenn sie nicht wirklich sahen, dass die feindlichen Streitkräfte sich zusammenzogen. Der Häuptling der Schwarzschwingen hatte sich bereit erklärt, etliche Hundert Clankrieger in ein gefährliches Täuschungsmanöver zu führen, um so die Aufmerksamkeit der Danaan auf die andere Seite des Schlachtfeldes zu ziehen. In der Zwischenzeit würden Shalana und der Rest der Ostländer den Feind umgehen und ihren Nachschub von hinten angreifen.

Du darfst dich nicht auf einen Kampf mit ihnen einlassen, hatte Vaaler Qarr mehrmals ermahnt. *Sie sollen dich einfach nur jagen. Halte dich außerhalb der Reichweite der Bogenschützen und führ sie im Kreis herum.*

Schon bald hörte Shalana eine andere Reihe von Hornsignalen. Offenbar hatten die Danaan Qarrs Krieger gesehen und machten sich an die Verfolgung. Mit einem Handzeichen setzte sie ihre Truppen in Bewegung. Sie hielten sich hinter den Hügeln in Deckung und liefen geduckt und mit langen Schritten in die entgegengesetzte Richtung, weg von Qarr und der Verstärkung der Danaan, bis sie sich dem Feind von hinten nähern konnten.

Im Gegensatz zu den Patrouillen, die blindlings in den Hinterhalt gestolpert waren, waren die Danaan, die den Nachschub bewachen sollten, angespannt und auf der Hut. Sie hatten die Hornsignale gehört und wussten, dass eine Schlacht bevorstand. Aber sie hatten nicht erwartet, dass urplötzlich eine Horde Barbaren über die nahen Hügel strömen würde, und erneut bemühten sich die Bogenschützen hastig, ihre Pfeile abzuschießen.

Shalana rannte so schnell sie konnte an der Spitze der johlenden, kreischenden Horde, die den Abstand zu den Danaan rasch verkürzte … aber nicht schnell genug. Sie wurden von einer Pfeilsalve eingedeckt. Die Geschosse töteten mindestens ein Dutzend ihrer Krieger und verletzten viele andere. Aber die Ostländer wurden nicht langsamer, und schon Sekunden später brachen sie krachend in die Reihen der Danaan.

Der Kampf dauerte nur ein paar Minuten. Da die Patrouillen der Danaan ausgeschwärmt waren und mehr als eine Meile entfernt hinter den Schwarzschwingen herjagten, waren die Truppen, die die Nachschubwagen bewachten, Shalanas Kriegern zahlenmäßig hoffnungslos unterlegen. Sie wehrten sich nach Kräften, aber schließlich wurden sie doch rasch überwältigt. Trotzdem gelang es ihnen, etliche Hornsignale abzusetzen, um Hilfe herbeizurufen, bevor sie niedergemetzelt wurden.

Als der letzte Verteidiger gefallen war, ließen die Clankrieger ihre Wut an den Nachschubkarren aus. Sie zertrümmerten die Achsen und Räder, zerschmetterten die Aufbauten und zerhackten sämtliche Säcke, Pakete und Kisten, derer sie habhaft werden konnten.

»Sucht ihr Öl!«, schrie Shalana. Ihr war klar, dass die Verstärkung nicht lange auf sich warten lassen würde. »Und die Fackeln!«

Als die Streitkräfte der Danaan endlich auftauchten, waren Shalana und ihre Leute längst auf und davon. Zurück ließen sie nur feindliche Leichen und Dutzende von zerschmetterten Karren, die samt ihrem Inhalt ein Opfer der Flammen wurden.

Vaaler fand kein besonderes Vergnügen am Krieg, aber er konnte sich den Gratulationen für Shalana und die anderen nicht entziehen. Sein Plan hatte brillant funktioniert. Es waren Männer und Frauen auf beiden Seiten gefallen, aber die Verluste der Clans waren verschwindend im Vergleich zu denen, die sie dem Feind zugefügt hatten.

Wie viele der toten Danaan kannte ich wohl persönlich?, dachte er.

Nachdem die Nachschubkarren zerstört waren, hatten sich Shalanas Leute in alle Richtungen zerstreut und es den Danaan so noch schwerer gemacht, sie zu verfolgen. Mittlerweile hatten die meisten es zurück in das improvisierte Lager geschafft, das sie als Ausgangspunkt benutzt hatten. Obwohl immer noch einige Nachzügler eintrudelten.

Shalana hatte sich dazu entschlossen, dieses Lager etliche Meilen vom Schlachtfeld zu errichten, so weit entfernt, dass die Danaan nicht zufällig darüber stolpern konnten. Eine Handvoll kleiner Lampen spendete ein wenig Licht, konnte jedoch die Kälte nicht vertreiben. Die Clankrieger waren an diese eisigen Temperaturen gewöhnt, aber Vaaler zitterte trotz der vielen Felle, in die er sich gehüllt hatte.

Die Mehrheit der Clankrieger war während des Kampfes im Lager geblieben. Vaalers Plan hätte auch mit einem größeren Kontingent nicht besser funktionieren können, und ihm war klar, dass die Ostländer mit einer gewaltigeren Streitmacht versuchen würden, die Danaan in eine Schlacht zu verwickeln. Glücklicherweise hatte Shalana seine Bedenken akzeptiert und eingewilligt, die nicht unbedingt benötigten Krieger zurückzulassen.

Außerdem ist es besser, die wahre Zahl unserer Kämpfer so lange wie möglich geheim zu halten, dachte Vaaler.

Von jenen, die sich Qarr angeschlossen hatten, waren die meisten ebenfalls bereits in das Lager zurückgekehrt. Um die Verfolger der Danaan zu verwirren, hatten sie die Streitmacht rasch in kleinere Gruppen aufgeteilt, von denen jede von einem Than-Häuptling angeführt wurde. Nur die Schwarzschwingen und ihr Anführer fehlten noch, obwohl das nicht weiter überraschte. Um die Danaan so weit wie möglich in die Irre zu führen, waren er und sein Clan in die dem Lager entgegengesetzte Richtung marschiert. Selbst wenn die Danaan die Verfolgung aufgegeben hatten, als ihnen klar war, dass es sich bei Qarrs angeblichem Angriff nur um eine List gehandelt hatte, würden die Schwarzschwingen eine Weile brauchen, um sich durch die Hügelkette des Eismeeres zu ihrem geheimen Treffpunkt vorzuarbeiten.

Etliche Schläuche mit Wein und Met waren von den Nachschubschlitten geholt und unter den Kriegern verteilt worden, aber sie feierten in gedämpfter Stimmung. Heldentaten Einzelner in den gerade überstandenen Kämpfen wurden zum Besten gegeben, Toasts wurden ausgebracht auf jene Gefährten, die nicht mehr zurückkehren würden.

Aber es waren erheblich weniger gestorben, als sie erwartet hatten, und alle begriffen, wem das zu verdanken war. Vaaler genoss die Ehre, dass jeder Clanführer und jeder Gefolgsmann, der in das Lager zurückkehrte, sich persönlich bei ihm bedankte und ihm gratulierte. Zuerst dachte er, Shalana hätte ihnen das befohlen, aber dann wurde rasch klar, dass ihre Dankbarkeit aufrichtig gemeint war.

Bei den Clans wird eine Person nach ihren Taten beurteilt, erkannte er.

Selbst Terramon kam zu ihm.

»Ein großer Sieg«, gab der grauhaarige ehemalige Krieger und Häuptling mürrisch zu. »Aber das war nur die erste Schlacht. Dein Trick mit den Hörnern wird nicht noch einmal funktionieren.«

»Vielleicht müssen sie umkehren, nachdem wir ihren Nachschub vernichtet haben.« Shalana hatte sich beschützend neben Vaaler gestellt, als sie sah, wie ihr Vater sich ihm näherte.

»Ist das die Art deines Volkes?«, fragte Terramon daraufhin Vaaler. »Kann man euch so leicht zum Rückzug bewegen?«

»Mein Volk hat sich verändert«, erwiderte Vaaler. »Früher hätten sie diesen Krieg gar nicht erst begonnen.«

Terramons Miene verfinsterte sich, dann wandte er sich um und ging davon.

»Achte nicht auf ihn.« Shalana legte Vaaler tröstend die Hand auf die Schulter.

Da er jetzt so nah bei ihr stand, sah er den leuchtend roten Schnitt auf ihrer blassen Wange. Sie tat die Verletzung mit einem Lachen ab, aber Vaaler wusste, dass sie fast ihr Auge verloren hätte … oder sogar ihr Leben.

»Du hast dich heute bewährt«, sagte sie zu ihm, während er die Wunde anstarrte, die ihre Schönheit irgendwie zu betonen schien, statt sie zu entstellen. »Das werden die Clanführer nicht vergessen.«

Noch bevor Vaaler etwas erwidern konnte, stolperte eine junge Frau ins Lager. Selbst in dem dämmrigen Licht der Lampen konnte man an ihrer Miene erkennen, dass etwas Schlimmes geschehen sein musste.

»Qarr?«, flüsterte Shalana.

Die junge Frau schüttelte den Kopf.

»Er sollte doch nicht kämpfen!«, fuhr Vaaler sie wütender an, als er eigentlich wollte. »Was ist passiert?«

»Der Oger«, murmelte die junge Frau. »Wir haben deine Instruktionen befolgt. Sobald die Danaan anfingen, uns zu jagen, haben wir uns in kleinere Gruppen aufgeteilt. Wir haben uns außerhalb der Reichweite ihrer Bogenschützen gehalten und sie im Kreis herumgeführt, während wir auf ihre Hornsignale geachtet haben, um zu erfahren, in welche Richtung sie gingen, um uns den Weg abzuschneiden. Alles hat ganz ausgezeichnet funktioniert. Und dann ist dieses Monster wie aus dem Nichts aufgetaucht. Es war schnell – viel zu schnell, als dass wir ihm hätten entkommen können. Also hat Qarr befohlen, Stellung zu beziehen und gegen die Kreatur zu kämpfen.«

Sie sprach matt und mit tonloser Stimme, ohne jedes Gefühl, sodass Vaaler begriff, dass sie unter Schock stand.

»Eine Falle?«, spekulierte Shalana. »Haben die Danaan den Oger benutzt, um euch in einen Hinterhalt zu locken?«

Die Frau schüttelte den Kopf.

»Die Bestie war allein. Qarr starb zuerst. Sie hat ihm mit einem einzigen Schlag den Kopf abgerissen. Und unsere Waffen konnten nichts ausrichten«, fuhr sie fort. Sie redete immer noch vollkommen teilnahmslos. »Unsere

Speere sind von der Haut des Monsters abgeprallt, und unsere Schwerter haben sich verbogen oder sind zerbrochen, wenn wir damit zuschlugen.

Und mit jedem Schlag seiner Fäuste hat es einen von uns getötet. Diejenigen, die noch am Leben waren, versuchten wegzulaufen, aber es hat uns alle eingeholt. Es war schnell, unglaublich schnell.«

»Wie viele von euch sind entkommen?«, erkundigte sich Shalana sanft.

Die Frau zuckte mit den Schultern. »Das weiß ich nicht. Ich habe andere schreien hören, aber ich bin nicht stehen geblieben, um mich umzusehen.«

Ein tödliches Schweigen legte sich über das Lager. Qarr hatte über dreißig Krieger der Schwarzschwingen bei sich gehabt.

Sie kann unmöglich die Einzige sein, die überlebt hat, dachte Vaaler. *Die anderen können nicht alle tot sein!*

»Macht die Schlitten fertig«, befahl Shalana. »Wir brechen das Lager auf der Stelle ab.«

Andar beobachtete aus seiner Zeltecke stumm, wie der Kriegsrat der Königin darüber stritt, was bei der Schlacht am heutigen Tag fehlgeschlagen war.

Zum ersten Mal seit ihrem Einmarsch in den Eisigen Osten waren sie auf echten Widerstand gestoßen, und dann war es gleich ein verheerender Gegenangriff gewesen, der ihren Nachschub vernichtet und die Soldaten demoralisiert hatte. Jetzt versuchte jeder der Ratgeber verzweifelt, den anderen die Schuld in die Schuhe zu schieben, während sie ihre Berichte erstatteten.

»Man hätte uns vor der Möglichkeit eines Angriffs an genau dieser Stelle warnen müssen«, erklärte General Greznor. »Das war die perfekte Umgebung für einen Hinterhalt.«

»Meine Kundschafter hatten nicht genug Zeit, das Territorium zu erkunden«, konterte Hexiff. »Ihr seid zu schnell vorgerückt. Und außerdem«, setzte er hinzu, »hätten Eure Truppen niemals so weit auseinandergezogen sein dürfen. Das erschwert es ihnen, Entsatz zu leisten oder Verstärkung heranzuziehen.«

»Wir haben nur deshalb versucht, so rasch wie möglich vorzurücken, um zu verhindern, dass einer der kleineren Clans durch unsere Linien entkommt!«, konterte Greznor. »Hätte ich gewusst, dass sich die Barbaren zusammengeschlossen haben, hätte ich eine andere Strategie gewählt.« Bei diesen Worten warf er Pranya einen finsteren Blick zu.

Die Kommandantin der Spione ihrer Majestät runzelte die Stirn.

»Wie sollen meine Leute die Clans infiltrieren? Sie töten sie, sobald sie ihrer gewahr werden. Wir brauchen eine Möglichkeit, um unsere wahre Natur zu verbergen. Einen Zauber oder eine Illusion, die unser Äußeres verändert.«

»Ihr wisst genau, dass das hier nicht möglich ist!«, fuhr Lormilar sie an. Die Unsicherheit wegen seiner Machtlosigkeit trieb ihn noch mehr in die Defensive als die anderen. »Wir müssen uns auf das konzentrieren, was wir steuern können – zum Beispiel die Zahl der Soldaten, die den Tross bewachten!«

»Die Hälfte meiner Wachsoldaten wurde von den Hornsignalen abgezogen!«, erinnerte Quartiermeister Bassi die anderen.

»Und die Vorhutpatrouillen in Eurer Nähe waren zu sehr damit beschäftigt, den Barbaren in die Falle zu gehen, als dass sie Euch hätten helfen können«, setzte Greznor hinzu.

»Was nicht passiert wäre, wenn unsere Spione uns gewarnt hätten!«, protestierte Hexiff.

»Wenn Eure Patrouillen zu dumm sind, um nach Hinterhalten Ausschau zu halten, dann kann ich sie ganz bestimmt nicht retten!«, schoss Pranya zurück.

»Das reicht!« Die Stimme der Königin klang müde. »Wie groß sind unsere Verluste?«

»Die aktuellen Verluste sind nicht das Problem, meine Königin.« Greznor räusperte sich. »Aber der Nachschub macht mir umso mehr Sorgen.«

»Wir haben gerettet, was zu retten war«, erklärte Bassi der Königin. »Aber trotz Rationierung wird uns in einer Woche der Proviant ausgehen.«

Die Königin nickte grimmig und entließ ihre Ratgeber dann mit einer Handbewegung. Die standen langsam auf, verbeugten sich und verließen dann das Zelt. Jeder von ihnen fragte sich, wen ihr und Oraths Zorn wegen dieses katastrophalen Scheiterns wohl am schlimmsten treffen würde.

Schließlich befanden sich nur noch Andar, Rianna und der Knecht im Zelt. Erst dann sprach Rianna aus, was alle wussten, aber keiner der anderen laut zu sagen gewagt hatte.

»Mein Sohn hilft dem Feind. Er hat sich entschieden, auf die Seite des Zerstörers der Welten zu wechseln, statt seinem eigenen Volk zu helfen.«

»Wir werden die Hornsignale ändern«, antwortete Orath, als könnte das irgendwie das Problem lösen.

Die Königin sagte nichts, sondern blieb einfach nur auf ihrem Stuhl sitzen und starrte auf ihre Hände.

»Könnt Ihr Vaaler seinen Verrat tatsächlich verübeln?« Andar wagte es, das Wort zu ergreifen, obwohl er sehr genau wusste, dass ihn das seine Zunge kosten konnte. »Ihr habt ihn verbannt! Ihr habt ihn selbst in die Arme dieser Wilden getrieben, und dann habt Ihr auch noch diese Armee gegen sie geführt! Was habt Ihr denn erwartet?«

»Schweig, Sklave!«, bellte Orath, während die Königin schwieg.

Andar ignorierte den Knecht, näherte sich Rianna und sank neben dem Stuhl auf ein Knie. Er streckte die Hand aus und legte sie sanft auf ihr Handgelenk, bis sie schließlich den Blick hob und ihn ansah.

»Wir haben keinen Proviant mehr. Die Soldaten sind erschöpft, frieren und sind verzweifelt wegen dieser Niederlage. Wenn Ihr weitermacht, kann das nur in einer schrecklichen Katastrophe enden.«

Orath streckte die Hand aus, packte Andar an der Schulter und riss ihn hoch. Sein Griff war so fest, dass der ehemalige Hohe Zauberer vor Schmerz aufstöhnte.

»Wenn der Zerstörer der Welten die Wilden unter einem einzigen Banner versammelt hat«, zischte der Knecht der Königin ins Ohr, während er Andar zur Seite stieß, »dann kommt unser Sieg nur umso schneller.

Hexiffs Späher haben eine Massenflucht von Ostländern entdeckt, die alle in dieselbe Richtung fliehen. Sie sammeln sich an einem Ort. Wenn wir ihnen dorthin folgen, können wir unseren Feind in einer einzigen Schlacht auslöschen!«

»Wenn wir hilflose Flüchtlinge abschlachten, wird das die Krieger nicht aufhalten, die uns heute angegriffen haben!«, protestierte Andar.

»Aber es wird die Krieger hervorlocken!«, beharrte Orath. »Statt unsere Armee in einzelne Gruppen aufzuteilen, solltet Ihr Greznor befehlen, eine richtige Armee zu bilden, damit wir sie in einer offenen Schlacht angreifen können!«

»Wir kennen nicht einmal die genaue Zahl unserer Gegner!«, warnte Andar. »Je weiter wir nach Osten gehen, desto mehr Tribut müssen wir dem Gelände und dem Klima zollen. Unsere Bogensehnen verlieren ihre Geschmeidigkeit, das Holz verzieht sich in der Kälte, sodass die Bogenschützen nutzlos sind. Jede Nacht erfrieren Finger und Zehen von viel zu vielen Soldaten, was unsere Zahl immer weiter verringert. Rechnet man dann noch den Hunger und den drohenden Wintersturm hinzu, wird Eure Armee möglicherweise nur noch einen Bruchteil ihrer jetzigen Stärke aufweisen, wenn die Wilden sich entscheiden, sich uns zur Schlacht zu stellen!«

»Wir haben immer noch den Oger«, erinnerte Orath sie. »Er hat heute Dutzende dieser Wilden abgeschlachtet. Sie können ihn nicht aufhalten. Solange diese Bestie unter Eurem Befehl steht, kann der Feind sich nicht gegen uns behaupten. Der Zerstörer der Welten wird stürzen, und der Ring wird wieder Euch gehören.«

Rianna sah von Orath zu Andar und dann wieder zu dem Knecht zurück.

»Sagt Greznor«, befahl sie schließlich, »dass er unsere Streitkräfte zusammenziehen und Kurs auf das Flüchtlingslager nehmen soll.«

Als Andar das hörte, sank ihm der Mut.

31

Jerrod vertraute Hadawas immer noch nicht, aber die körperliche Anstrengung, die der zweite Tag ihrer Bergwanderung forderte, ließ ihm nur wenig Zeit, sich auf seinen Argwohn zu konzentrieren. Hadawas führte sie durch ein frostiges Labyrinth aus Eis und Stein und fand irgendwie jeden noch so kleinen Durchgang, sodass sie immer weiter über das ansonsten unüberwindbare Gebirgsmassiv steigen konnten.

Behindert durch die vielen Schichten Kleidung, in die sie sich gewickelt hatten, und das auf den Rücken geschnallte Gepäck, krochen sie auf allen vieren durch gewundene, scheinbar endlose, finstere und zugige Schluchten. Sie klammerten sich an die kalten blanken Felswände, während der eisige Wind gegen sie peitschte, tasteten sich Schritt um Schritt über vereiste Felsvorsprünge, die so schmal waren, dass ihre Hacken über den Rand hingen. Sie erklommen Felsformationen, die so steil waren, dass Hadawas' Krieger vorausgehen und einen Harnisch benutzen mussten, um den alten Häuptling hinaufzuziehen. Dann kletterten und rutschten sie auf der anderen Seite wieder hinunter, ständig in Gefahr, die Kontrolle zu verlieren und über den Vorsprung in die Tiefe zu stürzen.

Wieder folgten die Yetis ihnen den gesamten Weg. Sie wurden immer zahlreicher und aufgeregter, als die Menschen immer tiefer in ihre Domäne vordrangen, und kamen ihnen immer näher, bis nicht mehr nur Jerrod sie über ihnen klettern sah. Norr schrie einmal wütend und überrascht auf, als eine dieser Kreaturen sich herunterbeugte und ihm auf den Arm schlug. Das löste einen Anfall von heulendem Gelächter bei den anderen aus, während der Angreifer die Zähne fletschte und dann rasch die steile Felswand hinaufkletterte, gefolgt von den anderen. Der Schlag hatte zwar keine Verletzung nach sich gezogen, aber er hatte die obersten Schichten von Norrs dicker Kleidung zerfetzt.

Als sie die relative Sicherheit des weiten Plateaus am Fuß des Gipfels erreichten, den sie gerade überquert hatten, wurde es dunkel, weil die Sonne bereits hinter den gewaltigen Berggipfeln verschwand, aber Jerrod fand das nur gut. Sie mussten unbedingt eine Pause einlegen.

Es war offensichtlich, dass Keegan keinen Schritt mehr weitergehen konnte. Mit nur einer Hand war es ihm erheblich schwerer gefallen, über diese Bergpässe zu kriechen und zu klettern. Norr verzog vor Schmerz das Gesicht, weil er sein Knie zu sehr belastet hatte. Scythe war erschöpft und zitterte vor Kälte. Ihr kleiner zierlicher Körper war besonders empfindlich gegen Kälte. Die Krieger der Sonnenklingen gingen mit den abgehackten Bewegungen von Männern, die so müde waren, dass sie ihre Gliedmaßen kaum noch kontrollieren konnten. Und selbst Jerrod fühlte sich, als würde sein Körper jeden Moment zusammenbrechen.

Wie kann es sein, dass Hadawas immer noch auf den Beinen ist?, fragte sich der Mönch. *Selbst wenn er die steilsten*

Hänge hinaufgezogen wurde, sollte ein Mann seines Alters nach diesen Strapazen völlig am Ende sein.

Fast als hätten Jerrods Gedanken dies ausgelöst, stürzte Hadawas mit dem Gesicht voran in den Schnee.

Einer der Sonnenklingen schrie erschrocken auf, und zwei andere knieten sich rasch neben den alten Mann und drehten ihn auf den Rücken.

»Ganz in der Nähe ist eine Höhle!«, keuchte er. Er bekam nur mit Mühe die Worte über die Lippen. Dann verdrehte er die Augen und verlor das Bewusstsein.

Ihnen allen war klar, dass Hadawas und auch sie selbst so schnell wie möglich einen Unterschlupf finden mussten. Jerrod tastete mit seinem Bewusstsein umher. Sein Kopf schmerzte von der Anstrengung, und seine Schläfen pochten, was, wie er fürchtete, noch etliche Stunden andauern würde. Schließlich jedoch nahm er wahr, wovon Hadawas geredet hatte. Es war eine kleine Öffnung im Boden, die fast vollkommen von Schnee bedeckt war.

Norr und zwei Krieger der Sonnenklingen fegten den Schnee zur Seite, bis sie den Eingang eines scharf abfallenden Tunnels freigelegt hatten, der in den Fels unter ihren Füßen führte.

»Er erstreckt sich ein paar Schritte in die Tiefe und öffnet sich dann zu einer größeren Kammer«, versicherte Jerrod ihnen. »Sie bietet uns allen Platz. Die Decke ist so hoch, dass sogar Norr stehen kann.«

Als sie alle in der Höhle waren, holte Norr den Rest ihres Torfs heraus und zündete ihn an. Bei dem Qualm traten ihnen Tränen in die Augen, aber als sich die Wärme langsam in der Höhle ausbreitete, kam niemand auf die

Idee, sich zu beschweren. Die Wärme schien auch Hadawas neu zu beleben. Er öffnete nach ein paar Minuten die Augen. Mit der Hilfe eines seiner Krieger gelang es ihm, sich aufzurichten.

»Ich kann nicht weiter mitgehen«, erklärte der alte Mann keuchend. »Ihr müsst ohne mich die Suche fortsetzen.«

»Woher sollen wir wissen, wohin wir gehen müssen?«, erkundigte sich Norr.

»Das Schlimmste habt ihr hinter euch«, versicherte Hadawas. »Auf der anderen Seite dieser Hochebene gibt es einen Pfad, der in ein kleines Tal hinabführt. Auf der anderen Seite dieses Tals seht ihr einen neuen Gipfel, weit größer als alle anderen Berggipfel in der Nähe. Die Höhle des Wächters liegt auf der anderen Seite dieses Gipfels, aber ihr braucht dafür den Berg nicht zu erklimmen.

Es gibt einen Pfad, der um den Berg herumführt. Er bringt euch direkt zum Schwert.«

»Was ist mit dir?«, wollte Scythe wissen. »Wir können dich doch nicht einfach hierlassen.«

»Wir haben genug Proviant dabei«, antwortete der alte Mann. »Lasst mir etwas hier, dann kann ich mich in der Höhle ausruhen. Holt ihr das Schwert, dann führe ich euch den Weg zurück über die Berge.«

»Wir lassen dich nicht hier alleine«, erklärte einer der Krieger der Sonnenklingen.

»Zwei von euch können bei mir bleiben«, lenkte Hadawas ein. »Der Rest geht mit Norr.«

»Ich halte das für einen Fehler«, widersprach Jerrod. Er sah eine Chance, jede Möglichkeit auszuschließen, dass Hadawas sie hinterging. »Du hast selbst gesehen, wie dieser Yeti Norr angegriffen hat. Diese Kreaturen werden ständig frecher. Wenn sie diese Höhle angreifen, brauchst du all deine Krieger, damit sie dich beschützen.«

»Warum bist du so darauf erpicht, dass meine Leute bei mir bleiben?«, erkundigte sich Hadawas, als würde er Jerrods wahre Motive erraten. »Ist das ein Trick, damit du das Schwert stehlen kannst?«

Norr kniete sich neben den alten Mann und nahm sanft seine mit Lappen umwickelten Hände in seine eigenen.

»Wir brauchen das Schwert für unsere Zwecke«, gab er zu. »Aber ich habe den Clans etwas geschworen. Ich werde mein Volk nicht hilflos den Danaan ausliefern. Das schwöre ich jetzt auch dir.«

Hadawas sah Norr tief in die Augen und nickte.

»Dann werdet ihr vier morgen alleine weitergehen«, erklärte er. »Und wir werden hier warten, bis ihr mit dem Schwert zurückkehrt.«

Dann ließ er sich vorsichtig auf den Boden sinken und schloss die Augen, erschöpft durch die Mühe, die ihm das Sprechen bereitet hatte.

Keegan wurde mitten in der Nacht von einem vertrauten Traum geweckt. Erneut stand er am Ufer des Ozeans, dessen Wellen an den Strand hinter ihm schlugen, während er Daemrons Schwert schwang und sich der heranstürmenden Armee der ChaosBrut entgegenstellte. Aber diesmal erkannte er die junge Frau, die bewusstlos zu seinen Füßen lag, bevor die wütende Horde ihn zerfetzte.

Cassandra, Rexols ehemalige Schülerin. Die uns bei unserer Flucht aus dem Monasterium geholfen hat.

Dass er jetzt wusste, wer die Frau bei ihm war, half aber nicht sonderlich, die Bedeutung des Traumes zu entschlüsseln. Die Vision seines eigenen Todes und seines Scheiterns war besorgniserregend genug, um ihn etliche Minuten wach zu halten, aber am Ende überwog seine Erschöpfung, und er schlief wieder ein.

Es kam ihm vor, als würde Jerrod ihn kaum eine Minute später wieder wachrütteln. Der Torf war in der Nacht verbrannt, aber es war immer noch ziemlich warm in der Höhle. Keegan war froh, dass er den größten Teil seiner Kleidung abgelegt hatte, bevor er eingeschlafen war.

»Zeit zu gehen«, sagte der Mönch.

Als Jerrod, Scythe und Norr sowie Keegan fertig waren und sich anschickten loszugehen, ergriff Hadawas das Wort. »Denkt daran, ich warte hier auf eure Rückkehr. Du hast mir ein Versprechen gegeben, Norr. Verrate dein Volk nicht.«

Der Hüne nickte, und die vier gingen los. Sie erklommen den steilen Tunnel und traten auf das Plateau hinaus. Keegans Körper schmerzte immer noch von den Anstrengungen des gestrigen Tages, aber sie gingen zügig weiter, und allmählich lockerten sich seine Glieder und Muskeln. Das Wetter war ein wenig milder als am Tag zuvor, was ebenfalls half, und es bereitete ihnen keine Probleme, den Pfad zu finden, nach dem sie aufgrund von Hadawas' Beschreibung Ausschau hielten.

Der Abstieg in das Tal war zwar sehr steil, aber im Vergleich zu dem, was sie bereits bewältigt hatten, kam es ihnen fast wie ein Vergnügen vor. Auf der anderen Seite des Tales erhob sich ein weiteres Gebirgsmassiv, und sie erkannten sofort, von welchem Gipfel Hadawas gesprochen hatte. Auch wenn die Bergspitze selbst in den Wolken lag, war der Berg an seiner Basis mindestens dreimal so breit wie die anderen.

»Wir sollten den Pfad suchen, den Hadawas erwähnte«, bemerkte Scythe. »Sonst brauchen wir Wochen, um dieses Monster zu besteigen.«

Je weiter sie hinabstiegen, desto wärmer wurde es, bis Keegan unter seinen vielen Kleiderschichten zu schwitzen begann.

Du wirst diese Kleidung schon bald wieder brauchen, wenn wir anfangen, diesen Berg zu erklimmen.

»Die Yetis sind verschwunden«, bemerkte Scythe plötzlich.

»Sie haben aufgehört, uns zu folgen, als wir den Abstieg in das Tal begonnen haben«, erwiderte Jerrod.

»Das ist nicht logisch«, meinte Norr. »Jedenfalls nicht, wenn sie wirklich von Vorfahren abstammen, die nach dem Schwert gesucht haben.«

»Vielleicht haben sie in ihrem Wahnsinn vergessen, wonach sie einst gesucht haben«, spekulierte Jerrod.

»Oder aber sie haben Angst vor dem Wächter«, warf Scythe ein.

»Was auch immer uns erwartet«, versicherte Jerrod ihnen, »wir werden die Oberhand behalten. Wir haben den Ring, und das hier ist Keegans Bestimmung.«

Aber selbst wenn du recht hast, dachte Keegan, *in deinen Prophezeiungen steht nichts davon, dass ihr überleben werdet.*

»Ich werde den Ring nur als allerletztes Mittel einsetzen«, gelobte Keegan.

»Wenn der Wächter dort uns mit Gewalt entgegentritt«, warnte Norr sie, »wird genau das der Fall sein.«

Das Gespräch verstummte, als sie die Talsohle erreicht hatten. Es war zwar immer noch so kalt, dass Schnee auf dem Boden lag, aber im Gegensatz zu dem eisigen Frost auf den Berggipfeln war es eine Erleichterung. Keegan genoss den Weg durch das Tal.

Sie fanden den Pfad ohne große Schwierigkeiten, beschlossen aber, im Tal zu übernachten, statt in dem aufziehenden Zwielicht diesen großen Gipfel zu erklimmen. Zum zweiten Mal hintereinander träumte Keegan von sich und Cassandra am Strand, aber diesmal stand sie neben ihm. Trotzdem hatte der Traum das gleiche brutale Ende. Als er diesmal aus dem Albtraum aufschreckte, konnte er lange nicht wieder einschlafen.

Am Morgen drohte ein neuer Sturm aufzuziehen, aber Norr erklärte, dass sie trotzdem den Aufstieg riskieren müssten.

»Jeden Tag, den wir warten, dringt die Armee der Danaan tiefer in das Territorium der Clans vor. Und jeden Tag sterben mehr Leute. Wenn wir sie nicht aufhalten können, werden sie irgendwann die Flüchtlinge angreifen, die sich im Schlund des Giganten verstecken, und mein Volk vollkommen auslöschen.«

»Norr hat recht«, erklärte Jerrod zu Keegans großer Überraschung. »Wir dürfen nicht warten.«

Er ist richtig scharf darauf, dachte Keegan. Er kann es kaum erwarten, das Schwert in die Hände zu bekommen.

Als sie den langen, gewundenen Pfad erklommen, konnte Keegan jedoch Jerrods Begeisterung nicht länger teilen. Stattdessen wurde er eine unheilvolle Vorahnung nicht los, die umso schlimmer wurde, je weiter sie hinaufstiegen.

Der erste Teil ihres Anstiegs war einfach, aber als sie die Bergflanke hinter sich gebracht hatten, traf sie die volle Wucht des Windes, der auf der anderen Seite heulte. Der Berg war so groß, dass sein Schatten die Sonne verdeckte, und der Pfad war von Eis und Schnee überzogen. Je höher sie gelangten, desto kälter wurde es. Der Pfad selbst wurde immer schmaler, bis sie sich erneut behutsam Schritt für Schritt weitertasten mussten. Aber hoch oben sahen sie einen schwachen, flackernden Schein, der aus dem Berg selbst zu kommen schien.

Wie ein Feuer in einer Höhle, dachte Keegan und wusste plötzlich zweifelsfrei, dass der Wächter – und das Schwert – in dieser Höhle warteten.

Die anderen hatten den Schein ebenfalls wahrgenommen und verdoppelten ihre Bemühungen, angelockt von der Aussicht auf Wärme und Schutz. Als sie schließlich den Eingang der Höhle erreichten, dem sie sich etliche Stunden sehr vorsichtig genähert hatten, blieb Jerrod plötzlich stehen und hob warnend die Hand. Er war misstrauisch: Was würde sie in der Höhle erwarten?

»Ihr seid bereits so weit gekommen«, klang ihnen eine tiefe Stimme aus der Höhle entgegen. »Was sind da ein paar Schritte mehr?«

Keegan konnte diese Worte ganz deutlich verstehen, trotz des heulenden Windes, aber es fiel ihm schwer, die Emotionen des Sprechers einzuschätzen.

Wut? Trauer? Resignation?

Jedenfalls betraten die vier rasch hintereinander die Höhle und gingen gerade so weit hinein, dass sie den Elementen draußen entkamen. Der Wächter wartete bereits auf sie.

Er war zweimal so groß wie Norr und sah aus wie die Skulptur eines perfekten menschlichen Körpers, die aus einem außergewöhnlichen blauen Stein gemeißelt war. Bis auf einen Lendenschurz und Stiefel war er nackt und hatte einen gewaltigen Speer in der Hand. Nicht erhoben, um zuzustoßen, aber angehoben und einsatzbereit. Sein Gesicht wirkte fast alterslos, auch wenn Keegan ein paar graue Haare in dem ansonsten vollkommen schwarzen Bart auffielen.

Das Zweite, was Keegan bemerkte, war die Wärme in der Höhle. Das kleine Feuer im Hintergrund hätte diese Wärme kaum erzeugen können. Und dann sah er das Schwert. Die silberne Klinge steckte in einem Podest aus Fels, und der großartige schwarze Handgriff wies zur Decke.

»Ich weiß, warum ihr hier seid«, erklärte der Wächter. »Aber ich kann euch nicht geben, wonach euch verlangt.«

In seinen Worten und in der Art, wie er sie aussprach, lag nichts offen Bedrohliches. Er wirkte eher unerbittlich, unerschütterlich wie der Berg, in dem er sein Heim gefunden hatte.

»Eine Armee marschiert durch den Eisigen Osten«, erwiderte Norr flehentlich. »Sie treibt mein Volk vor sich her. Das Schwert könnte sie retten.«

»Das könnte es«, räumte der Wächter ein. »Aber du wirst es nicht bekommen.«

»Du bist ein Diener der Wahren Götter«, mischte sich Jerrod ein. »Ebenso wie ich. Das *Vermächtnis* wird schwächer, und der Schlächter versucht zurückzukehren. Wir brauchen das Schwert, um ihn aufzuhalten.«

Es schien, als würden die Worte des Mönchs dem Wächter zu denken geben, aber als er antwortete, war seine Weigerung noch nachdrücklicher als zuvor.

»Selbst Unsterbliche können vergehen. Die Alten Götter haben aufgehört zu existieren, und Daemron spürt, dass sein eigenes Ende nahe ist. Das *Vermächtnis* kann aufrechterhalten werden, bis auch er verschwunden ist.«

»Nein«, widersprach ihm Jerrod. »Eben das kann es nicht. Ich hatte Visionen, in denen eine Armee der ChaosBrut durch die Bresche des *Vermächtnisses* dringt. Ohne das Schwert Daemrons können wir sie nicht zurückhalten.«

»Wenn das *Vermächtnis* fällt«, erwiderte der Wächter, »ist das Schwert alleine nicht genug, um den Schlächter zu besiegen.«

»Ich habe auch den Ring«, übernahm jetzt Keegan das Reden. »Und schon bald werden wir die Krone haben.«

»Die Krone ist nicht für dich bestimmt«, erwiderte der Wächter, zum ersten Mal verärgert. »Sie gehört einer anderen.«

»Cassandra!«, stieß Keegan hervor, als er sich an seinen Traum erinnerte und endlich die einzelnen Teile zusammensetzen konnte. »Sie war hier, habe ich recht? Sie hat die Krone!«

»Und ich habe ihr das Schwert angeboten«, gab der Wächter zu. »Aber sie hat sich geweigert. Sie glaubt, dass kein Sterblicher alle Artefakte gleichzeitig besitzen sollte. Denn ihre Macht war es, die Daemron veranlasste, sich gegen die Götter zu stellen.«

»Wir werden ohne das Schwert nicht gehen!« Jerrods Stimme klang hart.

»Dann werdet ihr gar nicht gehen.« Der Wächter hob den Speer.

Unvermittelt griff Scythe ihn an. Sie ließ den Beutel mit Proviant von ihren Schultern zu Boden gleiten und stürzte sich geduckt auf den Titanen, während ihre Klingen im Licht des Feuers blitzten. Der Wächter schien einen Augenblick von ihrem Angriff überrascht zu sein, aber in letzter Sekunde konnte er ausweichen, während Scythe an ihm vorbeistürmte.

Sie reichte ihm kaum bis zum Oberschenkel, aber sie schlug zu, als er sich abwandte, und eine ihrer Klingen streifte die nackte Haut unmittelbar über dem Knie. Bei jedem normalen Mann hätte sie mit dieser Wunde eine Arterie geöffnet, woraufhin er innerhalb von Sekunden verblutet wäre. Aber ihre Waffe hinterließ kaum einen Kratzer auf der blauen Haut.

Norr und Jerrod stürzten sich ebenfalls in den Kampf, kaum einen Sekundenbruchteil später als Scythe, und ließen ihre Beutel ebenfalls hastig fallen. Der Mönch warf sich auf das Bein des Wächters und versuchte den Giganten aus dem Gleichgewicht zu bringen. Er prallte davon ab, ohne ihn auch nur einen Millimeter bewegt zu haben. Norr packte mit beiden Händen den Schaft des gewaltigen Speers und versuchte, ihn dem Gegner aus der Faust zu reißen – jedoch vergeblich. Mit der freien Hand ergriff der Wächter den Hünen, hob ihn mühelos hoch und schleuderte ihn durch die Luft. Norr landete krachend an der gegenüberliegenden Wand der Höhle.

Keegan wusste, dass sie keinerlei Chance gegen den Wächter hatten, und packte den Ring, der an der Kette um seinen Hals hing. Er versuchte ihn von der Kette zu lösen und ihn über seinen Finger zu streifen, keine leichte Aufgabe mit nur einer Hand.

Während er damit beschäftigt war, krabbelte Scythe dem Wächter auf den Rücken. Mit einem blutrünstigen Schrei hämmerte sie beide Klingen gleichzeitig in die Mulden neben seinem Hals, unmittelbar neben das Schlüsselbein. Aber die Dolche prallten von den Muskeln und Sehnen ab und wurden aus Scythes Griff gerissen. Sie landeten klappernd auf dem Boden. Die Insulanerin starrte voller Verblüffung ihre plötzlich leeren Hände an, erholte sich jedoch gerade noch rechtzeitig, um von seinem Rücken zu springen, als sich der Gigant rückwärts gegen die nächste Wand fallen ließ. Scythe entging gerade noch dem Schicksal, zerquetscht zu werden.

Jetzt griff Jerrod den Wächter wieder an und trat mehrmals mit dem Fuß zu, während er sich um seine eigene Achse drehte. Der Wächter blockte die Tritte mit dem Schaft seines Speers ab und versetzte Jerrod einen Schlag mit dem Handrücken, der ihn durch die Höhle schleuderte. Er landete neben Norr, der immer noch am Boden lag. Aber anders als der Barbar rollte sich der Mönch ab und sprang unverletzt wieder auf die Füße.

Keegan hatte es endlich geschafft, den Ring auf seinen Finger zu schieben. Er warf den Kopf in den Nacken und hob seine Faust in die Luft, öffnete sich der unendlichen Macht der ChaosSee. Aber statt einer überwältigenden Woge aus magischem Feuer spürte er so gut wie nichts.

Das Schwert! Er begriff sofort, was hier vorging. *Es absorbiert das Chaos. Fängt es. Hält es tief unter Eis und Fels gefangen.*

Aber obwohl nur schwach und schwer zu erreichen, wusste er, dass die Macht da war. Er hatte das Chaos beschworen, um den Fluch über Shalana zu wirken; er wusste, dass er mit dem Ring genug Magie beschwören konnte, um ihren Feind in Asche zu verwandeln.

Jerrod stürzte sich gerade erneut auf den Wächter, der seinen Angriff jedoch wieder zurückschlug und den Mönch erneut durch die Luft segeln ließ. Scythe war unbewaffnet, denn ihre Dolche lagen auf dem Boden. Sie richtete ihre Aufmerksamkeit auf Norr, der immer noch regungslos in der Ecke lag.

Keegan konzentrierte sich, tastete mit seinem Bewusstsein in die Tiefe und fand eine verborgene Quelle des Chaos. Er stählte seinen Willen, sammelte das Chaos mithilfe seines Rings, kanalisierte es durch Rexols Stab und schleuderte es gegen den Wächter.

Eine blaue Flamme schoss aus den leeren Augenhöhlen des Gorgonenschädels und hüllte die fünf Meter große Gestalt ein. Der gewaltige Titan kreischte vor Schmerz auf und taumelte zurück, als Keegan alles, was er hatte, alles, was der Ring ihm geben konnte, in diese sengenden Flammen legte.

Der Wächter wappnete sich gegen diesen Angriff, ignorierte die Flammen, die seine Haut verzehrten. Er holte mit dem Arm aus und schleuderte seinen Speer auf Keegan. Der sah ihn kommen, konnte ihn jedoch nicht aufhalten. Dann war Jerrod da, sprang mit übermenschlicher Geschwindigkeit durch die Höhle und riss Keegan zur

Seite. Der Speer zischte durch die Luft, wo gerade noch der junge ChaosWirker gestanden hatte, und grub sich dann tief in die Felswand dahinter.

Der Aufschlag störte Keegans Konzentration, woraufhin sein Bann abbrach. Die Haut des Wächters war verfärbt und stark verbrannt, sein gesamtes Haar war verschwunden, aber er stand noch. Mit drei großen Schritten durchquerte er die Höhle und riss den gewaltigen Speer aus der Wand. Dann drehte er sich zu Keegan herum, der immer noch auf dem Boden lag.

Jerrod stellte sich dazwischen, aber der Wächter stieß den Mönch mit einer verächtlichen Handbewegung zur Seite, während er mit der anderen Hand den Speer über seinen Kopf hob. Keegan versuchte das Chaos zu beschwören, um sich zu retten, aber es war nichts mehr übrig – die Macht des Rings war verbraucht, und hier in der Höhle, wo das Schwert seit Jahrhunderten aufbewahrt wurde, war der Ring der Macht dieses Artefakts nicht gewachsen.

Der Speer zischte auf Keegan zu, aber statt ihn am Boden festzunageln, wurde er im letzten Moment zur Seite geschlagen. Von Scythe. Die das Schwert von Daemron schwang.

Der Wächter richtete seine Wut jetzt auf die junge Frau, die es gewagt hatte, ihre Hand an die heilige Klinge zu legen. Er bewegte sich so schnell, dass er fast wie ein Schemen wirkte, als er herumwirbelte und mit dem Speer nach ihr stieß. Doch so schnell er auch sein mochte, Scythe war noch schneller. Sie trat zur Seite und schlug mit dem Schwert in einem eng geführten Kreis zu. Die Klinge durchtrennte den Schaft und schlug die Spitze ab.

Unerschrocken schlug der Wächter mit dem Schaft nach ihrem Kopf. Die Waffe zischte so schnell durch die Luft, dass es ein lautes Pfeifen gab. Scythe duckte sich jedoch gelassen unter dem Schlag hinweg, sprang dann vor und durchtrennte mit dem Schwert die Sehnen auf der Rückseite seines Beines.

Der Wächter schrie auf und stürzte zu Boden. Sein Schrei war so laut, dass Steine von der Decke der Höhle herunterrieselten. Bevor er sich zur Seite rollen konnte, rammte Scythe die Klinge tief in seinen Bauch. Sie zog sie heraus, während der Wächter ungläubig die Augen weit aufriss, und hob dann die Klinge hoch in die Luft, um ihm den tödlichen Schlag zu versetzen.

Plötzlich stand Norr zwischen ihnen.

»Nein.« Er hob eine Hand, als wenn das Artefakt nicht einfach durch seinen Körper hindurch in den hilflosen Feind am Boden hätte dringen können.

Er hatte sich aufgerappelt, stand aber gebückt, und sein anderer Arm hing unbrauchbar an seiner Seite herab. Bei dem Aufprall an der Wand hatte er sich die Schulter ausgerenkt.

Scythe starrte ihn mit blankem Wahnsinn in den mandelförmigen Augen an. Dann erkannte sie ihn plötzlich, und sie drehte sich um. Sie ließ Daemrons Schwert zu Boden fallen, während sie ein paar Schritte zurückging, wie benommen.

Norr bückte sich und hob die Waffe mit seiner intakten Hand vom Boden hoch. Er warf einen kurzen Blick auf den am Boden liegenden Wächter, der eine Hand auf die Wunde in seinem Bauch presste. Dann humpelte der

Rote Bär zu der Ecke der Höhle, in der Scythe zusammengekauert hockte. Sie starrte auf etwas, das sehr weit entfernt zu sein schien. Er legte das Schwert neben sie auf den Boden, setzte sich, schlang seinen gesunden Arm um ihre Schultern und zog sie fest an sich.

Keegan erhob sich langsam und zog mit seinen Zähnen den Ring vom Finger. Dann ließ er ihn in seine Handfläche fallen und ballte die Faust darum. Jerrod ging langsam zu ihm.

»Bist du unverletzt?«, wollte der Mönch wissen.

Keegan nickte.

»Warum habt ihr mich verschont?«, rief der Wächter von der anderen Seite der Höhle. Seine Stimme klang schmerzverzerrt.

Die Frage schien Scythe aus ihrer Benommenheit zu reißen, und sie sah zu ihm hinüber.

»Das hast du nicht mir zu verdanken«, sagte sie und deutete mit einem Nicken auf ihren Geliebten. »Sondern ihm.«

»Wieso wurde Scythe nicht getötet, als sie das Schwert gepackt hat?«, wollte Keegan wissen. »Als Rexol die Krone aufsetzte, hat sie ihn vernichtet. Als ich den Ring in Ferlhame benutzte, hätte mich das beinahe ebenfalls getötet.«

»Das Schwert muss anders funktionieren«, vermutete Jerrod. »Es hält das Chaos in seiner Klinge gefangen. Jeder kann es benutzen.«

Er sah den Wächter an, der immer noch auf dem Boden lag. »Stimmt das?«

Zuerst sah der Titan ihn nur finster an. Dann nickte er zögernd.

»Unsere Legenden behaupten, dass das Schwert die

Macht hat zu verletzen, aber auch zu heilen«, erklärte Norr. »Ist das richtig?«

Wieder nickte der Wächter.

Norr hob das Schwert mit seiner gesunden Hand auf, erhob sich, schloss die Augen und konzentrierte sich. Eine schwache, silberfarbene Aura schien ihn zu umhüllen, dann renkte sich mit einem Knacken seine Schulter wieder ein, und er richtete sich zu seiner vollen Größe auf. Er humpelte nicht mehr, als er durch die Höhle zum Wächter ging. Dann legte er die flache Seite der Klinge vorsichtig auf die Schulter des Titanen.

Diesmal war der silberne Schein heller und intensiver. Dann nahm der Wächter seine Hand von seinem Bauch. Die Haut darunter war vollkommen verheilt und unversehrt. Er stand auf, da seine durchtrennten Sehnen offenbar ebenfalls geheilt waren, aber das Haar, das verbrannt war, kehrte nicht zurück.

»Wie ich sehe, habe ich mich in euch geirrt«, erklärte er, obgleich nicht klar war, zu wem genau er sprach. »Du bist würdig, das Schwert von Daemron zu tragen. Außerdem bin ich nicht stark genug, dich daran zu hindern. Das Artefakt gehört dir.

Aber«, fuhr er fort, »ich muss euch trotzdem um eine Gunst bitten.«

»Welche?«, fragte Jerrod, bevor jemand anders sprechen konnte.

»Cassandra. Geht zu ihr. Sie braucht eure Hilfe angesichts ihrer Bürde.«

»Sie wurde ebenfalls unter dem Blutmond geboren«, flüsterte Jerrod ehrfürchtig, als würde er plötzlich einen gewaltigen Zusammenhang begreifen. »Sie wurde ebenfalls vom Chaos gezeichnet.«

»Du sagtest, diese Cassandra hätte Daemrons Krone«, erinnerte Scythe ihn. »Warum braucht sie unsere Hilfe, wenn sie eins der Artefakte hat?«

»Sie wird von ChaosBrut gejagt, der es gelungen ist, in die Welt der Sterblichen einzudringen«, erwiderte der Wächter. »Sie wollen die Krone für sich selbst haben, aber Cassandra zögert, ihre Macht zu benutzen ... aus gutem Grund.«

»Die Knechte des Schlächters«, stellte Keegan fest, als er sich an seine Vision erinnerte, die ihm das Monasterium in Trümmern gezeigt hatte.

»Sie werden Cassandra töten und die Krone für ihren Meister erbeuten«, meinte der Wächter drängend. »Es sei denn, ihr erreichte sie als Erste. Sie ist unterwegs nach Callastan.«

»Callastan ist ein ziemlich großer Ort«, stellte Scythe trocken fest.

»Wenn wir die Stadt erreichen, kann ich sie finden«, meinte Keegan, der sich an seine Träume erinnerte. *Meine Träume werden mich zu der Krone führen. So wie sie mich zum Ring und dem Schwert geführt haben.*

»Wir können nicht nach Callastan gehen«, erklärte Norr. »Jedenfalls jetzt noch nicht.«

»All dies ist vorherbestimmt«, versuchte Jerrod ihn zu beruhigen. »Das ist die Bestimmung, die die Propheten des Ordens gesehen haben, nur haben sie sie nicht richtig verstanden.

Jetzt fügt sich alles zusammen. Sobald wir Cassandra

gefunden haben, besitzen wir alle drei Artefakte. Mit ihnen ist Keegan in der Lage, die Armeen des Schlächters zurückzutreiben, und dadurch wird er die Welt retten!«

»Was ist mit meinem Volk?«, wollte Norr wissen. »Die Danaan werden es abschlachten, wenn wir nicht mit Daemrons Schwert zurückkehren und ihnen helfen!«

»Das hier ist wichtiger«, beharrte Jerrod. »Wenn der Schlächter zurückkehrt, wird niemand überleben. Weder die Clans noch die Danaan oder die Menschen der Südlande. Kein Einziger!«

»Ich habe einen Schwur geleistet.« Norr verschränkte trotzig die Arme vor der Brust. »Ich werde diesen Schwur nicht brechen.«

»Wenn Norr nicht geht, gehe ich auch nicht«, stellte Scythe klar.

»Dann werden Keegan und ich ohne euch weitergehen«, meinte Jerrod nüchtern.

»Sagtest du nicht, mein Schicksal wäre mit dem von Keegan verknüpft?«, erinnerte die Insulanerin ihn.

»Vielleicht hast du deine Rolle mittlerweile zu Ende gespielt, wie Vaaler. Er hat uns geholfen, den Ring zu finden, du hast uns geholfen, das Schwert zu beschaffen.«

»Du kannst gehen«, erklärte Scythe, »aber das Schwert nimmst du nicht mit.«

Sie starrten sich stumm an, misstrauisch und angespannt, ohne dass einer von ihnen sich geschlagen geben wollte. Der Wächter betrachtete diese Konfrontation mit offensichtlicher Sorge, obwohl er ebenfalls stumm blieb, genau wie Norr.

»Es gibt noch einen anderen Weg«, sagte Keegan rasch.

Ihm war eine Idee gekommen, die alle Probleme auf einen Schlag lösen konnte.

»Norr«, er drehte sich zu dem Hünen herum. »Du hast Hadawas versprochen, dass du ihm etwas geben würdest, um die Armeen der Danaan zu besiegen. Wenn nun der Wächter jetzt gelobt, den Clans zu helfen, den Krieg zu gewinnen?«

»Besitzt du die Macht dazu?«, erkundigte sich Norr bei dem Titanen, nachdem er ein paar Sekunden über den Vorschlag nachgedacht hatte.

»Ich habe das Schwert sieben Jahrhunderte lang bewacht«, erwiderte der Wächter. »Seine Macht strömte durch meine Adern. Ich kann diese Macht einsetzen, um deinem Volk den Sieg zu bringen, wenn du das wünschst.«

Norr sah Scythe an.

»Was auch immer du entscheidest, ich stehe zu dir«, sagte sie zu ihm, drehte sich von Jerrod weg und legte Norr eine Hand auf den Arm.

Der Rote Bär holte tief Luft und hielt lange den Atem an, bevor er schließlich ausatmete.

»Geh zu Hadawas«, bat er den Wächter. »Sag ihm, dass du meinem Volk helfen wirst. Wir folgen Cassandra und der Krone.«

32

Raven öffnete mit einem Ruck die Augen, als ihr klar wurde, dass ihr Plan in jeder Hinsicht fehlgeschlagen war. Der Wächter hatte seine Höhle verlassen und bewegte sich in ihre Richtung.

Hat Jerrod etwa meine Tarnung durchschaut?

Sie hatte immer wieder abwechselnd die Gestalt von Hadawas und Berlen angenommen, und zwar für viele Wochen, seit sie die Hoffnung aufgegeben hatte, die Krone erbeuten zu können. Umgeben von den gutgläubigen Ostländern war sie nachlässig und leichtsinnig geworden. Statt ihre schwindende Kraft mit einem richtigen Transformationszauber zu strapazieren, hatte sie angefangen, ihre wahre Identität unter einer einfachen Illusion zu verhüllen, die der Mönch mit seiner *Sicht* beinahe durchschaut hätte, als sie ihn das erste Mal als Berlen begrüßt hatte.

Während ihres Marsches über die Berge war sie vorsichtiger gewesen, aber sie wusste, dass Jerrod etwas Ungewöhnliches an Hadawas wahrgenommen hatte. Er betrachtete sie mit Misstrauen, war ständig auf der Hut und suchte nach dem kleinsten Anzeichen von Verrat. Das war einer der Gründe, warum sie nicht versucht hatte, den Ring mit Gewalt zu ergreifen, obwohl sie gespürt hatte, dass der junge ChaosWirker ihn um den Hals trug.

Der andere Grund war der Wächter. Der Ring konnte ihr nicht dabei helfen, ihn zu besiegen; in seiner Höhle würde die Macht des Schwertes die aller anderen Artefakte dämpfen, sie nahezu nutzlos machen. Also musste sie Jerrod und seine Gefährten dazu bringen, das zu bewerkstelligen, was sie nicht vollbringen konnte: Sie mussten dem Titanen das Schwert wegnehmen. Sie hatte sie durch die Berge geführt, ihre Macht benutzt, die wilden Yetis in Schach zu halten, bevor sie die Menschen alleine weitergeschickt hatte, gewiss, dass sie ihr Ziel auch erreichen würden.

Sie hatte vorgehabt, das Schwert und den Ring zu ergreifen, sobald die vier Sterblichen, gebunden durch Norrs Versprechen, zurückkehrten. Wenn sie zwei von Daemrons drei Artefakten in ihrem Besitz hatte, war Orath gezwungen, sie wieder aufzunehmen … vorausgesetzt, dass sie ihre Macht nicht einfach benutzte, um ihn zu vernichten und selbst die neue rechte Hand des Schlächters zu werden.

Aber irgendetwas war bei ihrem Plan schiefgelaufen, und jetzt war der unsterbliche Titan zu ihr unterwegs, nicht die Menschen.

Mir bleibt nicht viel Zeit.

Die Krieger der Sonnenklingen, die sie eskortierten, schlenderten in der Höhle umher, ohne ihrem gebrechlichen alten Häuptling, der in einer Ecke ruhte, sonderlich viel Aufmerksamkeit zu schenken. Als sie aufstand, drehten sich die Männer jedoch verblüfft und besorgt zu ihr herum.

Es war nicht länger nötig, diese Scharade aufrechtzuerhalten, also ersparte sich Raven jedes überflüssige Wort. Sie griff einfach nur nach ihrem Gesicht und riss die äußere Hülle aus Haut und Blut ab, die ihre wahre Gestalt verhüllte.

Die Krieger starrten sie entsetzt an und begannen zu schreien, weil sie nicht begriffen, was da vor ihren Augen geschah. Als die letzten Reste von Muskeln und Haut mit einem Klatschen auf dem Boden gelandet waren, stürzte sich Raven auf sie.

In der engen Höhle hatten die Männer keine Chance. Sie hackte mit ihrem spitzen Schnabel und den langen Krallen ihrer Finger auf sie ein, ein dunkler Schatten, der sich viel zu schnell bewegte, als dass die erbärmlichen menschlichen Sinne der Krieger ihm hätten folgen können. Das Blut spritzte gegen die Wände der Höhle, von denen die Schreie der Krieger widerhallten, während Raven ihnen tiefe, klaffende Wunden beibrachte und ihnen die Glieder ausriss. Das Gemetzel dauerte nicht einmal eine Minute, aber Raven achtete darauf, ihre Opfer nicht zu töten. Stattdessen ließ sie sie verstümmelt und zuckend, aber noch lebendig, auf dem Boden liegen.

Sie brauchte Magie, um den Wächter aufzuhalten, aber das Chaos in ihrem Blut war schwach geworden, nachdem sie so viel Zeit auf der falschen Seite des *Vermächtnisses,* der der Sterblichen, zugebracht hatte. Um genug Macht zu beschwören, musste sie ein Ritual vollziehen, um das *Vermächtnis* zu durchstoßen und von den Flammen der Brennenden See zu zehren. Und für dieses Ritual brauchte sie sechs Herzen, die noch schlugen.

Der Wächter hatte seit Jahrhunderten in diesem Territorium gejagt; das Schwert sorgte dafür, dass er nicht alterte und bei Kräften blieb, aber er brauchte dennoch Nahrung. Er kannte jeden Zentimeter jeden Bergs in einem Umkreis von zwanzig Meilen, und als Jerrod die Höhle beschrieb, in der Hadawas auf ihn wartete, wusste er sofort, wovon der Mönch sprach.

Er hatte den Sterblichen nicht erzählt, dass er sehr schnell altern und schließlich sterben würde, wenn er ihnen das Schwert erst gegeben hatte. Ebenso wenig hatte er ihnen verraten, dass sein Körper nicht mehr immun gegen Waffen war, sobald er die Höhle verließ. Das hatte keine Bedeutung für ihre Aufgabe, und der Wächter war mittlerweile der Welt der Sterblichen überdrüssig geworden. Mit der Übergabe des Schwertes hatte er seinen Zweck erfüllt. Und obwohl er bereits spürte, dass seine Kraft allmählich versickerte, würde es noch Wochen dauern, bevor sein Körper wesentlich geschwächt war.

Aber schließlich würde er den Clans nicht nur mit seiner körperlichen Kraft helfen. Nachdem er so viele Jahrhunderte dieses Artefakt bewacht hatte, war etwas von der Macht von Daemrons Schwert auf ihn übergegangen und strömte durch seine Adern. Er konnte eine Aura ausstrahlen, die seine Verbündeten inspirieren und ihre Feinde demoralisieren würde, eine Macht, die jede Schlacht der Sterblichen beeinflussen konnte. Allerdings würde ihn das weiter schwächen. Doch der Wächter hatte gespürt, dass er einer guten Sache diente. Wenn er sich für ihren Sieg opferte, war das ein angemessenes Ende für sein langes, so endlos langes Leben.

Er rannte durch das Tal; die kraftvollen Muskeln seiner Beine verliehen ihm eine nahezu unglaubliche Geschwindigkeit. Mit der Rechten umklammerte er seinen schweren Speer, dessen Ende er jetzt angespitzt hatte, dort, wo die Metallspitze von dem Schwert abgetrennt worden war. Als er den Berg auf der anderen Seite erreichte, kletterte er an der Felsflanke empor, sprang fast zehn Meter hoch und hielt sich mit seinen kräftigen Fingern an Vorsprüngen, Spalten und Unebenheiten fest, ohne dass er auf dem von Eis bedeckten Fels abgerutscht wäre.

Erst als er auf das breite, windige Plateau trat, spürte er, dass etwas nicht stimmte. Ein tödlicher Gestank hing in der Luft, ein Geruch, den er bereits wahrgenommen hatte, als Cassandra zu ihm gekommen war.

Die geflügelte Jägerin!

Alarmiert nahm er jetzt auch die dunkle Präsenz des Chaos wahr: Ein mächtiger Zauber war auf dem Plateau freigesetzt worden. Dann schlug die Falle zu.

Eine Horde Yetis schwärmte von den Klippen rund um das Plateau herab. Ihr heulendes Gelächter übertönte alle anderen Geräusche. Hunderte, Aberhunderte dieser Kreaturen strömten von allen Seiten herbei. Ihr Blutdurst wurde von dem Chaos angestachelt, das wie Rauch in der Luft hing.

Der Wächter begriff, dass eine Flucht unmöglich war, weil man ihm den Rückweg abgeschnitten hatte. Die Yetis reichten ihm kaum bis zu den Knien, und er stürzte sich mit einem gewaltigen Grollen auf die erste Welle. Er schwang den Speer wie eine Keule und schleuderte sie zu Dutzenden durch die Luft.

Normalerweise waren die Yetis feige Aasfresser, die vor jedem überlegenen Feind flüchteten. Angestachelt jedoch von dem Zauber konnte selbst die Wut des Unsterblichen ihren Angriff nicht zurückschlagen. Sie stürzten sich in selbstmörderischer Raserei auf ihn, schlugen mit ihren Krallen nach seinen Armen und Beinen, kletterten auf seine Brust und seinen Rücken. Erst fünf, dann zehn, schließlich zwanzig.

Der Wächter ließ seinen Speer fallen und schlug wie wild um sich, packte die blutrünstigen Bestien, als sie seine nun verletzliche Haut zerkratzten und zerbissen. Doch jedes Mal, wenn er eine der Kreaturen ergriff und wegschleuderte, nahmen zwei andere deren Platz ein. Schließlich bedeckten sie seinen riesigen Leib wie eine wimmelnde Decke, bis einfach das übermächtige Gewicht ihrer Körper ihn zu Boden zog.

Der Titan konnte nicht mehr auf den Beinen bleiben, rollte sich herum und verwandelte sich in einen wahren Moloch, der die Yetis mit seinem gewaltigen Körpergewicht zerquetschte. Dieses unerwartete Manöver verwirrte die heulende Masse der Yetis einen Moment, und es gelang dem Wächter, wieder auf die Füße zu kommen. Aus mehr als hundert Bisswunden und Schrammen blutend, lief er los und schlug wütend nach den Kreaturen, die ihn ansprangen.

Aber er konnte sie nicht alle wegschlagen, und erneut drohten sie ihn zu überwältigen. Aber irgendwie gelang es ihm, auf den Beinen zu bleiben, bis er den Eingang zu der großen Höhle erreicht hatte, die unterhalb des Plateaus lag. Der Eingang war gerade breit genug für ihn, und er würde in der Höhle nicht aufrecht stehen können. Aber wenn er es schaffte, dort hineinzukommen, konnten die Yetis ihn nur von einer Seite aus angreifen, und zudem nur vereinzelt.

Stolpernd zog er sich durch den steilen Tunnel und rutschte mit dem Kopf voran hinab. Ein Dutzend der kleineren Kreaturen klammerte sich immer noch an ihn. Er schüttelte sie schnell ab, brach ihnen mit bloßen Händen das Genick und zerschmetterte die Schädel derjenigen, die den Halt verloren hatten und ihm vor die Füße fielen.

Zu seiner Überraschung folgten die anderen Yetis ihm nicht. Es fiel nur spärliches Licht aus dem Tunneleingang in die Höhle. Aber für die Augen des Wächters war es hell genug.

Die Wände waren mit Blut verschmiert. Die Leichen von sechs erst vor Kurzem getöteten Männern lagen in der Höhle, fünf davon an den Spitzen eines Pentagramms, das mit Blut auf den Boden gezeichnet war. Der sechste lag in der Mitte. Die Leichen waren verstümmelt, die Brustkörbe klafften auf, so als hätte man ihnen die Herzen herausgerissen, während sie noch lebten.

Der Gestank des Todes erfüllte die Höhle, und der Wächter erkannte, dass dies hier das Epizentrum des Bannes war, der die Yetis in den Wahnsinn getrieben hatte. Er spürte sie draußen vor der Höhle, wie sie ängstlich um den Eingang herumschlichen und vor Enttäuschung heulten, aber sie hatten zu viel Angst, um die Höhle zu betreten.

Er war in Sicherheit, jedenfalls für den Moment. Jedenfalls dachte er das. Dann brach die Decke der Höhle ein und begrub ihn unter Tonnen von Eis und Stein.

Die Yetis zerstreuten sich rasch, als Raven sich dem Eingang der verschütteten Höhle näherte. Sie spürte den Wächter unter sich, der eingeschlossen war, aber wundersamerweise immer noch lebte.

Er weiß, dass ich hier bin, dachte sie. *So wie er mich in der Nähe seiner Höhle wahrgenommen hat, fühlt er jetzt, dass ich über seinem Grab stehe.*

Dann spürte sie plötzlich, wie die Erde unter ihren Füßen erzitterte. Zuerst hielt sie das für eine Nachwirkung des Bannes, den sie gewirkt hatte. Aber als es erneut geschah, begriff sie verblüfft, dass der Wächter versuchte, sich aus seinem Grab zu befreien.

Sie ignorierte die Horde der Yetis, die jetzt fast das ganze Plateau füllte, und stimmte einen leisen, rhythmischen Gesang an. Sie sammelte die letzten Tropfen des Chaos, das sie mit diesem grauenhaften Ritual in der Höhle beschworen hatte.

Eine Wolke aus feinem grünen Nebel bildete sich um sie und legte sich sanft auf den Schnee, der sofort anfing zu schmelzen. Er sickerte in den Fels, durchdrang ihn und bewegte sich auf den Titanen zu, der immer noch versuchte, sich zu befreien.

»Schlaf«, flüsterte Raven. Sie bediente sich derselben Magie, die die Alten Götter benutzt hatten, um die Chaos Brut vor vielen Jahrhunderten in den ewigen Winterschlaf zu versetzen. »Schlaf für immer.«

Nach ein paar Sekunden hörte der Boden unter ihren Füßen auf zu beben, als der Wächter dem Zauber erlag.

Raven war vollkommen erschöpft und wusste, dass sie ausruhen musste, bevor sie es erneut wagen durfte, Magie zu benutzen, um den Ring und das Schwert aufzuspüren. Aber sie ahnte, was mit den beiden Artefakten passiert war.

»Sucht die Menschen!«, befahl sie den Yetis auf dem Plateau. »Sucht sie und reißt sie in Stücke!«

33

Scythe und die anderen brachen nicht sofort von der Höhle des Wächters auf. Sie ruhten noch einen halben Tag aus, um sich zu erholen, bevor sie sich an die Verfolgung von Cassandra machten.

Sie gingen nach Westen. Östlich von der Höhle des Wächters lag nur ein undurchdringliches Gebirgsmassiv, das das Ende der Welt der Sterblichen markierte, genauso wie die immer dichter werdenden Wälder, die scheinbar unendliche Wüste und die Mahlströme mit den Kraken, die diese Ländereien im Norden, Süden und Westen begrenzten. Während der Wächter dann nach Norden abgebogen war, um Hadawas in seiner Höhle zu treffen, wandten sie sich nach Süden, in der Hoffnung, die Spur der jungen Frau zu finden, bevor sie Callastan erreichte.

Der Weg war schwierig, aber längst nicht so anstrengend wie die Reise, auf der Hadawas sie geführt hatte. Jerrod ging voraus, dicht gefolgt von Keegan. Scythe und Norr bildeten die Nachhut. Der Hüne trug das legendäre Schwert auf dem Rücken.

Jerrod hatte selbstverständlich dieses Schwert selbst tragen wollen, aber Scythe hatte sich ihm nachdrücklich widersetzt. Der fanatische Mönch war bereits überheblich und gefährlich genug; das Schwert hätte ihm möglicherweise den Rest gegeben.

Sie hatte die Macht des Artefakts gespürt, als sie es gegen den Wächter benutzt hatte. Sie hatte sich unbesiegbar gefühlt, so als wäre sie von nichts und niemandem aufzuhalten. Aber sie hatte auch die Gier zu kämpfen verspürt, denn welchen Sinn hatte es, unbesiegbar zu sein, wenn man keinen Feind hatte, den man besiegen konnte?

Das Gefühl war anders gewesen als alles, was sie zuvor erlebt hatte, ein Adrenalinrausch, tausendfach verstärkt, kombiniert mit einer verschärften Wahrnehmung, sodass sie das Gefühl hatte, selbst durch die Zeit blicken zu können, in eine Zukunft, in der sie die Angriffe ihrer Gegner voraussehen und kontern konnte, bevor sie überhaupt geschahen.

Zudem war sie von einer glühenden Zuversicht erfüllt gewesen, die fast schon irrational war. Selbst der mächtige Wächter war in ihren Augen ein hilfloses Kind gewesen. Es war berauschend, wundervoll und, in der Rückschau, auch ein bisschen erschreckend.

Kein Wunder, dass Daemron das Gefühl hatte, er könnte die Götter herausfordern, dachte sie. Und eine Sekunde später kam ihr ein anderer Gedanke. *Erlebt Keegan denselben Rausch, wenn er den Ring benutzt?*

Norr hatte vorgeschlagen, Keegan solle die Klinge tragen, aber Jerrod war besorgt gewesen, dass der junge Mann immer noch zu erschöpft sein könnte, weil er den Ring benutzt hatte. Das Schwert vermochte die meisten körperlichen Wunden zu heilen, auch wenn es dem jungen ChaosWirker seine Hand nicht wiedergeben konnte, aber es war nicht in der Lage, seine Willenskraft zu stärken.

Scythe hatte die Macht des Schwertes gefühlt und stimmte mit dem Mönch überein. Angesichts dessen, was der Wächter ihnen erzählt hatte, brauchten sie die vereinte Macht beider Artefakte, sobald sie Cassandra eingeholt hatten, um die Dämonen zu besiegen, die diese junge Frau verfolgten. Es war nur schwer vorstellbar, dass Keegan es schaffen würde, den Ring und das Schwert gleichzeitig zu benutzen.

Sie hatte vorgeschlagen, dass Norr es tragen sollte. Teilweise weil ihr klar war, dass Jerrod einfach aus Prinzip widersprechen würde, wenn sie sich selbst dafür anbieten würde, teilweise auch, weil sie ein bisschen Angst vor den Gefühlen empfand, die das Schwert ihr eingeflößt hatte. Es gefiel ihr nicht, sich einem unbelebten Gegenstand auszuliefern, selbst wenn der von den Alten Göttern geschaffen worden war.

Aber Norr wird sich nicht in der Macht des Schwertes verlieren. Es wird ihn nicht verzehren, wie es das vielleicht mit uns anderen machen könnte.

Von ihnen allen war Norr am besten geeignet, das Artefakt zu tragen. Er war ein Krieger, aber er war bescheiden und aufopfernd, stellte das Wohl anderer über das seine. Scythe konnte sich vorstellen, dass der Wächter viele Eigenschaften mit Norr teilte, weshalb er wahrscheinlich von den Alten Göttern auserwählt worden war, die Waffe zu bewachen.

War Norr vielleicht der Grund, warum er seine Meinung über uns geändert hat?

Norr hatte sich zwischen Scythe und den Wächter gestellt, um den gestürzten Titanen vor dem Zorn der jungen Frau zu retten. Hätte er sie nicht aufgehalten, hätte sie dem Wächter mit einem einzigen Hieb der Waffe, die er zu verteidigen geschworen hatte, den Kopf abgeschlagen.

Norr macht immer so was. Er hält mich immer zurück. Er verhindert, dass ich im Eifer des Gefechts Dinge tue, die ich später bedauern würde. Er rettet nicht nur andere vor meiner Wut, sondern er beschützt mich vor mir selbst.

Glücklicherweise hatte Jerrod ihrem Vorschlag zugestimmt, ein weiterer Beleg dafür, dass auch er Norrs Charakter zu schätzen wusste. Und am Ende hatte ihr Geliebter, wenn auch widerstrebend, diese Bürde akzeptiert.

Er hat sich jahrelang geweigert, eine Waffe zu tragen, und jetzt trägt er die größte Waffe, die jemals geschmiedet wurde. Kein Wunder, dass er zögert.

Nachdem sie etliche Stunden gegangen waren, lag der gewaltige Berg mit der Höhle des Wächters darin bereits hinter ihnen. Aber laut der Wegbeschreibung, die er ihnen gegeben hatte, würden sie die Zunge der Schlange, einen schmalen, gewundenen Pfad, auf dem sie das Gebirge gänzlich hinter sich lassen würden, erst irgendwann am nächsten Tag erreichen.

Und dann müssen wir immer noch die eisigen Ebenen und die gesamten Südlande durchqueren, rief sich Scythe ins Gedächtnis.

Aber wenigstens würden sie sich dann nicht mehr wegen der Inquisitoren Sorgen machen müssen – jedenfalls nicht, solange sie das Schwert hatten. Scythe hatte die Macht der Waffe gespürt und wusste, dass es einer ganzen Armee bedürfen würde, um sie jetzt noch aufzuhalten.

Keegan erwachte am zweiten Morgen aus einem gnädigerweise traumlosen Schlaf. Er hatte befürchtet, die Präsenz von zwei Artefakten Daemrons könnte einen unruhigen Schlaf mit unaufhörlichen Träumen und Visionen auslösen, aber das war nicht passiert.

Das Chaos ist wirklich absolut unvorhersehbar.

Trotzdem konnte er eine dunkle Vorahnung nicht abschütteln, als sie aufbrachen. Der Himmel war dunkel, und es wehte ein kalter, heftiger Wind, aber Keegan fürchtete sich nicht vor einem Sturm.

Auch wenn das Chaos in der Höhle des Wächters gedämpft gewesen war, hatte er es vermocht, die Macht des Ringes einzusetzen. Er hatte das Chaos in die Welt der Sterblichen geholt und es dort freigelassen. Jetzt fürchtete er die Konsequenzen der Gegenreaktion.

Aber vielleicht gibt es keine. Vielleicht hat das Schwert sie irgendwie absorbiert.

Das war eine durchaus naheliegende Annahme, nur war Keegan nicht wirklich überzeugt davon. Insgeheim glaubte er immer noch, dass irgendetwas Schreckliches passieren würde. Dann hörten sie das entfernte Heulen der Yetis, als der Wind, der unablässig an ihren Kleidern zerrte, eine kurze Pause machte.

Jerrod schaute sich um. Sein normalerweise ausdrucksloses Gesicht zeigte eine Miene von Überraschung und Sorge. Der Wächter hatte ihnen gesagt, dass die Yetis sich nur im Norden aufhielten, und ihnen versichert, dass sie sich keine Sorgen wegen der Kreaturen machen müssten, wenn sie Cassandra nach Süden folgten.

Gegenreaktion!

»Das haben wir alle gehört, stimmt's?«, erkundigte sich Scythe. Die anderen nickten.

Der Wind hatte wieder aufgefrischt und übertönte das Heulen. Aber das verrückte, keckernde Lachen war nicht zu überhören.

»Kann jemand abschätzen, wie weit entfernt sie sind?«, fragte Jerrod.

»Das Echo ihrer Schreie wird von den Bergen verzerrt wiedergegeben.« Norr schüttelte den Kopf. »Aber es wäre klug, schneller zu gehen.«

Das musste man dem Mönch nicht zweimal sagen, und sie setzten ihren Weg fort. Ohne dass jemand es ausgesprochen hätte, war allen klar, dass die Yetis sie verfolgten. Wahrscheinlich lockte der unwiderstehliche Ruf des Schwertes sie so weit von ihrem natürlichen Territorium weg.

Jedes Mal, wenn der Wind sich legte, konnten sie diese beunruhigenden Schreie hören.

Es müssen Hunderte sein, dachte Keegan. *Und das Heulen ist konstant. Sie machen keine Pause, aber wir nehmen es nur wahr, wenn der Wind sich legt.*

Und das änderte sich nach etwa einer Stunde. Jetzt war das wahnsinnige, schrille Gelächter so laut, dass es sich in einem endlosen, jammernden Schrei ständig über den Wind erhob. Es gab keinen Zweifel, sie kamen näher.

»Die Zunge der Schlange ist direkt vor uns!«, rief Jerrod. Er hoffte, sie mit ein paar Worten der Ermunterung dazu zu bringen, noch schneller zu gehen. »Wenn wir die Berge verlassen, wagen die Yetis es vielleicht nicht, uns auf die Ebene zu folgen.«

Keegan glaubte zwar nicht, dass dem unbedingt so sein musste, aber er widersprach auch nicht, als sie ihre Schritte beschleunigten. Jetzt rannten sie fast, und ihre Beutel schlugen heftig gegen ihre Rücken.

Dichte schwarze Wolken verdeckten die Sonne, und ein heftiger Eisregen setzte ein. Er verwandelte den Boden unter ihren Füßen in einen tückischen Pfad aus Eis und glattem Fels, was ihr Fortkommen behinderte. Die Yetis wurden ständig lauter, und Keegan wurde klar, dass sie es nicht schaffen würden, obwohl sie von Furcht und Verzweiflung angetrieben wurden.

Der Eisregen verwandelte sich in Schnee, als die Temperatur weiter sank. Der Wind peitschte ihnen Schnee und Eis in die Augen, aber er war nicht laut genug, um das Heulen ihrer Verfolger zu übertönen.

»Da!« Jerrod deutete nach vorn. »Die Zunge der Schlange!«

Vor ihnen erhob sich eine gewaltige Anhäufung von Felsen, Eis und Schnee. Es sah aus, als hätte jemand zwei große Berge gegeneinandergehämmert, die daraufhin zu einem Haufen Trümmer zerborsten waren, der Hunderte von Metern dick war. Er erstreckte sich endlose Meilen nach rechts und links, und auch nach oben, so weit sie sehen konnten.

Vielleicht ist genau das tatsächlich passiert, dachte Keegan. *Der Kataklysmus hat das Land umgeformt.*

Es würde Tage, wenn nicht Wochen dauern, dieses Hindernis zu überklettern oder darum herumzugehen. Als sie jedoch näher kamen, sah Keegan einen haarfeinen Spalt, der durch die Mitte verlief, einen Bruch im Fels, der offenbar bis zur anderen Seite führte. Daher der Name, Zunge der Schlange.

Keegan warf einen Blick über die Schulter. Die Yetis waren jetzt so nah, dass man sie sehen konnte. Sie strömten wie eine Welle von den Felsen und Hängen hinter ihnen herab, eine wimmelnde, kreischende Masse aus weißem Fell, Klauen und Zähnen.

Die vier mobilisierten ihre letzten Kräfte und rannten zum Pass. Als sie den Eingang erreichten, waren die Yetis nur noch ein paar Hundert Meter hinter ihnen und kamen rasch näher. Die Zunge der Schlange war nur ein paar Meter breit und auf beiden Seiten von Wänden aus Eis und Schnee eingefasst, die so hoch waren, dass man ihr Ende nicht sehen konnte. Der schmale Weg verlief in zahlreichen Biegungen, und der Boden war mit Eis und Felsen bedeckt, die sich von den Wänden gelöst hatten.

Es ist hoffnungslos, begriff Keegan. *Die Yetis bewegen sich viel schneller als wir in diesem Terrain. Sie werden über die Felswände klettern und uns von oben angreifen. Wir werden es nie bis zur anderen Seite schaffen.*

Statt in die Spalte zu stürmen, blieb Keegan am Eingang stehen und drehte sich zu der Horde herum.

»Was hast du vor?«, kreischte Scythe, die fast gegen ihn prallte.

»Rennt!«, schrie er und bedeutete ihr und Norr mit einer Handbewegung weiterzulaufen. »Los!«

Die beiden zögerten, aber als er den Ring an der Kette unter seinem Kragen hervorfischte, begriffen sie und rannten los. Erneut hatte Keegan Schwierigkeiten, das Artefakt mit nur einer Hand über seinen Finger zu bekommen, aber diesmal war es schon einfacher als beim letzten Mal.

Die Macht des Rings traf ihn wie ein Schlag und riss ihn von den Füßen. Sie war nicht so stark wie im Nordforst der Danaan, aber sie war viel stärker als das Tröpfeln des Chaos, das er in der Höhle des Wächters gefühlt hatte.

Eine Sekunde lang fürchtete er, der Ring würde ihn überwältigen, und er taumelte auf dem schmalen Grat zwischen klarem Verstand und Wahnsinn. Aber er hatte den Ring schon einmal benutzt, wusste, dass er stark genug war, um ihn zu beherrschen. Schließlich behielt sein Verstand die Oberhand; er hockte sich auf den Boden und begann das Chaos zu sammeln.

Die Horde der Yetis war jetzt ganz nah, höchstens fünfzig Schritte entfernt, und ihr kreischendes Gelächter war ohrenbetäubend. Keegan hatte keine Zeit für Subtilität oder einen präzisen Schlag, und auch wenn er sie gehabt hätte: Seine ganze Konzentration war nur darauf gerichtet zu verhindern, dass das Chaos, das sich in ihm aufbaute, sich in einer Explosion freisetzte, die seine verletzliche sterbliche Hülle zerfetzen würde.

Er biss die Zähne zusammen, als die Energie drohte, seine Haut zu sprengen, nahm Rexols Stab aus dem Schnee neben sich und stützte sich darauf, um sich aufzurichten. Dann öffnete er den Mund und schrie.

Seine Stimme formte sich zu einem Strahl aus blendendem blauen Licht, das in einer gewaltigen Welle aus ihm herausschoss und über die heranstürmenden Yetis fegte. Die ersten Reihen wurden pulverisiert. Das Chaos traf sie mit einer solchen Wucht, dass das Fell von ihrer

Haut gerissen wurde, während gleichzeitig ihre Knochen zu Staub wurden. Die nächsten Reihen wurden von den Füßen gerissen und fast fünfzig Meter durch die Luft geschleudert. Blut spritzte aus ihren Nasenlöchern und Kehlen, als ihre inneren Organe durch den Aufprall zerbarsten. Die Yetis, die sich weiter hinten befanden – die bei Weitem größte Masse –, wurden zurückgeschleudert und landeten auf dem Boden, erschüttert und betäubt, aber nicht tödlich verletzt.

Keegan sackte nach vorn, immer noch bei Bewusstsein, aber zu schwach, um den Fall abzufangen, und landete mit dem Gesicht im Schnee.

Jerrod hörte Keegans Schrei nicht, weil der ihn in die andere Richtung auf die Yetis gerichtet hatte, aber er spürte seine Macht, als der Boden unter seinen Füßen bebte und ein Schauer aus Schnee und kleinen Felsbrocken auf den schmalen Pfad regnete.

Scythe und Norr hatten sich wie Jerrod einige Schritte in die Zunge der Schlange zurückgezogen, als Keegan seinen Bann wirkte. Jetzt drehten sie sich um und rannten zu ihrem gestürzten Kameraden zurück, um ihm zu helfen. Jerrod war als Erster bei ihm, angetrieben von dem Chaos in ihm, das zu beherrschen er jahrzehntelang im Monasterium geübt hatte.

Jetzt heulten die Yetis nicht mehr; diejenigen, die überlebt hatten, waren benommen und vorübergehend von Keegans Bann betäubt. Der Mönch hatte keine Ahnung, wie lange diese Wirkung anhalten würde.

Er kniete sich neben den jungen ChaosWirker, riss

ihm den Ring vom Finger, damit die Macht des Artefakts nicht ausbrach und ihn vernichtete. Keegans Augen waren geöffnet, und er wirkte wach, aber als Jerrod ihm den Ring vom Finger zog, schlossen sich seine Lider flatternd.

Er hat das Chaos instinktiv unter Kontrolle behalten, erkannte Jerrod. *Er wird immer stärker!*

Nur würde das wenig nützen, wenn die Yetis ihre Verfolgung fortsetzten, nachdem sie sich erholt hatten. Jerrod streifte seinen Rucksack ab, nahm auch Keegan seinen Beutel weg und legte sich den jungen Mann mühelos über eine Schulter. Mit seiner freien Hand nahm er dann ihre Proviantbeutel. Er wusste, dass sie ohne Nahrung und Decken diese Reise niemals überleben würden. Dann rannte er tiefer in die Zunge der Schlange hinein. Wie erwartet folgten ihm Norr und Scythe.

Obwohl er beide Rucksäcke tragen musste, kam Jerrod auf dem unebenen Boden erheblich schneller voran als seine beiden Gefährten, die schon bald weit zurückblieben. Der Eisige Osten begrenzte seine Fähigkeiten zwar, aber seine *Sicht* verlieh ihm immer noch einen sicheren Schritt, und durch seine Ausbildung hatte er größere Energiereserven als die beiden anderen. Dennoch hatte er kaum die Hälfte des Weges durch den Pass zurückgelegt, als er hörte, wie die Yetis erneut anfingen zu heulen.

Er hatte gehofft, dass die Bestien aus Angst vor Keegans Macht fliehen würden, aber irgendetwas zwang sie, ihre Furcht zu ignorieren.

Ist ihre Gier nach dem Schwert wirklich so groß? Oder ist die Ursache für ihre Hartnäckigkeit etwas anderes?

Die Schreie klangen zunächst zögernd, verwirrt und desorientiert. Aber schon bald schwollen sie zu dem vertrauten Kreischen an, und Jerrod brauchte seine *Sicht* nicht zu bemühen, um zu wissen, dass sie ihnen in den Pass gefolgt waren.

Er erreichte ein paar Minuten später das andere Ende des Passes. Die Wände aus Felstrümmern zu beiden Seiten zogen sich unvermittelt zurück, als der schmale Pfad auf eine weite, schneebedeckte Ebene mit sanften Hügeln hinausführte. Jerrod warf die Beutel zu Boden und legte Keegan sanft daneben ab, bevor er sich umdrehte und zurücklief, um den anderen zu helfen.

Norr und Scythe hatten drei Viertel des Wegs zurückgelegt und standen Schulter an Schulter mit dem Rücken zu Jerrod mitten im Pass. Sie hatten ihre Beutel abgenommen und zu ihren Füßen abgelegt, während sie sich auf den unausweichlichen Kampf vorbereiteten. Die junge Frau hatte ihre Dolche gezückt, und Norr hielt den Griff von Daemrons Schwert mit beiden Händen. Die silberne Klinge schien in einem kaum sichtbaren roten Glühen zu pulsieren.

Der Mönch stellte sich neben sie. Der Pass war an dieser Stelle gerade breit genug, dass sie alle drei nebeneinander stehen konnten.

»Dachte schon, du hättest uns im Stich gelassen«, schnarrte Scythe, ohne den Blick von dem Pfad vor ihr zu nehmen.

»Ich musste Keegan erst in Sicherheit bringen«, antwortete er. »Wir dürfen keins von diesen Monstern an uns vorbeilassen. Er ist immer noch bewusstlos.«

Scythe hatte keine Zeit, etwas zu erwidern, weil in diesem Moment die ersten Yetis um die letzte Biegung kamen.

Sechs Kreaturen stürzten sich knurrend und geifernd auf die drei Menschen. Scythe befand sich plötzlich in der für sie ungewohnten Situation, dass sie es mit einem Widersacher zu tun hatte, der kleiner als sie selbst war, und gab ihre übliche Wirbelwindtaktik auf. Sie stellte sich dem Angriff frontal. Mit ihren Klingen wehrte sie die Krallen der ersten Bestie ab und rammte sie dann dem Yeti in den pelzigen Bauch. Die Leiche fiel ihr vor die Füße, und Dampf stieg von der Wunde auf, als das warme Blut mit der kalten Luft in Berührung kam.

Jerrod wandte eine ähnlich direkte Taktik an. Er trat mit dem Fuß zu und zertrümmerte dem Yeti, der ihn angriff, das Gesicht, bevor die Kreatur ihm so nahe kam, dass sie ihre Klauen einsetzen konnte.

Es war jedoch Norr, der die Yetis wirklich effektiv aufhielt. Statt abzuwarten, bis die Yetis ihn erreicht hatten, trat er vor und beschrieb mit dem Schwert einen weiten Bogen. Der erste Schlag enthauptete einen und schlug einen zweiten Yeti diagonal von der Schulter bis zur Hüfte in zwei Teile; mit dem Rückhandschlag tötete er ebenso leicht zwei andere.

»Zurück!«, schrie Jerrod. Die drei rannten durch den Pass zurück.

Sie kamen bis zur nächsten Biegung, bevor erneut fünf Yetis sie erreicht hatten. Drei stürzten sich direkt auf sie, die beiden andern jedoch kletterten die nahezu senkrechten Felswände empor, wo sie mit ihren Krallen leicht Halt fanden. Nach wenigen Sekunden waren sie mehr als zehn

Meter über den Köpfen der Menschen. Statt sie jedoch von oben anzugreifen, rannten sie weiter, zum Ausgang der Zunge der Schlange, in Richtung des bewusstlosen jungen Mannes, der dort lag.

»Keegan!«, schrie Jerrod, wirbelte herum und machte sich an die Verfolgung.

»Geh und hilf ihm!«, schrie Norr Scythe zu. »Ich kann den Pass allein halten!«

Die Yetis, die über die Wände huschten, waren schnell, aber es gelang Jerrod trotzdem, sie zu überholen. Als sie sich am Ausgang des Passes auf den Boden fallen ließen, wartete er bereits auf sie.

Mit einigen schnellen Schlägen zertrümmerte er der ersten Kreatur die Rippen und rammte ihr dabei einen Knochensplitter ins Herz. Sie brach tot auf dem Boden zusammen. Der andere Yeti sprang Jerrod auf den Rücken und grub seine Zähne in dessen Schultern, aber die Kreatur konnte nicht schnell genug loslassen, um zu verhindern, dass der Mönch sie am Fell packte. Er ließ sich zu Boden fallen und drehte sich so, dass er mit dem Gewicht auf dem Yeti landete und ihn kurzzeitig betäubte. Dann wirbelte er herum und packte den Kopf der Kreatur. Er drückte zu und brach dem Yeti das Genick.

Als er aufsprang, tauchten drei weitere Yetis auf; wie ihre Gefährten waren sie an Norr vorbei über die Wände geklettert, statt sich dem Zorn des Hünen zu stellen. Aber Scythe war ihnen auf den Fersen. Sie streckte zwei mit ihren Dolchen nieder, während Jerrod den dritten eliminierte.

Der Kampf hatte sie aus dem Pass hinaus auf das Plateau geführt. Jerrod warf einen Blick zum Ausgang der Zunge der Schlange und sah, dass Norr kämpfend langsam vor der Masse der Yetis zurückwich. Er war vollkommen blutüberströmt, obwohl fast nichts davon sein Blut war. Daemrons Schwert zuckte so schnell durch die Luft, dass es selbst für Jerrods mystische *Sicht* zu verschwimmen schien. Es hielt blutige Ernte unter den Feinden. Doch obwohl Dutzende Yetis starben, drängten Hunderte weiter und verstopfen den Pass mit ihren Leibern. Etliche Dutzend hingen an den Wänden und krochen an Norr vorbei, wie ein Schwarm von Insekten, kurz davor, sich über die Ebene zu ergießen.

Der Barbar warf einen Blick über die Schulter, und Jerrod erkannte an seiner Miene, was er vorhatte.

»Norr!«, kreischte Scythe, als sie sich umdrehte und sah, dass er auf allen Seiten von den kreischenden, keckernden Yetis umzingelt war, von vorne, von hinten und auch von oben.

Sie machte einen Schritt auf ihn zu, stürzte jedoch zu Boden, als Jerrod ihr von hinten in die Kniekehle trat. Er wollte sie nicht verletzen, nur aufhalten.

Im gleichen Moment hob Norr Daemrons Schwert hoch über seinen Kopf und hackte damit in die Felswand zu seiner Seite. Wo die Klinge den Fels traf, explodierte dieser, und ein Schauer von Trümmern regnete herab. Das Donnern hallte laut durch den Pass.

Norr schlug ein zweites Mal zu und ignorierte die Feinde um sich herum. Erneut befreite er die Macht der Alten Magie. Der Lärm, der diesem Schlag folgte, war so laut und der Aufprall so heftig, dass die Erde zu erzittern begann. Statt eines Schauers von Trümmern erzeugte der Schlag glühend rote Funken. Der Widerhall erschütterte den ganzen Berg und löste eine Lawine von Eis und Steinen aus, als die Mauern des Passes barsten.

Die Yetis, die über die Wände kletterten, hielten inne und klammerten sich verzweifelt fest, um nicht herabzustürzen.

Scythe hatte sich auf die Knie erhoben, aber statt Jerrod anzugreifen, starrte sie voller Entsetzen auf den Mann, den sie liebte. Zum dritten Mal holte Norr mit der Klinge aus und hämmerte sie mit voller Wucht in den Felsen. Ein grellroter Blitz explodierte, und ein breiter Spalt zuckte durch den Stein. Er verzweigte sich die ganze Felswand hinauf, wie ein Spinnennetz, und hatte ein schrilles, ohrenbetäubendes Kreischen zur Folge. Die Yetis gerieten in Panik.

»Nein!«, schrie Scythe, als Norr sich zu ihnen herumdrehte und ihnen Daemrons Schwert zuwarf.

Es flog wirbelnd durch die Luft auf sie zu, bevor es mit der Spitze ein paar Schritte von ihnen entfernt im Schnee landete. Dann brach mit einem ohrenbetäubenden Dröhnen der ganze Pass zusammen und begrub Norr sowie die gesamte Horde der Yetis unter einem gewaltigen Bergrutsch aus Fels und Eis.

34

Obwohl er in der Krone eingesperrt war, sah Rexol alles. Jedenfalls sah er erheblich mehr als Cassandra. Seine Wahrnehmung beschränkte sich zwar auf die Personen und Orte in ihrer Nähe, doch die junge Frau war von der Erschöpfung und dem Schrecken ihrer verzweifelten Flucht wie geblendet.

Abgelenkt von dem Gemetzel an den Inquisitoren waren die kriechenden Zwillinge wieder zurückgefallen. Selbst die Knechte waren nicht schnell genug, um mit Cassandra Schritt zu halten, solange sie ritt. Nur mussten Pferde fressen und schlafen; sie wurden nach vielen Tagen endloser Reise müde. Die Missgeburten dagegen, die sie jagten, ermüdeten nie.

Um vor ihnen bleiben zu können, war Cassandra, ohne zu rasten, tagelang weitergeritten. Sie hatte zweimal das Pferd gewechselt, aber auch das Tier, auf dem sie gerade saß, wurde allmählich müde. Und die kriechenden Zwillinge verfolgten sie nach wie vor.

Cassandra war zum Opfer ihrer schlimmsten Ängste geworden, und Rexol wusste, dass er teilweise daran schuld war. Der Zauber, den er gewirkt hatte, um die Zwillinge so wahnsinnig vor Wut zu machen, dass sie die Inquisitoren angriffen, hatte auch die junge Frau beeinflusst. Es bestand immer noch eine sehr starke Verbindung zwischen ihr und ihrem ehemaligen Meister, und unabsichtlich hatte er sie in einen verlängerten Zustand fast gedankenloser Panik versetzt.

Zuerst hatte Rexol noch angenommen, dadurch würde er sie leichter kontrollieren können. Er hatte versucht, sie dazu zu bringen, sich die Krone aufzusetzen, hatte seine Worte und Vorstellungen in ihren Verstand gelenkt, aber die Furcht, die er dadurch in ihr ausgelöst hatte, sorgte dafür, dass sie instinktiv diese fremde Präsenz in ihrem Geist zurückstieß. Ihr Bewusstsein flüchtete davor, so wie ihr Körper vor den Zwillingen floh.

Dennoch war der größte Teil ihres Verstandes immer noch intakt. Sie ritt weiter in Richtung Callastan. Und sie achtete nach wie vor darauf, Siedlungen und Ortschaften möglichst weit zu umgehen, damit sie nicht unbeabsichtigt weiteres unschuldiges Leben den Knechten opferte. Und ganz allmählich beruhigte sie sich auch wieder.

Wie lange wird es dauern, bis sie registriert, dass Yasmin eine neue Säuberung losgetreten hat?, überlegte er.

Durch Cassandras Sinne hatte er den öligen Gestank von verbranntem Fleisch wahrgenommen, als die junge Frau im Schutz der Nacht an den Dörfern vorbeiritt. Er hatte das Knistern von riesigen Scheiterhaufen gehört und das auffällige Fehlen anderer ChaosWirker bemerkt, sobald sie in die Südlande geritten waren.

Gleiches verbindet sich mit Gleichem. Ich sollte eigentlich in der Lage sein, sie alle wahrzunehmen, das Echo von Strauchhexen, die ihre Zaubersprüche in ihren Lagern vor den Städten und Siedlungen wirken, oder den schwachen Widerhall eines Hofmagus, der ein Ritual durchführt, um dem jüngsten Geschäft eines wohlhabenden Kunden Glück zu bringen.

Rexol hatte solche Menschen immer mit Verachtung und Hohn betrachtet. Seiner Meinung nach waren das keine echten Hexer. Was sie vermochten, zählte in seinen Augen kaum zur Magie. Aber trotz ihrer spärlichen Macht hatte er ihre Präsenz immer im Hintergrund gespürt. Die Berührung des Chaos war unverkennbar und kaum zu ignorieren. Jetzt jedoch hatten sich alle versteckt, die über diese Macht verfügten. Und wenn sie Magie benutzten, dann nur deshalb, um ihre wahre Natur vor den Inquisitoren des Ordens zu verbergen.

Was vielleicht auch ganz gut so ist, sinnierte Rexol.

Wenn der Orden abtrünnige ChaosWirker jagte, dann würden sie nicht nach Cassandra suchen. Und normale Leute würden sich noch weniger einer einsamen Frau nähern, die über kaum genutzte Pfade und Wege ritt, oder gar über sie sprechen. Denn trotz allem, was der Orden glaubte, lieferten die Menschen nur ungern andere dem Zorn der Inquisitoren aus.

Und wenn Yasmin zu sehr mit ihrem eigenen armseligen Krieg beschäftigt war, um sich um das zu kümmern, was wirklich zählte, dann schaffte Cassandra es vielleicht tatsächlich bis nach Callastan, ohne entdeckt zu werden. Aber was passieren würde, wenn sie erst einmal die Stadt erreicht hatten, konnte sich nicht einmal Rexol vorstellen.

Vaaler sah die Erschöpfung auf den Gesichtern der Clankrieger, als er ihnen den Brei in ihre Näpfe füllte. Fast alle waren davon gezeichnet, sowohl die, die von dem

Schlachtfeld zurückkehrten, als auch die, die hinausgingen, um erneut zu kämpfen.

Seit Tagen führten sie einen endlosen, überfallartigen Kampf gegen die Danaan; sie schickten immer wieder neue Krieger aus, in dem verzweifelten Versuch, den Vormarsch des Feindes aufzuhalten, bevor er das riesige Flüchtlingslager im Schlund des Giganten erreichte. Aber nichts, was sie taten, schien die Danaan stoppen zu können.

Deren Armee hatte nach der ersten Schlacht die Taktik geändert. Sie hatten ihre weit verstreuten Patrouillen zurückbeordert und bewegten sich jetzt als eine einzige, eng zusammengezogene Einheit, die Tag für Tag unaufhaltsam weiterzog. Es wurde sehr bald deutlich, dass sie den Spuren der Flüchtlinge folgten und direkten Kurs auf den Schlund des Giganten nahmen. Diese Entscheidung war weder raffiniert noch taktisch besonders genial, und zuerst hatte Vaaler geglaubt, dass die Danaan damit einen entscheidenden Fehler begingen. Denn jetzt wussten die Clanstämme, wohin der Feind wollte, und angesichts ihrer steten Geschwindigkeit war auch absehbar, wann sie in etwa wo auf ihrem Weg sein würden.

Da sie sich jetzt nicht mehr um feindliche Patrouillen kümmern mussten, konnten die Clans den Danaan verheerende Fallen stellen. Sie wählten sorgfältig geeignetes Gelände an unterschiedlichen Punkten der Route aus und postierten ihre Krieger genau an den richtigen Stellen. Jede dieser Fallen erwies sich als durchschlagender Erfolg, und die Verluste der Danaan waren fünfmal größer als die der Clans. Trotzdem weigerte sich der Feind, vom Kurs abzuweichen.

Mittlerweile waren die Danaan nur noch ein paar Tagesmärsche vom Schlund des Giganten entfernt, und ihre Zahl war immer noch zu groß, als dass die Clans ihnen in einer offenen Feldschlacht hätten entgegentreten können. Also hatte Shalana ihre Bemühungen verstärkt, schickte ihre Truppen Welle um Welle abwechselnd hinaus. Jede Gruppe konnte nur ein paar Stunden Pause machen, bevor sie erneut in den Kampf ziehen musste, und allmählich forderten diese erbarmungslosen Kämpfe ihren Tribut.

Hätten sie es mit einem gewöhnlichen Feind zu tun gehabt, hätten sie die Schlachtreihen der Danaan längst durchbrochen und sie vernichtend geschlagen. Aber so sehr Vaaler sich auch bemühte, ihm fiel einfach keine Möglichkeit ein, wie sie den Oger besiegen konnten. Jedes Mal, wenn die Clans auf dem Schlachtfeld die Oberhand zu gewinnen drohten, tauchte die Bestie auf und wendete das Schlachtenglück. Mittlerweile waren bei diesen Gefechten so viele Clankrieger diesem Monster zum Opfer gefallen, dass Shalana ihnen jetzt den Befehl gab, sich sofort zurückzuziehen, wenn die Kreatur auftauchte, statt zu versuchen, dieses schleimige Monster zu bekämpfen.

Jemand tippte Vaaler auf die Schulter, während er weiter den dünnen Brei in die Näpfe der hungrigen, müden Soldaten löffelte, die in einer endlosen Schlange vor ihm standen.

»Shalana ist wieder da«, sagte der junge Mann hinter ihm. »Ich kann dich ablösen, wenn du zu ihr willst.«

Vaaler bedankte sich mit einem Nicken und verließ seinen Posten. Er brachte es immer noch nicht über sich, gegen sein eigenes Volk zu kämpfen. Also hatte er angefangen, die Krieger auf andere Art und Weise zu unterstützen, abgesehen davon, dass er Shalana und ihren Than-Häuptlingen taktische Hilfe gab. Er half beim Verteilen des Essens, er half dabei, das bewegliche Lager auf- und wieder abzubauen, das sie als Operationsbasis benutzten, er half dabei, die Vorratsschlitten zu jedem neuen Ort zu ziehen.

Aber ich kämpfe nicht für sie. Ob sie mir das verübeln?

Shalana hockte neben einem Torffeuer und wärmte sich an der Flamme. Als sie Vaaler bemerkte, winkte sie ihn zu sich. Der sah beim Näherkommen, wie tief die Augen in ihren Höhlen lagen. Gesicht und Kleidung waren mit Schmutz und Blut bedeckt. Sie roch nach Schweiß, Blut und Tod.

»Wie viele diesmal?« Er hockte sich neben sie.

»Vierzig von uns, bevor der Oger kam und wir uns zerstreut haben. Ein paar Hundert von ihnen.«

»Sie können nicht sehr viel länger so weitermachen.« Vaaler schüttelte den Kopf. »Nicht mit diesen schweren Verlusten. Schon gar nicht, wo der Winter bevorsteht und sie keinen Proviant haben.«

»Das können sie wohl«, antwortete Shalana niedergeschlagen. »Trotz ihrer Verluste sind sie uns immer noch zwei zu eins überlegen. Ohne den Oger hätten wir vielleicht eine Chance, aber solange diese Kreatur in ihren Reihen kämpft …«

Sie verstummte, weil sie nicht aussprechen musste, was sie beide wussten.

»Vielleicht bringen Norr und Hadawas uns ja das Schwert«, meinte Vaaler, obwohl er wusste, dass Shalana die Existenz dieses Artefakts immer noch bezweifelte.

»Mir ist jetzt klar, warum sich selbst so viele bedeutende Menschen an diese lächerliche Idee klammern«, flüsterte sie. »Wenn jede Hoffnung verloren ist, heißt man selbst ein Ammenmärchen willkommen.«

»Welche andere Wahl hätten wir denn?«

»Der Schlund des Giganten grenzt an das Gebirgsmassiv am Rande der Welt. Wir könnten Roggen anweisen, die Flüchtlinge hinauf auf die Gipfel zu führen. Dort könnten sie sich wochenlang verstecken.«

»Das würde nur bedeuten, dass sie verhungern oder erfrieren, bevor der Feind sie abschlachtet«, merkte Vaaler an.

Shalana seufzte. »Nach unserem ersten Sieg habe ich wirklich geglaubt, dass wir diesen Krieg gewinnen können«, gestand sie.

»Ich auch«, gab Vaaler zu. »Die Danaan hätten sich längst zurückziehen müssen.« Seine Stimme klang wütend. »Ich verstehe einfach nicht, wie die Königin sie immer weitertreiben kann, obwohl so viele von ihnen jeden Tag sterben!«

»Sie will Rache«, sagte Shalana schlicht. »Hass vergiftet unsere Herzen und unseren Verstand. Er bringt uns dazu, Dinge zu tun, die nicht erklärbar sind.«

»Sie will mich bestrafen.« Vaaler senkte den Kopf. »Ich habe mein Volk verraten. Mein eigenes Fleisch und Blut. Vielleicht kehren sie um, wenn ich mich ergebe.«

»Du weißt genau, dass das nicht stimmt«, widersprach

Shalana. »Denn wäre es so, hättest du das längst getan. Ich kenne dich.«

Vaaler erwartete fast, dass sie so etwas sagen würde wie: *»Gib nicht dir die Schuld«*, aber sie hielt nichts davon, viele Worte zu machen. Ihr war klar, dass irgendwelche Allgemeinplätze die komplizierte Mischung aus Schuld, Wut und Scham, die in ihm brannte, nicht heilen konnten. Stattdessen saß sie einfach bei ihm und bot ihm den Trost ihrer Gesellschaft.

Ohne lange darüber nachzudenken, nahm Vaaler plötzlich ihre Hand in seine. Er hatte bisher noch nie ihr gegenüber seine Gefühle körperlich ausgedrückt, und sie versteifte sich unwillkürlich bei seiner Berührung. Aber gerade als er dachte, sie würde ihre Hand zurückziehen, fühlte er, wie sie sich entspannte, und dann lehnte sie sich an ihn und legte ihren Kopf auf seine Schulter.

Trotz der trostlosen Umgebung und ihres niederschmetternden, unausweichlichen Schicksals fühlte sich Vaalers Herz plötzlich leichter an.

»Das Schwert ist real«, beteuerte er. »Es kann uns retten. Es besteht immer noch Hoffnung.«

»So wie ich jetzt hier mit dir sitze«, flüsterte sie ihm ins Ohr, »könnte ich es fast glauben.«

Orath missfiel es, dem Ruf der Königin folgen zu müssen. Er war kein Haustier, das freudig gehorchte, wenn seine Herrin es rief. Aber er brauchte die Armee der Danaan noch. Wenn der Hexer, der den Ring gestohlen hatte, in diesem Flüchtlingslager auf sie wartete, würde der Oger alle seine Macht brauchen, um ihn zu bezwingen. So verheerend die Bestie auch sein mochte, sie konnte nicht den Zerstörer der Welten und eine Horde von Barbaren gleichzeitig besiegen.

Falls der Zerstörer der Welten überhaupt noch bei ihnen ist.

Die Spur des Rings war erkaltet, und Orath war sich nicht mehr gänzlich sicher, ob sie noch in die richtige Richtung marschierten. Riannas Vision hatte gezeigt, dass der Zerstörer der Welten mit den Clans des Ostens gemeinsame Sache machte, doch jetzt fragte sich Orath allmählich, ob sie vielleicht in die Irre geführt oder sogar getäuscht worden war.

Er hatte erwartet, dass die willkürliche Zerstörung, die die Danaan hier auf dem Territorium der Clans anrichteten, den Hexer aus der Reserve locken würde. Aber der Sterbliche war entweder ein Feigling und hatte zu viel Angst, sich zu zeigen; oder aber er war zu gerissen, um auf eine solche List hereinzufallen, und hielt sich lieber versteckt.

Oder aber er hat die Clans ihrem Schicksal überlassen und ist in die Berge geflüchtet.

Sollte das zutreffen, würde Orath dem Oger befehlen, den flüchtigen ChaosWirker zu jagen, sobald die Clans ausgelöscht waren.

Und dann habe ich keine weitere Verwendung mehr für dich, meine Königin.

Er betrat ihr Zelt, ohne sich anzukündigen und darauf zu warten, dass sie ihn hereinrief. Diesen Verstoß gegen die Etikette hätte keiner ihrer sterblichen Untertanen jemals gewagt. Aber entweder fiel es ihr nicht auf, oder aber sie hütete sich davor, ihn zurechtzuweisen. Die Königin stand mit dem Rücken zu ihm und starrte auf die blanke Zeltwand.

»Ich wollte allein mit dir sprechen«, sagte sie, ohne sich umzudrehen.

Orath stellte überrascht fest, dass Rianna und er tatsächlich alleine waren. Nicht einmal der stets präsente Andar drückte sich in den schattigen Ecken herum.

»Ihr scheint besorgt zu sein, meine Königin«, sagte er mit seiner mitfühlendsten Stimme und trat dicht hinter sie.

»Ich habe mich unter meine Soldaten gemischt«, sagte sie, immer noch mit dem Rücken zu ihm. »Ich hatte gehofft, ihnen Mut zu machen.«

»Sie werden neuen Mut fassen, sobald wir die Armeen der Clans zerschmettert und den Zerstörer der Welten besiegt haben.«

Rianna antwortete nicht, sondern rieb sich die Schläfen.

»Die Soldaten sagen, der Oger macht sich über die Gefallenen her, und zwar sofort nach jeder Schlacht«, flüsterte Rianna. Orath sah, wie sie erschauerte.

»Die Kreatur muss fressen«, antwortete er. »Was kümmert es Euch, ob er die Leichen Eurer Feinde schändet?«

»Die Soldaten sagen, dass er sowohl die Toten der Barbaren als auch die der Danaan frisst. Einige behaupten sogar, sie hätten die Schreie der Verwundeten gehört, die er verschlang, bevor wir sie finden und vom Schlachtfeld holen konnten.«

Der Oger mag sein Fleisch frisch und warm, dachte Orath, war jedoch klug genug, das nicht laut zu sagen.

»Du hast mir gesagt, du könntest die Bestie beherrschen!« Rianna fuhr plötzlich zu ihm herum. »Ich will, dass das aufhört!«

»Das ist nicht möglich«, erwiderte der Knecht. »Andars Einmischung in das Beschwörungsritual hat meine Herrschaft über den Oger geschwächt. Wenn ich die Bestie daran hindere zu fressen, wird sie sich in ihrem Hunger gegen uns wenden.«

Rianna nickte langsam, als hätte sie diese Antwort erwartet.

»Mein Kriegsrat glaubt, dass wir umkehren sollten.«

Orath legte den Kopf auf die Seite und kratzte sich mit seinen langen Fingernägeln den kahlen, fledermausartigen Schädel.

»Ihr hattet eine Sitzung des Kriegsrates ohne meine Anwesenheit?«, erkundigte er sich.

»Ich fürchtete, dass sie in deiner Gegenwart nicht offen mit mir reden würden«, gab sie zurück.

Du meinst, Andar fürchtete das. Orath wusste sofort, woher diese Idee stammen musste.

»In wenigen Tagen wird das alles vorbei sein«, beschwor der Knecht sie. »Der Sieg ist zu nah, als dass wir jetzt umkehren könnten.«

»Jeden Tag sterben Hunderte meiner Untertanen.« Die Königin hob die Stimme. »Hunger und Strapazen kosten uns ebenso viele Tote wie die Überfälle der Wilden. Und in diesen gefrorenen Einöden können wir unsere Toten weder begraben noch verbrennen. Wir müssen die Leichen von Freunden und Verwandten zurücklassen, damit ein Monster sie verschlingen kann!«

»Ihr habt mir gesagt, Ihr wäret bereit, alles zu tun, um den Ring zurückzubekommen.« Oraths Stimme klang ruhig und kalt. »Nun, das ist der Preis, den Ihr zu zahlen habt, wenn Ihr den Zerstörer der Welten aufhalten wollt.«

»Ich fürchte, dass der Zerstörer der Welten nicht mehr bei ihnen ist«, erwiderte die Königin leise. »Ich kann die Präsenz des Rings nicht mehr spüren. Und ich träume auch nicht mehr von seinem Gesicht.«

»Das Chaos in diesem Land ist schwach«, gab Orath zu bedenken. »Und Eure Verbindung zu dem Ring verblasst mit jedem Tag, den Ihr ihn nicht in Eurem Besitz habt. Ihr könnt nicht länger darauf vertrauen, dass Euch Eure Visionen leiten.«

»Aber was ist, wenn der Zerstörer der Welten nun nicht mehr bei den Clans ist?«, sprach sie seinen eigenen heimlichen Gedanken aus. »Dann ist all das hier umsonst.«

»Sobald die Barbaren vernichtet sind«, versprach Orath, »wird es ein Leichtes für uns sein, den Zerstörer der Welten zu finden. Er kann sich nicht verstecken; der Oger hat die Witterung des Rings aufgenommen. Das Artefakt wird bald wieder Euch gehören, wenn Ihr auf mich hört.«

Er sah die Unentschlossenheit in den Augen der Königin. Sie zögerte, wirkte verunsichert, verloren. Die Wut, die in ihr gebrannt hatte, war erloschen, erstickt von der brutalen Realität eines Winterkrieges gegen die Stämme des Eisigen Ostens. Und da ihre Entschlossenheit nachließ, war jetzt auch ihr Wille schwach.

Orath packte sie plötzlich bei den Schultern und zog sie an sich. Er schob sein Gesicht gegen ihres. Die Königin riss die Augen weit auf und verzog angewidert das Gesicht. Sie wollte schreien, aber als sie den Mund aufriss, blies ihr Orath tief in den Mund. Es war eine schwarze

Wolke, die durch ihren Hals in ihre Lunge sickerte und ihre Stimme erstickte.

Dann ließ er Rianna los, die zurücktaumelte. Sie hustete und versuchte die widerliche Essenz des Knechts herauszuwürgen. Orath beobachtete ihren Kampf und wartete geduldig, bis sein Bann wirkte. Er hatte eigentlich nicht seine kostbaren Reserven an Magie verschwenden wollen, um sie vollkommen seinem Willen zu unterwerfen. Aber ihr derzeitiger geistiger Zustand machte sie verletzlich. Deshalb konnte sie ihn nicht so bekämpfen, wie sie das zuvor vermocht hätte. Und obwohl es seine allmählich abnehmende Macht aufs Äußerste strapazieren würde, die Königin und den Oger gleichzeitig zu kontrollieren, würde das höchstens noch ein paar Tage dauern. Die Belohnung, die dann winkte, war dieses Risiko wert.

Rianna hatte aufgehört zu husten und richtete sich auf. Ihre Augen blickten ins Leere, und sie drehte langsam den Kopf von einer Seite zur anderen, während sie das Zelt betrachtete, ohne dass sie etwas zu erkennen schien.

»Sag dem Kriegsrat, dass wir weitermachen.« Orath manipulierte mit seinem Geist ihre jetzt formbaren Gedanken. »Sag ihnen, dass wir diese Sache bis zum Ende durchstehen werden. Wir werden erst zurückkehren, wenn alle Barbaren tot sind.«

Die Königin nickte, und ihr verschleierter Blick klärte sich, als ihr taumelnder Verstand sich Oraths in ihren Geist projizierten Willen beugte.

»Die Barbaren gewähren dem Zerstörer der Welten Zuflucht!« Sie spie die Worte förmlich hervor. »Dafür müssen sie ausgelöscht werden!«

35

Keegan sah immer wieder Scythe an, als die drei Gefährten über die verlassenen, schneebedeckten Ebenen marschierten. Es war hier etwas wärmer als oben in den Bergen, und sie hatten die äußerste Schicht Kleidung abgelegt. Sie hatten sich nicht die Mühe gemacht, sie einzupacken, sondern sie einfach liegen lassen. Je weniger sie mit sich schleppen mussten, desto schneller kamen sie voran.

Ihr Tempo war ohnehin schon langsam genug, und ihre Gedanken waren in Aufruhr, während sie versuchten, mit dem Schock durch Norrs Tod fertigzuwerden. Keegan war klar, dass Scythe weit stärker davon getroffen war als er selbst und Jerrod, und er machte sich Sorgen um sie. Außerdem fragte er sich unwillkürlich, ob es vielleicht seine Schuld gewesen war.

Ich habe den Ring zweimal benutzt. Könnte es sein, dass die Gegenreaktion Norrs Tod verursacht hat?

Es waren zwei Tage vergangen, seit Norrs Opfer den anderen ermöglicht hatte, in der Zunge der Schlange den Yetis zu entkommen. Unmittelbar nach der ungeheuren Lawine aus Stein und Eis hatte sich Scythe auf den Berg gestürzt und mit ihren Dolchen verzweifelt gegraben, als könnte sie Norr unter den Hunderten von Tonnen irgendwie erreichen.

Keegan wäre gerne zu ihr geeilt, aber da er den Ring

gegen die Yetis eingesetzt hatte, war er noch zu schwach, um auch nur zu stehen. Er konnte nur zusehen, unfähig, ihr zu helfen oder sie zu trösten.

Schließlich ging Jerrod zu Scythe, aber erst, nachdem er das Schwert von Daemron aufgehoben hatte.

»Er ist tot, Scythe«, hatte der Mönch gesagt und ihr die Hand auf die Schulter gelegt, während er die Klinge in der anderen Hand hielt.

Sie war zu ihm herumgefahren, mit hasserfülltem Blick und die rasiermesserscharfen Dolche zum Kampf erhoben. Jerrod zuckte nicht einmal zusammen.

»Warum hast du mich zu Fall gebracht?«, wollte sie wissen. »Ich hätte zu ihm gehen können, ich hätte ihm helfen können!«

»Dann wärst du jetzt auch tot.« Die Stimme des Mönchs war so gefühllos wie immer.

»Vielleicht wollte ich das ja!«, schrie sie ihn an.

»Das ist aber nicht das, was Norr gewollt hätte!«, rief Keegan, der immer noch nicht genug Kraft besaß, um sich aufzurichten.

»Nimm das Schwert und bring Keegan wieder auf die Beine!«, fuhr Scythe den Mönch plötzlich an und wandte sich von beiden ab. Sie ließ ihre Dolche verschwinden. »Es gibt keinen Grund, noch länger hierzubleiben.«

Das waren die letzten Worte, die sie bis jetzt gesprochen hatte. Jerrod hatte das Schwert benutzt, um Keegan zu helfen. Er hatte die Klinge sanft auf die Schulter des jungen ChaosWirkers gelegt, der spürte, wie die Kraft langsam in seine Glieder zurückkehrte. Genug Kraft, damit er wieder laufen konnte. Aber er wusste auch, dass er geistig zu erschöpft war, um in absehbarer Zeit das Chaos beschwören zu können.

Glücklicherweise gab es keine Anzeichen für irgendwelche Verfolger. So gut wie alle Yetis waren mit Norr im Pass gewesen, als die Felswände zusammenbrachen. Und die Handvoll, die der Vernichtung entkommen waren, würden Tage brauchen, um die Berge zu umgehen oder darüberzuklettern. Sie würden weit hinter ihnen zurückbleiben.

Am ersten Tag jedoch war Keegan nicht überzeugt, dass das wirklich gut war. Hätten ein oder zwei Yetis irgendwie überlebt und sie angegriffen, hätten Scythes Kampfinstinkte möglicherweise eingesetzt und sie aus ihrem Dämmerzustand gerissen. So wie es jetzt aussah, war sie vollkommen in sich gekehrt.

Sie hatte seit zwei Tagen nur geschwiegen, hatte sie weder angesehen noch überhaupt wahrgenommen. Sie ging einfach neben ihnen her, blieb stehen, wenn die beiden Männer stehen blieben, aß, wenn die beiden aßen, und schlief, wenn sie schliefen. Aber sie schien sich dessen, was sie da tat, nicht bewusst zu sein. Alles geschah automatisch und instinktiv, als hätte sich ihr Bewusstsein vollkommen von ihr gelöst.

Keegan verstand ihren lähmenden Schmerz nur zu gut. Er hatte das Gleiche empfunden, als sein Vater gestorben war. Vaaler hatte ihn damals aus diesem schwarzen Abgrund geholt, aber er hatte es langsam getan. Er hatte Keegan Zeit gelassen zu trauern. Das war auch bei Scythe notwendig.

Aber du musst ihr auch klarmachen, dass sie nicht alleine ist.

Jerrod ging voran, Daemrons Schwert mit Lederriemen

auf den Rücken geschnallt und in jeder Hand einen der beiden restlichen Nachschubbeutel. Keegan und Scythe folgten ihm. Sie gingen nebeneinander, obwohl Keegan deutlich Abstand hielt.

Schließlich näherte er sich ihr vorsichtig. »Es ist völlig in Ordnung zu weinen, Scythe«, sagte er dann so sanft, wie er es vermochte. »Vielleicht hilft es dir sogar.«

Sie antwortete nicht, aber sie drehte immerhin ihren Kopf zu ihm und sah ihn scharf an, ohne ihr Tempo zu verändern.

»Ich weiß, wie du dich fühlst«, versicherte Keegan ihr. »Ich habe das Gleiche empfunden, als ich meinen Vater verloren habe. Ich war frustriert, hilflos und wütend. Es ist schrecklich, mit ansehen zu müssen, wie jemand, der dir nahesteht, stirbt, ohne dass du ihm helfen kannst.«

»Du hättest ihm helfen können«, knurrte Scythe und blieb unvermittelt stehen.

»Ich … ich konnte nichts tun.« Er stammelte verlegen, nicht so sehr überrumpelt von dem Ärger in ihrer Stimme, sondern davon, dass sie ihm überhaupt geantwortet hatte.

»Du bist ein Zauberer. Du hättest den Ring benutzen können.«

»Das konnte ich nicht«, widersprach Keegan, der sich plötzlich schuldig fühlte. »Ich war erschöpft, ausgelaugt.«

Ich konnte ihm nicht helfen. Aber trotzdem könnte sein Tod meine Schuld sein.

Er wollte ihr gerade seine Befürchtungen wegen der Gegenreaktion des Rings mitteilen, überlegte es sich dann jedoch im letzten Moment anders und klappte den Mund wieder zu.

»Ein toller Erretter.« Scythe wandte sich mit einem verächtlichen Schnauben von ihm ab.

»Keegan trägt nicht die Schuld an Norrs Tod.« Jerrod hatte sich zurückfallen lassen und mischte sich jetzt in das Gespräch. »Das weißt du.«

Anders als bei Keegan lagen weder Mitleid noch Mitgefühl in seinen Worten. Wie immer klang seine Stimme kalt und gefühllos. Der ChaosWirker bemerkte auch, dass Jerrod seine Proviantbeutel fallen gelassen hatte. Jetzt waren seine Hände frei.

»Das weiß ich.« Scythe drehte sich zu ihnen herum, während ein boshaftes Grinsen ihre Lippen verzog. »Er ist nur deine Marionette. Das waren wir alle. Und das hat Norr das Leben gekostet.«

»Norr hat die Wahrheit erkannt«, konterte Jerrod. »Nachdem wir aus Torian geflohen sind, hat er begriffen, dass Keegan etwas Besonderes ist. Und er hat sich entschieden, ihm zu helfen, seine Bestimmung zu erfüllen.«

»Das ist nicht wahr!«, schrie Scythe. »Norr wollte Hadawas das Schwert bringen. Aber du hast ihn überredet, der Krone zu folgen – und jetzt ist er tot!«

»Wir alle mochten Norr«, mischte sich Keegan ein. Er spürte, wie ihre Wut wuchs, und versuchte sie zu beruhigen. »Keiner von uns wollte, dass so etwas passiert.«

»Aber das kommt dir sehr gelegen, stimmt's?«, fuhr sie ihn an. »Norr ist tot, und jetzt trittst du an seine Stelle und tröstest mich. Ist das dein Plan, Keegan? Willst du meine Trauer benutzen, damit ich mich in dich verliebe?«

»Ich will nicht … So ist es nicht, Scythe!«, beteuerte er.

»Norr war mein Freund! Ich hätte niemals etwas getan, was ihm schaden könnte!« *Jedenfalls nicht absichtlich.*

»Und was ist mit dir?« Sie fuhr zu Jerrod herum. »Du glaubst immer noch, dass Keegan und ich irgendwie miteinander verbunden sind, hab ich recht? Du glaubst, wir beide sind Teil dieser Prophezeiung, der du hinterherrennst!«

»Allerdings«, gab Jerrod zu.

»Und Norr war einfach nur im Weg!« Scythe schrie mittlerweile, schrill vor Wut. »Er passte nicht in deinen Plan. Und nachdem er jetzt tot ist, ist alles genau so, wie du es immer haben wolltest!«

»Norrs Tod ist eine Tragödie«, entgegnete Jerrod. »Er war ein großer Mann und kannte die Bedeutung unserer Aufgabe. Und er wusste auch, dass sein eigenes Leben im Vergleich zu Keegans Bestimmung nichts bedeutete.«

»Nichts?« Scythe kreischte, sowohl aus Trauer als aus Wut. »Nichts? Für mich bedeutete er alles!«

Wie aus dem Nichts tauchten plötzlich die beiden Dolche in ihren Händen auf, und sie stürzte sich auf Jerrod. Sie bewegte sich so schnell, dass Keegan nicht einmal die Chance hatte, den Mönch zu warnen.

Jerrod spürte Scythes wachsende Wut, aber ihr plötzlicher Angriff überrumpelte ihn trotzdem. Er konnte gerade noch verhindern, dass sie ihm die Kehle aufschlitzte. Er warf sich zurück und drehte den Kopf zur Seite, sodass die erste Klinge seine Gurgel um Haaresbreite verfehlte. Mit der zweiten verpasste sie ihm einen Schnitt an der Schulter. Die Verletzung war zwar schmerzhaft, aber nicht tödlich oder für ihn auch nur hinderlich.

Scythe griff weiter an, und ihre Klingen zuckten und blitzten in einem scheinbar willkürlichen Muster, das seine *Sicht* verwirrte. Da er ihren Schlägen nichts entgegenzusetzen hatte, wirbelte er mit drei hastigen Überschlägen zurück, um sich vor ihrer wilden Wut in Sicherheit zu bringen.

Einen Moment lang fürchtete er, sie würde sich auf Keegan stürzen, und verwünschte sich dafür, dass er den jungen Mann wehrlos zurückgelassen hatte.

Etwas an der Art, wie sie kämpft, bringt mich aus dem Gleichgewicht. Sie zwingt mich zu dummen Fehlern.

Glücklicherweise richtete sich ihre Wut nur gegen Jerrod, nicht gegen Keegan. Sie stürmte vor, obwohl der ChaosWirker ihr zurief, sie solle damit aufhören. Statt wie gewöhnlich zu seinen akrobatischen Schlägen, Tritten und anderen Tricks zu greifen, packte Jerrod den Griff von Daemrons Schwert, der über seine Schulter hinausragte.

Mit einer kurzen Drehung durchtrennte er die Lederriemen, die die Waffe auf seinem Rücken hielten, und richtete sie auf seinen Feind. Statt eine verwirrende, verschwommene Gestalt vor sich zu sehen, die unberechenbar, brutal und wütend war, erlaubte ihm die Macht des Artefakts, Scythe vollkommen klar zu erkennen.

Als würde sie sich langsam wie durch Honig bewegen, während sie hierhin und dorthin sprang, sich duckte, Schläge antäuschte und zustieß. Es schien, als hätte die eisige Luft ihre Muskeln gelähmt. Jerrod konnte ihre Klingen mit Leichtigkeit parieren, schlug sie so gelassen zur Seite, wie er einen Klumpen Lehm von seinem Ärmel geschüttelt hätte.

Er wich Scythe aus, und durch ihren Schwung stolperte sie an ihm vorbei. Dadurch war ihr Rücken vollkommen ungedeckt. Und als hätte das Schwert einen eigenen Willen, stieß es vor. Im letzten Moment jedoch nahm Jerrod mit seiner *Sicht* den entsetzten Ausdruck auf Keegans Gesicht wahr, und statt Scythe zu durchbohren, drehte er die Waffe, sodass er sie mit der flachen Seite der Klinge zwischen den Schultern traf.

Der Schlag war jedoch weit kräftiger, als er eigentlich hätte sein sollen. Statt Scythe nur einen leichten Stoß zu versetzen, hämmerte er ihr die Klinge mit voller Wucht zwischen die Schulterblätter, woraufhin sie mit dem Gesicht voran in den Schnee flog.

Sie war im Nu wieder auf den Beinen, obwohl es für Jerrods durch das mythische Artefakt geschärfte Sinne wie eine Ewigkeit wirkte. Sie wirbelte herum und stürzte sich erneut auf ihn. Diesmal schlug Jerrod Scythe die Dolche mit blitzschnellen und unglaublich präzisen Schlägen aus den Händen, ohne ihre Haut mit dem Schwert auch nur zu ritzen.

Obwohl sie ihrer Waffen beraubt war, griff sie ihn an wie ein wildes Tier, ging ihm an die Kehle. Jerrod bewunderte ihre Zähigkeit, aber er hatte diesen Angriff bereits erwartet und trat zur Seite. Diesmal schlug er ihr die flache Seite der Klinge gegen den Bauch, und Scythe rang nach Luft.

Mit einem lauten Grunzen sank sie auf die Knie und umklammerte keuchend ihren Leib. Dann hob sie den Kopf und starrte Jerrod hasserfüllt an.

»Mach schon!«, kreischte sie. »Los doch! Durchbohr mich! Mach dem ein Ende!«

Jerrod schüttelte einfach nur den Kopf und trat einen Schritt zurück. Er machte Keegan Platz, der zu ihr stürzte und die junge Frau schützend in die Arme schloss.

Sie wehrte sich gegen seine Umarmung, bis er sich zögernd löste. Dann sackte sie auf dem Boden zusammen. Tränen strömten ihr aus den Augen, und ihr Körper wurde von einem krampfhaften Schluchzen geschüttelt.

Erneut kniete sich Keegan neben sie und nahm sie in die Arme. Er hielt sie an den Schultern und wiegte sie sanft hin und her. Er sagte kein Wort, und schließlich hatte sie keine Tränen mehr. Ihre Erschöpfung siegte über ihre Trauer, sie schloss die Augen und schlief ein.

»Danke, dass du sie verschont hast.« Keegan sah zu Jerrod hoch, während er die schlafende Frau an seine Brust drückte.

»Ich sehe mich um, ob es in der Nähe einen Platz gibt, an dem wir unser Nachtlager aufschlagen können«, erklärte Jerrod.

»Morgen früh wird es ihr besser gehen«, versicherte der junge Hexer ihm. »Du wirst schon sehen. Morgen geht es ihr besser.«

In dieser Nacht schlief Jerrod nicht. Seine Wahrnehmung war auf die beiden jungen Menschen gerichtet, die sich unter den zusätzlichen Decken zitternd aneinanderkauerten. Sie schliefen in der Senke, die er an der windgeschützten Seite einer Schneewehe für sie ausgehoben hatte. Und er betete zu den Wahren Göttern, dass Keegan recht behielt.

36

Andar konnte sehen, dass mit der Königin etwas nicht stimmte. Sie sprach zu langsam, bewegte sich unnatürlich und ruckartig. Das erste Mal war es ihm vor ein paar Tagen aufgefallen, und er hatte sich gefragt, ob sie an irgendeiner sonderbaren Krankheit litt. Jetzt jedoch argwöhnte er, dass Orath die Schuld an ihrem Zustand trug.

Der Knecht ließ Rianna nicht mehr aus den Augen. Selbst wenn sie schlief, hielt Orath vor ihrem Zelt Wache, wie ein missgebildeter Leibwächter aus einem Albtraum.

Er hat etwas mit ihr angestellt, begriff Andar, der die Anzeichen erkannte. *Irgendeine üble Magie, die sie an seinen Willen bindet.*

Aber er konnte nichts dagegen unternehmen; jedenfalls nicht, bis er eine Möglichkeit fand, alleine mit der Königin zu sprechen.

Aber was willst du dann tun? In diesem Land hier hast du keine Macht.

Auch der Kriegsrat spürte die Veränderung. Andar sah es an den Blicken der Ratgeber, wenn sie der Königin Bericht erstatteten. Zuvor hatte sie auf die Meldungen über Verluste der Danaan mit einer wenn auch stoischen Sorge reagiert. Selbst wenn sie niemals in ihrer Entschlossenheit, den Krieg zu führen, gewankt hatte, war es offensichtlich gewesen, dass sie den schrecklichen Preis, den sie dafür zahlten, begriff.

Jetzt jedoch schien es sie nicht mehr zu kümmern, was ihre Berater sagten. Meistens wirkte sie distanziert und abgelenkt, als würde sie ihnen nicht einmal zuhören.

»Die Barbaren haben jetzt keinen Zufluchtsort mehr«, erklärte Hexiff gerade. »Wir haben sie in den Bergen in die Enge getrieben.«

»Nach meinen Schätzungen haben wir immer noch mindestens doppelt so viele Soldaten wie sie«, setzte Pranya hinzu. »Sie haben keine Chance, und ihre Anführer wissen das ebenfalls sehr genau.«

»Wenn wir ihnen die Bedingungen für eine Kapitulation überbringen und sie diese akzeptieren, können wir den endgültigen Sieg ohne weiteres Blutvergießen erringen«, schlug General Greznor vor.

»Bedingungen?« Die Königin blinzelte heftig, als wäre sie plötzlich wachgerüttelt worden. »Welche Bedingungen könnten sie schon erfüllen, die uns interessieren?«

»Sie haben Proviant«, mischte sich Bassi, der Quartiermeister, ein. »Essen und Torf für ihre Feuer. Zusätzliche Decken. Uns mangelt es an allem.«

»Selbst wenn wir sie morgen besiegen …«, begann Lormilar, aber die Königin schnitt ihm das Wort ab.

»Wir werden sie morgen besiegen!«, fuhr sie ihn an. »Wir haben eine überwältigende Streitmacht zur Verfügung, und außerdem steht der Oger auf unserer Seite!«

»Trotzdem«, fuhr der Hohe Zauberer nach einer respektvollen Pause fort, »verfügen wir nicht über genug Nachschub, um den Rückweg nach Ferlhame zu bewältigen. Jedenfalls nicht, ohne auf dem Weg dorthin starke Verluste zu erleiden.«

»Dann werden wir sie eben zermalmen und ihre Vorräte erbeuten«, erklärte die Königin.

»Wenn die Niederlage für sie unausweichlich ist, könnten sie auf die Idee kommen, ihre eigenen Vorräte zu vernichten, als einen letzten Schlag gegen uns«, warnte Pranya.

»Kleinere Stämme leisten mächtigeren häufig Tribut«, fuhr Lormilar fort. »Die Barbaren sind daran gewöhnt, sich von einem überlegenen Feind freizukaufen. Wenn wir ihnen ein solches Angebot machen, werden sie es akzeptieren.«

»Wir sind wegen des Zerstörers der Welten hier«, rief ihnen die Königin in Erinnerung. Sie hatte den Kopf auf die Seite geneigt, als lauschte sie einer Stimme, die nur sie hören konnte. »Sie werden ihn uns niemals ausliefern.«

»Es wäre zumindest einen Versuch wert«, meinte Greznor. »Wir könnten die Auslieferung des Zerstörers ja zum Teil der Kapitulationsbedingungen machen.«

»Nein!«, erwiderte die Königin barsch. »Gespräche und Verhandlungen zögern das Unausweichliche nur hinaus. Damit bekommt der Zerstörer nur die Chance zu entkommen!«

Resignation machte sich unter den Angehörigen des Kriegsrates breit.

»Dann schlage ich vor, dass wir im Morgengrauen angreifen«, meinte Greznor seufzend. »Mit etwas Glück ist die Schlacht bei Sonnenuntergang vorbei.«

Zufrieden entließ Rianna den Kriegsrat mit einem

knappen Nicken. Wortlos schlurften ihre Berater hinaus und ließen Andar, die Königin und Orath zurück.

Andar machte sich daran, das Geschirr abzuräumen, und hütete sich, die beiden anderen anzusehen. Er hoffte, sie würden einfach vergessen, dass er da war.

Ich kann sie nicht mit Orath alleine lassen. Das kann ich einfach nicht!

Aber trotz seiner Bemühungen, unauffällig zu bleiben, sprach ihn die Königin schon nach kurzer Zeit an.

»Lass das bis morgen stehen«, sagte sie. »Ich bin müde, Sklave. Ich brauche Schlaf.«

Sklave? So hat sie dich noch nie genannt.

Andar senkte den Kopf und verließ das Zelt. Seine Gedanken überschlugen sich. Statt jedoch zu der Schlafdecke auf dem blanken Boden zurückzukehren, der ihm als Quartier diente, ging er zu dem Zelt, in dem Lormilar logierte, sein Nachfolger. Er sah sich rasch um, ob jemand ihn beobachtete, und huschte dann hastig hinein.

Lormilar saß auf einem Stuhl neben einem kleinen Tisch in einer Ecke seines Zeltes, tief in die Texte versunken, die einmal Andar gehört hatten.

Wir haben nicht genug Essen für die Soldaten, dachte er angewidert, *aber wir transportieren immer noch Tische und Stühle für die privaten Unterkünfte der Mitglieder des Kriegsrates?*

»Andar?« Lormilar stieß ein erschrecktes Keuchen aus, als er von seinen Büchern hochblickte. »Was macht Ihr hier? Die Königin wird Euch köpfen!«

»Die Königin ist nicht bei Verstand«, erwiderte Andar. »Ihr müsst Greznor und die anderen überzeugen, ihre Befehle zu ignorieren. Schickt jemanden zu den Barbaren, der mit ihnen verhandelt!«

»Ihr seid verrückt geworden!« Lormilar schüttelte den Kopf. »Sie ist die Königin! Wenn wir ihr den Gehorsam verweigern, werden wir alle in Ketten enden, so wie Ihr. Oder es geschieht uns sogar noch Schlimmeres.«

»Ihr wisst, dass das nicht stimmt«, gab Andar zurück. »Ihr alle. Sie steht vollkommen unter Oraths Kontrolle. Das könnt Ihr doch sehen!«

Lormilar rutschte unbehaglich auf seinem Stuhl hin und her. »Wir haben darüber gesprochen«, räumte er schließlich ein.

»Und warum habt Ihr nichts unternommen?«

»Es gibt keine Beweise«, begann Lormilar. »Jedenfalls nichts, was wir als Beweis verwenden könnten, um unser Handeln zu rechtfertigen.«

»Was wollt Ihr damit sagen?«

»Der Oger ist … anders in den letzten Tagen. Er scheint weniger konzentriert zu sein, als wäre er abgelenkt. Selbst mitten in der Schlacht bleibt er manchmal einfach stehen und ignoriert alles um sich herum.«

»Er versucht, sich von Oraths Willen zu befreien!«, platzte Andar aufgeregt heraus. »Der Knecht verliert die Kontrolle über das Monster!«

»Das glaube ich ebenfalls«, stimmte Lormilar ihm zu. »Aber wie schon gesagt, wir haben keine Beweise dafür.«

Andar antwortete nicht, sondern dachte daran, wie die Königin ihn vorhin so unerwartet weggeschickt hatte. *Wenn sie schläft, muss Orath nicht darum kämpfen, seine Herrschaft über sie aufrechtzuerhalten. Er braucht*

Ruhe und muss seine Kraft für die Schlacht morgen sammeln.

»Vielleicht findet die Königin die Kraft, sich zu befreien, wenn wir Orath angreifen«, schlug Andar vor, als er plötzlich neue Hoffnung schöpfte.

»Diese Idee wurde im Kriegsrat ebenfalls bereits diskutiert«, merkte Lormilar an. »Aber nach einer ausführlichen Debatte haben wir es uns anders überlegt.«

»Warum?«, wollte Andar wissen.

»Wenn Orath die Kontrolle über die Königin verliert, könnte er auch seine Kontrolle über den Oger verlieren.«

Andar nickte verstehend. »In dem Fall könnte die Bestie über unsere Truppen herfallen und sie ebenso abschlachten wie die Clans.«

»Das war nicht unsere größte Sorge«, stellte Lormilar klar. »Wenn der Zerstörer der Welten auftaucht, werden wir den Oger brauchen, um gegen ihn zu kämpfen.«

Der ehemalige Hohe Zauberer schüttelte den Kopf. Hatte er wirklich richtig gehört?

»Das klingt fast so, als würdet Ihr Orath tatsächlich unterstützen. Als würdet Ihr glauben, dass die Königin richtig gehandelt hat, als sie uns in diesen Krieg trieb.«

»Ihr habt gesehen, was in Ferlhame passiert ist«, erwiderte Lormilar hastig und abwehrend. »Wir haben keine Möglichkeit, einen solchen Feind zu bekämpfen.«

Plötzlich begriff Andar die Wahrheit. Er erkannte den wahren Grund, warum keiner der anderen versucht hatte, Oraths Kontrolle über die Königin Einhalt zu gebieten. *Sie haben so viel Angst, dass sie sogar dem zustimmen, was er tut!*

Sie mochten vielleicht Anstoß an den Einzelheiten seines Planes nehmen, denn es ging ihnen nahe, dass so viele Soldaten der Danaan ihr Leben verloren, und sie versuchten diese Verluste zu begrenzen. Aber auch wenn sie sich über die Methoden beschweren mochten, würden sie es niemals wagen, sich Orath zu widersetzen, weil sie diesen Krieg billigten, auf irgendeine perverse Art und Weise.

Keiner von ihnen hat der Königin jemals wirklich vorgeschlagen, dass wir umkehren sollten, begriff er plötzlich. *Selbst vorhin, als wir sie angefleht haben, den Barbaren eine Kapitulation anzubieten, haben sie alle sofort den Rückzug angetreten, als ihnen klar wurde, dass sie auf diese Weise noch lange nicht den Zerstörer der Welten in ihre Gewalt bekommen würden.*

»Orath hat Euch alle unter seinen Bann gebracht.« Andar schüttelte ungläubig den Kopf. »Er hat Euch blind für das gemacht, was aus uns geworden ist.«

»Ihr seid derjenige, der hier blind ist!«, fuhr Lormilar ihn an. »Ihr könnt nicht über Eure eigene Selbstgerechtigkeit und Euer Martyrium hinwegsehen! Glaubt Ihr denn, Ihr wäret der Einzige, dem die Danaan wichtig sind? Hexiff und Pranya haben die Proviantlager der Clans ausfindig gemacht. Während der Schlacht morgen wird Greznor die Truppen als Erstes dorthin führen, um genug Proviant zu erbeuten, dass wir nach der Schlacht wieder zurückkehren können!«

»Was ist mit den Soldaten, die ihr Leben während der Schlacht verlieren werden?«, wollte Andar wissen. »Was ist mit den unschuldigen Männern, Frauen und Kindern, die unsere eigenen Soldaten abschlachten sollen?«

»Es können nicht alle gerettet werden.« Lormilar senkte bedauernd seine Stimme.

Vielleicht schämt er sich ja auch, dachte Andar.

»Wir tun alles, was wir können, um möglichst vielen zu helfen«, erzählte ihm der neue Hohe Zauberer. Er versuchte die Entscheidungen des Kriegsrates zu rechtfertigen. »Alles, bis auf Hochverrat«, setzte er nachdrücklich hinzu. »Geht in Eure Zelle zurück, Andar«, sagte ihm sein früherer Freund und schickte ihn weg wie einen unbedeutenden Diener, der er schließlich auch war. »Wenn Euch jemand hier sieht, wird es für uns beide böse enden.«

Andar gehorchte, als ihm klar wurde, dass er nichts tun konnte, um das schreckliche Gemetzel zu verhindern, das in wenigen Stunden beginnen würde.

Shalana ging durch das riesige Lager im Schlund des Giganten, in dem sich jetzt nicht nur die Flüchtlinge drängelten, sondern auch die Krieger aller Clans. Der Schlund hatte seinen Namen wegen des halbkreisförmigen Rings aus kleinen, aber spitzen Bergen erhalten, die den östlichen Rand markierten. Manche behaupteten, sie sähen aus wie die Zähne eines gewaltigen Mauls. Für Shalana jedoch repräsentierten sie nur den Punkt, an dem ihr Rückzug zu Ende war.

Sie waren ein paar Stunden nach Sonnenuntergang hier eingetroffen, und sie hatte ihren Kriegern sofort erlaubt, ihre Familien aufzusuchen. Die Armee der Danaan befand sich nur ein paar Meilen von ihnen entfernt, und alle wussten, dass es die letzte Nacht sein würde, in der sie sich alle sehen konnten. Es war besser, diese Nacht mit

Familie, Freunden und dem Clan zu verbringen, als zu versuchen, in letzter Minute eine Strategie zu entwickeln, die nur hoffnungsloser Verzweiflung entspringen konnte.

Aber sie wusste, wie wichtig es war, dass ihre Krieger sie in dieser Nacht sahen, wie sie stolz und ohne Angst zwischen den Feuern der unterschiedlichen Clans einherging. Das würde ihnen vielleicht nicht den Sieg bringen, aber zumindest würde es ihnen Hoffnung einflößen und etwas von der Dunkelheit nehmen, die so schwer auf ihnen allen lastete.

Aber jetzt war sie fertig mit ihrem Rundgang. Es wurde Zeit, zu den Steingeistern zurückzukehren und zu jenen, die ihr am Herzen lagen. Als sie in dem Bereich des Lagers ankam, den ihr eigener Clan mit Beschlag belegt hatte, sah sie Vaaler und ihren Vater, die schweigend nebeneinander in der Nähe einer der glühenden Torfgruben standen. Ihr Vater hatte Vaaler immer noch nicht akzeptiert, im Gegensatz zu den meisten der Than-Häuptlinge, und Vaaler vertraute ihrem Vater ebenfalls nicht völlig.

Was nur ein weiterer Beweis für seine Intelligenz und seine hervorragende Menschenkenntnis ist.

Die beiden Männer bemerkten, wie sie näher kam. Es war Terramon, der als Erster sprach.

»Warum hast du keine Wachen rund um das Lager aufgestellt? Wenn die Baumleute uns jetzt mitten in der Nacht angreifen?«

»Warum sollten sie das tun?« Vaaler zuckte mit den Schultern. »Sie sind uns zahlenmäßig so deutlich überlegen, dass sie uns auslöschen können, auch ohne irgendwelche Tricks zu versuchen. Ihre Soldaten sind zudem nicht ausgebildet, um im Dunkeln zu kämpfen – ein Überraschungsangriff mitten in der Nacht würde nur ein unnötiges Risiko mit sich bringen. Da ihr Sieg eine klare Sache ist«, fuhr der jüngere Mann fort, »warum sollten sie da etwas tun, das sie in Gefahr bringen könnte?«

»Warum greifen wir sie dann nicht an?«, schlug Terramon vor. »Jetzt, bevor die Sonne aufgeht! Wir könnten sie überrumpeln!«

»Sie werden Wachen aufgestellt haben«, erwiderte Shalana. »Und wir haben nicht genug Krieger, um einen erfolgversprechenden Angriff auf ihre Armee durchführen zu können. Wir haben bis jetzt eine Überfalltaktik verfolgt, aber jetzt können wir nirgendwohin mehr flüchten.«

»Wir wussten, dass wir diesen Krieg nicht gewinnen können«, sagte Vaaler zu Terramon. »Deshalb sollte Roggen die Alten und Kinder in die Berge bringen, damit sie sich verstecken.«

Shalana hörte an Vaalers Tonfall, dass er immer noch wütend auf Roggen war, weil der ihnen nicht gehorcht hatte. Aber nachdem sie gesehen hatte, wie sich ihre Krieger mit ihren Ehemännern, Ehefrauen, Kindern und Eltern vereint hatten, war sie froh darüber, dass er ihre Befehle ignoriert hatte.

Wir werden ohnehin alle sterben. Da ist es besser, wenn sie wenigstens noch einmal Lebewohl sagen können.

Bevor sie die Chance bekam, Vaaler das zu erklären, mischte sich ihr Vater ein.

»Welchen Sinn hätte das gehabt? Selbst wenn die Danaan sie nicht niedermetzeln, wären sie ohnehin in ein paar Wochen alle tot. Wenn das Ende kommt«, fuhr der ältere Mann leiser fort, »werden die Alten sich der Kinder annehmen, schnell und schmerzlos. Und dann werden sie sich bewaffnen und zu uns auf das Schlachtfeld kommen.«

Die Vorstellung, dass Hunderten von Kindern im Lager der Gnadentod bevorstand, verstörte Vaaler eindeutig, aber Shalana wusste, dass ihr Vater recht hatte.

»Es ist besser, schnell einem Schwert zum Opfer zu fallen, als langsam an Hunger und Erschöpfung zu sterben«, sagte sie leise.

»Der ganze Sinn dieses Krieges war es, Norr und Hadawas Zeit zu geben, mit Daemrons Schwert zurückzukehren!«, protestierte Vaaler. »Wir wussten, dass wir die Danaan nicht stoppen können; wir wollten sie nur ein wenig aufhalten. Wenn die Alten, Frauen und Kinder in die Berge geflüchtet wären, hätten sie Norrs Rückkehr vielleicht erleben können, selbst wenn alle Krieger morgen ihr Leben verlieren. Sie könnten immer noch gerettet werden!«

»Das soll ein Plan sein?« Terramon schnaubte verächtlich. »Auf Daemrons Schwert zu warten? Ich glaube nicht an Legenden«, fuhr der alte Mann finster fort.

»Hadawas hat daran geglaubt«, erinnerte Shalana ihn.

»Und wo ist er jetzt?« Ihr Vater schüttelte den Kopf und humpelte gereizt davon.

»Er hat noch nie eine Schlacht geschlagen, die er nicht gewinnen konnte«, meinte Shalana entschuldigend, als er weg war. »Das hier ist schwierig für ihn.«

»Ich glaube immer noch, dass Norr und die anderen zurückkehren«, sagte Vaaler zu ihr. »Wenn du gesehen hättest, was Keegan mit dem Ring bewirkt hat, würdest du auch an die Macht des Schwertes glauben.« Er schwieg ein paar Sekunden. »Du hältst mich für einen Narren, hab ich recht?«

»Ja.« Sie schlang ihm einen Arm um den Hals und zog ihn an sich. »Aber du bist mein Narr.« Sie küsste ihn kurz und zärtlich auf den Mund.

Trotz ihrer ausweglosen Situation sah sie im Licht des Torffeuers, dass Vaaler lächelte, als sie ihn wieder losließ.

Plötzlich fiel ihr auf, wie jung er war. Er wirkte so klug und erfahren; sie hatte einfach vergessen, dass er fast ein Jahrzehnt jünger war als sie.

»Wenn morgen die Schlacht beginnt«, sagte sie, als plötzlich der heftige Wunsch, den jungen Mann zu beschützen, in ihr aufwallte, »kannst du die Flüchtlinge in die Berge führen. Das wird ihnen zumindest ein paar Tage Zeit erkaufen. Nur für den Fall, dass du recht hast und Norr wirklich zurückkommt.«

»Das kann ich nicht tun«, entgegnete Vaaler. »Ich werde dich nicht verlassen. Ich habe mich entschieden, hierzubleiben und neben dir zu kämpfen.«

Shalana war von seiner Bereitschaft gerührt, aber sie wusste auch, was dies für ihn bedeuten würde.

»Du hast es selbst gesagt – du kannst deine Waffe nicht gegen dein eigenes Volk erheben.«

»Sie haben mich ausgestoßen«, erklärte Vaaler trotzig. »Und die Clans haben mich aufgenommen. Ich will zu ihnen stehen und zu dir.«

»Dummer Junge«, verspottete Shalana ihn. »Du bist ebenso jung wie töricht.«

»Ich bin kein Kind«, erwiderte Vaaler plötzlich ernsthaft und nachdrücklich. »Ich bin ein Mann und weiß, was ich tue.«

»Das zu beurteilen, musst du mir überlassen«, sagte Shalana anzüglich, zog ihn an sich und begann an seinen Kleidern zu zerren.

Vaaler sah sich verlegen um. Aber es war niemand in der Nähe.

»Heute Nacht?«, fragte er, während er anfing, an ihrer Kleidung zu nesteln. »Bist du sicher?«

»Wenn das unsere letzte Nacht ist, die wir am Leben sind«, sagte Shalana, während sie ihn hinunter in den kalten Schnee zog, »sollten wir sie nicht vergeuden.«

37

Cassandra hatte das Gefühl, als würde sie sich durch dichten Nebel bewegen. Die Welt um sie herum schien nur noch aus Grau zu bestehen. Infolge ihrer Erschöpfung konnte sie ihre *Sicht* kaum noch auf sich selbst und ihr Pferd konzentrieren, geschweige denn auf ihre Umgebung.

Sie wusste natürlich, dass es Nacht war, denn selbst in ihrem derzeitigen Zustand spürte sie die Finsternis um sich herum. Und sie wusste auch, dass sie in der Nähe von Callastan war. Sie konnte das Meer und den Hafen riechen, als der Wind die Gerüche von Westen herantrug. Aber mehr als das nahm sie nicht wahr.

Die kriechenden Zwillinge waren immer noch irgendwo hinter ihr, aber nicht so nah, dass sie sie hätte spüren können. Trotzdem fühlte sie, wie kalte Furcht sie langsam zu zerquetschen drohte. Ihr Magen war hart wie ein Stein, und ihr Herz hämmerte unablässig. So hatte sie sich die ganze Zeit gefühlt, seit sie vor dem grausamen Massaker an den Inquisitoren geflüchtet war. Die Bilder, wie die Zwillinge ihre ehemaligen Brüder förmlich zerfetzten, hatten sich in ihre Seele eingebrannt.

Sie konnte sich an kaum etwas von ihrer Reise durch die Südlande erinnern. Ihr Geist, schwer getroffen von dem Schock über das, was sie mit angesehen hatte, hatte sich schon lange von ihrem Körper getrennt. Nur ihr Instinkt und die Hingabe an ihre Aufgabe hatten sie weitergehen lassen.

Und ich, mischte sich die Stimme in ihrem Kopf ein, die nicht ihr gehörte. *Ich habe deine Schritte gelenkt. Ich habe dich beschützt. Vergiss das nicht.*

Cassandra hatte die Stimme endlich erkannt, obwohl sie sich immer noch nicht sicher war, ob da tatsächlich Rexol zu ihr sprach oder einfach nur die Erinnerung an ihren alten Meister aus ihrem Unterbewusstsein hochstieg. Jedenfalls war sie entschlossen, diese Stimme zu ignorieren.

Wenn es Rexol war, wenn er irgendwie immer noch am Leben war, trotz seines zu Asche verbrannten Körpers, dann war ihre extreme Reaktion auf den Angriff der kriechenden Zwillinge mehr als verständlich: Der Hexer hatte ChaosMagie benutzt, um sie zu retten, und die Gegenreaktion hätte sie fast in den Wahnsinn getrieben.

So erschreckend diese Möglichkeit auch sein mochte, die Alternative war noch viel schlimmer. Denn falls nicht Rexol die Ursache ihres Zusammenbruchs gewesen war, dann war es wohl so, dass sie einfach die Kontrolle über sich selbst verlor und ihre geistige Zurechnungsfähigkeit von der Krone immer weiter untergraben wurde.

Das Artefakt ist einfach zu stark für den Verstand von uns Sterblichen, sagte sie sich. *Selbst der Pontiff hat nur sehr selten gewagt, es zu benutzen, trotz seiner Ausbildung.*

Du bist stärker als der Pontiff, mischte sich Rexol ein.

Das Chaos fließt in deinem Blut. Benutze die Krone und bediene dich der Macht, die dir rechtmäßig zusteht.

Cassandra machte sich nicht einmal die Mühe zu antworten.

Sie spürte, dass irgendetwas in dem grauen Nichts vor ihr lauerte. Sie konzentrierte sich, ließ ihre Sinne schweifen und wurde mit den undeutlichen Umrissen der Gebäude von Callastan belohnt, die in der Nacht vor ihr auftauchten. Sie wurden von Lampen und Fackeln beleuchtet, die überall in den Straßen der Stadt brannten.

Du bist da, erklärte Rexol. *Was jetzt?*

Sie musste ein Schiff finden, das sie an einen Ort brachte, an den ihr die kriechenden Zwillinge nicht folgen konnten.

Selbst wenn du den ganzen Ozean überquerst, werden sie dich trotzdem finden. Höre auf wegzulaufen, benutze die Krone und vernichte sie!

Cassandras Pferd kam nur noch mühsam voran. Wie alle anderen ihrer Reittiere zuvor war es vollkommen erschöpft. Dankbar für den treuen Dienst des Tieres schwang sich Cassandra aus dem Sattel und ging neben ihm her, als sie sich der Stadt näherten.

Verlass die Hauptstraße, sonst wird dich jemand sehen!

Sie verstand zwar die Worte, aber ihr erschöpfter Geist hatte Schwierigkeiten, die Botschaft zu begreifen, die sie ihr vermitteln wollten. Sie war in Richtung Callastan unterwegs, das war alles, was wichtig war.

Plötzlich kamen zwei bewaffnete Soldaten auf sie zu, Stadtwachen. Gewöhnliche Menschen zu sehen half Cassandra, in die Realität zurückzufinden. Sie schüttelte den

Kopf und vertrieb damit den Nebel, der sie eingehüllt hatte.

Die Männer blieben ein Stück vor ihr stehen, senkten die Speere und deuteten damit in ihre Richtung.

»Sag uns, wer du bist!«, befahl einer von ihnen.

Befiehl den Narren, dir aus dem Weg zu gehen!, meinte Rexol verächtlich. *Wegen der Säuberung ist der Orden jetzt überall in den Südlanden gefürchtet. Sag ihnen, dass du im Auftrag des Pontiffs hier bist, dann wirst du sehen, wie sie davonlaufen!*

Cassandra log die Männer zwar nicht gern an, aber sie wusste, dass die kriechenden Zwillinge immer näher kommen würden, je länger sie aufgehalten wurde. Um des Wohls der Männer willen beschloss sie, dem Rat des Magus zu folgen.

»Ich muss mich vor euch nicht rechtfertigen«, erwiderte sie und trat ein Stück vor, damit sie ihre milchig weißen Augen sehen konnten. »Ich diene nur dem Pontiff.«

Die Soldaten rissen vor Schreck die Augen auf und wurden blass, als sie erkannten, was Cassandra war. Doch statt ihr den Weg freizugeben, hoben sie die Speere und traten langsam auf sie zu.

»Alle Diener des Ordens sind aus Callastan verbannt worden«, erwiderte einer und leckte sich nervös die Lippen. »Du stehst unter Arrest!«

»Wenn du dich widersetzt, müssen wir dich töten.« Der andere hob den Speer, um seinen Worten Nachdruck zu verleihen.

Cassandra war kein Inquisitor, aber alle, die im Monasterium ausgebildet worden waren, hatten die Grundlagen der Kampfkunst gelernt. Sie konnte die Soldaten vielleicht entwaffnen, ohne sie ernsthaft zu verletzen, aber ihr war klar, dass das nicht leicht werden würde.

Benutze die Krone! Das Artefakt gibt dir die Macht, sie zu vernichten!

Sie trug die Krone in einem Beutel über der Schulter. Da sie keinen Sattel für ihre Pferde gehabt hatte, war das die einzige Möglichkeit gewesen, sie zu transportieren, solange sie ritt. Es war vielleicht möglich, sie zu packen, bevor die Soldaten begriffen, was da passierte, aber selbst wenn es ihr gelänge, wagte sie trotzdem nicht, das Chaos freizusetzen, das in der Krone schlummerte.

Der erste Soldat kam langsam näher, den Speer gesenkt. Cassandra spürte plötzlich, wie ihre Wut aufwallte. Ihr war klar, dass Rexol versuchte, sie dazu zu bringen, die unschuldigen Stadtwachen anzugreifen, aber sie wehrte sich gegen ihn.

Alles um sie herum verschwand, als der Schleier aus grauem Nebel sich über sie legte. Ihre *Sicht* wurde geblendet, als sie mit dem Hexer um die Kontrolle über ihren Geist kämpfte. Rexol war stark, aber sie weigerte sich aufzugeben. Und dann, ebenso plötzlich wie dieser Kampf begonnen hatte, war er vorbei, und sie spürte, wie der Hexer sich zurückzog.

Er organisiert sich nun neu und macht sich für einen zweiten Versuch bereit.

Als ihre Wahrnehmung allmählich zurückkehrte, stellte sie überrascht fest, dass sie sich in einem kleinen dunklen Raum befand. Die Steinwände waren feucht und von Moos und Flechten überzogen, und es stank bestialisch.

Es gab nur einen Ausgang, eine dicke Holztür mit einem kleinen, vergitterten Fenster, durch das sie das flackernde Licht einer Fackel sehen konnte.

Erschreckt und verblüfft erkannte sie, dass ihr Kampf mit Rexol länger als nur ein paar Sekunden gedauert hatte. Sie musste Minuten oder sogar Stunden ohnmächtig gewesen sein und hatte nicht bemerkt, was mit ihr geschehen war.

Die Wachen haben dich verhaftet, Cassandra. Sie haben dich in diese Zelle geworfen, bis morgen früh, wenn jemand, der die entsprechende Autorität besitzt, darüber entscheidet, was mit dir geschehen soll.

Cassandra jedoch wusste, dass am nächsten Morgen kein Richter oder Stadtbeamter zu ihr kommen würde.

Sondern die kriechenden Zwillinge!

»Bitte!«, schrie Cassandra. Sie lief zur Tür und hämmerte mit den Fäusten dagegen. »Ihr müsst mich gehen lassen! Bitte, hört mich denn niemand? Ihr seid alle in großer Gefahr!«

Natürlich bekam sie keine Antwort.

Es gibt nur einen Ausweg, Cassandra. Bei Rexols Worten wurde ihr bewusst, dass der Beutel mit der Krone immer noch über ihrer Schulter hing.

Er hat die Wachen mit Magie geblendet, damit sie den Beutel nicht bemerkten, begriff sie.

Ich habe die Macht der Krone benutzt, Cassandra. Das kannst du auch. Setze sie dir auf den Kopf und befreie dich, bevor es zu spät ist.

»Niemals«, schwor Cassandra und sprach das Wort trotzig und mit lauter Stimme aus. »Niemals!«

Keegan stand auf, als die ersten Sonnenstrahlen über den Horizont krochen. Er wickelte sich zögernd aus der warmen Decke und schob den Schnee beiseite.

Jerrod war bereits aufgestanden. Der Mönch brauchte nur wenig Schlaf, und angesichts von Scythes gestrigem Ausbruch vermutete Keegan, dass der Mann die ganze Nacht gewacht und sie beobachtet hatte, für den Fall, dass sie ihn erneut angreifen wollte.

Ich habe sie in den Armen gehalten, als ich eingeschlafen bin, dachte Keegan. *Sie muss in der Nacht aufgewacht und weggegangen sein.*

Er ignorierte die Tatsache, dass sie ihn abgelehnt hatte, und sah sich um, bis er Scythe bemerkte. Sie saß im Schnee, ein paar Schritte von der Stelle entfernt, wo sie geschlafen hatten, und kehrte ihm den Rücken zu.

Sie schaut dahin zurück, woher wir gekommen sind. Sie blickt in Richtung Norr.

»Wann ist sie aufgestanden?« Er sprach leise mit Jerrod, damit sie ihn nicht hören konnte.

»Vor über einer Stunde«, antwortete der Mönch.

»Wie geht es ihr?«

»Es wird immer schlimmer.«

Beunruhigt eilte Keegan zu ihr. Seine Schritte knirschten auf dem vereisten Schnee. Scythe reagierte nicht, als er sich ihr näherte, nicht einmal, als er ihr sanft die Hand auf die Schulter legte und sich neben sie kauerte.

»Scythe?«, sagte er. »Scythe, kannst du mich hören?«

Sie antwortete nicht, sondern starrte nur in die Ferne. Sie hatte die Beine übergeschlagen und die Hände im Schoß gefaltet.

Keegan seufzte. Er hatte gehofft, dass sie sich nach ihrem Gefühlsausbruch letzte Nacht besser fühlen würde. Aber sie schien nur wieder in ihre katatonische Erstarrung gefallen zu sein.

»Komm schon, Scythe«, sagte er und erhob sich. »Wir müssen weiter.«

Sie reagierte nicht. Keegan sah zu Jerrod hinüber, der ihn nur ausdruckslos anstarrte. Er bückte sich, schob sanft seine Arme unter ihre Achsel und versuchte sie hochzuheben. Genauso gut hätte er versuchen können, einen Sack Wurzeln zu heben, und seine fehlende Hand machte es noch schwieriger. Es gelang ihm nur, sie ein paar Zentimeter anzuheben, bevor er abrutschte und sie wieder auf den Boden plumpste.

»Tut mir leid, Scythe«, keuchte Keegan. Sie schien es nicht einmal wahrzunehmen.

Ohne auf seine Bemühungen oder seine Gegenwart zu reagieren, nahm sie wieder dieselbe Position ein wie zuvor.

Keegan ging zu Jerrod.

»Was machen wir jetzt?«, wollte er wissen.

»Wir können nichts machen«, erklärte der Mönch. »Wir müssen ohne sie weitergehen.«

»Wir können sie unmöglich hier im Schnee sitzen lassen!«, rief Keegan. »Sie würde hier draußen sterben!«

»Offensichtlich will sie genau das.«

Keegan schüttelte den Kopf. »Scythe ist eine Kämpferin. Sie ist verletzt und angeschlagen. Aber sie würde niemals aufgeben. Und ich werde sie nicht im Stich lassen!«

Er erwartete, dass Jerrod mit ihm streiten würde, aber

der Mönch antwortete nicht sofort. Stattdessen drehte er sich zu einem kleinen Hügel in der Ferne herum.

»Da kommt jemand.«

Ein paar Sekunden später tauchte eine Gestalt hinter dem Hügel auf. Sie ging gebückt und kam mit langsamen, schlurfenden Schritten auf sie zu. Schließlich erkannte Keegan, um wen es sich handelte.

»Hadawas?« Er verstand einfach nicht, wie ihr gebrechlicher Führer es geschafft hatte, sie einzuholen.

»Das ist nicht Hadawas.« Jerrod hob Daemrons Schwert.

Der alte Häuptling richtete sich plötzlich gerade auf und lachte. Aber sein Lachen klang mehr nach dem einer Frau, hoch und schrill.

Nein, nicht wie das einer Frau. Wie der Schrei eines Vogels!

Die Gestalt schimmerte, und die Illusion verzerrte sich, als sie wie Stücke von gebrochenem Glas abfiel und darunter genau die Kreatur zum Vorschein kam, die Keegan in seinen Albträumen von der Vernichtung des Monasteriums gesehen hatte. Ihre Haut war schwarz und glatt, und sie hatte den Körper einer muskulösen, schlanken Frau. Aber ihre Hände waren Klauen, aus ihrem Rücken wuchsen gewaltige schwarze Flügel, und der Kopf erinnerte an den eines monströsen Raubvogels.

Der gekrümmte Schnabel öffnete sich, als der Knecht sprach.

»Ich bin Raven.« Die krächzende weibliche Stimme klang schrill und knisterte von Macht. »Ihr habt gestohlen, was rechtmäßig meinem Meister gehört. Übergebt mir die Artefakte, dann dürft ihr leben!«

Ihre Worte klangen so zwingend, dass Keegan unwillkürlich einen halben Schritt vortrat, bevor Jerrod ihn am Arm packte und den Bann brach.

»Der Ring«, zischte der Mönch. »Steck ihn dir an den Finger!«

Während Keegan die Kette um seinen Hals fasste, griff Jerrod die Kreatur an. Raven warf den Kopf zurück und hob die Arme zum Himmel. Dabei stieß sie uralte Worte aus, bei denen Keegan eine Gänsehaut überkam. Zwei Säulen aus grünem Feuer schossen von oben auf ihn und Jerrod herab. Der Mönch warf sich zur Seite und wich den Flammen aus. Keegan reagierte instinktiv und beschwor das Chaos, um sich zu retten. Sofort war er in ein weiches blaues Glühen getaucht, aber noch trug er den Ring nicht, und er war nicht stark genug, um die Magie des Knechts abzuwehren.

Die grünen Flammen verzehrten schließlich die blaue Barriere und hüllten ihn ein. Er schrie auf und brach auf dem Boden zusammen, als seine Haut in der Hitze Blasen warf. Dann verschwanden die Flammen, als Jerrod Raven angriff. Daemrons Schwert war ein wirbelnder Schemen von glühend rotem Stahl.

Keegan fiel nach vorne in den kühlen Schnee, der aber die Schmerzen der schrecklichen Verbrennungen auf seiner Haut kaum lindern konnte. Er hob den Kopf und sah, dass Raven und Jerrod einen erbitterten Kampf ausfochten. Die beiden bewegten sich so schnell, dass er dem Geschehen nicht folgen konnte.

Eine neue Schmerzwelle traf ihn, so intensiv, dass er glaubte, er müsse das Bewusstsein verlieren. Er wusste, dass er aufgrund seiner Verletzungen in Ohnmacht fallen würde, und konnte sich gerade noch auf die Seite rollen, sodass er Scythe sehen konnte.

Sie hatte sich immer noch nicht bewegt und schien nicht einmal den Kampf zu bemerken, der nur zwanzig Meter von ihr entfernt tobte. Keegan versuchte ihr etwas zuzurufen, aber infolge seiner verbrannten Lippen und seiner geschwollenen Zunge blieben ihm die Worte in der Kehle stecken. Dann flatterten seine Augenlider, und es wurde schwarz um ihn herum.

Vaaler stand hoch aufgerichtet zwischen den Reihen der Clankrieger, als der Morgen über dem Schlund des Giganten graute. Wie die andern trug auch er eine bunte Mischung aus Häuten und Fellen, die einen scharfen Kontrast zu den gehärteten Lederharnischen und Uniformen des Feindes bildeten.

Die Clans hatten sich in einer langen, nur locker zusammenhängenden Linie etwa ein Dutzend Reihen tief aufgebaut. Eine Wand aus Verteidigern, entschlossen, den Feind so lange wie möglich von dem Flüchtlingslager hinter ihnen fernzuhalten. Und getreu ihrem Schwur stand Shalana ganz vorne, an Vaalers linker Seite. Was auch immer heute passieren würde, wann und wie sie ihr Ende fanden, sie hatten sich geschworen, ihm Seite an Seite gegenüberzutreten.

Als das Sonnenlicht über das Schlachtfeld kroch, hörte er ein lautes Gebrüll von den versammelten Truppen der Danaan. Die Krieger um Vaaler herum blieben jedoch stumm.

Sie sind daran gewöhnt, um Ehre und Ruhm zu kämpfen. Aber diese Schlacht ist anders. Hier geht es ums nackte Überleben. Es liegt nichts Edles in dem, was wir hier tun, und es werden keine Lieder gesungen, keine Legenden über das erzählt werden, was hier heute geschieht.

Ein Hornsignal ertönte, das rasch von einem Dutzend anderer Hörner wiederholt wurde. Dann stürmten die Danaan vor. Shalana hob den Speer und stieß einen wilden Schlachtruf aus, als sie, Vaaler und die vereinigten Streitkräfte aller Clans ebenfalls losrannten, dem Feind entgegen.

Vaaler konnte gerade noch erkennen, dass der Oger sich dem Angriff nicht angeschlossen hatte; die Bestie stand unbeweglich wie ein Fels am Ende der Schlachtreihen der Danaan. Bevor er sich jedoch darüber wundern konnte, prallten die beiden Armeen mit ohrenbetäubendem Lärm aufeinander, und alles schien in Wahnsinn zu versinken.

Vaaler war mit seinem Rapier bewaffnet und bearbeitete damit seine Feinde. Er bewegte sich geschickt zwischen den Soldaten auf beiden Seiten hin und her, die wie besessen aufeinander einschlugen. In der Verwirrung konnte er die Gesichter von Freund und Feind nicht auseinanderhalten. Es passierte einfach zu viel in zu kurzer Zeit, als dass er irgendwelche Einzelheiten hätte verarbeiten können. Aber trotz der Hitze der Schlacht war er sich bewusst, dass Shalana neben ihm war und einen Widersacher nach dem anderen mit ihrem tödlichen Speer niederstreckte.

Die Woge der Schlacht spülte sie vorwärts, als es einen kurzen Durchbruch durch die Schlachtreihen der Danaan gab. Vaaler und die anderen stürzten sich in die Bresche. Aber im nächsten Moment tauchte schon Verstärkung auf, um die Lücke zu schließen, und die Clans mussten sich wieder zurückziehen.

Jemand krachte von hinten gegen Vaaler. Er wusste nicht, ob es Freund oder Feind war. Bei dem Aufprall jedoch taumelte er einem Soldaten der Danaan entgegen und warf sich bäuchlings zu Boden, um nicht von einem wilden Hieb seines Feindes aufgeschlitzt zu werden. Dann rollte er sich auf den Rücken und stieß sein Rapier nach oben. Die Spitze drang durch einen Spalt zwischen dem Lederwams und dem Gürtel des anderen Mannes und grub sich tief in seinen Bauch.

Der Danaan drückte seine Hände auf die tödliche Wunde, taumelte zurück, und im nächsten Moment wogte der Kampf über sie hinweg. Soldaten beider Seiten trampelten mit ihren schweren Stiefeln achtlos alles nieder, während die verzweifelten Männer und Frauen um ihren Halt auf diesem unebenen Boden kämpften.

Zweimal gelang es Vaaler, auf Hände und Knie zu kommen, um im nächsten Augenblick wieder umgestoßen zu werden. Eine Stiefelspitze erwischte ihn an der Brust, ein Absatz krachte gegen seine Schläfe, er war benommen und orientierungslos. Eine Sekunde lang verschwamm die Welt in einem Ozean von silbernen Sternen.

Vaaler biss sich fest auf die Zunge, und der Schmerz riss ihn gerade noch rechtzeitig aus der Betäubung. Er sah, wie eine schwere Axt auf ihn zusauste. Er rollte sich zur Seite, und die Klinge der Axt grub sich tief in den Boden. Bevor er sich jedoch aufrichten konnte, riss der Mann ein kurzes, breites Schwert heraus und griff seinen hilflos am Boden liegenden Feind an.

Statt zu spüren, wie der kalte Stahl in seinen Leib eindrang, hörte Vaaler jedoch ein lautes Klatschen. Der tödliche Schlag zischte über ihn hinweg, abgelenkt von der gefiederten Spitze des Speeres, der aus dem Brustbein des Mannes ragte.

Als der Danaan leblos zu Boden fiel, riss Shalana Vaaler hoch. Ohne ein Wort zu sagen, packte sie den Schaft mit beiden Händen, stellte ihren Fuß auf den Leichnam und riss ihre Waffe heraus.

Vaaler sah sich hastig um, in der Erwartung, auf allen Seiten von noch mehr Feinden angegriffen zu werden. Aber Shalana und er standen in einer kleinen Oase der Ruhe.

Das Auge des Sturms, dachte er, während die Schlacht um sie herum weitertobte. Dann jedoch hörte er ein widerliches, ekliges Geräusch, das den Schlachtenlärm übertönte. Ein rasselndes, gieriges, dumpfes Knurren.

»Lauf!«, kreischte Shalana mit vor Angst weit aufgerissenen Augen.

Aber es war schon zu spät. Das Monster hatte sie erblickt, hatte seinen bösartigen Blick auf das Paar gerichtet, das einen Augenblick lang unberührt von dem Getümmel dagestanden hatte. Der Oger hatte in die Schlacht eingegriffen, und er hatte es auf sie abgesehen.

Die Mauern, die sie gefangen hielten, konnten nicht verhindern, dass Cassandras *Sicht* den Tagesanbruch wahrnahm, als die Sonne über Callastan aufging. Sie hatte gehofft, jemand würde im Morgengrauen nach ihr sehen, jemand, mit dem sie vernünftig reden konnte. Jemand, den sie überzeugen konnte, sie freizulassen, bevor die kriechenden Zwillinge sie einholten.

Aber der Morgen ging in den Nachmittag über, und sie begriff, dass sie einen anderen Weg aus dieser Zelle heraus finden musste.

»Ich muss mit jemandem reden!«, schrie sie und hämmerte mit den Fäusten an die Tür. »Bitte, es stehen viele Menschenleben auf dem Spiel!«

Sie wusste, dass die Wachen da waren. Sie sah sie mit ihrer *Sicht* in dem Raum am Ende des Ganges, drei Männer, die an einem Tisch saßen und Karten spielten, während sie die Schreie ihrer Gefangenen absichtlich ignorierten.

Es ist zu spät, sagte Rexol. *Die kriechenden Zwillinge sind da.*

Sie spürte sie im selben Moment. Ihre missgestalteten Körper huschten durch eine Gasse nicht einmal einen Häuserblock entfernt.

»Bitte!«, kreischte sie. »Bitte! Ich flehe euch an!«

Mit einem unterdrückten Fluch warf einer der Männer seine Karten auf den Tisch und stand auf. Er nahm einen Schlüsselbund von einem Gestell an der Wand und ging durch den Korridor auf ihre Zelle zu. Ob er vorhatte, ihr zuzuhören, oder einfach nur ihre Zelle aufschließen und ihr eine Tracht Prügel verpassen wollte, sollte sie niemals erfahren.

Die Tür zur Straße explodierte förmlich, als er daran vorbeiging. Das schwere, dicke Portal flog mit so viel Wucht aus den Angeln, dass es den unglückseligen Schließer an die gegenüberliegende Wand schmetterte und zerquetschte.

Die kriechenden Zwillinge tauchten in der Öffnung auf. Der blauhäutige drehte sich nach links und stürmte auf die Schließer zu, der rote wandte sich nach rechts, in Cassandras Richtung. Die Erinnerung an das schreckliche Gemetzel an den Inquisitoren kam ihr in den Sinn; Bilder von Blut und Tod. Sie hätte sich am liebsten übergeben und begann vor Entsetzen zu zittern.

Die Krone!, kreischte Rexol in ihrem Kopf. *Benutze die Krone!*

Der rote Zwilling blieb vor ihrer Zellentür stehen, geduckt auf allen vieren. Seine Gliedmaßen streckten sich in seltsamen Winkeln, während er sich hin- und herwiegte. Dann hob er seine Schnauze und witterte. Hinter ihm hatte der blaue Zwilling die Schließer bereits zerfetzt und nahm sich gerade noch die Zeit, eine kleine Pfütze von frischem Blut aufzulecken, bevor er sich zu seinem Bruder vor der Tür von Cassandras Zelle gesellte.

Die Krone! Setz sie jetzt auf, sonst werden die Knechte das Artefakt für den Schlächter erbeuten!

Cassandra trat zur Seite, als einer der Zwillinge die Tür mit einem einzigen Tritt zerschmetterte. Als das Holz durch die Zelle flog und an der Wand zersplitterte, zog sie bereits das Artefakt, das sie so pflichtbewusst seit ihrer Flucht aus dem Monasterium bewahrt hatte, aus dem Sack. Während der erste Zwilling durch die Tür trat, setzte sie sich die Krone auf den Kopf.

Cassandra schwindelte, als die Macht des uralten Artefakts sich in sie ergoss. Zeit und Existenz schienen zu erstarren. Verstärkt vom Chaos, explodierte ihre *Sicht* zu einem allumfassenden Wissen. Ihre Wahrnehmung erstreckte sich innerhalb eines Augenblicks bis in jeden Winkel der Welt der Sterblichen, nahm jeden Anblick, jedes Geräusch und jeden Geruch wahr. Ihr Bewusstsein zuckte zurück, als die Gedanken jedes lebenden Menschen – Mann, Frau oder Kind – gleichzeitig auf sie eindrangen. Sie war überall; sie war alles. Und der winzige, unbedeutende Teil ihres Wesens, der Cassandra war, versank in der Unendlichkeit.

38

Rexol war gut vorbereitet, als Cassandras Essenz von der Krone überwältigt wurde. Das Gleiche war ihm widerfahren, als er das Artefakt zum ersten Mal zu benutzen gewagt hatte. Es hätte ihn fast vernichtet. Aber jetzt war er stärker. Und klüger.

Die Gefangenschaft in der Krone hatte ihn weit mehr verändert, als es nur der Verlust seiner körperlichen Gestalt hätte bewirken können. Er war auf eine Art und Weise mit der Alten Magie verbunden, mit der die Krone geschmiedet worden war, wie es sich selbst die großen Magier vor der Zeit des Kataklysmus niemals hätten träumen können. Er hatte sich auf diesen Augenblick vorbereitet, hatte ihn förmlich herbeigesehnt. Als Cassandra jetzt taumelte, ergriff Rexol nicht nur die Kontrolle über ihren Geist, sondern auch über ihren Körper.

All das passierte in einem winzigen Augenblick, mit der Geschwindigkeit eines Gedankens, während die Welt um sie herum sich unendlich langsam zu bewegen schien. In der Zeit, in der Cassandra ihren Kampf gegen die Auflösung verlor und Rexol die Kontrolle ergriff, war der erste der kriechenden Zwillinge erst zur Hälfte durch die Tür ihrer Zelle gekrochen.

Das Chaos baute sich auf, sammelte sich so schnell in Cassandras Körper, dass ihre Haut pulsierte und zu zerreißen schien, als das magische Feuer ihre sterbliche Hülle zu verzehren drohte, so wie es Rexols Körper vernichtet hatte. Diesmal jedoch war der ChaosWirker vorbereitet und versuchte nicht, diese unaufhaltsame Welle zu bändigen und zu lenken, sondern ließ sie einfach durch sie hindurchströmen und in die Welt der Sterblichen ausbrechen.

Alte Magie explodierte wie ein Geysir aus Cassandras Körper, eine Explosion aus reinem Chaos, das den Himmel bis in den letzten Winkel der Welt der Sterblichen erfüllte.

Dunkle Wolken rollten von Westen heran und verdeckten die kalte Wintersonne über dem leeren, schneebedeckten Plateau hoch zwischen den Berggipfeln. Silberne Blitze zuckten vom Himmel, ohrenbetäubender Donner hallte laut über das Land. Etliche Sekunden wütete der Sturm, dann war er verschwunden, ebenso plötzlich und geheimnisvoll, wie er gekommen war.

Tief begraben unter der Erde fühlte der Wächter die Macht des Chaos. Er öffnete die Augen, während er den Winterschlaf abschüttelte, in den er durch die Berührung mit der Alten Magie gefallen war.

Mit einem lauten Brüllen erhob er sich zu seiner ganzen Größe, rammte seine Fäuste in den unsichtbaren Himmel und durchbrach die Lawine aus Fels und Eis, die ihn in der Höhle festhielt. Trümmer regneten auf den frisch gefallenen Schnee, als der Boden explodierte und sich ein klaffender Krater öffnete.

Aus seinem Gefängnis befreit, sprang der Wächter

aus dem Loch und auf das Plateau. Er hob seinen Speer auf, der immer noch dalag, und seine Muskeln zitterten von der knisternden Energie ungezähmten Chaos. Dann fühlte er es, eine stinkende, hasserfüllte Präsenz, die er seit dem Kataklysmus nicht mehr wahrgenommen hatte.

Der Oger hat sich erhoben!

Er wandte sich nach Westen und lief los, mit lang ausholenden, raumgreifenden Schritten, in Richtung der Schlacht, die auf der anderen Seite des Berges tobte.

Vaaler packte Shalanas Arm und wandte sich zur Flucht, aber der Oger griff sie bereits an. Trotz seiner Größe bewegte er sich unglaublich schnell, sprang mit seinen kurzen kräftigen Beinen über den Boden und stieß sich dabei mit den langen Armen ab.

Er überwand den Abstand zwischen ihnen in nur wenigen Sekunden. Auf ihrer panischen Flucht war Shalana über einen Leichnam gestolpert und zu Boden gefallen. Vaaler wollte sie nicht loslassen und zog sie am Arm hinter sich her.

Mit einem mächtigen Satz landete der Oger neben ihnen. Der Boden erzitterte unter dem Aufprall seines massigen Körpers. Die Kreatur hob ihre Fäuste hoch über den Kopf, und Vaaler warf sich auf Shalana, als könnte er sie dadurch irgendwie davor bewahren, zerschmettert zu werden.

Dann explodierte der Himmel über ihnen in einem Sturm voll dunkelvioletter Wolken und silberner Blitze. Das sonderbare Unwetter schien den Oger zu bannen.

Er blieb wie angewurzelt stehen, die Arme immer noch über den Kopf erhoben, während er in den Himmel starrte.

Vaaler und Shalana rappelten sich hastig auf und rannten weiter. Sie wussten nicht, was da passierte, aber es war ihnen auch im Moment gleichgültig. Der Sturm verschwand nur Sekunden später, und Vaaler hörte, wie der Oger ein schreckliches, gurgelndes Brüllen ausstieß. Als er jedoch über die Schulter zurückblickte, sah er, dass die Bestie ihnen nicht folgte. Sie hatte sich zu den Soldaten der Danaan umgedreht, die sich um die Kreatur drängten, und stürzte sich auf die, die gerade eben noch seine Verbündeten gewesen waren.

Orath stand neben der immer noch von ihm kontrollierten Königin in den hinteren Reihen der Armee der Danaan und spürte diese plötzliche Woge der Macht, als der ChaosSturm sich über ihnen materialisierte. Er berauschte ihn und erneuerte seine Macht, die geschwunden war, seit er die Barriere des *Vermächtnisses* überquert hatte.

Ihm war jedoch klar, dass der Oger das Gleiche spürte. Und während Orath von zahllosen Generationen von Männern und Frauen abstammte, die die schreckliche Macht ungezähmten Chaos jenseits des *Vermächtnisses* verändert hatte, war die Verbindung des Ogers zur Magie erheblich stärker. Die Bestie zählte zur ChaosBrut, die in den primitiven Feuern der Schöpfung gezeugt worden war. Er nährte sich von der Wut des Sturmes, trank davon und wurde immer stärker – so stark, dass Orath ihn nicht mehr beherrschen konnte.

Mit einem Brüllen, das über das gesamte Schlachtfeld hallte, befreite der Oger seinen Geist, zerstörte die unsichtbaren Ketten, mit denen der Knecht seinen Willen gebunden hatte. Orath taumelte, als seine Verbindung zu der Bestie mit einem Schlag abbrach. Ein scharfer Schmerz schoss durch seinen Kopf.

Rianna neben ihm keuchte, immer noch durch die Magie mit ihm verbunden, krümmte sich zusammen und hielt sich den Kopf.

Orath ignorierte das Leiden der Königin, während seine Gedanken sich überschlugen. Der Oger war frei, und obwohl immer noch ein schwaches Band zwischen ihnen existierte, war er ohne ein weiteres Ritual nicht in der Lage, den Geist dieser Kreatur erneut zu kontrollieren.

Aber die Verbindung ist noch da. Die Bestie kann dich wittern. Sie wird sich rächen wollen.

Orath widerstrebte es, seine Jagd nach dem Ring aufzugeben, aber der Sterbliche, der das Artefakt bei sich trug, hatte sich nicht an der Schlacht beteiligt. Und jetzt wusste er, wo er eins der anderen Artefakte finden konnte.

Der Sturm war aus dem Westen gekommen, und obwohl er bereits wieder abgeklungen war, gab es immer noch Spuren seiner Macht am Himmel. Orath konnte ihnen bis zu ihrer Quelle folgen und seine Suche nach dem Ring später fortsetzen, wenn er sich Daemrons Krone bemächtigt hatte.

Mit einer kurzen Handbewegung zerriss er die magische Verbindung, mit der er die Königin an seinen Willen gebunden hatte. Sie sank bewusstlos zu Boden, schlaff wie eine Marionette, deren Fäden man durchtrennt hat. Orath war klar, dass sie möglicherweise nie wieder aufwachen würde, aber ihr Schicksal war ihm gleichgültig.

Stattdessen spürte er, wie der brutale, bestialische Geist des Ogers nach ihm in den Schlachtreihen der Danaan suchte. Er musste fort von hier. Er hatte zwar keine Flügel wie Raven, aber es gab andere Möglichkeiten zu fliegen. Der Zauber war zwar schwierig und anstrengend, und er erforderte eine so starke Konzentration, dass er ihn höchstens ein oder zwei Stunden ununterbrochen aufrechterhalten konnte, aber seine gefährliche Lage verdoppelte seine Kräfte.

Er zapfte die frischen Reserven des Chaos in sich an und intonierte einen schnellen, rhythmischen Gesang. Die Luft um ihn herum bildete einen Wirbel und hob ihn vom Boden hoch. Als er eine Höhe von etwa sieben Metern erreicht hatte, veränderte sich sein Gesang. Daraufhin wechselte der Wirbelwind seine Richtung und trug ihn vom Schlachtfeld, weg von dem Oger und dem Ring.

Andar war erst im Morgengrauen aufgestanden, obwohl er die ganze Nacht nicht geschlafen hatte. Als die Hörner den ersten Angriff ankündigten, suchte er sich einen kleinen Hügel, von dem aus er die Schlacht aus der Entfernung beobachten konnte. Die Barbaren kämpften mit wilder Verzweiflung und fügten den Danaan schreckliche Verluste zu. Aber Letztere waren ihnen zahlenmäßig so überlegen, dass das unausweichliche Ergebnis der Schlacht schon bald klar wurde. Allerdings würde sie erst enden, wenn noch viel mehr Krieger auf beiden Seiten gefallen waren.

Obwohl er um jene trauerte, die noch sterben würden, konzentrierte er sich weniger auf die dem Tode geweihten Soldaten, sondern auf den Oger, der sie bei Weitem überragte. Die Bestie hatte die Schlacht anfangs in einer sonderbaren, fast tranceartigen Starre zugebracht.

Sie fühlt, dass Orath schwächer wird. Sie kämpft gegen ihn an. Sie versucht sich zu befreien.

Aber trotz der Gegenwehr der Bestie gelang es dem Knecht schließlich, ihr seinen Willen aufzuzwingen und sie in das Gemetzel zu treiben. Dadurch neigte sich das Kriegsglück noch schneller in Richtung der Danaan.

Und was passiert, wenn der letzte Barbar gefallen ist und wir trotzdem den Ring oder den Zerstörer der Welten nicht gefunden haben? Wird Orath dann einfach den Oger auf uns hetzen? Oder wird er eine andere Verwendung für Rianna und ihre Armee finden?

Seine Gedanken wurden von einem mächtigen Donnerschlag unterbrochen, und an dem klaren blauen Himmel tauchten plötzlich gewaltige violette Wolken auf. Andar erkannte sofort die Macht hinter dem Sturm, als silberne Blitze über ihn hinwegzuckten: Alte Magie, dieselbe Macht, derer er sich in den Nördlichen Waldungen rund um Ferlhame bedient hatte.

Eine verzweifelte, irre Idee zuckte durch seinen Kopf, und er öffnete sich dem Chaos. Der Sturm dauerte nur ein paar Sekunden, aber das genügte für den ehemaligen Hohen Zauberer, um Macht in sich anzusammeln.

Dann rannte er von seinem Beobachtungsposten hinunter, eilte zwischen den Zelten des Lagers der Danaan hindurch. Die Macht in ihm blubberte und kochte, sodass seine Haut juckte, als sie versuchte aus ihm hervorzubrechen.

Das ist Wahnsinn, dachte er. *Du kannst gegen Orath nichts ausrichten. Er wird dich vernichten!*

Aber wenn der Knecht abgelenkt, nur auf den Oger konzentriert war, hatte Andar vielleicht eine Chance, das in ihm gesammelte Chaos gegen ihn zu richten.

Als er jedoch Riannas Zelt erreichte, war von Orath nirgendwo etwas zu sehen. Stattdessen lag die Königin bewusstlos am Boden, sanft gehalten von Greznors dicken Armen. Lormilar, der inoffizielle oberste Heiler der Armee der Danaan, untersuchte sie gerade. Seine Miene war besorgt. Hexiff und Pranya waren ebenfalls da und hielten sich ängstlich etwas abseits.

»Was ist los?«, wollte Andar wissen und warf sich neben Rianna auf die Knie. Das Chaos, das durch seine Adern strömte, verwandelte seine besorgte Frage in einen wilden Schrei.

»Orath ist verschwunden«, antwortete Greznor. »Und dann ist die Königin zusammengebrochen.«

»Wir müssen uns zurückziehen!«, bellte Andar. Er war der Einzige, der die Konsequenzen dessen, was der General gesagt hatte, ermessen konnte.

»Der Oger!«, fuhr er sie an, als er die Verwirrung auf ihren Gesichtern sah. »Er wird sich jetzt gegen uns wenden!«

Bei seinen Worten verzerrten sich die Gesichter der Angehörigen des Kriegsrates vor Entsetzen.

»Lasst die Königin bei mir!«, schrie Andar und zerrte die bewusstlose Frau aus Greznors Armen. »Geht und lasst zum Rückzug blasen!«

Angespornt von seinem drängenden Ton, rannten die anderen davon. Der ehemalige Hohe Zauberer atmete tief durch, um sich zusammenzureißen, trotz des wilden Chaos, das durch seine Adern pulsierte, und legte die Königin sanft auf den Boden.

Er war sich nicht ganz sicher, was Orath der Königin angetan hatte, aber er wusste, dass ihr Geist jetzt hilflos durch das Nichts trieb. Er biss die Zähne zusammen, als die sengende Hitze in seinem Inneren ihn zu verbrennen schien, streckte die Hände aus und legte sie an die Schläfen der Königin.

Anders als die ChaosMagier der Menschen benutzten die Danaan keine komplizierten Rituale oder Anrufungen. Ihre Form der Magie war primitiv und beruhte auf Instinkten. Andar rezitierte keine uralten Worte, sondern er konzentrierte einfach seinen Willen und ließ dann durch seine Hände das Chaos frei, das er angesammelt hatte.

Riannas Leib zuckte und bog sich in einem heftigen Anfall. Irgendwie konnte Andar ihren Kopf festhalten, als seine Handflächen zu glühen begannen.

Komm zu uns zurück, meine Königin!

Er legte alles, was er hatte, in diesen Zauber, entfachte eine lodernde Flamme, um seine Herrscherin sicher aus dem Nichts zurückzuführen. Aber in dem kurzen Sturm hatte er nur ein paar Sekunden die Macht des Chaos sammeln können, und nach entsprechend kurzer Zeit war seine Kraft auch verbraucht.

Erschöpft und ausgelaugt sackte er nach vorn, stützte keuchend sein Gewicht auf Hände und Knie. In der Ferne hörte er die Hornsignale, die die Armee der Danaan zum Rückzug aufforderten. Als wollte sie darauf reagieren, zuckte Rianna und stöhnte. Und dann, zu Andars großer Erleichterung, öffnete die Königin die Augen.

39

Zusammengekauert in einer kleinen Ecke ihres Geistes, spürte Cassandra, wie ihre Kraft allmählich zurückkehrte, als Rexol die schreckliche, Ehrfurcht einflößende Macht des Artefakts von ihr weg und auf sich selbst lenkte.

Ihr ehemaliger Meister hatte sich ihres Körpers bemächtigt und benutzte ihn jetzt als Tor, um in die Welt der Sterblichen zurückzukehren und die Krone zu stehlen. Aber er hatte ihr das Leben gerettet. Selbst wenn ihr Wille stark genug gewesen wäre, um diese tödliche Macht unendlichen Wissens und Empfindens auszuhalten, wäre ihr Körper zweifellos vernichtet worden.

Jetzt jedoch war sie in der Krone gefangen. Sie befand sich in einer beunruhigenden, nicht körperlichen Quasiexistenz, in einer Zwischenwelt zwischen Chaos und Wirklichkeit. Selbst jemanden, dem die *Sicht* vertraut war, verstörte diese Wahrnehmung. Irgendwie sah sie alles doppelt: Alles wirkte gespiegelt. Sie hatte ein fast allumfassendes Bewusstsein von ihrer Umgebung, als würde sie von oben hinunterblicken. Und doch sah sie all das aus der Perspektive ihres Körpers, blickte aus diesem Zentrum in die Welt hinaus, die sie umgab. Die Wirkung war verwirrend und beunruhigend, und ihr Verstand überschlug sich fast, als er versuchte, eine Möglichkeit zu finden, diese widersprüchlichen

Formen der Wahrnehmung miteinander in Einklang zu bringen.

Wie viele Wochen war Rexol hier eingekerkert gewesen? Und wie hatte er es nur geschafft, nicht verrückt zu werden?

Die Antwort bekam sie, als Rexol einen gewaltigen Sturm reinen Chaos gen Himmel schickte. Er hatte es nicht geschafft.

Ihr Geist flackerte und wirbelte, als sich die beiden Blickfelder überlagerten und sich zu einem verzerrten Bild der Realität vereinigten. Sie sah, dass die kriechenden Zwillinge immer noch da waren und langsam auf sie zukamen. Sie spürte, wie Rexol sich jetzt behutsamer des Chaos in der Krone bediente, nachdem er den ersten, unwiderstehlichen Sturm der Macht hatte passieren lassen.

Sie fühlte, wie der Bann sich im Geist des Magus formte, und begriff, dass er einen ganz ähnlichen, wenn auch weit schwächeren Zauber benutzt hatte, als er die kriechenden Zwillinge gezwungen hatte, statt ihrer die Inquisitoren anzugreifen. Diesmal jedoch gab es keine anderen Feinde, also hetzte Rexol die Zwillinge einfach aufeinander.

Die perversen Kreaturen kämpften kurz gegen ihn, aber ihr Geist wurde von der Macht des Artefakts zerschmettert, ihr freier Wille in einem einzigen Moment ausgelöscht. Sie stürzten sich aufeinander, zerfetzten und zermalmten sich. Da sie in ihrer selbstmörderischen Wut gleich stark waren, dauerte der Kampf nicht lange.

Selbst ein Knecht kann an seinen Wunden sterben, begriff Cassandra, *wenn die Wunden groß genug sind.*

Der blaue Zwilling starb zuerst. Der tödliche Schlag kam, als der rote ihm mit den Zähnen die Kehle herausriss. Aber als der Sieger dann seine Aufmerksamkeit auf den Menschen in der Zelle richtete, hatte er bereits Mühe zu stehen. Dunkles Blut strömte aus einem Dutzend tiefer Wunden in seiner hellroten Haut und bildete eine klebrige Pfütze auf dem Boden. Die Kreatur hatte ein Loch im Bauch, das so tief war, dass Cassandra seine zuckenden Innereien sehen konnte. Sie kam einen Schritt auf sie zu und kippte dann um, ebenso tot wie ihr Zwilling.

Rexol schien das nicht einmal zu bemerken. Er zapfte weiter das Chaos der Krone an und genoss die Macht der Alten Magie. Der stetige Fluss der Macht baute sich auf und pulsierte durch den Boden unter Cassandras Füßen.

Mit ihrem neuen Bewusstsein spürte sie, wie das Chaos durch die ganze Stadt strömte. Jeder, den es berührte, wurde unvermittelt von einem grauenvollen Wahnsinn gepackt. Einige stürzten sich aufeinander, andere richteten die Gewalt gegen sich selbst. Die meisten jedoch strömten einfach nur auf die Straßen hinaus und vereinigten sich rasch zu einem wilden Mob. Sie zertrümmerten und verbrannten alles, was ihnen in die Finger kam, und griffen jeden an, der ihnen begegnete.

Es ist vorbei. Cassandra richtete ihre Gedanken auf Rexol, um ihn so zu manipulieren, wie er es mit ihr versucht hatte. *Die Zwillinge sind tot. Nimm die Krone wieder ab!*

Er antwortete nicht, und sie war sich nicht sicher, ob er sie überhaupt wahrgenommen hatte. Was war schon ihre einzelne Stimme unter all den Millionen von Stimmen, die ihn durch die Krone anschrien?

Rexol ließ das Chaos weiterhin durch sich selbst hinaus in die Welt der Sterblichen strömen, ohne auf die Konsequenzen zu achten. Die Alte Magie war die ursprünglichste Essenz der Schöpfung, eine so große Macht, dass selbst die Götter sie mit Vorsicht behandelt hatten. Sie hatten sie benutzt, um die Welt der Sterblichen zu erschaffen und zu formen; Rexol war gerade unwissentlich dabei, sie zu zerstören.

Der Boden begann zu vibrieren, und dieses Zittern entwickelte sich rasch zu einem richtigen Erdbeben. Ältere Gebäude bekamen Risse und brachen zusammen, große Steinbrocken fielen auf die Straße.

Es ist zu viel!, kreischte Cassandra. *Du musst damit aufhören!*

Aber Rexol konnte nicht aufhören. Als er versuchte, die Krone zu beherrschen, hatte er es gewagt, die Tiefen der Brennenden See zu berühren, und jetzt war er in der Ekstase absoluter Macht verloren. Dann erkannte Cassandra, dass er nicht nur Callastan zerstörte. Sondern die rohe, pure Macht der Alten Magie begann, das *Vermächtnis* selbst aufzulösen!

Jerrod stürzte sich auf Raven und deckte sie mit Schlägen ein, um zu verhindern, dass der Knecht Keegan mit einem weiteren Zauber traf. Er wusste nicht, wie schwer der junge Mann verletzt war, aber mit seiner *Sicht* erkannte er, dass Keegan noch lebte.

Daemrons Schwert bewegte sich in seiner Hand, als hätte es einen eigenen Willen, fast als wäre er selbst die Waffe, derer das Schwert sich bediente. Raven war schnell und listig, hackte mit Schnabel und Klauen auf ihn ein und schlug mit den Schwingen nach ihm. Aber Jerrod war nach wie vor in der Lage, jede Bewegung zu antizipieren und zu kontern und auf diese Weise der Kreatur standzuhalten.

»Scythe!«, schrie er, als er zurücksprang, um den gekrümmten Krallen auszuweichen, die ihm fast den Oberarm aufgeschlitzt hätten. Gleichzeitig schlug er zu und verfehlte nur knapp Ravens Schenkel. »Keegan ist verletzt!«

Doch die erstarrte Frau rührte sich nicht, und Jerrod war gezwungen, all seine Aufmerksamkeit auf den Knecht zu richten, der gerade versuchte, ihm den Bauch aufzuschlitzen.

Als Scythe das Schwert gegen den Wächter einsetzte, hat sie ihn mit Leichtigkeit besiegt.

Aber sie war vom Chaos gezeichnet; außerdem war sie wie Keegan unter dem Blutmond geboren. Jerrod dagegen hatte sein ganzes Leben darauf verwendet, zu lernen, die Macht, mit der er geboren wurde, in Schranken zu halten und zu verinnerlichen.

Raven sprang zurück, und Jerrod fürchtete, dass sie versuchen könnte zu fliehen. Er wollte nicht, dass sie davonflog, um sich ein andermal auf sie zu stürzen, und richtete seinen Angriff gegen eine ihrer Schwingen. Das Schwert durchtrennte mit Leichtigkeit die Membran und schlitzte sie auf.

Raven kreischte vor Überraschung und Schmerz auf und richtete einen weiteren Zauber gegen ihn. Eisiger Frost zuckte aus dem Boden und lief Jerrods Beine hinauf, hüllte ihn in Eis. Doch als das Eis seinen Gürtel erreichte, gelang es ihm, sich zu befreien und den Zauber aufzuheben, bevor Raven Zeit hatte, ihren Vorteil zu nutzen.

Sie zischte vor Wut, klang dabei eher wie eine wütende Schlange, nicht wie ein Vogel.

Das Schwert absorbiert das Chaos, dachte Jerrod, als er überlegte, wie der Wächter Keegans Bemühungen überlebt hatte, ihn mit dem Ring zu überwältigen. *Es stumpft ihre Magie ab und beschützt mich.*

Während sich die Kämpfer misstrauisch umkreisten, begriff Jerrod, dass das Schwert ihm auch noch auf eine andere Art und Weise half. Trotz ihres Kampfes war er nicht im Geringsten müde und erschöpft. Von seiner Widersacherin konnte man das allerdings nicht sagen.

Raven bewegte sich immer langsamer, weil die Anstrengung ihren Tribut forderte. Die Veränderung war kaum wahrnehmbar, aber bei zwei nahezu gleich starken Kämpfern könnte es genügen, um eine Entscheidung herbeizuführen.

Jerrod versuchte sie mit einer Reihe schneller Stöße und Schläge zu erledigen, aber Raven konnte genug Kraft zusammenraffen, um seinen Angriffen auszuweichen. Das Schwert zischte um Haaresbreite an ihrem Hals vorbei, als sie sich zurückwarf.

Der Mönch setzte gerade zu einem neuen Schlag an, als der Himmel über ihnen plötzlich dunkel wurde. Seltsame violette Wolken verdeckten die Sonne, und silberne Blitze zuckten. Raven schien Energie aus dem Sturm zu ziehen und griff ihn mit frischer Wut an. Aber sie war immer noch nicht schnell genug, um ihn mit ihren Krallen oder ihrem Schnabel zu erwischen, und als er auswich, schlug Daemrons Schwert fast wie von allein zu und schlitzte dem Knecht den Unterarm auf.

Sie umkreisten sich erneut und suchten nach einer Gelegenheit zum Angriff. Plötzlich funkelten Ravens Augen bösartig. Jerrod wappnete sich gegen ihre nächste List und spürte, wie Magie warm über seinen Körper lief. Statt ihm jedoch Schaden zuzufügen, schien ihr Zauber ihn heilen zu wollen. Im nächsten Moment verschwand der milchige Schleier über seinen Augen, und zum ersten Mal seit dreißig Jahren konnte er sehen.

Seine *Sicht* hatte ihm eine Wahrnehmung seiner Umgebung ermöglicht, aber das war etwas vollkommen anderes als das Gefühl, ganz normal sehen zu können. Als seine Augen plötzlich wieder funktionierten, wurde er von den Eindrücken überwältigt. Seine mystische Wahrnehmung und sein normales Sehvermögen kämpften miteinander um die Vorherrschaft.

Desorientiert und verwirrt stolperte der Mönch zurück und schlug mit dem Schwert um sich, um Ravens unvermeidlichen Angriff abzuwehren, in der Hoffnung, dass die Klinge ihn irgendwie schützen würde.

Als eine gekrümmte Kralle seine Wange aufschlitzte, wurde ihm klar, dass selbst das Artefakt seine Grenzen hatte.

Vaaler flüchtete vor dem Oger, der alles abschlachtete, was ihm in die Quere kam, und blieb nur kurz stehen, als er hörte, wie die Danaan das Signal zum Rückzug gaben.

Wir haben gewonnen!, dachte er ungläubig und wurde langsamer.

Shalana rannte noch ein Stück weiter, bevor sie bemerkte, dass sie ihn hinter sich gelassen hatte.

»Was machst du da?«, schrie sie ihm über die Schulter zu.

»Die Danaan ziehen sich zurück!«, erwiderte er. »Es ist vorbei!«

»Das ist es noch lange nicht!« Ihr Blick war auf einen Punkt hinter ihm gerichtet.

Vaaler drehte sich um und sah den Oger mitten in dem Gemetzel stehen, umringt von einem Haufen Leichen der Krieger der Ostländer und der Danaan. Einen Moment lang erweckte die Kreatur den Eindruck, als wollte sie die flüchtenden Danaan verfolgen, dann jedoch hielt sie inne.

Sie schien Witterung aufzunehmen, während ihr Kopf von einer Seite zur anderen ruckte, als suchte sie nach einem Geruch, den sie plötzlich verloren hatte. Sie heulte frustriert auf und hämmerte ihre Fäuste auf den Boden, während sie die flüchtenden Sterblichen betrachtete, als suchte sie nach Opfern, die für ihre Enttäuschung leiden sollten.

Dann fiel der Blick der Bestie auf Vaaler und Shalana. Boshaftes Erkennen leuchtete in ihren Augen auf, und sie stieß ein dröhnendes Bellen aus.

Der Oger erinnert sich an uns. Wir sind ihm einmal entkommen, aber ein zweites Mal werden wir nicht so viel Glück haben.

Die Bestie stürzte ihnen entgegen und bewegte sich dabei so schnell, dass sie nicht einmal Zeit hatten, sich umzudrehen. Statt sie jedoch niederzutrampeln, sprang sie über Vaaler und Shalana hinweg. Der verbannte Prinz drehte den Kopf und behielt die Bestie im Auge, als sie fast zehn Meter durch die Luft segelte und direkt vor einem blauhäutigen Titanen landete, der auf sie zustürmte.

Shalana klappte vor Staunen der Kiefer herunter, und auch Vaaler konnte nur blinzelnd und sprachlos hinsehen. Der Titan war ein muskulöser Mann, nackt bis auf einen Lendenschurz und schwere schwarze Stiefel. In der Hand hielt er einen gewaltigen Speer, den er dem Oger in den Leib rammte, als er sich in vollem Lauf auf die Bestie stürzte.

Der Oger schlug den Titanen mit dem Handrücken zur Seite, packte dann den Schaft des Speeres und brach ihn ab. Die Spitze ließ er in seinem Bauch stecken. Der Titan hatte sich bereits wieder aufgerichtet und stürzte sich mit bloßen Händen auf die Bestie.

Die beiden Kolosse rangen miteinander, landeten auf dem Boden und rollten hin und her, während die vollkommen verblüfften Clankrieger aufschrien und sich so schnell wie möglich in Sicherheit brachten, um nicht zerquetscht zu werden.

Der Kampf der beiden steigerte sich zu einem brutalen Schlagabtausch. Der Oger biss den Titanen in die Schulter, in Hals, Ohren und Gesicht und riss Fleischstücke heraus. Aber der Titan ließ die Bestie nicht los, legte seine langen Arme fest um die Brust des Ogers und drückte ihn an sich, als versuchte er, dem Monster das Leben aus dem Leib zu pressen.

Als Nächstes schlug der Oger dem Titanen mit seinem langen Stoßzahn ein Auge aus, während er seinem Gegner unablässig ins Gesicht biss. Trotzdem ließ der Titan nicht los, und seine gewaltigen Muskeln spannten sich immer mehr an, als er den Griff um seinen Feind verstärkte. Schließlich begann der Oger zu keuchen, dann spie er eine stinkende grüne Flüssigkeit aus seiner zusammengepressten Lunge. Der Gigant hustete und spuckte, als die eklige Flüssigkeit in seine Kehle sickerte, aber er ließ dennoch nicht los.

Schließlich begann der Oger zu jammern wie ein ausgepeitschter Hund und schlug verzweifelt um sich, um den Griff des Titanen zu lockern, aber vergeblich. Der blauhäutige Riese warf den Kopf zurück und stieß einen wilden Schrei aus, während seine Muskeln vor Anstrengung zitterten. Dann gab es ein lautes Krachen, als würde ein Dutzend gewaltiger Eichen gleichzeitig zerbrechen. Der Oger schüttelte sich einmal wie in einem Krampf, dann wurde er schlaff. Sein Rückgrat war gebrochen.

Der Gigant ließ los und rollte sich von der Bestie herunter. Aus seinem ausgestochenen Auge sickerte Flüssigkeit auf sein zerbissenes, blutverschmiertes Gesicht. Immer noch auf den Knien hockend, griff er nach der Speerspitze, die im Bauch des Ogers steckte, zog sie heraus, hob sie mit beiden Händen in die Luft und hämmerte sie dem Monster ins Herz.

Eine Weile wagte sich keiner der Krieger in die Nähe des Titanen, der mit gesenktem Kopf neben der Leiche seines besiegten Feindes kniete. Schließlich trat Vaaler vorsichtig vor. Er brauchte sich nicht umzudrehen. Shalana war direkt hinter ihm.

Der Titan hob den Kopf, als sie sich ihm näherten, und sah sie mit seinem verbliebenen Auge an.

»Ich bin der Wächter.« Seine Stimme war so tief, dass Vaalers Zähne vibrierten. »Norr hat mich geschickt, euch zu helfen.«

Shalana stieß verblüfft den Atem aus, aber Vaaler nickte nur.

»Leben sie noch?«

»Ich habe ihnen Daemrons Schwert gegeben«, antwortete der Wächter. Er sprach langsam, als koste ihn jedes Wort unendliche Mühe. »Aber sie mussten mir versprechen, Cassandra zu helfen.«

»Cassandra?« Der Name löste eine Erinnerung in Vaaler aus. Sein Meister hatte ihn vor vielen Jahren einmal erwähnt. »Rexols Schülerin? Diejenige, die er an den Orden verloren hat?«

»Sie trägt die Krone«, keuchte der Wächter. »Sie ist nach Callastan geflüchtet.«

»Du bist verletzt.« Shalana trat zu ihm. »Lass dir von uns helfen.«

Der Wächter schüttelte den Kopf, so langsam, dass die Bewegung fast unwirklich wirkte.

»Gift«, flüsterte er. »Vom Oger. Dagegen ist kein Kraut gewachsen.«

Er hustete einmal, senkte den Kopf, schloss das Auge und verstummte für immer.

Jerrod schlug blindlings mit Daemrons Schwert zu, auf die verwirrende Ansammlung von einander überlappenden Bildern, die auf ihn einstürmten, in der Hoffnung, einen Glückstreffer zu landen. Aber er traf nur Luft. Da er alles doppelt sah, ging der Schlag weit daneben.

Aus den Augenwinkeln glaubte er zu erkennen, wie Raven neben ihm auftauchte. Er schlug heftig zu, begriff aber zu spät, dass sie von der anderen Seite angegriffen hatte. Sie bohrte ihm eine Kralle tief in die Seite und drehte sie, als sie sie wieder herausriss. Bei dem Schmerz krümmte sich Jerrod und streckte die Arme aus. Raven schlug ihm das Schwert aus der Hand, das auf dem Boden landete und über den Schnee rutschte.

Jerrod sank auf die Knie, und der geflügelte Knecht umklammerte seinen Kopf mit seinen scharfen Fingern. Der Mönch schrie, als er spürte, wie Raven seine Gedanken aufsog, alle Erinnerungen aus seinem Geist zu ziehen suchte. Er versuchte sich zu widersetzen, und einen Moment lang gelang es ihm auch. Aber er verlor rasch Blut, und Raven war zu stark, als dass er lange gegen sie hätte kämpfen können.

Plötzlich hörte der bösartige mentale Angriff auf, und die Hände des Knechts fielen von seinem Kopf. Immer noch verwirrt durch die doppelte Sicht konnte er den Körper der Frau erkennen, der neben ihm im Schnee lag. Aber ihr Vogelkopf lag ein paar Fußlängen entfernt. Das rote Glühen in ihren Augen war dem ausdruckslosen Blick des Todes gewichen.

Und über ihrem enthaupteten Leichnam stand Scythe, Daemrons Schwert in beiden Händen.

Das Erdbeben erschütterte Callastan immer noch; der Boden und die Mauern des einstöckigen Gefängnisses bekamen gewaltige Risse, die rasch breiter wurden. Cassandra schrie den wahnsinnigen Hexer immer und immer wieder an aufzuhören, bevor er die ganze Stadt und noch dazu das *Vermächtnis* zerstörte, aber Rexol achtete überhaupt nicht auf sie.

Er kann mich nicht hören, aber es besteht immer noch eine Verbindung zwischen uns!

Rexol hatte sein Mal auf ihr hinterlassen, als sie ein Kind gewesen war. Damit hatte er sie an sich gebunden. Er hatte diese Verbindung benutzt, um sie dazu zu bringen, ihn aus dem Gefängnis des Monasteriums zu befreien. Dann hatte er sie manipuliert, damit sie die Krone aufsetzte. Und er hatte nicht davor zurückgeschreckt, ihren Körper in Besitz zu nehmen.

Aber diese Verbindung muss in beide Richtungen funktionieren.

Rexol war der größte ChaosMagus in den Südlanden seit dem Kataklysmus. Aber sie war diejenige, die die Krone durch die halbe Welt getragen hatte, nicht er. Sie war diejenige, die diese große Bürde auf sich genommen hatte, nicht er. Und sie war diejenige, die vom Chaos gezeichnet war, die im Feuer unter dem Brennenden Mond geboren worden war.

Ich bin stärker als er!

Weil ihre Wahrnehmung durch die Krone geschärft war, fühlte sie, wie das *Vermächtnis* erzitterte und wankte. Sie spürte, wie sich die Armeen des Schlächters auf der anderen Seite sammelten, begierig darauf, in die Welt der Sterblichen zurückzukehren. Sie konnte nicht länger warten, konnte sich nicht die Zeit nehmen, erst ihre Kräfte zu sammeln. Wenn sie nicht sofort handelte, würde es zu spät sein. Alles, wofür sie gelebt hatte, das

Einzige, was jemals wirklich wichtig gewesen war, der Schutz und die Erhaltung des *Vermächtnisses*, wäre dann verloren.

Cassandra öffnete sich und bediente sich der Macht der Krone, als sie sich Rexols Geistes bemächtigte. Sie spürte den unglaublichen Strom der Alten Magie, die er durch das Artefakt leitete. Wenn sie unvorsichtig war, konnte sie ihrem Zauber ebenso leicht verfallen wie er.

Rexol! Sie ließ die Macht des Artefakts durch sich hindurchströmen. *Die Krone ist nicht für dich gedacht!*

Angetrieben von der Macht der Alten Magie bohrten sich ihre Gedanken in das Bewusstsein des ChaosWirkers, wie sich ein Nagel in ein Stück Holz bohrt. Ihr Kopf ruckte zurück, als hätte jemand sie geschlagen, und sie wusste, dass Rexol sie diesmal gehört hatte.

Die Macht der Alten Magie gehört mir!, erwiderte er schreiend. *Ich bin ein Gott!*

Du bist gar nichts!, schrie sie. Sie packte den Geist des Hexers, riss ihn aus ihrem Körper und schleuderte ihn zurück in die Krone.

Im nächsten Moment veränderte sich alles um sie herum, als ihr eigener Geist wieder in ihren plötzlich freien Körper zurückfuhr. Sie betrachtete sich nicht mehr von außen, war keine hilflose Gefangene mehr, war nicht mehr gezwungen zuzusehen, wie ein anderer ihr Fleisch und Blut trug.

Aber jetzt spürte sie die volle Wucht des Chaos, das durch sie hindurchtoste und sie wegzufegen drohte.

Das ist unglaublich. Glorreich! Fantastisch!

Dann riss sie sich die Krone vom Kopf und verbannte

das Chaos, Sekunden bevor das *Vermächtnis* zusammenbrach. Cassandra taumelte und tastete mit ihrer *Sicht* die Barriere ab, suchte nach einer Bresche oder einem Riss.

Als sie nichts fühlte, versuchte sie, durch die offene Tür ihrer Zelle zu gehen, brach jedoch zusammen, als ihr erschöpfter und übel misshandelter Körper ihr den Dienst verweigerte.

Epilog

Die Danaan waren verschwunden, dorthin zurückgeflüchtet, woher sie gekommen waren. Sie zogen sich in ihre versteckten Städte in den Nördlichen Waldungen zurück. Aber als Vaaler den Kriegern half, die Leichen wegzuschaffen, die auf dem Schlachtfeld verstreut lagen, fiel es ihm schwer, zu glauben, dass die Clans tatsächlich gewonnen hatten.

Es waren zu viele gestorben, um sie begraben zu können. Also stapelten sie die Leichen zu zwei großen Haufen. Einen, um die gefallenen Ostländer zu ehren, und den anderen, um sämtliche Spuren der Invasoren aus Danaan zu beseitigen.

Er versuchte, nicht in die Gesichter der Leichen der Danaan zu blicken, auf die er stieß, aber immer wieder sah er jemanden, den er erkannte. Er versuchte sich nichts anmerken zu lassen, denn schließlich hatten sie alle Freunde und Verwandte im Krieg verloren, aber es schockierte ihn immer wieder, wenn er die Gesichter von jenen sah, mit denen er bei der Patrouille gedient hatte.

»Du betrachtest sie immer noch als dein Volk, hab ich recht?« Shalana war seine Reaktion aufgefallen.

»In gewisser Weise, ja«, gab Vaaler zu. »Es ist schwer zu vergessen, woran man sein ganzes Leben lang geglaubt hat. Seit ich ein Kind war, hat man mir erzählt, es wäre meine Bestimmung, König zu werden«, fuhr er fort. »Ich sollte mein Volk durch schwierige Zeiten führen. Ich sollte es beschützen und für seine Sicherheit sorgen.«

»Das klingt nach dem, was du für uns getan hast«, sagte Shalana zu ihm. »Vielleicht ist es ja immer noch deine Bestimmung, ein König zu werden ... Allerdings bevorzugen wir in unserem Volk den Titel Anführer.«

»Die Thans haben mich als Ratgeber akzeptiert«, meinte Vaaler und schüttelte den Kopf. »Aber du bist es, der sie gefolgt sind.«

»Uns gibt es nur zusammen«, antwortete Shalana, schlang ihre Arme um ihn und zog ihn an sich. »Ich glaube, das wird jeder verstehen.«

Sie küsste ihn, und Vaaler genoss den Augenblick. Dann jedoch sagte er: »Wie geht's jetzt weiter?«

»Ich weiß es nicht«, gestand sie. »Aber das Auftauchen des Wächters hat uns alle dazu gebracht, dass wir an diese Legende glauben, der du und Norr gefolgt sind. Selbst mein Vater kann das jetzt nicht mehr abstreiten. Wenn es deinem Freund Keegan wirklich bestimmt ist, die Welt zu retten«, meinte sie, »sollten wir vielleicht versuchen, eine Möglichkeit zu finden, ihm zu helfen.«

Keegan, Scythe und Jerrod marschierten schweigend weiter und versuchten, noch vor Einbruch der Nacht so viel Abstand wie möglich zwischen sich und den unnatürlich schnell verfaulenden Leichnam von Raven zu legen. Der Mönch ging voran, nachdem seine Wunden vom Schwert geheilt worden waren, genau wie die von Keegan. Er kämpfte immer noch darum, seine *Sicht* mit der wiedererlangten Sehkraft zu vereinigen, aber er schien sich rasch daran zu gewöhnen. Er konnte bereits ohne Schwierigkeiten gehen.

Sie waren immer noch in Richtung Südwesten unterwegs, nach Callastan, um Cassandra und die Krone zu suchen. Trotz allem, was geschehen war, hatte sich an ihrer Mission nichts geändert. Nur waren sie jetzt zu dritt statt zu viert, und statt Jerrod trug jetzt Scythe Daemrons Schwert.

Keegan hatte erwartet, dass Jerrod dem schon aus Prinzip widersprechen würde. Stattdessen hatte der Mönch ihn mit seiner Antwort überrascht.

»Ich habe endlich die Prophezeiung der Brut des Feuers begriffen«, hatte der Mönch erklärt, bevor sie aufgebrochen waren. »Ich verstehe jetzt, warum es unseren Propheten und Sehern so schwergefallen ist, den Erretter zu identifizieren. Dein Schicksal ist noch weit enger mit dem von Keegan verknüpft, als ich mir jemals hätte vorstellen können«, sagte er zu Scythe. »Es gibt nicht einen Erretter, sondern deren drei; so wie es auch drei Artefakte gibt. Das Schwert ist für dich bestimmt, so wie der Ring für Keegan und die Krone für Cassandra bestimmt sind.«

Statt ihn zu verspotten, weil er diese Prophezeiung schon wieder neu interpretiert hatte, oder eine bissige Bemerkung zu machen, dass sie keine Erretterin sein wollte, hatte Scythe einfach nur genickt.

Keegan wusste, dass sie immer noch litt, aber das war nicht der Grund, warum sie geschwiegen hatte. Sie wirkte, als hätte sie sich irgendwie verändert, nachdem sie mit dem Schwert Raven getötet hatte.

Sie ist kalt geworden. Ihr Herz ist verhärtet.

Konnte er ihr das wirklich verdenken? Norr hatte für Jerrods Überzeugungen sein Leben geopfert. Vielleicht war Scythe zu dem Schluss gekommen, dass der beste Weg, sein Andenken zu ehren, der war, die Prophezeiung zu akzeptieren und alles in ihrer Macht Stehende zu tun, um den Schlächter zu vernichten.

Ja, sie litt immer noch, und deshalb wäre er gern zu ihr gegangen, als Freund, aber etwas hielt ihn zurück.

Es würde sich wie Verrat anfühlen. Du empfindest zwar immer noch etwas für sie, aber Norr war dein Freund.

Vielleicht hatte Scythe recht, ihr Herz zu verhärten; das machte alles erheblich einfacher.

Du solltest vielleicht das Gleiche tun. Ignoriere deine Gefühle für Scythe und konzentriere dich darauf, Cassandra zu finden.

»Noch ein paar Meilen«, unterbrach Jerrod Keegans Gedanken. »Dann können wir Rast machen.«

Die anderen antworteten nicht, sodass die drei in grimmigem Schweigen weitermarschierten. Sie wussten, dass sie noch eine Reise von etlichen Wochen vor sich hatten, bevor sie Callastan erreichen würden.

Und sobald wir die Südlande erreichen, wird der Orden nach uns suchen.

Keegan warf einen Blick auf Scythe und hatte das Gefühl, dass sie bereit für die Mönche war.

Als Cassandra erwachte, war ihr erster Gedanke, dass sie sich wieder in einem Gefängnis befand, nur diesmal in einem anderen. Der Raum, in dem sie lag, war sehr klein;

es gab nur eine einzige Tür, und ihre Beine waren festgebunden. Aber dann merkte sie, dass das Bett, in dem sie lag, viel zu weich und gemütlich für eine Gefängnispritsche war, dass an den Wänden des Zimmers Regale mit Hunderten von Phiolen, Flaschen und Gläsern standen, und schließlich waren ihre Beine nicht gefesselt, sondern jemand hatte sie geschient.

Ist das das Geschäft eines Apothekers?

Als Nächstes dachte sie an die Krone, und ihr Herz setzte aus, bis sie feststellte, dass sie im Beutel steckte und auf dem kleinen Tisch neben ihrem Bett lag.

Die Tür zu dem Raum öffnete sich mit einem Knarren, und ein kleiner, gelehrt aussehender Mann trat ein. Er hatte einen Kerzenstumpen in der Hand.

»Entschuldigung«, sagte er, als er bemerkte, dass sie wach war. »Habe ich dich geweckt?«

Cassandra schüttelte den Kopf.

»Bist du hungrig? Durstig? Brauchst du etwas?«

»Nein«, erwiderte sie, obwohl ihr Mund trocken war. »Wie bin ich hierhergekommen?«

»Ich habe dich nach den Aufständen gefunden«, erklärte er. »Einige Einwohner haben die Leichen dieser … dieser Kreaturen im Gefängnis entdeckt. Sie wollten, dass ich sie mir ansehe, um zu untersuchen, ob sie vielleicht verseucht wären.«

»Bist du ein Doktor?«

»Gelegentlich. Ich habe viele Jahre damit verbracht, die Wester-Inseln zu bereisen, sodass die Einheimischen mich als einen Experten für das Absonderliche und Unnatürliche betrachten.«

»Die Leichen müssen verbrannt werden«, sagte Cassandra. »Nur sicherheitshalber.«

»Der Meinung war ich auch«, meinte er und nickte. »Und sie wurden bereits eingeäschert. Aber bei der Untersuchung habe ich dich entdeckt«, fuhr er fort. »Natürlich hatten die anderen nicht den Mut, sich lange in dem Gebäude aufzuhalten.«

»Sie hatten Angst. Warum hattest du keine?«

»Oh, die hatte ich«, versicherte er ihr. »Aber ich habe mir gedacht, dass das, was imstande war, diese Monster zu töten, meinem Leben längst ein Ende gesetzt hätte, wenn es noch eine Bedrohung wäre. Vernunft ist ein sehr mächtiges Werkzeug, um seine Gefühle zu beherrschen«, setzte er hinzu, wie ein kluger Lehrer, der einen Schüler unterrichtete.

»Als ich in dem Gebäude war, entdeckte ich dich in einer Ecke. Du hattest dich dort hingekauert und hast diesen Kopfschmuck so fest umklammert, dass ich ihn kaum aus deinen Fingern winden konnte. Ich hielt ihn für wichtig, also habe ich ihn neben dein Bett gelegt.«

Er deutete auf den Tisch.

»Was ist mit meinen Beinen passiert?«

Der Mann zögerte, bevor er antwortete. »Belastungsbrüche. Sehr sonderbar. Als hättest du im Mittelpunkt eines unglaublich mächtigen Ausbruchs von Energie gestanden. Eine Energie, die sogar ein Erdbeben erzeugen könnte.«

Cassandra ignorierte die indirekte Frage. *Er ist klug. Er weiß mehr, als er sich anmerken lässt.* Aber sie spürte auch etwas Aufrichtiges und zutiefst Anständiges in diesem gelehrt wirkenden kleinen Mann.

»Warum hast du mich hierhergebracht?«

»Weil ich hier deine Verletzungen besser behandeln konnte«, erwiderte er. Dann dachte er sorgfältig nach. »Außerdem hatte ich Angst vor dem, was die Menschen dir antun könnten, falls sie herausfanden, dass du zum Orden gehörst.«

»Ich gehöre nicht zum Orden«, entgegnete Cassandra. »Jedenfalls nicht mehr.«

Der Mann zuckte mit den Schultern. »Wie du meinst. Auf jeden Fall bist du einstweilen hier sicher. Falls dich jemand verfolgt, wird er dich hier nicht finden. Jedenfalls nicht, bis mehr von deiner Art – entschuldige, deiner ehemaligen Art – auftauchen.«

»Der Orden kommt hierher?«

»Callastan liegt in Trümmern. Die Stadt wurde von mächtiger Magie zerstört. Diese Nachricht wird die Pontiff sehr bald erreichen, wenn sie nicht schon längst davon weiß. In ein paar Tagen werden die Inquisitoren unsere Straßen überfluten.«

Natürlich. Yasmin wird kommen, um sich die Krone zu holen. Und nach dieser Zerstörung werden die Stadtoberen und die Bürger, die sich dieser Säuberung widersetzt haben, möglicherweise ihre Meinung ändern.

»Ich weiß nicht, wie ich dich vor dem Orden verstecken soll, wenn er nach dir sucht«, warnte der Mann sie. »Aber ich werde für dich tun, was ich kann, bis sie hierherkommen.«

»Warum hilfst du mir?«, wollte Cassandra wissen.

»Du erinnerst mich an jemanden«, erwiderte er. »An eine junge Frau, die ich einmal kannte. Wir … wir haben uns vor ein paar Jahren aus den Augen verloren.«

»Sehe ich aus wie sie?«

Er lachte leise. »Nein, eigentlich nicht. Sie war eine Insulanerin. Aber du hast etwas an dir, was mich an sie denken lässt. Ich kann es dir nicht wirklich erklären.«

»Ich kann dir nicht genug für all das danken, was du für mich getan hast«, meinte Cassandra, als ihr auffiel, dass sie sich bisher noch nicht einmal bedankt hatte. »Ich stehe sehr in Eurer Schuld, Herr.«

»Aber bitte«, der Mann lächelte bedauernd. »Wenn du mich *Herr* nennst, fühle ich mich noch älter, als ich schon bin. Mein Name ist Methodis.«

Daemron der Schlächter starrt von den Zinnen seiner Burg über die gedrungenen Gebäude der schäbigen Stadt, die sich um die Festung scharen. Direkt hinter den letzten Häusern ist ein Feld mit großen Kreuzen errichtet worden. Dort hängen immer noch die verstümmelten Leichen und verfaulen langsam – die Eltern, Geschwister und Freunde der Möchtegern-Meuchelmörder, die es gewagt haben, ihn anzugreifen.

Sie sind bei einer grausamen öffentlichen Hinrichtung gestorben. Ihr langsamer und quälender Tod sollte eine deutliche Mahnung an seine Untertanen sein, welche Konsequenzen es nach sich zieht, sich gegen ihren König und Gott aufzulehnen.

Die Loyalität seiner Anhänger hat abgenommen. Ihre Vorfahren haben ihm Treue geschworen und sind ihm in den Krieg gegen die Alten Götter gefolgt. Sie haben seine Sünde geteilt; also ist es nur angemessen, dass sie auch seine Strafe teilen. Aber viele von jenen, über die er jetzt herrscht, pervertierte Kreaturen, missgebildet und mutiert durch das Chaos, das dieses Land vergiftet, haben das Gefühl, dass ihre Verdammung ungerecht ist. Verbittert und mürrisch wegen ihres Schicksals, folgen sie ihm nicht aus Loyalität, sondern nur aus Furcht und Verzweiflung.

Die Gerüchte über eine schwelende Rebellion nehmen immer mehr zu. Der Mordversuch hat deutlich bewiesen, wie kühn seine Feinde geworden sind. Aber er weiß, dass jede Verbitterung, jeder Widerwille und jeder Gedanke an Rebellion in dem Moment verpufft, wo das *Vermächtnis* zerbricht. Wenn die Barriere nicht mehr da ist, die ihn und seine Anhänger in ihrer Gefängniswelt hält, dann werden selbst die glühendsten Widersacher zu seinem Banner strömen, gierig darauf, sich in die Reihen seiner Armeen einzugliedern, wenn er gegen die Welt der Sterblichen marschiert.

Und diese Zeit kommt näher. Das *Vermächtnis* ist schwächer geworden, als ihm klar gewesen ist. Allein die Krone hätte es fast zum Zusammenbruch gebracht. Er hat gespürt, wie das Chaos dagegen geschlagen hat, wie es an der Barriere gerüttelt hat. Aber gerade als er glaubte, dass sie zerbrechen würde, verstummte das Artefakt. Irgendwie hat das *Vermächtnis* immer noch gehalten.

Seine Untertanen haben es ebenfalls gespürt. Der Widerhall der Alten Magie tönte laut durch sein Königreich, so laut, dass selbst die Schwächsten seiner Anhänger es hören mussten. Und obwohl das *Vermächtnis* noch immer fortdauert, schöpft sein Volk jetzt wieder neue Hoffnung. Der Glaube an seinen Unsterblichen Herrscher ist wiederhergestellt.

Jenseits der Stadt und der Kreuze werden die einst leeren Felder seines Königreichs von Tausenden kleiner Lager überzogen. Seine Anhänger sammeln sich nach seinem Ruf und dem der Artefakte. Sie sind aus den Höhlen und Gängen gekrochen, haben sich auf seinen Befehl hin hier eingefunden, bereit, sich auf die Welt der Sterblichen zu stürzen.

Zwischen den Versammelten gehen seine Generale umher und sortieren jene aus, die zu schwach sind, um an der bevorstehenden großen Schlacht teilzunehmen. Die Ressourcen sind knapp in dieser Unterwelt; Nahrung und Waffen sind ebenfalls Mangelware, und jene, die ihm nicht helfen können, den Sieg zu erringen, müssen gefunden und ausgesondert werden; sie müssen selbst sehen, wo sie bleiben.

Bis jetzt war noch keiner seiner Untertanen so dumm, gegen diese Ausmusterung aufzubegehren – kein Wunder angesichts der grimmigen Erinnerung an den Preis des Ungehorsams, der immer noch von den Kreuzen baumelt.

Er fühlt keine Reue wegen der Leben, die er genommen hat, oder wegen derer, die zweifellos sterben werden, nachdem sie aus seiner Armee aussortiert waren. Er hat diese Unterwelt geschaffen. Alles Leben, das hier läuft, fliegt und über diese Ebenen aus Asche kriecht, gehört ihm, und er kann darüber nach Gutdünken verfügen. Seine Untertanen begreifen das jetzt. Jetzt sehen sie wieder das in ihm, was er wahrlich ist … so wie er selbst.

Eine Weile hat er sich selbst vergessen. Die Jahrhunderte des Exils haben ihn zögern lassen, ihm Furcht eingeflößt, ihn verunsichert. Aber die Feigheit und der Selbstzweifel, die ihm zusetzten, sind jetzt verschwunden. Er erinnert sich wieder daran, wer und was er ist.

Ich bin Daemron der Schlächter: Hexer, Krieger, Prophet und König! Ich bin der Letzte der Unsterblichen – ein Gott! Und wenn das Vermächtnis *zusammenbricht, wird die Welt unter meiner Rückkehr erzittern!*

Danksagung

Die Veröffentlichung von *Die Brut des Feuers*, des Vorgängers von *Die dunkle Flamme,* ist das Ergebnis vieler Jahre Arbeit und Vorbereitung. Ich habe das Manuskript im letzten Jahrzehnt zahllose Male umgeschrieben, es behutsam poliert, bis es glänzte. Obwohl ich das zweite Buch der Serie bis ins letzte Detail geplant hatte, habe ich mit dem Schreiben erst vor Kurzem begonnen. Und zum ersten Mal in meinem Leben als Schriftsteller war ich nervös wegen eines Projekts. War ich in der Lage, in einem einzigen Jahr etwas zu schaffen, das an Qualität dem Buch gleichkommt, das ich fast ein Jahrzehnt lang überarbeitet habe?

Glücklicherweise musste ich diese beängstigende Aufgabe nicht alleine angehen. Mit der Hilfe meiner Lektoren Tricia Narwani und Michael Rowley und dank der Unterstützung meiner unglaublichen Agentin Ginger Clark wurde *Die dunkle Flamme* eine würdige Fortsetzung von *Die Brut des Feuers.* Und jetzt, während ich am letzten Buch der Reihe arbeite, bin ich nicht mehr nervös. Das verblüffende Feedback von Lesern, die das erste Buch liebten, hat mich inspiriert; eure Begeisterung für die Geschichte und die Charaktere ist die größte Belohnung, auf die ein Autor hoffen kann. Ich kann es kaum erwarten, dass die Fans sehen, wie die Trilogie endet, und ich hoffe, dass ihr alle genauso aufgeregt seid wie ich. Vielen Dank für eure Unterstützung!

Er war der gefährlichste Jäger im Nebel – doch nun ist er die Beute ...

512 Seiten. ISBN 978-3-7341-6032-5

Clach, genannt »Totenkaiser«, ist ein Nebelmacher. Diese meisterlichen Assassinen töten im Dienste der Göttin des Mordens nicht nur den Körper, sondern können auch die Seele vernichten. Clach hat gerade einen Auftrag abgeschlossen, da erfährt er Ungeheuerliches: Seine Tötungen waren gar nicht von der Göttin sanktioniert – und damit wider ihr Gesetz! Clach macht sich auf die Jagd. Irgendjemand wird für diese Täuschung bezahlen. Doch der Totenkaiser ist längst selbst der Gejagte ...